LES SEPT SŒURS
MAIA

De la même autrice, aux éditions Charleston

La Sœur de la tempête - Ally (tome 2)

La Sœur de l'ombre - Star (tome 3)

La Sœur à la perle - CeCe (tome 4)

La Sœur de la Lune - Tiggy (tome 5)

La Sœur du Soleil - Électra (tome 6)

La Sœur disparue (tome 7)

La Lettre d'amour interdite, 2018

L'Ange de Marchmont Hall, 2018

La Jeune Fille sur la falaise, 2018

La Belle Italienne, 2017

Le Secret d'Helena, 2019

La Chambre aux papillons, 2020

La Maison de l'orchidée, 2021

Le Domaine de l'héritière, 2022

Titre original : *The Seven Sisters*

Traduit de l'anglais (Irlande) par Fabienne Duvigneau

Édition française publiée par :

10, place des Cinq-Martyrs-du-Lycée-Buffon

75015 Paris - France

www.editionscharleston.fr

ISBN : 978-2-36812-900-5

Maquette : Patrick Leleux PAO

Lucinda Riley

LES SEPT SŒURS

Maia

ROMAN

CHARLESTON

Pour ma fille, Isabella Rose

« Nous sommes tous dans le caniveau, mais certains d'entre nous regardent les étoiles. »

Oscar Wilde

PERSONNAGES

ATLANTIS

Pa Salt – *père adoptif des sœurs (décédé)*
Marina (Ma) – *gouvernante des sœurs*
Claudia – *domestique à Atlantis*
Georg Hoffman – *avocat de Pa Salt*
Christian – *skipper*

LES SŒURS D'APLIÈSE

Maia
Ally (Alcyone)
Star (Astérope)
CeCe (Célaéno)
Tiggy (Taygète)
Électra
Mérope (absente)

Maia

Juin 2007

Premier quartier de lune

13 ; 16 ; 21

1

Je me souviendrai toujours de l'endroit où je me trouvais et de ce que je faisais quand j'ai appris que mon père venait de mourir.

J'étais à Londres, chez Jenny, une vieille amie d'école, et je profitais du soleil de juin, assise dans son joli jardin, un exemplaire de *L'Odyssée de Pénélope* ouvert sur les genoux, pendant qu'elle était allée chercher son petit garçon à la crèche.

Je me sentais calme, heureuse de m'être échappée pour passer quelques jours de vacances ici. J'étais en train d'admirer la clématite en boutons qui dépliait ses fragiles bourgeons roses, donnant naissance à un tumulte de couleurs, lorsque mon portable a sonné. D'un coup d'œil sur l'écran, j'ai vu que c'était Marina.

— Allô, Ma, ça va ?

J'espérais que, dans ma voix, elle entendrait aussi la belle chaleur estivale.

— Maia, je…

Marina a marqué une pause, et, à cet instant, j'ai compris qu'il était arrivé quelque chose de terrible.

— Qu'est-ce qui se passe ?

— Maia, je ne sais pas comment te le dire, mais ton père a eu une crise cardiaque ici, à la maison, hier après-midi. Et aujourd'hui… tôt ce matin, il… est décédé.

Je suis restée silencieuse, un million de pensées disparates et ridicules me traversant l'esprit, l'une d'elles étant que Marina, pour une raison ou une autre, avait décidé de me faire une blague de mauvais goût.

— Je ne l'ai pas encore annoncé à tes sœurs, Maia. Comme tu es l'aînée, il m'a semblé que c'était toi qui devais l'apprendre en premier… Je voulais te demander si tu préfères les appeler, ou si tu souhaites que je le fasse.

— Je…

Aucune parole cohérente ne me venait aux lèvres, tandis que je commençais à réaliser que jamais Marina, ma chère et bien-aimée Marina, la femme qui avait été pour moi la personne qui se rapprochait le plus d'une mère, ne me mentirait. Il fallait donc que ce soit vrai. Et brusquement, tout s'est effondré en moi.

— Maia, s'il te plaît, dis-moi que ça va. Oh, c'est vraiment l'appel le plus terrible que j'ai jamais eu à passer, mais j'ai pensé qu'il valait mieux me tourner vers toi… Dieu seul sait comment tes sœurs vont réagir.

C'est à ce moment que j'ai entendu la souffrance dans sa voix. J'ai compris qu'elle aussi avait besoin de parler, de partager son fardeau, d'être réconfortée.

— Bien sûr, Ma, je vais prévenir mes sœurs. Sauf que je ne suis pas certaine d'avoir toutes leurs coordonnées sur moi… Ally n'est-elle pas partie faire une régate ?

Et pendant que nous discutions de l'endroit où se trouvait chacune de mes sœurs cadettes, comme s'il fallait les réunir pour fêter un anniversaire plutôt que de pleurer la mort d'un père, la conversation a pris un tour surréaliste.

— Quand faut-il prévoir l'enterrement à ton avis ? ai-je demandé. Avec Électra à Los Angeles et Ally quelque part en mer, on ne peut certainement pas l'envisager avant la semaine prochaine, au plus tôt.

— Eh bien…

J'ai perçu l'hésitation de Marina au bout du fil.

— Le mieux serait peut-être qu'on en parle toutes les deux quand tu rentreras à la maison. Mais rien ne presse pour l'instant, Maia. Aussi, si tu préfères rester encore un peu à Londres… Il n'y a plus rien à faire pour lui ici…

La voix de Marina s'est brisée.

— Ma, je saute dans le premier avion pour Genève ! Je vais téléphoner à la compagnie aérienne et je te donnerai l'heure du vol. Entre-temps, j'essaie de contacter tout le monde.

— Je suis vraiment désolée, ma chérie, a soupiré Marina. Je sais que tu l'adorais.

— Oui…

L'étrange sérénité que j'avais ressentie pendant que nous débattions des préparatifs m'a soudain abandonnée, comme le calme avant la tempête.

— Je t'appelle plus tard quand je saurai à quelle heure j'arrive.

— Très bien. Maia, prends soin de toi. C'est un choc terrible…

J'ai raccroché. Puis, avant que les nuages noirs, dans mon cœur, ne percent et ne menacent de m'engloutir, je suis montée dans ma chambre pour téléphoner à la compagnie aérienne. Pendant que j'attendais qu'on prenne mon appel, j'ai regardé le lit dans lequel, le matin même, j'avais tout simplement ouvert les yeux sur un autre jour. Et j'ai remercié Dieu que les êtres humains n'aient pas la faculté de prévoir l'avenir.

La femme qui a répondu au bout d'un moment n'était pas très aimable et j'ai compris, tandis qu'elle me parlait de vols complets, de coûts supplémentaires et de coordonnées de carte de crédit, que mon barrage émotionnel était prêt à craquer. Finalement, une fois qu'elle m'eut alloué de mauvaise grâce une place sur le vol de seize heures pour Genève, ce qui signifiait que je devais me dépêcher de rassembler mes affaires et prendre un taxi pour Heathrow, je me suis assise sur le lit et j'ai contemplé le motif du papier peint pendant si longtemps que le dessin a commencé à danser devant mes yeux.

— Voilà, il est parti, ai-je murmuré, parti pour toujours. Je ne le reverrai plus jamais.

Je m'attendais tellement à éclater en sanglots à cause de ces paroles prononcées tout haut que j'ai été surprise qu'il ne se passe rien, et je suis restée là, immobile, hébétée, mais la tête toujours pleine de détails pratiques. À l'idée d'appeler mes sœurs – toutes les cinq –, j'étais terrifiée. Laquelle prévenir en premier ? J'ai pris en compte tout un éventail de paramètres et la réponse n'a pas tardé à s'imposer : Tiggy, bien sûr, la seconde plus jeune de la fratrie, celle dont je me sentais la plus proche.

Les doigts tremblants sur mon téléphone, j'ai fait défiler les numéros jusqu'au sien. En entendant sa messagerie vocale, j'ai bafouillé quelques mots confus lui demandant de me rappeler d'urgence. Elle se trouvait quelque part dans les Highlands, en Écosse, où elle travaillait dans un centre qui recueillait des cervidés malades.

Quant à mes autres sœurs… leurs réactions seraient diverses, en apparence du moins, allant de l'indifférence à un dramatique épanchement d'émotion.

Ne sachant pas trop de quel côté je basculerais sur l'échelle du chagrin quand je leur parlerais, j'ai choisi la lâcheté et je leur ai envoyé un texto à chacune, les priant de me contacter le plus vite possible. Je me suis ensuite dépêchée de faire mon sac et je suis descendue à la cuisine où j'ai laissé un mot à Jenny lui expliquant pourquoi j'avais dû partir.

J'ai décidé de héler un taxi dans la rue et j'ai marché d'un pas rapide le long du parc de Chelsea, comme n'importe qui, par une journée banale. Je crois que j'ai même salué quelqu'un qui promenait son chien et que je lui ai souri.

Personne ne pourrait deviner ce qui m'arrive, me suis-je dit en montant dans le taxi que j'ai réussi à arrêter sur King's Road, où le trafic était intense.

J'ai indiqué au chauffeur l'aéroport d'Heathrow.

Non, personne n'aurait pu deviner.

* * *

Cinq heures plus tard, alors que le soleil descendait tranquillement sur le lac de Genève, je suis arrivée à notre ponton privé pour la dernière étape de mon voyage.

Christian m'attendait déjà dans la vedette. À son regard, j'ai compris qu'il savait.

— Comment allez-vous, mademoiselle Maia ? a-t-il demandé en m'aidant à monter à bord, ses yeux bleus pleins de compassion.

— Je suis… contente d'être ici, ai-je répondu d'une voix neutre, puis je suis allée m'asseoir à l'arrière du bateau, sur la banquette en cuir crème qui suivait la courbe de la poupe.

En temps normal, je m'installais à l'avant, à côté de Christian, pour fendre les eaux calmes pendant les vingt minutes de la traversée. Mais ce jour-là, j'avais besoin de solitude. Christian a démarré. Le soleil se reflétait sur les fenêtres des somptueuses demeures qui bordaient le lac. Souvent, en faisant ce trajet, il me semblait franchir le seuil d'un monde féerique, un univers éthéré sans aucun rapport avec la réalité.

Le monde de Pa Salt.

À l'évocation du surnom de mon père, que j'avais inventé quand j'étais enfant, des larmes m'ont picoté les yeux. Il avait toujours adoré faire de la voile et quand il revenait dans la maison du bord du lac, il sentait l'air iodé et la mer. Avec le temps, mes jeunes sœurs aussi s'étaient approprié ce surnom.

Alors que le bateau prenait de la vitesse et que le vent chaud agitait mes cheveux, je me suis remémoré des centaines d'arrivées à Atlantis, le château de Pa Salt. Situé sur un promontoire adossé à un croissant de terrain montagneux qui s'élevait en pente abrupte, il était inaccessible par la route ; on ne pouvait y accéder qu'en bateau. Les voisins les plus proches se trouvant à des kilomètres, Atlantis était un peu notre royaume privé, à l'écart du reste du monde. Tout ce qu'il renfermait était magique… comme si Pa Salt et nous, ses filles, avions vécu dans un endroit enchanté.

Nous avions toutes été choisies par Pa Salt quand nous étions bébés et adoptées aux quatre coins du monde. Pa aimait dire que nous étions ses filles « spéciales ». Il nous avait donné les noms des Pléiades, les Sept Sœurs, sa constellation préférée. Maia était la première.

Quand j'étais petite, il m'emmenait sous le dôme en verre de son observatoire, tout en haut de la maison, et me soulevait dans ses bras puissants pour que j'observe le ciel, la nuit, à travers son télescope.

— Elles sont là, me disait-il une fois qu'il avait aligné l'objectif. Regarde, Maia, regarde la belle étoile brillante dont tu portes le nom.

Et je la voyais, oh oui. J'écoutais à peine tandis qu'il me racontait les légendes à l'origine de mon nom et de ceux de mes sœurs, mais je savourais le plaisir de sentir ses bras autour de moi, consciente de vivre un moment rare et précieux, avec mon père pour moi seule.

Quant à Marina, que j'avais longtemps prise pour ma mère – j'avais même raccourci son nom à « Ma » –, j'ai compris plus tard qu'elle n'était qu'une simple nourrice, embauchée par Pa pour s'occuper de nous lors de ses nombreuses absences. Mais évidemment, Marina était beaucoup plus que cela pour nous toutes. C'était elle qui essuyait nos larmes, qui nous grondait lorsque nous nous tenions mal à table. Elle nous a guidées sereinement durant ces années difficiles à l'issue desquelles l'enfant devient une femme.

Ma a toujours été là, et je ne l'aurais pas aimée davantage si elle m'avait donné la vie.

Pendant les trois premières années de mon enfance, il n'y avait que Marina et moi dans notre château magique sur les rives du lac. Et puis, une à une, mes sœurs ont commencé à arriver.

Normalement, Pa m'apportait un cadeau quand il rentrait de voyage. J'entendais le bateau arriver, je m'élançais sur la vaste pelouse et je courais jusqu'à la jetée pour l'accueillir. Comme tous les enfants, je voulais voir ce qu'il avait caché dans ses poches magiques. Je me souviens du jour où, après qu'il m'eut offert un ravissant renne en bois sculpté en me jurant qu'il venait du Père Noël, une femme en uniforme s'est avancée avec un paquet dans les bras. Et le paquet bougeait.

— Je t'ai rapporté un autre cadeau, Maia, le plus extraordinaire qui soit. Une petite sœur. Maintenant, tu ne seras plus seule quand je dois m'absenter.

Pa m'a souri et serrée contre lui.

Ma vie a changé ensuite. La puéricultrice que Pa avait amenée avec lui a disparu quelques semaines plus tard et Marina a pris la relève pour s'occuper de ma sœur. Je ne comprenais pas comment cette chose qui braillait, qui sentait souvent mauvais et me privait de l'attention qui m'était due pouvait être un cadeau. Jusqu'à ce matin où Alcyone – à qui on avait donné le nom de la deuxième étoile des Sept Sœurs – m'a souri, assise dans sa chaise haute.

— Elle me reconnaît ! ai-je lancé, émerveillée, à Marina qui lui donnait à manger.

— Bien sûr qu'elle te reconnaît, ma chérie. Tu es sa grande sœur, celle qu'elle admirera toute sa vie. Ce sera à toi de lui enseigner beaucoup de choses que tu sais et qu'elle ignore.

Et, en grandissant, Alcyone est devenue mon ombre, toujours sur mes talons, ce qui m'enchantait et m'agaçait tout autant. « Maia, attends-moi ! » exigeait-elle d'une voix forte en me suivant d'un pas mal assuré.

Bien qu'Ally – comme nous l'avions surnommée – ait au départ quelque peu perturbé mon existence dorée à Atlantis, je n'aurais pu souhaiter une compagne plus adorable ni plus aimable. Elle pleurait rarement, voire jamais, et ne faisait aucun de ces caprices réservés aux bambins de son âge. Avec ses boucles d'un roux doré qui tombaient en cascade et ses grands yeux bleus, Ally possédait un charme naturel auquel mon père était le premier à succomber.

Quand Pa Salt rentrait à la maison après l'un de ses longs voyages à l'étranger, je remarquais combien ses yeux s'allumaient dès qu'il la voyait. Il la regardait comme jamais il ne m'avait regardée, j'en étais sûre, moi qui étais timide et réservée alors qu'Ally débordait d'assurance.

Elle était aussi un de ces enfants qui semblait exceller dans tout – en particulier la musique et les sports nautiques. Quand Pa lui a appris à nager dans notre grande piscine, elle a aussitôt maîtrisé la technique – un vrai poisson dans l'eau –, tandis que je barbotais avec peine, redoutant à tout instant de couler.

Et puis, alors que je n'avais pas le pied marin, même à bord du *Titan*, le superbe yacht de Pa, Ally, elle, le suppliait de l'emmener sur le dériveur qu'il gardait amarré à notre jetée. Je me souviens que je m'accroupissais dans l'espace exigu de la poupe pendant que Pa et Ally s'affairaient aux commandes et que le bateau filait sur les eaux miroitantes du lac. Bref, je ne partageais aucune passion avec Pa qui aurait pu me rapprocher de lui comme ma sœur.

Ally avait étudié la musique au Conservatoire de Genève. Excellente flûtiste, elle aurait pu poursuivre une carrière dans un orchestre professionnel, mais elle avait ensuite choisi la vie de marin à plein-temps. Elle participait régulièrement à des régates et avait représenté la Suisse à plusieurs occasions.

Ally avait presque trois ans quand Pa est arrivé un jour avec une autre sœur pour nous, à qui il a donné le nom de la troisième des Sept Sœurs, Astérope.

— Mais nous l'appellerons Star, a-t-il dit en nous souriant à Marina, Ally et moi, tandis que nous observions cette petite chose, couchée dans le couffin, qui venait agrandir notre famille.

Je prenais alors des leçons chaque matin avec un professeur particulier, aussi la venue de Star m'a-t-elle moins perturbée que celle d'Ally. Et puis, à peine six mois plus tard, un autre bébé nous a rejointes, une petite fille de douze semaines prénommée Célaéno, un nom qu'Ally a immédiatement raccourci en CeCe.

Trois mois seulement séparaient Star et CeCe et, du plus loin que je me souvienne, elles ont toujours été très complices. Comme des jumelles, communiquant avec leur propre babillement, qu'elles utilisent encore aujourd'hui. Elles vivaient dans leur monde à elles dont nous étions exclues, et même à présent qu'elles ont une vingtaine d'années, rien n'a changé. CeCe, la plus jeune des deux, était toujours celle qui avait le dessus, son corps trapu et sa peau noisette contrastant avec la pâleur et la minceur de Star.

L'année suivante, un autre bébé arriva encore. Taygète – que j'ai surnommée « Tiggy » à cause de ses cheveux courts et noirs qui se dressaient sur sa toute petite tête et me faisaient penser au hérisson de la célèbre histoire de Beatrix Potter.

J'avais alors sept ans et je me suis tout de suite sentie proche de Tiggy. Elle était la plus fragile d'entre nous, affligée de toutes les maladies infantiles les unes après les autres, mais elle demeurait stoïque. Quand Pa a encore ramené à la maison une autre fillette, nommée Électra, Marina, épuisée, m'a souvent demandé de m'occuper de Tiggy qui avait continuellement la fièvre, ou toussait, et qui fut finalement déclarée asthmatique. On ne la sortait pas beaucoup dans le landau pour éviter que l'air froid et le brouillard épais de Genève ne lui fragilisent les poumons.

Électra était la benjamine et son nom lui allait à la perfection. Je m'étais maintenant habituée aux bébés et à leurs exigences, mais ma plus jeune sœur était sans aucun doute la plus difficile. Tout ce qui se rapportait à elle était « électrique » ; en un instant, elle pouvait passer d'une humeur sombre à une humeur légère et *vice versa*, de sorte que notre foyer, auparavant calme, retentissait quotidiennement de ses cris perçants. Ses caprices résonnaient dans ma conscience d'enfant et, en grandissant, sa personnalité impétueuse ne s'adoucit guère.

En secret, Ally, Tiggy et moi la surnommions « Tricky », qui signifie difficile, délicat. Il nous fallait toujours la prendre avec des gants pour ne pas déclencher un brusque changement d'humeur. Franchement, il y a eu des moments où je la détestais tellement elle perturbait notre vie à Atlantis.

Cependant, quand Électra sentait que l'une de nous avait des problèmes, elle était la première à offrir son aide et son soutien. Elle pouvait se montrer d'un égoïsme excessif, ou bien, à d'autres occasions, d'une générosité sans limite.

Après Électra, nous avons toutes attendu l'arrivée de la septième sœur. Puisque Pa nous avait donné le nom de cette constellation, sans elle, nous n'aurions pas été complètes. Nous connaissions même son nom – Mérope – et nous nous demandions à quoi elle ressemblerait. Mais une année passa, puis une autre, et une autre encore, et notre père ne rapportait toujours pas de bébé.

Je me souviens parfaitement de la conversation que j'ai eue avec lui dans son observatoire. J'avais quatorze ans et allais bientôt entrer dans ma vie de femme. Nous guettions une éclipse qui, d'après lui, signait un moment précurseur pour l'humanité.

— Pa, ai-je dit, amèneras-tu un jour notre septième sœur à la maison ?

En entendant cela, tout son corps a semblé se figer pendant quelques secondes. D'un coup, il a eu l'air de porter le poids du monde sur ses épaules. Il ne s'est pas retourné, car il se concentrait sur son télescope, mais j'ai compris instinctivement que mes paroles l'avaient bouleversé.

— Non, Maia, je ne la ramènerai pas. Parce que je ne l'ai jamais trouvée.

* * *

Quand est apparue la haie d'épicéas qui protégeait notre maison des regards indiscrets et que j'ai vu Marina, debout sur la jetée, la mort de Pa s'est imposée à moi avec son implacable réalité : l'homme qui avait fait de nous les princesses de son royaume n'était plus là pour garder l'enchantement.

2

Quand je suis descendue du bateau, Marina m'a serrée tendrement dans ses bras. Puis nous sommes remontées en silence vers la maison, traversant les larges pelouses en pente douce. En juin, l'endroit était absolument magnifique. Le jardin ornementé, en pleine floraison, invitait à explorer ses allées cachées et ses grottes secrètes.

La bâtisse, construite à la fin du dix-huitième siècle dans le style Louis XV, était d'une somptueuse élégance. Haute de trois étages, couverte d'un toit rouge à forte inclinaison et garni de tourelles à chaque angle, elle comportait de solides murs rose pâle percés de grandes fenêtres à petits carreaux. À l'intérieur, le mobilier d'une grande beauté offrait tout le confort moderne, avec des moquettes épaisses et des canapés douillets qui vous enveloppaient et vous réconfortaient. Petites, nous dormions au dernier étage d'où l'on avait une vue superbe au-delà des arbres. Marina occupait une suite au fond du cou loir.

J'ai tout de suite vu qu'elle avait l'air épuisée. Ses doux yeux marron étaient cernés par la fatigue et elle pinçait les lèvres au lieu d'y laisser s'épanouir son sourire habituel. Elle devait avoir dans les soixante-cinq ans, mais ne les paraissait pas. Grande, les traits finement dessinés, c'était une belle femme toujours vêtue avec un chic et une distinction qui trahissaient ses origines françaises. Quand j'étais enfant, elle relevait ses cheveux noirs et soyeux en un chignon souple sur la nuque.

Des milliers de questions se bousculaient dans ma tête, mais une, surtout, exigeait une réponse immédiate.

— Pourquoi ne nous as-tu pas prévenues dès que Pa a eu son infarctus ? ai-je demandé en entrant dans le salon qui donnait sur une immense terrasse en pierre bordée de jarres remplies de capucines rouges et or.

— Maia, crois-moi, je l'ai supplié mais il me l'a interdit. Il était catégorique et je n'ai pas réussi à le faire céder.

J'ai très bien compris que si Pa refusait qu'elle nous contacte, elle n'avait pas eu le choix. Pa était le Roi et Marina se soumettait. Dans le meilleur des cas, comme sa plus fidèle courtisane et, au pire, ravalée au rang d'une servante qui devait obéir à ses ordres sans discuter.

— Où est-il maintenant ? Toujours en haut, dans sa chambre ? Devrais-je monter le voir ?

— Non, ma chérie, il n'est pas en haut. Tu ne veux pas prendre un thé avant que je t'en dise plus ?

— Honnêtement, je crois que j'ai besoin d'un gin tonic, ai-je avoué en m'asseyant lourdement sur un des immenses canapés.

— Je vais demander à Claudia de le préparer. Et je pense que, pour une fois, je vais en boire un avec toi.

Je l'ai suivie des yeux quand elle a quitté la pièce pour aller chercher Claudia. Notre domestique, une Allemande dont l'air maussade cachait un cœur d'or, était à Atlantis depuis aussi longtemps que Marina. Elle aussi adorait son maître. Je me suis soudain demandé ce qu'il adviendrait d'elle et de Marina. Et ce qu'il allait se passer à Atlantis maintenant que Pa était parti.

Cette expression paraissait incongrue à présent. Pa était tout le temps « parti » : parti quelque part, occupé à quelque chose. Aucun membre du personnel ou de sa famille n'avait la moindre idée de ce qu'il faisait vraiment pour gagner sa vie. Je lui avais posé la question un jour, quand mon amie Jenny était venue ici avec moi pendant les vacances scolaires – elle avait été visiblement sidérée de l'opulence dans laquelle nous vivions.

— Ton père doit être fabuleusement riche, avait-elle dit tout bas alors que nous débarquions du jet privé de Pa qui venait juste d'atterrir à l'aéroport de La Môle à Saint-Tropez.

Le chauffeur attendait sur l'aire de stationnement pour nous conduire au port où nous devions gagner le *Titan*, notre magnifique yacht de dix couchettes. Comme tous les ans, nous allions faire une croisière en Méditerranée, et c'est toujours Pa qui choisissait la destination.

À l'instar de n'importe quel enfant, riche ou pauvre, qui n'a jamais connu autre chose, notre vie ne me semblait pas si extraordinaire. Nous avions toutes pris des cours avec des professeurs particuliers quand nous étions plus jeunes, et c'est seulement lorsque je suis entrée à l'internat, à l'âge de treize ans, que j'ai compris combien notre vie était différente de celle que mènent la plupart des gens.

J'avais demandé à Pa, une fois, ce qu'il faisait exactement pour procurer à sa famille tout ce luxe inimaginable.

Il m'avait regardée de cette façon mystérieuse qui lui était bien particulière et il avait souri.

— Je suis une sorte de magicien.

Il n'avait pas répondu à ma question et il n'en avait pas l'intention. En grandissant, j'ai réalisé que Pa Salt était, en effet, un formidable illusionniste et qu'il ne fallait pas se fier aux apparences.

Quand Marina est revenue dans le salon avec les deux gin tonic sur un plateau, je me suis dit qu'après trente-trois ans, j'ignorais tout de la personne qu'avait été mon père, en dehors d'Atlantis. Est-ce que j'allais finalement le découvrir ?

Marina a posé les boissons devant moi, puis a dit en levant son verre :

— À la mémoire de ton père… Que Dieu ait son âme.

— Oui, à Pa Salt. Qu'il repose en paix.

Marina a bu une grande gorgée avant de reposer le verre sur la table et de me prendre la main.

— Maia, il faut que je te dise une chose…

Elle avait les paupières lourdes, le front plissé par l'anxiété.

— Quoi donc ?

— Tu m'as demandé tout à l'heure si ton père était toujours dans la maison. La réponse est qu'il a déjà été enterré. Il souhaitait que l'enterrement ait lieu immédiatement et qu'aucune de vous ne soit présente.

Je l'ai regardée fixement comme si elle avait perdu la tête.

— Mais, Ma, il y a quelques minutes, tu m'as dit qu'il était mort tôt ce matin ! Comment est-ce possible d'organiser un enterrement si vite ? Et pourquoi ?

— Maia, ton père voulait à tout prix qu'à sa mort, on transporte son corps sur le yacht par avion. Une fois à bord, il devait être mis dans le cercueil en plomb qui était prêt depuis des années, dans la soute, et, de là, emmené au large. Naturellement, étant donné son amour pour l'eau, il souhaitait un enterrement en mer. Et il ne voulait pas faire souffrir ses filles en leur imposant d'y assister.

— Oh mon Dieu ! me suis-je exclamée, tremblant d'horreur à ces mots. Mais il savait certainement que nous voudrions lui dire au revoir ! Comment a-t-il pu faire ça ? Que vais-je dire aux autres ? Je…

— Ma très chère Maia… Toi et moi, qui sommes les doyennes dans cette maison, nous savons depuis longtemps qu'avec ton père, il était inutile de poser certaines questions. Je crois simplement, a-t-elle continué d'une voix douce, qu'il souhaitait reposer comme il avait vécu : discrètement.

— Et en maître de la situation, ai-je ajouté, prise d'une brusque colère. On pourrait penser qu'il ne faisait pas confiance à ceux qui l'aimaient !

— Peu importe ses raisons, a observé Marina. J'espère seulement qu'avec le temps, vous garderez le souvenir du père affectueux qu'il était. Ce que je sais, c'est qu'il n'y avait que ses filles qui comptaient pour lui.

— Mais laquelle d'entre nous le connaissait vraiment ? ai-je demandé, les larmes aux yeux. Un médecin est-il venu confirmer son décès ? Tu dois avoir le certificat ? Je peux le voir ?

— Le médecin m'a réclamé quelques détails personnels, lieu et date de naissance. Je lui ai répondu que je n'étais qu'une simple employée et que je n'étais pas sûre de ce genre de choses. Je l'ai mis en contact avec Georg Hoffman, l'avocat qui s'occupe des affaires de ton père.

— Mais pourquoi était-il si secret, Ma ? Dans l'avion, aujourd'hui, j'ai réalisé que je ne l'avais jamais vu recevoir de visites, ici, à Atlantis. Il est arrivé qu'à l'occasion, quand nous étions sur le yacht, un associé vienne à bord pour une réunion dans sa cabine, mais il n'a jamais vraiment eu d'amis.

— Il voulait que sa vie familiale reste séparée de sa vie professionnelle, pour accorder toute son attention à ses filles.

— Les filles qu'il avait adoptées aux quatre coins du monde. Mais pourquoi, Ma ?

Marina s'est retournée et m'a regardée en silence. Je ne pouvais pas voir, dans ses yeux calmes et pleins de sagesse, si elle connaissait la réponse ou pas.

— Quand on est enfant, ai-je continué, on grandit en acceptant sa vie. Mais nous savons toutes les deux que c'est vraiment rare, voire carrément étrange, qu'un homme célibataire et d'un certain âge adopte six petites filles et les amène ici, en Suisse, pour vivre avec lui.

— Ton père était en effet un homme hors du commun, a acquiescé Marina. Mais donner à des orphelins dans le besoin la possibilité d'une meilleure vie, ça ne peut pas être une mauvaise chose, n'est-ce pas ? Beaucoup de gens riches adoptent des enfants.

— Sauf que, normalement, ils sont mariés, ai-je riposté. Ma, sais-tu si Pa a eu une petite amie ? Quelqu'un qu'il a aimé ? En trente-trois ans, je ne lui ai jamais connu une seule femme.

— Ma chérie, je te comprends. Ton père est parti, et soudain tu réalises que les questions que tu avais à lui poser resteront sans réponse. Mais je ne peux vraiment pas t'aider. De plus, ce n'est pas le moment, a-t-elle ajouté gentiment. Pour l'instant, nous devons célébrer ce qu'il représentait pour chacune de nous, et penser à lui comme à l'être aimant et bon qu'il a été. N'oublie pas que ton père avait plus de quatre-vingts ans. Il a eu une vie longue et épanouie.

— Mais il n'y a pas trois semaines, il naviguait sur le Laser avec l'agilité d'un homme beaucoup plus jeune. Ce n'est pas l'image de quelqu'un qui va mourir.

— Oui, et Dieu merci, il n'est pas décédé d'une mort lente comme beaucoup à son âge. C'est merveilleux que toi et tes sœurs puissiez vous souvenir de lui comme quelqu'un de robuste, heureux et en bonne santé. C'est ce qu'il aurait voulu.

— Il n'a pas souffert, n'est-ce pas ? ai-je demandé avec hésitation, sachant au fond de moi que même si cela avait été le cas, Marina ne me le dirait jamais.

— Non. Il savait ce qui l'attendait, Maia, et je crois qu'il avait fait la paix avec Dieu. Je ne pense pas qu'il avait peur de mourir.

J'ai essayé, sans succès, de trouver une consolation dans ces paroles. Mais la question que j'ai ensuite posée à Marina était presque une supplique.

— Comment annoncer à mes sœurs que Pa est parti ? Et qu'elles n'ont même pas un corps à enterrer ? Elles auront l'impression, comme moi, qu'il s'est tout simplement volatilisé.

— Ton père y a songé avant de mourir, et Georg Hoffman m'a contactée tout à l'heure. Je te promets que vous pourrez lui dire au revoir.

— Même mort, Pa continue à tout contrôler, ai-je murmuré en poussant un soupir désespéré. À propos, je leur ai laissé un message mais aucune n'a encore répondu.

— Georg Hoffman viendra ici dès que nous serons au complet. Et s'il te plaît, Maia, ne me demande pas ce qu'il va dire parce que je n'en ai pas la moindre idée. J'ai dit à Claudia de te préparer de la soupe, tu n'as sûrement rien mangé depuis ce matin. Veux-tu l'emporter au Pavillon ou est-ce que tu préfères rester ici ce soir ?

— Je prendrai la soupe ici et puis je rentrerai chez moi, si ça ne te dérange pas. J'ai besoin d'être seule, en fait.

Marina s'est avancée et m'a serrée dans ses bras.

— Bien sûr. Je comprends que ce soit un choc pour toi. Et je suis désolée qu'une fois de plus, tu doives assumer la responsabilité pour tes sœurs, mais c'est toi qu'il m'a demandé d'appeler en premier. Je ne sais pas si tu y trouves du réconfort Bon, je crois que la soupe de Claudia nous fera du bien à toutes les deux.

Après le dîner, j'ai dit à Marina d'aller se coucher car je voyais bien qu'elle aussi était épuisée, et je l'ai embrassée en lui souhaitant bonne nuit. Puis je suis montée au dernier étage et suis entrée dans les chambres de mes sœurs. Rien n'avait changé depuis qu'elles étaient parties chacune de leur côté, et on y percevait encore leurs personnalités très différentes. Chaque fois qu'elles revenaient, comme des colombes dans leur nid au bord de l'eau, elles n'avaient aucune envie de modifier quoi que ce soit. Moi non plus d'ailleurs.

J'ai poussé la porte de mon ancienne chambre et me suis dirigée vers l'étagère où je gardais encore mes plus précieux souvenirs d'enfance. Là, j'ai pris une vieille poupée en cire que Pa m'avait donnée quand j'étais petite. Comme toujours, il avait tissé une histoire magique autour de cette poupée, me racontant qu'elle avait appartenu à une jeune comtesse russe, mais que celle-ci l'avait abandonnée dans son palais enneigé à Moscou quand elle était devenue plus grande. Elle s'appelait Leonara, m'avait-il dit, et elle avait besoin de l'amour d'une nouvelle maman.

Après avoir remis la poupée sur l'étagère, j'ai attrapé la boîte qui contenait le cadeau que Pa m'avait donné pour mes seize ans. Je l'ai ouverte et j'ai sorti le collier qui s'y trouvait.

— C'est une pierre de lune, Maia, m'avait-il dit tandis que je regardais fixement cette étrange pierre transparente aux reflets bleutés, entourée de minuscules diamants. Elle est plus vieille que moi et elle a une histoire intéressante.

Je me souviens qu'il avait alors hésité, ne sachant pas s'il devait continuer.

— Il se peut que je te la raconte un jour, avait-il continué. Tu es un peu jeune pour ce collier maintenant, mais je pense qu'il t'ira très bien plus tard.

Pa avait raison. À l'époque, comme toutes mes amies d'école, je ne mettais que des bracelets en argent bon marché et de grosses croix qui pendaient au bout de lacets en cuir. Je n'avais jamais porté la pierre de lune et elle était restée là, oubliée sur l'étagère, depuis ce jour.

Mais je la porterai maintenant.

Devant le miroir, j'ai passé la délicate chaîne en or autour de mon cou et examiné attentivement la pierre. Peut-être était-ce le fruit de mon imagination, mais il m'a semblé qu'elle s'allumait contre ma peau. Je l'ai tournée machinalement entre mes doigts pendant que je m'approchais de la fenêtre pour admirer les lumières scintillantes du lac de Genève.

— Repose en paix, mon Pa Salt adoré, ai-je murmuré.

Et, avant que les souvenirs ne m'engloutissent, je me suis dépêchée de sortir de ma chambre d'enfant et de quitter la maison pour prendre l'étroit chemin jusqu'à ma demeure d'adulte, deux cents mètres plus loin.

La porte d'entrée du Pavillon n'était jamais fermée à clé ; étant donné le système de sécurité ultrasophistiqué qui protégeait notre propriété, il y avait peu de chance qu'on me vole mes quelques biens.

En entrant, j'ai vu que Claudia était déjà venue allumer les lampes du salon. Je me suis effondrée sur le canapé, envahie par un immense désespoir.

J'étais la sœur qui n'était jamais partie.

3

Quand mon portable a sonné à deux heures du matin, j'étais allongée sur mon lit mais je ne dormais pas. Je me demandais pourquoi je n'arrivais pas à me laisser aller et à pleurer la mort de Pa. En voyant que c'était un appel de Tiggy, j'ai été prise d'une nausée.

— Allô ?

— Maia, je suis désolée de t'appeler si tard, mais je viens juste d'écouter ton message. La réception ici est très mauvaise. Que se passe-t-il ? Tu vas bien ?

La voix légère et douce de Tiggy m'a fait chaud au cœur.

— Oui, moi, ça va, mais…

— C'est Pa Salt ?

— Oui, ai-je dit d'une voix étranglée. Comment le sais-tu ?

— Je ne le savais pas. D'ailleurs, je ne le sais toujours pas. Mais j'ai eu une drôle d'impression ce matin sur la lande. Je cherchais une des jeunes biches à laquelle on a mis une boucle d'identification il y a quelques semaines. Je l'ai trouvée morte, et tout d'un coup, j'ai pensé à Pa. Après, je me suis dit que j'étais tout simplement contrariée par la mort de la biche et je n'y ai plus prêté attention. Est-ce qu'il… ?

— Tiggy, je suis vraiment, vraiment désolée. Il est mort ce matin. Ou plutôt, hier, ai-je rectifié.

— Oh Maia, non ! Je ne peux pas le croire. Qu'est-ce qui s'est passé ? Il a eu un accident de bateau ? La dernière fois que je l'ai vu, je lui avais dit de ne plus naviguer seul sur le Laser.

— Non, il est mort ici, à la maison. Une crise cardiaque.

— Tu étais avec lui ? Il a souffert ? Je… Ça me rend malade d'imaginer que…

— Non, Tiggy, je n'étais pas là. J'étais partie quelques jours voir mon amie Jenny à Londres. En fait, ai-je ajouté, émue en y repensant, c'est Pa qui m'avait persuadée d'y aller, disant que ça me ferait du bien de m'éloigner d'Atlantis et de changer d'air.

— Oh, Maia, c'est terrible pour toi ! Tu t'absentes si rarement, et la seule fois où tu t'en vas…

— Oui.

— Tu ne crois pas qu'il le savait, n'est-ce pas ? Et qu'il a voulu t'épargner ?

Cette idée m'avait aussi traversé l'esprit, et Tiggy venait de l'exprimer à haute voix.

— Non. C'est un coup de malchance, tout simplement. Mais ne t'inquiète pas… C'est moi, plutôt, qui me fais du souci pour toi. Tu viens d'apprendre la nouvelle et j'aimerais être à tes côtés pour te serrer dans mes bras. Ça va ?

— Sincèrement, je ne sais pas, je n'ai pas encore réalisé. Il faut peut-être que j'attende d'être à la maison. Je vais essayer de prendre un avion demain. Tu l'as déjà dit aux autres ?

— Je leur ai envoyé un texto en leur demandant de me rappeler d'urgence.

— Bon, j'arrive dès que possible. Ça ne va pas être une mince affaire d'organiser l'enterrement.

Je n'ai pas eu le courage de lui annoncer que notre père avait déjà été enterré.

— J'ai hâte de te voir. Maintenant, essaie de dormir si tu peux, Tiggy. Je suis là si tu as besoin de parler, quelle que soit l'heure.

— Merci.

Le tremblement dans sa voix m'a indiqué qu'elle était au bord des larmes et commençait à réaliser.

— Maia, a-t-elle repris, tu sais qu'il n'est pas parti. L'âme ne meurt pas, elle va simplement dans un autre monde.

— Oui, j'espère que c'est vrai. Bonne nuit, Tiggy.

— Sois courageuse, Maia. À demain.

J'ai raccroché et je me suis recouchée, épuisée. J'aurais tellement aimé pouvoir partager la spiritualité fervente de Tiggy et son espoir de vie éternelle. Mais, pour l'heure, je ne voyais aucune raison karmique qui justifiait la mort de Pa Salt.

J'avais peut-être cru, il y avait bien longtemps, en l'existence de Dieu, ou, tout au moins, en une puissance qui dépassait l'entendement. Mais ma foi n'avait guère duré.

Et je savais exactement quand je l'avais perdue.

Si seulement je pouvais réapprendre à ressentir des émotions, et cesser de me retrancher derrière une apparente froideur.

La mort de Pa aurait dû me toucher au plus profond de mon être. Au lieu de quoi, je réagissais avec un détachement qui en disait long sur la gravité de mes problèmes.

Pourtant, je n'avais aucune difficulté à réconforter les autres. Pour toutes mes sœurs, j'étais celle sur qui on pouvait compter. Maia, toujours pragmatique, toujours raisonnable et, comme le soulignait Marina, la plus « forte ».

En vérité, j'étais la plus anxieuse de toutes. Alors que mes sœurs s'étaient envolées du nid, j'étais restée, sous prétexte que Pa avait besoin de moi maintenant qu'il vieillissait. J'avais aussi invoqué une autre raison. J'exerçais un métier qui s'accomplissait dans la solitude.

Paradoxalement, compte tenu du désert qu'était ma vie privée, je passais mes journées au cœur d'un monde romantique et fictif, à traduire des romans russes et portugais.

Pa avait été le premier à remarquer mes talents. Je répétais tout comme un perroquet quand il me parlait dans une langue étrangère. En linguiste accompli, il prenait plaisir à sauter d'une langue à l'autre pour voir si je pouvais le suivre. À douze ans, j'étais trilingue français, allemand et anglais – les trois langues de la Suisse – et je me débrouillais en latin, grec, russe, italien et portugais.

Les langues me passionnaient et j'y voyais un défi qui n'avait pas de limites. Quels que soient mes progrès, je voulais toujours faire mieux et je cherchais le bon mot pendant des heures. Aussi n'avais-je eu aucun doute lorsque j'avais dû opter pour un parcours universitaire.

Mais j'avais demandé à Pa quelle langue en particulier il me conseillerait.

Il s'était tourné vers moi d'un air songeur.

— Maia, c'est ta décision, mais peut-être que tu ne devrais pas choisir celle que tu parles le mieux à présent. Ainsi, tu auras trois ou quatre ans à l'université pour en apprendre et en perfectionner une autre.

— Je ne sais vraiment pas, avais-je soupiré. Je les aime toutes. C'est pour ça que j'ai besoin de ton avis.

— Eh bien, je vais te donner un argument rationnel. Dans les trente années à venir, l'économie mondiale va basculer de façon drastique. Donc, si j'étais toi, comme tu parles déjà couramment trois des principales langues occidentales, j'élargirais mes horizons.

— La Chine et la Russie, tu veux dire ?

— Oui, et l'Inde et le Brésil aussi. Tous les pays dont les ressources sont encore inexploitées et qui ont par ailleurs des cultures fascinantes.

— C'est vrai que j'aime bien le russe, et le portugais aussi. C'est une langue très… très expressive, avais-je terminé après avoir, là encore, cherché le mot juste.

Pa avait souri, satisfait de ma réponse.

— Eh bien voilà. Pourquoi ne pas étudier les deux ? Avec tes capacités naturelles, rien de plus facile. Et je te promets, Maia, que si tu maîtrises l'une de ces langues, ou les deux, le monde t'appartiendra. Peu de gens, à l'heure actuelle, ont une vision de ce que l'avenir nous réserve. Le monde est en train de changer, et tu seras parmi l'avant-garde.

* * *

J'avais la gorge sèche et je me suis levée péniblement pour aller boire un verre d'eau à la cuisine. Je me rappelais combien Pa avait espéré que ces compétences sans pareilles me lancent dans ce monde dont il attendait l'aube avec tant de certitude. À l'époque, je pensais réussir. J'étais prête à tout pour qu'il soit fier de moi.

Mais je m'étais laissée porter par la vie et n'avais pas donné suite à mes projets. Et au lieu d'élargir mes horizons, ces diplômes m'avaient servi d'excuse pour me terrer dans la maison de mon enfance.

Mes sœurs se moquaient de mon existence de recluse quand elles abandonnaient un instant leur vie aux quatre coins du monde pour passer quelques jours avec moi. Elles me mettaient en garde : je ne rencontrerai jamais personne et je finirai vieille fille si je persistais à rester à Atlantis.

Ally m'avait sermonnée la dernière fois que je l'avais vue.

— Tu es si jolie, Maia. Tous ceux qui te croisent le disent, et tu végètes ici, toute seule. Quel dommage !

Mon physique, en effet, voilà ce qu'on remarquait en premier. D'ailleurs, on avait toujours dit « Maia, la beauté », alors qu'Ally était la meneuse, Star la diplomate, CeCe la pragmatique, Tiggy la protectrice, et Électra la boule de feu.

Restait à savoir si ces « titres » nous apporteraient le succès et le bonheur.

Certaines de mes sœurs étaient encore trop jeunes pour pouvoir répondre à cette question et je n'étais pas non plus en mesure de poser un jugement en ce qui les concernait. Quant à moi, mon titre – la beauté – avait été à l'origine du moment le plus douloureux de ma vie. J'étais tout simplement trop naïve à l'époque pour en comprendre la portée. Et maintenant, en voulant cacher cette beauté, c'est moi-même que je devais cacher.

Ces derniers temps, quand Pa venait me rendre visite au Pavillon, il me demandait souvent si j'étais heureuse.

« Bien sûr, Pa. » Ma réponse était toujours positive. Après tout, en apparence, je n'avais aucune raison de ne pas être satisfaite. Je vivais dans l'aisance, avec, à deux pas, deux personnes qui m'aimaient. Le monde, en théorie, était à moi. Je n'avais aucune attache, aucune responsabilité… et pourtant, c'était ce que je désirais le plus.

Il y avait à peine une quinzaine de jours, Pa m'avait encouragée à aller voir mon amie à Londres. Puisque la suggestion émanait de lui et que j'avais passé ma vie d'adulte avec le sentiment de le décevoir, je m'étais évidemment exécutée. J'espérais qu'ainsi, il me croirait « normale », même si je ne parvenais pas à l'être.

Je suis donc partie à Londres… et à mon retour, c'est lui qui nous avait quittées. Pour toujours.

Il était à présent quatre heures du matin. Je suis retournée m'allonger, priant que le sommeil vienne. Mais non. Mon cœur s'est mis à battre rapidement quand j'ai songé que Pa, dorénavant, ne pourrait plus me servir d'excuse pour me terrer ici. Il faudrait peut-être vendre Atlantis. Pa ne m'avait jamais parlé de ce qu'il se passerait après sa mort. Et pour autant que je sache, il n'avait rien dit aux autres non plus.

Quelques heures plus tôt à peine, Pa était encore si présent, si puissant. Une force de la nature qui nous avait guidées d'une main ferme.

Il nous comparait à de beaux fruits dorés qui n'attendaient qu'à être cueillis. Et maintenant que la branche avait été secouée, nous étions toutes tombées, mais la poigne qui nous aurait rattrapées n'était plus là.

* * *

J'ai entendu frapper et je me suis levée en titubant pour aller ouvrir. Juste avant l'aube, désespérée de ne pas réussir à m'endormir, j'avais pris un des somnifères prescrits par le médecin longtemps auparavant, ce que j'ai regretté en voyant qu'il était plus de onze heures.

Marina se tenait derrière la porte, l'air alarmé.

— Maia. Je t'ai appelée sur ton fixe et sur ton portable mais tu n'as pas répondu. Alors je suis venue voir si tout allait bien.

— Excuse-moi, j'ai pris un somnifère qui m'a assommée. Entre, ai-je dit, gênée.

— Non, je te laisse te réveiller tranquillement. Tu viendras à la maison quand tu seras prête ? Tiggy m'a appelée, elle arrive à dix-huit heures. Elle a pu joindre Star, CeCe et Électra qui sont en route. Tu as des nouvelles d'Ally ?

— Je vais regarder si elle m'a laissé un message, sinon je la rappellerai.

— Ça va ? Tu n'as pas bonne mine du tout, Maia.

— Si, si, je t'assure, Ma. J'arrive tout de suite.

J'ai refermé la porte et me suis précipitée dans la salle de bains pour m'asperger le visage d'eau froide. Quand je me suis vue dans le miroir, j'ai compris pourquoi Marina se faisait du souci. En une nuit, d'énormes cernes et des rides autour de mes yeux étaient apparus. Et mes cheveux, d'ordinaire brillants, étaient ternes et gras. Ma belle peau mate, qui se passait le plus souvent de maquillage, m'a frappée par son aspect blême et bouffi.

— Pas vraiment la beauté de la famille, ce matin, ai-je marmonné en me regardant, avant de me mettre à la recherche de mon portable.

Il y avait plusieurs appels manqués, et les réactions de mes sœurs allaient de l'incrédulité au choc. La seule qui n'avait toujours pas répondu à mon texto était Ally. Je lui ai donc laissé un nouveau message.

Dans la grande maison, j'ai trouvé Marina et Claudia qui préparaient les chambres du dernier étage. Malgré son chagrin, Marina semblait contente que ses filles reviennent au bercail. Il était rare que nous soyons toutes réunis sous le même toit. La dernière fois, c'était onze mois plus tôt, en juillet, sur le yacht de Pa, pendant une croisière dans les îles grecques. Pour Noël, nous n'étions que quatre, sans Star ni CeCe qui effectuaient un voyage en Extrême-Orient.

— J'ai demandé à Christian de prendre la vedette pour récupérer les courses que j'ai commandées, a dit Marina. Tes sœurs sont devenues tellement difficiles, avec Tiggy qui est végétalienne, et Électra… sûrement en train de suivre le dernier régime à la mode.

Ma grommelait, mais il était évident que ce chaos soudain la mettait en joie et lui rappelait l'époque où elle s'occupait de nous.

— Claudia s'est levée au petit jour pour cuisiner, mais j'ai pensé que nous devrions faire un repas simple, ce soir, pâtes-salade par exemple.

— Tu sais à quelle heure arrive Électra ? ai-je demandé en entrant dans la cuisine.

— Probablement très tard, dans la nuit. Elle a pu prendre un vol de Los Angeles à Paris d'où elle en attrapera un autre pour Genève.

— Comment tu l'as trouvée ?

— Inconsolable.

— Et Star et CeCe ?

— CeCe s'était déjà occupée de leur voyage à toutes les deux, comme d'habitude. Je n'ai pas parlé à Star mais j'ai eu l'impression que CeCe était traumatisée. Elles sont rentrées du Vietnam il y a seulement dix jours. Mange un peu, Maia, le pain est tout chaud. Je suis sûre que tu n'as rien avalé depuis ce matin.

— Je n'ose pas imaginer dans quel état elles seront, ai-je murmuré en mordant dans la tartine que Marina venait de poser devant moi.

— Fidèles à elles-mêmes. Chacune réagira à sa façon, a répondu Marina, toujours pleine de sagesse.

— Et bien sûr, elles croient qu'elles reviennent pour l'enterrement de Pa, ai-je dit en soupirant. Même s'il s'agit d'un moment terriblement bouleversant, c'est un rite de passage. Nous aurions au moins pu célébrer sa vie, toutes ensemble, et l'enterrer comme il se doit. Et après, si possible, continuer notre vie. Mais elles vont découvrir que le corps de leur père n'est même pas ici.

— Ce qui est fait est fait, Maia, a déclaré Marina tristement.

— Et ses connaissances, ses associés ? Il faudrait au moins les prévenir.

— Georg Hoffman s'occupe de tout ça. Il m'a appelée ce matin pour savoir quand vous seriez toutes réunies. Je lui ai dit que je l'informerais dès que nous aurions contacté Ally. Il vous éclairera peut-être sur les raisons du comportement mystérieux de votre père.

— J'espère que quelqu'un pourra nous l'expliquer, ai-je marmonné d'un ton grave.

— Ça ne te dérange pas si je te laisse manger seule ? J'ai des milliers de choses à faire avant que tes sœurs arrivent.

— Bien sûr. Merci, Ma. Je ne sais pas ce qu'on deviendrait sans toi.

— Et moi sans vous, a-t-elle répliqué en me donnant une petite tape sur l'épaule avant de sortir de la cuisine.

4

À cinq heures, après avoir erré dans les jardins tout l'après-midi, puis tenté de me mettre à ma traduction pour ne plus penser à Pa, j'ai entendu la vedette. Soulagée de savoir que Tiggy était finalement arrivée et qu'enfin, je ne serais plus seule avec mes pensées, j'ai brusquement ouvert la porte et me suis précipitée pour l'accueillir.

Elle est descendue du bateau, légère et gracieuse. Quand elle était jeune, Pa lui avait souvent suggéré de prendre des cours de danse classique. Tiggy ne marchait pas, elle flottait, comme si son corps souple et svelte ne touchait pas terre. Il y avait quelque chose d'irréel chez elle, dans ses immenses yeux limpides bordés de cils épais. À cet instant, sa ressemblance avec la jeune biche fragile dont elle s'occupait si passionnément m'a frappée.

— Maia, a-t-elle dit seulement en me tendant les bras.

Nous sommes restées un moment enlacées, sans parler. Une fois notre étreinte rompue, j'ai vu qu'elle avait les yeux remplis de larmes.

— Comment vas-tu ? m'a-t-elle demandé.

— Je suis sous le choc, je n'arrive pas à réaliser… Et toi ?

— Pareil.

Nous nous sommes dirigées vers la maison en nous cramponnant l'une à autre.

Tiggy s'est arrêtée brusquement sur la terrasse et m'a fait face.

— Est-ce que Pa… ? (Elle a posé son regard sur la maison.) S'il est ici, j'ai juste besoin d'un petit moment pour me préparer avant d'aller le voir.

— Non, Tiggy. Il n'est plus dans la maison.

— Oh, il a été emmené au…

À cette pensée, sa voix s'est brisée.

— Viens, on va boire un thé et je t'expliquerai tout.

— Tu sais, j'ai essayé d'entrer en communication avec Pa, a repris Tiggy en soupirant, mais il n'y a rien, que le vide.

— Il est peut-être trop tôt pour ressentir quoi que ce soit, ai-je répondu pour essayer de la réconforter – j'étais habituée à ses idées étranges et ne voulais pas les anéantir avec mon pragmatisme rigoureux. Je n'éprouve pas grand-chose non plus, ai-je avoué en entrant dans la cuisine.

Debout devant l'évier, Claudia – il m'avait toujours semblé que Tiggy était sa préférée – s'est retournée pour la regarder et j'ai lu dans ses yeux qu'elle partageait sa peine.

— C'est affreux…, a murmuré Tiggy en l'étreignant.

Elle était la seule qui se permettait de prendre Claudia dans ses bras.

— Oui, a acquiescé Claudia. Allez au salon avec Maia. Je vous apporte le thé.

— Où est Ma ? m'a demandé Tiggy en chemin.

— En haut, elle finit de préparer les chambres. Elle voulait sûrement qu'on passe d'abord un moment ensemble, toi et moi, ai-je ajouté en m'asseyant.

— Elle était ici ? Elle était avec Pa à la fin ?

— Oui.

— Mais pourquoi ne nous a-t-elle pas contactées plus tôt ?

Pendant la demi-heure qui a suivi, tout comme Marina que j'avais bombardée de questions la veille, j'ai fait face aux interrogations de Tiggy. Je lui ai annoncé que le corps de Pa avait déjà été enterré dans un cercueil en plomb, en pleine mer. Je m'attendais à ce qu'elle soit tout aussi indignée que moi, mais elle a simplement haussé les épaules pour indiquer qu'elle comprenait.

— Il voulait retourner à l'endroit qu'il aimait, pour que son corps y repose à jamais. Et d'une certaine façon, Maia, je suis contente de ne pas l'avoir vu sans vie, parce que maintenant, je pourrai toujours me souvenir de lui tel qu'il était.

Surprise, j'ai observé ma sœur, la plus sensible de nous toutes. La nouvelle de la mort de Pa ne la touchait pas autant que je l'avais imaginé, en apparence du moins. En fait, je ne lui avais jamais trouvé meilleure mine. Sa superbe chevelure châtain auréolait son visage et une franche lumière pétillait dans ses grands yeux noisette, où se lisaient toujours étonnement et innocence. J'espérais que les autres réagiraient tout aussi calmement devant la situation. Pour ma part, je n'en étais pas capable.

Je l'ai complimentée en exprimant mes pensées à voix haute.

— Malgré les circonstances, Tiggy, tu es incroyablement belle. On dirait que l'air de l'Écosse te va bien.

— Oh oui. Moi qui suis restée si souvent enfermée dans la maison quand j'étais petite, je me sens comme un animal qu'on a relâché dans la nature. J'adore mon travail. Pourtant, c'est dur. J'habite dans un cottage plus que rudimentaire, avec des toilettes à l'extérieur…

— Eh bien, bravo ! Alors, c'est plus valorisant que de travailler au laboratoire du zoo de Servion ?

J'admirais sincèrement chez elle cette capacité à abandonner son confort personnel pour poursuivre une passion.

— Oui, rien à voir, a répondu Tiggy, le regard radieux. C'était un super boulot, mais, franchement, je le détestais. Je n'avais pas de contact direct avec les animaux puisque je ne m'occupais que d'analyser leur ADN. Tu dois me trouver folle d'abandonner une carrière pleine d'avenir pour aller me balader dans les Highlands, jour et nuit, et mal payée en plus, mais c'est beaucoup plus enrichissant.

Elle a levé les yeux pour sourire à Claudia qui a fait une courte apparition au salon et a posé un plateau sur la table basse.

— Je ne te trouve pas folle du tout, Tiggy. Je comprends.

— En fait, j'étais parfaitement heureuse jusqu'à ton coup de fil hier soir.

— C'est parce que tu as trouvé ta vocation, ai-je dit en souriant.

— Oui, pour ça, et… pour d'autres raisons, a-t-elle avoué en rougissant légèrement. Je te raconterai plus tard. Les autres arrivent quand ?

— CeCe et Star vers sept heures, et Électra tard ce soir, ai-je répondu en servant le thé.

— Comment a réagi Électra quand tu lui as annoncé ? Non, pas la peine de répondre. J'imagine.

— C'est Ma qui lui a parlé. Je crois qu'elle pleurait comme une madeleine.

— Normal, donc, a conclu Tiggy en sirotant son thé.

Elle a alors poussé un brusque soupir et son regard s'est assombri.

— C'est vraiment bizarre. J'ai l'impression que Pa va entrer dans la pièce d'un moment à l'autre, mais je sais que ça n'arrivera plus jamais.

— Non, plus jamais, ai-je dit tristement.

— Il y a des démarches à faire ? a-t-elle repris en se levant subitement pour aller à la fenêtre. Il me semble qu'on devrait avoir… je ne sais pas, des choses à régler.

— Non, rien. L'avocat de Pa est censé nous donner des explications quand tout le monde sera arrivé, mais pour le moment, on ne peut qu'attendre les autres, ai-je répondu, avec un haussement d'épaules, désespérée.

— Bon.

Tiggy a appuyé son front contre la vitre.

— On ne le connaissait pas vraiment, hein ? a-t-elle dit doucement.

— Non, c'est vrai.

— Maia, est-ce que je peux te poser une question ?

— Bien sûr.

— Tu ne t'es jamais demandé d'où tu viens ? Qui sont tes parents biologiques ?

— Je me suis interrogée, évidemment, mais Pa était tout pour moi. Mon père, c'était lui. Et donc, à aucun moment, je n'ai eu besoin – ou envie – de chercher plus loin.

— Tu crois que tu culpabiliserais si tu voulais en savoir plus ?

— C'est possible. Mais Pa m'a toujours suffi et je ne peux pas imaginer un parent plus aimant ou plus attentionné.

— Oui, je comprends. Vous avez toujours été très proches, tous les deux. Peut-être parce que tu étais l'aînée.

— Il t'aimait, toi aussi. Chacune d'entre nous avait une relation unique avec lui.

— Je sais bien, a répondu Tiggy d'une voix calme. Mais ça ne m'empêche pas de me demander d'où je viens. J'avais pensé en parler à Pa mais je ne voulais pas le contrarier, alors je ne l'ai pas fait. De toute façon, c'est trop tard maintenant.

Elle a étouffé un bâillement.

— Ça ne t'ennuie pas si je vais me reposer dans ma chambre ? C'est peut-être le contrecoup, ou alors parce que je n'ai pas pris un jour de congé depuis des semaines, mais je suis épuisée.

— Pas de problème. Va t'allonger, Tiggy.

Elle a traversé la pièce d'un pas léger.

— À tout à l'heure, a-t-elle dit à la porte.

— Dors bien.

Je me suis retrouvée seule de nouveau. Et aussi, curieusement, agacée. Je me faisais peut-être des idées, mais Tiggy semblait distante, encore plus que d'habitude, presque indifférente aux événements. Je n'étais pas certaine de ce que j'attendais d'elle. Après avoir tellement appréhendé les réactions de mes sœurs, j'aurais dû me réjouir qu'elle prenne si bien la nouvelle.

Ce qui me perturbait, en vérité, n'était-ce pas que chacune de mes sœurs ait fait sa vie loin de la maison de notre enfance et de Pa Salt ? Tandis que, pour moi, Pa Salt et Atlantis constituaient tout mon univers.

* * *

Star et CeCe sont arrivées en bateau juste après sept heures et j'étais là pour les accueillir. CeCe, peu expansive, m'a laissée l'étreindre brièvement.

— C'est terrible, Maia… Star est bouleversée.

— Je m'en doute, ai-je répondu en voyant Star, debout derrière sa sœur presque jumelle, encore plus pâle que de coutume. Je lui ai tendu les bras.

— Comment vas-tu ?

— Je suis accablée, a-t-elle murmuré, et sa chevelure splendide, brillante comme un clair de lune, s'est posée un instant sur mon épaule.

— Au moins, on est toutes ensemble, ai-je dit.

Star s'est écartée de moi pour se réfugier auprès de CeCe, qui l'a enveloppée d'un bras protecteur.

— Qu'est-ce qu'il y a à faire ? a demandé CeCe.

Une fois de plus, nous sommes allées nous asseoir au salon et j'ai expliqué les circonstances de la mort de Pa ainsi que son souhait d'être enterré discrètement sans qu'aucune de nous ne soit présente.

— Et son cercueil ? Qui l'a jeté à la mer ? a demandé CeCe.

Elle était la seule d'entre nous à oser se montrer si froide, si rationnelle. Non qu'elle fût insensible, je la connaissais. Elle voulait simplement tout savoir jusque dans les moindres détails.

— Je n'ai pas posé la question, à vrai dire. Sans doute un membre de l'équipage du *Titan*.

— Et ça s'est passé à quel endroit ? Près de Saint-Tropez où le yacht était amarré ? Non, ils ont dû s'éloigner au large…

CeCe exigeait vraiment qu'on lui raconte tout par le menu, et Star et moi étions mal à l'aise.

— D'après Ma, il y avait un cercueil en plomb à bord du *Titan*. Mais où exactement il a été jeté, je l'ignore, ai-je répondu, espérant mettre fin aux questions inquisitrices de CeCe.

— Et l'avocat va nous dire exactement ce que contient le testament de Pa Salt ? a-t-elle insisté.

— Oui, j'imagine.

— Il est fort possible qu'il ne nous ait rien laissé, a-t-elle dit en haussant les épaules. Il tenait absolument à ce qu'on se débrouille pour gagner notre vie, vous vous rappelez ? C'était une obsession chez lui. Ça ne m'étonnerait pas qu'il ait tout légué à une association caritative, a-t-elle ajouté.

Même si je comprenais que le manque de tact habituel de CeCe était exacerbé en ce moment et lui permettait de masquer son profond chagrin, je ne pouvais pas en supporter plus. Sans réagir à sa remarque, je me suis adressée à Star, qui, assise à côté d'elle sur le canapé, gardait le silence.

— Comment tu te sens ?

— Je…

— Elle est sous le choc, comme nous toutes, est intervenue CeCe avant que Star ne puisse répondre. Mais on va traverser ça ensemble, hein ?

Elle a tendu sa main bronzée pour l'enlacer aux doigts effilés et pâles de Star.

— C'est vraiment dommage, parce que j'avais une bonne nouvelle à annoncer à Pa.

— Laquelle ? ai-je demandé.

— J'ai été acceptée au Royal College of Art, à Londres, en septembre.

— C'est formidable, CeCe !

Je n'avais jamais très bien compris le but de ses « installations » bizarres, préférant un style d'art plus traditionnel, mais je savais qu'elle était passionnée et j'étais heureuse pour elle.

— Oui, on est contentes, pas vrai ? a-t-elle dit à l'adresse de Star.

— Oui, a répondu Star docilement – mais son visage la trahissait et j'ai vu ses lèvres trembler.

— On va s'installer à Londres. Enfin, s'il reste de l'argent une fois qu'on aura payé l'avocat de Pa.

— Franchement, CeCe, ai-je dit, à bout de patience, ce n'est pas le moment de penser à ce genre de choses.

— Je suis désolée, Maia, mais tu me connais… J'adorais Pa. C'était quelqu'un de si brillant, et il m'a toujours encouragée dans mon travail.

L'espace d'un instant, j'ai vu passer une lueur fragile, peut-être aussi de la peur, dans les yeux noisette de CeCe.

— Oui, il était unique en son genre, ai-je répondu.

— Bon. Dis donc, Star, si on allait défaire nos bagages ? a proposé CeCe. À quelle heure est le dîner, Maia ? On a un peu faim toutes les deux.

— Je vais dire à Claudia de se dépêcher. Électra ne sera pas là avant un moment et nous n'avons toujours aucune nouvelle d'Ally.

— À tout à l'heure, alors, a dit CeCe en se levant, aussitôt imitée par Star. Si je peux faire quoi que ce soit, n'hésite pas à me demander, a-t-elle ajouté.

CeCe m'a souri tristement. Malgré son manque de délicatesse, je savais qu'elle était sincère.

Un fois Star et CeCe parties, je me suis interrogée sur la relation qui unissait ma deuxième et ma troisième sœurs. J'en avais souvent parlé avec Marina et elle partageait mon inquiétude. Star avait grandi dans l'ombre de CeCe et de sa forte personnalité.

— Star semble incapable d'avoir sa propre opinion sur quoi que ce soit, avais-je remarqué maintes fois. Je n'ai aucune idée de ce qu'elle pense vraiment. Ça ne me paraît pas très sain…

Marina était de mon avis, mais quand j'en avais parlé à Pa Salt, il s'était contenté de sourire d'un air mystérieux et m'avait répondu de ne pas m'inquiéter.

— Star est un ange. Un jour, elle déploiera ses ailes, tu verras.

Cela ne m'avait pas rassurée car, si Star s'appuyait sur CeCe, il était évident qu'en dépit de l'assurance de cette dernière, elles avaient besoin l'une de l'autre. Et si Star, un jour, s'envolait comme l'avait prédit Pa, CeCe serait complètement perdue.

* * *

L'atmosphère était lugubre au repas, ce soir-là. Tout, dans cette maison, nous rappelait l'ampleur de notre perte. Marina s'évertuait à nous remonter le moral, nous interrogeant à tour de rôle sur nos vies respectives, mais nos pensées revenaient sans cesse à Pa et nos yeux s'emplissaient de larmes. Au bout d'un moment, elle a fini par renoncer, et le silence est tombé.

— J'ai hâte qu'Ally arrive, a déclaré Tiggy tout à trac. Tant qu'elle ne sera pas là, nous ne saurons pas ce que Pa voulait nous dire. Sur ce, excusez-moi, mais je vais me coucher.

Elle nous a embrassées avant de quitter la pièce, suivie de CeCe et de Star quelques minutes plus tard.

— Elles sont bouleversées, a murmuré Marina, quand nous nous sommes retrouvées seules toutes les deux autour de la table. Tiggy a raison : il faut vraiment réussir à prévenir Ally pour que les choses avancent, et le plus tôt sera le mieux.

— Elle n'a pas de réception sur son portable, apparemment, ai-je dit. Tu dois être complément épuisée, Ma. Va te coucher et j'attendrai Électra.

— Tu es sûre, ma chérie ?

— Absolument, l'ai-je assurée, sachant que Marina avait toujours trouvé ma sœur cadette difficile.

— Merci, Maia, a-t-elle dit, sans discuter.

Elle s'est levée de table et est sortie après m'avoir donné un baiser.

J'ai aidé Claudia à débarrasser, contente d'être occupée en attendant Électra. Claudia n'avait jamais été très bavarde, mais ce soir, même silencieuse, je trouvais sa compagnie réconfortante.

— Je ferme, mademoiselle Maia ? a-t-elle demandé.

— Non, vous avez eu une longue journée. Allez vous coucher, je le ferai.

— Comme vous voulez. *Gute Nacht*, a-t-elle dit en partant.

J'ai erré dans la maison, sachant qu'Électra n'arriverait pas avant au moins deux heures du matin. Comme je m'étais levée tard, exceptionnellement, je n'avais pas sommeil. Alors que j'approchais de la porte du bureau de Pa, j'ai eu envie d'entrer, poussée par le besoin de sentir sa présence. La porte était fermée à clé.

J'ai été à la fois étonnée et contrariée. Durant les longues heures qu'il y passait quand il travaillait à la maison, sa porte nous était toujours ouverte. Il m'accueillait avec un grand sourire quand il m'entendait frapper timidement, et je ne me lassais pas d'aller m'y asseoir. Cette pièce, c'était lui. Non pas les rangées d'ordinateurs sur le bureau ni l'écran au mur, prêt pour une vidéo-conférence. Je m'intéressais surtout à ses objets personnels, autant de trésors posés au hasard sur les étagères. De simples souvenirs, qu'il rapportait de ses voyages aux quatre coins du monde : entre autres, une Madone miniature dans un cadre doré qui tenait dans le creux de la main, un violon ancien, une pochette en cuir élimé et un livre, en piteux état, d'un poète anglais dont je n'avais jamais entendu parler.

Rien de rare ou de précieux à ma connaissance, seulement des choses qui avaient une valeur sentimentale pour lui. Je ne doutais pas qu'un homme tel que Pa aurait pu remplir notre demeure d'œuvres d'art inestimables et de meubles anciens s'il l'avait souhaité, mais en réalité, il se livrait très peu à ce genre de commerce. Au contraire, j'ai toujours pensé qu'il avait horreur de ces biens qu'on dit « de valeur ». Il ridiculisait haut et fort les gens riches qui achètent des tableaux célèbres à des prix exorbitants, et m'expliquait que la plupart finissaient cachés au fond de chambres fortes pour qu'on ne les vole pas.

— L'art devrait être accessible à tous, me disait-il. C'est un cadeau de l'âme du peintre. Tout ce qu'on est obligé de dissimuler n'a aucune valeur.

Quand j'avais osé lui faire remarquer que lui-même possédait un jet privé et un yacht fabuleux, il m'avait dévisagée d'un air sévère.

— Mais, Maia, ne vois-tu pas que ce ne sont que des modes de transport ? Ils offrent un moyen pour parvenir à une fin. Et s'ils partaient en fumée demain, je pourrais les remplacer facilement. J'ai six chefs-d'œuvre, mes filles, et cela me suffit. C'est tout ce qui vaut la peine d'être gardé précieusement. Ceux qu'on aime sont irremplaçables, Maia. Tu ne l'oublieras pas, n'est-ce pas ?

Ces paroles, qui remontaient au début de mon adolescence, m'avaient marquée. Si seulement je m'en étais souvenue ensuite, peut-être auraient-elles pu m'éviter la terrible décision qui avait fait basculer ma vie.

Émotionnellement vidée, je me suis éloignée du bureau de Pa. Je ne comprenais toujours pas pourquoi il était fermé à clé et je me suis promis d'interroger Marina dès que possible. De retour au salon, j'ai contemplé une photo qui datait de quelques années. On voyait Pa, sur le *Titan*, appuyé au bastingage, entouré de ses filles. Il souriait, les traits détendus, ses cheveux épais et grisonnants balayés par la brise marine. Le soleil avait hâlé son corps encore musclé et vigoureux.

Il était beaucoup plus grand que nous toutes, à l'exception d'Électra qui mesurait plus d'un mètre quatre-vingts elle aussi.

— Mais qui étais-tu ? ai-je demandé à la photo en fronçant les sourcils.

Désœuvrée, j'ai allumé la télévision, passant d'une chaîne à une autre pour trouver les informations. Comme d'habitude, le journal s'attardait sur la guerre, la souffrance et la destruction, et j'allais zapper quand on a annoncé que le corps de Kreeg Eszu, patron d'une immense entreprise internationale de communications, avait été découvert dans une crique sur une île grecque.

Mon cœur s'est aussitôt mis à battre la chamade, non seulement parce que mon père, tout comme Kreeg Eszu, reposait éternellement au fond de l'océan, mais aussi parce que cette nouvelle me touchait d'une autre manière.

D'après sa famille, Kreeg Eszu venait d'apprendre qu'il était atteint d'un cancer en phase terminale, et, à la suite de ce diagnostic, il avait décidé de mettre fin à ses jours. Son fils, Zed, qui travaillait avec lui depuis de nombreuses années, lui succéderait sans délai au poste de directeur général. Une photo de Zed est apparue à l'écran et j'ai fermé les yeux instinctivement.

Mon Dieu. Pourquoi le sort choisissait-il ce moment pour me rappeler un homme que j'essayais désespérément d'oublier depuis quatorze ans ?

Ainsi, nous avions tous les deux perdu notre père à quelques heures d'intervalle. Et les circonstances de leur décès présentaient une étrange ressemblance.

Je me suis levée pour faire les cent pas, tout en m'efforçant de me débarrasser de cette image qui le montrait encore plus beau que dans mon souvenir.

Rappelle-toi le mal qu'il t'a fait, Maia, me suis-je dit. C'est fini, il y a des années que c'est fini. Quoi qu'il arrive, il ne faut pas raviver les mauvais souvenirs.

Mais quand je me suis laissée tomber sur le sofa, épuisée, je savais bien que jamais je ne pourrais oublier.

5

Deux heures plus tard, j'ai entendu le vrombissement discret du moteur de la vedette qui annonçait l'arrivée d'Électra. J'ai pris une grande inspiration pour me ressaisir et je suis sortie. Alors que je m'avançais sur la pelouse baignée par le clair de lune, mes pieds nus au contact de la tiède rosée d'été, j'ai vu Électra remonter vers moi. Sa magnifique peau d'ébène semblait refléter la lumière, et ses jambes incroyablement longues ont eu tôt fait de franchir la distance qui nous séparait.

Je me sentais toujours minuscule, insignifiante, à côté du mètre quatre-vingts d'Électra et de son élégance de mannequin. C'est elle qui m'a attirée dans ses bras et j'ai logé ma tête au creux de son épaule.

— Oh, Maia ! a-t-elle gémi. S'il te plaît, dis-moi que ce n'est pas vrai ! Je ne peux pas croire qu'il soit parti, c'est tout simplement…

Électra s'est mise à pleurer à fendre l'âme. Plutôt que de réveiller mes autres sœurs qui devaient déjà dormir, j'ai décidé de l'emmener dans le Pavillon. Elle sanglotait toujours quand j'ai fermé la porte derrière nous et l'ai conduite au salon pour la faire asseoir sur le canapé.

— Maia, qu'est-ce qu'on va devenir sans lui ?

Ses yeux couleur d'ambre me suppliaient de lui apporter la solution.

— Je ne sais pas…, ai-je dit, cherchant à toute vitesse une réponse qui la satisferait. En tout cas, on est toutes là, ensemble. On pourra au moins se soutenir les unes les autres.

J'ai attrapé une boîte de mouchoirs en papier sur l'étagère et l'ai posée près d'elle sur le canapé. Elle en a pris un et s'est essuyé les yeux.

— Je n'arrête pas de pleurer depuis que Ma m'a annoncé la nouvelle. Je ne peux pas supporter cette idée, Maia, je n'y arrive pas…

— Je te comprends. Nous non plus…

Et tandis que je regardais ma sœur, que je l'écoutais déverser son chagrin, j'ai été frappée par le contraste qui existait entre son physique tout de sensualité et la petite fille vulnérable qui habitait son âme. Je la voyais souvent en photo dans des magazines, au bras d'une star de cinéma ou d'un riche playboy, belle à couper le souffle, pleine d'assurance, et je me demandais alors comment elle pouvait être aussi cette femme-là, moi qui la savais si fragile, si démunie devant ses propres émotions. J'en étais venue à croire qu'Électra recherchait désespérément ces marques d'amour et d'attention afin d'apaiser un profond sentiment d'insécurité.

— Tu veux boire quelque chose ? ai-je demandé, profitant d'une brève pause entre deux sanglots. Un brandy ? Ça t'aiderait peut-être à te calmer.

— Non, je ne bois plus d'alcool depuis des mois. Mitch aussi est abstinent.

Mitch était son actuel petit ami – Michael Duggan, pour le reste du monde, chanteur américain de renommée internationale qui effectuait alors une tournée à guichets fermés dans d'immenses salles omnisports, devant des milliers de fans hurlant leur admiration.

— Où est-il, ce soir ? ai-je demandé, dans l'espoir qu'Électra sécherait ses larmes en parlant de lui.

— À Chicago. Et la semaine prochaine au Madison Square Garden. Maia… Tu peux me dire comment Pa Salt est mort ? J'ai besoin de savoir.

— Tu es sûre ? Électra, tu es encore sous le choc, et tu as fait un long voyage. Peut-être qu'après une bonne nuit de sommeil, quand tu te sentiras un peu mieux…

— Non, Maia, m'a-t-elle interrompue en secouant la tête avec un effort visible pour se reprendre. S'il te plaît, dis-le-moi maintenant.

Pour la troisième fois, donc, j'ai répété ce que Marina m'avait raconté en m'efforçant de restituer les faits le plus rapidement possible. Électra m'a écoutée sans bouger, absorbant chacune de mes paroles.

— Qu'est-ce qui est prévu pour l'enterrement, alors ? a-t-elle finalement demandé. Mitch a dit que si c'était la semaine prochaine, il pourrait sauter dans un avion et me rejoindre.

Une pensée m'est venue soudain : Pa avait été bien inspiré d'organiser son départ dans la plus stricte intimité. J'ai frissonné à l'idée du tumulte médiatique qui se serait abattu sur nous si le petit ami ultra-célèbre d'Électra avait fait une apparition aux funérailles.

— Électra… On est fatiguées toutes les deux, et…

Elle a immédiatement perçu mon hésitation.

— Qu'y a-t-il, Maia ? Je t'en prie, dis-moi.

— Bon. Mais s'il te plaît, essaie de te maîtriser, d'accord ?

— Oui, promis.

Je lui ai donc raconté que l'enterrement – bien que le terme fût impropre – avait déjà eu lieu. Électra a tenu parole, elle a serré les poings si fort que ses articulations sont devenues toutes blanches, mais elle a retenu ses larmes.

— Mais pourquoi a-t-il fait ça ? a-t-elle seulement demandé. Il ne nous permet pas de lui dire au revoir, c'est cruel.

Un éclair de colère a flambé dans ses yeux dorés.

— C'est même terriblement égoïste, je trouve. Typique de sa part !

— Ou bien, on peut penser qu'au contraire, il voulait nous épargner la douleur des adieux.

— À Los Angeles, les psys parlent tout le temps de « clôturer », d'affronter la réalité de la séparation, ou de la perte, pour mieux l'accepter… Comment allons-nous faire notre deuil ?

— Pour être honnête, Électra, je ne crois pas qu'on puisse vraiment clôturer quoi que ce soit quand on perd quelqu'un qu'on aime.

Électra m'a fusillée du regard.

— Peut-être, mais sans enterrement, ça n'aide pas. De toute façon, Pa et moi, on n'a jamais vu les choses de la même manière. Il désapprouvait ouvertement la manière dont je gagne ma vie. D'un autre côté, c'est sans doute la seule personne qui me croyait dotée de cervelle. Rappelle-toi comme il était furieux quand je ratais mes examens.

Oh oui, je me souvenais. J'entendais encore les éclats de voix qui montaient du bureau paternel au sujet des résultats scolaires désastreux d'Électra, et, plus tard, à l'occasion de ses diverses frasques. De l'avis d'Électra, les règles existaient uniquement pour qu'on les transgresse, et elle était la seule d'entre nous qui osait se dresser contre Pa et lui tenir tête. Pourtant, je voyais aussi l'admiration dans les yeux de notre père quand il parlait de sa « terrible » benjamine. « Elle a du caractère, me confiait-il. C'est ce qui la distinguera toujours des autres. »

— Il t'adorait, Électra, ai-je dit pour la réconforter. D'accord, il voulait peut-être que tu te serves davantage de ta cervelle, mais c'est ce qu'un père souhaite toujours pour son enfant, non ? Et puis, on doit bien le reconnaître, tu es celle qui a le mieux réussi. La plus célèbre… Regarde ta vie comparée à la mienne. Tu as tout ce que tu désires.

— Non, répondit-elle en soupirant. Ce ne sont que des miroirs aux alouettes, de la fumée. Il n'y a aucune substance là-dedans. Mais bon… Je suis fatiguée, Maia. Ça t'embête si je dors avec toi dans le Pavillon, ce soir ?

— Pas du tout. Le lit est fait dans la chambre d'amis. Tu peux dormir aussi longtemps que tu veux demain matin, parce que tant qu'on n'aura pas localisé Ally, il n'y a rien à faire sinon attendre.

— Merci. Et excuse-moi de m'être effondrée comme ça. Mitch m'a trouvé un thérapeute qui essaie de m'aider à mieux gérer mes émotions. Tu veux bien me serrer dans tes bras ? a-t-elle demandé en se levant.

— Évidemment.

Je l'ai prise contre moi et l'ai embrassée. Puis elle a attrapé sa valise et est partie vers la chambre d'amis.

Des réflexions se bousculaient dans ma tête quand j'ai éteint les lumières du Pavillon avant de gagner ma chambre. Déjà, Tiggy m'avait surprise par son mutisme, et à présent Électra me troublait davantage que je ne m'y étais attendue. Je lui avais trouvé un air désespéré qui m'inquiétait.

En me glissant sous ma couette – retapée avec soin par Claudia après ma nuit agitée –, j'ai pensé que la disparition de Pa Salt allait ouvrir un épisode de nos vies qui serait profondément déterminant pour nous toutes.

* * *

Aucune de mes sœurs n'était encore levée le lendemain matin quand je suis allée voir Marina. Je lui ai demandé si elle avait reçu des nouvelles d'Ally.

— Non, a-t-elle répondu d'un air accablé.

— Pa aurait trouvé une solution. Il avait toujours une idée.

— C'est vrai, a reconnu Marina. Comment allait Électra ?

— Elle était sous le choc, bouleversée, et furieuse de ne pas pouvoir dire au revoir à Pa, mais elle a réussi à se contrôler. Enfin, à peu près.

— Bon, tant mieux. Georg Hoffman m'a rappelée pour savoir si nous avions retrouvé Ally. J'étais bien obligée de lui avouer la vérité. Qu'est-ce qu'on peut faire ?

— Rien, sauf essayer d'être patientes. Au fait, Ma, j'ai essayé d'entrer dans le bureau de Pa hier soir, mais la porte était fermée à clé. Tu sais pourquoi ?

— Parce que ton père m'a demandé de la fermer juste avant de mourir. Il a insisté pour que je lui donne la clé ensuite. Je ne sais absolument pas où il a pu la mettre, et pour être honnête, tout est tellement compliqué maintenant... Je n'y pensais plus.

— Il va falloir qu'on la retrouve. Georg voudra sûrement entrer dans le bureau. C'est là que Pa rangeait tous ses papiers.

— Oui, bien sûr. Dis-moi... Aucune de tes sœurs ne s'est montrée pour le petit déjeuner et puisqu'il est presque midi, je propose que Claudia serve un brunch.

— Bonne idée. Je vais voir si Électra est réveillée.

Marina m'a souri d'un air compatissant.

— Allez... Il n'y a plus très longtemps à attendre.

— Je l'espère.

En chemin vers le Pavillon, j'ai distingué à travers les arbres une silhouette solitaire assise sur la jetée, face au lac. Je me suis approchée et lui ai doucement touché l'épaule pour ne pas l'effrayer.

— Star ? Ça va ?

Elle a haussé les épaules.

— Oui… Enfin, je ne sais pas.

— Je peux rester un peu avec toi ?

Ma proposition a été accueillie par un hochement de tête imperceptible. Je me suis assise à côté d'elle et, en la regardant, j'ai vu que son visage était inondé de larmes.

— Où est CeCe ? ai-je demandé.

— Elle dort encore. Quand elle est mal, elle se réfugie dans le sommeil. Pour ma part, je n'ai pas fermé l'œil de la nuit.

— C'est dur pour moi aussi, ai-je avoué.

— Je n'arrive tout simplement pas à croire qu'il est parti, Maia.

J'ai gardé le silence. Je savais qu'elle livrait très rarement ses sentiments, sauf à CeCe, et j'avais peur qu'elle ne se referme si je parlais.

Au bout d'un moment, elle a repris d'une voix tremblante :

— Je me sens perdue… J'ai toujours eu l'impression que Pa était la seule personne qui me comprenait. Qui me comprenait *vraiment*.

Elle s'est alors tournée vers moi. Son visage aux traits saisissants, presque lunaire, n'était plus qu'un masque ravagé par le désespoir.

— Tu vois ce que je veux dire, Maia ?

— Oui, ai-je répondu gravement. Je comprends. Tu sais, Star… Si tu as besoin de quelqu'un à qui parler, je suis là. Je serai toujours disponible pour toi. Tu le sais, hein ?

— Merci.

— Ah, vous êtes là !

Nous nous sommes retournées en sursautant toutes les deux. CeCe approchait à grands pas sur la jetée. Peut-être était-ce un effet de mon imagination, mais j'ai cru voir une ombre d'agacement passer dans le bleu opalin des yeux de Star.

— J'ai eu envie de prendre l'air, a expliqué Star en se levant. Tu dormais…

— Eh bien, je suis debout maintenant. Et Tiggy aussi. Électra est arrivée hier soir ? J'ai regardé dans sa chambre, on dirait que le lit n'a pas été défait.

— Elle a couché au Pavillon, ai-je dit en me levant à mon tour et en emboîtant le pas à mes sœurs. Je vais voir si elle est réveillée…

En chemin, CeCe m'a interrogée.

— Ça n'a pas été trop éprouvant pour toi ?

— En fait, non. Elle s'est plutôt mieux maîtrisée que d'habitude, ai-je répondu.

Je savais que la troisième et la cinquième de mes sœurs ne s'appréciaient pas beaucoup. Évidemment, chacune était l'antithèse de l'autre : CeCe, avec son sens pratique et sa répugnance à montrer ses émotions, et Électra, au tempérament si explosif.

— Ce n'est que partie remise, a déclaré CeCe d'une voix tranchante. Bon, à tout à l'heure…

Je suis rentrée au Pavillon, l'esprit envahi par la détresse de Star. Elle ne l'avait pas formulé, mais pour la première fois, je devinais que l'emprise de CeCe lui pesait. En franchissant la porte, j'ai entendu du bruit dans la cuisine.

Électra, superbe dans un peignoir vert émeraude, était en train de remplir la bouilloire.

— Tu as bien dormi ? lui ai-je demandé.

— Comme un bébé. Tu me connais, je n'ai aucun problème de ce côté-là. Tu veux du thé ?

J'ai jeté un regard méfiant au sachet qu'elle balançait au bout de ses doigts.

— Qu'est-ce que c'est ?

— Du thé vert bio. La boisson préférée des Californiens. Mitch dit que c'est très bon pour la santé.

— Oh, moi, tu sais, je suis accro au thé anglais traditionnel, très noir et fort en caféine.

J'ai souri en m'asseyant à la table.

— On a tous une addiction à quelque chose, Maia. À ta place, je ne m'inquiéterais pas trop d'être accro au thé. Alors… Des nouvelles d'Ally ?

Je lui ai rapporté les paroles de Marina.

— Je sais bien que la patience ne fait pas partie de mes qualités, a dit Électra. Ma thérapeute ne cesse de me le répéter… Mais on ne va tout de même pas rester ici à tourner en rond en attendant qu'Ally donne signe de vie ? Si elle est partie en mer, il pourrait s'écouler des semaines.

— J'espère bien que non, ai-je soupiré en la regardant évoluer gracieusement dans la pièce.

Même si l'on me considérait comme la plus belle de la famille, j'avais toujours pensé que ce titre aurait dû revenir à Électra. Au sortir du lit, avec ses cheveux lâchés dont les boucles retombaient en cascade sur ses épaules, elle n'avait nul besoin de maquillage pour mettre en valeur ses pommettes hautes et ses lèvres charnues. Son corps mince et athlétique, mais aux formes extrêmement féminines, évoquait celui d'une Amazone.

Elle a ouvert la porte du réfrigérateur pour inspecter son contenu.

— Tu n'as rien à manger ici qui ne soit pas bourré d'additifs ? a-t-elle demandé.

— Désolée. Les créatures ordinaires comme moi ne décortiquent pas les étiquettes, ai-je rétorqué, préférant l'entraîner sur le terrain de l'humour.

— Évidemment, toi, Maia, tu n'as pas à te préoccuper de ton physique. Tu ne vois personne pendant des jours et des jours.

— Tu as raison, ai-je répliqué sans me froisser, car après tout, c'était vrai.

Électra a finalement opté pour une banane, l'a épluchée et en a mordu la pointe d'un air abattu.

— J'ai une grosse séance photo pour *Vogue* dans trois jours, j'espère que je ne serai pas obligée d'annuler.

— Je l'espère aussi, mais qui sait quand Ally va refaire surface ? Hier soir, j'ai cherché sur Internet toutes les régates qui ont lieu en ce moment… Je n'ai rien trouvé, donc on ne peut même pas demander aux autorités maritimes de la contacter.

Après un bref silence, j'ai repris :

— Les autres sont réveillées, à la maison. Tu ne veux pas qu'on aille les rejoindre, quand tu seras habillée ?

— S'il le faut, a répondu Électra d'un air morne.

— Bon, je t'attends, ai-je dit en me levant.

Mieux valait la laisser tranquille quand elle était dans ce genre d'humeur. Je suis passée dans la pièce qui me tenait lieu de bureau et ai allumé mon ordinateur. Aussitôt, j'ai vu que j'avais reçu un mail adorable d'un auteur brésilien, Floriano Quintelas, dont j'avais traduit le magnifique roman, *Les Eaux silencieuses,* quelques mois auparavant. J'avais correspondu avec lui chaque fois que je butais sur une difficulté particulière – car, bien entendu, je tenais à rendre compte scrupuleusement de la poésie, de la légèreté de son écriture presque aérienne –, et depuis, nous étions restés en contact.

Il m'informait qu'il serait de passage à Paris pour la sortie de son livre, en juillet, et me conviait à la soirée donnée par l'éditeur. Il me soumettait aussi en pièce jointe les premiers chapitres de son nouveau roman, en me demandant de les lire si j'avais le temps.

Son message m'a fait du bien. La traduction est parfois une tâche terriblement ingrate pour nous, travailleurs de l'ombre, et j'appréciais les rares occasions où un auteur se montrait désireux d'établir un lien direct avec moi.

Mon attention fut distraite par la vue d'une silhouette familière qui courait vers la maison.

— Ally, ai-je soufflé, stupéfaite, en me levant d'un bond. Électra ! Ally est arrivée !

Je suis sortie en trombe pour aller à sa rencontre.

Mes autres sœurs aussi avaient dû la voir débarquer de la vedette, car le temps que j'atteigne la terrasse, CeCe, Star et Tiggy faisaient déjà cercle autour d'elle.

— Maia, a dit Ally en me voyant. C'est affreux !

— Oui… Mais comment l'as-tu appris ? On essaie de te joindre depuis deux jours.

— Rentrons, a suggéré Ally. Je vous expliquerai tout.

Je suis restée un peu en retrait pendant que les autres se pressaient pour suivre Ally dans la maison. J'avais beau être l'aînée, celle dont on recherchait le soutien en privé, quand nous étions en groupe, c'était toujours Ally qui prenait les commandes. Et, comme d'habitude, je la laissais faire.

Marina était déjà au pied de l'escalier, les bras grands ouverts.

Nous nous sommes toutes réunies dans la cuisine. Pendant que Claudia préparait une grosse cafetière, Électra nous a rejointes. Tout le monde l'a accueillie chaleureusement, sauf CeCe, qui s'est contentée de hocher froidement la tête dans sa direction.

— Il faut que je vous raconte, a commencé Ally une fois que nous avons toutes été assises, parce qu'à vrai dire, je ne comprends toujours pas très bien. Ma, a-t-elle ajouté à l'intention de Marina qui s'attardait à la porte, toi aussi, tu devrais écouter. Tu pourras peut-être nous éclairer.

Marina a pris place à la table avec nous.

— J'étais sur la mer Égée, a continué Ally, en train de m'entraîner pour la régate des Cyclades qui a lieu la semaine prochaine, quand un ami marin m'a proposé de naviguer quelques jours avec lui sur son yacht à moteur. Il faisait un temps superbe, et je dois avouer que j'étais ravie de me reposer sur l'eau, pour une fois, a-t-elle ajouté avec un sourire en coin.

— Qui était le propriétaire du bateau ? a demandé Électra.

— Ça ne te regarde pas, a répondu Ally abruptement. Un ami, c'est tout.

Feignant de ne pas remarquer nos mines étonnées, elle a poursuivi :

— Bref, c'était il y a deux jours… Tout d'un coup, mon ami m'a annoncé qu'un de ses copains, marin aussi, venait de lui signaler par radio qu'il avait repéré le *Titan* ancré au large de Délos. Mon ami savait que c'était le bateau de Pa, apparemment, et on s'est dit tous les deux que ce serait marrant de lui rendre une petite visite surprise. Nous n'étions qu'à une heure de distance… donc, on a levé l'ancre et poussé le moteur à fond.

Ally a bu une gorgée de café avant de poursuivre son récit.

— Quand j'ai aperçu le *Titan* de loin dans les jumelles, j'ai envoyé un message radio à Hans, le skipper de Pa, pour lui dire qu'on approchait. C'est là que je ne comprends pas…

Ally a soupiré.

— On n'a reçu aucune réponse et le bateau a commencé à s'éloigner. On a essayé de le rattraper, mais, comme vous savez, Pa est une véritable anguille sur l'eau.

J'ai regardé les visages captivés de mes sœurs autour de la table. L'histoire d'Ally nous tenait toutes en haleine.

— Je ne captais aucun réseau sur mon portable, a dit encore Ally. C'est seulement hier que j'ai pu écouter vos messages me demandant de vous rappeler d'urgence. Surtout le tien, CeCe, dans lequel j'ai appris ce qui s'était passé.

— Pardon, Ally, a soufflé CeCe en baissant les yeux, gênée. J'ai pensé qu'il était inutile de tourner autour du pot. On voulait que tu reviennes le plus vite possible.

— C'est ce que j'ai fait. Alors maintenant… (La voix d'Ally s'est faite suppliante.) S'il vous plaît, dites-moi ce qui se passe ! Que faisait le bateau de Pa Salt en Grèce alors qu'il était déjà… mort ?

Tous les yeux se sont tournés vers moi, y compris ceux d'Ally. Je me suis donc appliquée à résumer ce que je savais, en sollicitant de temps à autre une confirmation de la part de Marina. Ally est devenue blanche comme un linge quand j'ai expliqué le choix de notre père concernant son dernier repos.

— Oh mon Dieu, a-t-elle murmuré. Alors… je suis tombée sur son enterrement. Je comprends maintenant pourquoi le bateau est parti si vite. Je…

Ally s'est pris la tête entre les mains. Les autres se sont levées pour la réconforter. Marina et moi, chacune à un bout de la table, avons échangé un regard douloureux. Enfin, Ally a repris contenance et s'est excusée d'avoir « craqué ».

— C'est normal, a dit Tiggy. Quel choc terrible pour toi ! Tu te rends compte après coup de ce qui se déroulait là-bas, presque sous tes yeux ! On est avec toi, Ally.

— Merci, a-t-elle répondu en hochant la tête. Mais maintenant que j'y repense… Un jour, sur le bateau, Pa m'a dit qu'il voulait être inhumé en mer. Alors tout ça est assez logique, finalement.

— Sauf qu'on n'a pas été invitées à y assister, a fait remarquer Électra avec un soupçon de hargne.

Ally a soupiré.

— Non, c'est vrai. Et pourtant, par la plus pure des coïncidences, moi, *j'y étais.* Si ça ne vous ennuie pas, je vais sortir un peu. J'ai besoin d'être seule un moment.

Mes sœurs et moi la comprenions, bien sûr, et nous lui avons manifesté notre soutien quand elle s'est levée et a quitté la cuisine.

— C'est très éprouvant pour elle, a dit Marina une fois Ally partie.

— Au moins, on sait à peu près où se trouve le corps de Pa Salt, a déclaré Cece.

— C'est tout l'effet que ça te fait ? s'est indignée Électra.

— Pardon. Je ne peux pas m'empêcher de réagir avec bon sens, a répliqué Cece sans se troubler.

Tiggy a pris sa défense.

— Moi non plus, je ne suis pas mécontente de savoir. Il adorait les îles grecques, surtout les Cyclades. Peut-être qu'on devrait prendre le yacht cet été et aller déposer une couronne en mer à l'endroit où Ally a vu son bateau.

— Oui, a dit timidement Star. C'est une super idée, Tiggy.

Et Marina a conclu :

— Bon, vous êtes partantes pour un brunch, maintenant ?

— Pas moi, merci, a décrété Électra. Je vais manger une salade, s'il est possible d'avoir des crudités dans cette maison.

— On trouvera sûrement quelque chose qui te conviendra, a répondu Marina, toujours bienveillante, puis elle s'est tournée vers moi : Maintenant qu'Ally est là, dois-je appeler Georg Hoffman pour lui demander de venir au plus vite ?

— Évidemment ! a répondu CeCe avant que je n'aie le temps d'ouvrir la bouche. Si Pa Salt avait quelque chose à nous révéler, autant le découvrir tout de suite.

Mais Marina hésitait.

— Tu crois qu'Ally sera d'attaque ? Elle a été très secouée…

— Franchement, je crois que, comme nous toutes, elle préférerait en finir, ai-je déclaré. Donc, oui, Ma, appelle Georg.

6

Ally n'est pas venue manger et nous l'avons laissée tranquille. De toute évidence, elle avait besoin de temps pour mettre de l'ordre dans ses émotions.

Marina est entrée dans la cuisine au moment où Claudia débarrassait la table.

— J'ai parlé à Georg, il arrive ce soir avant le coucher du soleil. Apparemment, votre père a donné des instructions très précises.

— Il faut que je prenne l'air après cet énorme repas, a déclaré CeCe. Quelqu'un a envie de faire un tour sur le lac ?

Mes sœurs ont tout de suite acquiescé. La tension montait, et une promenade offrait un bon moyen de diversion.

— Je ne viens pas, excusez-moi, ai-je dit. Quelqu'un doit rester ici pour Ally.

Quand elles sont parties en bateau avec Christian, j'ai prévenu Marina que je retournais au Pavillon. Là, confortablement installée sur le canapé avec mon ordinateur portable, j'ai commencé à lire le début du nouveau roman de Floriano Quintelas. Comme le premier, il était écrit avec une admirable maîtrise, exactement le genre de récit que j'adorais. L'histoire se passait un siècle auparavant, près des chutes d'Iguazu, et racontait les tribulations d'un jeune Africain échappant à l'esclavage. Plongée dans ma lecture, j'étais tellement détendue que j'ai dû m'assoupir. L'ordinateur a glissé de mes genoux et je me suis réveillée en sursaut au son d'une voix qui m'appelait.

C'était Ally.

— Excuse-moi, Maia. Tu dormais ?

— Oui, je crois..., ai-je murmuré, me sentant coupable sans trop savoir pourquoi.

— Ma m'a dit que les autres étaient parties en excursion sur le lac, alors je suis venue te parler. Je te dérange ?

— Pas du tout, ai-je répondu en émergeant lentement de ma torpeur.

— Je nous prépare un thé ? a proposé Ally.

— Oui, merci. Un English Breakfast, pour moi. Noir, sans sucre.

— Je sais.

Elle a souri et s'est éclipsée dans la cuisine. Quand elle est revenue avec deux tasses fumantes et a pris place sur le canapé, j'ai vu que ses mains tremblaient.

— Maia, il faut que je te raconte quelque chose.

— Oui, quoi ?

Ally a posé sa tasse sur la table basse, cédant à une impulsion soudaine.

— Tu n'as rien de plus fort que du thé ?

— Il y a du vin blanc dans le réfrigérateur.

Je suis allée chercher la bouteille et un verre. Ally ne buvait presque jamais, j'imaginais donc que ce qu'elle avait à me dire était grave.

— Merci..., a-t-elle murmuré quand je lui ai tendu le verre après l'avoir rempli. Ce n'est probablement pas si important, a-t-elle repris, mais quand je suis arrivée à l'endroit que le bateau de Pa venait de quitter, il y avait un autre yacht à l'ancre pas très loin.

— Ça n'a rien d'insolite, non ? À la fin du mois de juin, un tas de vacanciers sillonnent les eaux de la Méditerranée.

— Sauf que ce bateau-là... Mon ami et moi l'avons reconnu. C'était l'*Olympus*.

Alors que j'étais en train de porter ma tasse à mes lèvres, je l'ai reposée bruyamment sur la soucoupe.

Ally s'est mordu la lèvre avant de reprendre :

— Et tu sais ce qui s'est passé sur l'*Olympus*, n'est-ce pas ? Je l'ai appris en lisant le journal dans l'avion.

— Oui, je l'ai vu à la télé.

— Tu ne trouves pas ça étrange que Pa ait choisi justement cet endroit pour être jeté à la mer ? Et qu'au même moment, tout près de là, Kreeg Eszu décide de se suicider ?

Je pensais bien sûr – pour d'autres raisons que jamais je n'aurais révélées à Ally – que c'était une coïncidence absurde, presque risible. Mais plus que cela ? Non, je ne pouvais le concevoir.

— C'est étrange, en effet, ai-je répondu en m'efforçant de cacher mon trouble. Mais je suis certaine qu'il n'y a aucun lien. Ils ne se connaissaient même pas tous les deux, si ?

— Je n'en ai aucune idée, a dit Ally. D'ailleurs, que savions-nous *finalement* de la vie de Pa, en dehors de cette maison ou du yacht sur lequel il nous emmenait en croisière ? Ses amis, ses associés… Nous en avons rencontrés si peu. Après tout, deux hommes immensément riches, dans le milieu des affaires… Ils pouvaient très bien se connaître.

— C'est vrai. Tout de même, Ally, je persiste à croire que c'est une simple coïncidence. Regarde… *Toi aussi,* tu y étais ! Délos est une île magnifique, beaucoup de bateaux la prennent pour destination.

— Oui, oui… Mais je ne peux pas m'ôter de l'esprit l'image de Pa, tout seul au fond de la mer. À ce moment-là, je ne savais même pas qu'il était mort. Alors, l'imaginer sous cette eau d'un bleu incroyable ! Je…

J'ai passé un bras autour des épaules de ma sœur.

— Ally, je t'en prie, oublie cet autre bateau – ça n'a rien à voir. Mais le fait que tu te trouvais là-bas, et que tu as vu l'endroit où Pa a choisi d'être inhumé, au final, c'est réconfortant. Peut-être qu'on pourrait y aller cet été, comme l'a suggéré Tiggy, pour déposer une couronne.

Ally sanglotait maintenant.

— Je me sens tellement coupable !

— Pourquoi ?

— Parce que j'ai passé des journées merveilleuses sur ce bateau… J'étais heureuse, comme je l'ai rarement été dans ma vie. En réalité, je ne voulais pas qu'on puisse me contacter, alors j'ai éteint mon portable. Et pendant ce temps, Pa était en train de mourir ! Juste au moment où il avait besoin de moi, je n'ai pas été à ses côtés !

Je l'ai bercée doucement en lui caressant les cheveux.

— Ally, Ally… Aucune d'entre nous n'était avec lui. Et je crois sincèrement que telle était sa volonté. Même moi qui vis ici… J'étais partie quand c'est arrivé. D'après Ma, il n'y avait vraiment plus rien à faire, et nous devons la croire.

— Oui, je sais. Mais j'ai l'impression que j'avais encore tellement de choses à lui demander, tellement de choses à lui dire. Et maintenant, il n'est plus là.

— C'est notre sentiment à toutes. Au moins, on peut se soutenir les unes les autres.

— Tu as raison. Merci, Maia, a dit Ally avec gratitude. C'est incroyable comme nos vies peuvent basculer, en quelques heures…

— Oh oui, ai-je acquiescé sans réserve. En tout cas, un de ces jours, j'aimerais bien savoir ce qui te rendait si heureuse sur le bateau.

— Je te le dirai, c'est promis. Mais pas tout de suite. Et toi, comment tu vas ? m'a-t-elle demandé en changeant brusquement de sujet.

— Ça va, ai-je répondu avec un haussement d'épaules. Je suis sous le choc, moi aussi.

— Oui, je m'en doute, et il a fallu en plus que tu prennes sur toi pour l'annoncer à tout le monde. Je regrette de ne pas avoir été là pour t'aider.

— Heureusement que tu es venue très vite. Maintenant, on va pouvoir rencontrer Georg Hoffman, et avancer.

— Ah oui, j'ai oublié de te dire… Ma nous demande d'être à la maison dans une heure. Il sera là d'une minute à l'autre mais il veut d'abord lui parler, apparemment. Je peux avoir un autre verre de vin en attendant ?

* * *

À sept heures ce soir-là, Ally et moi sommes retournées à la maison où nous avons trouvé nos sœurs, assises autour de la table sur la terrasse, dans la lumière du soleil couchant.

— Georg Hoffman est arrivé ? ai-je demandé en prenant place.

— Oui, mais on nous a dit de patienter ici. Ma et lui ont disparu quelque part. Jusqu'au bout, Pa Salt continue à entretenir le mystère, a fait observer Électra, une note acerbe dans la voix.

Nous étions très tendues toutes les six. Enfin, Georg est sorti sur la terrasse avec Marina.

— Désolé de vous avoir fait attendre, mesdemoiselles. Je devais régler un petit détail. Mes condoléances à vous toutes, a-t-il dit avec raideur, puis il nous a serré la main à tour de rôle, dans le respect de la politesse traditionnelle suisse. Puis-je m'asseoir ?

— Bien sûr, ai-je répondu en désignant la chaise à côté de moi.

Je l'ai observé du coin de l'œil : tiré à quatre épingles dans un costume sombre, visage hâlé et parsemé de rides, cheveux argentés qui commençaient à se dégarnir. Je lui donnais une soixantaine d'années.

— Je rentre, a dit Marina en repartant vers la maison. Si vous avez besoin de moi…

Georg a alors pris la parole :

— Je regrette de faire votre connaissance dans des circonstances si tragiques… Bien qu'il me semble déjà très bien vous connaître, chacune, à travers les conversations que j'avais avec votre père. La première chose que je dois vous dire, c'est qu'il vous aimait énormément. Et en plus de l'amour, il éprouvait aussi une immense fierté de ce que vous êtes toutes devenues. Je lui ai parlé juste avant qu'il… ne nous quitte, et il m'a chargé de vous le transmettre.

À ma grande surprise, j'ai vu que des larmes discrètes montaient aux yeux de Georg. Pareille réaction, chez un homme qui devait rarement montrer ses émotions, me l'a rendu plus sympathique.

— En ce qui concerne les dispositions financières, sachez que vous serez à l'abri du besoin, et ce pour le restant de votre vie. Cependant, votre père ne voulait pas que cet héritage vous transforme en princesses oisives, selon ses propres termes. Aussi vous est-il alloué à chacune une rente, modeste, qui vous épargnera la pauvreté sans pour autant vous offrir le luxe. Votre père m'a exprimé son désir de manière catégorique : ce supplément-là, c'est vous qui devez le gagner, tout comme il a lui-même construit sa fortune. Néanmoins, le patrimoine familial a été transféré dans un trust que j'ai l'honneur d'administrer pour votre bénéfice. Je détiens donc le pouvoir discrétionnaire de vous attribuer une aide financière si vous me faites part d'une proposition ou d'une difficulté.

Nous gardions un silence religieux, notre attention tout entière fixée sur Georg.

— Cette maison aussi a été intégrée dans le trust, et Claudia et Marina se sont déclarées heureuses de continuer à s'en occuper. Le jour de la mort de la dernière sœur, le trust sera démantelé et Atlantis pourra être vendue. Les profits seront alors répartis entre les enfants que vous aurez eus. S'il n'y en a pas, l'argent reviendra à une association caritative choisie par votre père.

« Personnellement, a poursuivi Georg, je trouve ce dispositif extrêmement judicieux : la maison vous garantit une sécurité pour le restant de votre vie, même si, bien sûr, votre père souhaite que vous preniez votre envol pour forger votre propre destin.

Mes sœurs échangeaient des regards perplexes, ne sachant si elles devaient se réjouir de la décision de Pa. Quant à moi, ces modalités pratiques et financières ne changeaient pas grand-chose à ma vie. Je continuerais à habiter le Pavillon, pour lequel je payais un loyer à Pa, et ma carrière me procurait déjà de quoi subsister confortablement.

— Votre père vous a laissé autre chose, et pour cela je dois vous demander de venir avec moi. Si vous voulez bien me suivre…

Georg s'est levé. Au lieu de se diriger vers la porte de la maison, il a longé la façade et s'est engagé dans le parc. Nous marchions derrière lui, comme des agneaux conduits par un berger. Enfin, nous avons débouché dans un jardin secret, de l'autre côté d'une haie d'ifs impeccablement taillés, d'où l'on avait vue sur le lac, les montagnes et un spectaculaire coucher de soleil.

Au pied de l'esplanade qui le bordait en son extrémité, une volée de marches conduisait à une petite crique de galets où nous allions souvent nous baigner l'été, dans le clapotis d'une eau fraîche et claire. Je savais aussi que c'était l'endroit préféré de Pa. Quand je ne le trouvais pas dans la maison, je venais le chercher là et le découvrais assis parmi la lavande et les roses à l'odeur enivrante.

— Nous y sommes, a déclaré Georg. Et voici ce que je voulais vous montrer.

Suivant la direction indiquée par son doigt, nous avons ouvert de grands yeux à la vue de la sculpture d'une étrange beauté qui se dressait à présent au milieu de l'esplanade.

Nous nous sommes approchées de l'objet, fascinées. C'était un socle en pierre d'un mètre de hauteur environ, sur lequel était posée une structure insolite. En regardant plus attentivement, j'ai vu qu'il s'agissait d'un entrecroisement de minces cercles enfermant une petite boule dorée. Puis j'ai réalisé que la boule était en fait un globe, portant les continents finement gravés, piqué sur une mince tige de métal terminée d'un côté par une flèche. Tout autour, un autre cercle dépeignait les douze signes du zodiaque.

— Qu'est-ce que c'est ? a demandé CeCe, formulant la question que nous nous posions toutes.

— Une sphère armillaire.

Voyant nos mines interdites, Georg a développé :

— La sphère armillaire, qui représente la sphère céleste, existe depuis des milliers d'années. Les Grecs de l'Antiquité s'en servaient pour déterminer la position des étoiles, ainsi que pour lire l'heure. (Il a montré les cercles dorés qui enfermaient le globe.) Ici sont figurées les lignes équatoriales, latitudinales et longitudinales de la Terre. La ligne méridienne, qui les englobe toutes du nord au sud, porte les signes du zodiaque. Quant à l'axe central, il s'aligne sur Polaris, l'étoile Polaire.

— C'est magnifique, a soufflé Star en se penchant pour admirer la sphère.

— Oui, mais qu'est-ce que ça a à voir avec nous ? a demandé Électra.

— Je ne saurais vous l'expliquer, a répondu Georg, cela ne fait pas partie de mes attributions. Vous remarquerez seulement que vos noms apparaissent sur les cercles.

À nouveau, nous avons inspecté la sphère de plus près.

— Le tien est là, Maia, a dit Ally. Il est suivi de chiffres. On dirait des coordonnées géographiques… Oui, c'est ça, j'en suis sûre, a-t-elle repris en examinant son propre cercle. On s'en sert tout le temps pour la navigation en mer.

— Il y a aussi des inscriptions, a fait remarquer Électra, mais dans une langue étrangère.

J'ai aussitôt reconnu les caractères.

— Du grec ancien.

— Qu'est-ce qui est écrit ? a demandé Tiggy.

— Je ne sais pas, ai-je répondu en examinant le mystérieux message gravé à côté de mon nom. Il faut que je recopie les textes pour les déchiffrer.

— Bon d'accord, c'est un très bel objet que quelqu'un a installé là, sur l'esplanade. Mais qu'est-ce que ça veut dire, *exactement* ? a interrogé CeCe avec impatience.

— Encore une fois, je ne peux pas vous éclairer, a répondu Georg, s'écartant de quelques pas. Marina va servir du champagne sur la terrasse devant la maison, selon les instructions de votre père. Il voulait vous faire porter un toast à sa disparition. Ensuite, je vous remettrai à chacune une enveloppe de sa part. J'espère que vous y trouverez la réponse à vos questions.

Nous l'avons à nouveau suivi, sidérées et muettes. Sur la terrasse, en effet, deux bouteilles de champagne Armand de Brignac nous attendaient, ainsi qu'un plateau chargé de flûtes en cristal. Nous nous sommes regroupées autour de la table pendant que Marina commençait à servir.

Georg a levé sa flûte.

— À votre père, et à la vie remarquable qu'il a menée. Tel est l'enterrement qu'il souhaitait : toutes ses filles réunies à Atlantis, le foyer qu'il a eu l'honneur – ce sont ses propres mots – de partager avec vous durant tant d'années.

Semblables à des robots, nous avons levé nos flûtes.

— À Pa Salt, ai-je dit.

Mes sœurs m'ont fait écho.

— À Pa Salt.

Nous avons chacune bu une gorgée de champagne, un peu gênées. J'ai contemplé le ciel, puis le lac et les montagnes au-delà, et, silencieusement, j'ai dit à mon père que je l'aimais.

Puis Ally s'est tournée vers Georg.

— Et les lettres, alors ?

— Je vais les chercher, a-t-il répondu en partant aussitôt vers la maison.

— C'est la veillée funèbre la plus étrange à laquelle j'ai jamais assisté, a déclaré CeCe.

— Pa Salt a toujours été doué pour les surprises, a renchéri Électra avec un sourire las.

— Je peux avoir encore du champagne ? a demandé Ally.

Marina, remarquant que nos flûtes étaient vides, les a remplies à nouveau.

Star s'est approchée d'elle, l'air terriblement anxieux.

— Tu y comprends quelque chose, toi, Marina ?

Marina, énigmatique comme à son habitude, s'est contentée de répondre :

— Non, ma chérie, je ne sais rien de plus que vous.

— J'aimerais tellement qu'il soit là, a soupiré Tiggy dont les yeux se sont soudain mouillés de larmes. Pour nous expliquer en personne.

Ally l'a reprise avec douceur.

— Mais il nous a quittées… Et d'une certaine manière, il nous a rendu les choses très faciles. Maintenant, nous devons nous appuyer les unes sur les autres.

— Tu as raison, a dit Électra.

J'ai regardé Ally. Elle trouvait toujours les mots justes pour renforcer le lien entre nous, et je lui enviais ce talent.

Quand Georg est revenu, le champagne nous avait un peu détendues. Il s'est assis et a posé sur la table six enveloppes en papier vélin couleur crème.

— Ces lettres m'ont été confiées il y a environ six semaines, avec pour instruction de vous les remettre si votre père venait à mourir.

Nos yeux se sont fixés sur les enveloppes avec une curiosité mêlée de méfiance.

— Puis-je avoir une autre coupe de champagne, moi aussi ? a demandé Georg d'une voix où perçait la nervosité.

J'ai pris conscience qu'il se trouvait dans une position atrocement inconfortable. Même l'individu le plus pragmatique aurait souffert de devoir ainsi révéler à six filles les dernières volontés, pour le moins insolites, de leur père.

Marina s'est empressée de le resservir.

— Devons-nous les ouvrir maintenant, ou plus tard, séparément ? a demandé Ally.

— Quand vous vous sentirez prêtes. Votre père n'a rien stipulé sur ce point.

J'ai examiné mon enveloppe. À la vue de mon nom, tracé de la belle écriture de mon père, j'ai retenu mes larmes.

Mes sœurs et moi hésitions, chacune sondant les autres pour savoir ce qu'elles ressentaient.

— Je crois que je préfère être seule pour lire la mienne, a murmuré Ally.

Nous nous sommes toutes rangées à son avis. Comme d'habitude, Ally devinait instinctivement le secret de nos cœurs.

— Eh bien, ma mission est terminée.

Georg a vidé sa flûte, puis, fouillant dans la poche de sa veste, en a sorti six cartes qu'il nous a distribuées.

— Je vous en prie, n'hésitez pas à me contacter si vous avez besoin de mes services. Je serai disponible pour vous à n'importe quelle heure du jour ou de la nuit. Mais connaissant votre père, je suis certain qu'il a anticipé les besoins de chacune. Je vous laisse, maintenant… Encore une fois, toutes mes condoléances.

— Merci, Georg, ai-je répondu. Merci infiniment.

Il s'est levé et nous a saluées d'un léger hochement de tête.

— Au revoir. Vous savez où me trouver… Inutile de me raccompagner.

Nous l'avons regardé partir en silence. Puis Marina s'est levée à son tour.

— Je crois que manger un peu nous ferait le plus grand bien. Je vais demander à Claudia de servir le dîner ici, a-t-elle dit avant de disparaître dans la maison.

— J'ai presque peur de l'ouvrir, a soufflé Tiggy en considérant son enveloppe. Je n'ai absolument aucune idée de ce qu'elle peut contenir.

— Maia, tu crois que tu pourrais retourner voir la sphère armillaire pour traduire les textes ? a interrogé Ally.

— Oui, bien sûr. Après le dîner, ai-je ajouté voyant que Marina et Claudia revenaient déjà, les bras chargés de plateaux.

— Vous ne m'en voudrez pas, mais je n'ai pas faim, a déclaré Électra en repoussant sa chaise. À plus tard.

Là-dessus, elle s'est éloignée à pas pressés. Nous aurions toutes aimé avoir son courage, je le savais. Nous désirions toutes être seules.

— Tu as faim, Star ? a demandé CeCe.

Star, les mains crispées sur son enveloppe, a répondu d'une petite voix :

— Oui, je crois qu'on devrait manger un morceau.

— Bon, d'accord, a dit Cece.

Après s'être forcées à avaler ce que Claudia avait préparé avec amour, une par une, mes sœurs se sont levées et ont quitté la table en silence, jusqu'à ce qu'il ne reste plus qu'Ally et moi.

— Ça t'ennuie si je vais me coucher aussi, Maia ? a dit Ally. Je suis complètement vidée.

— Non, bien sûr. Tu as été la dernière à l'apprendre. C'est normal, tu es encore sous le choc.

— Oui, j'ai du mal à reprendre pied, a-t-elle soupiré en se levant. Bonne nuit, Maia.

— Bonne nuit.

Tout en la regardant s'éloigner sur la terrasse, j'ai refermé les doigts sur mon enveloppe. Je n'y avais pas touché depuis le début du repas. Je suis restée un moment immobile à la table, puis, à mon tour, me suis levée et j'ai regagné le Pavillon.

Dans ma chambre, j'ai glissé l'enveloppe sous mon oreiller. Je suis ensuite passée dans mon bureau pour prendre du papier et un stylo, j'ai attrapé une torche électrique, et je suis retournée voir la sphère armillaire.

La nuit tombait sur les jardins, et les premières étoiles apparaissaient. Pa Salt m'avait souvent montré les Sept Sœurs dans son observatoire. Entre novembre et avril, elles scintillaient juste au-dessus du lac.

— Tu me manques, ai-je murmuré aux cieux. J'espère qu'un jour, je comprendrai.

Parvenue devant la sphère, je me suis penchée sur les cercles dorés qui entouraient le globe et j'ai recopié de mon mieux les caractères grecs en m'éclairant maladroitement avec la torche. Je me suis promis de revenir le lendemain pour m'assurer que je ne m'étais pas trompée. À la fin, j'ai recompté les phrases que j'avais notées.

Il y en avait six.

J'ai alors remarqué un dernier anneau qui avait échappé à mon inspection. Le septième cercle. Mais quand je l'ai éclairé avec ma lampe, j'ai vu qu'il ne portait aucune inscription.

7

J'ai passé une bonne partie de la nuit à traduire les inscriptions de la sphère armillaire, sans essayer de les interpréter ni de porter un quelconque jugement. Il m'apparaissait clairement que mon rôle n'était pas de me substituer à mes sœurs. Enfin, je me suis attelée à la phrase qui me concernait, presque effrayée d'en découvrir le contenu. Après avoir transcrit les mots sur le papier, j'ai pris une profonde inspiration, et je les ai relus.

Ne laisse jamais ta peur décider de ton destin.

Cet ultime message de mon père m'a touchée droit au cœur. Rien, en effet, n'aurait pu mieux résumer la personne que j'étais.

* * *

Le lendemain matin, j'ai pris l'enveloppe sous mon oreiller et je l'ai emportée au salon. Là, assise en buvant mon thé à petites gorgées, je l'ai contemplée un moment.

Puis, après avoir pris plusieurs grandes inspirations, je l'ai ouverte. Il y avait une lettre à l'intérieur, mais j'ai senti aussi autre chose : un objet dur et doux à la fois sous mes doigts. Un petit morceau de céramique triangulaire, couleur crème tirant sur le vert. En le retournant, j'ai découvert au dos une inscription presque entièrement effacée, illisible.

Je l'ai posé d'une main tremblante et j'ai déplié la lettre de Pa.

Atlantis
Lac de Genève, Suisse

Maia, ma chérie,

Tu seras sûrement triste et un peu perdue au moment où tu liras cette lettre. Ma fille tant aimée, mon aînée, sache que tu as été une immense joie pour moi et que je t'ai aimée comme mon enfant naturel. C'est toi qui m'as incité à continuer à adopter tes sœurs, et toutes ensemble, vous m'avez donné les plus grands plaisirs qu'il m'a été accordé de connaître dans ma vie.

Tu ne m'as jamais interrogé sur tes origines ni sur les circonstances de ton adoption. N'aie aucun doute, je t'aurais tout raconté si tu me l'avais demandé, comme l'a fait une de tes sœurs il y a quelques années. Mais à présent que je m'apprête à quitter cette Terre, il est de mon devoir de t'offrir la liberté de savoir, si tu le souhaites un jour.

Aucune de vous ne m'a été confiée avec un acte de naissance, et, comme je vous l'ai dit, vous êtes toutes légalement mes filles. Personne ne pourra jamais t'enlever cela. Mais je peux t'indiquer une direction à suivre. Ensuite, toi seule choisiras d'entreprendre ce voyage dans ton passé, si tu le désires.

Les coordonnées géographiques gravées sur la sphère armillaire, que tu as maintenant découverte, indiquent l'endroit exact où ton histoire a commencé. Par ailleurs, l'enveloppe contient un indice qui pourra t'aider dans tes recherches.

Maia, j'ignore ce que tu découvriras si tu décides de partir pour ton pays natal. Tout ce que je peux te dire, c'est que l'histoire de ta famille biologique m'a ému en plein cœur.

Le temps me manque, hélas, pour te raconter ma propre histoire. Peut-être t'a-t-il semblé que je dissimulais bien des choses. Ce que j'ai fait, je l'ai fait pour vous protéger, tes sœurs et toi. Mais bien sûr, personne ne peut vivre éternellement dans une bulle. Vous avez grandi, et j'ai dû vous laisser voler de vos propres ailes.

Nous avons tous des secrets que nous gardons enfouis, mais je t'en prie, crois-moi quand je te dis que la famille est ce qu'il y a de plus important au monde. Et qu'il n'existe pas de force plus puissante que l'amour d'un parent pour un enfant.

Quand je contemple mon passé, Maia, il y a des décisions que je regrette d'avoir prises. Ainsi va l'être humain : nous commettons tous des erreurs, puis nous tirons les leçons de l'expérience. Mais au moins aurai-je pu transmettre un peu de la sagesse que j'ai acquise à mes filles chéries, tel est mon vœu le plus cher.

Je pense que quelque chose en toi, à cause de ce que tu as traversé, a perdu foi en la nature humaine. Maia, ma chérie, sache que j'ai souffert de cette même affliction à plusieurs moments de ma vie. Cependant, au travers de toutes les années que j'ai passées sur cette Terre, j'ai appris que pour chaque pomme véreuse, il y en a mille autres succulentes. Et qu'il faut faire confiance à la bonté intrinsèque en chacun de nous. Alors, seulement, l'on peut vivre et aimer pleinement.

Je te laisse maintenant, Maia chérie ; tout ceci doit vous troubler, tes sœurs et toi.

Je te regarde depuis là-haut. Toujours.

Ton père qui t'aime,

Pa Salt

Je suis restée sans bouger, tenant la lettre dans mes mains tremblantes. Il me fallait la relire, encore et encore, mais une phrase demeurait logée dans mon esprit.

Est-ce qu'il savait ?

J'ai appelé Marina sur son portable et lui ai demandé de venir. Quand elle est arrivée, moins de cinq minutes plus tard, elle a aussitôt lu la détresse sur mon visage.

Dans le salon, elle a aperçu la lettre abandonnée sur la table basse.

— Oh, Maia, a-t-elle dit en m'ouvrant ses bras. Quel chagrin tu dois éprouver. Entendre la voix de ton père qui te parle dans la tombe…

Je ne suis pas allée me blottir contre sa poitrine.

— Ma, s'il te plaît, dis-moi. Tu l'as raconté à Pa Salt ? Notre… secret ?

— Bien sûr que non ! Jamais je ne te trahirais !

Marina était blessée, cela transparaissait dans son regard.

— Donc, il ne savait pas ?

— Non. Comment l'aurait-il appris ?

— Il y a une phrase dans la lettre… On dirait *vraiment* qu'il était au courant.

— Je peux voir ?

Je lui ai tendu la lettre et je l'ai observée attentivement pendant qu'elle s'asseyait pour lire.

Bientôt, Marina a levé les yeux et m'a regardée. Le calme était revenu sur ses traits. Elle a hoché la tête, lentement.

— Je comprends ta réaction, mais je crois sincèrement que ton père ne faisait que partager sa *propre* expérience avec toi.

Je me suis laissée tomber sur le canapé.

Marina a soupiré, l'air infiniment triste.

— Maia, comme ton père le dit dans sa lettre, nous commettons tous des erreurs. Nous prenons les décisions que nous croyons bonnes sur le moment, tout simplement. Et toi, bien plus que tes sœurs, avant de penser à toi, tu t'es toujours préoccupée de satisfaire les autres. Surtout ton père.

— Je ne voulais pas le décevoir.

— Je sais, ma chérie, mais ce que ton père souhaitait pour chacune d'entre vous, c'était que vous soyez heureuses, confiantes, et aimées. Tu ne dois pas l'oublier, et encore moins maintenant ! L'heure est peut-être venue, à présent qu'il est parti, de penser à toi et à ce que, *toi*, tu veux.

Après un silence, Marina s'est ressaisie et a déclaré en se levant :

— Électra a annoncé qu'elle partait, Tiggy aussi. CeCe a téléphoné à Georg Hoffman à l'aube ce matin, elle est allée le voir à Genève avec Star. Et Ally est collée devant l'écran de son ordinateur dans la cuisine.

— Tu sais si elles ont lu leur lettre ? ai-je demandé en essayant de me ressaisir.

— Si elles l'ont fait, elles ne m'en ont pas parlé, a répondu Marina. Tu viendras déjeuner à la maison pour voir Électra et Tiggy avant leur départ ?

— Bien sûr. Excuse-moi d'avoir douté de toi, Ma.

— Je comprends, ne t'inquiète pas. Prends le temps de te remettre, et on se voit tout à l'heure.

— Merci, ai-je murmuré.

Marina sortait déjà de la pièce. À la porte du Pavillon, elle a marqué une pause et s'est tournée vers moi.

— Maia, vraiment, tu es la fille que j'aurais toujours voulu avoir. Et moi aussi, je t'aime comme mon propre enfant.

* * *

Une fois seule, j'ai laissé libre cours à mon chagrin. C'était comme si un barrage cédait, libérant un torrent d'émotions longtemps réprimées. J'avais honte, et pourtant, incapable de me contrôler, je me suis laissé submerger par ce raz-de-marée.

Je savais que je pleurais sur *moi.* Pas sur mon père, sa mort inattendue ni sa souffrance, mais sur ma propre douleur de l'avoir perdu. D'un coup, je comprenais que je m'étais montrée indigne, que je n'avais pas eu suffisamment confiance en Pa pour lui dire la vérité.

Quel genre de personne étais-je donc ? Qu'avais-je fait ?

Et pourquoi succombais-je maintenant à tous ces regrets, dont la plupart n'étaient pas liés à sa mort ?

Je me comporte comme Électra, me suis-je dit, espérant que mes larmes se tariraient à cette pensée. Mais cela n'a pas marché, et j'ai continué à pleurer. J'ai dû perdre la notion du temps, car quand j'ai enfin levé les yeux, j'ai vu Tiggy debout devant moi, l'air très inquiet.

— Oh, Maia, je suis juste venue te dire qu'on s'en va bientôt, Électra et moi, et on voulait te dire au revoir. Mais je ne peux pas te laisser comme ça...

— Pardon, ai-je dit en reniflant. Excuse-moi, je...

— De quoi t'excuses-tu ? Tu es un être humain, toi aussi. Je crois que tu l'oublies parfois.

Elle s'est assise à côté de moi et m'a pris la main. Voyant qu'elle regardait du coin de l'œil la lettre de Pa sur la table basse, j'ai saisi le mince feuillet comme pour le protéger jalousement.

— C'était bouleversant ? a-t-elle demandé.

— Oui... et non...

Je ne pouvais pas lui expliquer. De toutes mes sœurs qui auraient pu me surprendre en cet instant, Tiggy était celle que j'avais le plus maternée, qui s'était appuyée sur moi, pour qui j'avais toujours été là. Curieuse inversion des rôles…

— Au fait, tu as raté le déjeuner.

— Désolée.

— Arrête de t'excuser, d'accord ? Tout le monde comprend. On t'aime. Et on sait ce que la mort de Pa représente pour toi.

— Mais regarde-moi ! Je suis censée être celle qui « gère », sur qui les autres se reposent. Et c'est moi qui m'effondre. Tu as lu ta lettre ?

— Non, pas encore. Je veux l'emporter avec moi en Écosse… J'ai envie de la lire sur la lande, dans un endroit que j'adore.

— Moi, mon endroit est ici… Oh, Tiggy, je me sens tellement coupable.

— Mais de quoi ?

— Parce que… c'est sur *moi* que je pleure. Pas sur Pa.

— Maia, a-t-elle soupiré, tu crois vraiment que les gens versent des larmes pour une autre raison quand ils perdent un être cher ?

— Oui, bien sûr. Ils pleurent pour une vie qui s'est arrêtée brutalement, pour la souffrance de celui qui est mort. N'est-ce pas ?

Tiggy m'a souri doucement.

— Je sais que tu as du mal à croire qu'il y a une vie après la mort et que nos âmes perdurent. Mais j'imagine que Pa se trouve maintenant quelque part dans l'univers, soulagé de son enveloppe corporelle – enfin libre. Il a dû connaître de grandes douleurs, je le voyais dans ses yeux. Et je peux te dire que, moi aussi, quand une de mes biches meurt et cesse de souffrir, je ne pleure pas pour elle mais parce que je l'ai perdue, parce qu'elle va me manquer. Maia, je t'en prie, même si tu refuses de croire qu'il existe un au-delà après notre passage sur cette Terre, essaie d'accepter que le chagrin n'appartient qu'à ceux qui *restent.* C'est normal, et tu ne dois pas culpabiliser.

J'ai regardé ma sœur, le calme avec lequel elle acceptait les choses. Et je me suis avoué en silence que cette part de moi qu'elle appelait « âme », je l'avais enterrée depuis des années.

— Merci, Tiggy. Désolée d'avoir raté le déjeuner.

— Tu n'as pas raté grand-chose. Pour finir, il n'y avait qu'Ally et moi. Électra faisait ses valises et elle a déclaré que, de toute façon, elle avait mangé beaucoup trop de cochonneries, et CeCe et Star sont toujours à Genève. Elles sont allées voir Georg Hoffman ce matin.

— Oui, Ma me l'a dit. Pour parler argent, sans doute ?

— Sûrement. CeCe a été acceptée par une école d'art à Londres, tu sais ? Elles vont devoir se loger...

— Oui.

— La mort de Pa te touche encore plus que nous, évidemment. Toi, tu es restée ici pour lui tenir compagnie et t'occuper de lui.

— Ce n'est pas vrai, Tiggy. En réalité, je n'avais nulle part où aller.

— Comme d'habitude, tu es incroyablement dure avec toi-même. C'était quand même pour Pa, *en partie*, que tu vivais ici. Maintenant qu'il nous a quittées, le monde s'ouvre à toi. Tu as un métier que tu peux exercer n'importe où, tu es libre d'aller où tu veux.

Tiggy a jeté un coup d'œil à sa montre.

— Il faut vraiment que j'aille boucler mes bagages. Au revoir, Maia. Prends soin de toi. Et n'hésite pas à m'appeler... D'ailleurs, si tu venais me rendre visite dans les Highlands ? C'est tellement beau, ce paysage, tellement paisible.

— Peut-être, Tiggy. Merci.

Je suis sortie très peu de temps après elle pour aller dire au revoir à Électra. Mais alors que je me dirigeais vers la jetée, celle-ci s'est brusquement matérialisée devant moi.

— J'y vais, a-t-elle déclaré. Mon agent menace de me faire un procès si je ne me pointe pas à la séance photo demain matin. Écoute, Maia... Maintenant que tu n'as plus à t'occuper de Pa ici, pourquoi ne ferais-tu pas un saut à LA pour nous voir, Mitch et moi ? On a un super petit bungalow pour les amis dans le jardin. Vraiment, tu es la bienvenue.

— Merci, Électra. Donne-moi de tes nouvelles, d'accord ?

— Promis... À bientôt.

Au moment où nous avons atteint la jetée, CeCe et Star descendaient de la vedette.

— Salut ! a lancé CeCe.

À son sourire, j'ai compris que sa démarche à Genève lui avait apporté satisfaction.

— Tu pars, Électra ? a demandé Star.

— Oui, je dois rentrer à LA. Il y a des gens qui travaillent pour gagner leur vie, a fait remarquer Électra, visant ostensiblement CeCe.

— Il y en a aussi qui la gagnent avec leur cervelle, pas avec leur corps, a rétorqué CeCe.

Ally, qui approchait avec Tiggy, a entendu cet échange de paroles acides.

— Hé ! Ce n'est pas le moment de se disputer. Au revoir, Électra. On essaie de se voir bientôt, d'accord ?

— D'accord.

Électra a ensuite embrassé Star, mais pas CeCe.

— Tu es prête, Tiggy ?

— Oui, oui.

Tiggy, après nous avoir toutes embrassées, s'est approchée de Star. Quand elle lui a passé les bras autour du cou, j'ai vu qu'elle lui chuchotait quelque chose à l'oreille et que Star acquiesçait.

— Allons-y, a ordonné Électra. Je ne peux pas me permettre de louper mon avion.

Tiggy et Électra ont grimpé à bord. Nous avons agité la main en regardant la vedette s'éloigner, puis nous sommes remontées vers la maison.

— Nous aussi, on ne va pas tarder, a déclaré CeCe.

— Déjà ? On ne pourrait pas rester un peu plus longtemps ? a demandé Star d'une voix plaintive.

— À quoi bon ? Pa n'est plus là, on a vu l'avocat, et il faut qu'on cherche un appartement à Londres.

Star s'est inclinée.

— Oui, tu as raison.

— Qu'est-ce que tu vas faire, Star, pendant que CeCe fréquentera l'école d'art ? a demandé Ally.

— Je ne sais pas trop encore…

— Tu voulais t'inscrire à un cours de cuisine, n'est-ce pas, Star ? C'est un vrai cordon-bleu, a ajouté CeCe à mon intention. Bon… Je m'occupe de nous trouver un avion. Il y a un vol pour Heathrow à huit heures, si on peut l'avoir, ce serait parfait. À plus tard.

Ally et moi les avons regardées disparaître toutes les deux dans la maison.

— Ne dis rien, ai-je soupiré. Je sais.

— Autrefois, je trouvais formidable qu'elles soient si proches, a renchéri Ally. Dans la fratrie, elles ont la place « du milieu », mais elles pouvaient s'appuyer l'une sur l'autre.

— Je me rappelle quand Pa a voulu les mettre dans deux écoles différentes. Star a pleuré toutes les larmes de son corps et l'a supplié de ne pas la séparer de CeCe.

— Le problème, c'est qu'on ne peut jamais parler à Star toute seule. Elle va bien à ton avis ? Je lui trouve une mine épouvantable.

— Je t'avoue que je n'en ai aucune idée. Parfois, j'ai l'impression que je la connais à peine.

— Si CeCe est occupée avec ses études et que Star s'engage dans une activité personnelle, elles commenceront peut-être à se décoller l'une de l'autre… Tu ne veux pas t'asseoir un moment sur la terrasse avec moi ? Je vais demander à Claudia de t'apporter des sandwichs, tu es toute pâle, Maia, et tu n'as rien mangé à midi… Et puis aussi, je voudrais te parler de quelque chose.

J'ai accepté et me suis installée à la table devant la maison. La chaude caresse du soleil sur mon visage me procurait une agréable détente. Bientôt, Ally est revenue et a pris place à côté de moi.

— Claudia te prépare une collation, a-t-elle annoncé. Maia… Je ne voudrais pas être indiscrète, mais est-ce que tu as ouvert ta lettre hier soir ?

— Oui… En fait, je l'ai lue ce matin.

— Et visiblement, elle t'a bouleversée.

— Sur le coup, oui, mais ça va maintenant. Vraiment, Ally.

Je ne souhaitais pas entrer dans cette conversation. La sollicitude de Tiggy m'avait réconfortée, mais je savais qu'Ally, tout en s'inquiétant pour moi, ne pourrais s'empêcher de me faire la leçon.

— Et toi ? ai-je demandé.

— Oui, je l'ai lue. C'était très beau, et j'ai pleuré, mais je me suis sentie aussi pleine d'énergie. J'ai passé la matinée à localiser les coordonnées géographiques sur Internet. Je sais maintenant d'où nous venons toutes. Et il y a quelques surprises, crois-moi.

À cet instant, Claudia a posé une assiette de sandwichs devant moi. J'ai attendu qu'elle s'éloigne pour demander :

— Tu sais où nous sommes nées ? Où *moi*, je suis née ?

— Plus exactement, j'ai une idée de l'endroit où Pa nous a trouvées. Tu veux savoir, Maia ? Je peux te le dire, sauf si tu préfères chercher toi-même.

— Je… je ne suis pas sûre, ai-je bredouillé, le ventre soudain noué.

— En tout cas, une chose est certaine : Pa voyageait beaucoup.

Je lui enviais d'être si calme face à tant de mystères, où mort et naissance s'accompagnaient de troublantes révélations.

— Alors, toi, tu sais d'où tu viens ?

— Oui, bien que tout ne soit pas clair encore.

— Et les autres ? Tu leur as dit que tu connaissais leur lieu de naissance ?

— Non, mais je leur ai expliqué comment trouver les coordonnées sur Google Earth. Tu veux que je t'explique aussi ? Ou tu préfères que je te dise où c'est ?

Ally me regardait de ses magnifiques yeux bleus.

— Là, tout de suite, je ne peux pas te répondre…

— Bon. De toute façon, si tu veux chercher par toi-même, c'est très facile. Tu verras.

— Oui, mais je vais attendre d'être prête, ai-je tranché en pensant, une fois de plus, que j'étais toujours à la traîne derrière ma sœur.

— Je te mettrai par écrit la méthode à suivre pour localiser les coordonnées, au cas où… Au fait, tu as pu traduire les inscriptions en grec qui sont gravées sur la sphère armillaire ?

— Oui, et je les ai toutes transcrites.

— J'aimerais vraiment savoir ce que Pa a choisi pour moi. Tu veux bien me dire ce que c'est ?

— Je ne m'en souviens pas exactement, mais je te le noterai dès que je retournerai au Pavillon.

— Merci.

J'ai mordu dans un des sandwichs. Pour la énième fois, je regrettais de ne pas ressembler davantage à Ally. Elle prenait les choses comme elles venaient, elle n'avait jamais peur de ce que la vie jetait sur son chemin. La carrière qu'elle s'était choisie – seule face au danger, à des vagues capables de retourner en un instant son fragile voilier – constituait une parfaite métaphore de sa personnalité. De nous toutes, c'était celle qui se sentait le mieux dans sa peau. Ally ne succombait jamais au pessimisme ; de chaque écueil de la vie, elle tirait une leçon positive et continuait à aller de l'avant.

Elle a repris d'un air songeur :

— Toi et moi, nous sommes les dépositaires des informations dont nos sœurs ont besoin pour explorer leur passé.

— En effet, mais il est peut-être trop tôt pour nous toutes de faire ce voyage en suivant les indices laissés par Pa.

— Oui, peut-être, a-t-elle soupiré. D'autant que la régate des Cyclades commence. Je vais devoir partir très vite… À dire vrai, Maia, après ce que j'ai vu il y a deux jours, je redoute un peu de me retrouver sur l'eau…

Son visage affichait une expression de fragilité qui m'a surprise. Cela contrastait tellement avec l'image que je me faisais d'Ally.

— Je comprends. Tout se passera bien, j'en suis sûre.

— Je l'espère. C'est la première fois que je me sens inquiète, depuis que je participe à des courses.

— Tu as consacré ta vie à la voile, Ally. Ne te laisse pas démonter par un événement que le hasard a mis sur ta route.

— Oui, tu as raison. Je vais tout faire pour que mon équipe gagne. Je le dois à Pa. Merci, Maia. Tu sais, je réfléchis parfois à cette passion pour le bateau qui s'est emparée de moi… Tu te rappelles comment je voulais désespérément devenir flûtiste quand j'étais plus jeune ? Mais ensuite, la mer a pris toute la place.

— Bien sûr que je me rappelle, ai-je répondu en souriant. Tu as beaucoup de talents, Ally, mais j'avoue que je suis nostalgique de l'époque où je t'entendais jouer de la flûte.

— C'est drôle. Moi aussi, depuis quelque temps, je m'aperçois que la musique me manque. Bref. Et toi, ça va aller, toute seule ici ?

— Oui. Ne t'inquiète pas, et puis, je ne suis pas seule. J'ai Ma, et mon travail… Tout ira bien.

— Tu pourrais peut-être me rejoindre sur mon bateau à la fin de l'été ? On se promènerait quelques jours… Dans le golfe de Naples, par exemple. C'est magnifique. Et j'apporterais ma flûte à bord, a-t-elle ajouté avec un fin sourire.

— C'est une idée formidable, mais on verra. J'ai un planning de travail assez chargé…

— On a réservé deux places sur un vol pour Heathrow ! a claironné CeCe en arrivant sur la terrasse. Christian nous emmène à l'aéroport dans une heure.

— Je vais essayer de trouver un vol pour Nice, a dit Ally en se levant brusquement. Comme ça, je pourrais partir en même temps que vous. Et, Maia… N'oublie pas de me noter la traduction du grec, hein ? a-t-elle ajouté avant de disparaître dans la maison.

Je me suis tournée vers CeCe.

— Tout s'est bien passé avec Georg ?

CeCe s'est contentée de hocher la tête, puis s'est assise à côté de moi.

— Alors, tu as traduit les inscriptions ?

— Oui.

— Et Ally m'a dit qu'elle avait localisé toutes nos coordonnées.

— Tu as ouvert ta lettre ?

— Non. Star et moi, on préfère attendre d'avoir un moment tranquille toutes les deux pour les lire. Si tu pouvais écrire nos phrases sur un papier et me le donner… J'ai demandé à Ally de faire pareil avec les coordonnées.

— Pour ton inscription, CeCe, pas de problème. Mais Pa précise dans sa lettre que je dois les remettre à chacune en main propre. Donc je donnerai la sienne directement à Star, ai-je conclu en m'étonnant moi-même de ma capacité à mentir.

CeCe a haussé les épaules.

— D'accord. De toute façon, on se les montrera.

Soudain, elle m'a fixé droit dans les yeux.

— Et toi ? Qu'est-ce que tu vas faire, toute seule ici sans Pa ?

— J'ai mon travail...

— D'accord, mais c'est quand même pour lui que tu vivais ici. En tout cas, si tu veux venir nous voir à Londres quand on aura trouvé un appartement, ça nous ferait très plaisir à toutes les deux. J'ai déjà contacté une agence immobilière.

— C'est très gentil de ta part, CeCe. Je t'appellerai.

— Parfait. Dis, Maia... je peux te demander quelque chose ?

— Évidemment.

— Tu crois que... À ton avis, est-ce que Pa m'aimait bien ?

— Quelle question ! Bien sûr que oui. Il nous aimait toutes.

— C'est juste que...

CeCe s'est mise à pianoter sur la table, de ses doigts aux ongles rongés.

— Qu'est-ce qui te tracasse ?

— Pour être honnête, j'ai peur de lire la lettre. C'est vrai, je suis quelqu'un qui ne montre pas beaucoup ses émotions, et j'ai l'impression que je n'étais pas très proche de Pa. Je ne suis pas idiote, je sais bien que les gens me trouvent brusque et trop terre à terre – sauf Star, évidemment – mais je ressens quand même tout, *à l'intérieur.* Tu comprends ?

Touchée par cet aveu inattendu de CeCe, j'ai tendu la main pour effleurer la sienne.

— Je comprends parfaitement. Mais, tu sais, CeCe, je n'oublierai jamais ton arrivée à la maison. Ma n'en revenait pas de voir notre père ramener encore un bébé, juste après Star. Quand j'ai demandé à Pa pourquoi nous avions une autre sœur si rapidement, il m'a répondu : « Parce qu'elle est tellement extraordinaire, je ne pouvais tout simplement pas la laisser. » Et il avait raison.

— Vraiment ?

— Oui, *vraiment.*

Pour la première fois, j'ai vu CeCe au bord des larmes.

— Merci, Maia, a-t-elle dit avec gratitude. Bon, je vais chercher Star. On part bientôt.

Elle s'est levée pour rentrer dans la maison, et, tout en la suivant des yeux, j'ai pensé que la mort de Pa nous avait déjà beaucoup changées.

* * *

Une heure plus tard, après avoir remis à chacune la traduction de son inscription, je me suis retrouvée encore une fois en train de dire au revoir sur la jetée. À bord de la vedette qui s'éloignait à vive allure, Ally, CeCe et Star repartaient vers leurs vies. De retour au Pavillon, tout en me servant un verre de vin, j'ai pensé que je pourrais passer une année entière à sillonner le globe pour répondre à leurs invitations, si je le voulais.

En attendant, j'habitais toujours sur les lieux de mon enfance. Mais l'idée m'a soudain traversée qu'il y avait eu un autre endroit avant celui-ci. Une vie dont je ne conservais aucun souvenir et dont je ne savais rien.

Prise d'une farouche détermination, j'ai filé droit dans mon bureau et ai allumé mon ordinateur. Peut-être était-il temps pour moi de découvrir *qui* j'étais. D'où je venais. À quel monde j'appartenais.

Mes mains tremblaient sur le clavier quand je suis allée sur Google Earth. J'ai tapé les coordonnées géographiques, comme Ally me l'avait indiqué, puis, retenant mon souffle, j'ai attendu que l'ordinateur me montre où chercher mes racines. Le petit rond a tourné sur l'écran – tel un globe sur son axe – pendant un temps qui m'a paru infini. Enfin, les détails sont apparus sous mes yeux. Et le lieu de ma naissance m'a été révélé.

8

Curieusement, j'ai dormi cette nuit-là d'un sommeil profond et paisible dont je suis sortie revigorée. Je suis restée un moment allongée à contempler le plafond de ma chambre, passant en revue mes découvertes de la veille.

Ce que j'avais appris ne me perturbait pas autant que j'aurais pu l'imaginer ; c'était comme si, quelque part dans mon ADN, je l'avais toujours su. En fait, inconsciemment, je l'avais déjà intégré en partie dans ma vie. Néanmoins, je n'en revenais pas d'avoir vu la maison où j'étais peut-être née. Une énorme, somptueuse bâtisse, d'après la vue aérienne de Google Earth. Pourquoi, compte tenu de ce luxe apparent, Pa Salt en avait-il arraché le bébé que j'étais ?

C'était tout de même incroyable, pensais-je un peu plus tard, dans la cuisine, en buvant mon thé à petites gorgées. Il suffisait que je saute dans un avion et, moins de vingt-quatre heures après, je pourrais frapper à la porte de mon passé.

Casa das Orquídeas, Laranjeiras, Rio de Janeiro, Brésil.

J'ai essayé de me remémorer dans les détails la conversation que j'avais eue avec Pa quand je m'étais inscrite à l'université. Les langues m'intéressaient, et parmi toutes celles que j'envisageais d'étudier, il m'avait encouragée à choisir le portugais. Avec quelle facilité je l'avais appris ! Les mots me venaient naturellement, presque comme dans ma langue maternelle.

Je suis ensuite allée au salon pour examiner le petit carreau de céramique qui était resté dans l'enveloppe. Je comprenais mieux, à présent, pourquoi il portait au verso une inscription en portugais. Quelques lettres seulement demeuraient lisibles, et une date – 1929 –, mais il était impossible de déchiffrer l'ensemble.

Un frisson m'a soudain parcourue, en même temps qu'une idée jaillissait dans mon esprit. Mais je l'ai aussitôt réprimée. Non, je ne pouvais pas partir au Brésil, comme ça, sur un coup de tête…

Et pourquoi pas ?

J'ai réfléchi, plus calmement, et j'ai fini par décider que oui, un jour peut-être, je ferais le voyage. Après tout, j'avais une bonne raison, puisque je traduisais des auteurs brésiliens. Je pourrais rencontrer l'éditeur de Floriano Quintelas et lui demander de me mettre en relation avec d'autres écrivains.

Mon portable m'a prévenue de la réception d'un nouveau message. Je ne m'étais pas attendue à entendre cette voix, une voix que je ne connaissais que trop bien.

« Maia, salut, c'est moi, Zed. J'espère que tu te souviens de moi… » Il a lâché un petit rire avant de continuer : « Je ne sais pas si tu es au courant, pour mon père. À vrai dire, nous avons du mal à nous remettre de cette tragédie. Je ne t'aurais pas appelée pour te l'annoncer, mais j'ai appris hier, par un ami marin, que ton père aussi était récemment décédé. Je dois me rendre à Genève dans les jours qui viennent et j'ai eu soudain très envie de te revoir. On pourrait pleurer dans les bras l'un de l'autre… La vie est bizarre, non ? Tu n'habites peut-être plus là, mais je te ferai signe. J'ai encore ton fixe quelque part, alors si tu ne réponds pas à ce message, je tenterai ma chance au numéro de la célèbre Atlantis. Je suis vraiment désolé pour ton père. Prends soin de toi. »

Un bip a signalé la fin du message. Je m'étais figée sur place, pétrifiée au son de cette voix que je n'avais pas entendue depuis quatorze ans.

— Oh, mon Dieu, ai-je murmuré, affolée par la vision de Zed se présentant à ma porte dans un jour ou deux.

Je me sentais comme un lapin pris dans la lumière des phares et j'avais envie de courir me cacher au fond de mon lit à l'idée que, peut-être, il était déjà arrivé à Genève, qu'il serait là d'une seconde à l'autre… Cette pensée m'a traversée comme une décharge électrique.

Je devais immédiatement dire à Marina et à Claudia de ne parler de moi à *personne* au téléphone !

Et si Zed débarquait sans prévenir ? Il savait où se trouvait Atlantis, je lui avais suffisamment décrit la propriété et ses environs.

Il faut que je parte d'ici. Mes jambes m'obéissant enfin, je me suis mise à arpenter le salon de long en large, en proie à une folle angoisse. Je repensais aux invitations lancées par mes sœurs et me demandais laquelle saisir.

Aucune ne me tentait. J'ai imaginé alors retourner chez Jenny, à Londres, et attendre là-bas que le danger soit écarté.

Mais jusqu'à quand ? Zed resterait peut-être un certain temps à Genève. Il y avait fort à parier que l'immense fortune de son père reposait entre les mains et dans les coffres des banquiers suisses.

— Pourquoi maintenant ? ai-je gémi en m'adressant au Ciel.

Juste au moment où j'avais besoin de réfléchir calmement, de me recentrer. Mais je devais absolument partir. De cela je n'avais aucun doute : le revoir me briserait, d'autant que la mort de Pa m'avait déjà fragilisée.

Mon regard s'est arrêté sur la table basse, et, instinctivement, j'ai tendu la main pour caresser le carreau de céramique. J'ai alors laissé se répandre en moi, lentement, l'idée qui commençait à germer dans mon esprit.

Si je voulais mettre le plus de distance possible entre Zed et moi, le Brésil, évidemment, m'offrait une excellente solution. Je pouvais emporter mon ordinateur et travailler là-bas. Pourquoi pas ?

— Oui, Maia, pourquoi pas ? ai-je dit à voix haute.

* * *

Une heure plus tard, j'entrais dans la cuisine de la maison et demandais à Claudia où était Marina.

— Elle est partie faire des courses à Genève. Voulez-vous que je lui transmette un message ?

J'ai pris mon courage à deux mains.

— Oui. Dites-lui que je pars ce soir, pour deux semaines au moins. Ah oui, aussi… Si quelqu'un me demande au téléphone ou vient me voir ici, répondez que je serai absente pendant quelque temps.

La surprise est apparue sur le visage de Claudia, d'ordinaire impassible.

— Où allez-vous ?

— Je pars, c'est tout, ai-je répondu d'une voix neutre.

— Bon…

J'ai attendu une suite, mais Claudia n'a rien ajouté.

— Je vais préparer mes bagages. Pouvez-vous prévenir Christian, quand il sera de retour, pour qu'il soit prêt à me conduire à Genève vers quinze heures ?

— Je vous prépare un déjeuner ?

J'avais l'estomac tellement noué que je me savais incapable de rien avaler.

— Non, merci. Je passerai dire au revoir tout à l'heure. Surtout, n'oubliez pas, Claudia. Si quelqu'un téléphone, je ne suis pas là.

— J'ai compris, Maia. Vous l'avez déjà dit.

J'ai quitté Atlantis deux heures plus tard, après avoir pris un billet d'avion et réservé un hôtel, munie d'une valise dans laquelle j'avais jeté quelques affaires à la hâte. À bord de la vedette qui filait sur le lac, je me suis soudain demandé si je partais pour échapper à mon passé ou pour le rechercher.

9

Avec les cinq heures de décalage horaire, il n'était que six heures le lendemain matin quand l'avion a atterri au Brésil. Le ciel nuageux, alors que je m'attendais au soleil éblouissant de l'Amérique du Sud, m'a surprise. Mais bien sûr, c'était l'hiver, ici, ce qui expliquait l'absence de la chaleur tropicale et étouffante que j'avais anticipée, même s'il faisait tout de même plus de vingt degrés. À ma sortie du hall des arrivées, un chauffeur m'attendait, une pancarte avec mon nom à la main.

— *Olá, eu sou senhorita d'Aplièse. Como você está ?*, lui ai-je demandé en portugais, et j'ai souri en voyant son air étonné.

Je l'ai suivi jusqu'à la voiture et nous avons quitté l'aéroport pour Rio. Je dévorais des yeux cette ville où – apparemment – j'étais née. Ma première visite au Brésil, à São Paulo, s'était déroulée dans le cadre d'un échange universitaire pendant ma deuxième année d'études. Je m'étais aventurée jusqu'à l'ancienne capitale, Salvador, mais tout ce qu'on racontait sur Rio – le taux de criminalité, la pauvreté et la vie nocturne délirante – m'avait rendue méfiante, d'autant que je voyageais seule. Voilà qu'à présent j'étais de retour, et si les informations de Pa Salt étaient correctes, je portais l'ADN de ce pays en moi.

Le chauffeur, content de rencontrer un des rares étrangers qui parlaient couramment le portugais, m'a demandé d'où je venais.

— Du Brésil. Je suis née ici, ai-je répondu.

Il m'a dévisagée dans le rétroviseur.

— Ah oui, c'est vrai que vous avez un petit air brésilien. Mais votre nom de famille, d'Aplièse, c'est français, non ? Vous êtes venue voir votre famille ?

— Oui. C'est ça, ai-je répondu.

Il avait vu juste.

— Regardez, a-t-il dit en indiquant une haute montagne où se dressait une statue blanche, les bras grands ouverts comme pour protéger la ville. C'est notre *Cristo Redentor.* Dès que je le vois, je me sens aussitôt chez moi.

J'ai levé les yeux pour admirer la sculpture qui semblait flotter parmi les nuages à la manière d'un ange. Tout le monde en a vu la photo dans les médias mais la réalité est autrement impressionnante. J'en ai eu le souffle coupé. C'était une sorte d'apparition, devant laquelle j'éprouvais une étrange émotion.

— Vous êtes déjà montée Le voir ? m'a encore interrogée le chauffeur.

— Non, pas encore.

— Alors, vous êtes une vraie fille de Rio, une *carioca,* a-t-il dit avec un large sourire. C'est une des sept merveilles du monde, mais nous, ici, on la remarque à peine. Ce sont les touristes qui y vont.

— J'ai bien l'intention de m'y rendre, ai-je simplement répondu.

Le *Christ Rédempteur* a disparu quand la voiture s'est engagée dans un tunnel.

Après un trajet de quarante minutes, nous sommes arrivés à l'hôtel Cesar Park. De l'autre côté de l'avenue, la plage d'Ipanema s'étendait à perte de vue. Déserte à cette heure matinale, elle était absolument magnifique.

— Prenez ma carte, senhorita d'Aplièse. Je m'appelle Pietro. Appelez-moi si vous désirez vous déplacer en ville.

— *Obrigada.*

Je lui ai tendu quelques *reais* en guise de pourboire et ai suivi le bagagiste jusqu'à la réception.

Quelques minutes plus tard, j'étais installée dans une suite spacieuse avec de grandes fenêtres offrant une vue merveilleuse de la plage d'Ipanema. Le prix était exorbitant mais je m'y étais prise au dernier moment et il ne restait pas d'autre chambre. Après tout, je n'étais pas très dépensière, je pouvais bien me le permettre. Si je devais prolonger mon séjour, je louerais un appartement. Tout dépendrait de ce qu'il se passerait ensuite.

Et ça, je n'en avais aucune idée.

Depuis ces dernières vingt-quatre heures, j'avais l'impression d'être emportée dans un tourbillon de coïncidences tragiques. Gagnée par la panique et voulant quitter la Suisse à tout prix et le plus vite possible, je n'avais pas prévu ce que je ferais une fois arrivée au Brésil. Mais, pour l'heure, après une nuit blanche dans l'avion et traumatisée par les récents événements, j'étais épuisée. J'ai accroché la pancarte « Ne pas déranger » à la porte, me suis glissée entre les draps frais et parfumés… et me suis endormie.

* * *

À mon réveil, j'avais hâte d'aller explorer la ville. Mais j'avais faim. Je me suis donc rendue au restaurant du dernier étage, pour aller m'asseoir sur la petite terrasse où j'ai commandé une salade et un verre de vin blanc. Les nuages s'étaient dissipés, ne laissant aucune trace de leur passage, et le panorama magnifique englobait la mer, les montagnes et la plage bondée en contrebas.

Rassasiée, les idées plus claires, j'ai commencé à réfléchir à la façon dont j'allais procéder. Je conservais dans mon portable l'adresse indiquée par les coordonnées de la sphère armillaire. Pourtant, force m'était de l'admettre, rien ne me prouvait que mes parents naturels habitaient toujours à cet endroit. Je ne connaissais même pas leur nom. J'ai lâché un petit rire étouffé en m'imaginant frapper à la porte et annoncer que j'étais à la recherche de ma famille biologique.

Au pire, ils me claqueront la porte au nez, me suis-je dit en me remémorant la phrase de Pa gravée sur la sphère. Encouragée, peut-être, par le verre de vin et le décalage horaire, je suis retournée dans ma chambre et, sans me laisser le temps de changer d'avis, j'ai appelé la réception. Si Pietro, le chauffeur de taxi, était disponible, il me conduirait à cette adresse.

Dix minutes plus tard, je quittais le centre-ville dans la voiture de Pietro.

— Cette maison, la *Casa das Orquídeas*, je crois que je la connais, a-t-il dit. S'il s'agit bien de celle-là, elle est extrêmement intéressante. C'est une très vieille demeure où résidait autrefois une riche famille portugaise.

Nous étions une fois de plus bloqués dans les embouteillages et Pietro a déclaré en soupirant :

— La circulation, ici, c'est toujours comme ça.

— Les propriétaires ont peut-être changé…, ai-je dit.

— Possible. (Il a jeté un œil dans le rétroviseur et j'ai compris qu'il devinait ma nervosité.) Vous cherchez un parent ?

— Oui, ai-je répondu avec franchise.

En levant les yeux, j'ai aperçu le *Christ Rédempteur* qui nous dominait. Je n'avais jamais été particulièrement croyante, mais, curieusement, j'ai trouvé du réconfort à la vue de ces bras immenses, ouverts dans une infinie générosité.

— Voilà, nous y sommes presque, a annoncé Pietro un quart d'heure plus tard. On ne voit pas grand-chose de la route, la maison est entourée d'une haie très haute qui la protège des regards indiscrets. Autrefois, c'était un quartier très chic mais maintenant, hélas, il y a de nouvelles constructions partout.

En effet, de chaque côté de la route s'étendait une zone commerciale semée d'immeubles résidentiels.

— Voilà la maison, senhorita.

Pietro m'a indiqué du doigt une longue haie étranglée par les fleurs sauvages et les mauvaises herbes. Comparé à notre propriété à Genève, si soigneusement entretenue, il était évident qu'aucune main attentionnée n'était passée ici depuis très longtemps. Seules deux cheminées anciennes, à la brique rouge noircie par la suie, pointaient derrière la haute haie.

— Elle n'a pas l'air d'être habitée, a constaté Pietro, tirant les mêmes conclusions que moi de cet aspect négligé.

— Apparemment, non.

— Je me gare ici ? a-t-il demandé en ralentissant pour s'arrêter le long du trottoir, à quelques mètres de l'entrée.

— Oui, très bien.

Il a coupé le moteur et s'est tourné vers moi.

— Je vous attends ici. Bonne chance, senhorita d'Aplièse.

— Merci.

En sortant de la voiture, j'ai claqué la portière avec beaucoup plus de force que nécessaire, puis je me suis approchée du portail. Qu'est-ce que j'allais découvrir ? Je me suis convaincue que cela n'avait aucune importance. J'avais toujours eu un père aimant, et Marina, qui était une mère pour moi, sans oublier mes sœurs. D'ailleurs, ce n'était pas tant pour percer les secrets tapis derrière ces broussailles que j'étais venue ici, mais parce que mon instinct m'avait poussée à fuir, pour une raison bien précise.

Le grand battant en fer forgé était ouvert et je me suis engagée dans l'allée d'un pied ferme. C'est alors que j'ai vu la maison, où, d'après les coordonnées, mon histoire avait commencé.

C'était une belle bâtisse du dix-huitième siècle. Sa forme carrée classique et ses murs recouverts de stuc, ornés de corbeaux et de moulures délicates, évoquaient le passé colonial du Brésil. Cependant, de plus près, le stuc était en piteux état. La peinture d'une douzaine de fenêtres à battants s'écaillait pour laisser voir le bois nu à plusieurs endroits.

Prenant mon courage à deux mains, je me suis avancée et j'ai contourné le socle d'une fontaine en marbre taillé où, autrefois, des filets d'eau devaient courir.

Pietro avait peut-être raison. Les volets étaient fermés, et cette maison semblait inhabitée.

J'ai monté l'imposant escalier de l'entrée et appuyé sur la vieille sonnette. N'obtenant pas de réponse, je m'y suis reprise à deux fois avant de finalement frapper. Toujours aucun mouvement à l'intérieur. J'ai insisté et frappé encore plus fort.

Je me trouvais maintenant sur le pas de la porte depuis un petit moment et je me suis dit que personne ne viendrait ouvrir. Je perdais mon temps. En levant les yeux, j'ai observé à nouveau tous les volets fermés. Cette maison avait vraiment l'air abandonnée.

Je suis redescendue. J'hésitais. Que faire ? Retourner directement à la voiture où Pietro m'attendait et laisser tomber mes recherches ? Rôder un peu aux alentours pour essayer de voir quelque chose à travers la fente de l'un des volets ? Ma curiosité l'a emporté. J'ai commencé à remonter le long de la façade, à pas de loup pour ne pas risquer d'être entendue au cas où il y aurait quelqu'un. La maison s'étirait en longueur, surplombant un jardin qui avait dû être magnifique. J'ai continué mon chemin, déçue de ne pas trouver une petite ouverture permettant de jeter un œil à l'intérieur. Le mur aboutissait à une terrasse recouverte de mousse.

Une sculpture en pierre, entourée de pots en terre cuite cassés, a immédiatement attiré mon attention. Elle représentait une jeune femme, assise, le regard dans le vide. En m'approchant, j'ai vu que le nez était ébréché. La forme simple et les lignes sobres de la statue étaient d'une incroyable beauté.

Sur le point de tourner sur la gauche pour explorer l'arrière de la maison, je me suis soudain rendu compte qu'il y avait quelqu'un, assis sous un arbre dans le jardin, en contrebas de la terrasse.

Mon cœur s'est mis à battre plus vite et je me suis collée contre le mur pour l'observer discrètement. C'était une femme, et à sa façon de se tenir sur la chaise, elle m'a paru très âgée, mais j'étais trop loin pour pouvoir distinguer son visage.

La présence de cette femme a déclenché une avalanche de suppositions dans mon cerveau. Je suis restée plantée là, à regarder celle qui était peut-être une parente. Prendre une décision rapide n'avait jamais été mon fort.

Levant les yeux au ciel, j'ai senti que Pa n'aurait jamais hésité dans une telle situation. Pour la première fois de ma vie d'adulte, j'allais agir comme lui.

Elle n'a pas tourné la tête quand je me suis avancée vers elle. De plus près, j'ai remarqué qu'elle avait les yeux fermés et semblait dormir.

J'ai donc pris le temps d'étudier son visage en détail, cherchant une ressemblance avec le mien. Je ne me faisais pas d'illusions, elle n'avait probablement aucun lien de parenté avec moi. Elle n'habitait peut-être ici que depuis mon adoption, trente-trois ans plus tôt.

— *Desculpe* ? Je peux vous aider, senhorita ?

J'ai sursauté à cette voix douce. Une domestique d'origine africaine en uniforme, d'un certain âge, fluette et les cheveux grisonnants, se tenait derrière moi. Elle me regardait avec méfiance.

— Je suis désolée, j'ai sonné mais personne n'a répondu.

— Chut, me dit-elle, un doigt sur la bouche. Elle dort. Que voulez-vous ?

Comment expliquer en quelques mots ce qui m'amenait ici ?

— Je… On m'a dit que cette maison avait un rapport avec mon passé et j'aimerais parler à la propriétaire.

Elle m'a toisée et j'ai vu une lueur dans ses yeux quand ils se sont posés sur mon cou.

— La senhora Carvalho ne reçoit pas de visites. Elle est très malade.

— Vous pourrez peut-être lui dire que je suis passée ?

J'ai ouvert mon sac pour sortir ma carte de visite et la lui ai tendue.

— Je suis descendue à l'hôtel Cesar Park. Dites-lui que j'aimerais vraiment lui parler.

— Ça ne changera rien, a rétorqué la domestique d'un ton sec.

— Depuis combien de temps habite-t-elle ici ?

— Depuis toujours. Je vais vous raccompagner.

Ses paroles m'ont bouleversée. J'ai jeté un dernier regard à la vieille dame. Si les coordonnées de Pa Salt étaient correctes, elle devait faire partie de ma famille. Je me suis alors détournée pour suivre la domestique. Nous avions déjà atteint le coin de la maison quand une voix faible s'est élevée derrière nous.

— Qui est-ce ?

Nous nous sommes arrêtées brusquement et j'ai vu de la peur dans les yeux de la domestique.

— Pardonnez-moi, senhora, je ne voulais pas vous déranger, a-t-elle répondu.

— Mais pas du tout. Je vous observe depuis cinq minutes. Amène-la donc. On ne peut pas se parler à cent mètres l'une de l'autre.

Nous avons traversé la terrasse en sens inverse. Arrivée devant la vieille dame, la domestique lui a lu ma carte.

— Senhorita Maia d'Aplièse est traductrice.

De plus près, sa maigreur m'a frappée. Son visage blafard donnait l'impression qu'elle se vidait, petit à petit, de toute son énergie. Elle me fixait d'un regard perçant, parfaitement lucide. Un bref instant, j'ai cru lire un sursaut dans ses yeux. M'avait-elle reconnue ?

— Que faites-vous ici ? a-t-elle demandé.

— C'est une longue histoire.

— Que voulez-vous ?

— Rien, je…

— La senhorita d'Aplièse dit qu'elle a un lien avec cette maison, a expliqué la domestique, d'un ton qui m'a paru presque encourageant.

— Vraiment ? Et de quel lien s'agirait-il ?

— On m'a laissé entendre que je suis née ici.

— Je suis désolée de vous décevoir, senhorita, mais il n'y a eu aucune naissance ici depuis celle de mon enfant, il y a plus de cinquante-cinq ans. N'est-ce pas vrai, Yara ?

— *Sim*, senhora, a répondu la domestique.

— Et qui vous a donné cette information ? Quelqu'un qui veut se rapprocher de moi pour hériter de la maison après ma mort, sans doute ?

— Non, senhora. Je vous assure qu'il ne s'agit pas d'une histoire d'argent. Ce n'est pas la raison de ma venue, ai-je affirmé.

— Alors, expliquez-moi clairement vos raisons.

— Parce que… J'ai été adoptée à la naissance. Mon père adoptif est mort la semaine dernière et il m'a laissé une lettre indiquant que ma famille d'origine habitait ici.

Je l'ai regardée droit dans les yeux. Je voulais qu'elle lise la sincérité dans les miens.

— Ah.

À nouveau, elle m'a observée attentivement, semblant hésiter avant de poursuivre.

— Eh bien, je dois vous dire que votre père s'est lourdement trompé. Vous avez fait le voyage pour rien. Je suis désolée de ne pas pouvoir vous aider. Au revoir.

En suivant la domestique qui me reconduisait au portail, j'avais la certitude absolue que la vieille dame mentait.

10

Il était à peine vingt heures quand je suis rentrée à l'hôtel, aussi fatiguée que s'il avait été plus de minuit. J'ai commis l'erreur de me coucher tout de suite et me suis réveillée avec le jour à cinq heures. Tout en restant allongée, j'ai réfléchi à ce qu'il s'était passé la veille. Malgré les démentis véhéments de la propriétaire de la *Casa das Orquídeas*, mon instinct me disait que les données de Pa Salt étaient correctes. Mais, ai-je pensé avec regret, je ne savais absolument pas comment m'y prendre pour le prouver. De toute évidence, la vieille dame et sa domestique ne m'apprendraient rien.

J'ai sorti le morceau de mosaïque de mon sac et ai essayé encore une fois de déchiffrer l'inscription, mais à nouveau, j'ai dû renoncer.

Je me suis mise à l'ordinateur pour me changer les idées. Un mail de mon éditeur brésilien, que j'avais contacté pendant mon escale à l'aéroport Charles de Gaulle à Paris, s'affichait dans ma messagerie.

Chère senhora d'Aplièse,

Bienvenue au Brésil. Nos bureaux se trouvent à São Paulo, aussi n'aurez-vous peut-être pas la possibilité de nous rendre visite mais nous serions ravis de vous accueillir. Nous avons cependant transmis votre mail à Floriano Quintelas, qui habite à Rio. Je suis certain qu'il serait heureux de vous rencontrer et de vous offrir son aide pendant votre séjour dans notre beau pays. N'hésitez pas à me contacter.

Cordialement,

Luciano Baracchini

La gentillesse et la chaleur de ces mots m'ont fait sourire. Lors de ma dernière visite, j'avais trouvé le mode de vie ici bien différent de celui de la Suisse, qui était beaucoup plus formel. Je n'avais aucun doute qu'en cas de difficultés, je pourrais compter sur ces gens, bien qu'ils ne me connaissent pas du tout.

De mon lit, j'ai vu le soleil se lever sur la mer. Le bruit de la circulation matinale sur l'avenue en contrebas montait jusqu'à ma chambre. Rio s'éveillait. Après les événements de la veille, je ne savais plus si je devais persévérer dans mes efforts pour percer le secret qu'on me cachait.

Si j'abandonnais, je n'avais d'autre choix que de rentrer à Genève. Impensable pour le moment. J'ai donc décidé de rester encore quelques jours au moins et d'en profiter pour faire un peu de tourisme. Même si j'étais arrivée à une impasse dans mes recherches généalogiques, il m'était toujours possible de découvrir la ville qui m'avait vu naître.

Une fois prête, je suis descendue sur la plage d'Ipanema, peu fréquentée à cette heure-là. Tout en marchant vers les vagues qui déferlaient sur le sable fin, je me suis retournée pour admirer Rio depuis le rivage.

Des bâtiments de hauteur et de taille différentes se disputaient le terrain le long du front de mer. On apercevait tout juste le haut des collines au-delà de la ligne des toits. À ma droite, la baie s'étendait au loin jusqu'à un promontoire rocheux, tandis qu'à gauche, les deux sommets du Morro Dois Irmãos offraient une vue splendide.

Et à ce moment-là, avec la plage pour moi toute seule, je me suis sentie soudain pleine de vie, légère, et formidablement libérée.

J'ai trouvé ma place, je suis chez moi…

Tout d'un coup, je me suis mise à courir sur le sable, les bras grands ouverts, ivre de bien-être. Quand je me suis arrêtée, haletante, je riais tellement ce comportement ne me ressemblait pas.

J'ai ensuite quitté la plage pour m'enfoncer dans la ville. Partout, j'étais frappée par le mélange des styles colonial et moderne, contraints de se côtoyer et reflétant les changements successifs de la mode architecturale.

En tournant au coin d'une rue, je me suis retrouvée sur une place où des primeurs étaient en train de s'installer pour le marché. Brusquement, à la vue de la statue blanche du *Cristo* qui flottait au-dessus de moi, je me suis arrêtée net.

Voilà ce que je vais faire aujourd'hui.

Réalisant à cet instant que je n'avais aucune idée de l'endroit où je me trouvais ni si j'étais loin de l'hôtel, je me suis tout simplement laissé guider par le bruit de la mer. Et, tel un pigeon voyageur conservant en mémoire le plan du quartier, j'ai réussi à rentrer.

J'ai pris le petit déjeuner sur la terrasse, et, pour la première fois depuis la mort de Pa, j'ai mangé avec plaisir. De retour dans ma chambre, une liste de messages s'affichait sur mon portable. J'ai décidé de les ignorer, tant je craignais que la dure réalité vienne gâcher l'euphorie de cette matinée. Toutefois, un nom dans ma boîte mail a attiré mon attention : Floriano Quintelas.

Chère senhorita d'Aplièse,

Mon éditeur m'a informé de votre visite inattendue à Rio. Je serais très heureux de faire votre connaissance. Peut-être pourrions-nous dîner ou déjeuner ensemble ? Je voudrais vous remercier de votre travail, mon éditeur français m'assure que le livre se vendra bien. Si vous souhaitez découvrir la ville à travers les yeux d'un carioca, je suis prêt à vous servir de guide. Vous trouverez mon numéro de portable au bas de ce message. En toute franchise, je serais terriblement déçu si vous refusiez de me rencontrer.

Je reste à votre disposition.

Cordialement

Floriano Quintelas

Je n'ai pas pu retenir un petit rire. Nous avions correspondu régulièrement pendant toute l'année pour discuter de la traduction de son livre, et je savais déjà qu'il n'aimait pas tourner autour du pot.

Aurait-il pris contact avec moi s'il s'était trouvé à Genève et que je lui avais proposé une visite de la ville ? Aurais-je été vexée s'il avait refusé ?

À ces deux questions, je répondais oui. Aussi lui ai-je immédiatement écrit un texto, non sans m'être relue plusieurs fois avant de l'envoyer :

Cher Floriano,

Je suis ravie d'être ici, à Rio, et j'accepte volontiers votre invitation. Je prévois de monter au Corcovado aujourd'hui, comme tous les touristes, mais vous pouvez me joindre sur ce numéro.

Cordialement

Maia d'Aplièse

Satisfaite d'avoir donné l'impression d'accepter chaleureusement son invitation tout en restant assez distante, je suis descendue à la réception pour demander au concierge comment me rendre à la statue du *Christ Rédempteur.*

— Vous avez deux possibilités, senhorita. Vous pouvez vous offrir une excursion de luxe, ou préférer une visite plus authentique. Personnellement, c'est ce que je recommande. Prenez un taxi jusqu'à Cosme Velho, précisez bien que vous allez voir le *Cristo,* puis continuez par le train qui monte au Corcovado.

Dix minutes plus tard, j'étais dans un taxi en route pour Cosme Velho et le *Cristo,* quand mon portable a sonné. C'était Floriano Quintelas.

— Senhorita d'Aplièse ?

— Oui.

— Floriano. Où êtes-vous ?

— Dans un taxi, je vais voir le *Cristo.* Je ne suis plus très loin de la gare.

— Puis-je vous accompagner ? Mais si vous préférez faire la visite seule, je comprends, a-t-il ajouté, sentant mon hésitation.

— Non, non. Je serais très heureuse d'avoir un guide éclairé.

— Prenez le train et je vous attendrai en haut, près de l'escalier.

— D'accord. Mais comment vais-je vous reconnaître ? Il y aura forcément un monde fou.

— Je vous reconnaîtrai, moi, senhorita d'Aplièse. J'ai vu votre photo sur Internet. *Adeus.*

Parvenue devant l'*Estação de Ferro do Corcovado*, une toute petite gare au pied de la montagne, j'ai essayé d'imaginer à quoi pouvait ressembler Floriano car je ne l'avais jamais rencontré en personne, j'étais simplement tombée amoureuse de sa façon d'écrire.

J'ai acheté mon billet et suis montée dans le train composé de deux wagons seulement qui m'a rappelé ceux que l'on voit dans des Alpes, accrochés aux flancs des montagnes. Personne ne parlait portugais, ai-je remarqué une fois assise au milieu d'une cacophonie de langues étrangères. Le train a fini par démarrer. En traversant des coteaux recouverts d'une forêt dense, j'ai été sidérée de trouver pareille jungle si près d'une grande ville. On ne permettrait jamais cela en Suisse.

Au bout d'un moment, j'ai senti ma tête partir en arrière tant la pente était raide. J'étais époustouflée devant cette capacité de l'homme à concevoir un véhicule qui grimpait presque à la verticale. Le paysage est devenu de plus en plus spectaculaire, jusqu'à l'arrivée dans une minuscule gare où tout le monde est descendu.

Levant les yeux, j'ai aperçu les talons du *Christ Rédempteur* sur son socle de pierre. La statue se dressait si haut que j'en voyais à peine le reste. Mes compagnons de voyage ont commencé l'ascension et je me suis alors demandé si Floriano allait m'attendre en haut ou en bas de l'escalier. Ne voulant pas perdre de temps, je me suis mise à gravir les marches. Et des marches, il y en avait ! Cent pas plus haut, j'ai enfin repris mon souffle, épuisée par cet effort en plein soleil.

— *Olà*, senhorita d'Aplièse. Quel plaisir de faire enfin votre connaissance.

Deux yeux noisette, chaleureux, fixés sur les miens, me souriaient. Il semblait amusé par mon air surpris.

— Floriano Quintelas ?

— Oui ! Vous ne me reconnaissez pas ? Vous avez bien dû voir ma photo sur la jaquette du livre ?

J'ai balayé du regard ce séduisant visage bronzé dans lequel un grand sourire mettait en valeur des dents très blanches.

— Si, mais..., ai-je commencé avant d'indiquer l'escalier de la main. Comment avez-vous fait pour arriver plus vite que moi ?

— Senhorita, j'étais déjà en haut, a répondu Floriano.

— Mais, je… Je ne comprends pas.

— Vous n'avez évidemment pas lu ma biographie en détail, sinon, vous sauriez que je suis historien et que je travaille aussi de temps en temps comme guide au service de personnes distinguées qui peuvent ainsi profiter de mes vastes connaissances.

— Ah…

— À vrai dire, mon livre ne me rapporte pas assez pour vivre et c'est un complément à mes revenus, a-t-il avoué. Mais j'y prends beaucoup de plaisir. Ce matin, j'ai accueilli un groupe de riches Américains qui voulaient venir avant la foule. Vous voyez qu'il y a déjà beaucoup de monde… Et maintenant, senhorita d'Aplièse, je suis à votre disposition.

Floriano a esquissé une révérence moqueuse.

— Merci, ai-je répondu, encore troublée par son apparition.

— Vous êtes prête à apprendre l'histoire du monument le plus emblématique du Brésil ? Je vous promets que je n'attendrai pas de pourboire à la fin de la visite, a-t-il lancé malicieusement.

Il m'a guidée jusqu'au pied de la statue.

— C'est d'ici qu'on a la meilleure vue. Incroyable, non ?

J'ai levé les yeux vers le doux visage du *Cristo* pendant que Floriano me relatait les différentes étapes de sa construction. L'esprit empli de cette merveilleuse vision, je l'écoutais à peine.

— … C'est un miracle qu'il n'y ait pas eu de mort… Autre détail intéressant : le chef de chantier. Il était juif, mais il s'est converti au catholicisme une fois les travaux terminés. Le senhor Levy a écrit sur un papier la liste de tous les membres de sa famille puis il l'a déposée au cœur de la statue du *Cristo* avant que celle-ci ne soit définitivement scellée.

— C'est une belle histoire.

— Il existe beaucoup d'anecdotes touchantes comme celle-ci.

Il m'a fait signe d'approcher avant de reprendre :

— Par exemple, la surface extérieure est composée d'une mosaïque de petits triangles en stéatite. Des femmes de la haute société ont passé des mois à les coller sur de grands filets. De cette façon, le revêtement est flexible et il y a moins de risque

que des fissures importantes se creusent. Une vieille dame, qui était présente parmi ces femmes, m'a dit que beaucoup écrivaient les noms de leurs êtres chers au dos de ces triangles de mosaïque avec un message ou une prière. Et les voilà maintenant liés à jamais au Christ.

Mon cœur s'est arrêté de battre et j'ai regardé Floriano, complètement ébahie.

— Maia, j'ai dit quelque chose… ? Qu'est-ce qui se passe ?

J'ai mis du temps avant de pouvoir lui répondre.

— C'est une longue histoire.

— Ce sont celles que je préfère, vous l'aurez compris, a-t-il répliqué, avec un sourire un peu coquin, mais il s'est vite repris en voyant mon expression : Vous m'inquiétez, Maia, vous voilà toute pâle. Trop de soleil, peut-être ? On va prendre une photo et après, on descendra au café. Vous avez besoin de boire de l'eau. Allez, prenez la pose devant le *Cristo*, les bras grands ouverts.

Comme des centaines de milliers de touristes avant moi, j'ai obéi. Je me suis sentie ridicule, plantée là, bras écartés, me forçant à sourire.

Une fois la photo prise, nous sommes redescendus jusqu'à un café ombragé. Il n'a pas mis longtemps à revenir s'installer en face de moi avec une bouteille d'eau.

— Alors, dites-moi, c'est quoi votre longue histoire ?

— Floriano, c'est vraiment compliqué, ai-je répondu avec un soupir, incapable de continuer.

— Vous ne me connaissez pas et ça vous gêne de m'en parler ? Je comprends, a-t-il dit en hochant la tête avec flegme. Je réagirais comme vous. Puis-je vous poser deux questions ?

— Allez-y.

— La première : êtes-vous à Rio à cause de votre histoire vraiment compliquée ?

— Oui.

— Et la deuxième : ai-je dit quelque chose qui vous a contrariée ?

J'ai réfléchi pendant quelques secondes en buvant lentement mon eau. Si je lui répondais, il faudrait tout expliquer. D'un autre côté, il était probablement l'une des rares personnes capables de me dire si mon carreau de mosaïque et son inscription presque effacée avaient été autrefois destinés au *Cristo.* Je n'avais donc pas le choix.

— Je voudrais vous montrer quelque chose, ai-je fini par dire.

— Je vous en prie.

— C'est à l'hôtel, dans le coffre-fort.

Floriano a froncé les sourcils.

— Un objet de valeur ?

— Non, il n'en a que pour moi.

— Écoutez. J'ai déjà passé trois heures ici, j'en ai assez. Si je vous ramenais à l'hôtel, vous pourriez me montrer l'objet en question ?

— Mais non, Floriano, je ne veux pas vous déranger.

— Maia, je dois redescendre moi aussi, alors autant m'accompagner. Allons-y.

— D'accord. Merci.

Il ne s'est pas dirigé vers la gare comme je m'y attendais mais vers un minibus arrêté à proximité du café. En montant, il a salué le chauffeur et lui a donné une tape dans le dos. D'autres passagers étaient déjà installés et le bus s'est engagé sur une route tortueuse bordée d'une jungle épaisse. Nous sommes bientôt arrivés sur un parking, où Floriano m'a conduite jusqu'à une petite Fiat rouge.

— Il arrive que mes clients préfèrent rentrer par la voie rapide, a-t-il expliqué. Le train est plus pittoresque, mais c'est plus long. Alors, senhorita Maia, où allons-nous ?

— À l'hôtel Cesar Park à Ipanema.

— C'est parfait. Mon restaurant préféré se trouve au coin de la rue et mon estomac me dit que c'est l'heure du déjeuner.

Il conduisait vite sur la route sinueuse qui descendait en pente raide.

— Je dois avouer que je suis très curieux de découvrir ce dont il s'agit, a-t-il déclaré au bout d'un moment, quand, à quelque distance du Corcovado, nous nous sommes faufilés dans la circulation dense de Cosme Velho, en direction du centre-ville.

— Ce n'est sans doute pas grand-chose, ai-je dit.

— Alors vous n'avez rien à perdre en me le montrant, a conclu Floriano avec sagesse.

Durant le trajet, je l'ai observé discrètement du coin de l'œil. Rencontrer quelqu'un en chair et en os, après l'avoir connu seulement par correspondance, me faisait toujours une drôle d'impression. Mais Floriano était exactement comme je me l'étais imaginé d'après ses romans et ses mails.

Il était incroyablement beau, encore plus séduisant que sur la photo de la jaquette de son livre où on ne devinait pas ce charme, cette énergie naturelle. Tout dans son physique, ses cheveux noirs et épais, sa peau hâlée, son corps musclé et solide, témoignait de ses origines sud-américaines.

Pourtant, bizarrement, il n'était pas du tout mon type d'homme. J'avais toujours été attirée par des Occidentaux à la peau claire. Peut-être recherchais-je, moi qui étais si brune, quelqu'un qui ne me ressemblait pas.

Il s'est arrêté devant l'hôtel.

— Allez récupérer votre objet, je vous attends ici.

Dans ma suite, je me suis recoiffée et ai mis un peu de rouge à lèvres avant de sortir le triangle de mosaïque du coffre-fort pour le glisser dans mon sac.

— Filons déjeuner maintenant, a lancé Floriano en démarrant à peine étais-je remontée dans la voiture. C'est tout près, mais encore faut-il trouver à se garer.

Deux minutes plus tard, il m'a indiqué une maison blanche de style colonial agrémentée d'une jolie terrasse.

— C'est là. Asseyez-vous, je vous rejoins dès que possible.

Une serveuse m'a conduite à une table dans un coin ombragé. J'ai observé les gens pendant un moment avant de me décider à écouter mes messages, et j'ai reçu un nouveau choc en entendant la voix de Zed. Il était passé à Atlantis, expliquait-il, où on l'avait informé que j'étais à l'étranger. Il était désolé que nous nous soyons ratés car il repartait à Zurich le lendemain.

Ce qui signifiait que je pouvais désormais rentrer chez moi l'esprit tranquille…

— *Meu Deus !* Je ne peux pas vous laisser seule deux minutes sans que vous ne changiez de couleur ! s'est exclamé Floriano qui venait d'arriver et me regardait d'un air perplexe.

Il s'est assis en face de moi.

— Qu'est-ce qui ne va pas, maintenant ?

J'ai été étonnée qu'il ait remarqué mon émotion une fois de plus, et j'ai compris qu'il allait être impossible de cacher quoi que ce soit à cet homme. Il semblait doué d'une perception plus aiguisée qu'un laser.

— Ce n'est rien, ai-je répondu en rangeant mon portable dans mon sac. À vrai dire, je suis plutôt soulagée.

— Tant mieux. Je vais prendre une bière Bohemia. Vous m'accompagnez ?

— Pour être honnête, la bière, ce n'est pas ce que je préfère.

— Enfin, Maia, vous êtes à Rio ! Il faut absolument boire une bière. Ou alors, un *caipirinha,* ce qui est beaucoup plus fort, croyez-moi.

J'ai accepté la bière. Quand la serveuse est arrivée, nous avons tous les deux commandé le steak-sandwich que m'a vanté Floriano.

— Le bœuf vient d'Argentine. On déteste leur équipe de foot qui nous bat bien trop souvent mais on adore manger leurs vaches, a-t-il dit avec un large sourire. Je vous en supplie… Ne me faites plus languir. Montrez-moi enfin cet objet qui vous est si précieux !

— Le voilà.

Sortant le triangle de mon sac, je l'ai placé délicatement sur la table.

— Je peux ? a-t-il demandé en avançant la main.

— Bien sûr.

Il l'a soulevé avec précaution et l'a examiné. Puis, après l'avoir retourné, il a découvert l'inscription presque effacée.

Je l'ai vu retenir son souffle, bouche bée, manifestement très surpris.

— Je comprends mieux votre émotion tout à l'heure. Et la réponse est oui : ceci était en effet destiné à rejoindre le revêtement du *Cristo.* Ça alors !

Il en est resté muet un instant, déconcerté devant ce triangle de pierre.

— Vous pouvez m'expliquer d'où il vient ? a-t-il fini par demander.

Nos bières sont arrivées, suivies des sandwichs. J'ai tout raconté à Floriano qui a écouté patiemment, ne m'interrompant que rarement pour réclamer un éclaircissement. Quand je me suis enfin tue, l'assiette de Floriano était vide et je n'avais pratiquement pas touché la mienne.

— Inversons les rôles maintenant. Vous mangez pendant que je parle, a-t-il déclaré en souriant. Je peux certainement vous aider pour une chose, à savoir le nom des habitants de la *Casa das Orquídeas*. C'est une vieille famille – aristocratique, en fait – très connue à Rio, les Aires Cabral. Des descendants de l'ancienne branche royale portugaise, éminentes figures de l'histoire de Rio depuis deux cents ans.

— Mais je n'ai aucune preuve que la vieille dame soit une parente, lui ai-je rappelé.

— Oui, c'est vrai, pas encore. On ne peut être sûr de rien avant d'avoir fait des recherches plus approfondies. D'abord, retracer l'histoire familiale en consultant les extraits de naissances, de mariages et décès, ce qui, pour moi, sera un jeu d'enfant. Dans le cas d'une famille catholique si importante, je suis certain que les archives ont été précieusement conservées. Il faudra aussi réussir à déchiffrer les noms inscrits sur la mosaïque pour savoir s'il s'agit de membres du clan Aires Cabral.

Je me sentais un peu étourdie à cause de la bière, du décalage horaire et de mon réveil matinal.

— Ça en vaut vraiment la peine ? lui ai-je demandé. De toute façon, je doute que la vieille dame admette quoi que ce soit.

— Une chose à la fois, Maia. Et, s'il vous plaît, ne partez pas battue d'avance. Vous êtes venue jusqu'ici pour retrouver vos origines, vous ne pouvez pas abandonner au bout d'un seul jour. Bon, si vous êtes d'accord, rentrez à l'hôtel pour vous reposer et moi, je joue au détective. Ça vous va ?

— Vraiment, Floriano, je ne veux pas que vous vous donniez tant de mal.

— De mal ? Pour un historien comme moi, c'est une aubaine ! Mais, je vous préviens, je risque de m'en servir dans mon prochain roman, a-t-il ajouté en souriant, puis, indiquant la mosaïque : Je peux la prendre ? Si je passe au *Museu da República*, je trouverai peut-être un collègue au laboratoire. Avec leur matériel d'imagerie UV, ils sont capables de faire des miracles. Ils pourront sûrement m'aider à déchiffrer l'inscription.

— Bonne idée, ai-je répondu, sentant qu'il aurait été impoli de refuser.

J'ai soudain remarqué deux jeunes filles d'une vingtaine d'années qui s'avançaient timidement derrière Floriano.

— Excusez-moi, vous êtes bien Floriano Quintelas ? a demandé l'une d'elles en s'approchant de la table.

— Oui, c'est moi.

— On voulait juste vous dire qu'on a adoré votre livre. Est-ce que ce serait possible d'avoir votre autographe ?

La fille a tendu un petit agenda et un stylo à Floriano.

— Bien sûr.

Il a signé en souriant et leur a parlé gentiment. Puis les filles sont reparties, toutes roses de plaisir.

— Vous êtes une célébrité ! ai-je lancé d'un ton moqueur.

— À Rio, oui. (Il a haussé les épaules.) Mon livre est un best-seller ici, mais seulement parce que j'ai payé des gens pour le lire, a-t-il repris en plaisantant. Des éditeurs étrangers ont acheté les droits de traduction et vont le publier dans le courant de l'année. On verra bien… Je pourrai peut-être abandonner mon métier de guide pour me consacrer à l'écriture à plein temps, qui sait ?

— Moi, je l'ai trouvé formidable, très beau et très touchant. Je suis persuadée qu'il se vendra comme des petits pains.

— Merci, Maia. Nous sommes tout près de votre hôtel, a-t-il dit en m'indiquant la direction. J'aimerais arriver au *Museu da República* avant la fermeture des bureaux. Voulez-vous qu'on se retrouve à la réception ce soir vers sept heures ? J'aurai peut-être du nouveau.

— Oui, si vous avez le temps.

— Pas de problème. *Tchau.*

Il m'a saluée d'un geste de la main et je l'ai regardé descendre la rue d'un pas assuré. En m'éloignant du côté opposé, j'ai pensé que cet homme – historien, célébrité et guide à ses heures – n'avait pas fini de me surprendre.

11

— J'ai de bonnes nouvelles ! C'est l'occasion de vous offrir votre premier *caipirinha.*

Floriano m'avait retrouvée à l'hôtel et débordait d'enthousiasme. Nous nous sommes assis à une table sur le bord de la terrasse. Le soleil descendait au-dessus de la plage, disparaissant lentement derrière les montagnes tandis qu'avec le crépuscule tombait une douce chaleur.

Il m'a tendu une feuille qu'il avait sortie d'une pochette en plastique.

— Voilà la liste de toutes les naissances, et de tous les mariages et décès dans la famille Aires Cabral depuis 1850.

J'ai survolé ces noms du regard, mais je n'arrivais toujours pas à imaginer qu'ils soient liés à mon histoire.

— Vous constaterez que Gustavo Aires Cabral a épousé Izabela Bonifacio en janvier 1929. Leur fille, Beatriz Luiza, est née en avril 1930 mais son décès n'a pas été enregistré, ce qui laisse à supposer, pour l'instant, que c'est la vieille dame que vous avez rencontrée hier.

— A-t-elle eu des enfants ?

— Oui, une fille, Cristina Izabela, née en 1956 de son mariage avec Evandro Carvalho en 1951.

— Carvalho ! Mais c'est le nom de la vieille dame ! Et Cristina ? Qu'est-elle devenue ?

— La piste s'arrête là, du moins pour les naissances et les décès à Rio. Si Cristina a eu des enfants, je n'en ai trouvé aucune trace. Mais nous ne connaissons pas le nom du père, elle n'était peut-être même pas mariée. Hélas, les bureaux fermaient et je n'ai pas eu le temps de tout vérifier.

— En fait… si jamais, au grand jamais, nous étions apparentées, Cristina est la mieux placée pour être ma mère, ai-je fait remarquer à voix basse au moment où l'on apportait mon cocktail. *Saúde,* ai-je dit en levant mon verre pour trinquer avec Floriano.

J'ai avalé une grande goulée et Floriano a éclaté de rire quand le liquide fort et amer m'a pris à la gorge.

— Je suis désolé. J'aurais dû vous prévenir que c'était corsé ! Au *Museu da República,* mon ami a jeté un coup d'œil sur l'inscription au dos de la mosaïque avec son matériel, a-t-il repris tout en sirotant son *caipirinha* comme s'il buvait de l'eau. La seule chose dont il est certain, c'est le premier nom, Izabela, et si l'on en croit les archives que j'ai consultées, elle serait votre arrière-grand-mère.

— Et l'autre nom ?

— Il est beaucoup moins lisible mais mon ami, Stephan, va poursuivre ses recherches. Il est néanmoins arrivé à déchiffrer les trois premières lettres.

— Celles du nom de mon éventuel arrière-grand-père, Gustavo Aires Cabral ?

— Non, pas du tout. (Floriano a sorti une autre feuille.) Là, regardez, Stephan les a copiées.

Je lui ai lancé un regard dubitatif après avoir lu.

— L A U ?

— Patientez encore vingt-quatre heures et je suis convaincu que Stephan aura la réponse. Je vous le promets, c'est un champion. En reprendrez-vous un autre ? m'a-t-il demandé en indiquant du doigt mon *caipirinha.*

— Non, merci. Je crois que je vais plutôt boire un verre de vin blanc.

Après avoir commandé nos boissons, Floriano m'a fixée d'un regard intense.

— Qu'y a-t-il ?

— Il faut que je vous montre quelque chose, Maia. Il n'y a pas de meilleure preuve que vous faites partie de la famille Aires Cabral. Vous êtes prête ?

— Ce ne sont pas des mauvaises nouvelles ?, ai-je demandé, soudain anxieuse.

— Non. Personnellement, je trouve que c'est une belle découverte. Voilà.

Une autre feuille a atterri devant moi. La photo graineuse d'un visage de femme remplissait toute la page.

— Qui est-ce ?

— Izabela Aires Cabral. Son nom est gravé au dos de votre mosaïque, et elle pourrait être votre arrière-grand-mère. Maia, vous devez forcément voir la ressemblance ?

J'ai étudié les traits de cette femme et il m'a fallu reconnaître qu'en effet, j'y voyais le reflet de mon visage.

— C'est possible, ai-je répondu en haussant les épaules.

— Maia, c'est frappant ! a déclaré catégoriquement Floriano. Et ce n'est qu'une des photos d'Izabela, il y en a toute une collection. Elles ont été publiées dans de vieux journaux que j'ai consultés sur microfiche à la Bibliothèque nationale, et à l'époque, on la considérait comme l'une des plus belles femmes du Brésil. Son mariage avec Gustavo Aires Cabral, à la cathédrale de Rio, ici, en janvier 1929, a été le mariage de l'année dans la haute société.

— Cela pourrait n'être qu'une simple coïncidence..., ai-je rétorqué, gênée par le compliment implicite de Floriano. Mais...

— Mais, quoi ?

— À la *Casa das Orquídeas*, au coin de la terrasse, j'ai remarqué une sculpture... Elle représente une femme assise sur une chaise et je suis certaine que c'est la même personne que sur la photo. Et, c'est vrai, elle me rappelait quelqu'un.

— Mais bien évidemment ! C'est votre portrait craché ! Nous avons déjà bien avancé dans nos recherches, non ?

— Et je vous en suis très reconnaissante, Floriano. Pourtant, je doute que la vieille dame que j'ai rencontrée hier dévoile quoi que ce soit, et elle n'admettra jamais que nous avons un lien de parenté. Elle n'y a aucun intérêt. Vous ne réagiriez pas comme elle dans une telle situation ?

— En effet. Si une inconnue s'introduisait dans mon jardin et se déclarait membre de ma famille, même si elle présentait une ressemblance frappante avec ma mère, j'aurais du mal à le croire, a concédé Floriano.

— Alors, que faire maintenant ?

— Il faut retourner la voir et, cette fois, je vous accompagnerai. Je pense qu'elle vous accordera plus d'attention si elle me voit à vos côtés.

Je n'ai pas pu réprimer un petit sourire narquois. Floriano était certain que la vieille dame saurait qui il était. J'avais remarqué que les Sud-Américains faisaient preuve d'une honnêteté simple, sans complexe, lorsqu'il s'agissait d'afficher leurs talents et leur succès.

— J'ai aussi envie de voir cette sculpture dont vous m'avez parlé, Maia, a continué Floriano. Cela vous ennuierait que je vienne avec vous ?

— Pas du tout. Vous m'avez déjà tellement aidée.

— Et avec grand plaisir, croyez-le bien. Tout de même, vous êtes le sosie de la plus belle femme que le Brésil ait jamais vue !

Ses paroles m'ont fait rougir mais, cédant à ma méfiance naturelle, je me suis immédiatement interrogée. Attendait-il quelque chose en échange du soutien qu'il m'avait apporté ?

— Excusez-moi, a-t-il dit quand son portable a sonné.

Il a parlé vite, en portugais, avec quelqu'un qu'il a appelé *querida,* puis il m'a regardée en soupirant.

— Hélas, je dois vous quitter. Petra, la jeune fille qui habite avec moi, a encore trouvé le moyen de perdre ses clés… Est-ce que cela vous convient si je passe vous prendre demain vers dix heures trente, avant que la senhora Beatriz Carvalho entame sa sieste ?

Je me suis contentée d'acquiescer de la tête.

— Je vous en prie, ne bougez pas, a-t-il ajouté en se levant. Finissez tranquillement votre verre. À demain, Maia. *Tchau.*

Là-dessus, il s'est éloigné après avoir salué de la tête la serveuse qui l'avait reconnu et le fixait d'un regard admiratif. Tout en sirotant mon vin, je me suis sentie ridicule d'avoir pensé, un instant plus tôt, qu'il voulait coucher avec moi. Quelle idiote !

Comme tout le monde, il avait sa vie. J'ai porté mon verre à mes lèvres en me disant que, moi aussi, j'étais peut-être sur le point de découvrir la mienne.

12

Le lendemain matin, Floriano m'attendait en bas de l'hôtel et nous sommes partis sans perdre de temps dans sa Fiat rouge. Il zigzaguait avec assurance au milieu de la circulation tandis que je retenais ma respiration chaque fois que nous évitions de justesse une collision.

— D'où êtes-vous originaire ? ai-je demandé afin de détourner mon attention de sa conduite terrifiante. Vous êtes un vrai Brésilien ?

— D'après vous, qu'est-ce que c'est, un *vrai* Brésilien ? Nous sommes une race de métis, de nationalités, de religions et de couleurs différentes. Les seuls vrais Brésiliens sont les *nativos*, les indigènes qui ont été massacrés par les Portugais quand ils ont débarqué pour s'approprier les richesses de notre pays, il y a cinq cents ans. Et tous ceux qui n'ont pas succombé à une mort sanglante ont été emportés par les maladies que les colons avaient amenées. Bref, ma mère a du sang portugais et mon père est italien. Une lignée pure, ici, au Brésil, cela n'existe pas.

— Et les Aires Cabral ?

— Eh bien, curieusement, ils étaient tous portugais de souche, jusqu'à l'arrivée d'Izabela, votre arrière-grand-mère présumée. Son père descendait d'immigrants italiens qui avaient fait fortune dans le café, comme beaucoup à l'époque. Mais si on lit entre les lignes, on peut supposer que les Aires Cabral ont connu une période de vaches maigres, chose courante chez de nombreux aristocrates qui s'étaient reposés sur leurs lauriers. Ils ont accepté Izabela non seulement parce qu'elle était d'une grande beauté mais aussi parce que son père avait beaucoup d'argent.

— Pour l'instant, vous ne vous appuyez que sur des suppositions, pas sur des faits, n'est-ce pas ?

— Absolument. C'est toujours le cas quand on commence à creuser dans le passé avec pour seuls indices quelques dates, une lettre ou un journal. Rien n'est jamais certain, et ceux qui pourraient apporter une preuve sont silencieux depuis longtemps. L'historien doit rassembler les pièces du puzzle.

Je gardais le silence, comprenant parfaitement ce qu'il voulait dire.

— Avec Internet, a-t-il poursuivi, la recherche historique est totalement différente. Nous nous trouvons au seuil d'un âge où il y aura de moins en moins de secrets, de moins en moins de mystères à percer. C'est une chance que je sois aussi écrivain, parce que Wikipedia et ses cousins m'ont supplanté dans mon travail d'historien ! Mes souvenirs n'auront plus aucune importance quand je serai vieux, ma vie sera étalée, en ligne, au su et au vu de tous.

Tandis que je restais songeuse, Floriano a tourné dans l'allée de la *Casa das Orquídeas* et s'est arrêté devant la maison sans aucune hésitation.

— Comment saviez-vous où se trouvait la propriété ? ai-je demandé, stupéfaite.

— Maia, à Rio, votre *famille* est célèbre. Tous les historiens connaissent cette maison. C'est l'une des seules qui témoignent encore d'un autre temps.

Il a coupé le moteur et s'est tourné vers moi.

— Prête ?

— Oui.

Ensemble, nous sommes entrés dans la propriété et avons gravi l'escalier du perron.

— La sonnette ne fonctionne pas, ai-je dit.

Floriano a frappé à la porte. Au bout de trente secondes, n'obtenant aucune réponse, il a cogné, plus fort, du plat de la main. Cette fois, nous avons entendu des pas précipités sur le carrelage, un cliquetis de serrures et de verrous, puis la porte s'est ouverte. La domestique africaine aux cheveux grisonnants que j'avais rencontrée la veille se tenait sur le seuil. Quand elle m'a reconnue, une expression de panique est apparue sur son visage.

— Pardon de vous déranger, senhora. Floriano Quintelas… Je suis un ami de la senhorita d'Aplièse. Rassurez-vous, nous ne voulons pas contrarier ni perturber votre maîtresse. Cependant, nous aimerions lui faire part de certaines informations qui seraient susceptibles de l'intéresser. Je suis un historien respectable, et écrivain.

— Je sais parfaitement qui vous êtes, senhor Quintelas, a répliqué la domestique sans me lâcher des yeux. La senhora Carvalho prend le café dans le salon et, ainsi que je l'ai déjà notifié à votre compagne, elle est très malade.

J'ai réprimé une envie de rire en entendant la domestique s'exprimer de manière si cérémonieuse. Elle aurait pu figurer dans un mélodrame historique de seconde zone.

— Pourriez-vous nous conduire auprès de la senhora Carvalho ? a demandé Floriano. Nous lui expliquerons le motif de notre visite, et si elle ne se sent pas disposée à nous parler, je vous promets que nous ne nous attarderons pas.

Comme Floriano avait déjà un pied dans la maison, la domestique, un peu affolée, a bien été obligée de s'effacer. Elle nous a laissé pénétrer dans un vestibule grandiose, au sol carrelé, d'où partait un majestueux escalier. Une élégante table en acajou occupait le milieu de la pièce et une impressionnante horloge de parquet était adossée contre un mur. Un long couloir étroit, sous la voûte de l'escalier, menait à l'arrière de la maison.

— Après vous, je vous en prie, a dit Floriano en reproduisant la politesse désuète de la domestique.

Elle a hésité un instant, puis a hoché la tête, et nous l'avons suivie dans le couloir. Mais au bout de celui-ci, une fois arrivée devant une porte, elle s'est tournée vers nous et j'ai compris à son expression qu'elle ne nous permettrait pas d'entrer avant d'avoir parlé à sa maîtresse.

— Attendez ici, a-t-elle ordonné.

Après avoir frappé, la domestique s'est introduite dans la pièce et a vivement refermé le battant derrière elle.

— Ce n'est qu'une vieille dame malade, ai-je murmuré à Floriano. Avons-nous le droit de venir l'importuner ?

— C'est vrai, Maia. Mais de la même manière, a-t-elle le droit, elle, de refuser de vous révéler votre origine ? Il est bien possible que cette femme, derrière la porte, soit votre grand-mère, et sa fille, votre mère. Avez-vous vraiment tant de scrupules à interrompre sa routine matinale pendant un court instant ?

La domestique est revenue.

— Elle vous accorde cinq minutes. Pas plus.

J'ai senti à nouveau qu'elle ne me quittait pas des yeux quand nous sommes entrés. La pièce, plongée dans la pénombre, dégageait une odeur de renfermé et de moisi. Une fois habituée à l'obscurité, j'ai remarqué le tapis oriental usé jusqu'à la corde et les lourds rideaux damassés qui avaient perdu leur couleur. Pourtant, cet univers en état de délabrement s'éclairait encore de superbes meubles anciens en palissandre et en noyer, couronnés par un lustre de toute beauté.

La senhora Carvalho était assise dans un fauteuil à haut dossier tendu de velours, une couverture déployée sur les genoux. À côté d'elle, sur une desserte, étaient posées une carafe d'eau et une pile de boîtes de médicaments.

— Vous êtes de retour, a-t-elle dit.

— Je vous prie d'excuser la senhorita d'Aplièse de vous déranger une fois de plus, a commencé Floriano. Mais vous imaginez bien qu'elle est déterminée à retrouver sa famille, et qu'elle ne renoncera pas.

La vieille dame a soupiré.

— Senhor Quintelas, j'ai répondu à votre amie, hier, que je ne pouvais pas l'aider.

— En êtes-vous sûre, senhora Carvalho ? Il n'y a qu'à regarder ce portrait pour comprendre combien la démarche de la senhorita Maia est justifiée, a-t-il répondu en désignant un tableau accroché au-dessus de la cheminée. Votre argent ne l'intéresse pas. Tout ce qu'elle souhaite, c'est connaître ses origines. Où est le mal ? Vous ne pouvez pas le lui reprocher.

Mes yeux se sont posés sur le tableau. Je savais maintenant qu'il représentait Izabela Aires Cabral et, cette fois, je n'avais plus aucun doute. Je devais me rendre à l'évidence, nous nous ressemblions comme deux gouttes d'eau.

— Izabela Aires Cabral était votre mère et vous avez eu une fille, Cristina, en 1956, a continué Floriano.

Voyant que la vieille dame se taisait, les lèvres pincées, Floriano a insisté.

— Vous ne voulez même pas accepter l'idée que, peut-être, vous avez une petite-fille ? Senhora, sachez qu'un de mes amis au *Museu da República* est en train d'examiner un objet susceptible de prouver les origines de la senhorita d'Aplièse.

La senhora Carvalho restait silencieuse et évitait le regard de Floriano. Soudain, grimaçant de douleur, elle a gémi :

— Partez, s'il vous plaît.

— Ça suffit, ai-je murmuré à Floriano, comprenant qu'elle souffrait terriblement. Elle est malade, nous devons la laisser en paix.

Floriano a acquiescé.

— *Adeus*, senhora Carvalho. Je vous souhaite une agréable journée.

— Je suis désolée, senhora Carvalho, ai-je dit. Nous ne vous dérangerons plus, je vous le promets.

Tournant les talons, Floriano est sorti d'un pas résolu. Je l'ai suivi, au bord des larmes.

La domestique nous attendait dans le couloir pour nous reconduire à la porte.

— Merci de nous avoir permis d'entrer, a dit Floriano, et, en aparté, il m'a chuchoté : Continuez à lui parler. Je voudrais vérifier quelque chose.

Dès que Floriano a disparu au bas de l'escalier, je me suis adressée à la domestique, l'air contrit.

— Je suis vraiment navrée d'avoir bouleversé la senhora Carvalho. Je vous assure que je ne reviendrai jamais sans son accord.

— La senhora Carvalho est mourante, senhorita. Ses jours sont comptés.

La domestique s'est attardée sur le perron derrière moi et il m'a semblé qu'elle hésitait à me retenir.

— Je voulais juste vous demander…, ai-je commencé en montrant la fontaine qui ne coulait plus. Cette maison, vous l'avez connue au temps de sa splendeur ?

— Oui, j'y suis née.

Elle a tout à coup semblé se perdre dans ses souvenirs, son regard triste fixé sur ce qu'il restait de la fontaine. Subitement, alors que du coin de l'œil j'ai vu Floriano se faufiler derrière la maison, elle s'est tournée vers moi.

— Senhorita, a-t-elle dit tout bas, j'ai quelque chose à vous donner. Mais il faut que je puisse vous faire confiance. Je vous en supplie. La senhora Carvalho ne doit jamais l'apprendre. Elle ne me pardonnerait pas de l'avoir trahie.

— Rassurez-vous, ai-je répondu, je comprends très bien.

Elle a sorti de la poche de son tablier un petit paquet emballé dans du papier Kraft et me l'a tendu.

— Je vous en conjure, n'en parlez à personne, m'a-t-elle implorée d'une voix éraillée. Ma mère m'a laissé ceci à sa mort. Elle m'a expliqué que cela concernait l'histoire de la famille Aires Cabral.

Je l'ai regardée, ahurie, et ai bafouillé un vague « merci », soulagée de constater que Floriano avait regagné la voiture.

— Mais pourquoi me le donnez-vous ?

Un doigt long et noueux a indiqué la pierre de lune accrochée à la fine chaîne en or autour de mon cou.

— Je sais qui vous êtes. *Adeus.*

Elle s'est alors empressée de rentrer dans la maison et a fermé la porte derrière elle.

Toujours hébétée, j'ai fourré le paquet dans mon sac et ai rejoint Floriano. Dès que je suis montée dans la voiture, il a démarré. En trombe, comme d'habitude.

— Vous avez vu la sculpture ? l'ai-je questionné.

— Oui. Je regrette que la senhora Carvalho refuse de se rendre à l'évidence, Maia, mais je crois comprendre sa réticence. Les pièces du puzzle sont en train de s'assembler dans mon cerveau… Je vais vous déposer à l'hôtel, puis retourner au musée et à la bibliothèque. Je vous retrouve plus tard pour vous tenir au courant, si vous êtes d'accord.

Nous étions arrivés à l'hôtel. J'ai acquiescé en sortant de la voiture, et il m'a fait un petit signe de la main avant de repartir.

Une fois dans ma chambre, j'ai donné un tour de clé et j'ai sorti le paquet. Des lettres, attachées avec de la ficelle… Je les ai posées sur le lit, et après avoir défait le nœud, j'ai pris la première enveloppe qui avait été soigneusement ouverte avec un coupe-papier. Elles étaient toutes adressées à une certaine « senhorita Loen Fagundes ».

J'ai pris la lettre, délicatement, et je l'ai dépliée. Entre mes doigts, la feuille avait la fragilité du papier de soie. Elle était datée du 30 mars 1928, à Paris, mais en jetant un coup d'œil aux autres enveloppes, j'ai constaté qu'elles n'étaient pas rangées dans l'ordre chronologique. Certaines avaient été envoyées en 1927 à Loen Fagundes, à une autre adresse, au Brésil. Je les ai ouvertes tour à tour et j'ai vu qu'elles étaient toutes signées « Izabela ». S'agissait-il de mon arrière-grand-mère ? Les paroles de la domestique me sont revenues. *Je sais qui vous êtes…*

Mes doigts se sont posés sur mon pendentif. Quand Pa Salt m'avait adoptée, ma mère lui aurait-elle donné ce bijou pour me laisser une trace de mon passé ? En me l'offrant, il avait mentionné son histoire intéressante. Peut-être avait-il ainsi voulu me signifier qu'il pourrait me la raconter un jour, si je le lui demandais. Ne voulant pas me perturber inutilement, il avait attendu que ce soit moi qui l'interroge. Comme je regrettais à présent de ne jamais l'avoir fait !

Il m'a fallu un bon moment pour classer par date toutes les lettres, plus d'une trentaine.

J'avais hâte de me lancer dans la lecture de cette belle écriture soignée, quand Floriano m'a appelée. Sa voix trahissait une vive excitation.

— Maia, j'ai du nouveau ! Puis-je passer vous voir dans une heure ?

— Je préférerais remettre à demain matin, ça ne vous ennuie pas ? Je ne sais pas ce qui m'arrive, je me sens un peu barbouillée…

Je m'en voulais de lui mentir, mais j'avais envie de rester seule pour me plonger dans cette correspondance.

— Demain à dix heures, alors ?

— D'accord. Je serai sûrement rétablie…

— Si vous avez besoin de quoi que ce soit, Maia, faites-moi signe.

— Entendu. Merci encore.

J'ai appelé la réception pour commander deux bouteilles d'eau et un sandwich que j'ai dévoré machinalement, avant de prendre la première lettre d'une main tremblante et de commencer à lire…

Izabela

Rio de Janeiro

Novembre 1927

13

Izabela Rosa Bonifacio fut tirée du sommeil par le bruit de pieds minuscules qui couraient sur le carrelage. Elle s'assit brusquement et découvrit le *sagui* au pied du lit. Le petit singe s'était emparé de sa brosse à cheveux et la tenait dans ses mains – répliques en miniature de celles de la jeune fille, mais couvertes de poils. Bel ne put s'empêcher de rire à la vue de ses grands yeux noirs qui la suppliaient de le laisser s'échapper avec son nouveau jouet.

— Tu veux te brosser les cheveux, c'est ça ? dit-elle en basculant à plat ventre sur le lit pour lui parler. S'il te plaît – elle tendit la main vers l'animal – rends-la-moi. C'est la mienne, et Mãe se fâchera si tu me la voles.

Le singe tourna la tête, préparant déjà sa fuite. Quand les doigts graciles de Bel s'approchèrent de la brosse, il sauta d'un bond léger sur le rebord de la fenêtre et disparut aussitôt avec son trésor.

Bel roula sur le dos en soupirant. Elle allait encore devoir subir un sermon de ses parents parce qu'elle ne fermait pas ses volets la nuit. La brosse, en nacre, lui avait été offerte par sa grand-mère paternelle pour son baptême, et sa mère ne jugerait certainement pas l'épisode amusant. Bel se recoucha contre son oreiller. Peut-être le *sagui* lâcherait-il la brosse dans le jardin en regagnant la jungle d'où il venait, derrière la maison.

Une délicate brise souffla une mèche de ses cheveux sur son front, apportant le parfum des goyaviers et des citronniers plantés en contrebas de sa chambre. Bien que le réveil sur sa table de chevet affichât seulement six heures et demie du matin, elle sentait déjà la chaleur du jour à naître. Tournant la tête vers la fenêtre, elle vit qu'il n'y avait pas un seul nuage dans le ciel qui s'éclaircissait à vue d'œil.

Loen, sa femme de chambre, n'entrerait pas avant une heure pour l'aider à s'habiller. Bel hésita. N'était-ce pas le moment de sortir en catimini, pendant que tout le monde dormait encore, et de se baigner dans l'eau fraîche de la magnifique piscine carrelée de bleu qu'Antonio, son père, venait de faire creuser dans le jardin ?

Antonio était très fier de sa dernière acquisition. Peu de maisons à Rio pouvaient s'enorgueillir de posséder une piscine. Un mois auparavant, il avait convié tous ses amis importants à une soirée, et les invités s'étaient tenus sur la terrasse pour admirer le superbe bassin. Les hommes étaient vêtus de costumes taillés sur mesure, les femmes arboraient des toilettes copiant le chic parisien, achetées dans les luxueux magasins de l'*avenida* Rio Branco.

Bel avait trouvé ironique que personne n'ait apporté son maillot de bain. Elle aussi était restée tout habillée dans la chaleur torride, malgré une envie ardente de se débarrasser de sa robe de soirée et de plonger dans l'eau cristalline. En fait, jusqu'à aujourd'hui, personne n'avait utilisé la piscine. Quand elle avait demandé à son père l'autorisation de s'y tremper, il avait secoué la tête.

— Non, *querida*, tu ne peux pas te montrer en maillot de bain devant les domestiques. Tu dois te baigner quand ils ne sont pas là.

Mais les domestiques étaient *toujours* là, et Bel avait vite compris que la piscine n'était qu'un simple ornement, un objet somptueux avec lequel son père impressionnait ses amis. Un jalon de plus dans son éternelle quête de statut social.

Lorsqu'elle interrogeait Mãe, cherchant à comprendre pourquoi Pai ne semblait jamais content de ce qu'il avait, alors qu'ils habitaient l'une des plus belles maisons de Rio, qu'ils dînaient souvent au Copacabana Palace et possédaient même une automobile Ford flambant neuve, sa mère haussait tranquillement les épaules.

— Tout simplement parce qu'il aura beau acheter des fermes et des automobiles par milliers, il ne pourra jamais changer son patronyme.

Au cours des dix-sept années qu'elle avait passé sur cette terre, Bel avait découvert que Pai était le fils d'immigrants italiens venus au Brésil pour travailler dans les nombreuses plantations de café situées dans la région de São Paulo. Le père d'Antonio, économisant chaque sou gagné à la sueur de son front, avait réussi à s'acheter un lopin de terre et à lancer sa propre affaire.

Plus tard, Antonio avait pris la direction de la plantation et en avait acheté trois autres. La famille s'était encore enrichie. Quand Bel avait huit ans, son père avait fait l'acquisition d'une magnifique *fazenda* ancienne, à cinq heures de Rio en voiture. Cette vaste maison, paisible et lumineuse, nichée à flanc de montagne, était l'endroit que Bel considérait aujourd'hui comme son foyer, là où elle avait ses meilleurs souvenirs. Là-bas, elle était libre de se promener à sa guise, à pied ou à cheval, sur les deux mille hectares de la propriété qui avait abrité son enfance idyllique, parfaitement insouciante.

Mais cela n'avait pas suffi à Antonio. Bel se rappelait un dîner avec ses parents, durant lequel son père avait expliqué à sa mère pourquoi il leur faudrait un jour s'installer à Rio même.

— Rio est la capitale, le siège de tous les pouvoirs au Brésil. C'est ce monde-là que nous voulons côtoyer.

Les plantations florissantes d'Antonio alimentaient une réserve d'or en hausse constante. Quelques années plus tard, rentrant de voyage un soir, il avait annoncé à sa femme et à sa fille qu'il avait acheté une maison à Cosme Velho, l'un des quartiers les plus chics de Rio.

— Les aristocrates portugais ne pourront plus m'ignorer maintenant, parce qu'ils seront nos voisins ! s'était-il exclamé en frappant la table d'un poing triomphal.

Bel et sa mère avait échangé un regard horrifié à la pensée de quitter leurs montagnes paradisiaques pour la grande ville. Et Mãe, aux manières toujours si posées, avait pour la première fois élevé le ton, refusant catégoriquement que la *fazenda* Santa

Tereza soit vendue. Elle voulait qu'il leur reste au moins un havre où se réfugier, s'ils avaient besoin d'échapper à la fournaise estivale de Rio.

Bel avait pleuré ce soir-là quand sa mère était venue l'embrasser pour lui souhaiter une bonne nuit.

— J'adore vivre ici. Je ne veux pas déménager en ville. Pourquoi devons-nous aller à Rio ?

— Parce qu'il ne suffit pas à ton père d'être aussi riche que la noblesse portugaise de Rio. Il aspire à être leur égal en société. Et à s'attirer leur respect.

— Mais, Mãe, même moi je comprends que les Portugais de Rio nous voient comme des *paulistas* italiens. Il n'y arrivera jamais !

— Ton père a réussi dans tout ce qu'il a entrepris jusqu'à présent, avait répondu sa mère d'une voix lasse.

— Mais nous ne saurons pas comment nous comporter, toi et moi ! J'ai vécu dans ces montagnes presque toute ma vie. Nous ne nous intégrerons jamais comme Pai le souhaite.

— Ton père a déjà convenu d'un rendez-vous avec la senhora Nathalia Santos, une femme de l'aristocratie portugaise dont la famille a été ruinée. Elle gagne sa vie en enseignant les bonnes manières à des gens comme nous. Et elle les présente à des membres de la belle société, aussi.

— Alors, nous allons devenir des poupées qui portent de beaux habits, qui disent ce qu'on leur demande de dire et utilisent les couverts qu'il faut à table. Je préférerais mourir.

Bel avait fait mine de s'étrangler pour montrer son désarroi.

— Oui, c'est à peu près ça, avait reconnu Carla, souriant de la remarque de sa fille, une étincelle amusée dans ses yeux bruns. Et bien sûr, toi, sa fille bien-aimée, tu es sa poule aux œufs d'or. Tu es déjà très jolie, Bel, et ton père pense que tes attraits t'apporteront un beau mariage.

Bel avait levé des yeux scandalisés vers sa mère.

— Pai va se servir de moi pour s'acheter une reconnaissance sociale ? Je refuse !

Carla, qui était une femme douce et gironde, s'était assise sur le lit et avait tendrement caressé le dos raide de sa fille.

— Ce n'est pas aussi terrible que tu le penses, *querida*, avait-elle dit d'une voix rassurante.

— Mais je n'ai que quinze ans ! Je veux me marier par amour, pas pour grimper sur l'échelle sociale. En plus, les hommes portugais sont pâles, maigrichons et paresseux. Je préfère les Italiens.

— Allons, Bel, tu ne peux pas dire cela. Chaque peuple a du bon et du mauvais. Je suis sûre que ton père te trouvera quelqu'un que tu apprécieras. Rio est une grande ville.

— Je n'irai pas !

Carla avait embrassé les cheveux sombres et soyeux de sa fille.

— En tout cas, une chose est sûre : tu as hérité du tempérament volontaire de ton père. Bonne nuit, *querida*.

* * *

Aujourd'hui, trois ans plus tard, rien n'avait changé de l'avis de Bel. Son père était toujours ambitieux, sa mère toujours douce, la société de Rio toujours aussi rigide qu'au cours de ses deux siècles d'existence, et les hommes portugais toujours aussi peu séduisants.

Pourtant, ils habitaient maintenant une maison splendide à Cosme Velho. Derrière les murs ocre et les élégantes fenêtres se déployait un décor à l'agencement raffiné, chaque pièce ayant été entièrement redécorée selon les instructions de son père. Il avait tenu à installer tout le confort moderne, depuis le téléphone jusqu'aux salles de bains à l'étage. À l'extérieur, le parc entretenu par des paysagistes de talent rivalisait avec les magnifiques jardins botaniques de Rio.

La maison s'appelait *Mansão da Princesa*, en hommage à la princesse Isabel, venue autrefois boire à la rivière Carioca qui traversait la propriété et dont on disait que les eaux possédaient des propriétés thérapeutiques.

Mais en dépit de tout ce luxe, Bel se sentait oppressée par la présence du Corcovado, qui s'élevait juste derrière la maison et l'écrasait de sa masse sombre. Elle regrettait les grands espaces et l'air pur des montagnes.

Depuis qu'ils s'étaient installés en ville, la senhora Santos, sa préceptrice, veillait quotidiennement à assurer l'éducation de Bel. Elle lui apprenait comment entrer dans une pièce – épaules rejetées en arrière, tête haute, démarche *flottante* – et l'obligeait à mémoriser les arbres généalogiques de toutes les grandes familles portugaises de Rio. Et peu à peu, l'esprit nourri de ses leçons de français, de piano, d'histoire de l'art et de littérature européenne, Bel commença à rêver d'un voyage qui lui permettrait de découvrir l'Ancien Monde de ses propres yeux.

Cet enseignement lui imposait aussi de douloureux efforts. La senhora Santos ordonnait qu'elle oublie sa langue natale, celle que sa mère lui avait apprise depuis le berceau. Mais malgré des exercices répétés, Bel conservait une pointe d'accent italien lorsqu'elle s'exprimait en portugais.

Souvent, en se regardant dans le miroir, elle souriait de voir que sa préceptrice se démenait en vain. Car Nathalia Santos avait beau essayer d'effacer la trace de ses origines, celles-ci transparaissaient sur son visage : sa peau immaculée, d'un bronze cuivré qu'un rayon de soleil suffisait à raviver – même si la senhora Santos multipliait les avertissements quant aux effets dévastateurs du grand air –, sa chevelure aux boucles sombres, ses immenses yeux noirs où tremblait une lointaine réminiscence de nuits passionnées dans les collines de Toscane.

Ses lèvres pleines laissaient deviner la vibrante sensualité de sa nature, et ses seins protestaient chaque matin de devoir supporter les corsets dont Loen serrait impitoyablement les lacets pour tenter de gommer les signes extérieurs de féminité. Une métaphore parfaite de sa vie, se disait souvent Bel. Elle était comme un animal sauvage, tout de feu et de passion, emprisonné dans une cage.

Allongée sur son lit, elle observa un minuscule gecko qui filait au plafond. À tout moment, il pouvait s'enfuir par la fenêtre ouverte, comme le *sagui.* Tandis qu'*elle,* elle devrait passer une nouvelle journée, troussée comme un poulet prêt à être enfourné dans la *bonne société* de Rio. Et elle apprendrait gentiment ses leçons, pour étouffer les désirs naturels que Dieu lui avait donnés et devenir une dame convenable ainsi que son père l'avait décidé.

Dans une semaine, justement, son avenir allait prendre un virage important. Elle aurait dix-huit ans et serait présentée au monde lors d'une somptueuse réception qui se tiendrait dans les salons du Copacabana Palace.

Ensuite, Bel le savait, on l'obligerait à épouser le meilleur parti que son père lui choisirait. Et les derniers vestiges de liberté qui lui restaient encore s'évanouiraient à jamais.

Une heure plus tard, quelques coups discrets furent frappés à la porte et Loen entra dans la chambre.

— Bonjour, senhorita Bel. Quelle matinée superbe, vous ne trouvez pas ?

— Non, répondit Bel avec mauvaise humeur.

— Allons… Il faut vous lever maintenant, et vous habiller. Vous avez beaucoup à faire aujourd'hui.

— Ah bon ?

Bel feignit l'étonnement, alors qu'elle n'ignorait rien de ses obligations.

— Ne me taquinez pas, *minha pequena*, gronda Loen – la femme de chambre, qui connaissait Bel depuis sa petite enfance, recourait souvent à des termes affectueux lorsqu'elles étaient seules. Vous savez parfaitement que vous avez votre leçon de piano à dix heures, puis votre cours de français. Et cet après-midi, Madame Duchaine vient faire le dernier essayage de votre robe de bal.

Bel ferma les yeux et fit mine de ne pas avoir entendu.

Sans se formaliser, Loen s'approcha pour la secouer gentiment par l'épaule.

— Qu'est-ce qui vous arrive ? Dans une semaine, vous allez avoir dix-huit ans et votre père vous a organisé une magnifique réception. Tout Rio y sera ! Vous n'êtes pas folle d'impatience ?

Bel ne répondit pas.

— Quelle robe voulez-vous mettre aujourd'hui ? La crème ou la bleue ? insista Loen.

— Je m'en moque !

Très calme, Loen alla ouvrir les tiroirs de la commode et la penderie, puis disposa la tenue qu'elle avait choisie au pied du lit.

Bel se redressa sur son séant à contrecœur.

— Pardonne-moi, Loen. Je suis triste à cause d'un *sagui* qui est venu ce matin et a volé ma brosse à cheveux, un cadeau de ma grand-mère. Je sais que Mãe me grondera parce que j'ai encore laissé les volets ouverts.

— Oh non ! Votre belle brosse en nacre, dans la jungle avec les singes ! Combien de fois vous a-t-on répété de fermer les volets la nuit ?

— Souvent, reconnut Bel.

— Je demanderai aux jardiniers de fouiller les jardins. Ils la retrouveront peut-être.

— Merci, dit Bel en levant les bras pour que Loen lui retire sa chemise de nuit.

* * *

Au petit déjeuner, Antonio Bonifacio examina la liste des invités conviés à la réception de sa fille au Copacabana Palace.

— La senhora Santos a vraiment rassemblé la crème de la crème, et ils ont presque tous accepté, fit-il observer d'un air satisfait. Sauf les Carvalho Gomes, et les Ribeiros Barcellos. Ils regrettent, mais ils sont retenus par une autre obligation…

Antonio leva un sourcil courroucé.

Carla posa une main rassurante sur l'épaule de son mari. Elle n'ignorait pas que c'étaient les deux familles les plus importantes de Rio.

— Tant pis pour eux. Toute la ville en parlera. Ils s'en voudront d'avoir manqué cet événement, j'en suis certaine.

— Je l'espère, grogna Antonio. Avec ce que j'ai dépensé… Et toi, ma *princesa*, tu seras l'étoile de la fête.

— Oui, Papa. Je t'en suis très reconnaissante.

— Bel, tu sais que tu ne dois pas m'appeler « Papa ». Mais « Pai ».

— Pardon, Pai. C'est difficile de changer une habitude qu'on a depuis toujours.

Antonio referma son journal, se leva, et salua son épouse et sa fille du menton.

— Je vais au bureau… Il faut bien travailler pour payer tout cela.

Bel regarda son père sortir de la pièce avec des yeux admiratifs. Il était toujours beau, grand, élégant, la tête couronnée d'abondants cheveux noirs qui grisonnaient à peine aux tempes.

— Pai est tellement tendu, soupira-t-elle à l'adresse de sa mère. Il s'inquiète pour la réception, tu crois ?

— Bel, ton père est *toujours* tendu. Qu'il s'agisse de la récolte de café ou de ta réception, il trouvera partout une raison pour se faire du souci. Nous ne le changerons pas… Je dois y aller aussi. Je reçois la senhora Santos ce matin, nous devons mettre au point les derniers préparatifs. Elle veut que tu nous rejoignes après tes leçons de piano et de français pour passer en revue la liste des invités.

— Mais Mãe, je peux déjà la réciter par cœur du début à la fin, et même à l'envers ! grogna Bel.

— Je sais, *querida.* Mais nous ne pouvons pas nous permettre un seul faux pas.

Carla se leva pour partir, puis hésita et revint vers Bel.

— Je dois t'annoncer quelque chose… Ma chère cousine Sofia se relève d'une grave maladie et je l'ai invitée à séjourner dans notre *fazenda* avec ses trois enfants. L'air des montagnes lui fera le plus grand bien. Mais comme il n'y a plus que Fabiana et son mari là-bas, je dois envoyer Loen pour aider Sofia avec ses enfants et lui permettre de se reposer. Loen part à la fin de la semaine.

— Mais Mãe, la réception a lieu quelques jours plus tard. Comment vais-je me débrouiller sans elle ?

— Je suis désolée, Bel, il n'y a pas d'autre solution. Gabriela sera là pour t'aider. Allons… Je te laisse, sinon je vais être en retard.

Après avoir tendrement tapoté l'épaule de sa fille, Carla quitta la pièce.

Restée seule, Bel se livra à de sombres réflexions. Elle redoutait les journées à venir, dernière ligne droite avant l'événement le plus important de sa vie, et voilà qu'elle devait à présent les affronter sans son alliée la plus proche.

Loen était née sur leur *fazenda*, où ses ancêtres africains avaient été employés comme esclaves. Quand l'esclavage fut finalement aboli au Brésil en 1888, de nombreux affranchis déposèrent aussitôt leurs outils et quittèrent leurs anciens maîtres, mais les parents de Loen décidèrent de rester. Ils continuèrent à travailler pour les occupants de la *fazenda*, de riches Portugais qui, comme tant d'aristocrates de Rio, furent ensuite forcés de vendre leurs exploitations quand la main-d'œuvre, autrefois fournie par les esclaves, vint à manquer. C'est à ce moment-là que le père de Loen choisit de disparaître, une nuit, laissant sa mère, Gabriela, et la petite Loen, alors âgée de neuf ans, seules au monde.

Quand Antonio acheta la *fazenda*, Carla les prit en pitié et insista pour les garder à son service. La mère et la fille vivaient désormais à Rio avec la famille.

Loen n'était qu'une simple domestique, mais elle avait grandi avec Bel à la *fazenda* et un lien fort s'était noué entre les deux fillettes qui souffraient l'une comme l'autre de n'avoir aucun compagnon de jeu. Bien qu'à peine plus âgée que Bel, Loen était dotée d'une grande maturité et apportait un immense réconfort à sa jeune maîtresse. Bel la payait de retour pour ses conseils et sa loyauté sans faille en lui apprenant à lire et à écrire.

Bel soupira et but une dernière gorgée de café. Au moins, se dit-elle, le courrier leur permettrait de rester en contact pendant cette séparation.

— Vous avez terminé, senhorita ? demanda Gabriela, interrompant le cours de ses pensées.

Son sourire compatissant indiquait qu'elle avait entendu les paroles de Carla.

Bel jeta un coup d'œil à la desserte chargée de coupes diverses où s'entassaient mangues fraîchement coupées, figues, amandes et pain à profusion. Assez pour nourrir une rue entière, sans parler d'une famille de trois personnes.

— Oui, tu peux débarrasser. Désolée, Gabriela, tu vas avoir du travail en plus pendant l'absence de Loen.

Gabriela haussa les épaules, stoïque.

— Ma fille aussi est déçue de ne pas pouvoir vous aider à préparer votre anniversaire. Mais on se débrouillera.

Quand Gabriela fut sortie, Bel ouvrit le *Jornal do Brasil.* En première page s'étalait une image de la photographe Bertha Lutz, militante des droits des femmes, debout avec ses compagnes devant l'Hôtel de Ville. La senhorita Lutz avait créé la Fédération brésilienne pour l'avancement des femmes six ans auparavant et faisait campagne pour que le droit de vote soit accordé à toutes les Brésiliennes. Bel suivait ses progrès avec un intérêt passionné. Il lui semblait que l'époque changeait pour les autres femmes du pays, tandis qu'elle restait à la traîne, avec un père qui vivait dans le passé et pensait encore que le rôle échu aux femmes consistait simplement à épouser le meilleur parti puis à procréer.

Depuis qu'ils s'étaient installés à Rio, Antonio maintenait sa précieuse fille dans une cage dorée et lui interdisait de se promener librement sans une escorte féminine. Il ne paraissait pas comprendre que les rares jeunes filles de son âge auxquelles elle avait été présentée lors de réceptions l'après-midi, et que la senhora Santos rangeait parmi les amies « convenables », provenaient de familles qui embrassaient la modernité au lieu de la combattre.

Par exemple, son amie Maria Elisa da Silva Costa était issue de l'aristocratie portugaise, mais ses parents, contrairement à l'idée fausse qu'entretenait Pai, ne passaient pas leur temps en mondanités. Le modèle dont Pai rêvait pour sa famille n'appartenait plus qu'à l'histoire, malgré quelques obstinés qui s'accrochaient encore à un monde disparu.

Parmi ces jeunes filles, Maria Elisa était celle avec qui Bel se sentait le plus d'affinités.

Son père, Heitor, architecte de renom, s'était vu accorder l'honneur d'édifier la statue du *Cristo Redentor* au sommet du

Corcovado. Les da Silva Costa habitaient non loin, à Botafogo, et lorsque son père se rendait sur son futur chantier, il déposait Maria Elisa chez Bel avant de prendre le train qui le conduisait au sommet du Corcovado. Aujourd'hui, justement, Bel attendait la visite de son amie plus tard dans l'après-midi.

* * *

— Tu dois être terriblement impatiente, dit Maria Elisa.

Les deux jeunes filles étaient assises à l'ombre de la végétation tropicale qui surplombait les jardins derrière la maison. Une armée de jardiniers s'employait chaque jour à repousser la nature exubérante aux limites de la propriété et de ses pelouses immaculées, mais au-delà de ce périmètre, la jungle partait à l'assaut de la montagne.

— J'ai plutôt hâte que ce soit terminé, répondit Bel avec franchise.

— En tout cas, moi, je me réjouis d'y assister, reprit Maria Elisa en souriant. Alexandre Medeiros y sera, et je tremble comme une feuille dès que je le vois. J'aimerais tellement qu'il m'invite à danser ! Et toi ? As-tu un jeune homme en tête ?

— Non. De toute façon, mon père tient à choisir mon mari.

— Oh, il est tellement vieux jeu ! Quand je te parle, je me dis que j'ai beaucoup de chance avec mon Pai, même s'il a la tête dans les nuages et ne pense qu'à son *Cristo.*

Maria Elisa baissa la voix et continua en chuchotant :

— Mon père est athée, tu sais… Et pourtant, il s'occupe de construire le plus grand monument jamais érigé à la gloire de Notre Seigneur !

— Cela lui donnera peut-être la foi, suggéra Bel.

— Hier soir, je l'ai entendu parler avec Mãe. Il veut partir en Europe pour chercher un sculpteur qui réalisera la statue. Tu te rends compte, Bel ? Nous allons visiter Florence, Rome, et bien sûr, Paris !

Tout à son ravissement, Maria Elisa fronça son joli nez piqueté de taches de rousseur.

— En Europe ! s'exclama Bel. Oh, Maria Elisa, comme je t'envie ! Moi qui rêve de voir l'Ancien Monde ! Surtout Florence, d'où est originaire ma famille.

— Tu pourrais peut-être venir avec nous, si le projet est maintenu ? Du moins pour une partie du voyage ? Ce serait mieux pour moi aussi, sinon je suis condamnée à la compagnie de mes deux frères. Qu'en penses-tu ? lança Maria Elisa, les yeux brillants d'excitation.

— J'en pense que c'est une proposition formidable, mais que mon père dira non, répondit Bel d'une voix morne. S'il ne me permet pas de me promener seule dans la rue ici, je ne vois pas comment il me laisserait traverser un océan pour aller en Europe. En plus, je dois rester à Rio parce qu'il veut me marier le plus vite possible…

Le bruit d'une voiture remontant l'allée les avertit de l'arrivée du père de Maria Elisa. Celle-ci se leva et serra chaleureusement Bel dans ses bras.

— On se voit jeudi prochain, alors ? À ta réception…

— Oui.

— *Adeus*, Bel, lança-t-elle en s'éloignant dans les jardins. Et ne t'inquiète pas, je te promets qu'on trouvera une idée !

Bel resta assise à l'ombre des arbres, rêvant du Duomo et de la fontaine de Neptune à Florence. L'histoire de l'art était sa matière préférée, et ces cours lui étaient prodigués par un artiste qui lui apprenait les bases du dessin et de la peinture. Les après-midi qu'elle passait dans son lumineux atelier à l'École nationale des beaux-arts comptaient parmi les moments les plus agréables de sa vie à Rio.

Un jour, le sculpteur l'avait autorisée à travailler un morceau d'argile rouge. Bel se rappelait encore le contact doux et humide de la terre sous ses doigts pendant qu'elle tentait de lui donner une forme.

— Vous avez un vrai talent, avait-il déclaré quand elle lui avait montré son œuvre, une *Vénus de Milo* qu'elle-même jugeait parfaitement lamentable.

Quoi qu'il en fût, douée ou pas, elle avait adoré l'atmosphère de l'atelier, et ses leçons hebdomadaires lui manquaient énormément depuis qu'elles avaient pris fin.

Elle entendit la voix de Loen qui l'appelait sur la terrasse. C'était l'heure du dernier essayage de sa robe avec Madame Duchaine.

Abandonnant à la jungle derrière elle ses rêves de l'Europe et de ses splendeurs, Bel revint lentement vers la maison.

14

En s'éveillant le matin de son dix-huitième anniversaire, Bel regarda par la fenêtre et aperçut de gros nuages noirs qui s'amoncelaient à l'horizon. Le grondement du tonnerre approchait. Bientôt l'orage éclaterait, les cieux s'ouvriraient et déverseraient des trombes d'eau sur Rio et ses malheureux habitants.

Gabriela, qui s'affairait dans la chambre en rappelant à Bel tout ce qu'elle avait à faire ce jour-là, se tourna vers la fenêtre pour examiner le ciel.

— Prions pour que l'orage éclate avant la réception et qu'il ne pleuve plus quand vos invités arriveront ! Quelle catastrophe ce serait pour votre robe si vous deviez sortir de la voiture et marcher dans la boue devant l'hôtel ! Je vais aller à la chapelle et demander à Notre Dame de faire cesser la pluie avant ce soir. Si elle nous ramène le soleil, les flaques auront le temps de sécher. Venez, senhorita Izabela, vos parents vous attendent pour le petit déjeuner, votre père veut vous voir avant de partir à son bureau. C'est un grand jour pour nous tous.

Bel adorait Gabriela, mais elle regretta pour la centième fois que Loen ne soit pas à ses côtés pour vivre cet événement et calmer ses angoisses.

Dix minutes plus tard, elle entrait dans la salle où était dressée la table du petit déjeuner. Antonio se leva et lui ouvrit ses bras.

— Ma précieuse fille ! Te voilà grande maintenant, et je ne pourrais pas être plus fier de toi. Viens embrasser ton Pai.

Bel s'avança entre ses bras forts et protecteurs. Elle huma l'odeur familière, rassurante, de son eau de Cologne et de sa lotion capillaire.

— Va embrasser ta mère maintenant. Ensuite, nous t'offrirons ton cadeau.

— *Piccolina,* dit Carla, revenant spontanément à l'italien pour exprimer son affection.

Elle se leva de table et embrassa chaleureusement sa fille, puis recula et écarta les bras d'admiration.

— Mon Dieu ! Que tu es belle.

— Une beauté que tu tiens de ta chère mère, précisa Antonio en regardant tendrement sa femme.

Bel vit qu'il avait les yeux pleins de larmes. Son père ne montrait plus guère d'émotions depuis quelque temps, et elle se remémora instantanément l'époque où ils n'étaient qu'une simple famille italienne, avant que Pai ne devienne riche. À cette pensée, sa gorge se serra.

Antonio se pencha pour prendre deux petits coffrets en velours sur la chaise à côté de la sienne.

— Viens voir ce que nous t'avons acheté. Regarde, dit-il en ouvrant impatiemment le plus grand pour révéler son contenu.

Bel retint son souffle en découvrant les bijoux, un magnifique collier en émeraudes et des boucles d'oreilles assorties.

— Pai ! *Meu Deus* ! Ils sont magnifiques.

Après avoir reçu l'assentiment muet de son père, elle se pencha pour dégager le collier de son écrin tapissé de soie. Les émeraudes étaient serties dans une broderie en or finement ouvragée, de plus en plus grosses jusqu'au centre du bijou où elles encadraient une pierre magnifique qui reposerait au creux de son décolleté.

— Essaie-le, ordonna Antonio avec impatience, en faisant signe à sa femme de venir en aide à la jeune fille.

Quand Carla lui eut attaché le collier, Bel porta la main à sa gorge et caressa le bijou du bout des doigts.

— Avant de te regarder dans la glace, tu dois aussi mettre les boucles d'oreilles, déclara Antonio, et Carla suspendit les fines gouttes d'un vert étincelant aux oreilles de sa fille.

Antonio attira alors Bel devant le miroir accroché au-dessus de la desserte.

— Tu es superbe ! s'exclama-t-il en inspectant le reflet de sa fille, avec les pierres qui se détachaient sur sa peau délicate.

— Pai, il y a là de quoi payer la rançon d'un roi !

— Les émeraudes viennent des mines du Minas Gerais, et j'ai moi-même choisi les pierres avant qu'elles soient taillées.

— Et bien sûr, *querida*, ta robe de soie crème, brodée de fil vert, a été spécialement conçue pour aller avec ton cadeau d'anniversaire, ajouta Carla.

— Ce soir, déclara Antonio d'un air satisfait, aucune femme ne sera mieux vêtue ni plus richement parée. Quand bien même les autres porteraient les joyaux de la couronne du Portugal !

Toute la joie de Bel retomba soudain, et le ravissement enfantin qu'elle avait éprouvé en découvrant son cadeau s'évanouit. Face à l'image que lui renvoyait le miroir, elle comprit que son père ne se souciait nullement de faire plaisir à sa fille le jour de son anniversaire. Les bijoux, pour lui, n'étaient qu'un moyen supplémentaire d'impressionner les invités importants de la soirée.

Brusquement, les magnifiques pierres vertes qui brillaient à son cou lui parurent vulgaires, terriblement ostentatoires. Elle n'était qu'un support sur lequel son père exhibait les signes de sa richesse… Et ses yeux s'emplirent de larmes.

— Ah, *querida*, ne pleure pas. Tu es très touchée, je comprends, mais tu ne dois pas te laisser déborder par tes émotions en ce grand jour.

Bel se pressa instinctivement contre sa mère et posa la tête sur son épaule, saisie par une immense peur de l'avenir.

* * *

Quand elle repensait à la réception donnée en l'honneur de son dix-huitième anniversaire au Copacabana Palace, le soir de son entrée – celle de son père, surtout – dans la bonne société de Rio, Bel voyait une série de clichés instantanés.

Les prières de Gabriela à Notre Dame avaient sans doute été entendues. Des trombes d'eau étaient tombées tout l'après-midi, mais à quatre heures, au moment où Bel sortait de son bain et que le coiffeur arrivait pour relever la lourde masse de ses cheveux en chignon sur sa tête, la pluie cessa brusquement. Des fils de minuscules émeraudes – autre cadeau de son père – furent entrelacés dans ses mèches sombres. La robe en satin duchesse envoyée spécialement de Paris, remaniée par la main experte de Madame Duchaine pour mettre en valeur sa poitrine, ses hanches menues et son ventre plat, lui allait comme un gant.

Quand elle arriva à l'hôtel, un attroupement de photographes engagés par Antonio pour couvrir l'événement l'attendait. Elle descendit de voiture et gagna la porte au bras de son père, aveuglée par les flashs.

Le champagne coulait à flots et des plateaux chargés du plus fin des caviars circulèrent toute la soirée, comme s'il s'agissait de vulgaires *salgadinhos* achetés pour deux sous à des vendeurs de rue.

Après un extravagant dîner de homard thermidor, servi avec les meilleurs vins français, l'orchestre le plus en vue de Rio entama ses premières mesures sur la terrasse. La piscine avait été recouverte d'un plancher pour permettre aux invités de danser sous les étoiles.

Antonio avait refusé catégoriquement que l'on joue de la samba, qui, malgré une popularité croissante, était encore considérée comme la musique des pauvres à Rio. Mais il s'était laissé convaincre par la senhora Santos de glisser çà et là un air entraînant de tango brésilien, chic suprême dans les élégants clubs de Paris et de New York.

Bel se rappelait avoir dansé avec une série de cavaliers. Chaque fois, le contact de leurs doigts sur ses épaules nues l'avait laissée plus indifférente que s'il s'était agi de l'effleurement d'un moustique.

Puis Antonio lui-même avait amené un jeune homme à sa fille.

— Izabela, je te présente Gustavo Aires Cabral. Il t'admire beaucoup et souhaiterait que tu lui accordes une danse.

En entendant son nom, Bel avait immédiatement compris que cet homme malingre, au visage jaune comme du petit-lait, était issu de l'une des plus nobles familles du Brésil.

— Ce serait un honneur pour moi, senhor, avait-elle répondu d'une voix empreinte de respect.

Gustavo était si petit qu'elle devait presque baisser les yeux pour le regarder, et, lorsqu'il se pencha pour lui baiser la main, elle eut une vue plongeante sur son crâne qui commençait déjà à se dégarnir.

— Senhorita, où donc vous cachiez-vous ? murmura-t-il en l'entraînant sur la piste de danse. Vous êtes assurément la plus belle femme de Rio.

Tout le temps que dura la danse, Bel, sans le voir, devina le sourire d'évidente satisfaction sur le visage de son père qui les observait.

Plus tard, une fois coupé son monumental gâteau d'anniversaire, chacun ayant été resservi en champagne pour lui porter un toast, elle sursauta au son d'une brutale explosion. Tous les invités debout sur la terrasse tournèrent la tête en direction du bruit, puis retinrent leur souffle tandis qu'un feu d'artifice était tiré d'un bateau au large de la côte. Des centaines de fusées, de soleils et de fleurs multicolores embrasèrent le ciel de Rio. Au bras de Gustavo, Bel se forçait à sourire.

* * *

Bel se réveilla à onze heures le lendemain. Elle écrivit à Loen – qui, à la *fazenda*, devait être terriblement impatiente de savoir comment s'était passée la réception –, puis sortit de sa chambre et descendit au salon. Les Bonifacio n'étant pas rentrés avant quatre heures du matin, elle trouva ses parents à la table du petit déjeuner, la mine fatiguée.

— Regarde qui voilà…, susurra Antonio à sa femme. La nouvelle *princesa* de Rio !

— Bonjour, Pai. Bonjour, Mãe, dit-elle en s'asseyant.

— Comment te sens-tu ce matin, ma chérie ?

— Un peu lasse, reconnut-elle.

— Tu as peut-être abusé du champagne hier ? dit Antonio. C'est mon cas, je l'avoue.

— Non, je n'ai bu qu'une coupe de toute la soirée. Je suis fatiguée, c'est tout. Tu ne vas pas au bureau aujourd'hui, Pai ?

— J'ai pensé que je pouvais bien m'accorder un peu de temps, pour une fois. Des tas de gens ont déjà envoyé un domestique pour nous faire part de leurs remerciements, ajouta-t-il, désignant un plateau en argent sur la table, chargé d'enveloppes diverses. Il y a des invitations pour toi, à déjeuner, à dîner… Et aussi une lettre qui t'est adressée personnellement. Je ne l'ai pas ouverte, bien sûr, mais l'expéditeur apparaît sur le cachet. Lis-la vite, Izabela, nous brûlons d'envie de savoir.

Antonio lui tendit l'enveloppe, qui portait le sceau des Aires Cabral. Bel l'ouvrit et parcourut rapidement le message rédigé sur l'épais papier gaufré.

— Alors ? s'enquit Antonio.

— Gustavo Aires Cabral me remercie pour hier soir et espère me revoir bientôt.

Antonio joignit les mains, transporté de joie.

— Izabela, que tu es futée ! Gustavo descend du dernier empereur du Portugal, rien de moins. C'est une des meilleures familles de Rio.

— Quand je pense qu'il a écrit à notre fille ! s'exclama Carla, ravie elle aussi.

Après un regard aux visages animés de ses parents, Bel soupira.

— Pai, Gustavo m'envoie un mot de remerciement, c'est tout. Il ne me demande pas en mariage.

— Non, *querida*, mais un jour peut-être… J'ai bien vu qu'il était sensible à tes charmes, et il me l'a dit lui-même. Qui ne le serait pas, du reste ? ajouta-t-il avec un clin d'œil.

Antonio brandit le *Jornal do Brasil*, montrant une photo de Bel, radieuse, à son arrivée devant le Copacabana Palace.

— Toute la ville ne parle que de toi, ma *princesa*. Ta vie et la nôtre vont complètement changer, à partir d'aujourd'hui.

* * *

En effet, durant les semaines qui suivirent, tandis que Noël approchait et que la saison des fêtes battait son plein à Rio, Bel fut emportée par un véritable tourbillon. Madame Duchaine assembla d'autres robes à mesure que les invitations se succédaient, bals, opéra, dîners dans de somptueuses résidences privées, autant d'obligations dont Bel s'acquitta avec une aisance irréprochable grâce à l'éducation sans faille dispensée par la senhora Santos.

Gustavo Aires Cabral, que Maria Elisa et Bel surnommaient en secret « le furet » à cause de son physique et de la façon dont il tournait autour de Bel, assistait à la plupart de ces événements. Le soir de l'ouverture de *Don Giovanni* au Théâtre municipal, il vint trouver Bel avant le lever du rideau et insista pour qu'elle monte à sa loge durant l'entracte, afin qu'il puisse la présenter à ses parents.

Maria Elisa haussa les sourcils en regardant Gustavo s'éloigner parmi la foule, sa coupe de champagne à la main.

— Tu devrais te sentir honorée. Ses parents sont les derniers survivants à Rio de ce qui s'approche le plus de la royauté. En tout cas, ajouta-t-elle en pouffant, ils se comportent comme tels.

Aussi, lorsqu'on la conduisit à la loge de Gustavo pendant l'entracte, Bel se retrouva-t-elle à faire la révérence, comme si elle était face au vieil empereur lui-même. La mère de Gustavo, Luiza Aires Cabral, hautaine et abondamment parée de diamants, posa sur elle un regard perçant.

— Senhorita Bonifacio, vous êtes aussi belle qu'on le dit, déclara-t-elle dignement.

— Merci, répondit Bel, intimidée.

— Et vos parents ? Sont-ils ici ? Je ne crois pas avoir eu le plaisir de les rencontrer.

— Non, ils ne sont pas venus ce soir.

— Votre père possède des plantations de café dans la région de São Paulo, à ce qu'on m'a dit ? demanda le père de Gustavo, Maurício, qui ressemblait en tout point à son fils avec quelques années de plus.

— C'est exact, senhor.

— Telle est l'origine de ces fortunes récentes…, fit observer Luiza.

— Eh bien, reprit Maurício en tançant sa femme d'un regard sévère, il faudra que nous les invitions à déjeuner.

— Absolument.

La senhora Aires Cabral salua Bel d'un imperceptible hochement de tête et reporta son attention sur sa voisine.

— Je crois que vous leur avez plu, dit Gustavo en raccompagnant Bel à sa propre loge.

— Vraiment ? rétorqua Bel, qui pensait justement le contraire.

— Oui. Ils vous ont questionnée et ont paru intéressés. C'est toujours un bon signe. Je ne manquerai pas de les rappeler à leur promesse pour qu'ils reçoivent vos parents.

Pour sa part, Bel, ainsi qu'elle le confia à Maria Elisa un peu plus tard, espérait de tout cœur que Gustavo oublierait.

* * *

Mais l'invitation arriva en bonne et due forme : les Bonifacio étaient conviés à déjeuner chez les Aires Cabral. Carla passa en revue toutes les toilettes de sa garde-robe en se demandant avec angoisse laquelle conviendrait le mieux pour l'occasion.

— Ce n'est qu'un déjeuner, Mãe, dit Bel. Je suis sûre que les Aires Cabral se moquent bien de ce que tu porteras.

— Pas du tout. Ne vois-tu pas que nous allons subir un examen ? Une seule critique de Luiza Aires Cabral, et toutes les portes qui se sont ouvertes pour toi à Rio se refermeront immédiatement.

Bel quitta sa mère en soupirant, mais elle avait envie de hurler. Peu importait ce que les Aires Cabral penseraient de ses parents ! Elle refusait d'être vendue à *quiconque* comme un vulgaire objet.

* * *

— Tu l'épouseras s'il te le propose ? interrogea Maria Elisa quand elle rendit visite à Bel l'après-midi et que celle-ci mentionna l'invitation.

— Grands dieux ! Je le connais à peine. De toute façon, je suis sûre que ses parents veulent marier leur fils à une princesse portugaise, pas à la fille d'immigrants italiens.

— Possible. Sauf que, d'après mon père, les Aires Cabral sont ruinés. Ils se sont enrichis grâce aux mines d'or du Minas Gerais, comme la plupart des anciennes familles nobles, mais c'était il y a deux cents ans. Ensuite, leurs plantations de café ont fait faillite quand l'esclavage a été aboli. Mon père dit que, depuis, ils n'ont pas levé le petit doigt pour redresser la situation et que leur fortune s'est épuisée.

— Comment les Aires Cabral peuvent-ils être pauvres alors qu'ils habitent l'une des plus belles maisons de Rio et que la mère de Gustavo est couverte de pierres précieuses ?

— Ce sont des bijoux de famille, et la maison n'a pas été repeinte depuis cinquante ans. Pai y est allé une fois pour répondre à une demande de travaux. Il a dit que c'était affreusement humide et qu'il y avait de la mousse verte sur les murs de la salle de bains. Mais quand il a présenté un devis, le senhor Aires Cabral a poussé un cri horrifié et l'a renvoyé sur-le-champ. Crois-moi, ils doivent leur influence à leur nom, pas à leur richesse. Ton père, au contraire, est très riche.

Elle épia Bel du coin de l'œil avant de reprendre :

— Tu essaies de le nier, mais ne vois-tu pas ce qui est en train de se passer ?

— Même s'il me le propose, ils ne pourront pas m'obliger, Maria Elisa. Pas si cela me rend malheureuse.

— À mon avis, tu auras du mal à infléchir ton père. Imagine… Sa fille qui prend le nom des Aires Cabral, la lignée assurée par ses propres petits-enfants ! Clairement, c'est l'union parfaite : toi, tu apportes la beauté et la richesse, et Gustavo fournit la noble ascendance.

Tel était en effet le scénario que Bel refusait d'admettre, et la brutale explication de Maria Elisa lui ouvrit les yeux.

— Mon Dieu, soupira-t-elle, accablée. Qu'est-ce que je peux faire ?

— Je ne sais pas, Bel. Vraiment, je ne vois pas.

Changeant de sujet pour lutter contre le désespoir, Bel aborda la question qui lui tournait dans la tête depuis sa dernière conversation avec Maria Elisa.

— Quand pars-tu en Europe ?

— Dans six semaines. Je suis tellement impatiente ! Pai a déjà retenu nos cabines sur le paquebot à destination de la France.

— Maria Elisa… S'il te plaît, ton père ne pourrait-il pas demander au mien de me laisser partir avec vous ? Il expliquerait qu'un voyage en Europe est indispensable pour parfaire mon éducation avant de me marier… Tu as raison : si je ne fais rien, mes parents m'auront donnée à Gustavo d'ici quelques mois. Je dois absolument m'échapper. *Je t'en supplie…*

Les calmes yeux bruns de Maria Elisa reflétaient toute la détresse de Bel.

— D'accord. Je vais parler à Pai… Mais c'est peut-être déjà trop tard. Les Aires Cabral t'ont déjà invitée chez eux avec tes parents. À mon avis, une demande en mariage est imminente.

— Mais je n'ai que dix-huit ans ! C'est beaucoup trop jeune pour se marier, non ? Regarde Bertha Lutz… Elle nous incite à nous battre pour notre indépendance, à gagner notre vie afin qu'on ne nous vende plus au meilleur offrant. Et d'autres femmes se mobilisent derrière elle pour exiger l'égalité !

— Oui, Bel, c'est vrai. D'autres femmes, mais *pas toi.*

Maria Elisa posa une main rassurante sur l'épaule de son amie.

— Je te promets de parler à Pai. On verra si on peut t'enlever… Au moins pendant quelques mois.

— Et je ne reviendrai jamais, murmura Bel en se détournant pour ne pas être entendue de son amie.

* * *

Le lendemain, le chauffeur des Bonifacio les emmena à la *Casa das Orquídeas*, la résidence des Aires Cabral. Bel percevait l'extrême tension de sa mère, assise près d'elle à l'arrière de la voiture.

— Enfin, Mãe, ce n'est qu'un déjeuner.

— Je sais, *querida*, répondit Carla en regardant droit devant elle, tandis qu'ils franchissaient un haut portail en fer forgé et remontaient l'allée d'une impressionnante maison blanche.

— Très belle propriété, fit remarquer Antonio.

Pourtant, malgré la taille imposante de la bâtisse et sa gracieuse architecture classique, Bel ne put s'empêcher de repenser aux paroles de Maria Elisa. Elle constata qu'en effet, l'entretien des jardins laissait à désirer et que la peinture s'écaillait par endroits.

Une domestique les conduisit dans un salon sombre et austère, garni de meubles anciens. L'air sentait l'humidité, et, malgré la chaleur extérieure, Bel frissonna.

— Je vais annoncer à la senhora Aires Cabral que vous êtes arrivés, dit la domestique en les invitant à s'asseoir.

Après une attente en silence qui leur parut excessivement longue, Gustavo entra.

— Senhora et senhor Bonifacio, senhorita Izabela... Je suis très heureux de vous accueillir chez nous. Mes parents ont un peu de retard mais ils nous rejoindront dans un instant.

Gustavo serra la main d'Antonio, déposa un baiser sur celle de Carla, puis pressa délicatement les doigts de Bel.

— Vous êtes très belle aujourd'hui, Izabela... Puis-je vous offrir un rafraîchissement pendant que nous attendons mes parents ?

Enfin, après une conversation guindée qui dura encore dix minutes, la senhora et le senhor Aires Cabras firent leur apparition.

— Toutes mes excuses, déclara le senhor Aires Cabral. Nous étions retenus par une petite affaire personnelle. Passons à la salle à manger, voulez-vous ?

La pièce était d'une taille démesurée, et Bel calcula que l'on pourrait réunir une quarantaine d'invités autour de son élégante table en acajou. Mais en levant les yeux vers le plafond, elle distingua de grosses lézardes dans les corniches ornées de motifs.

Assise près de Gustavo, Bel chercha désespérément un sujet de conversation, ayant déjà épuisé tous les clichés lors des dîners où elle s'était retrouvée placée à côté de lui.

— Depuis combien de temps votre famille habite-t-elle dans cette maison ? réussit-elle à demander.

— Deux cents ans. Et je crois que les choses n'ont pas beaucoup changé durant tout ce temps, ajouta Gustavo avec un sourire. Parfois, j'ai l'impression de vivre dans un musée… Mais c'est une très belle demeure.

— Magnifique, oui.

— Comme vous, dit galamment Gustavo.

Au cours du déjeuner, Bel surprit les yeux de Gustavo fixés sur elle chaque fois qu'elle tournait la tête vers lui. Il la couvait d'un air éperdu d'admiration, à la différence de ses parents, qui, loin de bavarder poliment avec les Bonifacio, leur faisaient subir un véritable interrogatoire. Voyant sa mère de l'autre côté de la table, pâle et tendue sous les questions de Luiza Aires Cabral, Bel l'encouragea du regard.

Cependant, à mesure que le vin détendait les convives, Gustavo se mit à parler plus librement qu'il ne l'avait jamais fait. Bel découvrit sa passion pour la littérature, son amour de la musique classique, et son intérêt pour la philosophie grecque et l'histoire portugaise qu'il avait beaucoup étudiées. N'ayant jamais travaillé de sa vie, Gustavo passait ses journées à se cultiver. Il s'anima en partageant son savoir avec Bel. Elle lui confia qu'elle aimait l'art et, à partir de ce moment-là, la conversation devint presque agréable.

— Vous êtes un véritable érudit, constata-t-elle en souriant quand ils se levèrent et passèrent au salon pour prendre le café.

— Merci de cette aimable parole, Izabela. Un compliment dans votre bouche vaut des milliers prononcés par d'autres. Donc, l'art est un sujet qui vous tient à cœur…

— J'ai toujours eu envie d'aller en Europe, pour admirer les œuvres des grands maîtres, avoua-t-elle avec un soupir.

Une demi-heure plus tard, les Bonifacio prenaient congé.

Dans la voiture, Antonio se tourna vers sa femme et sa fille assises à l'arrière.

— Alors ? Tout s'est bien passé, n'est-ce pas ?

— À merveille, mon cher, rétorqua Carla qui, comme d'habitude, se rangeait à l'avis de son époux.

— Mais la maison… grands dieux ! Il faudrait la raser et tout reconstruire. Du moins la restaurer, et pour cela, une fortune bâtie sur le café est indispensable. Et ce qu'ils ont servi à table… On mange mieux dans un piètre restaurant sur la plage. Invite-les à dîner la semaine prochaine, Carla, nous leur donnerons une petite leçon. Tu diras à notre cuisinière de préparer du poisson et de la viande du meilleur choix, et surtout, de ne pas regarder à la dépense.

— Bien, Antonio.

La voiture déposa les deux femmes devant le portail de la maison et Antonio repartit aussitôt, annonçant qu'il devait se rendre à son bureau.

— Gustavo a l'air gentil…, commença Carla alors qu'elles traversaient les jardins.

— Oui, plutôt.

— Tu sais qu'il est très épris de toi, Bel, n'est-ce pas ?

— Non, Mãe, comment le serait-il ? Nous ne nous sommes jamais vraiment parlé, jusqu'à aujourd'hui.

— J'ai vu comment il te regardait au déjeuner, et je peux te dire qu'il est déjà très attaché à toi. Ce qui me soulage énormément.

15

— Tu as demandé à ton père de parler au mien ?

En interrogeant Maria Elisa quelques jours plus tard, Bel entendit le désespoir dans sa propre voix.

— Oui, répondit Maria Elisa tandis que les deux jeunes filles s'asseyaient à leur place habituelle dans le jardin. Il serait ravi que tu nous accompagnes, si ton père le permet, et il a promis de lui en glisser un mot quand il viendra me chercher tout à l'heure.

— *Meu Deus*, souffla Bel. Pourvu qu'il réussisse à convaincre Pai !

— Mais je m'inquiète, Bel. D'après ce que tu viens de me raconter, la demande en mariage semble plus imminente que jamais. Même si ton père est d'accord, ton fiancé refusera sûrement que tu t'éloignes de sa vue.

Maria Elisa marqua une pause et observa longuement le visage angoissé de Bel.

— Ce serait vraiment si terrible que ça, reprit-elle, si tu l'épousais ? Après tout, tu l'as admis toi-même, Gustavo est intelligent et plutôt gentil. Tu habiterais dans l'une des plus belles maisons de Rio, que ton père ferait restaurer à ton goût. Et avec ton nouveau nom, en plus de ta beauté, tu régnerais sur la société de Rio. Bien des jeunes filles aimeraient avoir ta chance, fit-elle remarquer.

Bel se tourna vers son amie, ses yeux sombres lançant des éclairs.

— Que veux-tu dire ? Je croyais que tu étais de mon côté.

— Je le suis, Bel, mais tu me connais. J'ai l'esprit pratique, j'écoute ma tête plutôt que mon cœur. Et je dis simplement qu'il pourrait t'arriver pire.

— Maria Elisa, dit Bel en se tordant les mains, je ne l'aime pas ! C'est le plus important, non ?

— Dans un monde idéal, oui. Mais nous savons toutes les deux que le monde n'est pas parfait.

— On croirait entendre une vieille femme ! Tu ne veux pas être amoureuse, toi ?

— Si, si… Mais je comprends aussi que l'amour n'est pas tout, quand il s'agit de mariage. Sois prudente, Bel. Si tu repousses Gustavo, ce sera une gifle terrible pour sa famille. Certes, ils ont perdu leur fortune, mais ils détiennent un pouvoir immense ici, à Rio. Ta vie et celle de tes parents pourraient devenir très difficiles.

— Donc tu me dis que si Gustavo me demande en mariage, je suis obligée d'accepter. Dans ce cas, je n'ai plus qu'à me jeter du haut du Corcovado !

Maria Elisa secoua la tête en haussant les sourcils.

— Bel… Je t'en prie, calme-toi. Il y a sûrement un moyen. Mais tu devras peut-être accepter certains compromis, entre ce que tu veux, *toi*, et les désirs des autres.

Bel regarda Maria Elisa. Son amie semblait toujours sereine, comme un lac tranquille dont aucune ride ne troublait la surface, tandis qu'elle-même était pareille à une chute d'eau dévalant les montagnes et bouillonnant sur les rochers au-dessous.

— J'aimerais te ressembler, Maria Elisa. Tu es tellement raisonnable.

— Non, j'accepte les choses, c'est tout. Mais je n'ai pas ton tempérament de feu ni ta beauté.

— Ne dis pas de bêtises. Tu es l'une des plus belles personnes que je connaisse, à l'extérieur *et* à l'intérieur, fit Bel en la prenant dans ses bras. Merci, tes conseils et ton aide me sont précieux. Tu es une vraie amie.

* * *

Une heure plus tard, Heitor da Silva Costa, le père de Maria Elisa, se présenta à la porte de la *Mansão da Princesa.* Quand Gabriela lui ouvrit, Bel et Maria Elisa, cachées dans le petit salon près de l'entrée, l'entendirent demander si Antonio était là.

Bel n'avait fait qu'échanger des paroles futiles avec le senhor da Silva Costa lors de diverses réunions mondaines, mais il lui paraissait sympathique. Elle le trouvait très bel homme, avec ses traits fins et ses yeux bleu pâle, qui semblaient souvent ailleurs. Au sommet du Corcovado, peut-être, où il voyait déjà le Christ monumental qu'il était chargé d'ériger.

Bel poussa un soupir de soulagement en voyant son père apparaître sur le seuil de son bureau et accueillir Heitor avec chaleur, malgré sa surprise manifeste. Antonio respectait Heitor, qui était non seulement issu d'une vieille famille portugaise, mais aussi une figure célèbre à Rio depuis qu'on lui avait confié le projet du *Cristo.*

Les deux jeunes filles entendirent leurs pères entrer dans le bureau et fermer la porte derrière eux.

Bel se laissa tomber dans un fauteuil.

— C'est insupportable, gémit-elle. Tout mon avenir dépend de cette conversation.

— Que tu es excessive, Bel, dit Maria Elisa en souriant. Tout ira bien, j'en suis sûre.

Vingt minutes plus tard, la porte se rouvrit. Bel, rongée d'inquiétude, écouta les deux hommes qui s'entretenaient du *Cristo.*

— Si l'envie vous prend de visiter le chantier, n'hésitez pas à me le faire savoir, déclara Heitor. Allons, je dois maintenant retrouver ma fille et la ramener à la maison.

— Votre visite était un plaisir, senhor, et je vous remercie de votre aimable proposition.

— Je vous en prie... Ah, te voilà, Maria Elisa. Dépêchons-nous, j'ai une réunion en ville à cinq heures. *Adeus,* senhor Bonifacio.

Avant de suivre son père, Maria Elisa se retourna vers Bel et haussa les épaules d'un air incertain.

Antonio demeura un instant immobile, puis repartit vers son bureau. Apercevant sa fille dans le couloir, il lut l'anxiété sur ses traits et secoua la tête en soupirant.

— Je vois à ton visage que tu étais au courant.

— C'était l'idée de Maria Elisa, expliqua promptement Bel. Elle a pensé que ce serait mieux si elle emmenait une compagne. Elle n'a que deux frères plus jeunes, et…

— Je vais te répéter ce que j'ai dit au senhor da Silva Costa, Izabela. Il n'en est pas question.

— Mais pourquoi, Pai ? Un voyage en Europe serait idéal pour parfaire mon éducation !

— Tu n'as plus besoin d'éducation, Izabela. J'ai dépensé des milliers de *reais* pour toi, et l'investissement a rapporté. Tu as déjà ferré un gros poisson. Nous savons tous deux que Gustavo Aires Cabral s'apprête à faire sa demande. Pourquoi t'enverrais-je au-delà des mers, dans l'Ancien Monde, alors que tu es sur le point de devenir la reine du Nouveau Monde ?

— Pai, s'il te plaît, je…

— Assez ! Je ne veux plus rien entendre. Le sujet est clos. Nous nous verrons au dîner.

Bel se détourna avec un sanglot. Elle traversa la cuisine en courant, sous les yeux étonnés des domestiques qui préparaient le repas du soir, et se rua dans le jardin. Puis, sans se soucier de sa robe, elle escalada la pente en s'agrippant aux branches des arbustes tropicaux.

Dix minutes plus tard, parvenue assez haut pour que personne ne l'entende, elle s'effondra sur la terre chaude et humide et gémit comme un animal blessé. Quand sa colère et sa frustration furent enfin retombées, elle se redressa, essuya la poussière sur sa robe, et s'assit, enserrant ses genoux dans ses bras. Le panorama était magnifique à cet endroit, englobant toute la baie de Rio, avec l'enclave du Cosme Velho à ses pieds. Peu à peu, le calme se répandit en elle. Elle se retourna pour lever les yeux vers le Corcovado, dont le sommet disparaissait à moitié dans les nuages.

Sur le versant opposé, les misérables cahutes d'une *favela* s'accrochaient tant bien que mal à la montagne. En tendant l'oreille, elle distinguait le lointain roulement des *surdos* dont les habitants jouaient nuit et jour en dansant la samba, la musique des collines, pour oublier le fardeau de leur vie. À la pensée de ces gens désespérés, elle se ressaisit.

Je ne suis qu'une gamine riche, égoïste et gâtée, s'admonesta-t-elle. *Comment puis-je me conduire ainsi alors que j'ai tout et qu'eux n'ont rien ?*

Bel posa le front sur ses genoux et demanda pardon.

S'il vous plaît, Sainte Vierge, débarrassez-moi de mon cœur passionné et remplacez-le par un autre comme celui de Maria Elisa, pria-t-elle avec ferveur, *car le mien ne m'apporte rien de bon. Et je promets d'être reconnaissante et obéissante à partir de maintenant, et de ne pas m'opposer aux désirs de mon père.*

* * *

Dix minutes plus tard, Bel descendit de la montagne et retraversa la cuisine, sale et échevelée, mais la tête haute. Elle monta dans sa chambre, demanda à Gabriela de lui faire couler un bain, puis s'allongea dans l'eau chaude en pensant qu'à l'avenir, elle serait une bonne fille… et une épouse soumise.

Personne ne parla du voyage en Europe durant le dîner, et cette nuit-là, couchée dans son lit, Bel comprit que le sujet ne serait plus jamais évoqué.

16

Deux semaines plus tard, les trois membres de la famille Aires Cabral furent reçus en grande pompe à la *Mansão da Princesa.* Antonio ne ménagea pas ses efforts pour les impressionner, et, au cours du dîner, il mentionna la prospérité de ses affaires et la hausse constante des prix du café depuis que la demande ne cessait d'augmenter en Amérique.

— Notre famille possédait autrefois plusieurs plantations près de Rio, mais cette activité n'a pas survécu à l'abolition de l'esclavage, expliqua le père de Gustavo.

— Ah oui, fit Antonio. Par chance, les miennes se trouvent dans la région de São Paulo, où la main-d'œuvre n'était pas uniquement constituée d'esclaves. Il faut dire aussi que les terres là-bas se prêtent bien mieux à la culture du café. Je crois que notre récolte compte parmi les meilleures. Nous la goûterons après le dîner.

— Bien sûr, nous devons accepter les changements du Nouveau Monde, concéda Maurício d'une voix compassée.

— Tout en maintenant les valeurs et les traditions de l'ancien, ne manqua pas de souligner la mère de Gustavo.

Bel observa Luiza Aires Cabral pendant le dîner, son visage qui s'autorisait rarement un sourire. Nul doute qu'elle avait dû être très belle en sa jeunesse, avec ses yeux d'un bleu étonnant et ses traits finement modelés, mais il semblait que l'amertume, en la rongeant de l'intérieur, avait effacé tous ses charmes. Bel se fit la promesse de ne jamais lui ressembler, quel que soit le tour que prendrait sa vie.

Gustavo s'adressa à elle de sa voix discrète.

— Il paraît que vous connaissez la fille de Heitor da Silva Costa, Maria Elisa. C'est une de vos bonnes amies ?

— Oui.

— La semaine prochaine, mon père et moi allons rencontrer le senhor da Silva Costa sur le Corcovado, afin qu'il nous montre ses plans. Pai est membre du Cercle catholique qui a lancé le premier l'idée d'un monument au *Cristo.* Il paraît que le projet du senhor da Silva Costa change constamment, et je ne lui envie pas la tâche qui lui incombe, à plus de sept cents mètres d'altitude…

— Je ne suis jamais montée au sommet, dit Bel. Pourtant nous habitons tout près, le pied de la montagne touche littéralement nos jardins.

— Peut-être que votre père me permettra de vous y emmener.

— Cela me ferait plaisir, merci, répondit-elle poliment.

— Marché conclu. Je lui demanderai tout à l'heure.

Bel se détourna pour manger son *pudim de leite condensado.* Mais en plongeant sa cuillère dans le délicieux dessert nappé de caramel, elle sentait toujours les yeux de Gustavo posés sur elle.

Deux heures plus tard, après qu'une domestique eut refermé la porte derrière leurs invités, Antonio se tourna vers Carla et Bel, le visage rayonnant.

— Je crois qu'ils étaient impressionnés. Et toi, ma *princesa* – il prit le menton de Bel entre deux doigts –, tu auras bientôt des nouvelles de Gustavo. Avant de partir, il m'a demandé s'il pouvait t'emmener sur le Corcovado la semaine prochaine. C'est l'endroit parfait pour faire une demande en mariage, non ?

Bel ouvrit la bouche pour émettre une réponse dubitative, mais elle se rappela alors sa prière à la Sainte Vierge et son vœu d'obéissance.

— Oui, Pai, dit-elle en baissant sagement les yeux.

Plus tard, alors qu'elle se mettait au lit, regrettant une fois de plus l'absence de Loen, on frappa à la porte.

Le visage de Carla apparut.

— *Querida.* Je ne te réveille pas ?

— Non, Mãe. Viens…

Elle tapota le lit pour inviter sa mère à s'asseoir. Carla s'installa près d'elle et lui prit les mains.

— Izabela, je t'en prie, rappelle-toi que tu es ma fille chérie… Je te connais bien, et puisqu'il semble que Gustavo s'apprête à te demander en mariage, je dois te poser une question : est-ce là ce que tu souhaites ?

Se remémorant son vœu, Bel réfléchit un moment avant de répondre.

— Mãe, la vérité, c'est que je ne suis pas amoureuse de Gustavo. Et je n'aime pas non plus sa mère, ni son père. Nous savons toutes les deux qu'ils nous méprisent et préféreraient une épouse portugaise pour leur fils unique. Mais Gustavo est gentil, et je crois que c'est un homme bon. Je sais combien ce mariage vous réjouira, surtout Pai. Donc…

Bel ne put retenir un petit soupir avant de poursuivre :

— S'il me demande de l'épouser, j'accepterai avec plaisir.

Carla contempla gravement le visage de sa fille.

— Tu es sûre, Bel ? Quoi que désire ton père, je dois savoir ce que tu éprouves vraiment. Ce serait un terrible péché que de te soumettre à une vie que tu ne désires pas. Par-dessus tout, je veux que tu sois heureuse.

— Merci, Mãe. Je pense que je le serai.

Après un silence, Carla reprit :

— L'amour entre une femme et un homme grandit avec les années. Fais-moi confiance, je le sais. J'ai épousé ton père. (Elle eut un petit rire amer.) Moi aussi, j'ai eu des doutes au début, mais maintenant, malgré tous ses défauts, je n'en changerais pas. Et, ne l'oublie jamais, il est important que l'homme soit plus amoureux de la femme que l'inverse.

— Pourquoi dis-tu cela, Mãe ?

— Parce que, ma chérie, le cœur des femmes peut être inconstant et aimer plusieurs fois. Les hommes montrent moins leurs émotions, mais lorsqu'ils aiment, ils aiment en général pour toujours. J'ai la certitude que Gustavo t'aime, je le vois dans ses yeux quand il te regarde. Et cela te garantit que tu garderas ton mari, et qu'il ne s'éloignera pas de toi.

Carla embrassa sa fille.

— Dors bien, *querida*.

Ce soir-là, Bel resta longtemps éveillée, les paroles de sa mère résonnant à ses oreilles. Elle espérait seulement qu'elle ne se trompait pas.

* * *

— Tu es prête ?

— Oui.

Bel se soumit patiemment à l'examen de ses parents dans le salon.

— Tu es magnifique, ma *princesa*, dit Antonio avec admiration. Quel homme pourrait te repousser ?

— Te sens-tu anxieuse, *querida* ? demanda Carla.

— Je prends le train pour aller au Corcovado avec Gustavo, c'est tout, répondit Bel en contenant à grand-peine son irritation.

Antonio sursauta quand il entendit la sonnette de la porte d'entrée.

— Nous verrons bien…, dit-il. Le voilà.

— Bonne chance, et que Dieu te garde, dit Carla en embrassant sa fille sur les deux joues.

Dans le vestibule, Gabriela fixa sur sa tête le nouveau chapeau cloche acheté pour l'occasion.

Gustavo se tenait debout sur les marches du perron, maigre et chétif, mais plus pimpant qu'à son habitude dans un costume crème, coiffé d'un élégant couvre-chef.

— Senhorita Izabela, vous êtes superbe. Mon chauffeur nous attend au portail…

Quand ils furent installés à l'arrière de la voiture, Bel s'aperçut que Gustavo était beaucoup plus tendu qu'elle. Il garda le silence pendant les trois minutes que dura le trajet jusqu'à la petite gare d'où partait le train pour le Corcovado. Puis, lui ayant offert son bras, il l'entraîna vers l'un des deux wagons accrochés à une minuscule locomotive.

— J'espère que la vue vous plaira, malgré le manque de confort, dit-il lorsqu'ils eurent pris place à l'intérieur.

Le train commença l'ascension de la montagne. La pente était si raide que Bel devait lutter pour garder la tête droite. Déstabilisée par une secousse, elle se raccrocha instinctivement à l'épaule de Gustavo et il lui passa un bras autour de la taille.

C'était le geste le plus intime qui ait jamais été échangé entre eux, et si Bel ne ressentit aucun émoi, elle n'éprouva pas non plus de répulsion. Cela ressemblait à l'étreinte rassurante d'un grand frère. Comme le bruit de la locomotive rendait toute conversation impossible, elle se détendit et prit plaisir au voyage tandis que le petit train traversait une jungle luxuriante, celle-là même qui prenait naissance au fond de son jardin.

Elle fut presque déçue quand le train arriva à la gare et que les passagers descendirent.

— Il y a un belvédère un peu plus loin d'où l'on a une vue superbe sur Rio, déclara Gustavo. Ou bien nous pouvons grimper les marches et aller voir les fondations du *Cristo Redentor.*

— Oui, montons tout en haut, répondit Bel en souriant, et elle remarqua l'air approbateur sur le visage de son compagnon.

Ils entreprirent de gravir l'escalier à la suite d'une poignée de courageux. Le soleil brûlant les soumettait à rude épreuve, et ils commencèrent à avoir de plus en plus chaud dans leurs habits apprêtés.

Je ne dois pas transpirer, pensait Bel, sentant ses sous-vêtements lui coller à la peau.

Enfin, ils parvinrent à un plateau au sommet de la montagne. Il y avait là un pavillon d'où l'on pouvait admirer le panorama, et, plus loin, Bel aperçut les engins mécaniques qui éventraient la terre de leurs gigantesques griffes. Gustavo lui prit la main et l'attira à l'ombre du pavillon.

— Le senhor da Silva Costa m'a expliqué qu'ils doivent creuser très profondément, pour que la statue ne risque pas de se renverser.

Il la saisit ensuite par les épaules et la fit pivoter.

— Regardez là-bas.

Suivant la direction indiquée par son doigt, Bel distingua le toit de tuiles rouges d'une élégante construction.

— N'est-ce pas le Parque Lage ?

— Si, et les jardins botaniques, juste à côté, sont de toute beauté. Mais connaissez-vous l'histoire de la maison qu'ils abritent ?

— Non, je l'ignore.

— Eh bien, il n'y a pas si longtemps, un Brésilien est tombé amoureux d'une chanteuse d'opéra italienne. Il souhaitait désespérément l'épouser et l'amener à Rio, mais elle, habituée à l'Italie, refusait de le suivre. Il lui a demandé ce qui pourrait la convaincre de quitter sa Rome bien-aimée. Elle a répondu qu'elle voulait vivre dans un palais comme ceux de son pays. Alors, il l'a fait construire pour elle. Elle l'a épousé, elle est venue à Rio, et elle vit encore aujourd'hui dans cette somptueuse demeure à l'image de sa terre natale.

— Que c'est romantique, souffla Bel.

Elle se pencha autant que possible pour admirer la vue magnifique en contrebas. Aussitôt, un bras lui enserra la taille.

— Attention. Je n'aimerais pas annoncer à vos parents que vous êtes tombée du haut du Corcovado, fit Gustavo en souriant. Vous savez, Izabela, si je le pouvais, je vous ferais construire une maison aussi belle que celle-ci.

Bel demeura volontairement penchée en avant pour ne pas lui montrer son visage.

— C'est très gentil à vous, Gustavo.

— Et c'est vrai. Izabela…, commença-t-il en la faisant pivoter vers lui avec douceur. Vous savez sûrement ce que je suis sur le point de vous demander…

— Je…

Immédiatement, un doigt se posa sur ses lèvres.

— Non, ne dites rien pour l'instant, sinon je risque de perdre courage. Vous êtes si belle, et moi, avec mon physique…, je comprends que je ne suis pas le mari que vous méritez. Nous savons tous deux que vous pourriez avoir n'importe quel homme si vous le désirez. Toute la gent masculine de Rio a succombé à votre charme, comme moi. Mais je tiens à vous dire que je ne vous apprécie pas seulement pour votre apparence extérieure.

Gustavo marqua une pause, et Bel sentit qu'elle devait répondre quelque chose. Elle ouvrit la bouche pour parler, mais à nouveau, il la fit taire en appliquant doucement un doigt sur ses lèvres.

— Je vous en prie, laissez-moi terminer. À la minute même où je vous ai vue à la soirée de votre dix-huitième anniversaire, j'ai su que je voulais être avec vous. Bien sûr, nous ne pouvons nier tous les deux qu'il s'agira d'un mariage de convenance, puisque votre famille apporte l'argent, et la mienne la noblesse. Mais, Izabela, sachez qu'en ce qui me concerne, cette union ne reposera pas sur des fondations aussi tristes, parce que...

Gustavo baissa la tête. Puis, osant relever les yeux vers elle, il déclara :

— Je vous aime.

Bel vit l'honnêteté dans son regard. Elle se doutait, bien sûr, qu'il allait faire sa demande en mariage, mais ne s'était pas attendue à ce qu'il prononce des paroles si sincères, si touchantes. Le discours de sa mère lui revint en mémoire. Curieusement, elle éprouvait un élan de compassion pour Gustavo, et de la culpabilité, aussi. Si seulement elle avait pu nourrir des sentiments identiques à son égard ! Alors, les divers morceaux du puzzle de sa vie se seraient assemblés en un tout harmonieux.

— Gustavo, je...

— Izabela, s'il vous plaît, supplia-t-il encore. J'ai presque fini, je vous le promets. Je comprends que vous ne ressentez rien de semblable pour moi, aujourd'hui. Mais je crois fermement que je peux vous donner tout ce dont vous avez besoin pour vous épanouir dans la vie. Et j'espère qu'un jour, vous en viendrez à m'aimer, au moins un peu.

Jetant un regard alentour, Bel s'aperçut que les autres touristes attirés par le pavillon l'avaient à présent déserté. Ils étaient seuls.

— Si cela peut aider, continua Gustavo, le senhor da Silva Costa m'a parlé de votre désir de visiter l'Europe avec sa famille. Izabela, je souhaite que vous partiez. Si vous acceptez de célébrer nos fiançailles immédiatement et de m'épouser à votre retour, alors je parlerai à votre père et je le convaincrai que ce voyage est une expérience indispensable pour la jeune fille qui va devenir ma femme.

Bel le dévisagea d'un air abasourdi.

— Vous êtes très jeune, *querida.* N'oubliez pas que j'ai presque dix ans de plus que vous, dit Gustavo en lui effleurant délicatement la joue. Et je veux que vous puissiez élargir vos horizons, comme j'ai eu la chance de le faire à votre âge. Alors, qu'en pensez-vous ?

Bel savait qu'elle devait répondre rapidement. Ce que lui offrait Gustavo, c'était la réalisation de son rêve. Un mot de sa bouche lui apporterait ce qu'elle désirait plus que tout au monde – la possibilité d'échapper à l'étroite prison qu'était Rio.

— Gustavo, c'est une proposition très généreuse de votre part.

— Je suis heureux de vous la soumettre, Izabela. Vous me manquerez chaque jour, mais je comprends aussi qu'on ne peut pas garder de beaux oiseaux dans une cage. Si on les aime, il faut les libérer. Évidemment, je préférerais vous montrer moi-même l'Europe, ajouta-t-il en lui prenant les mains. Je songeais d'ailleurs à vous y emmener pour notre lune de miel. Mais à dire vrai, mes finances du moment ne m'autorisent pas cette dépense. Et mes parents ont besoin de moi ici. Alors ?

Il guetta sa réaction, plein d'expectative.

— Gustavo, vos parents et la bonne société de Rio n'approuveront sûrement pas cette idée. Si nous nous fiançons, ne devrais-je pas rester avec vous à Rio jusqu'à notre mariage ?

— Dans l'Ancien Monde dont mes parents sont issus, l'usage veut souvent qu'une jeune fille entreprenne un voyage culturel avant de se marier. Ils accepteront. Alors, *querida* Izabela, ne me faites pas languir plus longtemps. Je suis déjà à l'agonie.

Bel prit une profonde inspiration.

— Eh bien… Je pense que je vais dire oui.

— *Meu Deus.* Merci mon Dieu, dit-il avec un soulagement non feint. Je peux donc vous donner ceci.

Gustavo fouilla dans la poche intérieure de sa veste et en retira une petite boîte au cuir racorni.

— Cette bague appartient aux Aires Cabral depuis plusieurs générations. Elle a été portée, selon la légende familiale, par la cousine de l'empereur Dom Pedro lorsqu'elle s'est fiancée.

Bel contempla le diamant d'une pureté parfaite, serti entre deux saphirs.

— Il est magnifique, dit-elle sincèrement.

— La pierre au centre est très ancienne. Elle a été taillée dans les mines de Tejuco, et l'or vient de Ouro Preto. Puis-je l'enfiler à votre doigt ? Juste pour vérifier la taille, ajouta-t-il à la hâte. Parce, bien sûr, je dois d'abord vous raccompagner chez vous et demander officiellement votre main à votre père.

— Oui.

Gustavo fit glisser la bague sur l'annulaire de sa main droite.

— Voilà. Il faudra l'ajuster, votre doigt est si fin... Mais elle vous va bien. Savez-vous, douce Izabela, que c'est la première chose que j'ai remarquée chez vous ? Vos mains. Elles sont adorables.

— *Obrigada.*

Gustavo ôta délicatement la bague et la remit dans l'étui.

— À présent, dépêchons-nous de redescendre avant que les trains ne s'arrêtent pour la nuit. Si nous restions coincés ici, je ne pense pas que cela plairait à votre père, fit-il observer avec humour.

— Moi non plus, répondit-elle, tandis que Gustavo, gardant sa main dans la sienne, l'entraînait vers la petite gare.

Mais elle savait au fond d'elle-même que, maintenant qu'elle avait « ferré » son prince, son père accepterait n'importe quoi.

* * *

Bel monta dans sa chambre pendant que Gustavo parlait à son père. Elle s'assit sur le bord du lit, tendue, après avoir renvoyé Gabriela qui lui proposait de se changer. Son cœur hésitait entre l'inquiétude et un bonheur extatique.

Pourquoi Gustavo avait-il décidé de l'encourager à partir en Europe ? se demandait-elle. Était-il secrètement soulagé de repousser leur inévitable union, parce que lui non plus ne se sentait pas prêt à se marier aussi précipitamment ? Ses parents lui avaient-ils fait subir la même pression qu'elle avait ressentie ? Pourtant, l'affection qu'elle avait lue dans ses yeux lorsqu'il lui avait fait sa demande paraissait tellement sincère...

Ses pensées furent interrompues par Gabriela qui revenait dans la chambre, un grand sourire aux lèvres.

— Votre père vous appelle en bas… et je dois servir du champagne. Félicitations, senhorita. J'espère que vous serez heureuse et que Notre Dame vous bénira en vous donnant de nombreux enfants.

— Merci, Gabriela.

Bel sourit à la domestique, puis se dirigea d'un pas discret vers les voix qui lui parvenaient depuis le salon.

— La voilà, la future mariée ! Viens embrasser ton père, ma *princesa*, et sache que j'ai accordé ma bénédiction à ton prétendant.

— Merci, Pai, répondit Bel en déposant un baiser sur sa joue.

— Ma petite Izabela, aujourd'hui, tu fais de moi le plus heureux des pères.

— Et moi, le plus heureux des hommes de Rio, compléta Gustavo, radieux.

— Ah ! voici ta mère à qui nous allons annoncer la bonne nouvelle, lança Antonio en voyant Carla entrer.

Ils continuèrent ainsi à se féliciter mutuellement, puis, quand le champagne fut servi, ils portèrent un toast à la santé et au bonheur futur de Bel et de Gustavo.

— Je reste cependant troublé par votre décision de l'envoyer à des milliers de kilomètres d'ici avant de l'épouser, senhor, dit Antonio en tournant son front soucieux vers Gustavo.

— Comme je l'ai expliqué, Bel est encore très jeune. Je pense qu'un voyage en Europe, non seulement la fera mûrir, mais aussi que ce qu'elle verra là-bas enrichira nos conversations quand nous serons vieux et que nous aurons épuisé notre vocabulaire amoureux.

Souriant, Gustavo adressa un discret clin d'œil à Bel.

— Je ne peux me prononcer sur ce sujet, répliqua Antonio. Enfin, j'imagine qu'au moins, elle pourra s'adresser aux meilleurs couturiers parisiens pour concevoir sa robe de mariée, concéda-t-il.

— Absolument. Et quel que soit son choix, je ne doute pas qu'elle nous apparaîtra divinement belle. Je dois prendre congé, à présent, et annoncer l'heureuse nouvelle à mes parents. Mais ils ne seront pas surpris, ajouta-t-il avec un sourire.

— Oui, oui… Et avant que votre fiancée ne parte pour l'Europe, nous donnerons une réception en l'honneur de vos fiançailles. Au Copacabana, peut-être, où vous avez la première fois aperçu votre future épouse, proposa Antonio qui ne pouvait s'empêcher de sourire jusqu'aux oreilles. Il faudra aussi publier un faire-part dans les carnets mondains de tous les journaux, ajouta-t-il en raccompagnant Gustavo à la porte.

— C'est avec plaisir que je confie à la famille de la mariée le soin de s'occuper des préparatifs, répondit Gustavo.

Il prit la main de Bel et l'embrassa.

— Bonne nuit, Izabela. Et merci. Vous faites de moi un homme très heureux.

Antonio attendit que la voiture de Gustavo soit partie, puis, lâchant une joyeuse exclamation, il souleva Bel dans ses bras et la fit tournoyer comme lorsqu'elle était petite.

— Ma *princesa,* tu as réussi ! *Nous* avons réussi.

Il posa Bel et alla étreindre sa femme.

— N'es-tu pas contente aussi, Carla ?

— Si, bien sûr. Du moment que Bel est heureuse, c'est une nouvelle formidable.

Antonio observa un moment sa femme et fronça les sourcils.

— Tout va bien, *querida* ? Tu es très pâle.

— J'ai mal à la tête, c'est tout. Je vais ordonner à la cuisinière de nous préparer un dîner de fête.

Bel suivit sa mère dans le couloir qui menait à la cuisine, en partie pour échapper à l'exubérante euphorie de son père.

— Mãe, tu es *vraiment* heureuse pour moi ?

— Oui, bien sûr, Izabela.

— Et tu es certaine que tu te sens bien ?

— Oui, *querida.* Allez. Va vite mettre une jolie robe pour notre dîner.

17

Les semaines suivantes passèrent à une allure folle, tandis que la bonne société de Rio célébrait les fiançailles d'Izabela Rosa Bonifacio et de Gustavo Aires Cabral. Chacun voulait avoir sa place dans ce conte de fées : l'union d'un prince – en tout cas, ce qui s'en approchait le plus – et d'une si jeune fille à la beauté exquise.

Antonio était au comble du ravissement. Les invitations se succédaient, soirées et dîners dans de somptueuses résidences dont les portes lui étaient autrefois fermées.

Bel n'avait guère le temps de penser à son voyage en Europe, mais sa traversée sur le paquebot avait été réservée et Madame Duchaine s'affairait à lui constituer une garde-robe convenable pour Paris, capitale de la mode de l'Ancien Monde.

Loen était enfin revenue de la *fazenda*, et Bel avait hâte de savoir ce qu'elle pensait de Gustavo.

— D'après ce que j'en ai vu, senhorita Bel, répondit la jeune servante à contrecœur, un soir qu'elle aidait Bel à s'habiller pour un dîner, c'est un homme d'honneur qui fera un bon mari pour vous. Et son nom, bien sûr, est très enviable, mais…

Elle s'interrompit soudain et secoua la tête.

— Loen, s'il te plaît, tu me connais depuis que je suis toute petite, et il n'y a personne en qui j'ai plus confiance que toi. Tu dois me parler sincèrement !

— Alors, pardonnez-moi de vous le rappeler, *minha pequena*, poursuivit Loen avec douceur, mais dans vos lettres, vous me faisiez part de vos doutes. Et maintenant que je vous ai vus tous les deux ensemble… eh bien, il m'apparaît clairement que vous n'êtes pas amoureuse de lui. Cela ne vous inquiète pas ?

— Mãe pense que j'en viendrais à l'aimer. D'ailleurs, ai-je vraiment le choix ? demanda Bel dont les yeux exprimaient un besoin intense d'être rassurée.

— Votre mère a sûrement raison. Senhorita Bel, je…

— Qu'y a-t-il ?

— J'ai quelque chose à vous annoncer. Quand j'étais à la *fazenda*, j'ai rencontré quelqu'un. Un homme, je veux dire.

— Grands dieux, Loen ! s'étonna Bel. Pourquoi ne m'en as-tu pas parlé ?

— Par timidité, j'imagine. Et puis, vous êtes tellement occupée avec vos fiançailles. Je n'ai pas trouvé le bon moment.

— Qui est-ce ? interrogea Bel avec curiosité.

— Bruno Canterino, le fils de Fabiana et Sandro, avoua la jeune domestique.

Se rappelant le beau jeune homme qui travaillait à la *fazenda* avec ses parents, Bel sourit à Loen.

— Il est très beau, et je crois que vous irez très bien ensemble.

— Je le connais depuis que nous sommes très jeunes. Nous avons toujours été amis… Mais cette fois, il s'est passé autre chose entre nous, reconnut Loen.

— Est-ce que tu l'aimes ? interrogea Bel.

— Oui, et il me manque beaucoup maintenant que je suis revenue à Rio. Allez, il faut finir de vous habiller, sinon vous serez en retard.

Immobile, Bel se laissa faire. Elle savait très bien pourquoi Loen lui avait confié son amour, mais elle avait aussi parfaitement conscience que la machine de son mariage avec Gustavo était déjà en marche, et que rien ne pouvait plus l'arrêter.

* * *

Bel se consolait à moitié en découvrant que, plus elle passait de temps avec Gustavo, plus il lui devenait cher. Il était attentif à ses moindres besoins et l'écoutait avec intérêt. Comment n'aurait-elle pas été touchée, face au bonheur sincère qu'il montrait à la perspective de l'épouser ?

— Ce n'est plus un furet, alors, mais un chiot, déclara Maria Elisa en riant lorsqu'elles se croisèrent à un gala de charité dans les jardins botaniques. Au moins, tu ne le trouves plus antipathique.

— Non, je trouve même sa compagnie assez agréable, répondit Bel, se retenant d'ajouter que là n'était pas la question – à l'égard de son promis, elle aurait dû éprouver de *l'amour*, non pas une vague amitié.

— Je n'arrive pas à croire qu'il te laisse partir en Europe avec nous ! reprit Maria Elisa. Tellement d'hommes dans sa position refuseraient.

— Il souhaite ce qui est le mieux pour moi, dit Bel, restant sur ses gardes.

— Oui, apparemment. Quelle chance tu as ! Tu lui reviendras, n'est-ce pas ? Tu ne te fiances tout de même pas juste pour parvenir à tes fins et aller en Europe ? insista son amie en la toisant.

— Pour qui me prends-tu ? explosa Bel. Bien sûr que je reviendrai. Je te répète que je commence à m'attacher à lui.

— Tant mieux, déclara fermement Maria Elisa. Parce que je ne voudrais pas devoir lui annoncer que sa future épouse s'est enfuie avec un peintre italien.

— Oh, je t'en prie ! Quelle idée absurde, fit Bel en levant les yeux au ciel.

* * *

La veille du jour où elle devait embarquer avec les da Silva Costa sur le paquebot transatlantique à destination de la France, Gustavo vint lui faire ses adieux à la *Mansão da Princesa*. Pour une fois, les parents de Bel se retirèrent discrètement et les laissèrent seuls au salon.

— Nous n'allons pas nous revoir avant de longs mois, dit-il en lui souriant tristement. Vous me manquerez, Izabela.

— Vous aussi, Gustavo. Je ne sais comment vous remercier de me laisser partir.

— Je veux simplement que vous soyez heureuse. Et maintenant… j'ai quelque chose pour vous, fit-il en sortant une bourse en cuir de sa poche. Tenez, dit-il en lui tendant un collier. C'est une pierre de lune. Elle est censée protéger ceux qui la portent, surtout s'ils quittent des êtres chers et traversent les océans.

Bel admira la pierre d'une délicate teinte bleue et blanche, entourée de minuscules diamants.

— J'ai choisi ce pendentif spécialement pour vous, expliqua-t-il. Il n'est pas d'une grande valeur, mais je suis content qu'il vous plaise.

— Oui, je l'aime beaucoup, dit-elle, émue par cette gentille attention. Voulez-vous me l'attacher ?

Gustave s'exécuta, puis lui effleura le cou de ses lèvres.

— *Minha linda* Izabela, murmura-t-il en la regardant sans dissimuler son admiration. Il vous va très bien.

— Je vous promets de le porter tous les jours.

— Et d'écrire souvent ?

— Oui.

— Izabela, je...

Il lui prit soudain le menton entre les doigts, leva son visage vers le sien et, pour la première fois, l'embrassa sur les lèvres. Bel, qui n'avait jamais été embrassée par aucun homme, était depuis longtemps curieuse de savoir ce que l'on éprouvait. Dans les livres qu'elle avait lus, les femmes vacillaient sur leurs jambes. Mais tandis que la langue de Gustavo s'insinuait dans sa bouche et qu'elle se demandait que faire de la sienne, la pensée lui vint que ses jambes à elle étaient loin de se dérober. Mais ce n'était pas désagréable, décida-t-elle lorsqu'il s'écarta. C'était tout simplement... rien. Elle n'avait absolument rien ressenti.

* * *

— Au revoir, chère Loen. Prends soin de ta santé, dit Bel en s'apprêtant à quitter sa chambre pour se rendre au port avec ses parents.

— Oh, senhorita Bel. Je suis inquiète à la pensée que vous allez traverser l'océan sans moi. S'il vous plaît, écrivez-moi souvent.

— Oui, c'est promis. Je te raconterai tout ce que je ne pourrai pas partager avec mes parents, ajouta-t-elle avec un sourire malicieux. Surtout, veille à bien cacher mes lettres. Allons, je dois partir maintenant, mais toi aussi, écris-moi et tiens-moi au courant de tout ce qui se passe ici. Adieu, Loen.

Même sa femme de chambre en faisait l'expérience, songea Bel en s'asseyant dans la voiture. Le seul sentiment qu'il ne lui serait jamais donné de connaître, de toute sa vie, elle en avait maintenant la certitude : la passion.

* * *

Ses parents montèrent à bord du paquebot amarré au quai principal du port de Rio, Pier Mauá. Carla parcourut d'un regard éberlué la luxueuse cabine dans laquelle sa fille serait logée.

— On se croirait sur la terre ferme, dit-elle en s'asseyant sur le lit pour tester le matelas. Il y a des lampes électriques, de jolis rideaux…

— Tu ne pensais tout de même pas que Bel allait voyager à la lumière de bougies, étendue dans un hamac sur le pont ? plaisanta Antonio. Vu le prix du billet, on peut bien exiger le confort moderne.

Décidément, son père ne cesserait jamais d'évaluer toute chose à l'aune de l'argent que cela lui coûtait, se dit Bel pour la énième fois. La sirène du bateau retentit pour signaler le départ imminent aux familles et amis qui n'embarquaient pas. Bel prit sa mère dans ses bras.

— Prends soin de toi, Mãe, jusqu'à mon retour. Tu n'as pas l'air dans ton assiette depuis quelque temps.

— Ne dis donc pas de sottises, Bel. Je vieillis, c'est tout, protesta Carla. Mais toi, sois prudente, si loin de ton foyer…

Quand sa mère s'écarta, Bel vit des larmes dans ses yeux.

À son tour, Antonio serra sa fille contre lui.

— Au revoir, ma *princesa.* Et j'espère qu'après avoir vu la beauté de l'Ancien Monde, tu voudras tout de même rentrer chez toi, où t'attendent tes parents qui t'aiment et ton fiancé.

Bel les accompagna sur le pont et agita la main en signe d'adieu quand ils descendirent la passerelle. Lorsqu'elle les vit peu à peu réduits à d'infimes silhouettes, l'angoisse la saisit pour la première fois. Elle partait à l'autre bout du monde, avec une famille qu'elle connaissait à peine ! À cet instant, la puissante sirène lui emplit les oreilles et le bateau commença à s'éloigner du quai.

— *Adeus,* mes chers père et mère, murmura-t-elle sans cesser d'agiter la main. Gardez-vous du danger, et que Dieu vous bénisse tous les deux.

* * *

Le voyage plut beaucoup à Bel, enchantée de découvrir les innombrables divertissements offerts aux riches passagers du paquebot. Elle se baignait pendant des heures dans la piscine avec Maria Elisa – plaisir d'autant plus vif qu'il lui avait été refusé à Rio – et jouait au croquet sur l'herbe artificielle du pont supérieur. Les deux amies riaient sous cape en surprenant les regards admiratifs des jeunes hommes chaque fois qu'elles pénétraient dans la salle à manger.

Lorsqu'elles dansaient au son de l'orchestre après le dîner, Bel, sa splendide bague de fiançailles au doigt, était protégée des élans trop affectueux de cavaliers enhardis par le vin. Mais elle vécut quelques passions à travers les flirts innocents de Maria Elisa.

Sur le vaste océan qui les jetait les uns contre les autres, elle fit peu à peu la connaissance des membres de la famille da Silva Costa, bien mieux qu'elle n'en aurait eu l'occasion à Rio. Les deux jeunes frères de Maria Elisa, Carlos et Paulo, étaient âgés respectivement de quatorze et seize ans. À mi-chemin entre l'enfance et l'âge adulte, troublés par la barbe naissante qui leur venait au menton, ils osaient rarement lui adresser la parole. La mère, Maria Georgiana, était une femme intelligente et perspicace, dont Bel découvrit bientôt qu'elle était sujette à de violentes colères quand quelque chose ne lui plaisait pas. Elle passait le plus clair de son temps à jouer au bridge dans le grand salon, tandis que son mari, lui, sortait rarement de sa cabine.

— Que fait donc ton père enfermé toute la journée ? demanda Bel à Maria Elisa un soir, alors qu'ils approchaient des îles du Cap-Vert, au large de la côte africaine, où le bateau devait accoster pour assurer son ravitaillement.

— Il travaille à son *Cristo,* évidemment, répondit Maria Elisa. Mãe dit qu'elle a perdu l'amour de son mari et qu'il préfère maintenant Notre Seigneur, quelqu'un à qui il ne croit même pas ! Ironique, non ?

Un après-midi, Bel frappa chez Maria Elisa – du moins croyait-elle se trouver devant la cabine de son amie. Ne recevant aucune réponse, elle ouvrit la porte et l'appela. Elle s'aperçut aussitôt de son erreur quand Heitor da Silva Costa leva les yeux d'un bureau couvert de documents présentant divers calculs, projections et dessins. Non seulement le bureau, mais le lit et le sol aussi en étaient jonchés.

— Bonjour, senhorita Izabela. Vous désirez me voir ?

— Pardon, je ne voulais pas vous déranger… Je cherchais Maria Elisa et je me suis trompée de cabine.

— Ne vous excusez pas, je vous en prie. J'ai moi-même un peu de mal à me repérer dans ces couloirs. Toutes les portes se ressemblent, répondit Heitor avec un sourire aimable. Quant à ma fille, essayez juste à côté, mais je ne sais pas si elle est là. J'avoue que je ne surveille pas ses allées et venues sur le bateau. J'ai l'esprit ailleurs, ajouta-t-il en désignant le bureau.

— Puis-je… puis-je voir vos dessins ?

— Cela vous intéresse ?

Le plaisir s'alluma dans les yeux bleu pâle d'Heitor.

— Mais oui, beaucoup ! Tout le monde à Rio dit que ce sera un miracle de parvenir à construire cette statue au sommet d'une si haute montagne.

— C'est ma foi vrai. Et comme le *Cristo* ne peut pas s'en charger Lui-même, c'est moi qui Le remplace. Approchez… Je vais vous montrer comment je compte m'y prendre.

Une heure durant, Heitor lui exposa les détails de la structure qu'il devait concevoir, suffisamment solide pour soutenir son gigantesque Christ.

— … Des poutres en acier, et, à l'intérieur, une nouveauté venue d'Europe qu'on appelle béton armé. Voyez-vous, Bel, le *Cristo* n'est pas une statue. C'est tout simplement un bâtiment, déguisé en figure humaine. Il devra pouvoir résister aux vents d'altitude, à la pluie qui s'abattra sur Sa tête. Sans parler de la foudre que Son père depuis les cieux envoie ici-bas, sur nous, mortels, pour nous rappeler Sa puissance.

Bel écoutait, fascinée, la langue poétique d'Heitor qui se mêlait à des considérations hautement techniques. Il lui parlait sans retenue, et elle se sentait honorée de sa confiance.

— Une fois que nous serons en Europe, je dois trouver le sculpteur capable de créer cette vision que j'ai de Lui. Les arcanes technologiques de Son intérieur importeront peu au public, qui ne verra que Son enveloppe extérieure. (Il leva les yeux vers Bel d'un air songeur.) Ce qui est fréquemment le cas dans la vie… Vous n'êtes pas de mon avis, senhorita ?

— Si…, répondit Bel en hésitant, parce qu'elle ne s'était jamais vraiment penchée sur la question.

— Par exemple, continua-t-il, vous êtes une très belle jeune femme, mais est-ce que je connais l'âme qui vous embrase à l'intérieur ? La réponse est non, bien sûr. Je dois donc trouver le sculpteur visionnaire qui saura percevoir l'essence de mon *Cristo*, et rapporter à Rio le visage, le corps et les mains que Ses admirateurs désirent.

* * *

Ce soir-là, en se couchant, Bel dut s'avouer avec un soupçon de honte que, même s'il avait l'âge d'être son père, elle était tombée sous le charme du senhor da Silva Costa.

18

Six semaines après avoir quitté Rio, le paquebot accosta gracieusement dans le port du Havre, en France. Les da Silva Costa montèrent comme prévu à bord du train pour Paris, où une voiture qui les attendait devant la gare les conduisit à un élégant appartement de l'avenue de Marigny, à quelques pas des Champs-Élysées. Heitor avait loué un bureau non loin de là, afin d'y recevoir les nombreux experts dont il souhaitait prendre le conseil avant de finaliser la structure de son Christ.

Il était convenu aussi que la famille l'accompagnerait en Italie et en Allemagne lorsqu'il s'y rendrait pour rencontrer deux sculpteurs de renom.

Bel sut dès son arrivée qu'elle ne se lasserait pas de Paris. Le premier soir, lorsqu'ils eurent fini de dîner, elle ouvrit la fenêtre dans la pièce haute de plafond qu'elle partageait avec Maria Elisa et se pencha à l'extérieur, inspirant à pleins poumons cette odeur étrangère, frissonnant dans l'air nocturne. C'était le début du printemps, mais alors qu'à Rio le thermomètre grimpait rapidement vers les chaleurs de l'été, ici, la température dépassait à peine dix degrés.

Elle regarda les Parisiennes qui se promenaient sur l'avenue, donnant le bras à leurs cavaliers. Chacune lui paraissait un modèle d'élégance, dans le style garçonne inspiré par la maison Chanel, avec des lignes simples, longilignes, et des jupes à hauteur du genou qui exilaient dans un lointain passé les lourdes robes à corset auxquelles Bel était habituée.

Elle soupira, et, dénouant sa luxuriante chevelure, se demanda si elle oserait adopter la nouvelle coupe courte à la mode. Son père, bien sûr, la déshériterait – lui qui aimait tant ses cheveux, sa « couronne de reine », disait-il. Mais pour la première fois, elle se trouvait à des milliers de kilomètres de lui et échappait à son emprise.

Saisie d'une folle excitation, elle se pencha un peu plus pour admirer, vers la gauche, les lumières de la Seine et, au-delà, les quartiers de la Rive gauche. Elle avait tant entendu parler de ces artistes bohèmes qui habitaient Montmartre et Montparnasse ; les modèles qui acceptaient de poser nues pour Picasso et le poète Jean Cocteau, aux mœurs scandaleuses que l'on disait nourries à l'opium, et dont même la presse de Rio publiait les hauts faits.

Elle avait retenu de ses leçons d'histoire de l'art que la Rive gauche, autrefois hantée par Degas, Cézanne et Monet, était maintenant devenue le quartier général d'une génération bien plus audacieuse, sous la houlette des surréalistes. Des écrivains comme F. Scott Fitzgerald et sa superbe femme, Zelda, avaient été pris en photo à La Closerie des Lilas, assis avec leurs célèbres amis artistes autour d'une bouteille d'absinthe. D'après ce qu'elle en savait, tout ce monde-là menait une vie fantasque où l'on passait ses journées à boire et ses nuits à danser.

Maria Elisa interrompit le cours de ses pensées en entrant dans la chambre.

— C'est l'heure d'aller au lit, Bel. Ce voyage m'a épuisée. Tu veux bien fermer la fenêtre, s'il te plaît ? Il fait un froid glacial ici.

Bel obéit à contrecœur et alla enfiler sa chemise de nuit dans la salle de bains.

Dix minutes plus tard, elles étaient couchées côte à côte dans leurs lits jumeaux.

— Mon Dieu, qu'est-ce qu'on gèle à Paris ! souffla Maria Elisa en frissonnant sous ses draps. Tu ne trouves pas ?

— Non, pas vraiment, répondit seulement Bel en tendant la main pour éteindre la lampe de chevet. Bonne nuit, Maria Elisa, dors bien.

Allongée dans le noir, Bel songea avec impatience à ce qu'elle allait découvrir dans cette ville. Elle imaginait les foules ardentes, les esprits libres et fougueux qui, de l'autre côté du fleuve, s'adonnaient à une existence si exaltante. Et, à cette pensée, une chaleur intense l'envahit.

* * *

Le lendemain matin, Bel, levée et habillée dès huit heures, n'attendait qu'une chose : sortir pour arpenter les rues de Paris et s'imprégner de leur atmosphère. Heitor était seul à table lorsqu'elle arriva dans la salle à manger.

Il leva les yeux vers elle, son stylo dans une main, sa tasse de café dans l'autre.

— Bonjour, Izabela. Tout va bien ?

— Oui, très bien. Je ne vous dérange pas ?

— Pas du tout. Je suis même content d'avoir de la compagnie. Je croyais que j'allais prendre mon petit déjeuner en solitaire… Ma femme se plaint de n'avoir pas fermé l'œil de la nuit, à cause du froid.

— Votre fille aussi, raconta Bel. Elle a demandé à la femme de chambre de lui apporter un plateau au lit. Elle craint d'avoir attrapé un rhume.

— Quant à vous, à voir votre mine resplendissante, on dirait que vous avez été épargnée, fit remarquer Heitor.

— Oh moi, je me serais levée ce matin même si j'avais une pneumonie, répliqua Bel tandis que la domestique lui servait du café. Comment peut-on être malade à Paris ?

Attrapant une pâtisserie de forme insolite dans un panier posé au centre de la table, elle l'examina avec intérêt.

— C'est un croissant, expliqua Heitor. Délicieux quand on le mange tout chaud, avec de la confiture. Moi aussi, j'adore cette ville, mais, hélas, je n'en profiterai guère. J'ai une foule de rendez-vous.

— Avec des sculpteurs ?

— Oui. Je suis enchanté, bien sûr. Et je dois aussi rencontrer un spécialiste du béton armé. Cela paraît moins romantique, mais c'est potentiellement la clé de mon projet.

— Vous êtes déjà allé à Montparnasse ? osa interroger Bel – elle mordit dans le croissant, qui séduisit aussitôt ses papilles.

— Oui, mais c'était il y a longtemps. Quand j'étais jeune, pendant mon premier voyage. Ainsi, vous êtes attirée par la Rive gauche et ses habitants… originaux ?

Bel surprit une étincelle malicieuse dans les yeux d'Heitor.

— Oui. Enfin… C'est là qu'ont travaillé tellement de grands artistes. J'aime beaucoup Picasso.

— Ah, vous défendez le mouvement cubiste ?

— Non, non. Je ne suis pas une experte… Mais j'ai pris des leçons d'histoire de l'art à Rio, et depuis, le sujet m'intéresse.

— Alors, je ne m'étonne plus que vous ayez envie d'explorer les quartiers bohèmes. Attention, senhorita. C'est un univers très… décadent, comparé à Rio.

— Comparé à partout ailleurs, j'imagine ! dit Bel. Ces gens vivent différemment, ils essaient d'autres idées, ils font avancer le monde de l'art…

— Oui, c'est vrai. Je crois pourtant que j'aurais un problème si je m'inspirais de Picasso pour mon *Cristo* ! déclara Heitor avec un petit rire. Ce n'est donc pas à Montparnasse que je compte orienter mes recherches. À présent, pardonnez ma grossièreté, mais je dois vous abandonner. J'ai mon premier rendez-vous dans une demi-heure. Merci pour votre compagnie, ajouta-t-il en rassemblant ses papiers. J'apprécie beaucoup nos conversations.

— Moi aussi, répondit Bel timidement.

Après l'avoir saluée du menton, Heitor sortit.

* * *

À l'heure du déjeuner, Maria Elisa avait de la fièvre et on fit venir un médecin. La mère ne se sentant guère mieux que la fille, il leur prescrivit à toutes les deux de garder le lit et de prendre de l'aspirine jusqu'à ce que la fièvre retombe. Bel errait dans l'appartement comme un animal en cage. À l'idée que Paris l'attendait, là, dehors, la compassion qu'elle aurait dû éprouver pour Maria Elisa cédait place au ressentiment.

Je suis méchante et affreusement égoïste, se réprimanda-t-elle, assise à la fenêtre, contemplant l'activité vibrante de la rue au-dessous.

Enfin, vaincue par l'ennui, elle accepta de jouer aux cartes avec les deux jeunes frères de Maria Elisa, pendant que les heures de cette première journée s'écoulaient une à une.

* * *

La convalescence de Maria Georgiana et de Maria Elisa s'éternisait. Au bout d'une semaine, alors qu'elle n'avait pas une seule fois mis le nez dehors, Bel rassembla son courage et demanda à Maria Georgiana l'autorisation de faire une courte promenade dans l'avenue pour s'aérer un peu. La réponse, comme elle s'y attendait, fut négative.

— Sûrement pas sans quelqu'un pour t'accompagner, Izabela. Et ni moi ni Maria Elisa ne sommes encore en état de sortir. Nous aurons tout le temps de visiter Paris à notre retour de Florence, déclara fermement Maria Georgiana.

Bel se sentait comme un prisonnier affamé, qui voit à travers les barreaux de sa cellule une boîte de délicieux chocolats hors d'atteinte, à quelques millimètres à peine.

Ce fut Heitor qui vint à son secours. Durant toute la semaine, ils s'étaient retrouvés ensemble à la table du petit déjeuner, et malgré ses préoccupations, il avait tout de même remarqué qu'elle semblait souffrir de la solitude.

— Izabela, aujourd'hui je dois rendre visite au sculpteur Paul Landowski à Boulogne-Billancourt. Nous avons déjà échangé par lettre et par téléphone, mais je vais à son atelier afin qu'il me montre son travail. C'est mon candidat favori pour l'instant, bien que j'aie d'autres artistes à voir en Italie et en Allemagne. Aimeriez-vous m'accompagner ?

— Je… je serais très honorée, senhor. Mais je ne voudrais pas être une gêne pour vous.

— Sûrement pas. Je comprends que vous devez vous ennuyer, à force de rester enfermée ici… Pendant que je m'entretiendrai avec Landowski, un de ses assistants pourra vous faire visiter l'atelier.

— Senhor da Silva Costa, c'est une proposition qui me ravit, répondit Bel avec ferveur.

— Je vous dois bien cela, reprit Heitor. Après tout, votre futur beau-père est membre du Cercle catholique qui a soutenu l'idée de construire un monument au sommet du Corcovado et contribué à réunir les fonds nécessaires. Je serais extrêmement embarrassé de vous ramener à Rio sans vous avoir montré les richesses culturelles de l'Ancien Monde.

* * *

Depuis la voiture qui passait sur la Rive gauche après avoir franchi le pont de l'Alma, Bel scrutait les rues et les terrasses des cafés comme si elle s'attendait à y voir assis Picasso en personne.

— L'atelier de Landowski est assez loin d'ici, expliqua Heitor. Je crois qu'il ne se soucie pas trop de boire avec ses copains dans les rues de Montparnasse. Il préfère travailler. Et bien sûr, comme il a une famille, ce n'est pas si facile pour lui de trouver à se loger sur la Rive gauche.

— Son nom ne semble pas français, dit Bel, un peu déçue d'apprendre que Landowski n'appartenait pas au cercle qu'elle avait tant envie de découvrir.

— Non, il est d'origine polonaise, mais je crois que sa famille vit en France depuis plus de soixante-dix ans. Apparemment, il n'a pas le caractère capricieux de certains de ses contemporains. Il se rattache néanmoins au style art déco, qui devient très en vogue en Europe, je pense qu'il pourrait être un candidat parfait pour mon Christ.

— Art déco ? interrogea Bel. Je ne connais pas.

— Hmm…, comment expliquer ça ? murmura Heitor dans sa barbe. Eh bien, l'idée est de représenter tout ce que nous voyons dans le monde, par exemple, une table, une robe, ou même un être humain, de manière géométrique. Sans ornement ni romantisme, avec une rigueur classique et une grande simplicité… comme le Christ aurait souhaité qu'on le montre, je crois.

Autour d'eux, le paysage urbain prenait des allures de campagne et cédait place à un habitat plus clairsemé. Ironie du sort, pensa Bel, au moment où elle réussissait enfin à s'échapper de l'appartement, on l'emmenait loin du cœur vibrant de la ville qu'elle espérait tant explorer.

Après s'être égaré plusieurs fois au long de routes secondaires, le chauffeur tourna enfin dans l'allée d'une vaste maison.

— Nous y sommes, dit Heitor.

Il descendit aussitôt de voiture, les yeux pétillants d'impatience. Bel lui emboîta le pas. Au même instant, une silhouette mince pourvue d'une crinière grisonnante et d'une longue barbe apparut sur un côté de la maison, vêtue d'un pantalon taché de glaise, et s'avança vers eux. Les deux hommes échangèrent une poignée de main, puis s'engagèrent dans une conversation des plus sérieuses. Bel demeurait en retrait afin de ne pas les gêner, et plusieurs minutes s'écoulèrent avant qu'Heitor ne se rappelle soudain sa présence.

— Toutes mes excuses, senhorita, dit-il en se tournant vers elle. Puis-je vous présenter le professeur Paul Landowski. Professeur… la senhorita Izabela Bonifacio.

Landowski saisit délicatement les doigts de la jeune fille et les porta à ses lèvres. Puis il regarda sa main et, à la surprise de Bel, en caressa les contours de l'index.

— Mademoiselle, vous avez des doigts magnifiques. Ne trouvez-vous pas, monsieur da Silva Costa ?

— À mon grand regret, je n'y avais pas prêté attention, répondit Heitor. Mais oui, senhor, c'est vrai.

— Allons-y, déclara brusquement Landowski en lâchant la main de Bel. Je vais vous montrer mon atelier, puis nous discuterons plus en détail de votre vision du Christ.

Bel suivit les deux hommes dans le jardin. Ici, remarqua-t-elle, la végétation était encore en sommeil – verte mais sans fleurs –, alors que chez elle, la nature se parait de couleurs éclatantes tout au long de l'année.

Landowski les conduisit à une construction qui ressemblait à une grange dans le fond du jardin. De larges panneaux de verre laissaient passer la lumière sur les côtés. À l'intérieur, dans un coin, un jeune homme était penché sur un buste en argile. Tout à sa concentration, il ne leva même pas les yeux quand ils entrèrent.

— Je travaille à une sculpture de Sun Yat-Sen, et ses yeux me donnent du fil à retordre. Évidemment, on ne peut pas les traiter comme nos yeux d'Occidentaux, expliqua Landowski. Mon assistant essaie d'améliorer mes efforts.

— Vous travaillez plutôt l'argile ou la pierre, professeur Landowski ? demanda Heitor.

— Je me plie aux souhaits du client. Quelle idée avez-vous pour votre Christ ?

— J'ai pensé au bronze, bien sûr, mais je crains que le vent et la pluie ne finissent par altérer l'image de Notre Seigneur. Et puis, je préférerais qu'il apparaisse vêtu de clair, tout là-haut au-dessus de Rio.

— Je comprends, dit Landowski. Mais vous envisagez une hauteur de trente mètres… Il sera impossible de hisser une statue en pierre de cette taille jusqu'au sommet de la montagne, sans parler de la dresser.

— Bien sûr. C'est pourquoi j'ai conçu la structure architecturale que j'espère finaliser ici, pendant mon séjour en Europe. Je crois qu'il faut d'abord construire une armature, puis appliquer le revêtement du *Cristo* morceau par morceau, à Rio.

— Bien. À présent que vous avez vu l'atelier, je vous propose de venir dans mon bureau à la maison, je vous montrerai mes esquisses. Mademoiselle, dit Landowski en se tournant vers Bel, préférez-vous rester ici pendant que nous conversons entre hommes ? Ou seriez-vous plus à l'aise au salon avec ma femme ?

— Je serais ravie de passer un moment ici, monsieur, répondit Bel. C'est un privilège de contempler de si près le travail d'un artiste.

— Si vous lui demandez gentiment, mon assistant abandonnera peut-être l'orbite de Sun Yat-Sen pour vous offrir un rafraîchissement.

Landowski accompagna ses paroles d'un geste du menton en direction du jeune homme, puis sortit avec Heitor.

Mais l'assistant ne sembla pas s'apercevoir de la présence de Bel, tandis qu'elle se promenait dans l'atelier sans oser s'approcher de lui. Le mur du fond était occupé par un énorme four, qui servait probablement à cuire l'argile. Sur la gauche, derrière des cloisons, s'ouvraient deux pièces : l'une, un cabinet de toilette rudimentaire, équipé d'un évier autour duquel s'entassaient des sacs d'argile ; l'autre, une petite cuisine dépourvue de fenêtres. Jetant un coup d'œil par la verrière latérale, elle vit un amoncellement d'énormes pierres de formes et de tailles diverses, d'où Landowski tirerait sans doute ses futures œuvres.

Bel repéra une vieille chaise en bois et alla s'asseoir. Elle observa l'assistant, tête inclinée, qui travaillait assidûment. Dix minutes plus tard, alors que la pendule sonnait midi, il s'essuya les mains sur sa chemise et leva soudain les yeux.

— C'est l'heure du déjeuner, annonça-t-il – et, regardant Bel pour la première fois, il sourit. Bonjour, mademoiselle. Pardonnez-moi de vous avoir délaissée, mais je devais me concentrer sur cet œil. C'est un travail assez délicat

Il avait gardé jusque-là la tête penchée et Bel n'avait pas vu son visage. Quand elle le découvrit, elle éprouva une drôle de sensation au creux de l'estomac.

Comme il s'approchait d'elle, elle se leva aussitôt de sa chaise. Il s'arrêta à un mètre d'elle et la considéra intensément.

— Nous sommes-nous déjà rencontrés ? J'ai l'impression de vous connaître.

— Non, je crains que ce soit impossible. Je viens d'arriver de Rio de Janeiro.

— Alors, je me trompe. (Il hocha pensivement la tête.) Je ne vous serre pas la main, la mienne est couverte de terre. Si vous voulez bien m'excuser un moment, je vais me nettoyer.

— Je vous en prie, dit Bel, dont la voix n'était plus qu'un murmure.

Elle se laissa alors retomber sur la chaise, étourdie, le souffle coupé. Aurait-elle attrapé froid, elle aussi ? se demanda-t-elle, pensant à Maria Elisa et à sa mère.

Cinq minutes plus tard, le jeune homme réapparut. Il avait ôté son tablier et revêtu une chemise propre. Comme dans un rêve, Bel se vit avancer la main vers lui, passer les doigts dans ses longs cheveux bouclés, caresser sa joue pâle, suivre l'arête de son nez aquilin et les contours de ses lèvres pleines. Il ressemblait à

Heitor, pensa-t-elle, avec ses yeux verts à l'expression lointaine : physiquement présent, mais l'esprit ailleurs.

Bel s'aperçut soudain qu'il remuait les lèvres et qu'un son sortait de sa bouche. Il lui demandait comment elle s'appelait... Sortant de sa vision, choquée par les images qui l'avaient assaillie à son corps défendant, elle tenta de se ressaisir.

— Mademoiselle... Vous vous sentez bien ? On croirait que vous avez vu un fantôme.

— Excusez-moi, je... j'étais distraite. Je m'appelle Izabela, Izabela Bonifacio.

— Ah, comme la reine d'Espagne, dit-il.

— Et comme la défunte princesse du Brésil, corrigea Bel.

— J'avoue que je connais mal votre pays et son histoire. Hormis le fait que vous êtes nos rivaux et pensez produire le meilleur café au monde.

— En tout cas, les meilleurs grains, répliqua-t-elle, sur la défensive, puis, espérant qu'il ne la jugerait pas trop sotte, elle ajouta : Pour ma part, je sais beaucoup de choses sur votre pays.

— C'est normal. Notre culture s'exporte au-delà des mers depuis des centaines d'années, alors que la vôtre en est encore à ses débuts. Mais je ne doute pas qu'elle rayonnera aussi.

Après une brève pause, il reprit :

— Puisque le professeur et votre ami l'architecte vous ont abandonnée, permettez-moi de vous offrir à déjeuner, et vous me parlerez un peu du Brésil.

— Je...

Bel regarda par la fenêtre, vaguement troublée par l'inconvenance de la situation. Que penseraient son père et son fiancé s'ils la voyaient, seule avec un homme qu'elle ne connaissait pas ?

Percevant son embarras, le jeune assistant la rassura d'un geste désinvolte de la main.

— Leur conversation risque de durer des heures, et je peux vous assurer qu'ils vous ont complètement oubliée. Si vous ne voulez pas mourir de faim, asseyez-vous à la table, là-bas, pendant que je nous prépare à déjeuner.

Il se dirigea vers la cuisine qu'elle avait aperçue plus tôt.

— Excusez-moi, monsieur..., dit-elle. Comment vous appelez-vous ?

Il s'arrêta net et fit volte-face.

— Oh, je suis d'une grossièreté impardonnable. Je m'appelle Laurent, Laurent Brouilly.

Bel prit place à la table en bois brut nichée dans un recoin de l'atelier. Un petit rire s'échappa de ses lèvres lorsqu'elle considéra à nouveau sa position, pour le moins inhabituelle. Non seulement elle se trouvait seule avec un jeune homme, mais en plus il préparait le déjeuner. Elle qui n'avait jamais vu Pai pénétrer dans leur cuisine, sans parler de manier un ustensile...

Quelques minutes plus tard, Laurent revint chargé d'un plateau sur lequel il avait posé deux baguettes – ce pain délicieux qu'elle avait découvert depuis son arrivée à Paris –, deux gros morceaux d'un fromage très odorant, un pichet en terre cuite et deux verres.

Après avoir posé le tout sur la table, il remplit généreusement les deux verres d'un liquide jaune doré et lui en tendit un.

— Vous buvez du vin même quand vous ne mangez que du pain et du fromage ? s'émerveilla-t-elle.

— Mademoiselle, nous sommes français. Nous buvons du vin avec n'importe quoi, n'importe quand. Santé, dit-il en levant son verre.

Il avala une bonne gorgée, tandis que Bel trempait timidement ses lèvres dans le vin. Elle le regarda ensuite rompre un morceau de baguette, l'ouvrir en deux et y glisser plusieurs tranches de fromage. N'osant pas demander une assiette, elle l'imita.

Jamais un repas si simple ne lui avait paru aussi délicieux, songea-t-elle en mangeant avec ses doigts, délicatement, pour la première fois de sa vie. Laurent, lui, mordait à grosses bouchées dans son sandwich et mâchait vigoureusement, sans la quitter des yeux.

— Que regardez-vous ? finit-elle par demander, gênée.

— Vous, répondit-il en vidant son verre et en se resservant.

— Pourquoi ?

Il but encore une rasade, puis haussa les épaules de cette manière typiquement française qu'elle avait identifiée à force de l'observer sous ses fenêtres.

— Parce que, Mademoiselle Izabela, vous êtes un spectacle à couper le souffle.

Aussi impudente fût-elle, cette réponse la fit tressaillir de plaisir.

— N'ayez pas l'air si horrifié, mademoiselle. Je suis sûr qu'une femme comme vous se l'est entendu dire des milliers de fois. Vous devez avoir l'habitude de susciter l'admiration.

Bel réfléchit, et s'avoua qu'en effet, elle attirait les regards. Mais aucun ne lui avait jamais paru aussi *intense* que celui-ci.

— Est-ce qu'on vous a déjà représentée en peinture ? Ou en sculpture ? demanda-t-il.

— Une fois, oui, quand j'étais enfant. Mon père a fait faire mon portrait.

— Une seule fois ? Vous m'étonnez. Donc on ne se bouscule pas à Montparnasse pour vous peindre ?

— Je suis à Paris depuis une semaine, monsieur, et je ne suis encore allée nulle part.

— Eh bien, maintenant que je vous ai dénichée, je suis d'avis qu'on ne laisse aucun de ces grossiers personnages s'approcher de vous, dit-il avec un grand sourire.

— J'adorerais visiter Montparnasse, soupira Bel, mais on ne me le permettra sans doute pas.

— Bien sûr que non. Tous les parents préféreraient que leur fille se noie dans la rivière plutôt que de perdre leur vertu et leur cœur sur la Rive gauche. Où logez-vous ?

— Dans un appartement avenue de Marigny, à côté des Champs-Élysées. J'ai été invitée par la famille da Silva Costa. Ce sont mes gardiens.

— Et ils ne sont pas impatients de découvrir tout ce que Paris a à offrir ?

— Non.

— Eh bien, mademoiselle, reprit-il, tous les artistes le savent, les règles existent pour être brisées, les barrières pour être abattues. Nous n'avons qu'une vie, et nous devons la vivre en suivant nos désirs.

Bel garda le silence, mais l'euphorie qu'elle éprouvait – parce qu'enfin elle rencontrait une âme pareille à la sienne – la submergea et des larmes lui montèrent aux yeux. Laurent s'en aperçut immédiatement.

— Pourquoi pleurez-vous ?

— Au Brésil, c'est très différent. Nous obéissons aux règles.

— Je comprends, mademoiselle, dit-il avec douceur. Et je vois que vous vous êtes déjà inclinée, fit-il en désignant la bague de fiançailles à son doigt. Vous allez vous marier ?

— Oui, à mon retour d'Europe.

— Et vous êtes heureuse de cette union ?

La franchise de sa question prit Bel de court. Cet homme était un étranger qui ne savait rien d'elle, et pourtant ils partageaient du vin, du pain et du fromage, et *surtout*, se parlaient librement comme s'ils se fréquentaient depuis toujours. Si telles étaient les mœurs bohèmes, décida Bel, alors, oui, c'était ainsi qu'elle voulait vivre.

— Gustavo, mon fiancé, sera un mari loyal et aimant, répliqua-t-elle en choisissant soigneusement ses mots. De plus, mentit-elle, je ne pense pas que le mariage repose essentiellement sur l'amour.

Il la dévisagea un moment, puis soupira et secoua la tête.

— Mademoiselle, une vie sans amour, c'est comme un Français sans vin, ou un être humain sans oxygène. (Il soupira.) Mais vous avez peut-être raison… Certains préfèrent d'autres avantages, la richesse et le statut social, par exemple. Pas moi.

Il secoua à nouveau la tête avant de reprendre :

— Je ne pourrai jamais me sacrifier sur l'autel du matérialisme. Si je dois passer ma vie avec quelqu'un, je veux me réveiller tous les matins et contempler les yeux de la femme que j'aime. Je suis étonné de voir que vous êtes prête à y renoncer, car même si je vous connais peu, je vois déjà le cœur passionné qui bat dans votre poitrine.

— Monsieur, je vous en prie…

— Pardonnez-moi, mademoiselle, je vais trop loin. Il suffit ! Mais j'aimerais beaucoup avoir l'honneur de vous représenter en sculpture. Verriez-vous un inconvénient à ce que je sollicite de monsieur da Silva Costa l'autorisation d'exercer mon art en vous prenant comme modèle ?

— Vous n'avez qu'à lui poser la question, mais je… je ne pourrai pas…

— Rassurez-vous, mademoiselle, reprit Laurent en lisant dans ses pensées, je ne vous demanderai pas d'ôter vos vêtements. En tout cas, pas tout de suite, ajouta-t-il.

Bel resta sans voix. L'insinuation contenue dans ces propos l'effrayait et l'électrisait tout à la fois. Elle fit une tentative désespérée pour changer de sujet.

— Où habitez-vous ? demanda-t-elle.

— En bon artiste qui se respecte, je loue une mansarde avec six compagnons dans une petite rue de Montparnasse.

— Vous travaillez pour le professeur Landowski ?

— Je n'utiliserais pas cette expression, vu qu'il me donne seulement du pain, du vin et du fromage en échange de mes services, expliqua Laurent. En outre, quand les invités de passage sont trop nombreux dans la mansarde, il me laisse parfois dormir ici sur une palette. J'ai encore beaucoup à apprendre, et il n'y a pas meilleur maître que Landowski. Comme d'autres ont exploré le surréalisme en peinture, Landowski introduit l'art déco dans la sculpture. Il est très en avance sur son temps. C'était mon professeur aux Beaux-Arts, et quand il m'a choisi pour assistant, j'ai accepté sans me faire prier.

— D'où êtes-vous originaire ? interrogea Bel.

— Quelle importance ? répliqua Laurent avec un petit rire. Vous me demanderez ensuite à quelle classe sociale j'appartiens ? Voyez-vous, Mademoiselle Izabela, le mot d'ordre de tous les artistes à Paris, c'est d'être simplement soi-même ; nous rejetons notre passé et vivons uniquement le présent. Nous nous définissons par notre talent, pas par notre lignée.

« Néanmoins, reprit-il après une gorgée de vin, puisque vous avez posé la question, je vais vous répondre. Je suis d'ascendance noble, ma famille possède un château près de

Versailles. Si je n'avais pas refusé la vie qu'on me destinait, en tant que fils aîné, je serais aujourd'hui le comte Quebedeaux Brouilly. Mais mon père a promis de me déshériter lorsque j'ai annoncé que je voulais devenir sculpteur. Donc, comme je vous l'ai dit, je ne suis que *moi*. Je n'ai pas un centime, et tous mes revenus à l'avenir seront gagnés avec les mains que vous voyez là.

Il guetta sa réaction, mais Bel se taisait. Qu'aurait-elle pu répondre, alors que sa vie à elle reposait entièrement sur les valeurs qu'il dénonçait ?

— Cela vous surprend ? Je vous assure que nous sommes nombreux dans le même cas à Paris. Au moins, mon père n'a pas eu à subir l'ignominie que d'autres fils ont infligée à leur géniteur : je ne suis pas homosexuel.

Bel ouvrit des yeux horrifiés. Comment pouvait-il même énoncer pareille pensée ?

— Mais c'est contre la loi ! s'exclama-t-elle spontanément.

Inclinant la tête d'un côté, il la scruta tranquillement.

— C'est mal, juste parce que la société bien-pensante le décrète ?

— Je… je ne sais pas.

— Pardonnez-moi, mademoiselle, je vous ai choquée.

Voyant la lueur malicieuse dans son regard, Bel comprit qu'il s'amusait à bousculer ainsi ses idées de jeune fille bien éduquée. Elle but une gorgée de vin pour s'enhardir.

— Ainsi, monsieur Brouilly, l'argent et les biens matériels ne vous intéressent pas ? Vous êtes content de vivre avec rien ?

— Oui, en tout cas pour l'instant, pendant que je suis jeune et en bonne santé, et que j'habite ici, à Paris, le centre du monde. Mais j'admets que je le regretterai peut-être plus tard, quand je serai vieux et infirme et que je n'aurai rien gagné avec mes sculptures. Beaucoup de mes amis artistes, jeunes et sans le sou, sont soutenus par des bienfaiteurs. Cependant, la plupart de ces « mécènes » sont d'horribles douairières qui exigent d'être remerciées d'une autre façon et, moi, je refuse de me soumettre à de telles conditions. C'est une forme de prostitution, tout bonnement.

Encore une fois, Bel fut choquée par cette liberté de langage. Elle avait bien sûr entendu parler des bordels de Lapa, à Rio, où les hommes se rendaient pour satisfaire leurs appétits, mais le sujet n'était jamais abordé en société. Et certainement pas par un homme s'adressant à une femme respectable.

— Je crois que je vous fais *vraiment* peur, mademoiselle, dit Laurent avec un sourire compatissant.

— Je crois plutôt, monsieur, que j'ai beaucoup à apprendre sur Paris, répondit-elle.

— Sûrement, oui. Peut-être pourriez-vous me prendre comme professeur, pour vous initier aux mœurs de l'avant-garde ? Ah, je vois que les deux compères sont de retour, dit-il en jetant un regard par la fenêtre. Le professeur sourit – ce qui est toujours bon signe.

Les deux hommes entrèrent dans l'atelier, sans cesser de parler. Laurent ramassa les restes du déjeuner et les chargea sur un plateau. Bel y ajouta prestement son verre de vin, inquiète de ce que pourrait penser Heitor.

— Senhorita, dit Heitor en la voyant. Pardon de vous avoir abandonnée si longtemps, mais le professeur Landowski et moi avions beaucoup à nous dire.

— Ce n'est pas grave, répondit vivement Bel. Monsieur Brouilly m'a expliqué… les principes fondamentaux de la sculpture.

— Tant mieux, parfait…

Visiblement distrait, Heitor reprit sa conversation avec Landowski :

— Je pars donc à Florence la semaine prochaine, ensuite à Munich. À mon retour à Paris, le 25, je vous contacterai.

— Très bien, répondit le sculpteur. Mes idées et mon style ne vous conviendront peut-être pas, mais quoi que vous décidiez, sachez que j'admire le courage et la détermination avec lesquels vous vous lancez dans un projet aussi audacieux. Ce serait un plaisir pour moi de relever le défi à vos côtés.

Ils échangèrent une poignée de main, puis Heitor se dirigea vers la porte de l'atelier. Bel le suivit.

— Monsieur da Silva Costa, lança brusquement Laurent. Avant que vous ne partiez, j'ai une faveur à vous demander.

— Qu'est-ce donc ? dit Heitor en se retournant.

— J'aimerais sculpter votre protégée, mademoiselle Izabela. Elle a des traits d'une finesse exquise et je voudrais essayer de leur rendre justice.

Heitor hésita.

— Vous me prenez au dépourvu, je l'avoue. C'est une offre très flatteuse, n'est-ce pas, Izabela ? Si vous étiez ma fille, j'envisagerais peut-être d'accepter. Mais…

Le professeur Landowski s'interposa.

— Vous avez entendu ce qu'on raconte au sujet de ces artistes parisiens dévoyés qui abusent de leurs modèles. Je peux vous assurer, monsieur da Silva Costa, que Brouilly est un homme digne de confiance. Non seulement c'est un sculpteur au talent extrêmement prometteur, mais aussi il travaille sous mon toit. Je me porte personnellement garant de la sécurité de Mademoiselle.

— Merci, professeur, j'en parlerai à ma femme et je vous donnerai la réponse en rentrant de Munich, déclara Heitor.

— Je l'attendrai avec impatience, dit Laurent, qui se tourna vers Bel. Au revoir, mademoiselle.

Bel et Heitor ne parlèrent ni l'un ni l'autre durant le trajet de retour, chacun retiré dans ses pensées. Au moment où la voiture passait aux abords de Montparnasse, Bel se sentit parcourue par une onde d'excitation. Malgré le trouble dans lequel l'avait plongé son déjeuner impromptu avec Laurent Brouilly, pour la première fois de sa vie, elle éprouvait le désir de goûter la vie à pleines dents.

19

Le lendemain, Bel prépara sa valise. Mais alors que l'idée de visiter l'Italie, la terre de ses ancêtres, l'avait emplie d'enthousiasme avant de s'embarquer pour l'Europe, elle n'avait plus aucune envie maintenant de partir à Florence.

Même lorsqu'elle arriva dans la ville dont elle avait tant rêvé, et qu'elle découvrit l'énorme coupole du célèbre Duomo par la fenêtre de sa chambre d'hôtel, qu'elle respira l'odeur de l'ail et des herbes aromatiques montant des restaurants pittoresques alignés le long de la rue en contrebas, son pouls ne s'accéléra pas comme elle l'avait imaginé.

Quelques jours plus tard, après être descendue du train à Rome, quand elle lança des pièces dans la fontaine de Trevi avec Maria Elisa, puis visita le Colisée où de courageux gladiateurs s'étaient battus pour rester en vie, elle n'éprouva rien de plus qu'un intérêt vaguement distrait.

Elle avait laissé son cœur derrière elle, à Paris.

Ce dimanche-là, à Rome, agenouillée au milieu des milliers de catholiques rassemblés pour entendre la messe du pape sur la place Saint-Pierre, le visage dissimulé par sa mantille noire, elle leva les yeux vers la minuscule silhouette blanche debout sur le balcon et admira les statues des saints tout autour. Puis, dans la file avec tous ceux qui priaient et récitaient des rosaires en attendant de recevoir la Sainte Hostie, elle demanda à Dieu de bénir sa famille et ses amis. Mais elle lui adressa une autre prière, plus fervente encore.

S'il vous plaît, s'il vous plaît, faites que le senhor Heitor n'oublie pas la demande de Laurent Brouilly et faites que je le revoie…

* * *

Après Rome, où il rencontra plusieurs sculpteurs et étudia de nombreuses œuvres d'art célèbres, Heitor devait se rendre à Munich. Il comptait y voir la *Bavaria*, statue colossale tout en bronze, composée de quatre énormes parties coulées séparément puis fusionnées.

Pour des raisons que Bel ignorait, ou qu'elle ne comprenait pas, Heitor avait décidé de ne pas emmener sa famille avec lui mais de renvoyer tout le monde à Paris, où les deux garçons étaient attendus par un précepteur.

En montant dans le train de nuit à la gare de Termini, Bel soupira de soulagement.

— Tu sembles plus en forme ce soir, fit observer Maria Elisa au moment de grimper sur la couchette supérieure, dans la cabine qu'elles partageaient. Je ne t'avais jamais vue aussi peu bavarde, tu as l'air ailleurs.

— Je suis contente de retourner à Paris, répondit simplement Bel.

Bel se glissa sous la couverture en velours rouge de sa propre couchette. Bientôt, la tête de Maria Elisa apparut au-dessus.

— Je te trouve juste un peu changée, Bel, c'est tout.

— Ah bon ? Je ne crois pas, non. De quelle manière ?

— C'est comme si… Je ne sais pas… On dirait que tu es tout le temps perdue dans une rêverie. Bref. Moi aussi, je suis impatiente. Nous allons enfin voir Paris ! Ce sera amusant de découvrir la ville ensemble, n'est-ce pas ?

Bel prit la main que son amie lui tendait et la serra en acquiesçant.

* * *

Appartement 4
48, avenue de Marigny
Paris, France

9 avril 1928

Chers Mãe et Pai,

Me voici revenue à Paris, après l'Italie. (J'espère que vous avez reçu la lettre que je vous ai envoyée de là-bas.) Maria Elisa et sa mère se sentent beaucoup mieux qu'à leur arrivée ici, donc nous avons pu visiter la ville. Nous sommes allées au Louvre pour voir la Joconde, et au Sacré-Cœur, dans un quartier qui s'appelle Montmartre, où Monet, Cézanne et bien d'autres célèbres peintres français ont vécu et travaillé. Nous nous sommes aussi promenées dans les magnifiques jardins des Tuileries et avons grimpé en haut de l'Arc de Triomphe. Il y a encore tellement de belles choses à découvrir – parmi lesquelles, la tour Eiffel – que je suis sûre que je ne m'ennuierai jamais ici.

Marcher dans les rues, tout simplement, est une expérience formidable. Mãe, tu adorerais les boutiques ! Près de chez nous se trouvent les salons de grands couturiers parisiens, et j'ai rendez-vous pour le premier essayage de ma robe de mariée, comme l'a suggéré la senhora Aires Cabral, chez Lanvin, rue du Faubourg-Saint-Honoré.

Les femmes sont tellement élégantes, ici ! Même les moins fortunées qui doivent se contenter des grands magasins, comme Le Bon Marché, sont aussi bien mises que les plus riches. Et la cuisine… Pai, il faut que je te l'avoue : ta fille a mangé des escargots, préparés dans une sauce au beurre, à l'ail et au persil. On les extirpe de leur coquille avec de minuscules fourchettes. Je les ai trouvés délicieux, bien meilleurs que les cuisses de grenouilles.

La nuit, la ville ne semble jamais dormir, et de ma fenêtre, j'entends un orchestre de jazz qui joue dans l'hôtel en face. C'est un genre de musique très apprécié à Paris en ce moment. Le senhor da Silva Costa a dit que nous irons en écouter un soir, dans un établissement respectable, bien sûr.

Je me porte bien et je suis très heureuse. J'essaie de profiter au maximum de cette occasion merveilleuse qui m'a été offerte, sans en perdre une miette. Les da Silva Costa sont très gentils (le senhor da Silva Costa est en Allemagne depuis dix jours, mais il revient ce soir).

J'ai rencontré une autre jeune fille brésilienne de Rio, qui est venue prendre le thé avec sa mère il y a deux jours. Elle s'appelle Margarida Lopes de Almeida. Ce nom vous dira peut-être quelque chose, car sa mère, Julia Lopes de Almeida, est un écrivain célèbre dans notre pays.

Margarida a obtenu une bourse pour étudier la sculpture ici. Elle m'a appris que l'on pouvait suivre des cours à l'École supérieure des beaux-arts, et je pensais m'y inscrire. Je m'intéresse beaucoup à cette discipline, sous l'influence du senhor da Silva Costa.

Je vous écrirai encore la semaine prochaine. En attendant, je vous envoie tout mon amour et pleins de baisers par-delà l'océan.

Votre fille aimante,

Izabela

Bel posa sa plume sur le bureau, s'étira et regarda par la fenêtre. Les arbres étaient en fleurs depuis quelques jours, et, de temps à autre, soufflés par la brise, leurs pétales se répandaient sur les trottoirs en une pluie parfumée.

Le réveil sur le bureau indiquait qu'il était à peine quatre heures de l'après-midi. Elle avait déjà écrit à Loen pour lui raconter l'Italie, et il lui restait largement le temps de rédiger une troisième lettre, à l'intention de Gustavo, avant de se changer pour le dîner. Mais Bel n'en avait pas envie. Il lui était difficile de rivaliser avec l'amour qu'il exprimait dans les lettres qu'elle recevait régulièrement de lui.

L'appartement était silencieux, on entendait seulement les voix assourdies des garçons qui récitaient leurs leçons dans la pièce attenante à la salle à manger. Maria Georgiana et Maria Elisa se reposaient dans leur chambre.

Heitor serait de retour à l'heure du dîner, et Bel se réjouissait de le revoir. Elle savait qu'elle devrait contenir son impatience pendant un jour ou deux, en s'abstenant surtout de lui rappeler les séances de pose sollicitées par Laurent. L'apparition de Margarida Lopes de Almeida, au moins, l'avait tirée de sa morosité. Bel avait reconnu chez la jeune fille une sensibilité proche de la sienne.

— Tu es déjà allée à Montparnasse ? lui avait demandé Bel à voix basse pendant que le thé était servi au salon.

— Oui, plein de fois, avait répondu Margarida en chuchotant elle aussi. Mais ne le dis à personne. Nous savons toi et moi que Montparnasse n'est pas un endroit où se promener pour les jeunes filles bien élevées.

Margarida avait promis de revenir très vite pour raconter plus en détail les cours de sculpture qu'elle suivait aux Beaux-Arts.

— Le senhor da Silva Costa te laisserait sûrement y aller, vu que le professeur Landowski serait ton professeur, avait-elle dit en partant. *À bientôt*, Izabela.

* * *

Heitor arriva tard dans la soirée, pâle et fatigué par son long voyage. Bel l'écouta décrire en long et en large le ravissement qui l'avait saisi à la vue de la statue colossale de la *Bavaria*. Mais sa mine s'assombrit lorsqu'il évoqua la montée du Parti national-socialiste des travailleurs allemands, sous la houlette d'un homme nommé Adolf Hitler.

— Avez-vous choisi votre sculpteur pour le *Cristo* ? s'enquit Bel.

— Je n'ai pensé à rien d'autre dans le train du retour, répondit Heitor, et je penche toujours pour Landowski. Son travail reflète un très bel équilibre, moderne et simple à la fois, avec une qualité atemporelle qui me semble tout à fait convenir.

— Moi aussi, dit Bel en osant exprimer son opinion, surtout depuis que je l'ai rencontré et visité son atelier. J'aime bien son approche réaliste. Et sa maîtrise de la technique ne fait aucun doute.

— Pas pour quelqu'un qui n'a jamais vu ses œuvres, fit observer Maria Georgiana d'un air maussade. Peut-être m'autoriseras-tu à faire la connaissance de l'homme qui concevra l'enveloppe extérieure de ton précieux *Cristo* ?

— Bien entendu, ma chère, répondit promptement Heitor. Si je me décide en sa faveur.

— J'ai trouvé que son assistant aussi avait beaucoup de talent, reprit Bel, cherchant désespérément à raviver la mémoire d'Heitor.

— En effet, acquiesça-t-il distraitement. À présent, si vous voulez bien m'excuser, je suis épuisé par tous ses déplacements.

Déçue, Bel suivit des yeux Heitor qui quittait la salle à manger. Elle remarqua la moue attristée de Maria Georgiana.

— Eh bien, mes enfants, déclara celle-ci. Il semble que votre père, une fois de plus, préfère passer sa soirée avec le *Cristo* plutôt qu'avec sa famille.

Cette nuit-là, allongée dans son lit, Bel songea au couple que formaient les da Silva Costa. Elle pensa aussi à ses parents. Dans quelques mois à peine, elle serait mariée comme eux. Plus elle y réfléchissait, plus il lui apparaissait qu'un mariage reposait simplement sur la tolérance, et sur l'acceptation des défauts de l'autre. Maria Georgiana, clairement, se sentait mise à l'écart, délaissée par son mari qui se consacrait tout entier à son projet. Et sa propre mère, à contrecœur, avait quitté la *fazenda* qu'elle aimait tant pour suivre son mari dans son désir irréfrénable d'ascension sociale.

Bel tourna longtemps dans son lit avant de s'endormir. Était-ce l'avenir qui l'attendait elle aussi ? Dans ce cas, décida-t-elle, elle devait absolument revoir Laurent Brouilly.

* * *

Quand Bel s'éveilla le lendemain matin et qu'elle arriva à la table du petit déjeuner, Heitor était déjà parti à une réunion. Impossible, donc, de lui rappeler la proposition de Laurent. Elle allait encore devoir contenir son impatience.

L'agitation que lui causait cette attente n'échappa pas à Maria Elisa ce jour-là. Elles déjeunèrent au Ritz avec Maria Georgiana, déambulèrent sur les Champs-Élysées et, plus tard, se rendirent à l'essayage de la robe de mariée de Bel dans l'élégant salon de Jeanne Lanvin.

— Qu'est-ce qui ne va pas, Bel ? se plaignit Maria Elisa. Tu ressembles à un tigre en cage. Tu as à peine regardé les croquis et les tissus qu'on te montrait pour ta robe, alors que la plupart des jeunes filles vendraient leur âme pour être habillées par Madame Lanvin. Paris ne te plaît pas ?

— Si, si, mais…

— Mais quoi ?

— C'est juste que j'ai l'impression… Il y a tout un monde ici que nous ne voyons pas.

— Mais Bel, nous avons vu tout ce qu'il y a à voir à Paris. Que te faut-il de plus ?

Bel fit un effort pour dissimuler son irritation. Si Maria Elisa ne comprenait pas, elle ne pouvait pas lui ouvrir les yeux.

— Rien, rien… Tu as raison, nous avons tout vu à Paris. Et tes parents se montrent d'une infinie générosité à mon égard. Je suis désolée. Peut-être que les miens me manquent, mentit-elle, choisissant la première voie de fuite qui lui venait à l'esprit.

— Mais oui, c'est ça !

N'écoutant que son bon cœur, Maria Elisa se précipita vers elle.

— Que je suis égoïste de ne pas y avoir pensé ! Moi, je suis ici entourée de toute ma famille, alors que toi, des milliers de kilomètres te séparent de la tienne. Et de Gustavo, bien sûr.

Bel se laissa envelopper par les bras rassurants de son amie.

— Tu pourrais rentrer plus tôt, si tu le souhaites, proposa Maria Elisa.

Bel, le menton appuyé contre son épaule, secoua la tête.

— Merci, Maria Elisa, tu es très compréhensive, mais ça ira sûrement mieux demain.

— Mãe a proposé d'engager un professeur de français pour moi le matin, pendant que les garçons travaillent. Mon français est atroce, et puisque, d'après Pai, nous allons peut-être rester encore un an ici, j'aimerais progresser. Tu parles beaucoup mieux que moi, Bel, mais peut-être voudrais-tu partager ces leçons ? Au moins, cela nous occuperait quelques heures par jour.

À la pensée que, pour certains, Paris était un endroit où le temps paraissait long, Bel se sentit encore plus déprimée.

* * *

Après une autre nuit sans sommeil, alors que Bel tentait de se résigner à l'idée que son séjour à Paris continuerait inchangé et qu'elle ne découvrirait jamais le vrai visage de la ville, il arriva un événement inattendu qui lui rendit sa bonne humeur.

Margarida Lopes de Almeida se présenta à l'heure du thé l'après-midi, accompagnée de sa mère. Elle ne tarissait pas d'éloges sur ses cours de sculpture aux Beaux-Arts, et raconta à Maria Georgiana qu'elle avait demandé l'autorisation d'amener une amie.

— Ce serait tellement plus agréable pour moi d'y aller avec quelqu'un de mon pays, dit-elle, après avoir discrètement donné un coup de pied à Bel sous la table.

— J'ignorais que tu t'intéressais aussi à la pratique de la sculpture, Izabela, dit Maria Georgiana. Je croyais que tu aimais surtout regarder les œuvres.

— J'ai adoré les leçons de sculpture que j'ai prises à Rio, confirma Bel, sous l'œil approbateur de Margarida. Ce serait une chance de recevoir les enseignements de professeurs qui figurent parmi les meilleurs du monde.

— Oh oui, Mãe ! interrompit Maria Elisa. Bel m'ennuyait à mourir quand elle me parlait d'art pendant des heures. Et comme son français est meilleur que le mien, elle tirerait davantage profit de ces cours avec Margarida que de nos séances ici, où elle est obligée de me supporter pendant que je massacre la langue.

Bel eut envie de se jeter au cou de son amie pour l'embrasser.

— Et puis, reprit Margarida en se tournant vers sa mère, tu n'aurais plus à m'accompagner à l'école ni à venir me chercher l'après-midi. Je ne serais pas seule et notre chauffeur nous conduirait. Tu aurais bien plus de temps pour écrire ton livre, Mãe, ajouta-t-elle d'une voix convaincante. Izabela et moi, nous pouvons veiller l'une sur l'autre, n'est-ce pas Izabela ?

— Oui, bien sûr, s'empressa d'acquiescer Bel.

— Du moment que la senhora da Silva Costa est d'accord, moi, cela me paraît une idée tout à fait raisonnable, déclara la mère de Margarida.

Maria Georgiana, impressionnée par la célèbre femme de lettres, hocha la tête.

— Si cela vous paraît convenable, senhora, je me range à votre avis.

En partant, Margarida embrassa Bel sur les deux joues.

— Donc, c'est réglé. Je viens te chercher avec le chauffeur lundi matin.

— Merci, chuchota Bel, reconnaissante, à son oreille.

— Crois-moi, lui glissa Margarida, ça m'arrange aussi.

Puis elle lança à voix haute :

— *Ciao, chérie !* – et ce mélange des langues, pensa Bel, la rendait encore plus séduisante.

Heitor rentra le soir, triomphant.

— J'ai demandé à la domestique d'apporter du champagne au salon. Je voudrais fêter une grande nouvelle avec ma famille.

Quand chacun fut servi, Heitor leva sa coupe.

— Après concertation avec les senhors Levy, Oswald et Caquot, je suis allé voir le professeur Landowski aujourd'hui. Et je lui ai commandé la statue du *Cristo.* Le contrat sera signé la semaine prochaine.

— Pai, c'est formidable ! s'exclama Maria Luisa. Je suis contente que tu aies enfin pris ta décision.

— Et moi donc ! D'autant plus que Landowski est le bon choix, je le sais au fond de moi. Ma chère – Heitor se tourna vers sa femme – nous devons l'inviter à dîner avec sa charmante épouse afin que tu fasses sa connaissance. Il sera très présent dans ma vie pendant les mois à venir.

— Félicitations, senhor da Silva Costa, dit Bel, désireuse de montrer son soutien. Je crois que c'est une excellente décision.

— Merci pour votre enthousiasme, Izabela, répondit Heitor en lui souriant.

20

Le lundi matin à dix heures, Bel, qui attendait depuis une heure postée à la fenêtre du salon, vit la luxueuse voiture Delage s'arrêter devant l'entrée de l'immeuble.

Elle fila vers la porte en se retenant de courir tant elle était impatiente.

— Izabela, tu dois être de retour à quatre heures précises, lui rappela Maria Georgiana.

— Je ne serai pas en retard, senhora da Silva Costa, c'est promis !

Quand elle monta dans la voiture, Bel remarqua que Margarida portait une jupe bleu marine et un chemisier de popeline tout simple, alors qu'elle-même s'était habillée comme pour aller prendre le thé au Ritz.

Margarida à son tour avisa la tenue de Bel.

— Désolée. J'aurais dû te prévenir. Les Beaux-Arts sont pleins d'artistes sans le sou qui regardent de travers les filles de nantis comme nous. Même si c'est notre argent qui paie les professeurs, ajouta-t-elle malicieusement en rejetant une mèche de ses courts cheveux bruns derrière son oreille.

— Je comprends, soupira Bel. Mais je dois donner l'impression à la senhora da Silva Costa que les cours ne sont fréquentés au contraire *que* par des jeunes filles bien élevées.

Margarida rejeta la tête en arrière et éclata de rire.

— Bel, je te préviens, à part une vieille tante célibataire et une… *créature* que je crois être une femme mais qui a les cheveux aussi courts qu'un homme, et, je te jure, une moustache, nous sommes les seules filles !

— Et ta mère approuve ? Pourtant, elle a bien une idée du public…

— Peut-être pas une idée *complètement* juste, répondit Margarida avec honnêteté. Mais comme tu le sais, elle défend l'égalité des hommes et des femmes. Et donc, elle pense que c'est bon pour moi d'apprendre à me battre dans un environnement dominé par les hommes. En plus, comme j'ai une bourse du gouvernement brésilien, je suis tenue de m'inscrire aux meilleures écoles qui existent, conclut-elle en haussant les épaules.

Alors que la voiture descendait l'avenue Montaigne, en route vers le pont de l'Alma, Margarida observa Bel avec un intérêt non déguisé.

— Ma mère m'a dit que tu étais promise en mariage à Gustavo Aires Cabral, dit-elle. Je m'étonne qu'il t'ait laissée libre de partir à Paris.

— C'est vrai, nous sommes fiancés, répondit Bel. Mais Gustavo a tenu à ce que je connaisse l'Europe avant de devenir sa femme. Il a lui-même fait le voyage il y a huit ans.

— Dans ce cas, il faut que tu profites au maximum de tes journées. Izabela, tu ne répéteras à personne ce que tu verras ou entendras aujourd'hui, n'est-ce pas ? Ma mère croit que je reste aux Beaux-Arts jusqu'à quatre heures, mais… Ce n'est pas tout à fait vrai.

— Ah. Et où vas-tu alors ? interrogea Bel, masquant sa curiosité.

— Pour le déjeuner, je vais retrouver mes amis à Montparnasse. Mais tu dois me jurer que tu ne diras jamais rien.

— Évidemment, acquiesça Bel, contenant à grand-peine son excitation.

— Ces gens-là sont un peu… Excentriques, disons. Tu seras peut-être choquée.

— J'ai déjà été renseignée par quelqu'un d'averti, dit Bel en se tournant vers la fenêtre au moment où la voiture traversait la Seine.

— Pas par le senhora da Silva Costa, j'imagine.

Elles pouffèrent toutes les deux.

— Non, par un jeune sculpteur que j'ai rencontré à l'atelier du professeur Landowski quand j'y suis allée avec le senhor da Silva Costa.

— Comment s'appelait-il ?

— Laurent Brouilly.

— C'est vrai ? s'exclama Margarida en haussant un sourcil. Je le connais. Du moins, je l'ai croisé plusieurs fois à Montparnasse. Il remplace parfois le professeur Landowski à l'école quand celui-ci est retenu par d'autres obligations. Quel bel homme !

Bel prit une profonde inspiration.

— Il m'a demandé de poser pour lui, avoua-t-elle, soulagée de pouvoir partager son émotion.

— Ah oui ? Eh bien, tu devrais être honorée. J'ai entendu dire que monsieur Brouilly était très difficile pour le choix de ses modèles. C'était un étudiant prodige aux Beaux-Arts, on lui prédit un avenir glorieux. (Margarida regarda Bel avec un regain d'admiration.) Dis-moi, Izabela, tu caches bien ton jeu, fit-elle remarquer tandis que la voiture s'arrêtait dans une rue transversale.

— Où est l'école ? demanda Bel en jetant un regard tout autour.

— Deux rues plus loin, mais je n'aime pas qu'on me voie arriver dans ce luxueux équipage, expliqua Margarida. Les autres viennent pour la plupart à pied, certains font des kilomètres et n'ont peut-être même pas pris de petit déjeuner. Allez, suis-moi.

L'entrée des Beaux-Arts, fermée par une belle grille en fer forgé, était encadrée par les bustes des artistes français Pierre Paul Puget et Nicolas Poussin. Les deux jeunes filles pénétrèrent dans la cour carrée, entre d'élégants bâtiments en pierre de taille. Les hautes fenêtres cintrées du rez-de-chaussée rappelaient le cloître qui s'élevait autrefois à cet endroit.

Ayant franchi la porte principale, elles avancèrent dans le grand hall où se pressait une foule bruyante. Une jeune femme mince les frôla au passage.

— Margarida, elle est en pantalon ! s'exclama Bel.

— Oui, comme beaucoup d'étudiantes. Tu nous imagines arriver au Copacabana Palace pour prendre le thé, habillées *comme des hommes* ! Ici, personne n'en est choqué.

Elles entrèrent dans une vaste salle de cours où la lumière tombant d'immenses fenêtres éclairait des rangées de bancs en bois. Les étudiants prenaient place, sortant leurs cahiers et leurs crayons.

Bel était déroutée.

— Mais… Personne ne porte de tablier ?

Margarida vérifia son emploi du temps.

— « Technique de la sculpture sur pierre », lut-elle. Nous apprenons d'abord la théorie, et plus tard, nous aurons l'occasion de la mettre en pratique.

Un homme d'âge mûr – qui, à voir ses cheveux en bataille, ses yeux injectés de sang et sa barbe de trois jours, avait l'air de sortir du lit – se plaça devant le tableau.

— Bonjour. Aujourd'hui, je vais vous présenter le matériel nécessaire à la sculpture sur pierre, annonça-t-il à la classe.

Ouvrant une boîte en bois, il posa sur le bureau une série d'outils qui, aux yeux de Bel, ressemblaient à des instruments de torture.

— Ceci est un burin, qui sert à dégrossir la pierre pour la préparer à recevoir sa forme. Ensuite, vous utiliserez une gradine, ou ciseau à dents, afin de supprimer les inégalités et d'affiner la texture…

Bel écoutait intensément. Mais bien que son français fût excellent, le professeur parlait si vite qu'elle peinait à suivre ses explications, d'autant qu'elle ignorait le vocabulaire technique.

Finalement, elle renonça et s'amusa plutôt à observer les autres étudiants. Jamais elle n'avait vu bande plus disparate, avec leurs habits dépenaillés, leurs moustaches mal taillées, leurs barbes et cheveux hirsutes. Bel épia son voisin du coin de l'œil et vit qu'il n'était guère plus âgé qu'elle. Elle avait conscience de détonner dans ses vêtements de linge fin.

Elle qui, à Rio, se considérait comme une rebelle, épousant discrètement mais passionnément la cause des femmes, affichant son mépris pour les biens matériels. Et surtout, refusant en son âme de chercher un bon parti.

Mais ici… Bel se sentait comme une princesse d'un autre âge, tirée à quatre épingles, dans un monde qui avait laissé les règles de la bonne société loin derrière. Il était évident que personne ici ne se souciait des conventions ; en fait, pensa-t-elle, chacun estimait probablement qu'il était de son devoir de les combattre.

À la fin du cours, quand les étudiants ramassèrent leurs affaires et sortirent de la pièce, elle était très mal à l'aise.

— Tu es toute pâle, dit Margarida. Ça ne va pas, Izabela ?

— Il fait atrocement chaud ici, mentit-elle en sortant de la salle.

— Je suis désolée, ce cours n'était pas facile pour toi. Tu verras, les exercices pratiques sont bien plus amusants. Veux-tu marcher un peu avant d'aller déjeuner ?

Bel fut heureuse de retrouver la fraîcheur du dehors, et, tout en remontant la rue Bonaparte en direction de Montparnasse, elle écouta le gai bavardage de sa compagne.

— Je ne suis à Paris que depuis six mois, expliqua Margarida, mais je m'y sens déjà comme chez moi. Nous avons passé trois ans en Italie, et nous allons rester encore deux ans ici. Je crois que ce sera difficile de rentrer au Brésil après plus de cinq ans en Europe.

— Oui, sûrement.

Elles empruntèrent des rues étroites, longeant des terrasses de cafés où les clients, assis à de petites tables en bois, s'abritaient du soleil de la mi-journée sous des parasols de toutes les couleurs. L'air fleurait bon le tabac, le café et l'alcool.

— Qu'y a-t-il dans ces petits verres que tout le monde boit ? interrogea Bel.

— Oh, de l'absinthe. La boisson préférée de tous les artistes parce que ce n'est pas cher, et très fort. Personnellement, je trouve ça atrocement mauvais.

De temps à autre, des hommes leur lançaient des regards admiratifs, mais ici, deux femmes qui se promenaient sans être chaperonnées par une vieille douairière ne s'attiraient aucun regard désapprobateur. L'idée qu'enfin elle se trouvait à Montparnasse emplit Bel d'allégresse.

— Allons à La Closerie des Lilas, déclara Margarida. Avec un peu de chance, tu verras des visages connus.

Margarida indiqua un café qui ressemblait à tous les autres, et, se frayant un chemin entre les tables installées dehors sur le large trottoir, entraîna Bel à l'intérieur. Elle s'adressa au serveur dans un français parfait et il les conduisit à une table sur le devant de la salle, près de la fenêtre.

— Là, dit-elle en s'asseyant à côté de Bel sur la banquette en cuir. C'est d'ici que l'on peut le mieux observer les habitants de Montparnasse. Nous allons voir combien de temps ils mettront pour te remarquer…

— Pourquoi moi ? demanda Bel.

— Parce que, ma chérie, tu es incroyablement belle. Et que pour une femme, à Montparnasse, il n'y a pas meilleure monnaie d'échange. Je leur donne dix minutes avant de vouloir savoir qui tu es.

— Tu les connais, toi ?

— Oh oui. C'est un tout petit milieu ici, tout le monde connaît tout le monde.

Leur attention fut attirée par un homme aux cheveux gris rejetés en arrière qui s'approchait d'un piano à queue, encouragé par la tablée qu'il venait de quitter. Il s'assit et commença à jouer. Un silence total tomba dans le café. Bel se laissa envahir par la mélodie dont le rythme allait crescendo. La note finale plana longtemps, jusqu'à ce que des exclamations enthousiastes jaillissent de toutes parts et que l'homme regagne sa table.

— Je n'ai jamais rien entendu de pareil, murmura Bel, saisie d'admiration. Qui était le pianiste ? Il est incroyable.

— *Querida*, c'était Ravel en personne, et le morceau s'appelle *le Boléro*. Il n'a pas encore été donné en public. Tu te rends compte, j'espère, que nous en avons eu la primeur ! Bon, tu es prête à commander ?

Margarida avait eu raison, elles ne restèrent pas seules longtemps. L'un après l'autre, des hommes de tous âges vinrent la saluer et s'enquirent aussitôt de savoir qui était sa magnifique compagne.

— Ah, encore une de vos compatriotes aux yeux de velours et au sang chaud, commenta un monsieur très élégant dont Bel était certaine qu'il portait du rouge à lèvres.

Les hommes la dévisageaient si longuement qu'elle se sentait rougir, à peu près autant que les radis dans l'assiette à laquelle elle ne toucha pas. Elle était bien trop euphorique pour manger.

Tour à tour, les artistes proposaient de la peindre, d'immortaliser sa beauté à jamais… Ils disaient que Margarida savait où se trouvait leur atelier. Puis ils s'inclinaient et repartaient. À intervalles réguliers, un serveur apportait un verre plein d'un liquide étrange en annonçant : « Avec les compliments du monsieur de la table six… »

— Bien évidemment, tu ne poseras pour personne, expliqua Margarida. Ce sont des surréalistes, ce qui signifie qu'ils capteront seulement ton *essence,* pas ta forme physique. De toute façon, même si tu étais leur modèle dans le sens traditionnel du terme, tu deviendrais une flamme rouge pour représenter la passion, avec ton sein dans un coin du tableau et ton œil dans l'autre ! dit-elle en riant. Tiens, essaie celui-là, c'est de la grenadine. J'aime beaucoup.

Margarida lui tendit un verre au contenu écarlate, puis s'écria :

— Izabela, vite ! Regarde à la porte ! Tu sais qui c'est ?

— Oui, souffla Bel en avisant l'homme mince aux cheveux bruns ondulés qui entrait dans le café. Jean Cocteau.

— Tout juste. Le prince de l'avant-garde. Il est fascinant, et très gentil.

— Tu le *connais* ? s'étonna Bel.

— Un peu, répondit Margarida en haussant les épaules. Il m'a demandé de jouer du piano plusieurs fois.

Tout occupée à observer monsieur Cocteau, Bel ne remarqua pas un jeune homme qui s'approchait de leur table.

— Mademoiselle Margarida, vous m'avez énormément manqué. Et… Mademoiselle Izabela, c'est bien cela ?

Détachant son regard de l'assemblée parmi laquelle avait pris place Jean Cocteau, Bel se retrouva les yeux dans les yeux avec Laurent Brouilly. Aussitôt, son cœur se mit à cogner dans sa poitrine.

— Oui. Excusez-moi, monsieur Brouilly, j'étais distraite.

— Mademoiselle Izabela, votre intérêt était retenu par un personnage bien plus captivant que moi, dit-il en lui souriant. Je ne savais pas que vous vous connaissiez, toutes les deux.

— Nous nous sommes rencontrées il n'y a pas longtemps, expliqua Margarida. Je fais découvrir les joies de Montparnasse à Izabela.

— Je suis certain qu'elle les apprécie.

Au regard éloquent que Laurent jeta à Bel, il était évident qu'il se rappelait chaque parole de leur conversation.

— Comme vous pouvez l'imaginer, tous les artistes présents ici ont supplié de la peindre. Mais bien sûr, je l'ai mise en garde.

— Je vous en suis fort reconnaissant. Car, ainsi que Mademoiselle Izabela le sait, elle m'a été promise en premier. Merci d'avoir défendu sa vertu « artistique » pour moi, dit Laurent avec un sourire.

Peut-être sous l'effet de l'alcool, ou à cause de l'exultation qu'elle éprouvait à se sentir mêlée à ce monde incroyablement nouveau, Bel frissonna de plaisir en entendant ces mots.

Un jeune homme très bronzé qui avait surgi derrière Laurent se présenta à son tour devant leur table.

— Mademoiselle, monsieur Cocteau et ses amis requièrent d'entendre vos merveilleux talents au piano. Il demande que vous jouiez son air préféré. Vous savez lequel ?

— Je suis très honorée, même si je ne parviens pas à la cheville de monsieur Ravel, déclara Margarida en se levant et en inclinant gracieusement la tête dans la direction de la table de Ravel.

Bel suivit des yeux son amie qui alla prendre place sur le tabouret occupé un instant plus tôt par Ravel. Des acclamations fusèrent dans la salle.

— Puis-je m'asseoir à vos côtés pendant qu'elle joue ? demanda Laurent à Bel.

— Bien sûr.

Laurent s'installa sur l'étroite banquette, sa hanche pressée contre celle de Bel. Une fois encore, elle s'émerveilla du naturel avec lequel tous ces gens s'accommodaient d'une grande intimité physique.

Le silence se fit quand s'élevèrent les premiers accords de *Rhapsody in Blue* de Gershwin. Laurent, après avoir considéré la multitude de verres pleins éparpillés sur la table, en choisit un autour duquel il referma ses longs doigts noueux.

Sous la table, il posa négligemment son autre main sur sa cuisse. Mais, peu à peu, sa main se déplaça jusqu'à effleurer la robe de Bel.

Bel n'osait plus bouger. Tout son corps était électrifié, et le sang battait follement dans ses veines tandis que la musique atteignait un paroxysme.

— Mademoiselle Margarida est vraiment douée, n'est-ce pas ?

Bel perçut un souffle chaud contre son oreille et réussit à peine à hocher la tête.

— J'ignorais ses talents de pianiste, parvint-elle à articuler alors que les applaudissements éclataient à tout rompre dans le café.

— Je crois fermement que lorsque quelqu'un est né créatif, dit Laurent, son âme est comme un ciel rempli d'étoiles filantes ; un globe en constante rotation vers la muse qui capte son imagination. Bien des gens dans cette salle sont capables, non seulement de dessiner et de sculpter, mais aussi d'écrire de la poésie, de jouer de divers instruments, de faire pleurer un public par leur jeu d'acteur et de chanter comme les oiseaux dans les arbres. Ah, mademoiselle… Vous êtes une virtuose !

Laurent se leva et s'inclina avec admiration devant Margarida qui revenait s'asseoir.

— Monsieur, vous êtes trop aimable, répondit Margarida modestement en prenant place.

— Et il me semble que nous allons bientôt partager un atelier. Le professeur Landowski m'a appris que vous serez stagiaire chez nous pendant quelques semaines.

— Il l'a suggéré, oui, mais je ne voulais en parler à personne avant que ce ne soit confirmé, répondit Margarida. Je serais très honorée qu'il m'accepte comme élève.

— Il vous trouve pleine de capacités. Enfin, pour une femme…, ajouta-t-il d'un air taquin.

— Je prends cela pour un compliment, répliqua Margarida en lui souriant.

— Si vous travaillez à l'atelier, continua Laurent, peut-être pourriez-vous chaperonner Mademoiselle Izabela pendant qu'elle pose pour moi ?

— Nous allons chercher un moyen, oui… Il est l'heure pour nous de partir. À bientôt, monsieur Brouilly.

Elle l'embrassa sur les deux joues, et Bel se leva aussi.

— Mademoiselle Izabela, on dirait que le destin conspire à nous réunir. J'espère que la prochaine fois, notre entrevue durera plus longtemps.

Laurent plongea son regard dans les yeux de Bel tandis qu'il déposait un baiser sur sa main. Et, si naïve fût-elle, elle comprit immédiatement le message.

* * *

Par chance, quand Bel arriva à l'appartement, Maria Georgiana se reposait dans sa chambre. Maria Elisa, en revanche, lisait un livre au salon.

— Comment c'était ? demanda-t-elle en voyant entrer Bel.

— Merveilleux !

Bel se laissa tomber dans un fauteuil, nerveusement épuisée, mais encore tout à son exaltation d'avoir rencontré Laurent.

— Tant mieux. Alors, qu'as-tu appris ?

— Oh, la panoplie des outils utilisés dans la sculpture sur pierre, répondit-elle distraitement, la bouche pâteuse à cause de l'alcool qu'elle avait bu.

— Pendant six heures ? fit Maria Elisa en l'examinant d'un air soupçonneux.

— À peu près, oui. Sauf que nous sommes allées déjeuner et… Cette journée m'a éreintée. Je crois que je vais m'allonger un peu avant le dîner, ajouta-t-elle en se levant brusquement.

— Bel ?

— Oui ?

— Tu as bu ?

— Non… Enfin, juste un verre de vin avec le repas. Après tout, c'est la coutume à Paris.

Bel partit vers la porte, se promettant à l'avenir de ne plus consommer ce qui était servi sur les tables rustiques de La Closerie des Lilas.

21

Appartement 4
48, avenue de Marigny
Paris, France

27 juin 1928
Chers Mãe et Pai,

J'ai du mal à croire que j'ai quitté Rio depuis quatre mois ; le temps passe si vite ! J'adore toujours les cours que je prends avec Margarida de Lopes Almeida à l'École des beaux-arts. Même si je sais que je ne serai jamais une grande artiste comme certains autres élèves, cela me permet d'acquérir une bien meilleure connaissance de la peinture et de la sculpture, et je sens que cela me servira plus tard dans ma vie de femme mariée, aux côtés de Gustavo.

L'été est vraiment arrivé à Paris maintenant, et tout est encore plus animé à la belle saison. Je suis presque devenue une vraie Parisienne !

J'espère qu'un jour vous pourrez tous deux contempler de vos propres yeux cette ville magique que j'ai la chance de découvrir quotidiennement.

Avec mes pensées les plus affectueuses,
Izabela

Bel plia soigneusement la feuille, la glissa dans l'enveloppe, puis se laissa aller en arrière dans son fauteuil. Jamais elle ne pourrait partager ses véritables sentiments avec ses parents, songea-t-elle, leur raconter cette ville qu'elle aimait de plus en plus, la liberté nouvelle qu'elle goûtait ici, les gens qu'elle rencontrait. Non seulement ils ne comprendraient pas, mais ils se rongeraient d'inquiétude et regretteraient de l'avoir laissée partir.

Loen était la seule personne à qui elle pouvait vraiment se confier. Attrapant une autre feuille de papier, elle rédigea une lettre bien différente, déversant toutes ses émotions, évoquant Montparnasse et, bien sûr, Laurent Brouilly, le jeune sculpteur qui voulait la prendre comme modèle…

* * *

Grâce à Margarida, Bel s'éveillait tous les matins impatiente de commencer une nouvelle journée. Elle apprenait beaucoup pendant les cours, mais ce qui l'exaltait le plus, c'était de déjeuner à La Closerie des Lilas.

Là-bas, chaque moment apportait une foule d'émotions, offertes par la créativité sans cesse en ébullition des artistes, musiciens et écrivains qui fréquentaient l'endroit. La semaine précédente, elle avait vu James Joyce assis à une table dehors, buvant du vin devant un énorme paquet de feuilles dactylographiées.

— J'ai regardé par-dessus son épaule, avait chuchoté Arnaud, un aspirant romancier que connaissait Margarida. Son manuscrit s'appelle *Finnegans Wake.* C'est le livre qu'il écrit depuis six ans !

Bel savait qu'elle aurait dû se satisfaire de ces occasions qui lui étaient données de côtoyer autant de lumineuses personnalités. Néanmoins, durant le trajet que les deux jeunes filles effectuaient à pied entre les Beaux-Arts et Montparnasse, elles complotaient en vain pour trouver un moyen de s'échapper le soir, à l'heure où la vie battait son plein sur la Rive gauche.

— Je n'en vois pas, évidemment, mais il n'est pas interdit de rêver, soupirait Bel.

— Au moins, nous disposons d'un peu de liberté pendant la journée, lui répondait Margarida en écho.

* * *

Bel jeta un coup d'œil à sa montre. La voiture de Margarida allait arriver d'un instant à l'autre… Elle portait ce jour-là, comme le plus souvent, une robe marinière bleu sombre, la plus simple de ses tenues. Après avoir donné un dernier coup de peigne à ses cheveux et ajouté un soupçon de rouge à lèvres, elle lança un « au revoir » dans le vestibule avant de refermer la porte derrière elle.

— Izabela, j'ai une mauvaise nouvelle à t'annoncer, déclara Margarida lorsqu'elle s'installa à ses côtés sur la banquette. Le professeur Landowski a confirmé qu'il souhaitait me prendre comme stagiaire dans son atelier à Boulogne-Billancourt. Donc je n'irai plus aux Beaux-Arts.

— Félicitations, tu dois être folle de joie, répondit Bel en faisant de son mieux pour sourire à son amie.

— Oui, bien sûr, je suis ravie. Mais je pense à toi aussi... Je ne sais pas si la senhora da Silva Costa te laissera aller seule aux cours.

— Non, elle ne voudra pas.

C'était d'une évidence accablante, et les yeux de Bel s'emplirent de larmes.

— Bel, ne désespère pas, dit Margarida en lui tapotant gentiment la main. Nous trouverons une solution, je te le promets.

* * *

Comme une ironie du sort, leur professeur ce matin-là était Landowski en personne. Il n'assurait que très peu de cours, et d'ordinaire, Bel l'écoutait avec ravissement tandis qu'il exposait sa théorie des lignes dépouillées, puis enchaînait sur la technique et la quête de la perfection. Mais aujourd'hui, elle n'entendait rien.

Elle n'avait pas revu Laurent Brouilly depuis leur premier déjeuner à La Closerie des Lilas, plus d'un mois auparavant. Quand elle avait interrogé Margarida, en s'efforçant de paraître détachée, celle-ci avait répondu qu'il était très occupé à préparer avec Landowski la maquette du *Cristo* d'Heitor.

— Je crois que monsieur Brouilly dort toutes les nuits dans l'atelier, avait dit Margarida. Le senhor da Silva Costa attend avec impatience qu'on lui fournisse un support sur lequel appliquer ses calculs mathématiques.

Après le cours, Landowski fit signe à Margarida d'approcher.

— Vous venez à mon atelier la semaine prochaine, n'est-ce pas, mademoiselle ?

— Oui, professeur Landowski, et je suis très honorée que vous me donniez cette chance.

— Je vois que vous êtes avec votre compatriote, la jeune fille aux belles mains, ajouta Landowski en se tournant vers Bel. Quand nous aurons remis ma première ébauche à votre protecteur, peut-être pourrez-vous accompagner Mademoiselle Lopes de Almeida à mon atelier afin d'exaucer le souhait de Brouilly ? Votre présence le récompensera des longues heures qu'il a passées sur le *Cristo* depuis trois semaines. Ce sera très sain pour lui de se pencher sur une forme féminine, après avoir si longtemps contemplé celle de Notre Seigneur.

— Oui, Izabela en serait ravie, s'empressa de répondre Margarida à la place de son amie.

Landowski les salua toutes les deux du menton et sortit.

— Tu vois, Izabela ! s'exclama Margarida alors qu'elles s'acheminaient comme tous les jours vers Montparnasse. Dieu est avec nous. Enfin, le *Cristo*, plutôt !

— On dirait que oui, acquiesça Bel, le cœur à nouveau gonflé d'espoir.

* * *

— Bel, j'ai besoin de ton avis sur quelque chose, déclara brusquement Maria Elisa alors que les deux jeunes filles se préparaient à se coucher.

— De quoi s'agit-il ?

— J'aimerais commencer des études d'infirmière.

— C'est formidable ! dit Bel avec un grand sourire.

— Tu crois ? J'ai peur que Mãe ne soit pas d'accord. Aucune femme dans notre famille n'a jamais travaillé. Mais j'y réfléchis depuis longtemps. Il faut juste que je trouve le courage de lui annoncer… À ton avis, comment réagira-t-elle ?

— J'espère qu'elle sera fière de sa fille, qui veut se rendre utile dans la vie. Et je suis sûre que ton père approuvera ton choix.

— Pourvu que tu aies raison, dit Maria avec ferveur. Je pensais aussi que, au lieu de perdre mon temps ici, je pourrais m'engager comme volontaire dans un hôpital. Il y en a un à quelques minutes d'ici à pied.

Bel serra les mains de Maria Elisa dans les siennes.

— Tu es tellement bonne, Maria Elisa, toujours à te soucier des autres. Je crois que tu as toutes les qualités nécessaires pour être infirmière. Le monde change, en ce qui concerne les femmes, et je ne vois pas pourquoi nous ne prendrions pas nos vies en mains.

— Surtout que je n'ai aucun projet de mariage, pour l'instant. Évidemment, pour toi, Bel, c'est différent. Dans six semaines, quand tu seras rentrée à Rio, tu deviendras la femme de Gustavo, tu t'occuperas de sa maison, et bientôt, tu porteras ses enfants. Mais moi, j'ai besoin d'avoir un autre but dans la vie. Merci de ton soutien. Je parlerai à Mãe demain.

Quand elles furent couchées et que Maria Elisa eut éteint la lampe, Bel resta longtemps éveillée dans le noir.

Six semaines. C'était tout le temps qui lui restait à Paris, avant de retrouver la vie que son amie avait décrite.

Elle avait beau essayer d'envisager son avenir avec optimisme, aucune pensée encourageante ne lui venait à l'esprit.

* * *

Margarida avait promis de contacter Bel quand le professeur jugerait bon de l'accueillir elle aussi dans l'atelier. Mais les jours passaient, et toujours aucune nouvelle ne lui parvenait.

Une fois de plus, elle était confinée dans l'appartement, seule maintenant, puisque c'était au tour de Maria Elisa de partir tous les matins à neuf heures, après avoir enfin arraché à sa mère la permission de se porter volontaire dans l'hôpital voisin. Quant à Maria Georgina, elle s'occupait à différentes tâches domestiques ou au suivi de sa correspondance.

— C'est l'anniversaire de ma mère le mois prochain, et j'aimerais beaucoup lui envoyer quelque chose que l'on ne trouve qu'à Paris. Pourrais-je sortir dans le quartier pour chercher un cadeau ? demanda-t-elle à Maria Georgiana un matin au petit déjeuner.

— Non, Izabela. Je suis sûre que tes parents n'approuveraient pas que tu erres dans Paris sans être accompagnée. Et j'ai beaucoup à faire aujourd'hui.

— Dans ce cas, intervint Heitor, pourquoi Izabela ne viendrait-elle pas avec moi jusqu'à mon bureau ? Elle trouvera sûrement son bonheur sur les Champs-Élysées et je ne pense pas qu'elle coure le moindre risque en rentrant directement à pied, c'est à moins de deux cents mètres d'ici.

— Comme tu voudras, répliqua froidement Maria Georgiana, mécontente de voir son autorité mise à mal.

* * *

— Il fait un temps ces jours-ci que même un Brésilien qualifierait de chaud, fit observer Heitor vingt minutes plus tard, alors qu'ils marchaient tous deux en direction des Champs-Élysées. Alors, Paris vous plaît ? demanda-t-il.

— J'adore cette ville, répondit Bel avec enthousiasme.

— Et j'ai appris que vous en aviez exploré les quartiers… disons, plus bohèmes ?

Bel eut aussitôt l'air coupable.

— J'ai croisé votre amie Margarida à l'atelier de Landowski hier, et j'ai surpris sa conversation avec le jeune assistant. Elle parlait de vos déjeuners à La Closerie des Lilas.

Voyant l'expression accablée de Bel, Heitor lui tapota gentiment le bras.

— Ne vous inquiétez pas, je garderai votre secret. Margarida me paraît d'ailleurs une jeune fille extrêmement intelligente qui sait se débrouiller dans Paris. Elle m'a demandé aussi de vous dire qu'elle viendra vous chercher demain matin à dix heures pour vous amener à l'atelier. Comme vous le savez, monsieur Brouilly aimerait que vous posiez pour lui. Cela vous évitera au moins de vous attirer des ennuis et nous vous saurons en sécurité là-bas.

Il feignit de hausser un sourcil sévère, mais Bel comprit qu'il la taquinait.

— Merci de m'avoir transmis le message, répondit-elle sobrement, ne voulant pas montrer toute l'étendue de sa joie, puis elle changea aussitôt de sujet. Vous êtes content du travail du professeur Landowski ?

— Jusqu'à présent, je suis absolument certain d'avoir pris la bonne décision. La vision de Landowski rejoint tout à fait la mienne. Cependant, nous sommes loin du *Cristo* tel qu'il apparaîtra dans sa version finale, et je dois encore résoudre un certain nombre de problèmes. Le premier, qui est aussi le plus important, concerne le revêtement extérieur. J'ai envisagé plusieurs options mais aucune ne me satisfait, autant pour des raisons esthétiques que pratiques… Si nous entrions dans cette galerie pour chercher le cadeau que vous voulez offrir à votre mère ? Il y a là une boutique où j'ai acheté une superbe écharpe en soie pour Maria Georgiana.

Ils entrèrent dans une élégante galerie et Heitor lui indiqua la devanture.

— Je vous attends ici, dit-il.

Dans la boutique, Bel choisit une écharpe soyeuse couleur pêche et un mouchoir assorti qui rehausseraient à merveille le teint de sa mère. Après avoir payé ses achats, elle retrouva Heitor plus loin dans la galerie. Il était planté devant une petite fontaine dont il examinait le pied avec un intérêt passionné.

Sentant la présence de Bel à ses côtés, il montra le décor en mosaïque tout autour de la fontaine.

— Et ça ? interrogea-t-il.

— Pardonnez-moi, senhor, mais que voulez-vous dire ?

— Si nous habillions le *Cristo* de mosaïque ? Ainsi le revêtement extérieur ne risquerait pas de se fissurer, puisque chaque carreau est indépendant. Il faudrait une pierre tendre, mais résistante… oui, comme la stéatite que l'on trouve dans le Minas Gerais, peut-être. C'est un ton clair qui conviendrait parfaitement. Je dois absolument montrer cette fontaine au senhor Levy. Il retourne à Rio demain et la décision ne peut plus attendre.

Bel suivit Heitor qui ressortait de la galerie, les yeux brillants d'exaltation.

— Vous n'aurez pas de mal à rentrer seule, Izabela ?

— Bien sûr que non.

Heitor lui fit un signe de la tête puis s'éloigna d'un pas pressé.

22

— Bienvenue, Mademoiselle Izabela.

Laurent s'approcha et embrassa Bel sur les deux joues quand elle pénétra dans l'atelier avec Margarida.

— Venez me montrer comment vous faites le café dans votre pays, Izabela. Fort et noir, j'en suis sûr, dit-il en la prenant par la main pour l'entraîner dans la minuscule cuisine, puis, attrapant un sac en papier sur l'une des étagères, il l'ouvrit et en huma le contenu. Des grains brésiliens, fraîchement moulus ce matin dans une boutique que je connais à Montparnasse. Je l'ai acheté spécialement pour vous aider à vous détendre et vous rappeler votre terre natale.

En respirant l'arôme du café, Bel fut instantanément renvoyée à des milliers de kilomètres au-delà de l'océan.

— Allez, montrez-moi comment vous l'aimez, insista Laurent. Il lui tendit une cuillère, puis recula de quelques pas pour l'observer.

Bel attendit que l'eau ait bouilli sur le petit réchaud à gaz, ne voulant pas avouer qu'elle n'avait jamais préparé une seule tasse de café de sa vie. Chez elle, c'était l'affaire des domestiques.

— Vous avez des tasses ? demanda-t-elle en hésitant.

— Évidemment. (Il ouvrit un placard et en sortit deux tasses en émail.) Toutes mes excuses, ce n'est pas de la porcelaine fine. Mais le café aura le même goût.

Quelques minutes plus tard, dans l'atelier où Margarida était déjà au travail, il prit un bloc à dessin et l'entraîna jusqu'à la table où ils avaient déjeuné la première fois. Là, il tira le rideau pour fermer l'espace.

Après lui avoir fait signe de s'installer en face de lui, il prit place à son tour, tenant sa tasse de café à deux mains.

— Bien. Maintenant, vous allez me parler de votre vie au Brésil.

Bel le dévisagea avec étonnement.

— Pourquoi me demandez-vous cela ?

— Parce que, mademoiselle, pour l'instant vous êtes raide comme une poutre en bois massif qui soutiendrait un toit depuis plus de cent ans. Je veux que vous vous détendiez, pour que les muscles de votre visage se relâchent, que votre bouche se décrispe et que vos yeux s'illuminent. Sinon, la sculpture s'en ressentira. Vous comprenez ?

— Je... je crois.

— Vous n'avez pas l'air convaincue. Je m'explique... La plupart des gens pensent qu'une sculpture ne montre que l'enveloppe extérieure, physique, d'un être humain. D'un point de vue strictement technique, ils ont raison. Mais tout grand artiste sait que pour atteindre la ressemblance, il faut capter l'essence du sujet que l'on représente.

Bel le regarda d'un air incrédule.

— Pour vous donner un exemple, continua-t-il, si je sculpte une très jeune fille, et que je vois dans ses yeux qu'elle a un cœur sensible et plein de compassion, je lui mettrai peut-être un animal entre les mains, une colombe qu'elle serrera tendrement. En revanche, dans le cas d'une femme dont je perçois la cupidité, j'ajouterai un bracelet clinquant à son poignet, ou une grosse bague à son doigt.

Posant sa tasse, Laurent empoigna son bloc à dessin et son crayon.

— Je vais donc vous dessiner pendant que vous me parlerez. Dites-moi... Où avez-vous passé votre enfance ?

— Nous habitions une ferme dans les montagnes, répondit Bel, et aussitôt, le souvenir de la *fazenda* qu'elle aimait tant amena un sourire sur ses lèvres. Nous avions des chevaux. Le matin, j'allais me promener dans les collines, ou me baigner dans le lac.

— Cela paraît idyllique, dit Laurent tandis que son crayon dansait sur le papier.

— Oui. Mais ensuite, nous avons déménagé à Rio, dans une maison au pied du Corcovado. C'est là que le *Cristo* se dressera un jour. La maison est somptueuse, bien plus belle que notre *fazenda*, mais comme elle est adossée à la montagne, il y fait sombre. Parfois, j'ai l'impression… (Elle marqua un arrêt, cherchant ses mots.) … que j'étouffe.

— Et ici ? Paris est une grande ville aussi. Vous vous sentez prisonnière, comme à Rio ?

— Oh non.

Bel secoua la tête, et les rides soucieuses qui étaient apparues sur son front se dissipèrent en un instant.

— J'adore cet endroit, surtout les rues de Montparnasse.

— Alors, je présume qu'il ne s'agit pas tant du lieu, mais plutôt de votre état d'esprit. Car on peut éprouver des sentiments claustrophobes à Paris aussi, et pourtant vous y êtes à l'aise.

— Vous avez raison, reconnut Bel. C'est à cause de la vie que je mène à Rio, pas de la ville elle-même.

Laurent leva les yeux pour la regarder, sans cesser de dessiner.

— Qu'est-ce qui ne va pas dans cette vie ?

— Rien. Enfin… J'ai beaucoup de chance. L'année prochaine, à cette même époque, je serai mariée. J'habiterai une maison magnifique et j'aurai tout ce qu'une femme peut désirer.

— Alors pourquoi vois-je vos yeux s'assombrir quand vous évoquez votre avenir ? Est-ce parce que – comme vous l'avez suggéré lors de notre première rencontre – en vous mariant, vous obéissez à votre raison et non pas à votre cœur ?

Bel garda le silence, mais ses joues en feu trahissaient la vérité que Laurent venait d'énoncer.

— Monsieur Brouilly, reprit-elle au bout d'un moment, vous ne comprenez pas. Les choses se passent différemment à Rio. Mon père souhaite que je fasse un bon mariage. Mon fiancé est issu de l'une des meilleures familles du Brésil. En plus, souligna-t-elle avec désespoir, je n'ai pas comme vous un talent qui me permettrait de gagner ma vie. Je dépends complètement de mon père, et bientôt, de mon mari, pour subsister.

— Oui, mademoiselle, je comprends votre situation, et je compatis. Mais hélas, soupira-t-il, il n'y a que vous qui puissiez y changer quelque chose.

Il contempla son dessin un moment, pendant que Bel demeurait immobile, tendue et troublée par ses mots.

Enfin, Laurent releva les yeux.

— D'après ce que je vois ici, vous pourriez facilement gagner votre vie en posant pour les artistes de Montparnasse. Non seulement vous avez un visage magnifique, mais en plus, sous les remparts qui dissimulent votre corps, vous êtes la quintessence de la féminité.

À nouveau, sous son regard appuyé, Bel sentit une étrange chaleur parcourir tout son corps.

— Pourquoi êtes-vous si gênée ? demanda-t-il. Ici, nous célébrons la beauté de la forme féminine. Après tout, nous naissons tous nus, et le port de vêtements n'est qu'un dictat imposé par la société. Et bien sûr, par le temps qu'il fait à Paris en hiver, ajouta-t-il en l'examinant des pieds à la tête. Je vous représenterai telle que vous êtes habillée aujourd'hui. C'est absolument parfait.

Bel hocha silencieusement la tête, soulagée.

— Il est déjà midi, déclara Laurent. À présent que je vous ai obligée à dévoiler le fond de votre âme, je vais préparer une collation et vous servir un peu de vin pour vous récompenser.

Il ramassa les tasses de café, partit en direction de la cuisine, et, en chemin, invita Margarida à se joindre à eux.

Bel resta seule, tournée vers la fenêtre derrière laquelle des buissons de lavande tremblaient au soleil, le regard perdu. Elle se sentait profondément ébranlée et très vulnérable. Sous les questions de Laurent, elle avait livré à voix haute ses véritables sentiments, la peur secrète que lui inspirait sa vie à venir.

— Tout va bien, Izabela ?

Inquiète, Margarida s'assit près d'elle et lui posa une main sur l'épaule.

— J'ai entendu des fragments de votre conversation. J'espère que monsieur Brouilly ne t'a pas trop bousculée en te forçant à ouvrir ton cœur. Et j'espère surtout, ajouta-t-elle à voix basse, qu'il agit vraiment dans un but professionnel.

— Que veux-tu dire ?

Mais Margarida n'eut pas le temps de répondre. Laurent revenait avec le plateau.

Bel parla peu pendant le déjeuner, tandis que Margarida et Laurent évoquaient les dernières frasques et audaces de leurs connaissances mutuelles.

— Cocteau a aménagé une pièce spéciale dans un immeuble rue de Châteaudun où il invite ses amis à boire des cocktails qu'il invente et baptise lui-même. On raconte qu'ils sont mortels, dit Laurent en avalant une bonne rasade de vin. Et il organise aussi des « séances ».

— Qu'est-ce que c'est ? demanda Bel, ahurie.

— Des réunions pendant lesquelles on essaie d'entrer en contact avec les morts, expliqua Margarida en réprimant un frisson. Moi, ce n'est pas quelque chose qui me tenterait !

— Il se livre aussi à des tentatives d'hypnose en groupe, pour plonger dans l'inconscient. Voilà une démarche qui m'intéresse ! La psyché de l'être humain me fascine presque autant que sa forme physique. (Laurent jeta un coup d'œil à Bel.) Vous vous en êtes sûrement aperçue ce matin, mademoiselle. Allons, c'est l'heure de se remettre au travail. Je vous suggère de faire une petite promenade dans le jardin avant, car une fois que nous aurons commencé, vous n'aurez plus le droit de bouger, comme le bloc de pierre sous mes doigts.

— Je l'accompagne, monsieur Brouilly, dit Margarida. Moi aussi j'ai besoin de prendre l'air…

Les deux jeunes filles se levèrent et sortirent dans le jardin qui embaumait la lavande. Margarida soupira de plaisir et passa son bras sous celui de Bel pour l'entraîner.

— Izabela, tu es sûre que tout va bien ?

— Oui, répondit Bel, alanguie par le vin qu'elle avait bu au déjeuner.

— Bon. En tout cas, promets-moi seulement que tu ne te laisseras pas démonter par monsieur Brouilly.

— Promis.

Bel regarda autour d'elle dans le jardin fermé par une haie de cyprès soigneusement taillée.

— C'est étrange, dit-elle, même si le Brésil est aussi beau, avec sa flore et sa faune si riches, l'énergie et l'atmosphère sont complètement différentes en France. Là-bas, je ne me sens jamais en paix, dans la simple contemplation. Alors qu'ici, même au cœur de Montparnasse, il me semble lire clairement en moi-même.

Margarida haussa les épaules.

— Allez, nous devons retourner à l'atelier maintenant, pour que monsieur Brouilly puisse réaliser son chef-d'œuvre.

* * *

Trois heures plus tard, dans la voiture qui la ramenait à l'appartement, Bel était épuisée. Elle était restée assise sur une chaise pendant un temps qui lui avait paru une éternité, les mains sur les genoux, les doigts placés exactement comme Laurent l'avait demandé.

Au lieu de trouver une quelconque sensualité dans l'expérience, elle s'était sentie comme une vieille fille dont un appareil photo rendrait une image fidèle dans des tons sépia. À présent, elle avait le dos endolori et le cou raide de s'être tenue droite si longtemps. Un seul tressaillement du doigt, un mouvement infime afin de soulager sa tension, et Laurent se levait pour repositionner sa main.

— Izabela, réveille-toi, *querida*. Nous sommes arrivées chez toi.

Elle sursauta, gênée de s'être assoupie à côté de Margarida.

— Pardon, dit-elle en se ressaisissant tandis que le chauffeur descendait pour lui ouvrir la portière. Je n'imaginais pas que cela pouvait être aussi fatigant.

— Dure journée pour toi, oui. C'est éreintant de découvrir tant de choses nouvelles. Tu reviens demain ?

— Bien sûr, répondit fermement Bel en sortant de la voiture. Bonne soirée, Margarida. À demain, dix heures.

Le soir, après avoir refusé la traditionnelle partie de cartes qui suivait le dîner, elle posa avec gratitude sa tête sur l'oreiller. Finalement, se dit-elle, le métier de modèle ne devait pas être aussi facile qu'elle l'avait pensé jusque-là.

23

Durant les trois semaines qui suivirent, Bel et Margarida se rendirent tous les matins à l'atelier de Landowski à Boulogne-Billancourt. Heitor da Silva Costa les accompagna à plusieurs reprises, profitant de la voiture pour livrer divers plans et dessins par lesquels son Christ se trouvait chaque fois modifié.

Et Landowski, assis à son établi dans l'atelier, recevait une nouvelle liste d'infimes rectifications qui l'obligeaient à recommencer sa maquette.

— Ce Brésilien est fou à lier, marmonnait-il dans sa barbe. Je n'aurais jamais dû accepter de le seconder dans son rêve impossible.

Mais sa voix trahissait une affection manifeste, et l'admiration qu'il concevait pour cet ambitieux projet.

Le projet de Laurent aussi prenait forme peu à peu sous ses doigts habiles. Bel, assise sans bouger, s'aperçut qu'il lui était facile de s'évader dans les méandres de sa propre imagination. La plupart de ses pensées tournaient autour de Laurent, absorbé par son ouvrage, qu'elle épiait constamment du coin de l'œil tandis qu'il dégrossissait la pierre avec un marteau pied-de-biche et un rifloir.

Par une matinée de juin particulièrement chaude, la main de Landowski s'abattit sur l'épaule de Laurent qui ne l'avait pas entendu approcher.

— Je viens de livrer ma dernière version du Christ au bureau de monsieur da Silva Costa, grogna Landowski. Ce fou de Brésilien me demande maintenant une maquette de quatre mètres de haut, que je dois commencer immédiatement. Je vais avoir besoin de votre aide, Brouilly. Alors, assez joué avec votre jolie petite dame. Je vous laisse un jour pour terminer.

— Bien, professeur, répondit Laurent en lançant un regard résigné à Bel.

Bel essaya de ne pas montrer l'immense désespoir dans lequel ces paroles la plongeaient. Puis Landowski s'approcha d'elle et la considéra d'un air approbateur. Au bout d'un moment, il reprit à l'adresse de Laurent :

— Vous commencerez par réaliser un moulage des magnifiques doigts de mademoiselle. J'ai besoin d'un modèle pour les mains du Christ, et je veux qu'elles soient aussi délicates et élégantes que les siennes. Les mains de Celui qui embrasse et protège tous Ses enfants à Ses pieds ne peuvent pas être calleuses et épaisses comme celles d'un homme.

— Oui, professeur, répondit docilement Laurent.

Entraînant Bel devant l'établi, Landowski lui fit poser la main de profil, doigts étirés, pouce rapproché.

— Vous placerez sa main comme ceci. Vous avez vu les dessins, Brouilly. Essayez d'obtenir un résultat le plus ressemblant possible. Prenez aussi un moulage des mains de Mademoiselle Margarida. Elle a de longs doigts fuselés… Je choisirai l'un des deux pour notre Christ.

— Entendu, dit Laurent. Mais pouvons-nous commencer demain matin ? Mademoiselle Izabela doit être très lasse après avoir posé pour moi toute la journée.

— Si mademoiselle en a encore la force, je souhaite ce que soit fait tout de suite. Ainsi les moulages seront secs demain matin et je pourrai me mettre au travail. Cela ne vous dérange pas trop, mademoiselle ? demanda Landowski en regardant Bel comme si sa réponse lui était parfaitement indifférente.

Elle secoua la tête.

— Pas du tout, professeur. C'est un honneur.

* * *

— Ne bougez pas d'un millimètre jusqu'à ce que ce soit sec, dit Laurent lorsqu'il eut étalé du plâtre de Paris sur les mains de Bel. Sinon, je devrai tout recommencer.

Assise devant l'établi, résistant de son mieux à une démangeaison de sa paume gauche, Bel observa Laurent qui procédait de la même manière avec Margarida. Lorsqu'il eut terminé, il jeta un coup d'œil à la pendule et vint tapoter gentiment le plâtre de Bel.

— Encore quinze minutes, et ce sera prêt. (Il lâcha un petit rire.) Je regrette de ne pas avoir un appareil photo. Quelle image vous faites, assises là toutes les deux, les mains dans le plâtre ! Excusez-moi un instant, je vais boire un verre d'eau. Ne vous inquiétez pas, mesdemoiselles, je reviendrai… avant la tombée de la nuit.

Il leur fit un clin d'œil et s'éloigna en direction de la cuisine. Conscientes du ridicule de la situation, les jeunes filles échangèrent un regard éloquent. Leurs lèvres frémissaient d'une terrible envie de rire qu'elles devaient absolument contenir, car le moindre mouvement pouvait se communiquer à leurs mains.

— Peut-être qu'un jour, nous regarderons le Corcovado en nous rappelant ce moment, dit Margarida, amusée.

— Moi, oui, sûrement, répondit Bel d'un air songeur.

Il ne fallut que quelques minutes à Laurent pour découper de minuscules fentes dans le plâtre avec la pointe tranchante d'un couteau, puis il dégagea les mains de Bel qui avaient été au préalable enduites de graisse. Lorsqu'il eut terminé, il regarda le moulage posé sur la table d'un air satisfait.

— Parfait, dit-il. Le professeur sera content. Comment trouvez-vous vos mains en plâtre ? demanda-t-il à Bel, tout en entreprenant de libérer celles de Margarida.

— Elles ne ressemblent pas du tout aux miennes, répondit Bel en examinant les formes blanches. Puis-je me les laver maintenant ?

— Oui. Il y a du savon et une brosse à côté de l'évier.

Quand Bel revint, soulagée de s'être débarrassée de la graisse et du plâtre collé à ses doigts, Laurent avait cassé un doigt du moulage de Margarida en le retirant.

— Je pense qu'il est récupérable, dit-il. On verra à peine la fissure au niveau de l'articulation, une fois que je l'aurai recollé.

Pendant que Margarida filait à son tour se laver les mains, Laurent remit de l'ordre dans l'atelier en prévision du lendemain.

— C'est vraiment dommage que le professeur ait besoin de moi en ce moment. J'ai encore beaucoup à faire pour votre sculpture. Mais au moins, maintenant, j'ai vos doigts, ajouta-t-il avec un sourire ironique.

— Nous devons partir, annonça Margarida en revenant. Mon chauffeur attend depuis des heures, et les da Silva Costa vont s'inquiéter.

— Dites-leur que j'ai kidnappé leur protégée et que je la rendrai seulement quand ma sculpture sera terminée, plaisanta Laurent tandis que les jeunes filles attrapaient leurs chapeaux et se dirigeaient vers la porte. Izabela, vous n'oubliez pas quelque chose ? lança-t-il au moment où elle s'apprêtait à sortir, montrant la bague de fiançailles qu'il avait enfilée au bout de son petit doigt. Il vaudrait peut-être mieux la remettre, sinon certains risqueraient de penser que vous avez fait exprès de l'enlever, dit-il quand Bel revint vers lui. Laissez-moi faire… (Il lui prit la main et glissa la bague à son doigt en la fixant intensément dans les yeux.) Là, vous voilà réconciliées toutes les deux. À bientôt, mademoiselle. Et ne vous inquiétez pas, je trouverai un moyen de travailler encore avec vous.

Dans la voiture qui les ramenait vers le cœur de Paris, Bel resta tournée vers la fenêtre. Elle se sentait atrocement triste.

— Izabela ? Je peux te poser une question personnelle ?

En pivotant, elle vit que Margarida la regardait d'un air pensif.

— Oui…

— Tu te rappelles quand je t'ai entendue parler avec Laurent pendant qu'il te dessinait ? Tu lui as confié que tu avais peur de retourner à Rio et d'épouser ton fiancé ?

— Oui. Mais je t'en prie, Margarida, personne d'autre ne doit savoir, supplia aussitôt Bel.

— Bien sûr, je comprends. Je me demandais seulement… Ton inquiétude par rapport à ton fiancé s'est-elle aggravée ces derniers temps ?

Bel contempla distraitement la bague à son doigt tout en réfléchissant à la question de Margarida.

— En quittant Rio, répondit-elle enfin, j'étais reconnaissante envers Gustavo de m'encourager à aller en Europe avec les da Silva Costa avant de l'épouser. Je n'aurais jamais imaginé qu'il me laisserait partir et j'avais l'impression qu'il me faisait un cadeau. Mais à présent que le cadeau arrive à sa fin, et que le moment du retour approche, eh bien… à dire vrai, je n'éprouve plus les mêmes sentiments pour lui. Oui, Paris a changé le regard que je porte sur les choses, en bien des manières, soupira-t-elle.

— C'est normal, tu adores la liberté qui t'est offerte ici. Moi aussi.

— Oui, dit Bel avec de l'émotion dans la voix. Et le pire, c'est que maintenant que j'ai goûté à une façon de vivre différente, je redoute encore plus l'avenir. Je regrette presque d'avoir fait ce voyage, parce que je vois tout ce que j'aurais pu avoir et que je n'aurai jamais.

— Je t'ai observée avec Laurent pendant que tu posais pour lui, reprit doucement Margarida. Je t'avoue honnêtement qu'au début, j'ai cru qu'il te flattait et badinait avec toi comme il l'aurait fait avec n'importe quel modèle. Mais ces derniers jours, j'ai remarqué les regards qu'il a parfois pour toi, la tendresse avec laquelle il caresse la pierre en travaillant, comme s'il rêvait de te toucher, toi… Pardonne-moi, Izabela, dit Margarida en secouant la tête, je suis en général assez pragmatique pour ce qui touche à l'amour. Je comprends les hommes, surtout ici à Paris, mais j'ai le sentiment que je dois te mettre en garde. Je crains que, emporté par cette passion qu'il éprouve pour toi, et parce que le temps vous est compté, il n'oublie que tu as donné ta parole à un autre.

— Je me ferais fort de le lui rappeler, répliqua Bel, apportant ainsi la seule réponse que l'on pouvait attendre d'elle.

— Vraiment ? Je n'en suis pas si sûre…, dit Margarida pensivement. Car je vois aussi comment tu es avec lui. En fait, je m'en suis aperçue dès qu'il s'est approché de notre table à La Closerie des Lilas, lors de notre premier déjeuner à Montparnasse. Et pour être honnête, cela m'a inquiétée. J'ai pensé à ce moment-là que peut-être, profitant de ta naïveté, il jouait un jeu avec toi. Il y a beaucoup d'hommes sans scrupule dans le milieu artistique à Paris. Pour eux, le cœur de la femme n'est rien d'autre qu'un jouet avec lequel on s'amuse. Et une fois qu'ils ont séduit leur proie par leurs belles paroles, quand elle est mûre pour être cueillie, ils prennent ce qu'ils désirent. Ensuite, bien sûr, comme ils sont arrivés à leur fin, le jeu perd tout intérêt et ils partent à la recherche d'un nouveau défi.

Bel vit les traits de Margarida se crisper douloureusement et les larmes lui monter aux yeux.

— Oui, Izabela, dit-elle avec un regard désolé. Quand j'étais en Italie, je suis tombée amoureuse du genre d'homme que je viens de te décrire. Bien sûr, émergeant à peine de mon cocon à Rio, j'étais aussi innocente que toi. Et oui, il m'a séduite. Dans *tous* les sens du terme. Mais quand je suis partie à Paris, je n'ai plus entendu parler de lui.

Muette de stupeur, Bel prit la mesure de ce que Margarida lui racontait.

— Voilà. J'ai partagé mon plus grand secret avec toi, murmura Margarida. Si je t'en fais part, c'est parce que j'espère qu'un bien peut sortir de ma terrible mésaventure. Je suis un peu plus âgée que toi, et, hélas, après ce qui m'est arrivé, plus sage. Et je ne peux pas m'empêcher de voir en toi ce que j'étais alors : une jeune fille amoureuse pour la première fois.

Bel brûlait d'envie de lui révéler ce qu'elle éprouvait pour Laurent. Jusqu'à présent, elle n'avait pu s'en ouvrir qu'à Loen. Elle décida de tout avouer à Margarida, compte tenu du secret que celle-ci lui avait livré.

— Oui, dit-elle. Je l'aime. Je l'aime de tout mon cœur. Et je ne supporte pas l'idée de devoir passer le reste de ma vie sans lui.

Elle éclata en sanglots, tellement soulagée de se confier à Margarida qu'elle en oubliait toute retenue.

— Bel, je suis désolée, je ne voulais pas te bouleverser. Écoute… Nous sommes presque arrivées chez toi et tu ne peux pas rentrer dans cet état. Allons nous asseoir un moment dans un endroit tranquille. Nous sommes tellement en retard que quelques minutes de plus ne changeront rien.

Sur l'ordre de Margarida, le chauffeur s'arrêta plus loin dans l'avenue de Marigny, devant un petit jardin public fermé par un grillage.

Elles descendirent de voiture, et Margarida entraîna Bel vers un banc. Le soleil déclinait gracieusement derrière les platanes en bordure du jardin, répandant sa douce lumière sur tous les boulevards de Paris.

— Pardonne-moi de t'avoir parlé si abruptement, dit Margarida. Je sais que tes affaires de cœur ne me regardent pas, mais à vous voir tous les deux si épris l'un de l'autre, il m'a semblé que je devais dire quelque chose.

— Mais ce qui m'arrive à moi n'est pas pareil, argua Bel. Comme tu l'as indiqué toi-même dans la voiture, tu penses que Laurent éprouve des sentiments pour moi. Qu'il m'aime, peut-être.

— À l'époque, j'étais *sûre* que Marcello m'aimait. Du moins je voulais le croire. Mais quoi que Laurent te dise, Izabela, quels que soient ses arguments, rappelle-toi, je t'en prie, que vous ne pouvez avoir aucun avenir ensemble. Laurent ne peut rien t'offrir : pas de foyer, pas de sécurité, et, fais-moi confiance, la dernière chose qu'il souhaite, c'est de se retrouver coincé avec une femme et une progéniture. Le problème avec les gens créatifs, c'est qu'ils sont simplement amoureux de *l'idée* d'être amoureux. Mais ces passions-là ne conduisent jamais nulle part, même si elles atteignent des hauteurs vertigineuses. Tu me comprends ?

— Oui, mais je te répondrai honnêtement que, même si mes oreilles t'entendent et que mon cerveau enregistre ta mise en garde, mon cœur n'est pas si facile à convaincre.

— Je sais. Mais s'il te plaît, Bel, au moins, pense à ce que je t'ai dit. Je serais désolée si tu gâchais le reste de ta vie pour avoir permis à ton cœur de gouverner ta tête pendant quelques brèves minutes. Si ton fiancé découvrait ton secret, alors qu'il t'a encouragée à venir ici, il ne te pardonnerait jamais cette trahison.

— Je sais. Merci, Margarida. Tes conseils me sont précieux. Allez, je dois vraiment rentrer maintenant, sinon Maria Georgiana ne me laissera plus jamais faire un pas dehors.

* * *

Margarida monta chez les da Silva Costa avec Bel pour affronter Maria Georgina. Celle-ci l'écouta d'un air pincé tandis qu'elle expliquait la raison de leur retard, à savoir que Landowski lui-même avait exigé que son assistant réalise un moulage de leurs mains.

— Tu n'imagines pas les images terribles que j'ai agitées dans mon esprit, dit Maria Georgiana à Bel. Veille à ce que cela ne se reproduise pas.

Bel raccompagna ensuite Margarida à la porte et elles s'étreignirent avec affection.

— Bonne nuit, Izabela. À demain.

Dans son lit ce soir-là, au lieu de frémir à l'idée du terrible sort que lui prédisait Margarida si elle succombait à l'immense charme de Laurent, Bel n'éprouvait que pure exaltation.

Elle pense que Laurent m'aime… Il m'aime…

Et elle s'endormit facilement, un sourire béat sur les lèvres.

24

— J'ai parlé au professeur, annonça Laurent quand Bel et Margarida arrivèrent à l'atelier le lendemain matin. Je lui ai tout simplement expliqué que je ne pouvais pas terminer la sculpture en un jour. Nous avons donc convenu que vous viendriez en début de soirée, après notre journée de travail sur le Christ. Si j'intercède auprès du senhor da Silva Costa, je pense qu'il comprendra.

Bel, en proie à une tension si grande qu'elle tenait à peine sur ses jambes, acquiesça vigoureusement.

— Mais, monsieur Brouilly, dit Margarida en fronçant les sourcils d'un air inquiet, je ne pourrai pas accompagner Mademoiselle Izabela à cette heure-là.

— La situation n'a rien d'inconvenant, n'est-ce pas, mademoiselle ? répliqua Laurent. Le professeur lui-même sera présent, et sa femme et ses enfants habitent à dix mètres à peine.

Alors que Bel jetait un regard suppliant à Margarida, elle lut dans les yeux de son amie que celle-ci rendait les armes.

— Bien. À présent, mettons-nous au travail, dit Laurent en adressant un sourire triomphal à Bel.

* * *

Au dîner, Heitor annonça que Laurent Brouilly l'avait appelé à son bureau pour expliquer pourquoi Bel ne pouvait venir à l'atelier que le soir.

— Comme c'est à cause de moi qu'il doit décaler son travail, je me sens obligé de donner mon accord, conclut Heitor. Izabela, mon chauffeur te conduira à l'atelier pour cinq heures et te ramènera à neuf.

— Mais je pourrais sûrement y aller en bus, suggéra Izabela. Je ne veux pas vous déranger, senhor da Silva Costa.

Maria Georgiana eut l'air horrifié.

— Le bus ? Je ne pense pas que tes parents aimeraient te savoir dans les transports publics, seule, le soir. Tu iras en voiture.

— Merci. Je prendrai en charge toutes les dépenses, dit Bel d'une voix calme, masquant l'étendue de sa joie et de son soulagement.

— En fait, Izabela, je suis plutôt content de t'envoyer chez Landowski, dit Heitor en souriant. Ainsi, j'ai une espionne dans la place. Tu me rendras compte de l'avancement de la nouvelle maquette. Un *Cristo* de quatre mètres de haut, ce n'est pas rien…

* * *

— Je pourrais peut-être t'accompagner à l'atelier, un soir, et assister à une séance de pose, proposa Maria Elisa plus tard, au coucher. Qu'en penses-tu ?

— Je vais demander à monsieur Brouilly s'il veut bien, répondit Bel. Tu te plais toujours à l'hôpital ? interrogea-t-elle aussitôt pour changer de sujet, espérant que Maria Elisa oublierait sa requête.

— Oui, beaucoup. Et j'ai parlé à mes parents à propos d'une carrière d'infirmière. Mãe n'était pas très contente, tu imagines, mais Pai m'a soutenue et lui a reproché ses idées vieux jeu.

Maria Elisa sourit mais s'empressa d'ajouter :

— Ce n'est pas sa faute, elle est d'une autre époque… En tout cas, je suis maintenant impatiente de rentrer à Rio pour commencer mes études. Hélas, Pai pense que nous allons rester ici encore un an. Tu as tellement de chance, toi, tu pars dans deux semaines ! Bonne nuit, Bel.

— Dors bien, toi aussi.

Les paroles de Maria Elisa roulèrent un moment dans l'esprit de Bel. Elle qui vendrait son âme pour passer une année de plus à Paris !

Si seulement nous pouvions échanger nos places, pensa-t-elle juste avant de s'endormir.

* * *

Deux jours plus tard, Bel était assise dans l'atelier où la lumière déclinait, distinguant du coin de l'œil l'imposante statue du *Cristo* encore inachevée. Margarida était partie, et, en arrivant, elle avait croisé Landowski qui rentrait chez lui pour dîner avec sa femme et ses enfants. Le vaste espace était plongé dans un silence inhabituel qui lui emplissait étrangement les oreilles.

— À quoi pensez-vous ? demanda brusquement Laurent.

Bel vit qu'il travaillait à sculpter sa poitrine, dégageant la rondeur des seins sous les plis du chemisier en mousseline.

— Je trouve que c'est très différent ici, le soir, répondit-elle.

— Oui, le coucher du soleil est souvent un moment de sérénité. J'aime travailler le soir, seul, dans une atmosphère paisible. Landowski doit s'occuper de sa famille, et de toute façon, il dit qu'il ne peut pas sculpter quand la lumière décroît.

— Et vous ?

— Izabela, même si vous n'étiez pas assise devant moi, je serais capable de vous donner forme. Je vous ai regardée si longtemps que tous les détails de votre corps sont gravés dans ma mémoire.

— Alors peut-être que vous n'avez plus besoin de moi, finalement ?

Il lui sourit nonchalamment.

— Peut-être pas, non. Mais c'est une excuse parfaite pour être en votre compagnie. Vous n'êtes pas de mon avis ?

Pour la première fois, Laurent lui faisait ouvertement comprendre qu'il désirait sa présence pour une raison qui n'était pas la pratique de son art.

Elle baissa les yeux.

— Si, répondit-elle doucement.

Sans plus rien ajouter, Laurent travailla en silence pendant encore une heure. Puis il s'étira et proposa une pause.

Pendant qu'il se dirigeait vers la cuisine, Bel se leva et fit quelques pas dans l'atelier pour se détendre le dos. Elle examina sa sculpture, admirant les lignes épurées.

— Vous vous reconnaissez ? interrogea Laurent qui rapportait un pichet de vin et un bol rempli d'olives.

— Pas vraiment, répondit-elle avec honnêteté, debout devant son double en pierre tandis qu'il remplissait deux verres de vin. Quand vous aurez terminé mon visage, peut-être... Mais là, j'ai l'air si jeune. On dirait une petite fille dans cette pose que vous m'avez fait prendre.

— Excellent ! répliqua Laurent. J'avais en tête l'image d'un bouton de rose fermé, juste avant qu'il ne s'ouvre et ne s'épanouisse en une fleur parfaite. Le passage de l'enfant à la femme ; le moment où, sur le seuil, l'une contemple les plaisirs réservés à celle qu'elle va bientôt devenir.

— Je ne suis pas une enfant, rétorqua Bel, se sentant rabaissée.

— Mais vous n'êtes pas non plus encore une femme, dit-il, les yeux fixés sur elle tout en buvant.

Le cœur battant, Bel ne savait que répondre. Elle avala elle aussi une gorgée de vin.

— Remettons-nous au travail, dit-il brusquement, avant qu'il n'y ait plus du tout de lumière.

* * *

Deux heures plus tard, Laurent l'accompagna à la porte de l'atelier.

— Rentrez bien, Izabela. Et pardonnez-moi si je vous ai froissée tout à l'heure. Vous m'avez à peine parlé depuis.

— Je...

— Chut.

Laurent posa doucement un doigt sur ses lèvres.

— Je comprends. Je connais votre situation, mais j'aurais aimé que les choses puissent être autrement. Bonne nuit, ma douce Izabela.

Sur le chemin du retour, Bel repassa les paroles de Laurent dans son esprit. Le message lui paraissait on ne peut plus clair :

si elle était libre, il voudrait être avec elle. Mais en bon gentleman, il ne franchirait pas la ligne.

— Mais il *aimerait*..., murmura-t-elle tout bas, au comble du ravissement.

* * *

Les jours suivants, Laurent ne se permit plus la moindre allusion. Il ne parlait que de la sculpture, ou bien rapportait quelque événement futile ayant trait à ses fréquentations de Montparnasse. Paradoxalement, plus son attitude demeurait neutre, plus la tension physique et émotionnelle de Bel augmentait. Au point qu'*elle-même* se risqua à le solliciter, marquant son admiration pour une nouvelle chemise qu'elle trouvait seyante ou pour ses talents de sculpteur.

Le temps s'écoulait, et la frustration de Bel redoublait d'intensité. Puisque Laurent avait renoncé à ses avances, elle n'avait plus nulle part où aller. Mais *où* voulait-elle aller ? se demandait-elle, tournant la question comme un oiseau affolé dans son esprit.

Peu importait que sa tête lui répondît : *Sur le bateau du retour vers le Brésil, et le plus tôt sera le mieux*, les heures qu'elle passait en la présence de Laurent, le fait qu'il se trouvât si près d'elle, et pourtant si loin, soumettait son âme à une torture délicieuse.

Un soir, après que Laurent lui eut chastement souhaité bonsoir, elle s'arrêta un moment dans le jardin pour se ressaisir avant de monter en voiture. C'est alors qu'elle remarqua un tas de chiffons cachés sous la haie de cyprès. Elle était certaine de ne pas les avoir vus à cet endroit lorsqu'elle s'était promenée deux heures auparavant, pendant sa pause. Prudemment, elle tendit le pied pour les tâter du bout de sa chaussure. Les chiffons s'agitèrent et Bel recula, effrayée.

Se tenant à une distance respectueuse, elle vit un petit pied d'une noirceur repoussante émerger d'un côté, et, de l'autre, une tête auréolée de cheveux sales et hirsutes. La silhouette d'un garçonnet apparut, âgé d'à peine sept ou huit ans. Des yeux épuisés s'ouvrirent un bref instant, puis se refermèrent, et elle comprit que l'enfant s'était rendormi.

— *Meu Deus*, murmura-t-elle, émue aux larmes.

Ne sachant que faire, elle s'approcha et s'agenouilla près du petit garçon, sans bruit pour ne pas le réveiller. Mais quand elle avança la main et le toucha délicatement, il se dressa aussitôt sur son séant, tous ses sens en alerte.

— N'aie pas peur, je ne te ferai aucun mal.

L'enfant, dont les traits exprimaient une immense terreur, leva ses bras maigres pour se protéger et se rencogna sous la haie.

— D'où viens-tu ? essaya-t-elle encore.

Il la regardait toujours comme un animal affolé pris au piège, et elle remarqua une profonde entaille sanguinolente sur son mollet. À la vue de ses grands yeux emplis de peur, elle eut encore plus envie de pleurer, et, tendant la main, la posa doucement sur sa joue. Elle lui sourit, sachant qu'elle ne devait pas l'effrayer mais, au contraire, tenter de gagner sa confiance. Bientôt, elle sentit qu'il se détendait au contact de cette caresse bienveillante.

— Que t'est-il arrivé ? chuchota-t-elle en l'observant gentiment. Je ne sais pas ce que tu as vécu, mais tu es trop jeune pour subir une telle épreuve.

L'enfant laissa aller sa tête contre sa main, terrassé par le sommeil. Quelques secondes plus tard, il sursautait à nouveau, puis, comprenant que la douce main ne l'abandonnait pas, il s'endormit.

N'osant pas retirer sa main de peur de le brusquer, Bel s'accroupit à ses côtés, et, sans cesser de lui parler doucement, réussit à glisser son autre bras sous ses épaules pour le dégager des buissons et le tirer vers elle. Il gémissait maintenant mais ne semblait plus avoir peur d'elle, et tressaillit seulement de douleur quand elle souleva sa jambe blessée pour le prendre sur ses genoux.

Alors, le garçonnet poussa un soupir et nicha sa tête dans sa robe. Ravalant la nausée que lui provoquait l'odeur terrible émanant de ce petit corps maigrelet, Bel le berça doucement contre sa poitrine.

— Izabela, lança une voix derrière elle. Que faites-vous donc assise dans l'herbe ?

— Chut ! fit-elle à Laurent en caressant la tête de l'enfant endormi pour le rassurer. Vous allez le réveiller.

— Où l'avez-vous ramassé ? demanda Laurent, chuchotant à son tour.

— Sous la haie. Il n'a sûrement pas plus de sept ou huit ans, mais il est si maigre qu'il pèse à peine plus lourd qu'un petit de deux ans. Que devons-nous faire ? répondit-elle en levant les yeux vers lui, bouleversée. Nous ne pouvons pas le laisser ici. Il a une vilaine blessure à la jambe qu'il faut soigner. Une septicémie pourrait se déclarer et le tuer.

Laurent regarda Bel qui serrait le gamin contre elle et secoua la tête.

— Izabela, les rues en France sont pleines de pauvres gosses comme lui. La plupart entrent clandestinement, ils fuient la Russie ou la Pologne.

— Oui, répondit-elle à voix basse, il y en a au Brésil aussi. Mais lui, il est ici, avec nous, et c'est *moi* qui l'ai trouvé. Comment pourrais-je l'abandonner sur le bas-côté et le laisser mourir ? Ma conscience me le reprocherait tout le restant de ma vie.

Laurent contempla le visage de Bel inondé de larmes, ses yeux brûlants de compassion. Il se pencha, hésita, puis caressa doucement les cheveux ébouriffés du garçonnet.

— Pardonnez-moi, murmura-t-il. Le spectacle que je vois tous les jours dans les rues de Paris m'a peut-être rendu insensible à la douleur. Dieu a placé cet enfant sur votre chemin, et bien sûr, vous devez faire votre possible pour le secourir. Il est trop tard maintenant pour déranger les Landowski… Il n'aura qu'à passer la nuit sur une palette dans la cuisine, j'ai une clé de la porte et je l'enfermerai, afin de ne prendre aucun risque avec le précieux Christ de Landowski. Hélas, on ne sait jamais ce qui peut traverser l'esprit de ces pauvres vagabonds. Je dormirai moi aussi dans l'atelier pour monter la garde… Pouvez-vous le porter à l'intérieur ?

— Oui, répondit Bel avec gratitude. Merci, Laurent.

— Je vais prévenir votre chauffeur que vous aurez peut-être un peu de retard, dit-il en l'aidant à se relever.

— Il est léger comme une plume, souffla-t-elle, penchée sur le visage innocent de l'enfant endormi dans ses bras, ce petit être qui lui faisait confiance, tout simplement parce qu'il n'avait pas le choix.

Laurent la regarda emporter l'enfant dans l'atelier, doucement, tendrement, pour ne pas le réveiller. Et ses yeux aussi s'embuèrent de larmes avant qu'il ne se détourne pour parler au chauffeur.

Bel l'attendait, assise sur la chaise où elle passait tant d'heures à poser pour lui, tenant toujours l'enfant contre sa poitrine.

— Je vais lui préparer une palette dans la cuisine, dit Laurent en se demandant quelle serait la réaction de Landowski le lendemain matin à l'aube, quand il trouverait un enfant des rues d'une effroyable saleté dans son atelier – malgré tout, il avait envie de prêter main-forte.

Un instant plus tard, Bel amena l'enfant et le déposa avec douceur sur la palette.

— Je devrais au moins lui nettoyer le visage, et peut-être aussi sa blessure. Auriez-vous un linge propre et de l'antiseptique ?

Laurent disparut brièvement puis revint avec un flacon et un carré de coton blanc.

Quand elle eut désinfecté la plaie, elle enveloppa proprement la jambe du garçonnet avec le linge. Il fit une grimace douloureuse, mais ne se réveilla pas.

— Il fait bon ici, mais il tremble de fièvre. Nous devons lui mettre une couverture, ordonna-t-elle, et Laurent, docile, apporta celle dont il prévoyait de se couvrir lui-même pour la nuit. Petit garçon…, murmura-t-elle en passant un linge froid sur le front de l'enfant et en lui caressant les cheveux. Je m'occuperai de toi quand je reviendrai, je te le promets. Mais pour l'instant, je dois te laisser. Dors bien.

Au moment où elle se levait, une main jaillit brusquement de sous la couverture et la saisit par sa jupe. Le garçonnet la fixait de ses yeux grands ouverts.

Et, dans un français parfait, il dit :

— Je n'oublierai jamais ce que vous avez fait pour moi ce soir, mademoiselle.

Puis, avec un soupir d'aise, il se tourna sur le côté et referma les yeux.

— Je dois partir, dit Bel à Laurent en sortant de la cuisine. Où est la clé de la prison ? ajouta-t-elle, sarcastique.

— Izabela, je suis obligé de protéger le professeur. C'est sa maison… Et sa grande œuvre d'art, lui rappela-t-il en indiquant le Christ à demi achevé.

— Oui, reconnut-elle. Mais promettez-moi que quand le garçon se réveillera demain, vous lui direz qu'il est en sécurité ici. Et je parlerai moi-même au professeur, je lui expliquerai que je suis la cause de tout… Il faut vraiment que je file maintenant. Dieu sait que je vais devoir affronter le courroux de la senhora da Silva Costa demain matin !

— Izabela… Bel…

Laurent la retint par le bras alors qu'elle partait vers la porte. Il l'attira soudain à lui et la prit dans ses bras.

— Vous êtes vraiment très belle, à l'intérieur et à l'extérieur. Et je n'en peux plus de cette mascarade entre nous. Si vous me le demandez, je vous libère tout de suite, mais mon Dieu, quand je vous ai vue montrer tant de compassion ce soir… Au moins, je veux sentir le contact de vos lèvres sur les miennes.

Bel le regarda droit dans les yeux. Elle se savait au bord du précipice, et tout en elle aspirait à sauter.

— Je suis à vous, murmura-t-elle.

Il posa alors sa bouche chaude sur la sienne.

À côté, dans la cuisine, le petit garçon dormait paisiblement pour la première fois depuis longtemps.

25

Le lendemain après-midi, Bel arriva à l'atelier tremblante d'impatience. Non seulement elle avait hâte de savoir ce qu'il était advenu du petit garçon, mais elle se demandait aussi si la déclaration et le baiser de Laurent n'avaient pas été provoqués simplement par les fortes émotions de la veille.

— Ah ! s'exclama Landowski qui se lavait les mains à la fin de sa journée de travail. Voici sainte Izabela en personne !

— Comment va-t-il, professeur ? demanda-t-elle en rougissant.

— Votre petit protégé est en ce moment en train de dîner avec mes enfants, répondit Landowski. Comme vous, ma femme l'a immédiatement pris en pitié. Elle l'a lavé à grande eau dans le jardin en le frottant avec du savon, de peur qu'il n'ait des poux. Ensuite, elle l'a enveloppé dans une couverture et l'a mis au lit dans la maison.

— Merci, professeur. Je suis désolée de vous avoir causé tout ce tracas.

— S'il n'en avait tenu qu'à moi, je l'aurais renvoyé dans la rue, car c'est là sa place. Mais vous les femmes, vous avez le cœur tendre. Et nous, les hommes, nous vous en sommes reconnaissants, ajouta-t-il galamment.

— A-t-il dit d'où il venait ?

— Non, il n'a pas prononcé un seul mot. Ma femme le croit muet.

— Monsieur, je sais qu'il ne l'est pas. Il m'a parlé juste avant que je ne le quitte hier soir.

— Vraiment ? Intéressant. (Landowski hocha pensivement la tête.) Eh bien, jusqu'à présent, c'est un cadeau qu'il n'a réservé qu'à vous. Il porte aussi une bourse en cuir attachée en bandoulière sous ses haillons. Ma femme l'a découverte lorsqu'elle l'a débarrassé de ces infâmes chiffons pour le laver. Il a grogné comme un chien enragé et a refusé de s'en séparer. Nous verrons bien… Quant à moi, d'après son allure, je dirais qu'il est polonais. Et je sais de quoi je parle, ajouta-t-il, pince-sans-rire. Sur ce, je vous souhaite le bonsoir.

Après le départ de Landowski, Bel se tourna vers Laurent qui, bras croisés, lui souriait.

— Vous êtes contente, maintenant que des mains secourables ont pris en charge votre jeune ami ?

— Oui, et je dois vous remercier de l'aide que vous avez aussi apportée.

— Comment allez-vous aujourd'hui, ma chère Bel ?

— Je vais bien, monsieur, murmura-t-elle en détournant les yeux.

— Vous ne regrettez pas ce qui s'est passé entre nous hier soir ?

Voyant qu'il tendait les mains vers elle, timidement, elle lui accorda la sienne.

— Non, pas du tout.

— Dieu merci, souffla-t-il, puis, l'attirant dans la cuisine afin qu'ils ne puissent pas être aperçus par les fenêtres, il l'embrassa avec fougue.

* * *

Ainsi commença leur liaison, innocente dans la mesure où ils n'unissaient que leurs lèvres, avec la peur d'être surpris par Landowski. Laurent travaillait encore plus vite à la sculpture de Bel dont il terminait la tête, dérobant quelques instants çà et là pour leurs étreintes.

— Mon Dieu, chère Izabela, il nous reste si peu de temps. La semaine prochaine, à la même heure, un bateau vous emportera loin de moi, lui dit-il un soir en la serrant dans ses bras. Comment pourrai-je supporter la vie ensuite ?

— Et moi donc ? murmura Bel, la tête posée contre son épaule.

— La première fois que je vous ai rencontrée, je vous ai trouvée très belle, évidemment, et j'avoue que je voulais essayer de vous séduire, continua-t-il en lui levant le menton pour la regarder dans les yeux. Mais après, quand vous avez posé pour moi, et que, petit à petit, vous avez commencé à me révéler votre âme, je me suis aperçu que je ne pensais plus qu'à vous une fois que vous étiez partie. Et puis, le soir où j'ai été témoin de votre infinie compassion pour ce gamin, j'ai compris que je vous aimais. (Laurent soupira et secoua la tête.) Je n'avais jamais connu cela avant. Je ne croyais pas que j'éprouverais de tels sentiments pour une femme. Mais le sort veut que ce soit une femme promise à un autre, une femme que je ne reverrai jamais ! C'est une tragédie que nombre de mes amis écrivains tourneraient en roman ou en poème. Hélas, pour moi, elle est réelle.

— Oui, dit Bel dans un sanglot désespéré.

— Alors, ma chérie, nous devons profiter au maximum du temps qui nous est donné.

* * *

Bel vécut sa dernière semaine à Paris dans une transe extatique, incapable d'affronter la réalité de son départ imminent. Quand la femme de chambre lui apporta sa malle dans sa chambre, elle commença à la remplir comme si les affaires qu'elle y rangeait appartenaient à quelqu'un d'autre. L'organisation de son voyage, les craintes de Maria Georgiana à l'idée qu'elle effectuerait seule la longue traversée la laissaient parfaitement indifférente.

— Il ne peut pas en être autrement, soupira Maria Georgiana. Tu dois rentrer pour préparer ton mariage. Mais promets-moi que tu ne débarqueras jamais du bateau, dans aucun des ports, et surtout pas en Afrique.

— Ne vous inquiétez pas, il ne m'arrivera rien, répondit Bel comme une automate, fixant son chapeau pour partir à l'atelier, et déjà avec Laurent en pensée.

— Ta sculpture est presque terminée, m'a dit Heitor. C'est donc la dernière fois que tu te rends chez Landowski. Demain, nous donnerons un dîner en ton honneur.

Bel la regarda d'un air horrifié, puis se contrôla aussitôt en réalisant qu'elle devait paraître bien ingrate.

— Merci, senhora. C'est très aimable de votre part.

Dans la voiture en route vers l'atelier, la pensée qu'après ce soir, elle ne reverrait plus jamais Laurent, la fit frissonner de terreur.

Laurent avait un air fier et réjoui lorsqu'elle arriva.

— Après votre départ hier, j'ai travaillé jusqu'à l'aube pour la finir, dit-il en ôtant la housse qui recouvrait la sculpture dans un geste théâtral.

Bel fixa son double, ne sachant pas comment réagir. Elle se reconnaissait, bien sûr, et le visage qui lui renvoyait son regard était indubitablement le sien. Mais ce qui la frappa le plus, c'était l'absolue immobilité qui émanait de la pose, comme si elle avait été saisie dans un moment de profonde contemplation.

— J'ai l'air… tellement seule. Et triste, ajouta-t-elle. C'est… très dépouillé, sans la moindre fioriture.

— En effet. C'est le style qu'enseigne Landowski, comme vous le savez, et la technique que je suis venu apprendre dans son atelier. Il l'a vue avant de partir ce matin, et il m'a dit que c'était ma plus belle pièce jusqu'à présent.

— Alors je suis contente pour vous, Laurent.

— Un jour, peut-être, vous la verrez dans une exposition de mes œuvres et vous saurez que c'est vous. Et elle vous rappellera toujours les merveilleux moments que nous avons passés ensemble à Paris, autrefois, dans un passé si lointain.

— Arrêtez ! Taisez-vous, je vous en prie ! gémit-elle, perdant la maîtrise d'elle-même et se prenant la tête dans ses mains. Je ne peux pas !

— Izabela, par pitié, ne pleurez pas. Si je pouvais changer les choses, je le ferais, je vous le jure. N'oubliez pas que je suis libre de vous aimer ; c'est *vous* qui n'êtes pas libre pour moi.

— Je sais. Et c'est notre dernier soir ensemble. Demain, les da Silva Costa donnent un dîner pour moi, et le jour suivant, je prends le bateau pour Rio. De toute façon, vous en avez terminé avec moi, dit-elle, effondrée, en indiquant la sculpture.

— Bel, je peux vous l'assurer, je ne fais que commencer.

Elle enfouit la tête dans son épaule.

— Que pouvons-nous faire ? Y a-t-il une issue possible ?

Laurent laissa passer un long moment de silence avant de déclarer :

— Ne retournez pas au Brésil, Izabela. Restez à Paris avec moi.

Bel retint son souffle, n'osant croire ce qu'elle entendait.

— Écoutez-moi..., dit-il en l'entraînant vers le banc où il prit place à côté d'elle. Vous savez que je ne peux rien vous offrir, comparé à votre riche fiancé. Je n'ai qu'une mansarde à Montparnasse, où il fait un froid glacial en hiver et une chaleur de four en été. Et je n'ai que ces mains pour espérer améliorer mes conditions de vie. Mais je jure que je vous aime, Izabela, comme aucun autre homme ne pourrait vous aimer.

Blottie contre lui, Bel buvait ses paroles à la manière d'un voyageur assoiffé qui se désaltère dans le désert. À cet instant-là, assise près de cet homme qui la tenait tendrement par les épaules, elle entrevit pour la première fois un avenir avec lui... et c'était une vision si parfaite, si tentante que, malgré toutes les promesses susurrées à son oreille, elle sut qu'elle devait la chasser de son esprit.

— Laurent, vous savez que je ne peux pas. Cela détruirait mes parents. Mon mariage avec Gustavo est le rêve suprême de mon père, il le réalise enfin après y avoir consacré toute sa vie. Comment pourrais-je le décevoir à ce point, lui, et ma mère qui est si douce ?

— J'entends bien que vous ne pouvez pas, mais avant que vous ne partiez, je tiens absolument à vous dire que, moi, je le souhaite plus que tout.

Bel secoua la tête.

— Les mondes d'où nous venons sont si différents... Dans mon pays, la famille est tout.

— C'est un point de vue que je respecte, dit-il. Je crois pourtant qu'il faut parfois cesser de satisfaire les autres et penser à soi. Épouser un homme que vous n'aimez pas et vous trouver jetée dans une vie que vous ne désirez pas – en d'autres termes, sacrifier votre propre bonheur – me semble excessif, même pour la fille la plus dévouée.

— Je n'ai pas le choix, répliqua Bel, désespérée.

— Je comprends pourquoi vous pensez ainsi, mais comme vous ne l'ignorez pas, tout être humain est doté de libre arbitre ; c'est ce qui nous différencie des animaux. Et puis… Qu'en est-il de votre fiancé ? Vous m'avez dit qu'il était amoureux de vous.

— Oui, je crois qu'il l'est.

— Et il s'accommodera d'être marié à une femme qui n'éprouvera jamais les mêmes sentiments à son égard ? Votre indifférence, la conscience qu'il aura que vous l'avez épousé par devoir ne finiront-elles pas par lui ronger l'âme ?

— Ma mère dit que j'en viendrai à l'aimer, et je dois la croire.

— Dans ce cas… Je ne peux que vous souhaiter une vie heureuse. Je crois que nous en avons terminé.

Laurent retira son bras qui enlaçait les épaules de Bel, se leva brusquement et retourna vers la sculpture.

— Je vous en prie, Laurent, ne le prenez pas ainsi. Ce sont nos derniers moments ensemble.

— Izabela, j'ai dit tout ce que je pouvais dire. J'ai déclaré mon amour et l'adoration que j'ai pour vous. Je vous ai demandé de ne pas partir et de rester ici avec moi. Je ne peux rien faire de plus. Pardonnez-moi, mais je ne supporte pas de vous entendre m'expliquer qu'un jour, peut-être, vous aimerez votre mari, ajouta-t-il en haussant les épaules.

Bel était en proie à de puissantes contradictions. Le cœur battant à tout rompre, elle se sentait sur le point de défaillir. Elle regarda Laurent qui replaçait la housse de protection sur la sculpture, la dissimulant aux regards comme l'on couvre un être cher qui vient de quitter ce monde. Qu'il se fût agi d'un geste symbolique, ou simplement pragmatique, peu lui importait. Elle courut à lui, folle de désespoir.

— Mon Dieu, Laurent, donnez-moi un peu de temps pour réfléchir… je dois réfléchir…, sanglota-t-elle, portant les doigts à ses tempes douloureuses.

Laurent sembla hésiter un instant.

— Je sais que vous ne pourrez pas revenir à l'atelier, dit-il enfin. Mais je vous en prie, si je peux encore obtenir une dernière chose de vous, voulez-vous me retrouver demain après-midi à Paris ?

— À quoi cela servira-t-il ?

— Je vous en supplie, Izabela. Indiquez-moi seulement l'heure et le lieu.

Il avait plongé ses yeux dans les siens et Bel savait qu'elle ne pouvait résister.

— À l'entrée du jardin public, avenue de Marigny. Je viendrai à trois heures.

— J'y serai. Bonne nuit, ma chère Bel.

En s'éloignant dans le jardin, Bel aperçut le petit garçon, seul, le nez levé vers les étoiles. Elle s'approcha de lui, et il sourit en la voyant.

— Bonjour, dit-elle. Tu as bien meilleure mine. Comment te sens-tu ?

À son hochement de tête, elle sut qu'il comprenait.

Bel tira un petit carnet et un crayon de son sac à main et griffonna quelque chose.

— Je quitte la France dans deux jours pour rentrer chez moi, au Brésil. Si tu as besoin de quoi que ce soit, contacte-moi. Voici mon nom et l'adresse de mes parents.

Elle arracha la feuille et la tendit au gamin, qui la lut. Fouillant à nouveau dans son sac, elle attrapa un billet de vingt francs qu'elle glissa dans sa petite main, puis se pencha et l'embrassa sur le front.

— Au revoir, *querido*, et bonne chance.

* * *

Plus tard, quand Bel se remémorerait son séjour à Paris, elle se rappellerait surtout les longues nuits sans sommeil. Tandis que Maria Elisa dormait paisiblement, Bel entrouvrait les rideaux de la chambre et restait assise à la fenêtre, rêvant d'un Paris qui lui était interdit.

Cette nuit-là fut la plus longue de toutes. Pressant son front brûlant contre la vitre fraîche, elle retourna dans sa tête des questions qui pouvaient changer le cours de sa vie.

Quand les sombres et interminables heures prirent fin et que sa décision fut prise, elle regagna son lit, la mort dans l'âme. Une aube grise, à l'image de son humeur, se levait sur la ville.

* * *

— Je suis venue vous dire au revoir, déclara-t-elle, assise sur un banc du jardin public, et le dernier espoir dans les yeux de Laurent retomba comme poussière. Je ne peux pas trahir mes parents. Vous devez le comprendre.

Il baissa la tête. Avec effort, il fit signe qu'il comprenait.

Bel se leva, tous les muscles de son corps raidis pour contenir le flot de ses émotions.

— Je ne peux pas m'attarder. Merci de vous être déplacé jusqu'ici… Je vous souhaite toutes les joies et tous les bonheurs que la vie peut offrir. Je suis sûre qu'un jour j'entendrai parler de vous et de vos sculptures. Et je ne doute pas que votre nom sera mentionné avec le plus grand respect.

Elle se haussa sur la pointe des pieds pour l'embrasser sur la joue.

— Au revoir, Laurent. Dieu vous bénisse.

Et elle se détourna.

Quelques secondes plus tard, elle sentit une main sur son épaule.

— Bel, je vous en prie, si jamais vous changez d'avis, sachez que je vous attends. Au revoir, mon amour.

Puis il partit à grands pas dans la direction opposée.

26

Bel survécut tant bien que mal aux vingt-quatre heures suivantes et au dîner organisé par les da Silva Costa en son honneur.

— Hélas, nous ne serons pas avec toi à Rio pour fêter ton mariage, déplora Heitor au moment où les membres de la famille lui portaient un toast. Mais nous vous souhaitons tout le bonheur du monde, à toi et à ton fiancé.

Après le dîner, ils lui offrirent un superbe service à café en porcelaine de Limoges, pour lui rappeler son séjour en France. Puis chacun se sépara, mais Heitor retint Bel un instant.

— Tu es contente de rentrer chez toi, Izabela ? lui demanda-t-il en souriant.

— J'ai hâte de revoir mes parents. Et mon fiancé, bien sûr, s'empressa-t-elle d'ajouter. Mais Paris me manquera beaucoup.

— Un jour, peut-être, quand tu verras la statue du *Cristo* au sommet du Corcovado, tu raconteras à tes enfants que tu as assisté à sa création.

— Oui, et j'en suis très honorée, répliqua Bel. Votre projet avance bien ?

— Comme tu le sais, Landowski a presque terminé la maquette, et je dois maintenant trouver un espace susceptible d'abriter une statue de trente mètres de haut. Landowski commence à travailler la semaine prochaine sur la tête et les mains en taille réelle. Lors de notre dernière entrevue, il m'a appris qu'il avait demandé à Laurent Brouilly de réaliser un moulage de tes mains et de celles de la senhorita Lopes de Almeida en guise de prototypes. Qui sait ? conclut Heitor, ce seront peut-être tes jolis doigts qui béniront Rio du haut du Corcovado.

* * *

Sur le paquebot, Maria Georgiana insista pour accompagner Bel jusqu'à sa cabine avec Maria Elisa. Elle laissa ensuite les deux jeunes filles seules quelques minutes pour aller s'entretenir avec le commissaire de bord.

— Sois heureuse, ma chère Bel, dit Maria Elisa en l'embrassant.

— J'essaierai, répondit Bel sous le regard affectueux de son amie.

— Quelque chose ne va pas ?

— Oh, je… je crois que je suis anxieuse à cause de mon mariage, c'est tout.

— Écris-moi, et raconte-moi tout. Je viendrai te voir dès que je serai de retour à Rio. Bel, je…

Un premier coup de sirène retentit. Il ne restait plus qu'une demi-heure avant le départ.

— Souviens-toi de Paris, mais je t'en prie, essaie aussi de donner toutes ses chances à ta vie avec Gustavo.

Bel regarda gravement Maria Elisa, comprenant ce que son amie voulait lui dire.

— Oui, je te le promets.

Maria Georgiana revint dans la cabine.

— Le commandant de bord est tellement sollicité que je n'ai pas pu lui parler. Surtout, va lui présenter tes respects. Il sait déjà que tu es une femme voyageant seule, et je suis sûre qu'il trouvera quelqu'un de convenable pour te chaperonner.

— Je n'y manquerai pas. Au revoir, senhora da Silva Costa. Merci d'avoir été si bonne avec moi.

Bel leur fit ses ultimes adieux sur le pont. Elle se pencha ensuite à la balustrade et embrassa du regard le port du Havre, sachant que c'était la dernière fois qu'elle voyait la France.

Plus loin, au sud, il y avait Paris. Et Laurent. Le bateau s'écarta lentement du quai. Bel demeura appuyée à la rambarde jusqu'à ce que la terre eût presque disparu à l'horizon.

— Au revoir, mon amour, au revoir, murmura-t-elle, avant de rejoindre sa cabine, l'âme broyée.

* * *

Bel dîna dans sa cabine ce soir-là, incapable d'affronter la joyeuse atmosphère de la salle à manger et ses passagers enchantés par la perspective de ce long voyage. Elle resta allongée sur son lit, percevant le doux roulis du paquebot, tournée vers le hublot que la nuit rendait aussi noir que son cœur.

Elle s'était demandé si, une fois quittée la terre ferme, quand le bateau et sa vie prendraient le chemin du retour, la terrible douleur s'apaiserait. Après tout, elle allait bientôt revoir ses parents chéris et retrouver les habitudes familières de son pays.

Mais malgré ses efforts, à mesure que le paquebot s'éloignait chaque jour davantage de Laurent, son cœur lui paraissait plus lourd que les énormes pierres entassées derrière l'atelier de Landowski.

Sainte Vierge, priait-elle en inondant son oreiller de larmes. *Donnez-moi la force de vivre sans lui, car pour l'instant, je ne crois pas que j'en serai capable.*

Maia

Juin 2007

Pleine lune

13 ; 49 ; 44

27

Il était plus de minuit quand j'ai terminé de lire la dernière lettre. À bord du paquebot, Izabela Bonifacio se préparait à retrouver un homme qu'elle n'aimait pas après avoir quitté Laurent Brouilly.

L A U…

En proie à une formidable excitation, j'ai compris tout d'un coup l'origine des trois premières lettres gravées au dos du carreau de stéatite : Laurent, l'amour secret de Bel. Et la sculpture de la femme assise, dans le jardin de la Casa, était sûrement celle pour laquelle Bel avait posé pendant ces journées exaltées à Paris. Mais comment l'œuvre avait-elle traversé l'océan et atterri au Brésil ?

J'ai décidé de relire les lettres le lendemain, car je savais que, dans mon impatience d'absorber l'intrigue, je n'avais pas enregistré tous les détails. Je chercherais aussi ce Laurent Brouilly sur Internet. Son nom me disait quelque chose. Mais, ce soir-là, épuisée, je me suis déshabillée, j'ai tiré le drap sur moi et me suis endormie, ma main reposant toujours sur les lettres, telle une porte ouvrant sur mon passé.

* * *

Réveillée par un bruit strident, j'ai mis un peu de temps avant de comprendre que ces notes discordantes provenaient du téléphone près de mon lit. J'ai tendu la main pour attraper l'appareil sur la table de chevet et j'ai marmonné :

— Allô ?

— Maia, c'est Floriano. Comment vous vous sentez ?

— Euh… mieux, ai-je bredouillé, me sentant aussitôt coupable de lui avoir menti la veille.

— Parfait. On peut se voir aujourd'hui ? J'ai plein de choses à vous raconter.

Et moi donc, ai-je pensé. Mais j'ai seulement répondu :

— D'accord.

— Il fait un temps magnifique, allons nous promener sur la plage. Je vous retrouve à onze heures dans le hall de votre hôtel ?

— Oui, mais surtout, Floriano, si vous avez autre chose à faire, je…

— Maia, je suis romancier : toute excuse pour ne pas m'asseoir à mon bureau et écrire est la bienvenue. J'ai hâte de vous parler.

Pendant que je prenais le petit déjeuner dans ma chambre, j'ai relu les premières lettres pour les avoir bien présentes à l'esprit. Puis, voyant que l'heure tournait, j'ai pris une douche rapide et, à onze heures pile, je me présentais dans le hall.

Floriano m'y attendait déjà, assis dans un fauteuil.

— Bonjour, ai-je dit en me plantant devant lui.

— Bonjour. Vous avez l'air reposé.

— Oui, j'ai bien dormi.

Je me suis assise dans le fauteuil à côté et j'ai décidé de lui avouer tout de suite la vérité.

— Floriano, ce n'est pas parce que je ne me sentais pas bien que je suis restée dans ma chambre hier soir. Yara, la vieille domestique, m'a donné un paquet quand nous sommes partis de la *Casa das Orquídeas*… Et elle m'a fait jurer de garder le secret.

Floriano haussa un sourcil intrigué.

— Je vois. Et que contenait le paquet ?

— Des lettres, écrites par Izabela Bonifacio à sa domestique de l'époque. Une femme du nom de Loen Fagundes. C'était la mère de Yara.

— Exact.

— Je suis désolée de ne pas vous en avoir parlé. Je voulais les lire avant… Et jurez-moi que vous n'en soufflerez mot à personne. Yara était terrifiée à l'idée que la senhora Carvalho s'aperçoive de son geste.

— Pas de problème. Je comprends. Après tout, c'est l'histoire de votre famille, pas la mienne. Et je crois que vous êtes quelqu'un qui a du mal à accorder sa confiance. Je suis sûre que vous gardez bien d'autres secrets. Alors ? Vous voulez me dire ce qu'il y a dans ces lettres ? C'est à vous de décider, et je ne serai pas du tout offensé si vous refusez.

— Oui, bien sûr, j'ai envie de vous en faire part, ai-je répondu, décontenancée par la perception qu'il avait de mon caractère, en résonance avec ce que Pa avait écrit dans sa lettre.

— Allons nous promener, nous pourrons parler.

J'ai emboîté le pas à Floriano et nous avons gagné la large promenade en bordure de la plage. Partout, des stands déjà pris d'assaut vendaient du jus de noix de coco frais, de la bière et divers snacks aux baigneurs.

— Marchons jusqu'à Copacabana. Je vous montrerai l'endroit où votre arrière-grand-mère s'est mariée.

— Et où elle a fêté son dix-huitième anniversaire.

— Oui, j'ai des photos de cet événement-là aussi, trouvées dans les archives de la presse à la Bibliothèque. Bon... Si vous êtes toujours d'accord, Maia, racontez-moi ce que vous avez découvert.

Tout en marchant sur la plage d'Ipanema, je lui ai restitué avec le maximum de détails ce que j'avais appris dans les lettres.

Plus loin, après être arrivés à la plage de Copacabana, nous sommes allés jusqu'au célèbre Copacabana Palace, un édifice unique en son genre, somptueusement rénové, d'un blanc étincelant sous le soleil : l'un des joyaux architecturaux de Rio.

— Très impressionnant, ai-je dit en contemplant la magistrale façade. Je comprends pourquoi le mariage de Bel et de Gustavo ne pouvait avoir lieu qu'ici. Je l'imagine parfaitement, dans sa superbe robe blanche, acclamée par toute la belle société de Rio.

Le soleil tapant fort à l'approche de midi, nous nous sommes assis sur les tabourets d'un kiosque à l'ombre d'un parasol. Floriano a commandé une bière pour lui, du jus de coco pour moi, puis il a pris la parole à son tour :

— La première chose que j'ai à vous annoncer, c'est que mon ami à l'imagerie UV du *Museu da República* a confirmé les deux noms gravés au dos du carreau de stéatite. Il n'a pas encore déchiffré la date ni l'inscription, mais les noms ne font aucun doute : « Izabela Aires Cabral » et « Laurent Brouilly ». Évidemment, grâce aux lettres, vous et moi savons maintenant qui était l'amour de Bel à Paris. Il est devenu un sculpteur célèbre en France. Regardez. Voici quelques-unes de ses œuvres.

Floriano a sorti plusieurs feuillets d'un dossier et me les a tendus. Je me suis penchée sur les clichés au grain irrégulier montrant les sculptures de Laurent Brouilly, pour la plupart des figures aux lignes simples, semblables à la statue de la *Casa das Orquídeas.* Il y avait aussi un grand nombre de soldats en uniforme.

— Il s'est fait un nom au moment de la Seconde Guerre mondiale, durant laquelle il a combattu dans la Résistance, expliqua Floriano. D'après Wikipédia, il a été récompensé pour ses actes de bravoure. Un homme très intéressant, de toute évidence. Tenez, voici une photo de lui. Vous remarquerez qu'il était loin d'être laid.

J'ai regardé le beau visage de Laurent. Des traits fins et racés, un menton affirmé, des pommettes hautes.

— Et voici Gustavo et Izabela le jour de leur mariage.

Délaissant Izabela, je me suis intéressée d'abord à Gustavo. On n'aurait pu imaginer contraste plus saisissant avec Laurent. En voyant son physique maigrichon, sa figure chiffonnée, son nez pointu, j'ai compris pourquoi Bel et Maria Elisa le comparaient à un furet. Mais je décelais aussi la bonté dans ses yeux.

Puis j'ai longuement examiné Izabela, à qui je ressemblais incontestablement. J'étais sur le point de reposer la photo quand j'ai remarqué le collier à son cou.

— Oh, mon Dieu.

— Quoi ?

— Regardez.

J'ai indiqué le détail sur l'image, portant instinctivement la main à ma pierre de lune.

Floriano a observé le cliché avec attention, ainsi que mon propre pendentif.

— Oui, Maia. Il semble en effet que ce soit le même.

— C'est la raison pour laquelle Yara m'a donné les lettres. Elle a dit qu'elle le reconnaissait.

— Alors ? Maintenant vous voulez bien croire que vous êtes parente des Aires Cabral ? a-t-il lancé en me souriant.

— Oui, ai-je répondu, c'est une preuve irréfutable.

— Vous devez être contente.

— Oui. Sauf que…

J'ai posé les feuilles avec un soupir. Floriano a allumé une cigarette en me regardant.

— Quoi ?

— Elle a quitté l'homme qu'elle aimait pour épouser Gustavo Aires Cabral, qui ne lui plaisait pas. C'est triste.

— Vous êtes une âme romantique, Maia ?

— Non, mais si vous aviez lu les lettres d'Izabela à sa domestique dans lesquelles elle parle de son amour pour Laurent Brouilly, vous seriez ému par son histoire.

— J'espère que vous me permettrez de les lire bientôt.

— Bien sûr. Cela dit, ce n'était peut-être qu'une amourette de jeune fille, et rien de plus.

— Exact. Mais dans ce cas, pourquoi votre père vous a-t-il fourni comme indice le carreau de stéatite ? Il aurait été bien plus simple de vous remettre une photo d'Izabela et de son mari.

— Je ne sais pas, ai-je répondu avec découragement. Et je ne le saurai peut-être jamais. Il n'y a plus de lettres après octobre 1928, quand elle a quitté Paris pour retourner à Rio. Je dois donc présumer qu'elle a épousé Gustavo et fait sa vie avec lui ici.

— En réalité, je ne crois pas que l'histoire s'arrête là, a dit Floriano en me présentant un autre cliché. Cette photo a été prise en janvier 1929. Elle montre le moulage en plâtre de la tête du *Cristo* à la descente du bateau qui l'a transporté depuis la France. Cet étrange objet, à côté, est en fait la paume d'une main géante. Il y a deux hommes sur la photo. L'un est Heitor da Silva Costa, le directeur du chantier de construction. À présent, regardez bien l'autre.

J'ai examiné attentivement le visage de l'homme appuyé contre la main du *Cristo*, puis vérifié en comparant avec la photo que Floriano m'avait montrée un instant plus tôt.

— Mon Dieu, c'est Laurent Brouilly !

— Oui.

— Alors, il est venu ici, à Rio ?

— Apparemment. Et, sans être un génie, on peut en déduire qu'il venait pour travailler au projet du *Cristo.*

— Peut-être aussi pour voir Izabela ?

— Un historien ne doit jamais se livrer à de telles suppositions, surtout que nous connaissons seulement les sentiments d'Izabela à son égard. Nous ignorons ce que lui éprouvait pour elle.

— Exact. Mais, dans ses lettres, elle parle de ses séances de pose dans l'atelier de Paul Landowski et décrit la sculpture qui se trouve maintenant dans les jardins de la *Casa das Orquídeas.* Elle raconte aussi à Loen que Laurent l'a suppliée de rester en France et de ne pas rentrer au Brésil... Mais comment savoir s'ils se sont revus *ici*, à Rio ?

— Il suffit de le demander à votre amie Yara, la vieille servante, répliqua Floriano en haussant les épaules. Elle vous a transmis les lettres... Pour une raison mystérieuse, elle veut que vous découvriez la vérité.

— Mais elle est terrifiée par sa maîtresse. Les lettres, c'est une chose. Quant à me raconter de vive voix ce qu'elle sait...

— Maia, trancha fermement Floriano, cessez d'être si défaitiste. Elle vous a déjà fait suffisamment confiance pour vous donner les lettres. À présent, si nous retournions à l'hôtel pour que je puisse les lire ?

— D'accord.

* * *

Pendant que Floriano, assis dans ma suite, lisait les lettres de Bel, je suis retournée à la plage d'Ipanema pour m'offrir un bain délicieux et vivifiant dans les vagues de l'Atlantique. Puis, en me séchant au soleil, j'ai décidé que Floriano avait raison : je ne devais pas avoir peur de débrouiller les fils de l'histoire pour laquelle j'avais déjà effectué un si long voyage.

Couchée sur le sable chaud, je me suis demandé si je ne craignais pas, tout simplement, de découvrir l'identité de mes parents biologiques. Étaient-ils seulement encore vivants ? De même, j'ignorais pourquoi Pa Salt m'avait laissé un indice qui m'entraînait si loin dans le passé.

Et pourquoi la senhora Carvalho refusait-elle catégoriquement d'admettre que sa fille ait même *porté* un enfant ? Une jeune femme qui avait exactement l'âge d'être ma mère…

À nouveau, je me suis rappelé les mots de Pa Salt gravés dans la sphère armillaire.

Je ne pouvais pas, je ne *devais* pas fuir.

* * *

— Vous êtes partant pour monter à la *Casa das Orquídeas* avec moi ? ai-je demandé à Floriano en revenant dans la suite. On verra bien si Yara accepte de nous parler.

— Pas de problème, a-t-il répondu sans lever les yeux. Je n'ai plus que deux lettres à lire…

— Je vais me rincer pendant ce temps.

— Oui, oui…

Sous la douche, j'avais une conscience aiguë de la présence de Floriano de l'autre côté de la porte de la salle de bains. Lui qui, deux jours plus tôt, m'était encore un parfait étranger, il montrait tant de naturel et de simplicité que j'avais l'impression de le connaître depuis bien plus longtemps.

Pourtant, son livre que j'avais traduit était empreint de réflexions philosophiques, d'interrogations sur la condition humaine et d'émotions d'une infinie complexité. Je m'étais donc attendue à rencontrer quelqu'un qui se prendrait beaucoup plus au sérieux que l'homme assis à quelques mètres de moi. En sortant de la salle de bains, j'ai vu qu'il avait soigneusement empilé les lettres sur la table basse et regardait maintenant par la fenêtre, les yeux dans le vague.

— Vous voulez les mettre dans le coffre-fort ? m'a-t-il demandé.

— Oui.

Il m'a tendu les lettres et j'ai tapé mon code de sécurité.

— Merci, Maia, a-t-il dit brusquement.

— Pourquoi merci ?

— Pour m'avoir donné accès à cette correspondance privée. C'est un privilège que beaucoup de mes collègues m'envieraient. Le fait que votre arrière-grand-mère se trouvait présente au moment de la construction de notre *Cristo*, qu'elle demeurait sous le même toit qu'Heitor da Silva Costa et sa famille, qu'elle était même *assise* dans l'atelier de Landowski pendant qu'il préparait les moulages et les maquettes… C'est vraiment incroyable. Je suis très honoré, sincèrement, a-t-il ajouté en s'inclinant avec une politesse exagérée.

— C'est vous qui méritez d'être remercié. Vous m'avez déjà tellement aidée à rassembler les morceaux du puzzle.

— Retournons donc à la *Casa* pour voir si nous pouvons en trouver d'autres.

— Vous devrez attendre dehors, Floriano. J'ai promis à Yara que je ne parlerais des lettres à personne, et je ne veux pas trahir sa confiance.

— Dans ce cas, je me contenterai d'être le chauffeur de la senhorita, a-t-il répondu avec un grand sourire. Prête ?

Dans l'ascenseur, j'ai vu que Floriano me regardait dans les miroirs qui tapissaient la cabine.

— Vous avez bronzé, m'a-t-il fait remarquer. Ça vous va bien, puis les portes se sont ouvertes au rez-de-chaussée et il est sorti d'un pas enthousiaste dans le hall, moi à sa suite.

* * *

Vingt minutes plus tard, nous étions garés en face de la *Casa*. Nous avions tous deux remarqué, en passant devant le grand portail en fer rouillé, qu'il était fermé par une lourde chaîne et un cadenas qui ne s'y trouvaient pas la veille.

— Qu'est-ce qui s'est passé ? ai-je dit en descendant de voiture avec Floriano. Vous croyez que la senhora Carvalho se méfie de nous ?

Floriano s'est éloigné le long de la haie.

— Aucune idée. Je vais voir s'il y a un autre moyen d'entrer, légalement ou pas.

J'ai observé la maison à travers les barreaux, à la fois déçue et irritée. Mais il ne s'agissait peut-être que d'une simple coïncidence, la vieille dame et Yara avaient très bien pu prévoir une sortie, une visite à un parent quelconque. À ce moment précis, j'ai réalisé que j'avais désespérément envie de connaître ce passé – *mon* passé.

Floriano a surgi à mon côté.

— C'est une véritable forteresse. J'ai fait le tour de la propriété, et, à moins de s'attaquer à la haie avec une tronçonneuse, il n'y a pas la moindre brèche. Même les volets à l'arrière de la maison sont fermés. Il semblerait que les habitants de ces lieux soient partis.

— Et s'ils ne reviennent pas ? ai-je demandé, consciente de la note anxieuse dans ma voix.

— À quoi bon poser ce genre d'hypothèse, Maia ? Nous les avons ratés, c'est tout. Regardez, il y a une boîte aux lettres. Laissez un mot à Yara avec l'adresse de votre hôtel et un numéro de téléphone.

— Mais la vieille dame pourrait le trouver…

— Je peux vous garantir que la senhora Carvalho ne vérifie pas le contenu de sa boîte aux lettres. C'est une femme d'une autre époque, elle en laisse le soin à sa domestique. On lui apporte probablement son courrier sur un plateau en argent, ajouta-t-il avec un sourire en coin.

Sortant un carnet et un stylo de mon sac, j'ai suivi le conseil de Floriano et ai glissé mon message dans la petite boîte mangée par la rouille.

— On ne peut rien faire de plus, a-t-il déclaré. Venez.

J'ai gardé le silence pendant presque tout le trajet du retour. Après l'excitation dans laquelle m'avait plongée la lecture des lettres, j'étais terriblement frustrée de ne pas en apprendre davantage.

— J'espère que vous ne songez pas à renoncer, a dit Floriano, lisant dans mes pensées alors que nous longions la plage d'Ipanema.

— Bien sûr que non. Mais je ne vois vraiment pas où chercher…

— La patience, Maia, c'est la clé. Nous allons simplement devoir attendre que Yara réponde à votre message. Et bien sûr, surveiller la *Casa* avec l'espoir qu'elles réapparaissent. En attendant, quelle explication rationnelle pourrait-on trouver à leur absence ?

— Elles sont allées rendre visite à des parents ? ai-je suggéré, exprimant la pensée qui m'était venue plus tôt.

— C'est une possibilité. Mais compte tenu de l'état de santé de la vieille dame, je doute qu'elle soit capable de supporter un long voyage. Ni même un bref échange de mondanités.

— Alors elles sont peut-être parties parce qu'elles avaient peur de nous ?

— Là encore, possible, mais peu probable. La senhora Carvalho a vécu toute sa vie dans cette maison, et même si elle ne semble pas disposée à discuter de votre éventuel lien de parenté, nous ne nous sommes pas présentés armés de couteaux et de pistolets. Personnellement, je ne vois qu'une seule raison.

— Laquelle ?

— Que la senhora Carvalho a dû être transportée à l'hôpital. Je me propose donc de téléphoner aux établissements de la ville, en expliquant que je cherche ma « grand-tante ».

Je lui ai jeté un regard admiratif.

— C'est une très bonne idée.

— Allons chez moi, alors, je relèverai les numéros dans l'annuaire, a-t-il dit en tournant à droite au lieu de continuer dans l'*avenida* Vieira Souto, sur le front de mer, jusqu'à mon hôtel.

— Floriano, je ne veux pas vous embêter… Je peux les chercher sur mon ordinateur.

— Maia, allez-vous vous taire à la fin ? Les lettres que j'ai lues ce matin sont ce que j'ai vu de plus intéressant dans toute ma carrière d'historien. Elles sont fascinantes pour une autre raison aussi, dont je ne vous ai pas encore parlé, et qui permettra peut-être de résoudre une vieille énigme concernant le *Cristo.* Si je vous aide, croyez bien que vous m'apportez beaucoup en retour. Mais je tiens à vous prévenir : mon logement ne ressemble pas du tout au Copacabana Palace.

Après avoir viré encore une fois à droite, Floriano s'arrêta bientôt sur une aire de ciment devant un petit immeuble décrépit. Nous n'étions qu'à cinq ou dix minutes à pied de l'hôtel, mais dans un quartier qui paraissait un autre monde.

— Bienvenue dans mon *chez-moi*, a-t-il annoncé en m'entraînant vers l'entrée. Préparez-vous, il n'y a pas d'ascenseur.

Il a ouvert la porte et s'est élancé quatre à quatre dans un escalier étroit. J'ai grimpé à sa suite plusieurs volées de marches, jusqu'à un palier où il a poussé une autre porte.

— Je ne suis pas un pro du rangement..., m'a-t-il avertie à nouveau. Entrez, je vous en prie.

J'hésitais sur le seuil, en proie à un malaise fugace à l'idée de pénétrer dans l'appartement d'un homme dont je ne savais pas grand-chose, au bout du compte. Mais j'ai bientôt écarté cette pensée en me rappelant que, lors de notre première rencontre, il avait reçu un appel de la femme avec laquelle il vivait.

Le salon dans lequel je me suis avancée confirmait les déclarations de Floriano : un fatras d'objets, un vieux canapé en cuir et un fauteuil élimé, une table basse jonchée de livres, de journaux et de papiers, à quoi s'ajoutaient une assiette sale et un cendrier plein à ras bords.

— Allons en haut, c'est bien plus agréable.

Au sommet d'un autre escalier, nous sommes parvenus à une terrasse dont la plus grande partie était abritée sous un toit en pente. Il y avait là un canapé, une table, des chaises, et un bureau dans le coin sur lequel trônait un ordinateur portable, surmonté d'une étagère de livres. Au-delà du toit, la terrasse était exposée aux éléments, et des pots de fleurs disposés tout le long de la rambarde formaient comme une guirlande de couleurs.

— C'est ici que je vis et que je travaille. Mettez-vous à l'aise, a expliqué Floriano en allant s'asseoir à son bureau et en allumant son ordinateur.

J'ai traversé la terrasse pour m'accouder à la rambarde, percevant immédiatement la brûlure du soleil sur mon visage. Plus loin, à quelques centaines de mètres à peine, je distinguais un entassement d'habitations accrochées au flanc d'une colline.

Des cerfs-volants se balançaient dans la brise et j'entendais un vague roulement de tambours.

Après le décor stérile de ma chambre d'hôtel, j'ai eu soudain l'impression de me trouver dans le cœur palpitant de la ville.

— Quelle vue magnifique, ai-je soufflé. C'est une *favela*, là-bas ?

— Oui. Jusqu'à il y a quelques années encore, c'était un endroit très dangereux. Haut lieu de la drogue et du meurtre, bien que touchant Ipanema, l'un des quartiers les plus chics de Rio. Mais les autorités y ont mené une opération de nettoyage et même fourni un funiculaire aux habitants. Certains pensent qu'il aurait mieux valu dépenser cet argent pour leur donner l'accès aux soins, mais au moins c'est un début.

— Pourtant, le Brésil est sur la voie de la prospérité, non ?

— En effet, mais comme dans toute économie à croissance rapide, au début, les nouvelles richesses ne profitent qu'à un pourcentage infime de la population, tandis que le sort de la vaste majorité, à savoir les pauvres, ne change pas. C'est ce qui se passe aussi en Inde et en Russie en ce moment. Bref… Ne me lancez pas sur la question de l'injustice sociale au Brésil. C'est mon cheval de bataille préféré, et nous avons d'autres sujets à traiter… Je présume que la senhora Carvalho fait partie de ces rares privilégiés qui peuvent se permettre d'éviter les terribles hôpitaux publics de Rio. Cherchons plutôt les établissements privés… Là, voilà.

Après avoir appelé tous les établissements de la liste, nous étions bredouilles.

— N'ayez pas l'air si découragée, Maia, a dit Floriano en posant sur la table une grande assiette présentant différentes sortes de fromages et de charcuteries, ainsi qu'une baguette. Mangeons un peu, cela nous donnera des forces pour réfléchir.

Je me suis aperçue dès la première bouchée que j'étais affamée. Il était plus de six heures, et je n'avais rien avalé depuis le petit déjeuner.

— De quel mystère parliez-vous, qui pourrait être résolu par les lettres de Bel ? ai-je demandé quand, rassasié, Floriano s'est dirigé vers l'avant de la terrasse pour fumer une cigarette.

Accoudé à la balustrade, il a laissé errer son regard sur la ville envahie par le crépuscule.

— La jeune femme mentionnée par Bel, Margarida Lopes de Almeida, est longtemps passée pour le modèle dont Landowski s'est inspiré afin de réaliser les mains du *Cristo.* Dans ses lettres, Bel confirme que Margarida se trouvait bien dans l'atelier du sculpteur et qu'elle était aussi une pianiste de talent. Pendant toute sa vie, Margarida n'a jamais réfuté la rumeur. Et puis, sur son lit de mort il y a quelques années, elle a avoué que ce n'étaient pas ses mains que Landowski avait utilisées.

Floriano a marqué une pause, guettant une réaction sur mon visage.

— Bel écrit que Landowski a réalisé un moulage de ses mains aussi, ai-je enchaîné.

— Exactement. Bien sûr, il se peut que ni l'une ni l'autre n'ait servi à Landowski, mais Margarida savait qu'il y avait deux moulages… Alors ? Peut-être s'agit-il des mains d'Izabela, puisqu'elle était présente dans l'atelier à l'époque.

— Mon Dieu…, ai-je murmuré.

Les mains de mon arrière-grand-mère, là-haut, étendues sur le monde…

— Honnêtement, je doute qu'on puisse jamais établir la vérité sur cette affaire, mais vous comprendrez pourquoi ces lettres m'ont tellement transporté, a repris Floriano. Et transporteraient bien des gens, s'il vous était un jour possible de les rendre publiques. C'est pourquoi, non seulement pour découvrir vos origines, Maia, mais pour l'histoire du Brésil aussi, nous ne devons pas renoncer à essayer d'en savoir davantage.

— Mais nous sommes dans une impasse.

— Eh bien, il suffit de faire marche arrière et de chercher une autre route.

— J'ai eu une idée tout à l'heure… Yara a clairement indiqué que sa maîtresse était gravement malade. Mourante… Sur le coup, je me suis dit que c'était peut-être une excuse pour se débarrasser de nous, mais la senhora Carvalho semblait vraiment mal en point. Ce que je veux dire, c'est qu'en Suisse, les gens qui arrivent en fin de vie et souffrent beaucoup vont dans un centre de soins palliatifs. Il en existe au Brésil ?

— Pour les riches, oui. Il y en a même un dans une maison tenue par des sœurs. Et les Aires Cabral étaient de fervents catholiques… C'est une excellente suggestion, Maia !

Floriano se dirigeait déjà vers son ordinateur quand la porte s'est ouverte en grand. Une petite fille aux cheveux sombres et aux yeux noirs, vêtue d'un T-shirt Hello Kitty et d'un short rose, a couru vers lui pour se jeter dans ses bras.

— Papai !

— Bonjour, *minha pequena.* Tu as passé une bonne journée ? a-t-il demandé en lui souriant.

— Oui, mais tu m'as manqué.

Mes yeux se sont tournés vers la porte où se tenait une jeune femme svelte. Son regard a croisé le mien et elle a vaguement souri en guise de salut.

— Allez, viens, Valentina, a-t-elle lancé. Ton père est occupé et tu dois prendre une douche. On est allées à la plage après l'école, il faisait tellement chaud, a-t-elle ajouté sans s'adresser à personne en particulier.

— Je ne peux pas rester un peu ici avec toi, Papai ? a demandé Valentina, boudeuse, tandis que son père la posait à terre.

— Va prendre ta douche. Quand tu seras prête à te coucher, apporte ton livre et je te lirai un chapitre. À tout à l'heure, *querida.*

Il l'a embrassée tendrement avant de la pousser vers la jeune femme.

Aussitôt la porte close, je me suis levée.

— Je dois y aller aussi… Je vous ai déjà pris assez de temps.

— Pas avant que nous ayons appelé le couvent auquel je pense, a dit Floriano en s'asseyant devant son ordinateur.

— Votre fille est magnifique. Elle vous ressemble… Quel âge a-t-elle ?

— Six ans. Ah, voilà… C'est sûrement fermé à cette heure-ci, donc je propose que nous y allions dès demain.

— C'est peut-être encore une fausse route…

— Peut-être, mais mon instinct me dit qu'il faut suivre cette piste.

Floriano m'a souri chaleureusement.

— Bravo, Maia. Vous allez devenir un fin limier, spécialiste de l'enquête historique !

— On verra ça demain. Bon, je vous laisse…, ai-je dit en esquissant un pas vers la porte.

— Je vous raccompagne à l'hôtel en voiture.

— Non, non. Je peux rentrer à pied, ai-je assuré avec fermeté.

Floriano s'est incliné.

— D'accord. Alors, disons midi, demain ? J'ai une réunion parents-professeurs à neuf heures et demie. L'école pense que Valentina est peut-être dyslexique, a-t-il expliqué avec un soupir.

— Oh, désolée… Vous savez, j'ai une sœur qui est dyslexique. Et elle semble s'en être très bien sortie, ai-je ajouté pour le rassurer. Bonne soirée, Floriano.

28

Le lendemain matin, à mon réveil, j'ai sorti les lettres que Bel avait écrites à Loen. Cette fois, au lieu de chercher désespérément des indices susceptibles d'éclairer mes origines, je les ai parcourues avec l'œil de Floriano – l'historien. Et j'ai compris ce qui l'avait tellement transporté. Ensuite, je me suis recouchée. Je pensais à lui et à sa jolie petite fille, et à la mère aussi, qui m'avait paru à peine âgée de vingt-cinq ans.

Je trouvais étonnant que Floriano ait pris pour compagne une femme si jeune. Et à dire vrai, j'avais éprouvé un soupçon de jalousie quand la mère et la fille étaient arrivées. Il me semblait parfois que le monde entier était amoureux, sauf moi.

Après m'être douchée et habillée, je suis descendue dans le hall pour retrouver Floriano. Il n'était pas en avance, contrairement à son habitude, mais est arrivé un quart d'heure plus tard avec une mine sombre que je ne lui connaissais pas.

— Toutes mes excuses, Maia. Ma réunion à l'école a duré plus longtemps que je ne le pensais.

— Ce n'est pas grave du tout. Ça s'est bien passé ? ai-je demandé en montant dans la Fiat.

— Au moins, la dyslexie de Valentina a été détectée très tôt, a-t-il soupiré. J'espère qu'on pourra lui trouver toute l'aide et le soutien dont elle a besoin. Mais pour moi qui suis écrivain, c'est triste – et ironique – de penser que mon enfant se battra toute sa vie avec les mots.

— Oui, ce doit être douloureux…, ai-je dit, ne sachant que répondre d'autre.

— C'est une gamine vraiment adorable, et elle n'a pas eu une vie facile.

— En tout cas, d'après ce que j'ai vu hier soir, elle a deux parents qui l'aiment.

— *Un* parent qui l'aime, rectifia Floriano. Ma femme est morte quand Valentina était bébé. Elle est entrée à l'hôpital pour une intervention bénigne, et à son retour à la maison, la plaie s'est infectée. Les médecins nous ont assuré que la cicatrisation prendrait simplement un peu de temps. Deux semaines plus tard, Andrea succombait à une septicémie. Vous comprendrez pourquoi je ne porte pas le système de santé brésilien dans mon cœur.

— Je suis désolée, Floriano. Hier j'ai cru…

— Que Petra était sa mère ?

Floriano m'a souri, retrouvant un air plus détendu.

— Maia, elle n'a même pas vingt ans. Mais je suis flatté. Vous imaginez donc qu'un vieux bonhomme comme moi pourrait attirer une femme si jeune et si belle !

— Pardon, ai-je bredouillé en rougissant.

— Petra est étudiante, elle s'occupe de Valentina et je la loge en échange. Heureusement, les grands-parents de Valentina n'habitent pas très loin et l'invitent souvent, surtout quand j'écris. Ils ont proposé de la prendre avec eux quand ma femme est morte, mais j'ai refusé. C'est parfois compliqué, mais on se débrouille plutôt pas mal, dans l'ensemble.

Je considérais Floriano d'un œil nouveau. Décidément, cet homme ne cessait de me surprendre. Ma propre vie m'a tout à coup semblé bien vide par comparaison à la sienne.

— Vous avez des enfants, Maia ?

— Non, ai-je répondu abruptement.

— Et vous prévoyez d'en avoir ?

— J'en doute. Il faudrait d'abord que j'aie quelqu'un avec qui les élever.

— Vous avez déjà été amoureuse, tout de même ?

— Une fois, oui, mais ça n'a pas marché.

— Je suis sûre que vous rencontrerez un compagnon. C'est dur d'être seul. Même si j'ai Valentina, j'en souffre parfois.

— Au moins, on ne risque rien, ai-je murmuré, regrettant aussitôt mes paroles.

— On ne risque rien ? (Il m'a jeté un drôle de regard.) *Meu Deus*, Maia ! J'ai traversé de grandes épreuves, surtout quand ma femme est morte. Mais jamais je n'ai aspiré à une vie « sans risque ».

J'ai essayé de me rétracter, rouge de honte.

— Ce n'est pas ce que je voulais dire…

— Je crois, au contraire, que c'est *précisément* ce que vous pensez, et ça me semble très triste. D'autant qu'on ne réussit jamais à se cacher du monde, il faut bien se croiser soi-même dans la glace tous les matins. Vous seriez très mauvaise au poker, a-t-il ajouté avec un grand sourire pour détendre l'atmosphère. Bon… Comment allons-nous faire, au couvent ?

J'ai difficilement retrouvé ma voix, tant notre conversation m'avait ébranlée.

— Que proposez-vous ?

— On demande si votre grand-mère y est, j'imagine. Et après, on voit.

— D'accord.

Le reste du trajet s'est déroulé en silence. Je me reprochais toujours la remarque qui m'avait échappé et la réaction de Floriano continuait à me tourmenter, tandis que, tournée vers la fenêtre, j'admirais le paysage. Nous étions maintenant sortis de la ville et la route commençait à grimper.

Au bout d'un moment, nous avons emprunté un chemin de gravier et sommes arrivés devant un grand bâtiment de pierre grise à l'allure austère. Le couvent de *São Sebastião*, saint patron de Rio, était vieux de deux siècles, et, à en juger par l'état de la façade, n'avait guère été modernisé.

Avant de descendre de voiture, Floriano m'a gentiment pressé la main pour me rassurer et nous avons gagné la porte d'entrée.

Nous avons pénétré dans un vaste hall complètement désert où nos pas résonnaient.

— C'est un couvent encore en activité, a expliqué Floriano, voyant que je l'interrogeais du regard. L'hôpital se trouve probablement dans une aile latérale. Ah, voilà…

Il a appuyé sur une sonnette près de la porte, et une note stridente a jailli quelque part au cœur du bâtiment. Quelques secondes plus tard, une sœur est apparue dans le hall.

— Que puis-je pour vous ?

— Nous pensons que la grand-mère de ma femme s'est fait hospitaliser ici, a dit Floriano. Nous ne nous attendions pas à ce qu'elle décline si vite, et nous sommes inquiets.

— Comment s'appelle-t-elle ?

— Senhora Beatriz Carvalho. Elle est peut-être venue avec sa domestique, Yara.

La sœur nous a considérés un moment, puis a hoché la tête.

— Oui, elle est ici avec sa domestique. Mais ce n'est pas l'heure des visites, et la senhora Carvalho a demandé qu'on la laisse en paix. Vous savez qu'elle est très mal…

— Bien sûr, a répondu Floriano, très calme. Nous ne souhaitons pas la déranger, mais peut-être nous serait-il possible de parler avec Yara, sa domestique ? S'il y a quelque chose dont elle a besoin, à la maison, nous pourrions le lui apporter…

— Attendez-moi ici, je vais essayer de trouver la senhora Canterino.

La sœur est repartie.

— Bravo, ai-je dit à Floriano avec admiration.

— Voyons si Yara accepte de nous parler. Je l'espère, parce que je ne me sens pas le courage d'affronter une bande de bonnes sœurs qui protègent un membre de leur troupeau avant son passage dans la vie éternelle. Plutôt me battre avec un gang de bandits armés !

— Au moins, on sait où elle est maintenant.

— Oui. Vous voyez, Maia ! On gagne souvent à suivre son instinct.

Pour tromper mon attente, je suis allée m'asseoir sur un banc dehors, d'où l'on avait une vue magnifique de Rio en contrebas. Les rues animées de la ville semblaient comme un lointain rêve ici, ai-je pensé en écoutant sonner l'angélus de midi qui appelait les sœurs à la prière. Le calme alentour m'apaisait, et l'idée m'est venue que, moi aussi, je serais heureuse de passer mes derniers jours dans ce couvent suspendu entre terre et ciel.

Une main qui me tapotait l'épaule m'a tirée brusquement de ma rêverie. C'était Floriano, en compagnie de Yara, laquelle paraissait très angoissée.

— Je vous laisse toutes les deux, a-t-il déclaré avec tact, et il s'est éloigné dans le jardin.

— Bonjour, ai-je dit en me levant. Merci d'être venue.

— Comment nous avez-vous trouvées ? a chuchoté Yara, comme si sa maîtresse, loin derrière les épais murs du couvent, pouvait nous entendre. La senhora Carvalho serait bouleversée si elle savait que vous êtes ici.

— Vous ne voulez pas vous asseoir ? ai-je proposé en indiquant le banc.

— Je ne peux pas rester longtemps. Si jamais la senhora Carvalho l'apprenait…

— Je n'ai pas l'intention de vous harceler toutes les deux. Mais, Yara, après avoir lu les lettres, il fallait absolument que je vous parle encore une fois.

La vieille domestique s'est affalée sur le banc.

— Oui. Je regrette de vous les avoir données.

— Alors, pourquoi l'avez-vous fait ?

Yara a haussé ses maigres épaules.

— Parce que… Quelque chose me disait que vous deviez les lire. Mais il faut que vous compreniez… La senhora Carvalho ne sait presque rien du passé de sa mère. Son père lui a caché la vérité après…

Elle s'est interrompue, lissant d'une main nerveuse les plis de sa jupe.

— Après quoi ?

Elle a secoué la tête.

— Je ne peux pas vous parler maintenant. Je vous en prie… La senhora Carvalho est venue ici pour mourir. Elle est très malade et il ne lui reste plus beaucoup de temps à vivre. Il faut la laisser en paix.

— S'il vous plaît, senhora, dites-moi seulement… Savez-vous ce qui s'est passé quand Izabela Bonifacio est revenue de Paris ?

— Elle a épousé votre arrière-grand-père, Gustavo Aires Cabral.

— Oui, je sais. Mais Laurent Brouilly ? Il est venu au Brésil, j'ai vu une photo de lui à Rio avec le *Cristo*. Je…

— Taisez-vous ! m'a coupée Yara en jetant un regard inquiet autour d'elle. S'il vous plaît ! Il ne faut pas parler de ces choses ici.

— Alors, où ? Et quand ? ai-je insisté, voyant qu'elle était déchirée entre sa loyauté envers sa maîtresse et son désir de m'en révéler davantage. Je vous en prie, Yara, je jure que je ne tiens pas à causer d'ennuis, je veux juste découvrir d'où je viens. C'est le droit de tout être humain, non ? Si vous le savez, je vous en supplie, dites-le-moi. Après, je vous promets que je m'en irai.

Son regard s'est perdu au loin, dans la direction du *Cristo,* dont la tête et les mains étaient voilées par un nuage.

— D'accord. Mais pas ici. Demain, je dois aller chercher des affaires pour la senhora Carvalho à la *Casa.* Retrouvez-moi là-bas à deux heures. Allez-vous-en maintenant, s'il vous plaît !

Yara était déjà debout, et je me suis levée aussi.

— Merci, ai-je lancé alors qu'elle s'empressait de regagner le couvent pour disparaître à l'intérieur.

Puis j'ai rejoint Floriano et, tandis que nous redescendions vers la ville, j'ai réalisé que j'étais au bord des larmes.

— Ça va ? m'a demandé Floriano quand nous nous sommes arrêtés devant l'hôtel.

— Oui, merci, ai-je répondu platement, consciente que le tremblement de ma voix ne me permettrait pas plus ample réponse.

— Voulez-vous venir dîner ce soir ? Apparemment, c'est Valentina qui prépare le repas… Vous seriez la bienvenue.

— Non, je ne veux pas vous déranger.

— Mais pas du tout ! En fait, c'est mon anniversaire aujourd'hui, a-t-il ajouté en haussant les épaules. Bref, je vous le répète, vous êtes la bienvenue.

— Bon anniversaire, ai-je marmonné.

Je me sentais presque coupable de ne pas l'avoir su, ou blessée parce qu'il ne me l'avait pas dit plus tôt – dans les deux cas, un sentiment parfaitement irrationnel que je ne m'expliquais pas.

— Merci. Si vous ne venez pas ce soir, puis-je passer vous chercher demain pour vous emmener à la *Casa* ?

— Vraiment, Floriano, vous en avez assez fait. Je peux prendre un taxi.

— Maia, je vous en prie, ce serait avec plaisir. Je vois que vous n'avez pas l'air bien… Vous voulez parler un peu ?

— Non. Je me sentirai mieux demain après une bonne nuit de sommeil.

J'ai voulu ouvrir ma portière, mais il m'a délicatement attrapé le poignet.

— Vous êtes en deuil, ne l'oubliez pas. Il y a à peine deux semaines que vous avez perdu votre père, et cette… odyssée dans votre passé, juste après, est aussi un immense bouleversement émotionnel. Essayez d'être gentille avec vous-même, Maia, a-t-il ajouté doucement. Si vous avez besoin de moi, vous savez où me trouver.

— Merci.

Après être descendue de la voiture, je me suis hâtée de gagner l'hôtel et, une fois dans ma chambre, j'ai laissé les larmes couler. Quant à savoir précisément *pourquoi* je pleurais, je n'en avais aucune idée.

* * *

J'ai fini par m'endormir et, à mon réveil, je me sentais plus calme. Il était un peu plus de quatre heures. Je suis allée à la plage et ai nagé vigoureusement dans les vagues de l'Atlantique, puis, en rentrant à l'hôtel, j'ai pensé à Floriano dont c'était l'anniversaire. Il avait montré une telle gentillesse à mon égard, le moins que je puisse faire était au moins de lui apporter une bouteille de vin.

En me rinçant sous la douche, j'imaginais Valentina, sa petite fille de six ans en train de lui préparer son dîner d'anniversaire. C'était une vision si poignante qu'elle me faisait presque mal. Floriano l'avait élevée seul, alors qu'il aurait pu la confier à ses grands-parents.

Je savais que j'avais été fragilisée par la vue de ce père et de sa fille, de l'amour manifeste qui les unissait. Et aussi, évidemment, par l'analyse perspicace de ma personnalité que m'avait livrée Floriano sur la route du couvent.

Maia, il faut que tu te ressaisisses, me suis-je dit avec fermeté. Je sentais que tout ce qui s'était passé, tout ce qui m'arrivait aujourd'hui grignotait peu à peu la cuirasse derrière laquelle je me protégeais, révélant mon être vulnérable. Et je devais *absolument* commencer à le regarder en face.

Une fois habillée, j'ai écouté mes messages pour la première fois depuis trois jours. Tiggy et Ally, qui avaient apparemment appris par Ma que j'étais partie brusquement, voulaient à tout prix savoir où j'étais et ce que je fabriquais. J'ai décidé de les contacter le lendemain après avoir vu Yara. Alors, peut-être, pourrais-je mieux leur expliquer la raison de mon voyage.

J'ai quitté l'hôtel et me suis enfoncée dans le cœur d'Ipanema. Dans les rayons d'un supermarché, j'ai choisi deux bouteilles de vin et des chocolats pour Valentina et, après avoir traversé la grande place sur laquelle un marché attirait en masse les habitants du quartier, j'ai pris le chemin de la rue de Floriano.

Quelques secondes plus tard, je me trouvais devant la porte, ouverte, de son appartement.

— On est dans la cuisine ! a-t-il lancé quand je suis entrée. Montez sur la terrasse, j'arrive.

J'ai obéi, remarquant au passage une forte odeur de brûlé à l'étage inférieur, et je suis allée m'accouder à la balustrade de la terrasse pour admirer le soleil qui se couchait derrière la colline de la *favela*. Enfin, Floriano est apparu, en nage.

— Désolé. Valentina a absolument tenu à réchauffer toute seule les pâtes que Petra l'a aidée à préparer cet après-midi. Hélas, elle a allumé le gaz à fond, et je crains que mon dîner d'anniversaire ne soit *légèrement* carbonisé. Elle est en train de servir dans les assiettes et demande si vous en voulez. Je crois que j'aurais besoin de soutien pour faire honneur à ce festin.

— Si vous êtes sûr qu'il y a assez, alors oui, je serai ravie de rester.

— Oh oui, il y a largement assez !

Au même instant, il a remarqué les bouteilles de vin et les chocolats.

— Joyeux anniversaire, ai-je dit. Et aussi, je voulais vous remercier de toute l'aide que vous m'avez apportée.

— C'est très gentil à vous, Maia, merci beaucoup. Je vais chercher un autre verre… J'en profiterai pour voir comment se débrouille la cuisinière et pour lui annoncer que nous avons une invitée. Asseyez-vous, je vous en prie.

Il m'a désigné la table, soigneusement dressée pour deux, revêtue d'une nappe en dentelle. Au centre trônait une grosse carte d'anniversaire de fabrication maison et, en m'approchant, j'ai observé le dessin d'un bonhomme bâton sous lequel était écrit : « *Feliz Aniversário Papai !* »

Floriano est revenu avec un plateau et deux assiettes pleines.

— Valentina nous ordonne de commencer à manger, a-t-il déclaré en ouvrant l'une de mes bouteilles.

— Merci, ai-je dit. J'espère vraiment que je ne vous dérange pas. Et que Valentina ne m'en voudra pas de gâcher son dîner en tête à tête avec son père.

— Au contraire, elle est ravie. Mais je dois vous prévenir, elle s'obstine à vous appeler ma « petite amie ». Ne faites pas attention. Je ne sais pas d'où lui vient cet éternel désir de marier son pauvre vieux Papai ! *Sáude !* a-t-il dit en levant son verre vers le mien.

— *Sáude.* Et encore bon anniversaire.

Valentina est arrivée, chargée d'une autre assiette qu'elle a timidement posée devant moi, avant de s'asseoir à table entre nous.

— Bonjour. Papai dit que tu t'appelles Maia. C'est un joli nom. Et toi aussi, tu es jolie, hein Papai ? a-t-elle dit en se tournant vers son père.

— Oui, je trouve comme toi que Maia est très jolie. Et ce repas m'a l'air délicieux. Merci, *querida.*

— Papai, c'est brûlé et sûrement très mauvais, et moi, ça m'est égal si vous mettez tout à la poubelle et qu'on mange des chocolats à la place, a répliqué Valentina, pragmatique, en regardant du coin de l'œil la boîte que j'avais apportée, puis elle a posé sur moi ses yeux noirs. Tu es mariée ? a-t-elle demandé alors que nous saisissions nos fourchettes pour commencer.

— Non, Valentina, je ne suis pas mariée, ai-je répondu en réprimant un sourire, amusée par sa tactique d'interrogatoire pour le moins directe.

— Tu as un petit ami ?

— Non, pas en ce moment.

— Alors peut-être tu pourrais prendre Papai comme petit ami ?

Puis, comme si elle n'attendait pas vraiment de réponse, elle a ajouté :

— Pourquoi tu es là, Maia ? Tu aides Papai dans son travail ?

— Oui. J'ai traduit le livre de ton père en français.

— Tu n'as pas une voix française et tu as l'air d'être brésilienne. Pas vrai, Papai ?

Floriano a acquiescé.

— Tu habites à Paris, alors ? a encore demandé Valentina.

— Non, en Suisse, sur les bords d'un très grand lac.

Valentina me regardait, le menton posé sur ses paumes.

— Moi, je ne connais que le Brésil. Tu me racontes comment c'est ?

Je lui ai décrit la Suisse de mon mieux. Quand j'ai parlé de la neige qui tombait en couche si épaisse l'hiver, les yeux de Valentina se sont mis à briller.

— Je n'ai jamais vu la neige, sauf sur des photos. Est-ce que je pourrais venir chez toi et me coucher dedans pour faire des anges, comme toi avec tes sœurs quand tu étais petite ?

— Valentina, ce n'est pas poli de s'inviter chez les gens, l'a gentiment réprimandée son père. Allez, c'est l'heure de débarrasser maintenant.

— Oui, Papai. Ne t'inquiète pas, je m'en occupe. Reste ici, toi, pour parler à ta petite amie.

Après nous avoir lancé un clin d'œil éloquent, elle a entassé les assiettes sur le plateau et a descendu l'escalier dans un bruit de vaisselle dangereusement en équilibre.

— Toutes mes excuses, a dit Floriano en s'éloignant pour fumer une cigarette contre la rambarde. Elle est parfois un peu précoce. Peut-être est-ce le propre des enfants uniques.

— Nul besoin de vous excuser. Elle pose des questions parce qu'elle est intelligente et qu'elle s'intéresse au monde autour d'elle. Je trouve votre fille délicieuse.

— J'ai peur de trop la gâter, de lui accorder une attention excessive pour compenser l'absence de sa mère, a soupiré Floriano. Et je ne suis peut-être pas un esprit moderne, mais je pense que les hommes ne naissent tout simplement pas avec le même instinct maternel que les femmes. Même si j'ai fait de mon mieux pour apprendre.

— Pour moi, peu importe qui élève un enfant, que ce soit un homme ou une femme, un parent naturel ou adoptif, du moment qu'il est aimé. Évidemment, je ne peux que soutenir cette opinion, ai-je conclu en haussant les épaules.

— Oui, sans doute. Vous avez eu une enfance peu commune, Maia, d'après ce que vous venez de raconter à Valentina. J'imagine que cette vie devait comporter son lot de complications, en même temps que des privilèges.

— Je vous l'accorde, ai-je répondu avec un sourire entendu.

— À l'occasion, j'aimerais que vous m'en appreniez davantage. Votre père, surtout, m'intrigue. Ce devait être quelqu'un de très intéressant.

— Oui.

— Alors, dites-moi… Vous vous sentez plus calme que ce matin ? a-t-il gentiment demandé.

— Oui. Et vous avez raison, bien sûr, je commence seulement à mesurer le choc que cela représente pour moi d'avoir perdu la personne que j'aimais le plus au monde. C'est plus facile ici, parce que je peux continuer à imaginer Pa encore à la maison. Mais pour tout vous avouer, dès que je pense à la réalité qui m'attend à mon retour, j'ai le ventre noué.

— Alors, restez ici un peu plus longtemps.

— Je ne sais pas, je me déciderai après avoir vu Yara demain… Mais si cet entretien ne m'apporte rien de significatif, j'arrêterai mes recherches. Après tout, la senhora Carvalho a clairement exprimé qu'elle ne souhaitait pas me connaître, que je sois sa petite-fille ou non.

— Je comprends votre lassitude. Mais, Maia, vous ne savez pas encore ce qui pourrait expliquer sa réaction, qu'il s'agisse d'événements très anciens, ou bien survenus dans sa *propre* enfance…

À cet instant, Valentina a entrouvert la porte.

— Maia…, a-t-elle chuchoté d'une voix de conspiratrice. Tu peux venir m'aider, s'il te plaît ?

— Bien sûr.

Je l'ai suivie jusqu'à la cuisine, en bas. Là, au milieu d'un fatras de vaisselle et de casseroles brûlées, trônait un gâteau décoré avec des bougies. Valentina l'a soulevé avec précaution.

— Tu peux les allumer ? Papai ne me laisse pas toucher aux allumettes. J'ai mis vingt-deux bougies parce que je ne sais pas quel âge il a exactement.

— Vingt-deux, c'est parfait, ai-je répondu en souriant. On les allumera en haut de l'escalier pour qu'elles ne s'éteignent pas avant.

Nous avons grimpé les marches à pas de loup et nous sommes arrêtées derrière la porte de la terrasse. J'ai allumé les bougies une à une, tandis que Valentina me regardait de ses yeux noirs, intelligents et perspicaces comme ceux de son père.

Juste avant de sortir, toute fière avec son gâteau, Valentina m'a souri.

— Merci, Maia. Je suis contente que tu sois là.

— Moi aussi, ai-je répondu.

* * *

Je les ai quittés une demi-heure plus tard, après avoir remarqué que Valentina bâillait en attendant que Floriano lui lise une histoire.

À la porte de l'appartement, Floriano m'a demandé :

— Alors, je vous emmène demain, ou bien préférez-vous aller à la *Casa* seule ?

— J'aimerais vraiment que vous m'accompagniez, ai-je avoué. Je crois que j'ai besoin d'être soutenue.

— Parfait. Je passe vous prendre à une heure. Bonne nuit, Maia, a-t-il dit en m'embrassant sur les deux joues.

29

Je me suis réveillée à neuf heures après une nuit paisible, mon corps s'étant enfin adapté au décalage horaire. J'avais pris l'habitude de me baigner tous les jours et suis donc descendue à la plage. De retour à l'hôtel, j'ai relu les lettres puis dressé une liste de questions que je voulais poser à Yara. J'ai ensuite déjeuné sur la terrasse, avec un verre de vin pour me détendre. Yara refuserait-elle de m'en dire plus ? D'ailleurs, était elle-même au courant des circonstances de mon adoption ? Dans le cas contraire, je ne saurais plus vers qui ou quoi me tourner.

* * *

— Vous êtes optimiste ? m'a demandé Floriano dans la voiture.

— J'essaie de l'être. Ce qui me tracasse, c'est que cette histoire me tient énormément à cœur maintenant.

— Je sais, je le sens bien, a répondu Floriano.

Quand nous sommes arrivés devant la *Casa*, le portail était fermé, mais pour notre plus grand soulagement, le cadenas avait disparu.

— Jusqu'à maintenant, tout se passe bien, a déclaré Floriano. Je vous attends ici.

— Vous êtes sûr ? Vous pouvez m'accompagner, ça ne me dérange pas.

— Allez-y seule. Une conversation entre femmes, ce sera mieux. Bonne chance.

Il m'a pris la main et l'a serrée longuement avant que je ne sorte de la voiture.

Prenant une grande inspiration, j'ai traversé la route et quand j'ai poussé le portail, il s'est ouvert avec le grincement d'un mécanisme longtemps laissé à l'abandon. Je me suis retournée pour regarder Floriano. Assis dans la Fiat, il ne me quittait pas des yeux. Je lui ai fait un petit signe de la main avant de remonter l'allée et de grimper les marches du perron.

Je n'ai pas attendu. Yara devait me guetter derrière la porte car elle a ouvert immédiatement. Elle m'a fait entrer et a ensuite refermé en donnant un tour de clé.

— Je n'ai pas beaucoup de temps, m'a-t-elle annoncé avec angoisse.

Je l'ai suivie le long du couloir sombre jusqu'au salon où nous avions rencontré la senhora Carvalho.

Aujourd'hui, les volets étaient clos et une petite lampe jetait une lumière blafarde dans la pièce.

— Je vous en prie, asseyez-vous.

J'ai obéi, tandis que Yara, très raide, se posait sur le bord d'une chaise en face de moi.

— Je suis vraiment désolée que mon arrivée soudaine vous ait alarmées, la senhora Carvalho et vous, ai-je commencé. Mais si vous m'avez donné ces lettres, c'est bien pour une raison ? Vous deviez vous douter que je voudrais en savoir plus après les avoir lues…

— Oui, oui… Senhorita, vous voyez bien que votre grand-mère est mourante. Quand elle ne sera plus là, je n'ai aucune idée de ce que je vais devenir. Je ne sais même pas si elle m'aura laissé de quoi vivre.

Je me suis immédiatement demandé si Yara cherchait à être payée en échange des renseignements qu'elle me fournissait. Dans ce cas, pouvais-je lui faire confiance ? Me voyant froncer les sourcils, elle m'a tout de suite rassurée.

— Je ne demande pas d'argent. Laissez-moi m'expliquer. Si elle m'a légué une pension, elle changera peut-être son testament en apprenant que je vous ai parlé aujourd'hui.

— Mais pourquoi ? Qu'est-ce qu'elle ne veut pas que je sache exactement ?

— Senhorita Maia, c'est à cause de votre mère, Cristina. Elle a quitté cette maison il y a plus de trente-quatre ans. La senhora Carvalho va mourir, je ne pense pas que ce soit le moment de raviver des souvenirs pénibles, vous comprenez ?

Je me suis mise à trembler en entendant parler de ma *mère* pour la première fois.

— Non, pas vraiment… Alors, pourquoi m'avez-vous donné ces lettres, écrites par mon arrière-grand-mère, trois générations avant ma naissance ?

— Parce que si vous voulez comprendre votre histoire, il faut partir du début. Mais je ne peux que vous répéter ce que m'a dit ma mère, Loen, car je venais tout juste de naître moi-même quand la senhora Izabela a accouché de la senhora Carvalho.

— Yara, je vous en supplie, racontez-moi tout ce que vous savez, ai-je insisté d'une voix pressante. Je vous assure que je ne vous mettrai jamais dans une situation difficile. Cette conversation restera entre nous.

Yara m'a regardée droit dans les yeux.

— Et si vous appreniez que vous pourriez hériter de cette maison ?

— J'ai été adoptée par un homme fabuleusement riche et je ne manque de rien. Yara, je vous en supplie, dites-moi la vérité.

Elle m'a dévisagée pendant quelques secondes puis, capitulant, a poussé un long soupir.

— Les lettres que vous avez lues, adressées à ma mère… Il n'y en a aucune après le retour de la senhora Izabela au Brésil, n'est-ce pas ?

— Oui. La dernière a été envoyée du paquebot, pendant une escale en Afrique. Je sais que Bel est revenue à Rio, j'ai vu les photos de son mariage avec Gustavo Aires Cabral dans les archives.

— Oui. Alors, je vais vous raconter ce que je sais par ma mère… Ce qui est arrivé à Izabela durant les dix-huit mois qui ont suivi…

Izabela

Rio de Janeiro

Octobre 1928

30

— Izabela, ma chérie ! Te voilà revenue saine et sauve ! s'écria Antonio.

Bel descendit la passerelle pour se jeter dans les bras de son père. Il l'étreignit puis se recula pour la contempler.

— Mais que t'est-il arrivé ? Tu es toute menue, tu as dû manger comme un moineau ! Et tu es si pâle, *princesa*. Le climat de l'Europe du Nord, sans doute… Tu vas reprendre des couleurs maintenant, au soleil de ton pays. Allez, viens, on a déjà chargé ta malle dans le coffre de la voiture.

— Où est Mãe ?

— Elle se repose à la maison… Ta mère ne va pas très bien.

— Tu ne m'en as pas parlé dans tes lettres, dit Bel en fronçant les sourcils, inquiète.

— Je suis sûr que ta présence l'aidera à se rétablir plus vite.

Antonio se planta devant une magnifique automobile gris métallisé. Le chauffeur ouvrit la portière arrière et Bel se glissa à l'intérieur.

— Comment la trouves-tu ? C'est une Rolls-Royce Phantom que j'ai fait venir d'Amérique. Je crois que c'est la première à Rio. Comme je serai fier lorsqu'on te verra arriver en Rolls à la cathédrale le jour de ton mariage !

— Elle est splendide, répondit Bel, mais toutes ses pensées étaient tournées vers sa mère.

— Nous allons prendre la route de la plage pour que ma fille voie ce qui a dû beaucoup lui manquer, ordonna Antonio au chauffeur. Nous avons tant de choses à nous raconter, je ne sais par où commencer… Pour ce qui est des affaires, tout va bien. Le prix du café augmente chaque jour grâce aux Américains et j'ai acheté deux autres plantations. Ma candidature au Sénat a été proposée par le père de Gustavo et on vient d'achever la construction d'un immeuble merveilleux dans *rua* Moncorvo Filho, orné de grains de café à tous les étages et sur toutes les corniches. Voilà qui symbolise parfaitement l'importance de notre production nationale.

— J'en suis heureuse pour toi, Pai, commenta Bel, sans enthousiasme, en contemplant les rues familières tout autour.

— Et j'ai la certitude que ton mariage sera le plus beau, le plus grand qu'on ait jamais vu à Rio. J'ai discuté avec Gustavo et Maurício… Il faut absolument restaurer la maison familiale puisque tu vas y vivre une fois mariée. C'est une vieille bâtisse très élégante mais l'état des lieux laisse à désirer. Nous nous sommes donc mis d'accord. Une partie de ta dot servira à financer les travaux, qui ont d'ailleurs déjà commencés. *Princesa,* tu vas habiter un palais !

— Je te remercie, Pai, répondit Bel en souriant pour lui témoigner sa reconnaissance, et tentant de s'en convaincre elle-même.

— Le mariage est prévu après le Nouvel An, un peu avant le Carnaval. Nous avons trois mois pour tout préparer. Tu ne vas pas avoir le temps de t'ennuyer, ma chérie !

Bel s'était presque attendue à être mariée à peine le pied sur la terre ferme. Un moment de répit avant la cérémonie, c'était une bonne nouvelle, pensa-t-elle, alors qu'ils passaient devant le Copacabana Palace. Elle reporta son attention vers la mer, grise et agitée, et sur le bruit des vagues déferlant sur la plage.

— Dès que tu te seras remise de ton voyage, nous organiserons une soirée pour que tu nous racontes toutes les découvertes merveilleuses que tu as faites. Tu as dû en voir, des choses fantastiques dans l'Ancien Monde, et nos amis en seront épatés !

— C'est Paris que j'ai aimé le plus, se hasarda-t-elle à dire. C'est une ville tellement belle. J'ai rencontré le professeur Landowski, qui est chargé de réaliser la statue du *Cristo* pour le senhor da Silva Costa. J'ai posé pour son assistant.

— Eh bien, si sa sculpture est réussie, je l'achèterai pour la ramener ici, au Brésil. Il faudra prendre contact avec l'artiste.

— Je doute qu'il veuille la vendre, dit-elle d'un ton rêveur.

— *Querida*, tout a un prix, répliqua Antonio. Nous voilà arrivés. Ta mère sera certainement debout pour t'accueillir.

Quand elle vit sa mère s'approcher, Izabela fut choquée. Carla avait toujours été bien en chair, mais en huit mois et demi, depuis le départ de Bel, elle avait perdu la moitié de son poids.

— Mãe ! s'exclama Bel en courant se jeter dans ses bras. Que t'est-il arrivé ? Tu t'es mise au régime ?

Carla s'efforça de sourire. Bel remarqua que ses grands yeux bruns ressortaient encore plus dans son visage creux.

— Je voudrais être présentable pour le mariage de ma fille, répondit-elle en plaisantant. Ne me trouves-tu pas mieux comme ça ?

Bel, qui avait tant aimé enfouir sa tête dans la poitrine généreuse de sa mère quand elle était enfant, estima seulement que cette nouvelle silhouette la vieillissait.

Elle mentit.

— Si, Mãe, beaucoup mieux.

— Merci. J'ai des tas de choses à te raconter. Mais tu as certainement envie de te reposer un peu d'abord ?

Ayant passé plusieurs semaines en mer où elle était restée la plupart du temps allongée dans sa cabine, Bel ne se sentait absolument pas fatiguée. Soudain, sa mère grimaça de douleur et elle comprit que c'était elle qui avait besoin d'aller s'allonger.

— Bonne idée. Offrons-nous une petite sieste toutes les deux. Nous aurons bien le temps de discuter plus tard.

Carla fut visiblement soulagée et partit se reposer dans sa chambre.

Bel courut trouver son père dans son bureau.

— Pai, s'il te plaît. Dis-moi… Mãe est-elle très malade ?

Antonio leva la tête de son journal et retira les lunettes qu'elle le voyait porter pour la première fois.

— *Querida*, ta mère ne voulait pas t'inquiéter pendant ton séjour en Europe. Il y a un mois, on lui a enlevé une tumeur au sein. L'opération s'est bien passée et les chirurgiens sont optimistes et n'envisagent pas de récidive. Elle a traversé un moment difficile, voilà tout. Il faut qu'elle reprenne des forces avant d'être complètement remise.

— Mais Pai, je ne la trouve vraiment pas bien ! Est-ce que tu m'as tout dit ?

— Je te donne ma parole, Izabela, je ne te cache rien. Demande aux chirurgiens si tu ne me crois pas. Elle doit éviter toute fatigue et retrouver l'appétit. Depuis l'opération, elle mange peu.

— Tu es sûr qu'elle va guérir ?

— Je n'en ai aucun doute.

— Puisque je suis à la maison, je m'occuperai d'elle.

* * *

Paradoxalement, la santé de Carla aida Bel à oublier sa propre détresse pendant les jours suivants. Elle se consacra exclusivement à sa mère, supervisant ses repas, s'assurant que la cuisinière lui préparait des plats nourrissants et faciles à digérer. Elle passait ses matinées en sa compagnie, lui décrivant avec animation ce qu'elle avait vu en Europe, parlant de Landowski et des Beaux-Arts. Elle lui raconta aussi en détail le projet du senhor da Silva Costa pour la construction du merveilleux *Cristo*.

— Ils ont commencé à creuser les fondations au sommet du Corcovado. J'aimerais beaucoup y aller, confia Carla un jour.

— Je t'emmènerai, promit Bel, espérant que sa mère retrouverait assez d'énergie pour faire l'ascension.

— Et nous devons aussi préparer ton mariage, dit Carla. Il y a tant de choses à penser !

— Nous avons le temps, Mãe. Attendons que tu aies recouvré la santé.

Trois jours après le retour de Bel, tandis qu'ils dînaient en famille, Antonio annonça que Gustavo venait de téléphoner.

— Il demande quand il pourrait venir te rendre visite.

— Quand Mãe ira un peu mieux, peut-être, répondit Bel.

— Izabela, tu as été absente neuf mois ! Je lui ai proposé de passer demain après-midi. Gabriela restera avec ta mère pendant que tu recevras Gustavo. Il ne faudrait pas qu'il pense que tu ne veux pas le voir.

— Oui, Pai, acquiesça Bel, docilement.
— Tu dois être impatiente de le retrouver, non ?
— Évidemment.

* * *

Comme convenu, Gustavo arriva à trois heures le lendemain après-midi. Carla insista pour que Bel mette une des robes qu'elle avait fait confectionner à Paris.

— Il faut que tu lui apparaisses encore plus belle que dans son souvenir, déclara sa mère catégoriquement. Après cette longue période de séparation, tu ne voudrais pas qu'il change d'avis, n'est-ce pas ? Surtout que te voilà aussi maigre que moi, ajouta-t-elle en taquinant sa fille.

Loen aida Bel à s'habiller et releva ses cheveux en un chignon élégant.

— Quel effet cela vous fait-il de revoir Gustavo, senhorita ? demanda-t-elle.

— Je ne sais pas, répondit Bel honnêtement. J'ai un peu d'appréhension…

— Et le… jeune Français dont vous m'avez parlé dans vos lettres ? Vous pourrez l'oublier ?

Bel contempla son reflet dans le miroir.

— Non, Loen. Jamais.

Une fois prête, elle descendit au salon attendre Gustavo. L'anxiété la gagna quand la sonnette retentit et qu'elle entendit Gabriela ouvrir la porte. Lorsqu'elle reconnut la voix de Gustavo, elle pria le seigneur pour qu'il ne devine jamais son tourment intérieur.

— Izabela ! s'écria-t-il en s'avançant vers elle, les bras tendus.

Elle lui offrit sa main qu'il prit entre les siennes sans la quitter des yeux.

— Vous êtes radieuse ! s'exclama-t-il. Je vois que votre séjour en Europe vous a profité. Quelle femme superbe vous êtes devenue ! Votre voyage vous a plu ?

Elle fit signe à Gabriela d'apporter une carafe de jus de mangue fraîche et invita Gustavo à s'asseoir

— Beaucoup. C'est surtout Paris qui m'a enchantée.

— Ah, la ville de l'amour… Je suis chagriné de ne pas avoir été à vos côtés pour partager ce plaisir. Un jour, qui sait, si Dieu le veut, nous y retournerons ensemble. Racontez-moi.

Tout en lui parlant de ce qu'elle avait vu ces derniers mois, elle songea qu'il était encore plus insignifiant que dans son souvenir. Elle concentra résolument toute son attention sur ses yeux noisette et son regard chaleureux.

— Il semble donc que vous vous soyez bien amusée, dit-il en sirotant son jus de fruit. Vous donniez si peu de détails dans vos lettres, j'avoue que j'étais perplexe. Par exemple, vous n'avez pas mentionné le sculpteur pour qui vous avez posé, à Paris.

— Qui vous l'a dit ? demanda Bel, en se troublant.

— Votre père, naturellement, quand je l'ai eu au téléphone hier. Quelle expérience unique !

— En effet, acquiesça-t-elle faiblement.

— Vous savez, continua-t-il en lui souriant, juste avant votre départ de Paris, il y a six semaines, j'ai eu le sentiment étrange que vous n'alliez pas me revenir. J'ai même contacté votre père pour qu'il me confirme que vous aviez embarqué comme prévu. C'était évidemment ma propre angoisse qui me jouait des tours puisque vous êtes ici, Izabela. Est-ce que je vous ai manqué autant que vous, vous m'avez manqué ? reprit-il en lui prenant à nouveau la main.

— Oui, beaucoup.

— Quel dommage que nous ne puissions pas nous marier plus vite, mais, bien sûr, nous devons attendre que votre mère se rétablisse. Comment va-t-elle ?

— Elle est encore très faible mais elle reprend des forces lentement, répondit Bel. Je suis encore contrariée qu'elle m'ait caché sa maladie pendant mon absence. Et mon père aussi. Il va de soi que je serais rentrée plus tôt.

— Izabela, il y a peut-être des choses qu'il est préférable de ne pas dire par lettre, ne croyez-vous pas ?

Bel se sentit rougir sous son regard. Connaissait-il son secret, comme ses paroles semblaient le laisser entendre ?

— Je sais qu'ils ont agi ainsi pour m'épargner, répliqua-t-elle avec brusquerie, mais tout de même, ils auraient dû me prévenir.

Gustavo lâcha sa main.

— Tout ce qui compte, c'est que vous soyez ici, avec moi, et que la santé de votre mère s'améliore, n'est-ce pas ? Parlons plutôt de choses agréables, reprit-il. Ma mère est impatiente de vous voir pour discuter des préparatifs de notre mariage. Pour des raisons évidentes, elle n'a pas voulu déranger la senhora Carla, mais nous devons nous mettre d'accord rapidement sur la date, par exemple. Avez-vous une préférence ?

— Plutôt vers la fin janvier. Cela nous laissera plus de temps.

— Je comprends parfaitement. Vous pourriez venir rendre visite à ma mère à la *Casa* dans les jours qui viennent pour aborder toutes ces questions. Et aussi pour donner votre avis sur les projets de restauration que votre père et moi avons élaborés. Les gros travaux ont commencé et votre père a trouvé un architecte qui a des idées très modernes. Une de ses suggestions est de réaménager les étages supérieurs afin d'installer des salles de bains dans les chambres principales. En ce qui concerne notre suite privée, c'est vous, bien sûr, qui choisirez la décoration intérieure. Les femmes sont beaucoup plus douées pour ce genre de choses !

En pensant à la chambre – et au *lit* – qu'elle allait devoir partager avec Gustavo, Bel eut froid dans le dos.

— Je viendrai volontiers, quand votre mère sera disponible, dit-elle.

— Disons, mercredi prochain ?

— Très bien.

— Parfait. Et j'espère que vous me permettrez de profiter de votre compagnie en attendant. Peut-être pourrais-je passer demain après-midi ?

— Avec plaisir, répondit-elle, et elle se leva, imitant Gustavo.

— À demain, Izabela, chuchota-t-il en posant un baiser sur sa main. J'attends avec impatience le moment où je n'aurai plus à prendre rendez-vous pour vous rencontrer.

Une fois Gustavo parti, Bel monta dans sa chambre et, debout devant la fenêtre, elle s'adressa de sévères reproches. Gustavo se montrait adorable, tendre et bienveillant. Elle ne devait pas oublier qu'il ne pouvait rien au fait qu'elle soit incapable de l'aimer comme il l'aimait, lui. Ou qu'elle en aime un autre…

Frémissant au souvenir de l'avertissement de Laurent, qu'un jour ses vrais sentiments feraient surface, Bel s'aspergea le visage d'eau froide avant de se diriger vers la chambre de sa mère.

* * *

Une semaine plus tard, Bel se réjouissait de voir que Carla, bien qu'encore faible et amaigrie, allait de mieux en mieux.

— Oh, soupira Carla un après-midi, alors que Bel venait de lui lire *Madame Bovary*, qu'elle traduisait au fur et à mesure en portugais, j'ai une fille si intelligente ! Qui l'aurait cru ? Je suis très fière de toi.

— Et moi, je serai fière de toi quand tu auras mangé ton repas jusqu'à la dernière miette ! répliqua Bel.

Carla se tourna vers la fenêtre. C'était un après-midi ensoleillé et les ombres de la végétation luxuriante dansaient dans les jardins.

— Cette lumière me rappelle ma *fazenda* bien-aimée, dit-elle. Je trouve l'air des montagnes tellement revigorant. Et tout est si calme là-bas.

— Tu aimerais y aller, Mãe ?

— Tu sais combien j'adore cet endroit, Izabela, mais ton père est trop occupé au bureau pour quitter Rio.

— L'important, c'est ta santé. Laisse-moi faire, déclara Bel avec autorité.

Le soir, en dînant avec son père, Bel lança l'idée d'emmener Carla à la *fazenda*.

— Je pense qu'un séjour au grand air l'aiderait énormément à se rétablir. Nous permettrais-tu d'y passer une quinzaine de jours, Pai ? Il fait si chaud à Rio en ce moment.

— Izabela, répondit Antonio en fronçant les sourcils, tu es à peine rentrée et tu parles déjà de repartir ? C'est à croire que tu ne te plais pas ici.

— Tu sais bien que ce n'est pas vrai, Pai. Mais tant que nous ne serons pas certains que Mãe est en voie de guérison, je ne me sens pas prête à fixer la date du mariage. Tu t'imagines bien que je suis impatiente, pourtant. Alors, si un séjour à la *fazenda* pouvait accélérer sa convalescence, je serais heureuse de l'accompagner.

— Et de m'abandonner ici ? Seul sans ma femme ni ma fille à la maison en rentrant du bureau ? se lamenta Antonio.

— Tu nous rejoindrais le week-end, Pai.

— Peut-être. Mais c'est ton fiancé, pas moi, que tu vas devoir convaincre. Il n'a probablement pas très envie que tu disparaisses à nouveau.

— Je lui parlerai.

* * *

— Mais certainement, acquiesça Gustavo, le lendemain après-midi. J'encourage tout ce qui pourra avancer notre union. Et favoriser le rétablissement de votre mère, s'empressa-t-il d'ajouter. Néanmoins, nous avons quelques décisions à prendre avant votre départ.

Carla fut ravie quand Bel lui annonça qu'elles partiraient pour la *fazenda* la semaine suivante. Elle n'était pas la seule à se réjouir dans la maisonnée. Le visage de Loen s'éclaira lorsque Bel lui demanda de les accompagner. Sa présence n'était pas strictement nécessaire car Fabiana et Sandro, à la *fazenda*, pouvaient très bien veiller à leur confort. Mais Bel voulait lui offrir la possibilité de passer un peu de temps avec son jeune amoureux.

— Oh, senhorita Bel ! s'exclama Loen, les yeux brillants de plaisir. Je n'arrive pas à croire que je vais le revoir ! Nous n'avons eu aucun contact depuis que nous nous sommes quittés parce qu'il ne sait ni lire ni écrire. *Obrigada ! Obrigada !*

Après avoir impétueusement étreint sa maîtresse, Loen sortit en dansant de joie. Et Bel, qui ne connaîtrait jamais le bonheur de retrouver son bien-aimé, décida de le vivre à travers celui de Loen.

Le lendemain, comme convenu, Bel alla voir Gustavo et sa mère pour parler du mariage.

— Il est éminemment regrettable que votre mère, du fait de sa santé défaillante, ne puisse se joindre à nos efforts en ce moment crucial, déclara Luiza Aires Cabral. En attendant, nous devrons nous débrouiller sans elle.

Bel se retint à grand-peine de gifler une femme qui se montrait à ce point arrogante et dénuée de sensibilité.

— Je suis certaine qu'elle se rétablira au plus vite. L'air de la montagne y contribuera beaucoup, répondit-elle.

— S'il était au moins possible de fixer la date. Nous ne voulons pas donner à Rio l'impression que nous hésitons, vous êtes déjà restée bien longtemps à l'étranger. Voyons… – Luiza chaussa ses lunettes et consulta son agenda – … l'archevêque nous a communiqué ses disponibilités. Comme vous pouvez l'imaginer, il a un calendrier chargé et doit être retenu des mois à l'avance. Gustavo m'a indiqué que la fin du mois de janvier vous conviendrait. Un vendredi, bien sûr. Les mariages le week-end sont d'une telle vulgarité.

— Je m'en remets à votre décision, répondit Bel modestement.

— Pour ce qui concerne la réception, votre père a vaguement parlé d'un banquet de noces au Copacabana Palace. Personnellement, je trouve cet établissement d'un goût très ordinaire. J'aurais préféré un cadre plus intime et plus élégant, ici, comme le voudrait la tradition familiale. Mais ce n'est pas possible, puisque votre père a décidé de rénover notre maison, ce que, du reste, je ne considère pas nécessaire. L'endroit fourmille d'ouvriers et Dieu sait s'ils auront terminé fin janvier ! C'est un risque que je ne suis pas prête à prendre, aussi nous sommes bien obligés d'accepter un autre lieu.

— Je vous fais entièrement confiance, réitéra Bel.

— Pour les demoiselles et les garçons d'honneur, votre mère a avancé certains de vos cousins de São Paulo. Huit en tout, précisa Luiza. De notre côté, il y a au moins douze candidats. Je suis leur marraine et j'estime donc qu'ils doivent apparaître en digne place dans la cérémonie. Qui souhaiteriez-vous retenir parmi votre famille ?

Bel nomma les deux filles du cousin de sa mère et un garçon de la branche paternelle.

— Je serai heureuse que tous les autres soient vos filleuls, dit-elle en s'inclinant encore une fois devant ce qui lui était imposé.

Elle se tourna ensuite vers son fiancé, qui lui fit un sourire tendre et compatissant.

Pendant les deux heures qui suivirent, Luiza passa en revue tous les moindres détails en feignant de consulter l'opinion de Bel. Mais la moindre suggestion de la jeune fille se heurta à des rebuffades immédiates. Sa future belle-mère avait bien l'intention d'agir à sa guise.

Toutefois, Bel tenait absolument à garder Loen comme femme de chambre une fois installée dans son domicile conjugal, et elle ne comptait pas céder sur ce point.

Quand elle osa aborder la question, Luiza la tança d'un regard glacial, puis, d'un geste de la main, lui signifia son refus.

— Voilà qui est ridicule, dit-elle, nous avons des domestiques ici qui sont tout à fait capables de s'occuper de vous.

— Mais…

— Mãe, interrompit Gustavo, prenant enfin la défense de Bel. Si Izabela souhaite amener sa femme de chambre, qu'elle connaît depuis l'enfance, je n'y vois aucun inconvénient.

Luiza regarda son fils en fronçant les sourcils, puis acquiesça d'un hochement sec du menton.

— Eh bien, soit. Grâce à notre entretien d'aujourd'hui, reprit-elle à l'intention de Bel, je pourrai au moins lancer les préparatifs, pendant que vous prendrez l'air à la montagne. Vous vous êtes déjà tellement absentée, on pourrait croire que vous fuyez la compagnie de votre fiancé.

À nouveau, Gustavo intervint.

— Voyons, Mãe, vous ne pensez pas ce que vous dites. Izabela est très inquiète pour la santé de sa mère.

— Oui, bien sûr. Je ne l'oublierai pas dans mes prières à la messe demain. En attendant, je veillerai seule à la préparation de ce mariage, jusqu'à ce vous soyez de retour à Rio avec la senhora Bonifacio pour assumer votre part de cette lourde responsabilité. Et maintenant, je vous prie de m'excuser, j'ai une réunion du comité dans moins d'une demi-heure à l'orphelinat des Sœurs de la Miséricorde. Gustavo, emmène donc Izabela faire le tour du jardin et montre-lui l'avancement des travaux. Je vous souhaite une bonne journée à tous les deux.

Bel suivit du regard Luiza qui sortait du salon. Elle se sentait comme une bouilloire qu'on aurait laissée trop longtemps sur le poêle, prête à exploser.

Gustavo s'approcha d'elle et, sentant qu'elle était irritée, lui passa un bras réconfortant autour des épaules.

— Ne faites pas attention à ma mère… Mãe a beau se plaindre, elle prend un plaisir immense à tous ces préparatifs, elle ne parle que de cela depuis neuf mois. Venez. Permettez-moi de vous accompagner au jardin.

— Gustavo ? demanda Bel en sortant de la maison. Où vont habiter vos parents une fois que je vivrai ici ?

Il leva un sourcil étonné.

— Mais ici, avec nous. Où iraient-ils ?

* * *

Le lendemain matin, Bel installa confortablement Carla à l'arrière de la Rolls-Royce et grimpa à côté d'elle. Loen s'assit à l'avant avec le chauffeur. Ils filèrent vers la fraîcheur de la région montagneuse de Paty do Alferes, un trajet de cinq heures. La *fazenda* Santa Tereza avait appartenu pendant deux cents ans à la famille du baron Paty do Alferes, un noble portugais, qui, de plus, était un lointain cousin des Aires Cabral – détail qu'Antonio n'avait pas manqué de préciser.

La route était en bon état, financée par les riches propriétaires qui devaient autrefois l'emprunter pour acheminer leur café jusqu'à Rio, et Carla put dormir tranquillement presque tout du long.

Bel admira le paysage tandis que la voiture commençait à grimper en altitude. Les flancs des montagnes s'abaissaient en pente douce vers des vallées sillonnées de ruisseaux d'eau pure.

— Mãe, nous voilà arrivées ! dit Bel lorsqu'ils s'engagèrent enfin dans l'allée poussiéreuse et cahoteuse qui conduisait au bâtiment principal.

Carla sortit de son sommeil quand la voiture s'arrêta, et Bel se précipita aussitôt dehors pour humer l'air à pleins poumons. Les cigales saluaient d'un chant vigoureux l'approche du crépuscule. Vanila et Donna accoururent en jappant, tout excités à l'arrivée de leur maîtresse. Bel avait supplié ses parents de garder ces deux chiens errants qui étaient apparus à la porte de la cuisine sept ans auparavant. Les gardiens, Fabiana et Sandro, approchèrent eux aussi.

— Enfin chez nous, soupira Bel, enchantée de les revoir.

— Senhorita Izabela ! s'exclama Fabiana en l'enlaçant chaleureusement. Vous êtes encore plus belle que la dernière fois que je vous ai vue ! Comment allez-vous ?

— Très bien, merci. Mais… (Bel baissa la voix pour les mettre en garde.) Vous allez trouver ma mère terriblement changée. Essayez de ne pas vous montrer trop choqués.

Fabiana acquiesça en hochant la tête. Elle regarda Carla qui descendait de la voiture, aidée par le chauffeur, et tapota le bras de Bel avant d'aller souhaiter la bienvenue à sa maîtresse. Si une personne pouvait remettre sa mère sur pied, c'était Fabiana, pensa Bel. Non seulement elle prierait pour elle dans la petite chapelle attenante au salon, mais elle la bourrerait aussi de remèdes traditionnels. Les infusions à base de plantes et de fleurs qui poussaient en abondance dans la région étaient réputées pour leurs vertus médicinales.

Du coin de l'œil, Bel aperçut Bruno, le fils de Fabiana et de Sandro, qui se tenait en retrait, et remarqua le sourire timide qu'il échangea avec Loen.

Lorsqu'elle suivit Fabiana et Carla à l'intérieur, Bel se sentit soulagée en voyant le bras protecteur avec lequel la domestique enveloppait les épaules de Carla. Elle ne serait plus seule à veiller sur sa mère. Tandis que Fabiana emmenait Carla dans sa chambre et l'aidait à s'installer, Bel traversa le salon rempli de meubles en acajou et en palissandre massif pour gagner sa chambre d'enfant.

Les fenêtres et les volets étaient grands ouverts. Appuyant les coudes sur le rebord de la fenêtre, elle s'oublia dans la contemplation du paysage et savoura la brise légère. Dans l'enclos en contrebas, Loty, son poney, et Luppa, l'étalon de son père, broutaient paisiblement. Au loin se dressait une colline parsemée de vieux caféiers, négligés depuis des années, qui pourtant avaient survécu. Un troupeau de bœufs blancs paissait sur la pente, et des carrés nus, çà et là dans l'herbe sèche des prés, laissaient voir la terre rouge foncé.

Elle revint vers la porte d'entrée, flanquée de deux vieux palmiers majestueux, s'assit sur un banc de pierre au coin de la terrasse et respira l'odeur suave des hibiscus que l'on trouvait partout ici. Son regard, après avoir balayé les jardins, s'arrêta sur le lac d'eau douce où, enfant, elle nageait tous les jours. Tout en écoutant le bourdonnement des libellules qui survolaient les parterres de fleurs, elle observa deux papillons jaunes qui dansaient devant elle. Peu à peu, elle sentit son angoisse et sa tension s'évaporer.

Laurent serait si heureux ici, se dit-elle tristement. Elle s'était pourtant promis de ne pas penser à lui mais les larmes lui montèrent aux yeux. En le quittant à Paris, elle savait bien qu'elle avait mis fin à leur histoire, mais elle se demandait malgré tout s'il essaierait de la contacter. Chaque matin, en regardant le courrier sur le plateau en argent posé sur la table du petit déjeuner, elle avait imaginé voir une lettre de lui, l'implorant de revenir, lui écrivant qu'il ne pouvait pas vivre sans elle.

Mais bien sûr, rien de tel ne s'était produit. Et les semaines passant, Bel avait été prise de doute. Les déclarations d'amour de Laurent n'avaient-elles été qu'une ruse pour la séduire, comme le redoutait Margarida ? Pensait-il encore à elle, ou bien leurs moments ensemble ne représentaient-ils pour lui rien d'autre qu'un interlude déjà oublié ?

Qu'importait la réponse ? C'était elle qui avait décidé de tirer un trait et de rentrer au Brésil pour épouser Gustavo. L'ambiance chaleureuse de La Closerie des Lilas et le goût des lèvres de Laurent n'étaient plus qu'un souvenir, une brève plongée dans une autre vie qu'elle avait rejetée. Elle pouvait toujours rêver et espérer, mais rien ne changerait le destin qu'elle avait elle-même choisi.

31

Paris, novembre 1928

Le professeur Landowski frappa un grand coup sur son établi pour marquer son soulagement.

— Le corps de la statue est enfin terminé. Mais, maintenant, ce fou de Brésilien me demande de façonner un modèle réduit de la tête et des mains du Christ. La tête fera plus de quatre mètres de haut et tiendra tout juste dans l'atelier. Les doigts toucheront presque le plafond. C'est ce qu'on pourra appeler l'imposition des mains du Christ sur nous tous, ici, plaisanta Landowski. Da Silva Costa m'a expliqué qu'il découpera ensuite ma création, comme une côte de bœuf, pour la transporter en bateau à Rio de Janeiro. Je n'ai jamais travaillé de cette façon auparavant. (Il poussa un soupir.) Mais je devrais peut-être m'en remettre à sa folie…

— Vous n'avez probablement pas le choix, souligna Laurent.

— Oui, c'est mon gagne-pain, Brouilly. Même si je ne peux accepter aucune autre commande tant que la tête et les mains de Notre Seigneur tiendront toute la place ici. Allez… Apportez-moi les moulages des mains des deux jeunes filles que vous avez réalisés.

Laurent alla chercher les moulages dans l'entrepôt et les posa devant Landowski. Les deux hommes les examinèrent intensément.

— Les doigts sont aussi beaux et fins chez l'une que chez l'autre mais ce que je dois visualiser, c'est l'effet que nous obtiendrons sur une main longue de plus de trois mètres… commenta Landowski. Alors, Brouilly, n'y a-t-il personne qui vous attende chez vous ?

Landowski signalait ainsi à Laurent qu'il désirait rester seul.

— Si, bien sûr, professeur. À demain.

En sortant de l'atelier, Laurent trouva le jeune garçon que Bel avait sauvé en train de contempler le firmament, sur le banc de pierre de la terrasse. Il faisait frais, mais le ciel était dégagé et les étoiles formaient une voûte parfaite au-dessus d'eux. Laurent s'assit à côté de lui et l'observa.

— Tu aimes les étoiles ? demanda-t-il, bien qu'il eût compris depuis longtemps qu'il n'obtiendrait jamais aucune réponse.

Le garçon lui fit un petit sourire et hocha la tête.

— Voilà la ceinture d'Orion, dit Laurent en montrant une constellation du doigt. Et là, les Sept Sœurs, serrées les unes contre les autres, avec leurs parents, Atlas et Pléioné, plus haut, qui veillent sur elles.

Laurent remarqua que le jeune garçon suivait son doigt des yeux et l'écoutait attentivement aussi poursuivit-il :

— Mon père s'intéressait à l'astronomie. Il possédait un télescope qu'il gardait dans le grenier, au dernier étage de notre château. De temps en temps, il le montait sur le toit si la nuit était claire, et il m'initiait à l'astronomie. Une fois, j'ai vu une étoile filante, c'était la chose la plus magique que j'avais jamais vue. Est-ce que tu connais tes parents ? ajouta-t-il en se tournant vers le garçon

Celui-ci fit semblant de n'avoir pas entendu et continua à contempler le ciel.

— Bon, je dois y aller. Bonsoir.

Laurent lui donna une petite tape sur la tête et se mit en route pour Montparnasse. Arrivé dans sa mansarde, il vit une forme blottie dans son lit et une autre endormie sur un matelas par terre. Cela n'avait rien d'inhabituel, surtout maintenant qu'il passait si souvent la nuit dans l'atelier de Landowski, mais ce soir, il se sentait très fatigué et n'avait pas envie de compagnie. Depuis qu'Izabela Bonifacio s'était embarquée sur le paquebot qui la ramenait au Brésil, il semblait avoir perdu sa joie de vivre coutumière. Même Landowski avait noté qu'il était plus silencieux qu'à son habitude et lui en avait fait la remarque.

Il se dirigea vers son lit et secoua l'envahisseur, mais pour toute réponse l'homme émit un grognement, souffla une haleine empestant l'alcool, puis roula sur le côté. Résigné, Laurent poussa un long soupir et décida de lui accorder encore deux heures de sommeil pour dessoûler pendant qu'il allait dîner.

Les conversations enjouées emplissaient, comme toujours, les rues étroites de Montparnasse. Malgré le froid, les terrasses des cafés étaient bondées et Laurent fut désagréablement assailli par la cacophonie de musiques émanant des bars. D'ordinaire, l'animation qui régnait à Montparnasse le grisait, mais ces derniers temps, la gaieté environnante l'irritait. Comment était-il possible que tout ce monde soit heureux alors qu'il se sentait incapable, lui, de sortir de sa torpeur et d'oublier sa détresse ?

Laurent ne s'arrêta pas à La Closerie des Lilas, où il connaissait trop d'habitués et se laisserait entraîner dans une conversation assommante. Il s'achemina vers un établissement plus calme, s'installa sur un tabouret au bar et commanda une absinthe qu'il avala d'un coup sec. En promenant son regard autour des tables, il aperçut immédiatement une brunette au teint mat qui lui rappela Izabela. Cependant, de plus près, il se rendit compte que les traits de la jeune fille n'étaient pas aussi fins, et ses yeux dépourvus de douceur. Mais depuis que Bel était partie, il croyait la voir partout.

Penché sur un deuxième verre d'absinthe, il fit le point sur sa situation. Il s'était acquis une réputation de Don Juan, homme charmant et séduisant, envié de ses amis car il semblait n'avoir qu'à battre des paupières pour séduire toutes les femmes qu'il désirait. Oui, il en avait bien profité, il aimait beaucoup les femmes. Pas seulement leur corps, mais leur esprit aussi.

Quant à l'amour… À deux reprises, il avait peut-être ressenti cette émotion qui faisait couler tant d'encre chez les grands écrivains et que certains artistes passaient toute une vie à essayer de cerner. Mais chaque fois, son émoi s'était vite estompé et Laurent en était venu à croire qu'il ne connaîtrait jamais le véritable amour.

Jusqu'à l'arrivée d'Izabela…

Lors de leur première rencontre, il avait usé de ses méthodes habituelles et pris plaisir à la voir rosir tandis qu'elle tombait sous son charme. Cela n'avait rien d'étonnant, il avait joué ce jeu bien souvent auparavant et y excellait. Si Izabela n'avait été qu'une de ses conquêtes banales, après l'avoir capturée dans ses filets, elle aurait perdu tout intérêt à ses yeux et il serait passé à la suivante.

Et puis, brusquement, il avait pris conscience qu'elle allait partir, et que, pour la première fois peut-être, il était sincèrement amoureux. C'est alors qu'il avait fait sa seule et unique déclaration, exposant son cœur à nu et lui demandant de rester à Paris.

Et elle l'avait repoussé.

Pendant les jours qui avaient suivi son départ, il avait d'abord cru qu'il souffrait parce qu'une femme n'avait pas succombé à ses avances, ce qui ne lui était jamais arrivé. Peut-être était-elle encore plus désirable à ses yeux en lui restant inaccessible. L'amour impossible… D'autant plus tragique qu'elle s'embarquait pour enchaîner sa vie, par devoir, à un homme qu'elle n'aimait pas.

Mais ce n'était pas cela. Huit semaines plus tard, bien qu'il ait attiré d'autres femmes dans son lit pour tenter de l'oublier – sans succès – et qu'il se soit enivré au point de dormir toute la journée du lendemain – ce qui avait provoqué la colère de Landowski –, il pensait toujours à Izabela, à chaque instant. Dans l'atelier, il se perdait dans de longues rêveries, la revoyant assise devant lui, si belle et si sereine, quand il pouvait l'admirer pendant des heures. Que n'avait-il pas plus savouré ces moments ! Elle ne ressemblait à aucune des femmes qu'il avait connues, avec son innocence, sa profonde bonté… Pourtant, le premier jour, alors qu'il ébauchait son portrait, il avait aussi décelé chez elle un tempérament passionné et une soif de découvrir tout ce que la vie pouvait offrir. Et sa gentillesse, ce soir-là, quand elle avait pris tendrement le jeune garçon dans ses bras, sans se soucier des convenances…

Oui, c'était une déesse, décida Laurent en commandant aussitôt un autre verre.

La nuit, une fois couché, il se remémorait leurs conversations. Comme il s'en voulait d'avoir joué avec elle et délibérément heurté sa sensibilité ! Il aurait aimé pouvoir revenir en arrière.

Retirer, par exemple, les allusions grivoises qui l'avaient gênée. Elle ne méritait pas pareil traitement.

Et maintenant, elle était partie à jamais. Il était trop tard.

Du reste, qu'avait-il à offrir à une femme comme elle ? Une mansarde vulgaire et sale, où même le lit était loué à l'heure, aucun revenu stable, et une réputation de coureur de jupons dont elle avait sûrement eu vent lors de ses passages à Montparnasse. Laurent avait surpris le regard narquois que Margarida Lopes de Almeida posait sur lui, et il ne doutait pas que celle-ci ait livré son opinion à Izabela.

Avant que l'absinthe ne l'abrutisse complètement et ne le jette à bas de son tabouret, il se fit servir de la soupe, et, pour la énième fois, se demanda s'il devrait envoyer la lettre qu'il ne cessait de reformuler dans sa tête depuis le départ de Bel. Mais, bien sûr, il savait qu'il risquait de la compromettre si une telle missive tombait entre de mauvaises mains.

Était-elle déjà mariée ? Si non, tout n'était pas perdu… En proie à la torture, il avait voulu questionner Margarida, mais elle ne venait plus à l'atelier. Il avait entendu dire à Montparnasse qu'elle était partie avec sa mère à Saint-Paul-de-Vence pour profiter de la douceur de la saison.

— Brouilly.

Au contact d'une main sur son épaule, il tourna ses yeux injectés de sang vers la voix.

— Comment vas-tu ?

— Bien, Marius, répondit-il. Et toi ?

— Comme d'habitude : pauvre, ivre et à la recherche d'une femme. Mais pour l'instant, je me contenterai de ta compagnie. Tu reprends un verre ?

Marius approcha un tabouret. Encore un artiste inconnu parmi tant d'autres à Montparnasse, à qui l'alcool bon marché, le sexe et le rêve d'un avenir brillant permettaient de supporter une existence médiocre. Pensant à l'individu qui avait pris possession de son lit, dans la mansarde immonde, Laurent choisit de rester au bar jusqu'à l'aube, pour finir dans la rue et s'endormir là où il tomberait.

— Oui. Une absinthe.

* * *

Cette nuit-là marqua le début d'un week-end pendant lequel il but comme un désespéré pour tenter de noyer son chagrin. Quand il entra en titubant dans l'atelier de Landowski, les yeux troubles, il avait tout oublié de ses frasques.

— Tiens, un revenant, dit Landowski au jeune garçon, qui, assis sur un tabouret, le regardait travailler avec fascination.

— Mon Dieu, professeur, comme vous avez avancé !

Laurent, stupéfait de découvrir l'énorme main du Christ, s'imagina que Landowski n'avait pas quitté son poste depuis quarante-huit heures.

— Voilà cinq jours que nous ne vous avons pas vu, il fallait bien que quelqu'un s'attelle à l'ouvrage. Le gamin et moi, nous étions sur le point de partir explorer les caniveaux de Montparnasse à votre recherche.

— Quoi ? Nous sommes mercredi ? demanda Laurent, incrédule.

— Absolument, répondit Landowski qui reporta son attention sur l'immense forme blanche et découpa au scalpel le plâtre de Paris encore humide. Maintenant, je vais modeler les ongles de Notre Seigneur, expliqua-t-il au garçon, ignorant délibérément Laurent.

Quand Laurent revint de la cuisine, après s'être aspergé le visage et avoir bu deux verres d'eau pour essayer de soulager son mal de tête, Landowski déclara sans même le regarder :

— Comme vous pouvez le constater, je me suis trouvé un nouvel assistant. Lui, au moins, il ne disparaît pas pendant cinq jours pour rentrer encore ivre de la veille, ajouta-t-il en faisant un clin d'œil au garçon.

— Je vous prie de m'excuser, professeur, je…

— Assez ! Vous devez comprendre que je ne tolérerai plus ce comportement, Brouilly. J'avais besoin de vous et vous ne vous êtes pas montré. Je vous interdis de toucher les mains de mon Christ dans votre état. Allez voir ma femme à la maison, et dites-lui que j'exige que vous dormiez pour dessoûler.

— Oui, professeur.

Rouge de honte, Laurent sortit de l'atelier et s'exécuta. Amélie, la femme de Landowski, toujours très indulgente, lui offrit un lit.

Il se réveilla quatre heures plus tard, prit une douche froide et, après avoir bu un bol de soupe préparée par Amélie, arriva à l'atelier plus dispos.

— Voilà qui est mieux, dit le professeur en hochant la tête. Maintenant, vous êtes capable de travailler.

La main géante avait acquis un index. Le garçon ne décollait pas du tabouret, observant intensément Landowski.

— Allez, on attaque l'annulaire. Je me sers de ceci comme modèle.

Landowski désigna l'un des moulages que Laurent avait réalisés des mains d'Izabela et de Margarida.

— Lesquelles avez-vous choisi ? demanda Laurent en s'approchant

— Je n'en ai aucune idée, elles ne portent pas de nom. C'est peut-être mieux ainsi. Après tout, ces mains appartiennent au Christ et à Lui seul.

Examinant le moulage, Laurent chercha la fissure du petit doigt qu'il avait cassé en retirant le moule de la main de Margarida. Il ne la trouva pas.

Il éprouva alors un immense plaisir à l'idée que le Christ, tout là-bas à Rio, étendrait sur le monde les mains d'Izabela.

32

Paty do Alferes, Brésil, novembre 1928

Elles séjournaient depuis deux semaines à la fazenda et Bel constatait avec plaisir que sa mère commençait à reprendre des forces. Était-ce l'air pur des montagnes, la beauté et la sérénité du cadre ou bien les soins prodigués par Fabiana ? Elle n'aurait su se prononcer. Mais Carla avait repris un peu de poids et se sentait assez solide sur ses jambes pour faire seule de courtes promenades dans les splendides jardins.

Leurs repas se composaient de produits de la ferme ou provenant des alentours : la viande de leur bétail, le fromage et le lait des chèvres qui broutaient dans les prés en contrebas, les légumes et les fruits des exploitations avoisinantes. La région était réputée pour ses tomates, et Fabiana, qui les accommodait à toutes les sauces, jurait qu'elles possédaient des pouvoirs médicinaux.

Bel aussi avançait dans sa propre guérison. Sa routine matinale lui était bénéfique. À son réveil, elle enfilait un maillot pour aller se baigner dans les eaux rafraîchissantes du lac avant de s'attabler devant un morceau du délicieux gâteau traditionnel confectionné par Fabiana pour le petit déjeuner. La propriété s'agrémentait d'une cascade, alimentée par les eaux revigorantes des sommets. Bel allait souvent s'y asseoir, pour contempler le paysage en s'abandonnant aux courants glacés qui lui massaient le dos.

Pendant la journée, quand sa mère se reposait, elle s'allongeait dans la fraîcheur de la véranda, et lisait, préférant des ouvrages de philosophie ou divers manuels de sagesse plutôt que les romans dont elle était friande plus jeune. Elle comprenait désormais que tout cela n'était que fiction, et que les histoires d'amour dans la vraie vie n'avaient pas toujours une fin heureuse.

La plupart du temps, l'après-midi, elle sellait Loty et partait galoper à flanc de colline, prenant un moment de repos au sommet d'une hauteur pour admirer le magnifique panorama.

Le soir, Bel jouait aux cartes avec sa mère et quand elle se retirait dans sa chambre, elle se sentait paisible, prête à accueillir le sommeil. Avant de fermer les yeux, elle priait Dieu de rétablir la santé de sa mère, d'accorder la réussite à son père, et de veiller sur Laurent – si loin d'elle mais toujours présent dans son cœur – pour qu'il trouve un jour le bonheur.

Elle n'avait rien d'autre à lui offrir mais elle formulait cette prière à son intention, sincèrement et avec une générosité toute pure.

Elle souffrait cependant lorsqu'elle voyait Loen et Bruno sortir se promener ensemble, le soir, n'ayant d'yeux que l'un pour l'autre. Une fois, elle les surprit qui échangeaient un baiser furtif près du lac et elle les envia désespérément.

Une nuit, alors qu'elle était couchée, se remémorant encore et encore les caresses de Laurent, elle s'aperçut que la vie en dehors de la *fazenda* paraissait dénuée de toute réalité. Elle avait ressenti la même chose à Paris. Son mariage avec Gustavo et l'existence qui l'attendait à Rio lui avaient alors semblé si loin, tout comme les rues de Montparnasse – où, si souvent, elle imaginait Laurent marcher – appartenaient maintenant à un monde perdu.

* * *

Trois semaines plus tard, Antonio annonça qu'il viendrait les rejoindre le week-end suivant. Immédiatement, l'atmosphère changea du tout au tout à la *fazenda.* Fabiana entreprit de nettoyer la maison de fond en comble et ordonna à son mari de tondre les pelouses, déjà impeccables, et d'astiquer les cuivres étincelants qui ornaient le mur de la salle à manger.

— Comment va-t-elle ? demanda Antonio quand il arriva en milieu d'après-midi, pendant que Carla se reposait.

— Beaucoup mieux, Pai. À mon avis, dans quelques semaines, elle aura repris assez de force pour rentrer à Rio. Fabiana s'occupe tellement bien d'elle.

— Je verrai cela par moi-même à son réveil. Mais, Izabela, nous voilà presque en décembre, dit Antonio. Ton mariage est prévu pour fin janvier et il reste encore tant à faire. Si, comme tu l'indiques, ta mère se remet grâce aux soins de Fabiana, je crois que tu dois la laisser ici et rentrer à Rio avec moi.

— Mais, Pai, je suis certaine que Mãe préférerait garder sa fille près d'elle.

— Et moi, je suis sûr qu'elle comprendrait que la présence de la mariée est requise pour organiser ses noces à Rio, répliqua Antonio. Sans compter que tu pourrais montrer un peu ton visage à ton fiancé. Je trouve que Gustavo a été extrêmement patient. Il va finir par penser que sa promise le fuit. Je sais par ailleurs que les préparatifs inquiètent énormément ses parents, et moi aussi. Tu vas donc retourner à Rio avec moi. Le sujet est clos.

Quand son père sortit de la pièce pour aller voir sa femme, Bel comprit qu'elle avait perdu.

* * *

Deux jours plus tard, Bel disait au revoir à sa mère.

— Mãe, s'il te plaît, si tu as besoin de moi, tu sais que je serai heureuse de revenir. Fabiana téléphonera du village pour me donner de tes nouvelles.

— Ne t'en fais pas pour moi, *piccolina*, répondit Carla en caressant la joue de sa fille avec tendresse, je t'assure que je suis en bonne voie de guérison. Transmets mes excuses à la senhora Aires Cabral, et dis-lui que j'espère être de retour à Rio sous peu.

Sur le seuil, Carla salua son mari et sa fille de la main. Antonio lui envoya un baiser et la voiture s'éloigna lentement dans l'allée pierreuse.

— Je suis vraiment soulagé de voir qu'elle se porte mieux, dit Antonio brusquement. Je ne sais pas ce que je ferais sans elle.

Bel s'étonna de l'expression vulnérable qu'elle surprit sur le visage de son père. C'était si rare. La plupart du temps, Antonio semblait à peine remarquer sa femme.

* * *

Le mois suivant fut occupé par des visites interminables à la *Casa das Orquídeas* pour mettre au point, avec Luiza, les détails du mariage. Bien que Bel fût déterminée à ne pas se laisser agacer par cette femme, elle dut se mordre la langue à plusieurs reprises pour ne pas réagir devant ses manières arrogantes et condescendantes.

Au début, elle exprima ses préférences concernant les cantiques, les tenues des demoiselles d'honneur – à accorder avec sa magnifique robe de mariée – et le menu du repas. Mais Luiza invoquait toujours une bonne raison pour décréter ses idées inconvenantes. Elle finit par accepter tout ce que suggérait sa future belle-mère, parce que cela lui était moins pénible.

Gustavo, qui se joignait parfois à elles dans le salon pendant ces entretiens, pressait sa main dans la sienne quand elle partait et la remerciait chaque fois d'être si patiente avec sa mère.

Bel rentrait chez elle épuisée. Elle avait de terribles migraines à force de se plier aux moindres souhaits de Luiza, et se demandait comment elle réussirait à se contenir encore, une fois installée sous le même toit.

C'était le plein été à Rio. Avec sa mère absente et son père qui passait ses journées au bureau, Bel jouissait d'une plus grande liberté. Loen, déprimée depuis qu'elle avait quitté son Bruno, l'accompagnait à la petite gare pour prendre le train et monter voir le *Cristo.* Sur le chantier fourmillant d'ouvriers, d'immenses barres de fer avaient été hissées et l'on discernait maintenant la forme de la croix.

Bel trouvait une consolation à suivre l'avancement des travaux. Depuis son séjour à la *fazenda*, elle était un peu apaisée. Quels que soient les sentiments que Laurent éprouvait pour elle, elle l'aimerait toujours. Elle avait compris qu'elle ne pouvait pas lutter, mais seulement capituler, accepter cet amour, car il resterait caché au fond de son cœur aussi longtemps qu'elle vivrait.

33

Paris, décembre 1928

— Les voilà terminées, prêtes à être découpées en morceaux et envoyées chez ces marchands de café au-delà des mers, déclara Landowski en contemplant la tête et les mains du Christ qui occupaient toute la place dans l'atelier.

Il tourna autour de la tête en l'examinant pensivement.

— Le menton continue à me préoccuper. Ici, de près, il paraît disproportionné par rapport au reste du visage, mais ce fou de Brésilien tient à son idée.

— Il sera vu de très loin, professeur…, fit remarquer Laurent.

— Seul Son Père dans les cieux sait si mon œuvre arrivera saine et sauve à Rio de Janeiro, grommela Landowski. Le Brésilien a réservé une place sur un cargo. Espérons que la mer sera calme et qu'un autre container dans la cale ne s'écrasera pas sur ma création. Je l'accompagnerais bien, si je pouvais, pour superviser l'embarquement et suivre la première étape du chantier, mais il m'est tout simplement impossible de me libérer. Ce projet m'a retenu deux fois plus longtemps que prévu et je dois me mettre à ma commande de Sun Yat-Sen, qui a déjà pris un retard considérable. J'ai fait tout ce qui était en mon pouvoir, soupira-t-il. À présent, je n'ai plus aucun contrôle.

Pendant que Laurent écoutait Landowski, une idée commença à germer dans son esprit. Mais il la garda pour lui, préférant réfléchir avant de la soumettre.

Le lendemain, Heitor da Silva Costa vint à l'atelier, et les deux hommes discutèrent de la meilleure façon de découper la tête en morceaux afin de la transporter. À nouveau, Laurent entendit Landowski s'inquiéter des dommages que sa précieuse statue risquait de subir durant la traversée.

— Vous avez raison, dit Heitor. Il devrait y avoir quelqu'un pour la surveiller dans la cale, mais je ne peux envoyer aucun des membres de mon équipe, ils n'ont pas terminé leur mission ici.

— Moi, je pourrais y aller, proposa soudain Laurent, dont la résolution s'était affermie depuis la veille.

Les deux autres se tournèrent vers lui.

— Vous, Brouilly ? s'étonna Landowski. Mais je croyais que vous étiez marié aux rues de Montparnasse et à l'existence débridée que vous y menez.

— Hélas, professeur, je n'ai jamais eu l'occasion de voyager hors de France. Quelques mois à l'étranger, dans un pays exotique, me permettraient peut-être d'élargir mes horizons artistiques et de développer mon inspiration.

— Oui, et à votre retour, vous nous sculpterez un superbe grain de café, plaisanta Landowski.

— Monsieur Brouilly, dit Heitor, si vous êtes sérieux, cela me paraît une excellente idée. Vous avez assisté à la naissance de cette création. En fait, vos mains y ont même contribué. Si le professeur accepte de se séparer de vous, il pourrait suivre la construction sur place à travers vos yeux.

— Et veiller à ce qu'ils ne plantent pas un doigt de Notre Seigneur dans son nez en assemblant les morceaux, marmonna Landowski.

— Je serais heureux de faire le voyage si vous le souhaitez, professeur, répondit Laurent. Quand le bateau doit-il partir, monsieur da Silva Costa ?

— La semaine prochaine, ce qui nous laisse le temps de découper les morceaux et de les mettre en caisses. J'ai hâte de les savoir parvenus à destination, intacts… Pouvez-vous être prêt pour un départ aussi précipité, monsieur Brouilly ? demanda Heitor.

— Il va devoir reporter ses délais de livraison, dit Landowski en jetant un regard impérieux à Laurent pour lui intimer le silence. Et j'imagine que le temps qu'il consacrera à ce déplacement fera l'objet d'une compensation financière ? Le gîte et le couvert, par exemple ?

— Oui, bien sûr, s'empressa d'acquiescer Heitor. Et en fait, maintenant que j'y pense, j'ai reçu un appel téléphonique il y a quelques jours de Gustavo Aires Cabral, le fiancé d'Izabela Bonifacio. Il a entendu parler de la sculpture que vous avez faite d'elle, monsieur Brouilly, et il aimerait l'offrir à sa femme en cadeau de mariage. Je lui ai dit que je vous demanderais si vous étiez prêt à la vendre.

— Je…

Laurent s'apprêtait à répondre qu'en aucun cas il ne céderait la sculpture de sa précieuse Izabela à son fiancé, quand Landowski lui coupa la parole.

— Quel dommage. Et vous qui venez justement de recevoir la proposition d'un riche acheteur, Brouilly. Vous l'avez acceptée ?

— Non, je…, bredouilla Laurent.

— Ah, alors peut-être que le fiancé de Mademoiselle Bonifacio vous fera une meilleure offre, et vous prendrez votre décision en conséquence. Vous parliez de deux mille francs, c'est bien cela ?

D'un regard autoritaire, Landowski incita Laurent à jouer le jeu.

— Oui.

— Eh bien, Heitor, dites à monsieur Aires Cabral que s'il est disposé à offrir davantage, et à couvrir les frais d'envoi à Rio, la sculpture est à lui.

— Je n'y manquerai pas, répondit Heitor, à l'évidence peu intéressé par cette tractation, l'esprit entièrement préoccupé par ses propres affaires. Je suis sûr que cela ne lui posera aucun problème… Bien. Je reviendrai vous voir demain pour suivre vos progrès avec notre puzzle géant. Bonne journée.

Après avoir adressé un salut aux deux hommes, Heitor quitta l'atelier.

— Qu'est-ce qui vous prend, professeur ? demanda Laurent. Je n'ai pas d'acheteur pour la sculpture de Mademoiselle Izabela. D'ailleurs, je ne pensais pas la vendre.

— Brouilly, vous ne voyez pas que je vous ai rendu service en me faisant votre agent ? répliqua Landowski d'un air taquin. Vous devriez me remercier. Ne vous imaginez pas que je ne lis pas clair dans votre désir soudain de traverser l'océan avec les morceaux du Christ. Et si vous décidez de rester au Brésil, il vous faudra de l'argent. À quoi bon garder votre précieuse sculpture, là-bas, alors que vous aurez rejoint son image vivante, la personne même qui l'a inspirée ? Laissez donc son fiancé posséder et adorer sa beauté extérieure immortalisée dans la pierre. Il ne touchera sans doute jamais son âme, comme vous l'avez fait. Et personnellement, l'échange me paraît à votre avantage, ajouta Landowski avec un petit rire. Allons, au travail maintenant.

Cette nuit-là, en se couchant sur sa palette dans l'atelier, coincé entre la tête du Seigneur et un de Ses énormes doigts, Laurent se demanda s'il ne commettait pas une terrible bêtise.

Izabela avait clairement choisi son avenir. Son mariage était imminent et la célébration aurait probablement déjà eu lieu quand il arriverait à Rio. Qu'espérait-il donc en se rendant là-bas ?

Mais Laurent, comme tous les amoureux, croyait au destin. Avant de fermer les yeux, il lui sembla voir la promesse d'une intervention divine dans la paume géante suspendue au-dessus de lui.

34

Rio de Janeiro, janvier 1929

Le matin du mariage de Gustavo Maurício Aires Cabral et d'Izabela Rosa Bonifacio, un soleil chaud et clair brillait dans un ciel sans nuages. Bel quitta à regret le lit de jeune fille où elle ne dormirait plus jamais. Il était encore tôt, et lorsqu'elle sortit de sa chambre, seuls lui parvenaient les bruits d'une lointaine activité dans la cuisine.

Elle descendit pieds nus en catimini et traversa le salon pour se rendre dans la petite pièce qui abritait la chapelle. Après avoir allumé un cierge devant l'autel, elle s'agenouilla sur le prie-Dieu tendu de velours rouge, ferma les yeux et joignit les mains.

— Je vous en prie, Sainte Vierge, en ce jour de mon mariage, donnez-moi la force et le courage d'être une bonne épouse aimante pour mon mari. Et une belle-fille patiente et attentionnée pour ses parents, ajouta-t-elle avec sincérité. Accordez-moi de mettre au monde des enfants sains et résistants, et de toujours rendre grâce plutôt que de m'apitoyer sur mes difficultés. Faites que mon père reste en bonne santé et que ma chère mère se rétablisse. Amen.

Elle leva alors des yeux pleins de larmes vers le visage lisse de la Madone.

— Vous êtes une femme… J'espère que vous me pardonnerez les pensées que je garde encore dans mon cœur, murmura-t-elle.

Quelques minutes plus tard, Bel fit une génuflexion et, après avoir pris une grande inspiration, quitta la chapelle pour affronter le jour qui était censé être le plus heureux de sa vie.

* * *

Tout se déroula à merveille ce jour-là. La foule s'était massée devant la cathédrale pour voir l'arrivée d'Izabela, et les acclamations jaillirent quand elle descendit de la Rolls-Royce, vêtue d'une époustouflante robe en dentelle de Chantilly dessinée par Jeanne Lanvin à Paris. Dans l'église bondée, tout en remontant l'allée au bras de son père qui la conduisait fièrement à Gustavo, elle jeta de discrets regards par-dessous sa voilette blanche et distingua les visages de nombreux membres de la plus haute société.

Une heure plus tard, les cloches sonnant à toute volée, elle sortait sur les marches de la cathédrale au bras de Gustavo. La foule applaudit à nouveau tandis qu'il l'aidait à monter dans une calèche à la capote abaissée pour gagner le Copacabana Palace, où, debout aux côtés de son nouvel époux, elle accueillit les trois cents invités qui affluaient dans les salons.

Bel et Gustavo se retirèrent dans leur suite après le long et copieux déjeuner, afin de se reposer jusqu'au grand bal qui serait donné le soir.

Une fois la porte refermée, Gustavo la prit dans ses bras.

— Enfin, murmura-t-il, le visage enfoui dans son cou. Je suis libre de vous embrasser…

Il la serra contre lui et l'embrassa férocement, comme un homme affamé. Ses mains brutales lui empoignèrent les seins à travers la fine dentelle.

— Aïe, gémit-elle. Vous me faites mal.

— Pardonnez-moi, Bel, dit Gustavo en la relâchant, avec un effort visible pour se contrôler. Mais j'attends depuis si longtemps… Dans quelques heures, je pourrai enfin vous tenir nue dans mes bras. Vous servirais-je à boire ? demanda-t-il en se détournant, tandis que Bel réprimait un frisson.

— Non, merci.

Il alla prendre une carafe en cristal posée sur une desserte et se versa un grand verre de brandy.

— Vous avez raison. Je ne voudrais pas que vos sens soient émoussés pour ce soir. À ma femme, ma superbe femme, reprit-il, et il leva son verre en souriant, puis il avala le brandy d'un trait.

Bel avait remarqué à plusieurs reprises que Gustavo semblait aimer l'alcool. Lors des réunions mondaines auxquelles ils se rendaient ensemble, il lui paraissait souvent un peu éméché à la fin de la soirée.

— Je dois vous dire que je vous ai acheté un cadeau de mariage très original, continua-t-il. Hélas, il n'est pas encore arrivé, mais nous le trouverons en rentrant de notre lune de miel... Voulez-vous que je vous aide à vous déshabiller pour que vous puissiez vous reposer ?

Bel mourait d'envie de s'allonger sur le grand lit de la suite. Ses pieds lui faisaient mal, comprimés dans des souliers de satin à talons hauts – à quoi s'ajoutait le diadème piqué dans ses cheveux relevés sur le sommet de la tête, de sorte que, devant l'autel, à l'église, elle dépassait son futur mari de presque dix centimètres. Sans parler de l'inconfortable corset que Loen avait étroitement ajusté le matin, sous la dentelle. Mais elle ne pouvait imaginer les doigts pâles et maigres de Gustavo la délivrant de sa robe.

— Je vais dans la salle de bains, annonça-t-elle en rougissant de honte.

Gustavo, qui s'était déjà resservi un verre de brandy, hocha la tête.

Bel entra dans la luxueuse pièce tapissée de miroirs et s'assit avec soulagement dans un fauteuil. Fermant les yeux, elle réfléchit au ridicule de cette situation : il suffisait d'une bague à son doigt et de quelques courtes formules pour que sa vie change radicalement.

Il était parfaitement absurde d'opposer, d'un côté, la femme avant le mariage, dont il fallait protéger la vertu à tout prix contre le prédateur masculin, et celle qui, quelques heures plus tard seulement, se retrouvait seule avec un homme dans une chambre pour y accomplir le plus intime des actes. Elle se regarda dans le miroir et soupira.

— C'est un étranger, murmura-t-elle à son reflet dans la glace, se rappelant la conversation qu'elle avait eue la veille avec sa mère.

Carla, presque remise sur pieds après son séjour à la *fazenda*, était entrée dans sa chambre au moment où Bel s'apprêtait à éteindre la lumière et avait pris les mains de sa fille dans les siennes.

— *Querida*, je vais maintenant te dire ce qui va t'arriver demain soir…

Bel était aussi gênée que sa mère.

— Mãe, je crois que je sais.

Bien que visiblement soulagée, Carla avait continué :

— Tu as donc conscience que la première fois risque d'être un peu… malaisée ? Et qu'il est possible que tu saignes ? Mais il paraît que si l'on a monté à cheval, les chairs tendres qui garantissent qu'une femme est pure peuvent avoir été déchirées. Et tu montais beaucoup à la *fazenda*.

— Cela, je l'ignorais.

— Quant à l'acte lui-même… Eh bien… Il faut un peu de temps pour s'habituer, mais j'imagine que Gustavo a de l'expérience et qu'il saura se montrer délicat.

— Mãe, est-ce que… Est-ce convenable d'aimer le faire ? demanda Bel maladroitement.

Carla éclata de rire.

— Bien sûr, *querida*. Tu seras une femme mariée, et rien ne plaît plus à un homme qu'une épouse désireuse d'explorer les plaisirs de la chambre. C'est ainsi que tu conserveras ton mari, comme moi j'ai su garder le mien…

Le rouge lui montant aux joues, Carla poursuivit :

— Et n'oublie pas qu'il s'agit surtout d'obéir à la volonté de Dieu, afin d'engendrer des enfants. C'est un sacrement que les époux se donnent l'un à l'autre. Bonne nuit, Izabela. Dors bien et ne crains rien. Ce sera mieux que ce à quoi tu t'attends, je te le promets.

Bel éprouva un violent dégoût à l'idée que Gustavo la touche comme Carla l'avait discrètement laissé entendre. En se levant pour aller le rejoindre, elle espéra que son appréhension, simple trac lié à la première fois, lui passerait et qu'ensuite tout se déroulerait selon les prévisions de sa mère.

* * *

Un silence total tomba sur la grande salle de bal quand Izabela apparut, dans une spectaculaire robe sirène de chez Jean

Patou qui épousait ses formes et s'arrondissait à ses pieds en une traîne d'un blanc étincelant.

Les invités applaudirent au moment où Gustavo l'enlaça pour danser.

— Vous êtes merveilleuse, ma chérie, et tous les hommes ici sont jaloux parce que c'est moi qui partagerai votre lit ce soir, lui murmura-t-il à l'oreille.

Après l'ouverture du bal, elle ne revit presque pas Gustavo. Les nouveaux mariés devaient s'occuper de leurs invités et Bel, trois heures durant, dansa avec des cavaliers innombrables dont elle ne connaissait pas le nom et qui, tous, évoquaient la chance de Gustavo. Elle but très peu, déjà nauséeuse à force de redouter ce qui allait suivre, puis prise de terreur lorsqu'elle vit les invités se regrouper devant le grand escalier pour assister à la montée des époux.

— C'est l'heure, dit Gustavo en surgissant à ses côtés, et, ensemble, ils s'avancèrent au pied des marches.

Gustavo réclama le silence.

— *Meus senhores, senhoras e amigos.* Je vous remercie d'avoir célébré ce grand jour avec nous. Mais à présent, le moment est venu pour moi de prendre ma femme par la main et de la conduire à l'étage.

Un concert de sifflements et d'allusions grivoises s'éleva.

— Je vous souhaite donc à tous une bonne soirée, et une bonne nuit. Venez, Izabela.

Elle prit le bras qu'il lui offrait et ils gravirent l'escalier.

Cette fois, dès que la porte de la suite fut refermée, Gustavo ne s'embarrassa pas de délicatesses. Sans plus de cérémonie, il la poussa sur le lit et se jeta sur elle en lui emprisonnant les poignets, couvrant son visage et son cou de baisers frénétiques tandis que ses mains la palpaient partout sous sa belle robe.

— Laissez-moi me tourner et vous pourrez défaire les boutons, chuchota-t-elle, soulagée d'échapper à son haleine chargée d'alcool.

Elle sentit ses doigts tâtonner sur les minuscules perles qui retenaient le tissu. Bientôt, au comble de l'agacement, il le déchira d'un coup sec.

Après avoir retiré la robe, il ôta son corset et la bascula vers lui. Ses lèvres plongèrent droit sur ses seins, tandis qu'une main remontait le long de sa cuisse, au-dessus de la jarretière, et s'aventurait sous le triangle de soie qui protégeait son intimité.

Après quelques autres attouchements maladroits, il déchira le fin tissu, puis se mit à genoux pour dégrafer son pantalon et se libérer. Tout habillé, il se pressa durement contre ses chairs tendres, gémissant de rage et d'impatience. Enfin, aidé de sa propre main, il se poussa en elle.

Bel se mordit la lèvre pour ne pas exprimer sa douleur. Le noir se fit tout autour d'elle tandis qu'elle fermait les yeux et respirait par courtes saccades, luttant contre la panique. Heureusement, au bout de quelques secondes seulement, il lâcha un cri aigu, étrangement féminin, et s'effondra sur elle.

Sans bouger, Bel écouta le souffle haletant à son oreille. Gustavo avait posé sa tête à côté de la sienne, le visage enfoui dans la courtepointe, et l'écrasait de son poids alors qu'elle-même, les jambes pliées, sentait le plancher sous ses pieds encore chaussés. Quand elle tenta de se dégager, il leva la tête et la regarda.

Il sourit et lui caressa la joue.

— Enfin, tu es à moi. Maintenant, va te nettoyer. Tu comprends que la première fois…

— Je sais, dit-elle vivement en s'enfuyant dans la salle de bains pour ne pas lui laisser le temps de développer.

Bel fut heureuse d'avoir parlé à sa mère la veille, car malgré la douleur qui lui vrillait les entrailles, lorsqu'elle s'essuya, l'étoffe resta propre. Elle dénoua ses cheveux et revêtit la chemise de nuit et le peignoir qu'une domestique de l'hôtel avait eu la bonne idée de suspendre à la porte. Quand elle revint dans la chambre, Gustavo était déjà au lit, nu, l'air perplexe.

— Je n'ai pas vu de sang sur la courtepointe. Comment est-ce possible ? demanda-t-il en la dévisageant.

— Ma mère m'a prévenue que s'il n'y en avait pas, ce serait parce que j'ai beaucoup monté à cheval à la *fazenda* quand j'étais plus jeune, répondit-elle, gênée par l'indélicatesse de la question.

— Ah. Alors, voilà peut-être l'explication. Mais tu es vierge, n'est-ce pas ?

— Gustavo, vous m'insultez !

Bel sentit la colère monter.

— Oui oui, pardon. (Il tapota le matelas près de lui.) Allez. Viens te coucher à côté de ton mari.

Bel obéit, ravalant l'amertume que lui inspirait son insinuation.

Il l'entoura de son bras pour l'attirer à lui et éteignit la lumière.

— Je pense que tu en conviendras, nous sommes bel et bien mariés maintenant.

— Oui.

— Je t'aime, Izabela. Jamais je n'ai été aussi heureux que ce soir.

— Moi non plus.

Elle réussit à prononcer les mots qu'il attendait d'elle, malgré le puissant démenti qui se levait au fond de son âme.

Et tandis que Bel ne trouvait pas le sommeil, à côté de l'homme qui était désormais son mari, le cargo apportant la tête et les mains du *Cristo*, sous la surveillance de Laurent Brouilly, accostait dans le port de Rio.

35

Au lendemain de la première nuit qu'il passait sur la terre ferme depuis six semaines, Laurent s'éveilla inondé de sueur dans ses draps trempés. Même les jours les plus chauds à Montparnasse n'étaient rien comparés à l'atmosphère torride de Rio.

Il s'approcha d'un pas vacillant de la table où la domestique avait laissé une cruche d'eau, l'attrapa et but à longs traits pour étancher sa soif. Puis il passa dans la minuscule salle de bains attenante, ouvrit le robinet et se mouilla la tête. Après avoir enroulé une serviette autour de ses hanches nues, enfin ragaillardi, il retourna dans la chambre et alla ouvrir les volets.

Il était plus de minuit, la veille, lorsqu'il était arrivé à l'hôtel où Heitor lui avait suggéré de descendre en attendant de trouver un autre logement, et, dans l'obscurité, il n'avait pu observer les alentours. Mais une fois au lit, bercé par le bruit des vagues qui déferlaient sur le rivage, il avait compris que la mer n'était pas loin.

Et ce matin… quel spectacle ! Aussi loin que son regard se portait, de l'autre côté de la route, une plage de sable fin s'étirait à l'infini, déserte en cette heure matinale, avec des vagues d'au moins deux mètres qui roulaient sans répit, projetant une formidable écume blanche.

À cette vue, il se sentit immédiatement rafraîchi. Laurent avait toujours adoré se baigner dans la Méditerranée quand il se rendait en vacances dans la maison familiale près de Saint-Raphaël et il avait hâte de se jeter dans l'eau.

Même l'odeur de l'air était nouvelle, incroyablement exotique. Comme beaucoup de ses compatriotes français, à qui leur patrie offre tant de saisons et de paysages variés – depuis les pentes enneigées des Alpes aux lumineuses collines du

Sud –, Laurent n'avait jamais été tenté par les voyages à l'étranger.

À présent, debout à sa fenêtre, il s'en voulut d'avoir pensé qu'aucun autre pays ne lui offrirait rien de plus.

Il avait envie d'explorer Rio, mais auparavant, il devait rencontrer le maître d'œuvre de monsieur da Silva Costa, Heitor Levy. Celui-ci lui avait laissé un mot à l'hôtel annonçant qu'il viendrait le chercher à onze heures. La tête et les mains du Christ avaient été déchargées avant que le cargo n'accoste, puis entreposées dans une petite ferme dont le senhor Levy était propriétaire, à quelque distance du port. Pourvu que les délicats morceaux du moule soient parvenus intacts à destination, songea Laurent. Il était descendu dans la cale quatre fois par jour pour veiller sur les caisses, mais il redoutait qu'il leur soit arrivé malheur au cours du débarquement…

Dans la salle à manger, un festin de fruits exotiques l'attendait pour le petit déjeuner. N'en connaissant aucun, il en prit un de chaque variété, bien décidé à découvrir cette nouvelle culture. Il choisit aussi une tranche d'un gâteau au parfum délicieux, tout juste sorti du four. Une employée lui servit un café chaud et fort qu'il but avec gratitude, soulagé de trouver quelque chose qui ressemblait à ce dont il avait l'habitude chez lui.

À onze heures, il retrouva comme convenu le senhor Levy à l'accueil.

— Bienvenue à Rio, monsieur Brouilly. Comment s'est passé votre voyage ? lui demanda l'homme dans un français correct.

— Très bien, je vous remercie. J'ai appris un tas de jeux de cartes et de plaisanteries grivoises avec mes amis marins, répondit Laurent en souriant.

— Parfait. Mon chauffeur attend dehors pour nous emmener à ma *fazenda.*

Dans la voiture, Laurent s'étonna de la modernité qu'il voyait autour de lui. Landowski plaisantait, à l'évidence, en lui décrivant les habitants comme des indigènes qui se promenaient nus, brandissaient des lances et dévoraient des bébés. Cette ville lui paraissait tout aussi civilisée que Paris.

En revanche, il fut surpris par la peau sombre et hâlée de la population, pourtant vêtue à l'occidentale. Tandis que la voiture quittait la ville, il aperçut un grand bidonville sur sa droite.

— Nous appelons cela une *favela*, expliqua Levy. Et hélas, les gens s'y entassent en nombre bien trop important.

Laurent pensa à Paris, où les pauvres semblaient presque invisibles. Ici, la richesse et la pauvreté se répartissaient l'espace en des territoires bien distincts.

— Oui, monsieur Brouilly, dit Levy, lisant dans son esprit. Ici, au Brésil, les riches sont très riches, et les pauvres… meurent de faim.

— Vous êtes portugais, monsieur ?

— Non. Ma mère est italienne et mon père allemand. Et je suis Juif. Ce pays est constitué d'une multitude de nationalités diverses, même si les Portugais se considèrent comme les vrais Brésiliens. Les immigrants sont venus d'Italie, d'Espagne, et bien sûr d'Afrique, avec les anciens esclaves amenés par les Portugais pour travailler sur les plantations. En ce moment, ce sont les Japonais qui arrivent en masse. Tout le monde espère faire fortune ici. Quelques-uns réussissent, mais hélas beaucoup atterrissent dans les *favelas*.

— C'est très différent chez nous. En France, la plupart des habitants sont nés et ont toujours vécu là.

— Bienvenue au Nouveau Monde, monsieur Brouilly. C'est à nous de construire ce pays, tous ensemble, quel que soit notre lieu de naissance.

* * *

De toute sa vie, Laurent n'oublierait jamais la vision insolite qu'offrait l'énorme tête du Christ, posée dans un champ, avec des poules qui picoraient autour et un gros coq lissant ses plumes sur Son nez.

— Le senhor da Silva Costa m'a téléphoné à cinq heures ce matin pour s'enquérir de l'état de son précieux *Cristo*, expliqua Levy. J'ai donc décidé d'assembler les morceaux ici et de vérifier qu'il n'a subi aucun dommage. Ce qui est le cas pour l'instant.

À la vue de cette tête qui gisait maintenant en plein ciel, à des milliers de kilomètres de l'atelier de son créateur, Laurent sentit sa gorge se serrer.

— J'ai l'impression qu'Il s'est sorti sain et sauf de Son voyage. Peut-être grâce à une protection d'En-Haut, murmura Levy, ému lui aussi. Je n'essaierai pas de reconstituer les mains, pas encore, mais je les ai inspectées et elles aussi semblent en être réchappées sans une égratignure. Un de mes hommes va prendre une photo pour marquer l'occasion. Je l'enverrai au senhor da Silva Costa, et à monsieur Landowski aussi, bien sûr.

Une fois la photo prise, Laurent examina à son tour la tête et les mains afin de pouvoir écrire à Landowski de son côté pour le rassurer. Il pensa à la sculpture de Bel, qui devait à présent reposer dans sa caisse sur un quai, en espérant que le voyage l'avait épargnée elle aussi.

Après maintes hésitations, Laurent avait suivi le conseil de Landowski et accepté l'offre du senhor Aires Cabral, qui se montait à deux mille cinq cents francs. Landowski avait raison : il pouvait toujours en sculpter une autre et, ne sachant pas ce que l'avenir lui réservait, l'occasion était trop belle pour qu'il se permette de la refuser.

— Vous avez mené à bien votre mission, déclara Levy, mais je suis sûr que vous êtes impatient de voir le chantier sur le Corcovado. C'est un spectacle vraiment saisissant. Je vis là-haut avec les ouvriers afin de hâter les travaux, car le temps presse.

— Oui, je suis en effet très impatient, répondit vivement Laurent. Je n'imagine pas comment l'on peut ériger un tel monument au sommet d'une montagne.

— Nous étions tous sceptiques, reconnut Levy avec flegme. Mais vous verrez, c'est possible… Au fait, le senhor da Silva Costa m'a demandé de vous aider à vous loger pendant votre séjour ici. Car vous ne parlez pas un mot de portugais, n'est-ce pas ?

— C'est exact.

— J'ai justement un appartement à vous proposer. À Ipanema, pas très loin de la plage de Copacabana, où se trouve votre hôtel. Je l'ai acheté avant mon mariage et je n'ai jamais eu le cœur de m'en séparer. Je serais ravi de vous héberger. Le senhor da Silva Costa, bien sûr, s'acquittera de vos frais, ainsi que vous en êtes convenus avec lui. Je crois que vous vous y plairez. La vue est spectaculaire, et la lumière entre à flots… Parfait pour un sculpteur comme vous.

— Merci, senhor Levy. Votre générosité me touche.

— Nous irons le voir tout à l'heure. Et si cela vous convient, vous pourrez emménager dès aujourd'hui.

À la fin de l'après-midi, Laurent était l'heureux locataire d'un appartement clair et spacieux, au troisième étage d'un immeuble près de la plage d'Ipanema. Les pièces à plafonds hauts, élégamment meublées, ouvraient sur un balcon ombragé avec vue sur la mer et la brise tiède charriait une odeur de sel.

Levy l'avait accompagné à l'hôtel pour qu'il récupère sa valise, puis déposé ici. Il devait repasser plus tard afin de lui présenter la domestique qui lui préparerait ses repas et se chargerait du ménage pendant son séjour.

Émerveillé, Laurent erra de pièce en pièce, n'en revenant pas de disposer d'autant d'espace en comparaison de sa sordide mansarde de Montparnasse, sans parler d'une domestique. Il s'assit sur l'énorme lit en acajou, puis se laissa aller en arrière en offrant son visage au souffle du ventilateur, et bientôt, soupirant d'aise, il s'endormit.

Le soir, comme promis, Levy amena Monica. C'était une Africaine d'âge mûr à l'air effacé.

— Je l'ai prévenue que vous ne parliez pas portugais, mais avec votre accord, monsieur Brouilly, elle s'occupera du ménage, des courses et de votre dîner. Si vous avez besoin de quoi que ce soit, il y a un téléphone dans le salon. N'hésitez pas à m'appeler.

— Je ne pourrai jamais assez vous remercier pour votre gentillesse, monsieur Levy, répondit Laurent avec gratitude.

— Nous sommes très honorés de vous recevoir ici au Brésil, et nous ne voudrions pas que vous rapportiez à monsieur Landowski et au Tout-Paris que nous vivons comme des païens, déclara Levy en levant un sourcil amusé.

— Certainement pas, monsieur. D'après ce que j'ai vu jusqu'à présent, je vous trouve bien plus civilisés que nous.

— Au fait, votre sculpture est-elle arrivée à bon port ?

— Oui, elle a été débarquée, intacte. Les autorités se chargent de prévenir l'acheteur et de la lui faire livrer.

— Les Aires Cabral sont sûrement partis en lune de miel. Le mariage a eu lieu pas plus tard qu'hier.

Laurent fixa Levy d'un air stupéfait.

— Mademoiselle Izabela s'est mariée hier ?

— Oui. Leur photo s'étale en première page de tous les journaux aujourd'hui. La mariée était magnifique, à l'image de ce très bel événement qui a été célébré parmi la plus haute société. Votre modèle a réussi un parcours sans faute.

Laurent faillit avoir un malaise. Il était arrivé à Rio le jour même du mariage d'Izabela ! Cette terrible ironie du sort était presque plus qu'il ne pouvait supporter.

— Je vous laisse à présent. Bonsoir, monsieur Brouilly.

Levy partit, après avoir rappelé à Laurent qu'il viendrait le chercher à deux heures lundi après-midi pour le conduire au chantier du Corcovado.

Tandis que Monica s'affairait dans la cuisine d'où émanait un fumet délicieux, Laurent, en proie au besoin impérieux d'avaler un remontant, sortit une bouteille de vin français de sa valise, la déboucha et l'emporta sur le balcon. Là, il se servit un verre, puis s'assit en posant les pieds sur la table et but à petites gorgées. Le goût du vin le ramena instantanément chez lui. Il contempla le soleil qui se couchait derrière les montagnes, le cœur lourd.

— Izabela, murmura-t-il à la brise. Me voici dans votre beau pays. J'ai fait tout ce chemin pour vous retrouver, mais apparemment, il est trop tard.

36

Une semaine après son mariage, Bel revint de sa lune de miel, à bout de nerfs et épuisée. Ils avaient séjourné au cœur du Minas Gerais, dans une vieille maison appartenant à la grand-tante et à l'oncle de Gustavo mais qui avait perdu sa beauté d'antan. Le climat était étouffant, sans la moindre brise marine ni altitude pour rafraîchir la température, et l'air si chaud qu'il lui brûlait presque les narines quand elle respirait.

Elle avait dû supporter d'interminables dîners tandis qu'on la présentait aux membres les plus âgés de la famille de Gustavo, dont la santé ne leur avait pas permis de se déplacer pour assister au mariage. Autant d'épreuves qu'elle aurait aisément endurées, s'il n'y avait eu les nuits.

Sa mère avait omis de l'informer quant à la fréquence de ces ébats dans la chambre. L'appétit de Gustavo semblait insatiable. Malgré tous ses efforts pour se détendre et essayer de prendre goût à certains gestes intimes qu'il lui imposait – que personne ne lui avait jamais expliqués et dont la seule pensée la faisait rougir –, elle n'avait pas réussi.

Chaque nuit, à peine la porte refermée, il se jetait sur elle et lui arrachait ses vêtements – ou parfois il ne la déshabillait même pas. Elle se laissait faire, écrasée sous son poids, attendant seulement que cette brutalité prenne fin.

Alors, au moins, il s'endormait immédiatement. Mais certains matins aussi, en s'éveillant, elle sentait ses mains l'agripper et, quelques secondes plus tard, il venait à nouveau sur elle.

La veille, il avait voulu s'introduire dans sa bouche contre sa volonté. Voyant qu'elle s'étouffait, il avait ri et expliqué qu'elle s'habituerait, que toutes les femmes faisaient cela pour donner du plaisir à leur mari et qu'elle ne devait pas avoir honte.

Bel avait désespérément besoin de demander conseil à quelqu'un. Où étaient la tendresse et les délicates attentions dont avait parlé sa mère ?

De retour dans sa chambre nuptiale, complètement restaurée, au premier étage de la *Casa das Orquídeas,* elle se laissa tomber dans un fauteuil. Une poupée de chiffons, voilà comment elle se sentait, bousculée et tiraillée sur ordre de son mari.

Chez elle, son père disposait d'un cabinet privé muni d'un lit où il dormait souvent. Pareil luxe n'existait pas ici, songea-t-elle avec désespoir en entrant dans la nouvelle salle de bains attenante à la chambre. Si elle réussissait à concevoir un enfant, alors peut-être la laisserait-il tranquille ?

Bel tentait de se consoler par le fait que Gustavo, la journée, se montrait tendre et aimant. Il lui prenait la main, passait un bras sur son épaule lorsqu'ils marchaient côte à côte, et racontait à qui voulait l'entendre combien il était heureux. Si seulement le cauchemar nocturne pouvait cesser, elle accepterait mieux sa nouvelle vie. Mais tant que son supplice durerait, elle savait qu'elle s'éveillerait chaque matin le cœur empli de craintes.

— Tu es bien pâle, ma chère, dit Luiza ce soir-là au dîner. Peut-être y a-t-il déjà un enfant en route ?

Elle se tourna fièrement vers Gustavo.

— Peut-être, Mãe, répondit-il. Nous verrons.

Le silence tomba. Au bout d'un moment, Bel osa prendre la parole.

— Je pensais rendre visite à ma mère demain. J'aimerais voir comment elle va.

— Bien sûr, Izabela, répondit Gustavo. Pour ma part, je comptais me rendre à mon club. Je peux te déposer au passage et revenir te chercher plus tard.

— Demain matin, Izabela, déclara alors Luiza, je souhaite que tu me rejoignes dans la bibliothèque et nous passerons en revue les comptes de la maisonnée. Je suis sûre que chez toi, il n'était pas nécessaire de tenir un budget, mais ici, nous n'aimons pas le gaspillage.

— Bien, Luiza.

Bel se retint de lui faire remarquer que c'était son père qui offrait aux Aires Cabral la rénovation de leur maison. Et qu'il avait en outre alloué une somme considérable en liquide à Gustavo afin de couvrir les frais de sa garde-robe et diverses dépenses engagées par les nouveaux époux.

— Il est l'heure d'aller se coucher, mon amour, dit Gustavo en lui faisant signe de se lever, et le cœur de Bel se mit à battre avec angoisse – au moment où ils étaient passés au salon pour prendre le café, Izabela avait vu son mari se servir un autre brandy.

— Bonne nuit, Mãe et Pai. À demain.

Gustavo s'inclina légèrement devant ses parents puis il prit Bel par la main. Elle inspira profondément et le suivit en direction de la chambre.

* * *

— *Querida*, dit Carla en accueillant Bel à la porte. Tu m'as manqué. Entre vite et raconte-moi ta lune de miel. C'était merveilleux ?

Bel se retint de se jeter dans les bras de sa mère et de pleurer sur son épaule.

— Oui, répondit-elle simplement, tandis que Carla l'entraînait au salon. La famille de Gustavo s'est montrée très aimable avec moi.

— Tant mieux. Et Gustavo ? Il est content ?

— Oui, il allait à son club aujourd'hui. Pour être honnête, je n'ai aucune idée de ce qu'il y fait.

— Des affaires d'hommes..., répliqua Carla. Il surveille sans doute son portefeuille d'actions. Lequel, s'il ressemble à celui de ton père, doit être florissant en ce moment. Le marché du café est en hausse constante. La semaine dernière, ton père a acheté deux autres plantations. Dont vous hériterez un jour, Gustavo et toi. Alors, dis-moi. Comment se passe ta vie de femme mariée ?

— Je... j'essaie de m'habituer.

Carla fronça les sourcils.

— Tu « essaies de t'habituer » ? Izabela, que veux-tu dire par là ? Tu n'es pas heureuse de ton nouveau statut ?

— Mama..., commença Bel, s'adressant à sa mère comme lorsqu'elle était enfant, je...

— Parle, ma fille.

— Je... je voudrais savoir si... Est-ce que Gustavo voudra toujours... avoir cette activité... dans la chambre tous les soirs ?

Carla considéra sa fille un instant, puis se mit à rire.

— Ah, je vois. Tu as un mari qui a le sang chaud et prend du plaisir avec sa belle nouvelle femme. Izabela, c'est une bonne chose. Cela signifie qu'il t'aime et te désire. Tu comprends, n'est-ce pas ?

Bel avait désespérément besoin de poser ses questions, concernant ce que Gustavo lui faisait et ce qu'il exigeait d'elle en retour, mais elle n'osait pas prononcer les mots.

— Mais Mãe, je suis très fatiguée.

— Tu ne dors pas beaucoup, bien sûr, dit Carla, s'obstinant à ne pas voir la détresse de sa fille. Je me rappelle avoir vécu la même chose avec ton père, au début de notre mariage. C'est naturel, *querida*, et oui, au bout d'un moment, cette activité se calmera. Peut-être quand tu seras enceinte, ce qui ne devrait pas tarder, d'après ce que j'entends, ajouta-t-elle avec un sourire. J'ai toujours eu envie d'être grand-mère.

— Et moi, mère...

— Et comment te trouves-tu dans ta belle maison toute restaurée ? La senhora Aires Cabral est gentille avec toi ?

— Elle m'a bien accueillie, répliqua Bel d'une voix neutre. Mais ce matin, nous avons parlé des comptes de la maisonnée. Ils mènent une vie beaucoup plus frugale que nous.

— Maintenant que ton père a donné une telle somme à Gustavo, cela changera sûrement, n'est-ce pas ? À ce propos, j'ai quelque chose à t'annoncer. Mais j'attendrai que ton père soit là, dit Carla d'un air mystérieux.

— Et toi, Mãe ? Tu vas bien ? fit Bel pour changer de sujet, comprenant que sa mère ne voulait tout simplement pas entendre que sa fille puisse être malheureuse.

— Oui, je me porte à merveille, répondit gaiement sa mère. Même si la maison est un peu vide, sans toi. Quand tu étais partie en Europe, je savais que tu reviendrais. Alors qu'aujourd'hui, je sais que tu ne reviendras jamais. Enfin, tu n'es tout de même pas très loin, et j'espère que nous nous verrons souvent.

— Bien sûr.

Bel eut tristement conscience de l'étrange distance qui semblait brusquement s'être installée entre elles. C'était comme si Carla acceptait que sa fille lui avait été arrachée, et qu'elle appartenait maintenant à son mari et à sa belle-famille.

— Ah, voilà ton père. Je lui ai dit que tu venais cet après-midi et il a promis de rentrer tôt du bureau pour te voir.

Antonio arriva, jovial comme à son habitude. Après avoir serré sa fille dans ses bras, il s'assit près d'elle et lui prit les mains.

— Je voulais attendre que tu sois rentrée de ta lune de miel pour te parler du cadeau que nous te faisons pour ton mariage. Hier, Izabela, j'ai transféré le titre de propriété de la *fazenda* Santa Tereza à ton nom.

Bel regarda son père, les yeux brillants de bonheur.

— Pai ! Tu veux dire que la *fazenda* est à moi ? À moi toute seule ?

— Oui, Izabela. Cependant, il y a une petite complication dont je dois t'informer.

Antonio marqua une pause en se frottant le menton.

— Tu l'ignores peut-être, mais pour l'instant, au Brésil, le mari acquiert les droits légaux sur tous les biens que possède sa femme. Aussi, puisque ta mère insiste pour que la *fazenda* ne soit qu'à toi, j'ai dû faire preuve d'un peu de… créativité. J'ai créé un trust à ton nom, confié à l'administration de mon avocat, qui inclut la *fazenda* et t'autorise à en percevoir les revenus. Tu as par ailleurs le droit d'y habiter jusqu'à ta mort. Nous espérons que d'ici là, nos lois désuètes changeront et que tu deviendras propriétaire de la *fazenda* sans intermédiaire. Il y a aussi une clause en vertu de laquelle le trust sera transmis automatiquement à tes enfants.

— Je comprends. Merci, merci à tous les deux, murmura Bel, tellement émue que les mots s'étranglaient dans sa gorge. Rien ne pouvait me faire plus plaisir.

Elle se leva pour embrasser sa mère, sachant que celle-ci était à l'initiative de ce merveilleux cadeau.

— J'estime que ton père s'est montré extrêmement généreux envers la famille de ton mari, dit Carla. Même si Gustavo avait connaissance de ce dispositif – ce qui n'est pas le cas –, il ne pourrait reprocher à Antonio d'étendre ses largesses à sa propre fille, surtout quand il a travaillé si dur pour lui assurer une existence confortable.

Surprenant une ombre dans les yeux de sa mère, Bel comprit que Carla désapprouvait le soutien financier considérable qu'Antonio offrait à une famille dont aucun des membres n'avait jamais travaillé de sa vie.

— À présent..., reprit Antonio en sortant une liasse de documents d'une enveloppe. Viens signer ces papiers avec moi. Ta mère et Gabriela tiendront lieu de témoins.

Bel apposa son nom sur les documents, au-dessous de celui de son père, avant que Carla et Gabriela ne signent à leur tour. Face à l'appréhension que lui inspirait son mariage, Bel se sentit immensément tranquillisée à l'idée de posséder une maison bien à elle.

— Voilà qui est fait, déclara Antonio, heureux comme chaque fois qu'il prouvait sa munificence. Je les transmettrai à mon avocat.

* * *

Gustavo se présenta une heure plus tard. Après un bref échange de politesses avec ses beaux-parents, il annonça qu'il était temps de partir s'ils voulaient arriver à l'heure pour le dîner.

— Je reviendrai te voir dès que possible, Mãe. Et peut-être pourrions-nous monter au Corcovado par le train pour voir le chantier du *Cristo* ? suggéra Bel.

— Ce serait avec grand plaisir, Izabela, répondit Carla. Que penserais-tu de jeudi ?

— Oui, d'accord, à jeudi, acquiesça Bel avant de suivre Gustavo, en épouse obéissante, jusqu'à la voiture.

Tandis que le chauffeur démarrait, elle décida de ne pas mentionner le cadeau de ses parents à son mari. C'était son merveilleux secret, et elle voulait le garder pour elle seule. Quand ils passèrent devant l'*Estação do Corcovado*, elle vit les passagers descendre du train sur le minuscule quai. Et là, marchant dans sa direction… Le cœur de Bel faillit s'arrêter, mais déjà l'homme se détournait, trop vite pour qu'elle puisse être absolument sûre.

Bel ferma les yeux et secoua la tête. Non, bien sûr, ce ne pouvait pas être Laurent, seulement quelqu'un qui lui ressemblait. Car enfin, que ferait-il au Brésil ?

La voix de Gustavo la tira de sa rêverie.

— Ton cadeau de mariage sera livré à la *Casa* demain. Je l'ai vu, et je le trouve magnifique. J'espère qu'il te plaira aussi.

— J'ai hâte de le découvrir, répondit-elle en feignant de son mieux l'enthousiasme.

Après le dîner, Bel se sentit épuisée. L'image fantomatique de Laurent la tourmentait et elle avait mal au ventre. Dès qu'elle entra dans la chambre avec Gustavo, elle se dépêcha de gagner la salle de bains et ferma la porte à clé. Elle enfila sa chemise de nuit, se brossa les dents et les cheveux, puis ressortit et s'approcha du lit où Gustavo, déshabillé, l'attendait. Il tendit une main pour l'attraper, mais elle recula.

— Je regrette, c'est impossible ce soir. Je suis indisposée.

Gustavo accueillit ces paroles avec un infime hochement de tête, puis il se leva et passa sa robe de chambre.

— Dans ce cas, je vais dormir dans mon ancienne chambre et je te laisse te reposer. Bonne nuit, ma chère.

Quand la porte fut refermée, Bel s'assit sur le lit et ne put s'empêcher de rire en revoyant la retraite immédiate de Gustavo. Au moins, pensa-t-elle, elle aurait droit à quelques jours de répit par mois.

* * *

Le jeudi, comme convenu, Bel vint chercher sa mère pour l'emmener au sommet du Corcovado. Carla agrippa le bras de sa fille, effrayée, quand le train commença à grimper.

— La pente est si raide… Sommes-nous vraiment en sécurité ?

— Ne crains rien, Mãe. Tu verras, la vue de Rio est magnifique là-haut.

Parvenues au sommet, elles gravirent lentement l'escalier. Carla devait s'arrêter fréquemment pour reprendre son souffle. Bel l'entraîna ensuite vers le pavillon.

— N'est-ce pas splendide ? dit-elle en souriant. Et bien sûr, c'est là-bas que se dressera la statue du *Cristo.* Quand je pense que j'ai assisté à sa création dans l'atelier du professeur Landowski… Il a même réalisé un moulage de mes mains pour s'en servir éventuellement comme modèle…

Alors que Bel se détournait du panorama pour contempler le futur monument, elle vit deux hommes s'en écarter, en grande conversation. Elle ouvrit des yeux incrédules et crut que son cœur allait s'arrêter quand, levant la tête, il l'aperçut.

Leurs regards se croisèrent pendant quelques secondes. Puis il lui sourit, et, reportant son attention sur les marches, suivit son compagnon et disparut à sa vue.

— Qui était-ce ?

Carla observait sa fille avec un intérêt non déguisé.

— Je… C'était le senhor Levy, le maître d'œuvre d'Heitor da Silva Costa.

— Oui, je sais. J'ai vu sa photo dans le journal. Mais l'autre ?

— Oh, je ne saurais dire exactement… Un assistant du professeur Landowski, je crois.

— En tout cas, lui semblait te connaître.

— Nous nous sommes rencontrés à Paris, oui, dit Bel en essayant désespérément de reprendre contenance, alors que toutes les fibres de son corps lui ordonnaient, lui criaient de courir vers l'escalier et de se précipiter dans les bras de Laurent.

Quinze minutes plus tard, quand Carla commença à souffrir de la chaleur et qu'elles redescendirent lentement vers le quai pour attendre le train, les deux hommes s'étaient volatilisés.

De retour à la maison, Carla proposa à sa fille d'entrer pour boire un rafraîchissement, mais Bel refusa et se fit ramener directement chez elle par son chauffeur. Elle avait besoin de se retrouver seule, de reprendre ses esprits, et elle savait que si elle restait avec sa mère, elle risquait de se trahir.

Comment est-ce possible qu'il soit ici ? Pourquoi est-il venu ?

Laurent se trouvait en compagnie du senhor Levy. Elle supposait qu'il avait été envoyé par Landowski pour surveiller les progrès du *Cristo* à sa place. Alors, la présence de Laurent à Rio n'avait rien de mystérieux. Elle monta droit dans sa chambre, remerciant le Ciel que Gustavo soit parti à son club et ne rentre pas avant une ou deux heures.

Allongée sur le lit, Bel essaya de réfléchir tout en calmant sa respiration. Il était peu probable que leurs chemins se croisent de nouveau à Rio, puisque le senhor Levy ne fréquentait pas leur cercle social et qu'Heitor da Silva Costa se trouvait encore à Paris. Un cruel hasard, tout simplement, avait voulu qu'ils se rencontrent aujourd'hui. Et de tout son cœur, alors même que le beau sourire de Laurent dansait encore devant ses yeux, elle tenta de le chasser de son esprit.

* * *

Le lendemain soir, Gustavo revint plus tôt de son club et annonça à Bel qu'elle ne devait pas entrer au salon avant qu'il ne lui en ait donné l'autorisation. Elle voyait à son expression qu'il se réjouissait de lui offrir son cadeau, et se prépara à montrer de la joie, quoi qu'elle en pense.

— Tes parents viennent dîner ce soir, déclara Gustavo, ainsi qu'un autre invité surprise, alors mets ta plus belle robe.

* * *

Laurent aussi était bouleversé par la brève vision d'Izabela debout dans le pavillon. Le soleil l'éclairait par-derrière et, lorsqu'il avait levé les yeux, elle lui était apparue comme un ange, tout son être nimbé de lumière. Depuis qu'il avait appris son mariage par Levy, l'excitation qu'il éprouvait en arrivant à Rio avait cédé place à un profond découragement. Il avait donc résolu de voir le chantier au plus vite, pour au moins pouvoir annoncer à Landowski que sa sculpture se portait bien, puis de visiter un peu ce pays si différent du sien, et ensuite de rentrer en France. Il avait maintenant la certitude qu'Izabela ne serait jamais à lui, et il se reprochait son impétueuse décision de s'embarquer. Cependant, un mois déjà avait passé et il restait mu par l'espoir aveugle de croiser un jour Izabela lorsqu'elle serait rentrée de sa lune de miel.

Et puis, la veille, monsieur Levy lui avait annoncé que monsieur da Silva Costa souhaitait le contacter.

— Il semblerait que Gustavo Aires Cabral désire rencontrer en personne l'artiste qui a sculpté sa femme. Il vous invite à dîner demain soir dans sa somptueuse maison. Je crois qu'il souhaite aussi vous payer, avait ajouté Levy. Il vous appellera plus tard pour régler les formalités.

— Merci.

Laurent avait d'abord décidé de refuser l'invitation, bien sûr, et de se rendre au club de son client pour percevoir son dû. Le mari d'Izabela ne faisait pas partie des gens qu'il avait envie de fréquenter.

Mais ensuite, plus tard dans l'après-midi, il l'avait vue…

À présent, après en avoir longuement débattu avec lui-même, sa résolution était prise : même en présence du mari, il s'accorderait le plaisir de contempler encore une fois son merveilleux visage. Aussi avait-il accepté l'invitation à dîner de monsieur Aires Cabral au téléphone.

Quand il descendit du taxi, Laurent découvrit, ébahi, la façade de l'une des maisons les plus impressionnantes qu'il eût encore jamais admirées à Rio. Il gravit l'escalier en marbre de l'élégante porte d'entrée et sonna.

Une domestique ouvrit et le conduisit dans un salon, où étaient déjà assis deux couples d'âge mûr. Dans un coin de la pièce, dissimulée par un drap, il reconnut les contours de sa sculpture.

— Ah, vous voilà ! s'exclama derrière lui un homme maigrichon qui ressemblait à un rongeur et lui tendait une main pâle. Le sculpteur lui-même ! Gustavo Aires Cabral ! Et vous êtes sûrement monsieur Laurent Brouilly.

— Oui. Ravi de faire votre connaissance, senhor, répondit Laurent en remarquant la mollesse de la poigne de son interlocuteur, qu'il dépassait d'au moins dix centimètres.

Non, impossible, cet homme frêle et laid ne pouvait pas être le mari d'Izabela, pensa-t-il tandis que Gustavo l'entraînait pour le présenter.

— Champagne, senhor ? demanda une domestique en lui offrant un verre sur un plateau.

— Merci.

Il serra la main des parents de Gustavo, puis celles de la mère et du père d'Izabela.

Antonio Bonifacio, grand et séduisant, avec des cheveux noirs parsemés de fils d'argent, lui serra la main chaleureusement et Carla lui fit un sourire rayonnant. C'était une très jolie femme, d'une beauté romantique et sensuelle comme Izabela. Ni l'un ni l'autre ne parlant français, Gustavo traduisit.

— Le senhor Bonifacio dit qu'Izabela lui a beaucoup parlé du professeur Landowski et de ses séances de pose pour vous dans l'atelier. Il est impatient de voir si vous avez réussi à saisir sa beauté.

— J'espère avoir rendu justice à votre fille, senhor, répliqua Laurent, sentant sur lui les yeux de la mère, attentifs et perspicaces, et il reconnut la femme qui accompagnait Izabela la veille au Corcovado.

— La senhora Carla dit qu'Izabela ignore tout de la présence de la sculpture ici, comme de la vôtre, traduisit encore Gustavo, et que ce sera une très grosse surprise pour elle.

— Je n'en doute pas, répondit Laurent, troublé.

* * *

— Prête ? demanda Gustavo en entrant dans la chambre où Izabela, songeuse, était assise sur le lit.

Elle se tourna vers lui et sourit en acquiesçant.

Gustavo détailla sa femme, vêtue d'une magnifique robe de soie verte. À ses oreilles et à son cou brillaient les émeraudes offertes par son père pour son dix-huitième anniversaire.

— Tu es radieuse, *querida*, dit-il en lui offrant le bras. Allons-y.

— Je me demande bien ce qui justifie de telles cachotteries, dit Bel dans l'escalier.

— Tu le découvriras bientôt.

Gustavo se tapota le nez et ouvrit la porte du salon.

— La voilà, annonça-t-il à l'assemblée, et Bel sourit à son père et à sa mère qui s'avançaient vers elle tandis que les parents de Gustavo s'entretenaient avec une autre personne qui se tenait de dos. Voici la première partie de ta surprise, qui te permettra peut-être de deviner ce qu'est ton cadeau. Puis-je te présenter monsieur Laurent Brouilly ? Il a fait le voyage depuis Paris…

Laurent se tourna vers Bel. Gustavo, debout entre eux, souriait d'un air jovial, ravi de sa petite mise en scène.

Bel regarda Laurent, muette de stupeur, sachant que tous les yeux étaient posés sur elle pour guetter sa réaction. Le choc était tel qu'elle ne trouvait rien à dire, et son silence lui parut durer une éternité.

— Madame Aires Cabral, dit Laurent en lui venant en aide. Quel plaisir de vous revoir.

Il prit sa main, y déposa un baiser, puis considéra attentivement son visage.

— Votre père me demandait si je pensais avoir rendu justice à votre beauté, mais à présent que je la contemple de nouveau, je crains d'avoir échoué.

— Je…

Bel essaya de reprendre contenance, ouvrit la bouche comme un automate et s'adressa à lui en français.

— Monsieur Brouilly, quelle agréable surprise. Je ne m'attendais pas à vous voir à Rio.

— C'est une heureuse coïncidence, dit Gustavo. Monsieur Brouilly est venu pour suivre le projet du *Cristo.* Ne devinez-vous pas votre cadeau maintenant ?

L'esprit tellement empli par Laurent, Bel ne s'était même pas interrogée sur le lien qui existait entre sa présence et le cadeau de son mari. Heureusement, Gustavo lui évita de devoir répondre en l'amenant devant un objet enveloppé d'un drap blanc. Tout le monde s'approcha.

— Je te le montre ? demanda Gustavo.

— Oui, répondit Bel en déglutissant avec peine, comprenant enfin.

Des exclamations admiratives s'élevèrent quand la sculpture de Laurent fut dévoilée. Bel remercia le Ciel que Laurent ait donné d'elle l'image d'une chaste jeune fille. Nul n'aurait pu déceler une quelconque inconvenance dans son double en pierre.

— Alors ?

Gustavo parcourut l'assistance du regard, sondant l'opinion générale.

Antonio fut le premier à parler.

— La ressemblance est saisissante. Vous avez parfaitement réussi, monsieur Brouilly.

— Oui, c'est ma fille, dit Carla d'un air approbateur.

Gustavo traduisit les deux réponses à Laurent, qui s'inclina respectueusement.

— Je ne suis pas sûre que les lèvres soient bien rendues, grommela Luiza, toujours prompte à la critique. Elles pourraient être plus charnues.

— Senhora, répliqua Laurent, je constate moi aussi que votre bru est encore plus rayonnante depuis son mariage. Sans nul doute, les plaisirs de la vie conjugale contribuent à son épanouissement.

Bel retint son souffle, stupéfiée par l'audace de Laurent et par sa réponse galante dont le sens caché n'échappait à personne. Luiza eut la grâce de rougir.

— Et toi, que penses-tu de mon cadeau, Izabela ? s'enquit Gustavo en glissant un bras possessif autour de la taille de sa femme.

— Je n'ai pas la prétention de juger d'une sculpture de ma personne, mais c'est un cadeau qui me touche beaucoup, Gustavo. Je t'en suis très reconnaissante.

Tout aussi mécaniquement qu'elle avait prononcé ces paroles, elle embrassa son mari sur la joue, et le temps que dura cet échange, elle sentit – ou crut sentir – le regard brûlant de Laurent posé sur elle.

Le vieux maître d'hôtel entra à ce moment et annonça que le dîner était servi. À table, Bel fut soulagée de voir que Laurent avait été placé entre Luiza et Carla. Elle-même était assise entre son père et son beau-père, tandis que Gustavo présidait. Malheureusement, Laurent se trouvant directement en face d'elle, son regard tombait sur lui chaque fois qu'elle levait les yeux. Terrible parodie, songea-t-elle, des heures qu'ils avaient passé l'un en face de l'autre dans l'atelier en France.

Après avoir bu une généreuse gorgée de vin pour calmer ses nerfs, Bel se tourna vers Maurício et engagea la conversation sur le premier sujet qui lui venait à l'esprit. Antonio, les entendant parler du prix du café, se joignit à eux, et bientôt, les deux hommes abordèrent l'inquiétante question de la surproduction, responsable de la baisse des cours.

La conversation prenant un tour qui lui échappait, Bel dut se reculer sur sa chaise pour laisser les deux hommes à leur débat. Par conséquent, elle put encore moins éviter de regarder Laurent, assis droit dans son champ de vision.

Et quand leurs yeux se croisèrent, ils surent tous les deux que rien n'avait changé.

Lorsque le café fut servi au salon, Bel se retrouva assise sur un canapé avec Gustavo et Laurent.

— Quand repartez-vous à Paris ? demanda Gustavo.

— Je n'ai pas encore décidé. Cela dépendra de ce que je trouverai ici, des occasions qui me seront offertes, répondit Laurent en jetant un coup d'œil à Bel. Votre mère, senhor, m'a très aimablement promis de me présenter à des clients potentiels, qui aimeraient faire sculpter des membres de leur famille. Qui sait ? ajouta-t-il en souriant. Je tomberai peut-être amoureux de votre beau pays et j'y resterai pour toujours.

— Si ma mère vous prend sous son aile, répliqua Gustavo, ce n'est certainement pas impossible… Un autre brandy ? proposa-t-il en se levant.

— Non, merci, pas pour moi, dit Laurent.

Gustavo alla se servir à une desserte un peu plus loin, et ils restèrent seuls tous les deux pour la première fois.

— Comment allez-vous, Izabela ? demanda Laurent.

Bel fixa la table, le plancher, partout où son regard pouvait se poser pour ne pas croiser celui de Laurent. Elle avait une foule de choses à lui dire, mais en était incapable.

— Je suis… mariée, réussit-elle enfin à articuler.

Levant les yeux dans l'attente de sa réaction, elle le surprit qui jetait un coup d'œil subreptice tout autour afin de vérifier qu'ils n'étaient pas observés.

— Bel, chuchota-t-il en se penchant vers elle autant qu'il lui était permis. Je suis venu ici pour vous. Il *faut* que vous le sachiez. Si vous souhaitez que je reparte par le prochain bateau, je le ferai. Mais je veux l'entendre de votre bouche. Tout de suite… Dites-moi, êtes-vous heureuse avec votre mari ?

Elle ne trouvait pas les mots pour répondre.

— Je ne peux pas, dit-elle seulement, voyant que Gustavo rebouchait déjà la carafe de brandy.

— Est-ce que vous m'aimez toujours ?

— Oui.

— Alors, venez me retrouver demain après-midi. 17, *rua* Visconde de Pirajá, dans le quartier d'Ipanema. Appartement six, au dernier étage.

Bel inscrivit l'adresse dans sa mémoire, tandis que Gustavo revenait vers eux d'un pas vacillant. Laurent aussi remarqua combien il était ivre, et elle frissonna quand Gustavo s'assit près d'elle, jeta un bras autour de ses épaules et l'attira brutalement à lui pour l'embrasser.

— N'est-ce pas que ma femme est belle ? dit-il à Laurent.

— Oui, senhor.

Gustavo avala encore une lampée de brandy.

— Parfois, j'ai le sentiment que je ne la mérite pas. Comme vous pouvez l'imaginer, je profite au maximum de ma nouvelle vie conjugale.

— Oh oui, j'imagine, répondit Laurent. À présent, excusez-moi, mais je dois partir.

Il se leva brusquement et alla prendre congé des autres membres de l'assistance.

— Tu es toujours indisposée ? murmura Gustavo à l'oreille de Bel.

— Hélas oui. Demain, peut-être…

— Dommage. J'ai très envie d'aimer ma belle femme.

Après le départ de Laurent, les autres invités se retirèrent aussi.

— Bonne nuit, *querida,* dit Carla à la porte. Reviens me voir bientôt, ajouta-t-elle en adressant un regard appuyé à sa fille avant de partir.

Sur le palier de l'étage devant leur chambre, Gustavo embrassa Bel avec fougue.

— J'ai tellement hâte d'être à demain soir, dit-il.

Bel ferma la porte, se déshabilla et se mit au lit, remerciant le Ciel d'être seule.

37

Bel s'éveilla le lendemain matin avec la certitude qu'elle avait trop bu la veille. Ou, au moins, momentanément perdu la tête. Pourquoi sinon aurait-elle accepté de retrouver Laurent chez lui cet après-midi ?

Elle roula sur le côté en gémissant. La veille, elle s'était couchée en proie à une immense joie, revivant chaque regard échangé entre eux, chaque parole. Mais à présent, elle envisageait aussi les terribles conséquences que pouvait entraîner la présence de Laurent à Rio.

Elle était mariée à Gustavo depuis moins d'un mois. Et pourtant, elle avait avoué à Laurent que non seulement elle n'était pas heureuse en mariage, mais qu'elle *l'aimait* toujours…

Quelle folie l'avait prise ?

La folie de l'amour…

Si Gustavo apprenait ce qu'il s'était passé en France – sans parler d'une éventuelle suite maintenant –, ce serait une catastrophe dont elle ne pouvait même pas concevoir l'ampleur.

Bel se leva, entra dans la salle de bains et interrogea le reflet que lui renvoyait le miroir. Que devait-elle faire ? L'option la plus sûre était tout simplement de ne pas se rendre chez Laurent. Si elle n'y allait pas, elle était certaine qu'il accepterait sa décision et ne la solliciterait plus.

Immédiatement, les yeux de Laurent se substituèrent aux siens dans la glace, pleins d'amour, de promesses, de rêves exaucés, et elle ne put retenir un frisson de plaisir.

* * *

Loen était dans la chambre quand elle sortit de la salle de bains.

— Comment allez-vous, senhora Bel ? demanda la jeune servante en suspendant la belle robe en soie verte que Bel avait abandonnée par terre la veille.

— Je suis… un peu fatiguée, admit-elle.

— Il était là hier soir, n'est-ce pas ? Votre sculpteur ? dit Loen en continuant de ranger la pièce.

— Oui. Et je… Oh, Loen.

Bel s'effondra sur le lit en pleurant, le visage enfoui dans ses mains. Loen vint s'asseoir près de sa maîtresse et la prit par l'épaule.

— Ne pleurez pas, je vous en prie. N'êtes-vous pas quand même un peu heureuse qu'il soit venu au Brésil ?

— Oui… non… J'ai fait une bêtise, avoua-t-elle. Je lui ai dit que je me rendrai chez lui à Ipanema cet après-midi.

Loen hocha calmement la tête.

— Je vois. Et vous comptez y aller ?

— Comment le pourrais-je ? Je suis mariée et j'ai accepté de retrouver un autre homme ! Que ferais-tu à ma place, Loen ? Je t'en supplie, dis-moi.

— Je ne sais pas, soupira Loen. J'ai envie de vous répondre que bien sûr, ce serait mal. Mais si c'était Bruno, je ne crois pas que je pourrais m'empêcher. Surtout s'il ne devait pas rester longtemps ici…

— Tu m'encourages, Loen, alors qu'il faut me dire que c'est une folie.

— C'est vrai, reconnut Loen, mais cela, vous le savez déjà. Le mieux serait peut-être de le retrouver juste cette fois, pour lui faire vos adieux définitifs.

— Et comment irais-je chez lui ? La senhora Aires Cabral surveille mes moindres mouvements.

— Vous avez un essayage à Ipanema avec Madame Duchaine à deux heures cet après-midi pour préparer votre prochaine garde-robe, répondit Loen. Nous pourrions y aller ensemble et vous prétexterez un malaise pour vous échapper au moins deux heures.

— Loen, que me suggères-tu là ? dit Bel avec désespoir, sachant que le plan de sa femme de chambre n'était que trop facile à exécuter.

— Je suis votre amie, Bel, comme vous avez été la mienne. Depuis que vous êtes mariée, je vois la détresse dans vos yeux tous les jours. Je veux que vous soyez heureuse. La vie est trop courte, et le mariage avec quelqu'un que l'on n'aime pas, trop long. Prenez votre décision, et je ferai tout ce que vous voudrez pour vous aider.

— Merci. Je vais réfléchir, murmura Bel.

* * *

— Bonjour, lança Luiza quand Bel arriva à la table du petit déjeuner. J'ai reçu un mot ce matin d'une de mes amies. Le senhor da Silva Costa, l'architecte du *Cristo*, recrute des jeunes femmes à la *Igreja de Nossa Senhora da Glória do Outeiro*, l'église proche de chez tes parents. Il a décidé de décorer la statue avec une mosaïque de stéatite et cherche des volontaires pour coller les carreaux sur le filet. Ce sera une longue tâche, mais d'après mon amie, confiée uniquement à des femmes de la meilleure société. J'ai remarqué que tu n'avais pas beaucoup de relations féminines convenables à Rio. Ce serait l'occasion parfaite de nouer des liens.

— Oui, bien sûr, je serais très heureuse d'apporter mon aide, répondit Bel. Surtout pour une cause si noble, et pour un projet qui m'est cher.

— Je lui répondrai donc que tu es volontaire. Tu pourrais commencer demain.

Après le petit déjeuner, Bel se promena dans les jardins, plongée dans ses pensées. La mosaïque lui fournirait au moins une occupation, car il était évident qu'à la *Casa das Orquídeas* elle ne serait jamais sa propre maîtresse. Luiza lui avait jeté un os en lui parlant des comptes, mais elle continuait à prendre en charge toute l'organisation de la maisonnée. Si Bel se permettait un avis concernant le menu du dîner ou tout autre domaine que Luiza s'était arrogé, sa suggestion était invariablement rejetée.

Chaque jour, Gustavo se rendait à son club aussitôt après le repas de midi, et elle passait d'interminables après-midi seule.

Son ventre se noua soudain : et *aujourd'hui*, qu'allait-elle décider ?

Bel fut la proie d'une agitation croissante jusqu'à l'heure du déjeuner. À une heure et demie, elle fit appeler la voiture.

— Luiza, annonça-t-elle à sa belle-mère qui tenait sa correspondance dans le salon, je pars chez Madame Duchaine. Loen m'accompagne. Je dois essayer ma garde-robe d'hiver, aussi je risque d'être absente un certain temps.

— Il paraît qu'elle pratique des tarifs très élevés et que son travail laisse parfois à désirer. Je peux te procurer le nom d'une autre couturière, beaucoup moins chère et bien plus fiable.

— J'ai toujours été extrêmement satisfaite de Madame Duchaine, répliqua Bel. À plus tard, Luiza.

Sans se soucier de la mimique offusquée de sa belle-mère dont elle osait braver l'opinion, elle partit dans le vestibule et fixa son chapeau.

Loen l'attendait à la porte.

— Alors ? chuchota-t-elle en lui emboîtant le pas jusqu'à la voiture.

— Je ne sais pas, gémit Bel – son cœur battait si fort qu'elle avait l'impression que sa poitrine allait éclater.

— Si vous décidez de feindre une migraine chez Madame Duchaine, je vous soutiendrai, lui souffla Loen.

Dix minutes plus tard, Bel était debout devant le miroir, bousculée par des émotions si violentes qu'elle en avait la nausée, pendant que Madame Duchaine tournait autour d'elle, armée de son mètre et de ses épingles. Si elle ne prenait pas bientôt une décision, ce serait trop tard.

Madame Duchaine se redressa et passa derrière elle pour inspecter son travail dans la glace. En voyant le visage de Bel, elle fronça les sourcils.

— Que vous arrive-t-il, senhora ? Vous êtes affreusement pâle.

— Je ne me sens pas très bien, avoua Bel.

— Peut-être devrions-nous remettre l'essayage à un autre jour ? Je crois que vous feriez mieux de rentrer vous reposer, dit Madame Duchaine en jetant un discret coup d'œil au ventre de sa cliente.

En une fraction de seconde, Bel croisa le regard de Loen et comprit que la décision, comme échappant à sa volonté, avait été prise.

— Oui, vous avez sans doute raison, répondit-elle. Je téléphonerai demain pour convenir d'un autre rendez-vous… Viens, Loen. Partons.

Dans la rue, Bel se tourna vers Loen.

— Voilà, c'est fait. Je dois avoir perdu la tête, mais je vais le retrouver. Souhaite-moi bonne chance.

— Bonne chance, senhora. Surtout, ne soyez pas en retard, le chauffeur revient à six heures. Je vous attendrai ici. Et, senhora Bel…, ajouta doucement la jeune servante, même si vous décidez de ne plus jamais le revoir après aujourd'hui, je crois que vous avez fait le bon choix.

— Merci.

Bel marcha rapidement au long des rues d'Ipanema, en direction de la *rua* Visconde de Pirajá. À deux reprises, elle fit demi-tour, prise d'hésitation, puis revint sur ses pas. Enfin, elle arriva au pied de l'immeuble de Laurent.

Je vais lui dire que je ne peux plus jamais le revoir, comme je l'ai fait à Paris. Et ensuite, je partirai.

Se glissant prestement dans le bâtiment, elle monta l'escalier en scrutant les numéros sur les portes des appartements.

Parvenue au numéro six, elle hésita, puis, après avoir fermé les yeux et formulé une prière silencieuse, elle frappa.

Elle entendit des pas sur un parquet, et quand la porte s'ouvrit, Laurent était debout devant elle.

— Bonjour, Madame Aires Cabral. Entrez, je vous en prie.

Il lui sourit en tenant la porte ouverte, puis referma le battant derrière elle et donna un tour de clé pour le cas où Monica surgirait à l'improviste. Maintenant qu'il se trouvait enfin seul avec Bel, il ne voulait pas risquer d'être dérangé.

— Quelle vue extraordinaire, dit-elle avec nervosité, en s'avançant dans le salon ouvert sur l'océan.

— Oui, n'est-ce pas ?

— Asseyons-nous, voulez-vous ? dit-elle en prenant place dans un fauteuil, essayant vainement de calmer sa respiration agitée.

Laurent approcha un autre fauteuil et s'assit en face d'elle. Elle secoua la tête et soupira.

— Je… Ce n'est pas possible. Je ne devrais pas être ici.

— Moi non plus, répondit-il. Mais il semblerait que, en dépit de nos volontés respectives, nous y sommes tous les deux.

Bel inspira profondément.

— Je suis venue vous dire que nous ne pouvons pas nous revoir.

— Vous me l'avez déjà dit dans le jardin public à Paris. Et regardez où cela nous a menés.

— Je ne vous ai pas demandé de venir à Rio.

— Non, c'est vrai. Vous m'en voulez ?

— Oui… Non…

Bel lâcha un soupir désespéré.

— Vous êtes mariée, dit-il d'une voix neutre.

— Oui. Il n'y a aucune issue.

— Bel…

Il se leva, s'agenouilla devant elle, et lui prit la main dans les siennes.

— Hier soir, je vous ai demandé si vous étiez heureuse et vous m'avez répondu non.

— Mais…

— Ensuite je vous ai demandé si vous m'aimiez toujours, et vous avez répondu oui.

— Je…

— Chut. Laissez-moi parler. Je comprends dans quelle situation vous vous trouvez, et je vois bien aussi que mon arrivée ici est terriblement inopportune. Et je vous le promets, si, en me regardant en face, vous m'ordonnez de partir, comme vous l'avez fait à Paris, je quitterai Rio par le premier bateau que je trouverai. Quel est votre désir ? Vous devez me le dire. Parce qu'en ce qui concerne le mien, je crois qu'il n'y a aucun doute.

Elle baissa les yeux vers lui.

— Vous voulez être mon amant ? Je ne peux rien vous offrir de plus, et ce n'est pas ce que vous méritez.

— Ce que je mérite n'est pas la question. Le sort a décrété que vous étiez la femme que je veux. Et j'ai beau essayer, on dirait que je ne peux pas vivre sans vous. Idéalement, oui, j'aimerais vous enlever sur-le-champ, vous mettre dans ma valise et vous ramener en France pour passer le restant de mes jours avec vous. Mais je suis prêt à accepter un compromis. Et vous ?

Il la dévorait de ses yeux brillants, si pleins d'attente et de tendres interrogations.

Comment avait-elle pu douter des sentiments qu'il éprouvait à son égard ? se demanda Bel. Il était venu la rejoindre à l'autre bout du monde, et son pauvre mari, sans le savoir, avait permis leurs retrouvailles. À la pensée de Gustavo, elle se ressaisit.

— Ce qui est passé est passé, dit-elle de sa voix la plus ferme. Et vous ne pouvez pas venir ici, tout simplement, et raviver mon souvenir, quand j'ai fait tout mon possible pour vous dire adieu, pour essayer de vous oublier. Je…

Les larmes lui montèrent aux yeux et sa voix se brisa.

— Ma chérie, pardonnez-moi, je ne veux surtout pas que vous pleuriez à cause de moi. Et oui, vous avez raison. Vous m'avez demandé de partir et je n'ai pas écouté. C'est moi qui suis entièrement fautif, pas vous.

— Mais comment vais-je trouver la force de vous dire adieu de nouveau ? Vous ne savez pas ce que ça m'a coûté la dernière fois. Recommencer, maintenant…

Elle se mit à sangloter et Laurent la prit dans ses bras.

— Alors, ne le faites pas. Dites-moi juste que vous voulez que je reste, et je resterai.

— Je…

Laurent pencha la tête et l'embrassa dans le cou, si doucement qu'il lui sembla sentir la caresse d'un papillon sur sa peau. Elle gémit.

— Je vous en prie, ne me rendez pas la tâche encore plus difficile.

— Bel, cessez de vous torturer. Soyons juste ensemble, pendant que nous en avons l'occasion. Je vous aime tellement, murmura-t-il, en essuyant du bout des doigts les larmes sur ses joues.

Elle lui saisit la main et la serra.

— Vous m'avez tellement manqué…, dit-elle en hoquetant.

— Vous aussi…

Il posa ses lèvres sur les siennes et Bel s'abandonna à son baiser, incapable de lutter davantage.

— Ma chérie, dit-il quand leurs bouches se désunirent enfin, laissez-moi vous emmener sur le lit. J'accepterai de rester simplement allongé près de vous, si vous le souhaitez, mais je veux juste vous tenir dans mes bras.

Sans attendre la réponse, il la souleva du fauteuil et la porta dans la chambre, où il la déposa délicatement sur le matelas.

Bel se prépara à un brutal assaut, de ceux qu'elle connaissait avec Gustavo, mais il n'en fut rien. Laurent se coucha près d'elle et la prit dans ses bras. Ils s'embrassèrent encore, tandis qu'il effleurait de ses doigts, délicatement, son dos, ses hanches, sa taille, ses seins, à travers le tissu de sa robe, jusqu'à ce qu'elle-même n'ait plus qu'une envie, sentir son corps nu sur elle.

— Dois-je vous dévêtir, ou préférez-vous le faire vous-même ? murmura-t-il à son oreille.

Elle roula sur le côté, heureuse de le laisser retirer sa robe. Il ôta lentement les fines attaches, prenant tout son temps pour embrasser la chair qu'il découvrait peu à peu, puis fit glisser les manches sur ses bras. Il dégrafa ensuite son corset, puis la retourna doucement vers lui et la contempla.

— Vous êtes tellement, tellement belle, murmura-t-il.

Bel se tendait vers lui, brûlante de désir. Elle gémit quand il prit ses seins, l'un après l'autre, dans sa bouche. En même temps, il caressait son ventre, si plat, si parfait, puis, relevant la tête, lui demanda avec ses yeux la permission de continuer. Comme elle la lui accordait, il détacha ses jarretelles et fit coulisser ses bas. De ses doigts il explorait la peau soyeuse de ses jambes, envoyant une onde de plaisir dans son corps tout entier. Enfin, elle fut complètement nue devant lui.

Il suspendit ses caresses pour la regarder encore, le souffle court.

— Pardonnez-moi, mais j'ai une envie furieuse de vous sculpter.

— Non, je…

Il la fit taire d'un baiser.

— Je vous taquine, Bel, ma chérie. Je n'ai qu'une envie… vous faire l'amour.

Il se déshabilla entièrement lui aussi. Bel risqua un coup d'œil timide et vit combien il était beau. Il la couvrit de son corps nu, puis, après s'être assuré qu'elle était prête, il la pénétra doucement. Et au moment où elle l'acceptait tout naturellement en elle, avec une joie extatique, elle comprit soudain de quoi sa mère parlait.

* * *

Plus tard, tandis qu'ils reposaient langoureusement dans les bras l'un de l'autre, elle fut prise du désir de le caresser, de découvrir son corps dans ses moindres détails. Et elle avait envie aussi qu'il l'explore en toute liberté.

Malgré elle, pendant que Laurent s'assoupissait brièvement, Bel ne put s'empêcher de penser aux accouplements qu'elle avait endurés avec Gustavo. Comment le même acte pouvait-il susciter une réponse si différente chez elle, dans son esprit et dans sa chair ?

Il lui apparut alors, avec une indéniable clarté, que Laurent avait eu raison de lui déconseiller d'épouser Gustavo. Car rien ne changerait jamais le fait qu'elle n'aimait pas son mari, ni maintenant ni jamais, comme lui l'aimait.

Il n'était pas responsable de l'aversion physique qu'elle éprouvait pour lui – ce n'était pas un mauvais homme, un tyran incapable de sentiments. Au contraire, il lui vouait trop d'affection et voulait la lui montrer de la seule manière qui lui était possible.

— Qu'y a-t-il ?

Laurent s'était réveillé et l'observait intensément.

— Je pensais à Gustavo.

— Essaie de le chasser de ton esprit, Bel. Pourquoi souffrir inutilement ?

— Non, tu ne comprends pas…, soupira-t-elle en roulant sur le côté.

Elle sentit sa main caresser la douce rondeur de sa hanche, se nicher dans le creux de sa taille. Il l'attira doucement à lui, de sorte que leurs deux corps, comme emboîtés l'un dans l'autre, ne formaient plus qu'un.

Lentement, il remonta la main et enferma le sein de Bel dans la chaleur de sa paume. Elle soupira, se tordant bientôt de désir contre lui. Toutes les images de Gustavo s'évanouirent pendant que Laurent lui faisait à nouveau l'amour, et que déferlaient en elle les vagues d'un plaisir qu'elle n'avait jamais soupçonné.

Plus tard, Bel aussi s'endormit, heureuse et alanguie. Elle sursauta brusquement en prenant conscience de l'heure.

— *Meu Deus !* Je dois partir. Mon chauffeur m'attend chez Madame Duchaine.

Prise de panique, elle rassembla ses vêtements épars et s'habilla à la hâte. Laurent, couché, la regardait sans bouger.

— Quand te reverrai-je ? demanda-t-il.

— Pas demain, je vais aider à assembler la mosaïque qui formera le revêtement du *Cristo.* Mais peut-être lundi ?

Elle attacha prestement ses cheveux, coiffa son chapeau et fila vers la porte.

Laurent bondit pour la prendre dans ses bras.

— Tu me manqueras, à chaque seconde.

Bel frissonna en sentant son membre nu qui se pressait contre elle.

— Tu me manqueras aussi.

— À lundi alors, ma chérie. Je t'aime.

Après lui avoir lancé un dernier regard, Bel partit.

38

Durant les mois qui suivirent, Bel, fut totalement emportée par sa passion. C'était comme si sa vie, avant cet après-midi de février dans l'appartement de Laurent, n'avait été qu'une existence grise et fade dépourvue de sens. À présent, quand elle se réveillait le matin et pensait à lui, son corps était parcouru par une puissante décharge d'adrénaline. Le bleu du ciel, par la fenêtre de sa chambre, lui paraissait d'une formidable intensité, et dans le jardin, les fleurs explosaient devant ses yeux dans un kaléidoscope de couleurs.

Tous les matins, en descendant l'escalier pour affronter le visage pincé et désapprobateur de Luiza au petit déjeuner, elle pensait à Laurent, et un mystérieux sourire se formait sur ses lèvres. Rien ne pouvait l'atteindre, personne ne pouvait plus la blesser. Elle était protégée par la seule puissance de leur amour.

Mais quand il lui était impossible de se rendre chez lui pendant quelques jours, elle sombrait dans des abîmes de désespoir et se torturait en se demandant où il était, ce qu'il faisait, et avec qui. La peur lui glaçait les veines, au point qu'elle grelottait malgré la chaleur torride qui amenait la sueur à son front. En vérité, il était libre d'aimer toute personne de son choix. Elle, non.

— Mon Dieu, ma chérie, avait soupiré Laurent un jour qu'ils reposaient ensemble dans son grand lit en acajou. J'ai de plus en plus de mal à accepter de te partager avec quelqu'un. La pensée qu'*il* te touche me donne le frisson. Enfuis-toi avec moi, Bel. Nous retournerons à Paris. Nous n'aurons plus à nous cacher, nous passerons des heures à manger et à boire du bon vin, à parler, à faire l'amour…

Par chance, la belle-mère de Bel avait involontairement contribué à lui assurer la présence de son amant, du moins encore un moment. Fidèle à sa promesse, Luiza avait présenté Laurent à ses riches amis de Rio, lesquels, ayant admiré la sculpture de Bel, souhaitaient immortaliser eux aussi les membres de leur propre famille. Aussi Laurent s'employait-il à figurer dans un bloc de stéatite un chihuahua adoré de ses maîtres. La senhora Aires Cabral, mère, était devenue le mécène de Laurent, et l'ironie de la situation n'échappait pas à Bel.

Grâce à Luiza encore, en se portant volontaire à l'église *Igreja da Glória* afin de revêtir le *Cristo* de milliers de filets de mosaïque, Bel disposait d'un alibi tout trouvé pour s'absenter de la *Casa*. Et elle se consolait au contact des carreaux dans ses mains, songeant que Laurent lui aussi travaillait ce même matériau.

Seule Luiza remarquait les allées et venues de Bel, puisque Gustavo passait le plus clair de ses journées à son club et ne rentrait qu'au moment du dîner, empestant l'alcool. Il s'enquérait rarement des activités de Bel.

En réalité, Gustavo ne s'intéressait plus guère à elle ces derniers temps. En quatre mois, depuis le début de sa liaison avec Laurent, les gentilles attentions qu'il lui témoignait au commencement de leur mariage s'étaient volatilisées. La nuit, quand elle le rejoignait au lit, dissimulant son anxiété, il essayait encore de lui faire l'amour mais se montrait généralement incapable de mener l'opération à terme. Sans doute, en avait déduit Bel, parce que la plupart du temps, il tenait à peine debout lorsqu'arrivait l'heure de gagner la chambre. Et plus d'une fois, il s'était endormi sur elle alors même qu'il tentait de la pénétrer. Elle le repoussait alors et restait immobile à côté de lui, écoutant ses ronflements d'ivrogne, dans l'odeur avinée que son haleine répandait dans la pièce. Le matin, elle était souvent levée, habillée, et avait déjà pris son petit déjeuner avant que Gustavo ne se réveille.

S'ils s'apercevaient des excès de boisson de leur fils, ses parents n'en laissaient rien paraître. Luiza ne posait aucune question à sa bru concernant son couple, hormis pour savoir si un héritier du nom viendrait bientôt à naître. Elle fronçait alors le nez pour exprimer son mécontentement quand Bel lui répondait par la négative.

Compte tenu de sa relation passionnée avec Laurent, Bel s'inquiétait que son corps – qui n'avait pas répondu aux tentatives forcenées de Gustavo pour produire l'héritier tant attendu – n'acquiesce aux douces caresses de son amant. Et en fait, c'était lui qui, la voyant anxieuse un après-midi, lui avait expliqué comment éviter de concevoir. Il lui avait décrit le fonctionnement de son corps comme jamais sa mère ne l'avait jamais fait, en lui recommandant de surveiller les moments où elle était le plus féconde.

Bel avait ouvert de grands yeux.

— Comment sais-tu tout cela ?

— Il y a beaucoup d'artistes comme moi à Montparnasse qui veulent bien s'amuser, mais pas être poursuivis par une femme qui prétendrait porter leur enfant.

Devant la mine consternée de Bel, il s'était empressé de la serrer contre sa poitrine.

— Ma chérie, hélas, les choses sont ainsi pour l'instant, et je n'aimerais pas te voir dans une situation embarrassante. *Ni* qu'un enfant de moi soit élevé par ce sous-homme qu'est ton mari, ajouta-t-il. Nous devons donc faire attention.

Ce jour-là, Bel se fit conduire chez ses parents à Cosme Velho. Comme elle passait chaque moment qu'il lui était possible de dérober à son emploi du temps avec Laurent, elle ne les avait pas vus depuis plus d'un mois, et la veille, Loen lui avait demandé quand elle comptait rendre visite à sa mère.

— Bientôt, bientôt, avait répondu Bel en éprouvant un pincement de culpabilité.

— Je sais que vous êtes… très occupée, mais vous devriez peut-être aller la voir, avait insisté Loen tout en l'aidant à enfiler sa robe. Ma mère se fait du souci pour elle.

— Elle est malade ?

— Je… je ne sais pas, avait été la réponse prudente de Loen.

— Alors oui, bien sûr, j'irai demain.

Lorsque la voiture s'arrêta dans l'allée de la *Mansão da Princesa*, Bel pria Jorge de venir la rechercher au Copacabana Palace à dix-huit heures.

Le matin, elle avait annoncé à Luiza qu'après sa visite à sa mère, elle irait prendre le thé au Copacabana avec sa nouvelle amie Héloïse. Elle ne doutait pas de recevoir l'approbation de sa belle-mère, qui l'avait elle-même encouragée à cultiver des amitiés convenables parmi les jeunes femmes de son rang, et Héloïse était issue d'une très vieille famille d'aristocrates. Sachant par ailleurs que Luiza ne trouvait pas à son goût le décor flamboyant de l'hôtel, il était probable qu'elle ne proposerait pas de les rejoindre.

En approchant de l'entrée de son ancienne maison, Bel sentit son ventre se nouer à la pensée qu'on pourrait la surprendre en flagrant délit de mensonge. Mais quel choix avait-elle ? Bien qu'elle n'en fût pas fière, elle était devenue experte dans l'art de la tromperie.

Quand Gabriela ouvrit la porte, son visage s'éclaira aussitôt.

— Senhora, quel plaisir de vous voir. Votre mère se repose, mais elle m'a demandé de la réveiller que vous seriez arrivée.

— Elle est malade ? Loen m'a dit que tu étais inquiète à son sujet.

— Je… Je ne sais pas, mais elle est très fatiguée en tout cas.

— Tu penses que… que son problème est revenu ?

— Senhora, je ne sais pas, répéta Gabriela. Mais vous devez le lui demander vous-même. Et la convaincre de voir un médecin… Puis-je vous apporter quelque chose à boire ?

Pendant que Gabriela partait chercher du jus d'oranges et réveiller sa maîtresse, Bel arpenta le salon avec angoisse. Un moment plus tard, Carla entra dans la pièce, et elle remarqua que sa mère, pâle et les traits tirés, avait aussi le teint étrangement cireux.

— Pardonne-moi, Mãe, je ne suis pas venue depuis si longtemps, dit-elle en allant l'embrasser, en proie à un mélange de peur et de culpabilité. Comment vas-tu ?

— Bien. Et toi ?

— Mãe…

— Asseyons-nous, proposa Carla en se laissant tomber dans un fauteuil comme si ses jambes ne la soutenaient plus.

— Il est évident que tu es souffrante, Mãe. As-tu mal ?

— Juste un peu, je suis sûre que ce n'est rien. Je…

— Mãe, tu sais bien qu'il y a *quelque chose.* Pai a dû remarquer que tu n'étais pas dans ton état normal !

— Ton père a d'autres soucis en ce moment, soupira Carla. Les plantations de café ne génèrent plus autant de bénéfices et le plan de stockage du gouvernement ne semble guère fonctionner.

— Je doute que les affaires de Pai soient plus importantes à ses yeux que la santé de sa femme, rétorqua Bel.

— *Querida,* ton père est tellement préoccupé. Je ne veux pas ajouter à son fardeau.

Les larmes montèrent aux yeux de Bel.

— Mãe, ne vois-tu pas qu'il n'y a rien de plus important que ta santé ? D'ailleurs, tu as peut-être tort de redouter le pire…

— C'est mon corps, c'est moi qui l'habite, je comprends et je sens ce qui lui arrive, interrompit Carla avec fermeté. Je ne veux pas imposer, ni à toi ni à ton père, un processus douloureux qui conduira de toute façon à la même fin.

Bel eut du mal à parler, la gorge obstruée par l'émotion.

— Mãe… Je t'en prie, au moins, laisse-moi prendre rendez-vous avec le médecin qui t'a soignée la dernière fois. Tu lui fais confiance, n'est-ce pas ?

— Oui, il n'y a pas meilleur que lui à Rio. Mais crois-moi, Bel, il ne peut plus rien pour moi.

— Ne dis pas ça ! J'ai besoin de toi, et Pai aussi.

— Peut-être, murmura Carla avec un sourire triste. Mais, Izabela, je ne suis pas un grain de café ni un billet de banque, et je peux t'assurer que ce sont les premiers objets de son amour.

— Tu te trompes, Mãe ! Tu es tout pour lui, et sans toi, sa vie ne serait rien.

Elles ne parlèrent plus pendant un moment.

— Pour te faire plaisir, Izabela, reprit enfin Carla, je veux bien que tu prennes rendez-vous avec le médecin et que tu m'y accompagnes. Tu sauras alors, j'en suis certaine, que tout ce que je t'ai dit est vrai. Mais j'accepte de le consulter à une seule condition.

— Laquelle ?

— Que pour l'instant, tu ne révèles rien à ton père. Je ne supporterais pas qu'il souffre plus longtemps que cela est nécessaire.

* * *

Une heure et demie plus tard, quand Carla, épuisée, dut retourner s'allonger, Bel se fit conduire à Ipanema par le chauffeur de ses parents. Elle était tellement sous le choc que la tête lui tournait, et elle ne cessait de se répéter que sa mère surestimait la gravité de son mal pour se rassurer.

Après être descendue de voiture à deux cents mètres de chez Laurent, elle marcha en toute hâte, courant presque, vers la seule personne qui pouvait la réconforter.

— Ma chérie ! J'ai cru que tu ne viendrais pas. Mon Dieu ! Qu'est-ce qui ne va pas ? Que s'est-il passé ?

À la porte de l'appartement, Laurent la serra dans ses bras.

— Ma mère, réussit à articuler Bel entre deux sanglots, la tête enfouie contre son épaule. Elle pense qu'elle est en train de mourir.

— Quoi ? C'est un médecin qui le lui a annoncé ?

— Non… Elle a eu un cancer il y a un an et elle est sûre que cela recommence. Elle est convaincue qu'elle ne guérira pas cette fois, mais elle ne veut pas inquiéter mon père, qui est préoccupé par ses affaires en ce moment. Je lui ai dit qu'elle devait voir un médecin, mais… Son état s'est tellement détérioré depuis un mois. Et… J'ai affreusement peur qu'elle ait raison.

Laurent prit ses mains tremblantes dans les siennes et la conduisit doucement vers le canapé où il la fit asseoir à côté de lui.

— Bel… Bien sûr qu'il faut consulter un professionnel. On imagine évidemment une rechute quand on a déjà été atteint par une maladie, mais ce n'est peut-être pas ce qu'il paraît. Et d'après elle, ton père aurait des soucis d'argent ? interrogea-t-il, perplexe. Je croyais qu'il était riche comme Crésus.

— C'est vrai. Ses inquiétudes sont sûrement exagérées, dit Bel. Et toi, reprit-elle, avec un effort visible pour se ressaisir. Tu vas bien ?

— Oui, mais tu m'as atrocement manqué !

— Toi aussi, répondit-elle en se blottissant contre lui, comme pour se protéger de la terrible nouvelle qu'elle venait d'apprendre.

Laurent lui caressa tendrement les cheveux et essaya de bavarder pour la distraire.

— Figure-toi que ce matin, j'étais en train de me demander à quoi je pourrai bien m'occuper quand j'aurai terminé cet affreux chihuahua... Et justement, qui sonne à la porte ? Madame Silveira et sa fille, Alessandra. La mère veut me commander une sculpture d'Alessandra qu'elle lui offrira pour son vingt et unième anniversaire.

— Alessandra Silveira ? Je la connais, dit Bel, troublée. Ses parents sont des cousins éloignés des Aires Cabral et elle est venue à mon mariage. Elle est très jolie.

— Plus agréable à regarder que le chihuahua, en tout cas, convint Laurent avec humour. La conversation aussi promet d'être meilleure. Elle m'a parlé en bon français.

— Et elle n'est pas mariée, fit remarquer Bel sombrement, en proie à une brusque panique.

— Non, en effet, dit Laurent sans cesser de lui caresser les cheveux. Ses parents espèrent peut-être que ma sculpture, en vantant sa beauté, lui rapportera un mari convenable.

— Ou bien ils pensent qu'un jeune et talentueux sculpteur français est un candidat envisageable, répliqua Bel en s'écartant de lui, ramenant craintivement les bras autour de sa poitrine dans un geste instinctif.

Laurent l'observa d'un regard pénétrant.

— Ne me dis pas que tu es jalouse !

— Non, bien sûr que non.

Bel se mordit la lèvre, malade à la pensée qu'une autre femme allait s'asseoir devant lui, jour après jour, comme elle-même l'avait fait à Boulogne-Billancourt.

— Reconnais tout de même que tu as été invité à beaucoup de soirées mondaines ces derniers temps, reprit-elle, et que tu commences à devenir une personnalité célèbre.

— Oui, mais je ne suis pas pour autant un bon parti. Une curiosité, plutôt.

— Laurent, je peux t'assurer qu'un authentique Français de l'Ancien Monde dans une ville comme Rio est bien plus qu'une curiosité, rétorqua Bel. Surtout s'il a ma belle-mère comme mécène.

En entendant cela, Laurent rejeta le menton en arrière et se mit à rire.

— Si tu dis vrai, j'en suis très heureux, déclara-t-il. Car, comme tu le sais, en France, ma bande d'amis artistes et moi sommes relégués au bas de l'échelle. Et je te le répète, les mères françaises préféreraient voir leurs filles mortes plutôt qu'acoquinées avec un artiste dans la misère.

— Eh bien, sache qu'on te considère différemment ici, lâcha-t-elle avec plus de hargne qu'elle ne l'aurait voulu.

Inclinant la tête d'un côté, Laurent la considéra avec attention.

— Je comprends que tu sois bouleversée, ma chérie, surtout avec ce que tu viens d'apprendre concernant ta mère. Mais tu conviendras que ton comportement a quelque chose de ridicule. Ce n'est pas *moi* qui retourne chez mon mari après avoir passé l'après-midi avec mon amant. Ce n'est pas *moi* qui partage mon lit toutes les nuits avec quelqu'un d'autre. Et ce n'est pas *moi* qui refuse catégoriquement de changer la situation dans laquelle nous sommes prisonniers. Non, mais c'est *moi* qui dois supporter tout cela. *Moi* dont l'estomac se révulse chaque fois que je pense à ton mari en train de te faire l'amour. *Moi* qui dois me tenir à ta disposition en attendant que tu puisses te libérer et me rendre visite. Et *moi* qui dois trouver à m'occuper, seul pendant des heures, pour ne pas devenir fou en pensant à toi !

Bel s'effondra en avant, la tête dans ses mains. C'était la première fois que Laurent se montrait si ouvertement en colère. Elle aurait voulu extirper de son esprit, de son cœur, les paroles qu'elle venait d'entendre. Car elle en reconnaissait la justesse.

Ils restèrent ainsi, sans parler, jusqu'à ce que Bel sente une main sur son épaule.

— Ma chérie, je comprends que ce n'est pas le moment de discuter de tout cela. Mais s'il te plaît, admets que si je suis encore ici, au Brésil, à tuer le temps comme je peux, c'est pour une raison et une seule. Et cette raison, c'est toi.

— Pardonne-moi, Laurent, murmura-t-elle, la tête toujours enfouie dans ses mains. C'est vrai, je suis complètement perdue aujourd'hui. Qu'allons-nous faire ?

— Je te le répète, ce n'est pas le moment d'en discuter. Tu dois penser avant tout à ta mère. Et je regrette d'avoir à te chasser, mais tu ferais mieux de sauter dans un taxi pour le Copacabana Palace, si tu veux pouvoir en sortir comme si tu venais de prendre le thé avec ton amie. Il est déjà plus de six heures.

— *Meu Deus !*

Bel se leva aussitôt et partit vers la porte, mais Laurent la retint par le bras.

— Bel…, dit-il en l'attirant contre lui et en lui caressant la joue. Je t'en prie, n'oublie pas que c'est toi que j'aime et toi que je désire.

Il l'embrassa tendrement, et les yeux de la jeune femme se remplirent de larmes.

— Allez, va vite, avant que je te kidnappe et t'enferme ici, tellement j'ai envie de te garder pour moi seul.

39

Deux jours plus tard, Bel sortit de l'hôpital, seule. Le médecin avait insisté pour que Carla passe une série d'examens et elle devait revenir la chercher à dix-huit heures.

Luiza et Gustavo la sachant retenue par son devoir filial, il lui aurait été possible de passer l'après-midi dans les bras de Laurent, mais elle ne pouvait s'y résoudre, rongée par la culpabilité à la pensée qu'elle avait négligé sa mère au profit de son amant. Aussi, pendant que Carla s'abandonnait aux mains du personnel soignant, elle resta assise près de la porte à regarder les gens aller et venir avec leur lot de souffrances.

À l'heure dite, elle remonta dans le service où sa mère avait été accueillie.

— Le médecin a demandé à vous voir, annonça l'infirmière. Suivez-moi.

Quinze minutes plus tard, les jambes flageolantes, Bel ressortit dans le couloir et partit chercher sa mère. Le médecin avait confirmé que le cancer s'était étendu au foie, et sûrement à d'autres parties du corps. Sa mère ne s'était pas trompée : il n'y avait aucun espoir.

Dans la voiture qui la ramenait à la maison, Carla parut simplement soulagée de quitter l'hôpital. Elle se livrait à des plaisanteries auxquelles Bel était incapable de sourire. Quand le chauffeur s'arrêta devant le portail, elle se tourna vers sa fille et lui prit les mains.

— Ne te donne pas la peine d'entrer, *querida*. Je sais que tu as vu le médecin, et je sais aussi ce qu'il t'a dit. Je suis allée à l'hôpital avec toi aujourd'hui simplement pour te convaincre.

Maintenant que c'est chose faite, nous n'en parlerons plus, à personne. Surtout pas à ton père.

Bel perçut le désespoir de sa mère derrière son apparente sévérité.

— Mais il faut tout de même…

— Quand ce sera nécessaire, je le préviendrai, coupa Carla, laissant clairement entendre que le sujet était clos.

Ce soir-là, en rentrant à la *Casa das Orquídeas*, Bel avait l'impression que son monde venait de basculer sur son axe. Pour la première fois, elle était confrontée à la disparition de sa mère. Et à travers elle, à sa propre mort. Elle regarda tour à tour Gustavo, assis à son côté à la table du dîner, puis Maurício, en face d'elle, et enfin Luiza. Son mari et sa belle-mère savaient tous deux ce qu'elle avait fait l'après-midi. Pourtant, ni l'un ni l'autre ne se souciait de prendre des nouvelles de Carla. Gustavo était déjà ivre et incapable de soutenir une conversation, tandis que Luiza craignait sans doute qu'un sujet désagréable ne l'empêche de digérer la viande dure comme du cuir qui leur était servie.

Après le dîner, quand ils eurent achevé les innombrables parties de cartes – que son mari arrosait avec autant de verres de brandy –, elle monta avec lui dans la chambre.

— Tu viens te coucher, *querida* ? demanda Gustavo après s'être déshabillé à la hâte pour mieux s'effondrer sur le lit.

— Oui, répondit-elle en partant vers la salle de bains. Dans cinq minutes.

Une fois la porte fermée, Bel s'assit sur le bord de la baignoire et se prit la tête dans les mains, espérant que Gustavo ronflerait déjà lorsqu'elle ressortirait. Là, livrée seule à son chagrin, elle se rappela la conversation qu'elle avait eue avec sa mère avant son mariage, durant laquelle celle-ci avait raconté qu'elle avait dû apprendre à aimer Antonio.

L'image de la femme soumise se délitait, cette épouse dont Bel se demandait autrefois comment elle pouvait supporter l'arrogance de son père et son insatiable désir de reconnaissance sociale. Pour la première fois, elle comprit la force de l'amour que sa mère éprouvait pour son mari.

Et l'admiration qu'elle lui vouait en fut encore augmentée.

* * *

— Comment va-t-elle ?

Le visage inquiet de Laurent accueillit Bel à la porte de l'appartement quelques jours plus tard.

— Elle est en train de mourir, comme elle me l'avait dit.

— Je suis désolé, ma chérie. Que va-t-il se passer maintenant ?

— Je… Je ne sais pas. Elle refuse toujours de l'annoncer à mon père, répondit Bel en se laissant tomber dans un fauteuil.

— Oh, Bel, c'est un moment très difficile pour toi, et tu es encore tellement jeune. Même pas vingt ans… J'imagine aussi que cette mauvaise nouvelle t'amène à reconsidérer ta propre vie.

— Oui, avoua Bel. C'est vrai.

— Et je suis sûr que tu te sens coupable. Tu te demandes si tu ne devrais pas te consacrer entièrement à ton devoir de fille et d'épouse, et m'oublier. Mais en même temps, tu prends conscience que la vie est courte et que tu ferais mieux de profiter du temps qui t'est donné en suivant ton cœur.

Bel le regarda d'un air stupéfait.

— Comment sais-tu exactement ce que je pense ?

— Parce que je suis un être humain aussi, répondit Laurent en haussant les épaules. Et je crois que *là-haut,* des forces supérieures nous envoient de tels dilemmes pour nous obliger à réfléchir. Mais nous *seuls* pouvons prendre nos décisions et agir en conséquence.

— Tu es très sage, fit remarquer Bel.

— Humain, tout simplement. Et puis, j'ai quelques années de plus que toi. J'ai déjà eu l'occasion de me remettre en question, c'est pourquoi je comprends. Je ne t'impose rien, mais si tu souhaites que je reste à tes côtés, ici au Brésil, pendant cette épreuve, je le ferai. Parce que je t'aime et que je veux être là pour toi. Je me rends compte aussi que l'amour que j'éprouve pour toi m'a fait grandir. Pour autant, reprit-il avec un sourire mélancolique, je ne suis pas *complètement* altruiste. Si je reste, tu dois me promettre que, quand la situation avec ta mère sera… résolue, alors nous prendrons une décision, toi et moi, concernant notre avenir. Mais ce n'est pas pour tout de suite… Viens que je te serre contre moi.

Laurent lui ouvrit les bras et elle s'y blottit.

— Je t'aime, Bel, dit-il en lui caressant tendrement les cheveux. Et je suis là si tu as besoin de moi.

— Merci, répondit-elle, accrochée à lui. Merci.

* * *

Juin céda place à juillet. Un après-midi, alors que Bel rentrait chez elle après avoir travaillé à la mosaïque à l'église *Igreja da Glória*, Loen lui apprit que son père l'attendait au salon.

— Comment te semble-t-il ? demanda-t-elle en ôtant son chapeau.

— On dirait qu'il a maigri, répondit Loen sans trop se prononcer. Mais vous en jugerez par vous-même.

Prenant une grande inspiration, Bel ouvrit la porte du salon et découvrit son père qui faisait les cent pas dans la pièce. Quand il se tourna vers elle, elle constata qu'en effet, sa silhouette s'était amincie. Mais surtout, son beau visage s'était creusé et accusait de nouvelles rides. Ses cheveux noirs ondulés, qui jusque-là ne blanchissaient qu'aux tempes, étaient maintenant uniformément gris. Bel le trouva brusquement vieilli de dix ans.

— *Princesa,* dit-il en s'avançant pour la prendre dans ses bras. Il y a si longtemps que nous ne nous sommes pas vus. Bien sûr, tu es une femme mariée maintenant. Tu mènes ta vie et tu n'as plus beaucoup de temps à consacrer à ton vieux Pai !

— Je suis souvent venue voir Mãe à la maison, répliqua Bel. Tu n'étais jamais là. Il me semble que c'est toi qui n'étais pas disponible, Pai.

— Oui, je le reconnais. J'ai été très occupé. Ton beau-père a dû t'en parler, les affaires sont difficiles en ce moment.

— En tout cas, je suis contente de te voir aujourd'hui… Assieds-toi, je t'en prie, je vais demander qu'on nous serve des rafraîchissements.

— Non, je ne veux rien, dit Antonio en prenant place dans un fauteuil. Izabela, qu'est-ce qui arrive à ta mère ? Dimanche, elle a passé presque toute la journée au lit. Elle prétend souffrir de migraines depuis quelques mois.

— Pai, je…

— Elle est de nouveau malade, n'est-ce pas ? J'ai remarqué ce matin qu'elle avait une mine épouvantable et ne mangeait rien.

Bel fixa son père en silence, puis elle demanda :

— Pai, tu veux dire que tu n'as rien vu jusqu'à maintenant ?

Antonio baissa la tête, accablé.

— Je suis tellement occupé au bureau que souvent, je pars avant que ta mère ne soit levée, et quand je reviens, elle est déjà couchée. J'aurais peut-être *dû* le voir, mais je ne voulais pas. Alors…, soupira-t-il avec une résignation mêlée de désespoir, tu sais si c'est grave ?

— Oui, Pai, je le sais.

— Est-ce que… Est-ce qu'elle…

— Oui, confirma Bel.

Antonio se leva et se frappa la tempe avec la paume de la main.

— *Meu Deus !* Bien sûr que j'aurais dû le voir ! Quel homme, quel mari suis-je donc pour ma femme ?

— Pai, je comprends que tu te sentes coupable, mais Mãe était déterminée à ne pas t'inquiéter, pour ne pas ajouter à tous tes soucis. Elle a joué un rôle elle aussi.

— Comme si mes affaires comptaient plus pour moi que la santé de ma femme ! Me cacher une chose pareille… Elle doit vraiment me prendre pour un monstre ! Pourquoi ne m'as-tu rien dit, Izabela ? s'écria-t-il brusquement.

— Parce que j'ai promis à Mãe de me taire. Elle voulait absolument que tu l'apprennes le plus tard possible.

— Eh bien, je le sais maintenant, dit Antonio en se ressaisissant. Nous allons trouver les meilleurs médecins, les meilleurs chirurgiens, tout ce qu'il lui faut pour guérir.

— Mãe a vu son médecin, et moi aussi je l'ai rencontré. Il m'a dit qu'il n'y avait aucun espoir. Je suis désolée, Pai, mais tu vas devoir affronter la réalité.

Antonio s'était figé, le visage tordu par une série d'émotions qui se bousculaient toutes en même temps : incrédulité, colère, affolement.

— Tu es en train de me dire qu'elle va mourir ? réussit-il enfin à articuler.

— Oui. Je suis vraiment, terriblement désolée.

Antonio s'effondra dans un fauteuil et, la tête dans ses mains, se mit à pleurer éperdument.

— Non, non… pas ma Carla, *je Vous en supplie*, pas elle.

Bel posa un bras sur ses épaules secouées par les sanglots pour tenter de le réconforter.

— Quand je pense qu'elle porte son secret toute seule depuis si longtemps… Elle n'avait pas assez confiance en moi pour me le dire.

— Pai, même si elle t'en avait parlé, tu n'aurais rien pu faire. Mãe a décidé qu'elle ne voulait plus subir aucun traitement. Elle dit qu'elle est en paix, qu'elle a accepté, et je la crois. Je t'en prie, si tu veux l'aider, tu dois respecter son souhait. Tu vois enfin la gravité de son état. Maintenant, tout ce dont elle a besoin, c'est de notre amour et de notre soutien à tous les deux.

Antonio s'affaissa brusquement en avant, comme vidé de son énergie. Il leva vers elle des yeux pleins de douleur.

— Quoi que vous pensiez, ta mère et toi, elle est tout pour moi et je ne peux pas imaginer la vie sans elle.

Puis, lentement, sous le regard de Bel, impuissante, il se mit debout et sortit de la pièce.

40

— Qu'est-ce que tu as ? demanda Gustavo, la voix pâteuse, quand Bel ressortit de la salle de bains en chemise de nuit. Depuis quelque temps, tu ne desserres pas les dents à table et tu m'adresses à peine la parole quand nous sommes seuls.

Bel s'approcha du lit. Une semaine s'était écoulée depuis qu'Antonio était venu à la *Casa* et avait appris la terrible nouvelle.

En rendant visite à sa mère le lendemain, Bel l'avait trouvé assis à son chevet, lui tenant la main, des larmes silencieuses coulant sur son visage.

Carla avait accueilli sa fille avec un faible sourire.

— Je lui ai dit d'aller travailler. Gabriela s'occupe très bien de moi et je n'ai pas besoin de lui ici. Mais il s'obstine à me couver comme une mère poule.

Bel avait senti que sa mère, malgré son apparente sérénité, était heureuse d'avoir son mari auprès d'elle. Après avoir persuadé Antonio de la quitter quelques heures pour se rendre à son bureau, Carla avait parlé à Bel.

— À présent que ton père est au courant, je voudrais te dire où et comment j'aimerais finir ma vie…

Depuis, Bel essayait de trouver le moment propice pour annoncer à Gustavo qu'elle souhaitait accompagner sa mère avant que celle-ci ne parte pour son ultime voyage. Elle n'ignorait pas que ce projet déplairait à son mari.

Elle s'assit doucement sur le bord du lit et le considéra. Il avait les yeux rouges, les pupilles dilatées par l'alcool.

— Gustavo, dit-elle, ma mère est mourante.

— Je vois. Son cancer est revenu ?

— Oui.

Tremblante, Bel s'arma de courage pour présenter sa requête.

— Elle voudrait passer ses derniers jours dans sa *fazenda* bien-aimée. Gustavo, me permets-tu d'aller avec elle ?

Il la fixa d'un regard vitreux.

— Pendant combien de temps ?

— Je ne sais pas. Quelques semaines. Deux mois peut-être, si Dieu le veut.

— Serais-tu de retour pour le début de la saison ?

Comment pouvait-il s'inquiéter de sa vie sociale, songea Bel indignée, alors qu'il s'agissait pour elle de dire adieu à sa mère ?

— Oui, je crois, réussit-elle à répondre.

— Je ne peux guère refuser, n'est-ce pas ? Évidemment, je préférerais que tu restes ici. D'autant plus que tu n'es toujours pas enceinte et que cette absence retardera l'arrivée d'un héritier. Ma mère est très inquiète. Elle se demande si tu es stérile, ajouta-t-il cruellement.

— Je suis désolée.

Bel baissa les yeux, résistant à l'envie de rétorquer que ce n'était pas sa faute *à elle*. Mais bien sûr, comment reconnaîtrait-il son incompétence alors même qu'il ne s'en souvenait pas ?

— Nous allons essayer tout de suite, décréta-t-il en la renversant brusquement sur le lit. Il eut tôt fait de lui remonter sa chemise de nuit, et elle sentit son membre qui cherchait à la pénétrer, sans succès. Elle comprit à son agitation qu'il se croyait en elle. Fidèle à sa routine habituelle, il s'affala, gémissant de soulagement, et roula sur le côté. Bel, les cuisses poisseuses, le regarda avec un mélange de dégoût et de pitié.

— Peut-être aurons-nous enfin conçu un enfant ce soir, dit-il, avant que sa respiration ne se perde dans des ronflements d'ivrogne.

Bel se leva et alla à la salle de bains pour se laver. Comment pouvait-il s'imaginer que cette parodie d'accouplement aboutisse au miracle de la conception ?

Néanmoins, pensa-t-elle, si ce qu'elle venait de subir était le prix à payer pour quitter Rio et rester avec sa mère jusqu'à la fin, elle ne le regrettait pas.

* * *

Deux jours plus tard, dans l'*Igreja da Glória*, Bel s'appliquait avec ses compagnes à coller les petits triangles de stéatite sur les filets. Toutes ces heures passées dans la fraîcheur de l'église lui avaient procuré la détente et le calme dont elle avait tant besoin. Les femmes – si bavardes ailleurs – parlaient peu ici, absorbées par leur besogne commune, dans une atmosphère harmonieuse et paisible.

Héloïse, l'amie qui lui avait servi d'alibi un jour pour rendre visite à Laurent, était assise à côté d'elle. Bel remarqua qu'elle inscrivait quelque chose au dos de son carreau. Elle se pencha pour mieux voir.

— Qu'est-ce que vous écrivez ? demanda-t-elle.

— Les noms des membres de ma famille. Et celui de mon amoureux. Ainsi, ils resteront là-haut au sommet du Corcovado, conservés pour toujours au sein du *Cristo*. Les autres femmes aussi font cela, Izabela.

— Quelle belle idée !

Bel soupira tristement en lisant les noms de la mère d'Héloïse, de son père, de ses frères et sœurs… et de son bien-aimé. Elle contempla le morceau de mosaïque qu'elle était sur le point de coller. Sa mère ne serait plus de ce monde pour voir le *Cristo* une fois terminé… Ses yeux s'emplirent de larmes.

Bel écrivit alors les noms de sa mère adorée, de son père, puis le sien. Elle hésita, sachant qu'elle devrait y ajouter celui de son mari, mais elle ne put s'y résoudre.

Après avoir vérifié que l'encre était sèche, elle étendit une épaisse couche de colle sur le triangle et l'apposa sur le filet. Au même moment, la responsable sonna l'heure de la pause. Bel regarda ses compagnes se lever et, sans réfléchir, attrapa un triangle de stéatite dans la pile au milieu de la table. Elle le fourra discrètement dans son petit sac à main.

Bel s'empressa de rejoindre Jorge qui l'attendait dehors. Se glissant sur la banquette arrière, elle lui ordonna de la conduire chez Madame Duchaine à Ipanema.

Un quart d'heure plus tard, devant le salon de la couturière, elle lui demanda de passer la chercher à dix-huit heures. Elle gravit les marches du perron et fit semblant de sonner et d'attendre, tout en observant la voiture à la dérobée jusqu'à ce qu'elle disparaisse au coin de la rue. Bel se donna encore deux ou trois minutes avant de courir jusque chez Laurent.

Alors qu'elle montait à l'appartement de Laurent, elle réalisa brusquement qu'elle n'aurait aucun alibi pour justifier son absence, mais, pour la première fois, elle s'en moquait.

— Ma chérie, comme tu es pâle ! Que t'arrive-t-il ? s'exclama Laurent en la découvrant sur le seuil, haletante et épuisée.

— Ma mère m'a demandé de l'accompagner à notre plantation dans les montagnes, pour y passer ses derniers jours. Je ne peux pas refuser, lâcha-t-elle.

Toute la tension de ces dernières semaines remonta alors à la surface, et elle éclata en sanglots.

— Je suis désolée, Laurent, mais je n'ai pas le choix. Ma mère a besoin de moi. J'espère que tu pourras me pardonner, et que tu comprendras que je dois quitter Rio.

— Bel, tu as vraiment une piètre opinion de moi ! *Bien sûr* que tu dois rester avec ta mère. Pourquoi croyais-tu que je serais en colère ? demanda-t-il doucement.

— Parce que… parce que tu m'as dit que tu ne restais ici qu'à cause de moi, et maintenant, je pars.

— Ce n'est pas ce que j'aurais souhaité, je te l'accorde. Mais pour être franc, de savoir que tu ne partageras plus le lit de ton mari, même si *moi*, je ne peux pas te voir pendant quelque temps, cela rend la situation plus facile à accepter, déclara-t-il pour la réconforter. Au moins, pendant ton absence, tu seras véritablement mienne. Et nous pouvons correspondre, n'est-ce pas ? Je peux écrire à la *fazenda*, en passant par Loen ?

— Oui, répondit Bel. Pardonne-moi, Laurent, mais Gustavo et Luiza se sont montrés tellement froids ce matin quand je leur ai annoncé que je devais m'absenter… J'ai pensé que tu réagirais comme eux, avoua-t-elle.

— Je préfère m'abstenir de tout commentaire concernant ton mari et ta belle-mère… Sois certaine que je partage ta peine. De plus – une lueur brilla dans les yeux de Laurent et ses lèvres esquissèrent un sourire –, l'appétissante Alessandra Silveira pourra toujours me tenir compagnie jusqu'à ton retour.

— Laurent…

— Izabela, je plaisante. Elle est très belle à regarder, mais elle a autant de personnalité qu'un épouvantail, dit-il avec un petit rire.

— Dans le journal, l'autre jour, j'ai vu ta photo à Parque Lage, à un gala de bienfaisance présidé par la célèbre Gabriella Besanzoni, fit remarquer Bel, maussade.

— Il semble en effet que je suis la star du moment à Rio. Mais tu sais bien que tu es tout ce qui compte pour moi. J'ose croire que c'est réciproque.

— Oh oui, répondit-elle avec passion.

— Et ton père ? Comment va-t-il ?

Bel haussa tristement les épaules.

— Il est brisé. Si Mãe souhaite aller à la *fazenda*, c'est en partie pour lui épargner d'assister à son lent déclin. Il viendra quand il le pourra. À la place de ma mère, je ferais pareil. Les hommes supportent mal la maladie.

— C'est vrai pour la plupart d'entre eux. Mais il ne faut pas généraliser, lui reprocha Laurent. Si tu étais mourante, j'espère bien que je serais à ton chevet. Vais-je te revoir avant ton départ ?

— Non, pardonne-moi mais c'est impossible, Laurent. J'ai beaucoup de choses à régler, notamment un rendez-vous avec le médecin de ma mère. Pour me procurer les médicaments nécessaires, et de la morphine…

— Alors, ne perdons pas plus de temps. Les quelques heures qui nous restent sont précieuses, gardons-les pour nous.

Laurent lui tendit la main et l'entraîna vers la chambre.

41

Tandis que son père aidait Carla, maintenant très affaiblie, à monter à l'arrière de la Rolls-Royce, Bel comprit qu'ils étaient arrivés à un point de non-retour. Antonio grimpa à la place du chauffeur et Loen s'assit à côté de lui. Après avoir arrangé des coussins autour du corps frêle de sa mère, Bel s'installa à son tour dans la voiture. Lorsque le véhicule s'engagea dans l'allée, Carla se retourna en tendant le cou pour jeter un dernier regard à la maison. Elle savait qu'elle ne la reverrait pas.

Quand ils se garèrent devant la *fazenda*, Fabiana se força à sourire pour accueillir sa maîtresse. Carla, épuisée par le voyage, sortit de la voiture en chancelant, soutenue par Antonio qui finit par la prendre dans ses bras pour la porter à l'intérieur.

Bel se sentit bien inutile les jours suivants : Antonio restait au chevet de sa femme vingt-quatre heures sur vingt-quatre. Fabiana et Bel, émues aux larmes par un tel dévouement, parlaient de lui dans la cuisine où elles se retranchaient.

— Je n'aurais jamais imaginé une chose pareille de votre père, répétait Fabiana. Aimer une femme à ce point-là… ça me fend le cœur.

— Oui, soupira Bel. Moi aussi.

Loen, qui avait retrouvé Bruno, était la seule dans la *fazenda* à être heureuse – bien qu'elle s'efforçât de cacher son bonheur, compte tenu des circonstances. Bel lui avait accordé quelques jours de congé, la présence constante d'Antonio auprès de sa femme réduisant considérablement son travail.

Loen et Bruno ne se quittaient pas d'une semelle et, comme lors de son précédent séjour, Bel les enviait. Mais cette fois, elle aussi vivait pleinement son amour, même dans l'absence, en composant de longues lettres à Laurent et en s'enivrant de ses réponses, tandis que Loen jouait le rôle de messagère.

Quant à son mari, Bel essaya de penser à lui le moins possible. Malgré le malheur auquel elle se préparait, elle était soulagée d'échapper à l'ambiance confinée et déprimante de la *Casa das Orquídeas* et de pouvoir oublier qu'elle était mariée à un homme qu'elle méprisait.

Ils étaient à la *fazenda* depuis dix jours quand Antonio, le teint blafard et les traits tirés, repartit pour Rio. Au bord des larmes, il étreignit Bel contre son cœur.

— Je serai de retour vendredi soir, mais, pour l'amour du ciel, Izabela, appelle-moi tous les jours pour me donner des nouvelles. Si je dois revenir plus tôt, dis-le-moi. Les secrets, c'est fini.

— Je te le promets, Pai. En tout cas, Mãe paraît contente d'être ici.

Antonio secoua la tête avec désespoir, puis il monta dans la Rolls-Royce et s'éloigna vivement, soulevant un nuage de poussière et de graviers dans l'allée.

* * *

Gustavo, installé avec le journal dans un des fauteuils de son club, remarqua qu'il n'y avait pas grand monde à la bibliothèque cet après-midi-là. Le président Washington Luís avait appelé les grands producteurs à se réunir d'urgence pour discuter de la chute des prix du café. Au déjeuner aussi, il avait trouvé le restaurant presque désert.

Tandis qu'il finissait son troisième whisky, ses pensées se tournèrent vers sa femme. Quand elle l'avait quitté, trois semaines plus tôt, elle avait vraiment mauvaise mine, les yeux cernés, le teint pâle. Elle lui manquait terriblement. Son absence laissait un vide à la *Casa*, où la condescendance de sa mère – qui persistait à le traiter comme un vilain petit garçon – lui pesait plus que jamais. Quant à son père, il le jugeait manifestement incompétent pour tout ce qui touchait aux affaires de la famille, repoussant ses questions d'un geste agacé de la main comme lorsqu'on chasse une mouche.

Gustavo commanda un autre whisky. Il grimaça en se rappelant son manque d'égards lorsque Izabela lui avait fait part de l'état de santé de Carla. Où était passée son empathie ? Sa mère lui avait pourtant reproché ce trait de caractère quand, enfant, il pleurait en trouvant un oiseau mort dans le jardin.

— Tu es bien trop sensible, disait-elle. Tu es un garçon, Gustavo, et les garçons ne montrent pas leurs émotions.

L'alcool, évidemment, l'aidait à se protéger contre cette sensibilité excessive. Il avait cru que son statut d'homme marié renforcerait sa confiance en lui, mais au contraire, l'estime qu'il avait de lui-même s'était complètement évaporée. Ce qui le poussait à boire de plus en plus.

Gustavo lâcha un long soupir. Même s'il savait qu'Izabela ne l'aimait pas comme lui l'aimait, il avait espéré que son affection grandirait après leur mariage. Hélas, dès le début, il avait senti sa réticence – en particulier quand ils faisaient l'amour. À présent, chaque fois qu'elle le regardait, il voyait dans ses yeux un sentiment proche de la pitié, parfois même de l'aversion. Et l'idée qu'il pût décevoir non seulement ses parents, mais sa femme aussi, augmentait son dégoût de lui-même.

Par ailleurs, qu'Izabela ne soit toujours pas enceinte exacerbait son sentiment d'échec. De toute évidence, sa mère le considérait incapable de remplir son devoir envers son épouse. Et si son mariage avait fait de lui le maître de maison et Izabela la maîtresse, Gustavo se devait de reconnaître qu'il avait échoué à affirmer son autorité auprès de sa mère.

Pour la première fois depuis son mariage avec Izabela, Gustavo s'avoua que leur relation s'était terriblement dégradée. En six mois à peine, ils étaient arrivés à vivre chacun de leur côté, et il en était en grande partie responsable, à force de passer ses journées à son club et ses soirées à boire.

Bref, il avait tout simplement négligé sa femme.

Comment s'étonner alors qu'elle parût si malheureuse ? Entre une belle-mère glaciale et un mari alcoolique, Izabela devait penser qu'elle avait fait une terrible erreur.

Pourtant, je l'aime, pensa Gustavo, envahi par le désespoir.

Peut-être n'était-il pas trop tard pour revenir en arrière, pour retrouver l'affection et les conversations qu'ils avaient partagées avant leur mariage, quand Izabela lui témoignait au moins un peu d'amitié…

Je vais prendre la situation en main, se promit-il. Il demanda aussitôt l'addition et regagna sa voiture, résolu à confronter ses parents. S'il ne le faisait pas, il perdrait sa femme à jamais.

* * *

Pendant les deux semaines précédant la mort de Carla, Bel et Loen se relayèrent à son chevet afin de ne jamais la laisser seule. Un soir, lors d'un rare moment de lucidité, Carla tendit mollement le bras pour prendre la main de sa fille.

— *Querida,* il faut que je te parle avant qu'il ne soit trop tard, dit-elle – sa voix n'était qu'un faible murmure et Bel dut se pencher pour l'entendre. Je sais que ta vie d'épouse n'a pas été facile jusqu'à présent, et il est de mon devoir de te conseiller…

— Mãe, s'il te plaît, interrompit Bel, consternée. Gustavo et moi avons eu nos problèmes, comme tous les couples, mais je t'assure que tu ne dois pas t'inquiéter, tout va bien.

— Peut-être, s'obstina Carla. Mais tu es ma fille, et je te connais beaucoup mieux que tu ne le crois. Ton… penchant pour une certaine personne qui n'est pas ton mari ne m'a pas échappé. Je l'ai remarqué à la *Casa,* lorsqu'il est venu dévoiler la sculpture.

— Mãe, tu te fais des idées. C'est… c'était juste un ami, protesta Bel, choquée que sa mère ait deviné ses sentiments.

— J'en doute, répondit Carla, un triste sourire aux lèvres. Rappelle-toi que j'ai vu aussi le regard que vous avez échangé ce jour-là, au Corcovado. Tu as fait mine de ne pas savoir qui il était, mais j'ai compris que tu le connaissais, et même très bien. Je dois te prévenir… Si tu t'engages dans cette voie, tout le monde en souffrira. Je t'en supplie, Izabela, tu es mariée depuis si peu de temps. Laisse à Gustavo une chance de te rendre heureuse.

Ne voulant pas que sa mère s'agite, Bel acquiesça d'un hochement de tête.

— Oui. Je te donne ma parole.

* * *

Deux jours plus tard, Fabiana entra dans la chambre de Bel à la première heure.

— Senhora, je crois que le moment est venu d'appeler votre père.

Antonio arriva aussitôt et ne quitta plus le chevet de sa femme.

Carla mourut paisiblement. Antonio et Bel, debout au pied du lit, enlacés, versèrent des larmes silencieuses. Après les funérailles – Carla avait demandé à être enterrée dans le petit cimetière de Paty do Alferes –, ils rentrèrent ensemble à Rio, profondément affligés.

— Pai, s'il te plaît, dit Bel en arrivant à la *Mansão de Princesa*, si tu as besoin de quoi que ce soit, fais-le-moi savoir. Souhaites-tu que je passe te voir demain ? Je suis sûre que Gustavo ne verra aucun inconvénient à ce que je te tienne compagnie quelques jours.

— Non, *querida*. Retourne à la *Casa* où tu as ta vie. Moi, j'ai tout perdu.

— Je t'en prie, Pai, ne dis pas cela. Mãe souhaitait que tu sois heureux… même sans elle.

— Oui, *princesa*, je te promets d'essayer. Mais tu dois me pardonner. Pour l'instant, dans cette maison atrocement vide, cela m'est impensable.

* * *

Durant le court trajet jusqu'à la *Casa*, Bel se demanda ce qui l'attendrait à son arrivée. Chaque fois que Gustavo avait téléphoné à la *fazenda*, elle s'était débrouillée pour ne pas lui parler, chargeant Fabiana de lui dire qu'elle était auprès de sa mère. Cependant, en apprenant la mort de Carla, il s'était montré bien plus compatissant qu'à son habitude, et Bel en avait été surprise.

De plus, il n'avait pas l'air d'avoir bu. Lorsqu'elle lui avait expliqué que sa venue n'était pas nécessaire, Carla ayant souhaité des obsèques dans la plus stricte intimité, il avait répondu qu'il comprenait, ajoutant simplement que Bel lui manquait et qu'il était impatient de la revoir.

En entrant dans la maison, elle perçut, comme chaque fois, l'atmosphère glacée qui régnait entre les murs, contrastant avec la douceur de l'air extérieur. Un frisson la saisit. Personne ne se pressait sur le perron pour lui réserver un accueil chaleureux.

Soudain, une silhouette apparut à la porte du salon.

— Te voilà enfin de retour.

— Oui, bonjour Luiza.

— Mes condoléances. Le dîner sera servi à l'heure habituelle.

— Merci. Je monte me préparer.

Luiza concéda à peine un hochement de tête et Bel, accablée, gravit l'escalier comme un automate. Une fois dans sa chambre, elle songea qu'elle pouvait au moins compter sur la présence réconfortante de Loen et elle laissa sa jeune servante la déshabiller, ce qu'elle n'avait pas fait à la fazenda où la routine avait été abandonnée, l'attention de tous étant entièrement tournée vers Carla. Quand elle fut nue, elle remarqua que Loen l'observait, les sourcils froncés.

— Qu'y a-t-il ?

Le regard de Loen s'était posé sur son ventre.

— Rien. Je..., non, rien, senhora. Votre bain est prêt. Allez vite vous plonger dans l'eau chaude.

Bel obéit et, là, allongée dans la baignoire, elle remarqua à quel point son corps avait changé. On ne prenait pas de bain à la *fazenda*. La toilette se faisait au moyen de baquets dans lesquels l'eau était chauffée au soleil. De plus, tout à ses soucis, elle ne s'était pas regardée dans un miroir depuis des semaines.

Meu Deus ! Ses doigts tracèrent timidement l'arrondi de son ventre qui émergeait à la surface de l'eau. Sa poitrine aussi semblait plus généreuse, plus lourde.

— J'attends un enfant, murmura-t-elle, le cœur battant.

Tout à coup, la voix nasillarde de Gustavo qui s'adressait à Loen s'éleva dans la chambre. Bel se lava rapidement, enfila son peignoir en prenant soin de ne pas trop serrer la ceinture pour que son mari ne remarque pas ses rondeurs, et sortit de la salle de bains.

Gustavo ne bougea pas. Il avait l'air hésitant, un peu effrayé.

— Merci, Loen, dit-il. Tu peux disposer.

Loen quitta la pièce. Immobile, Bel attendit que Gustavo parle le premier.

— Je te présente mes sincères condoléances, Izabela, dit-il.

— Merci. Je dois avouer que j'ai passé des moments difficiles.

— Moi aussi, ici, sans toi.

— Je suis désolée.

— Je t'en prie, ne t'excuse pas, répondit-il vivement. Je suis très heureux que tu sois de retour. Tu m'as manqué, Izabela.

— Merci, Gustavo... Je dois me préparer pour le dîner, et toi aussi.

Il acquiesça et s'éclipsa dans la salle de bains en fermant la porte derrière lui.

Bel s'approcha de la fenêtre. Bien qu'il fût plus de sept heures, le soleil commençait tout juste à descendre à l'horizon, et elle réalisa soudain qu'on était déjà à la mi-octobre. Le printemps battait son plein à Rio. Revenant vers le lit, toujours sous le choc de sa découverte, elle vit que Loen avait étalé une robe de coupe assez ample qu'elle ne portait que rarement. Tant pis pour Gustavo, qui la préférait dans des tenues soulignant sa svelte silhouette. Émue aux larmes par la prévenance de sa domestique, elle s'habilla et descendit promptement au salon pour éviter de se retrouver seule avec son mari. Au bas de l'escalier, elle jeta un long regard à la porte d'entrée. Comme elle aurait aimé pouvoir l'ouvrir et courir retrouver Laurent ! Car elle n'avait aucun doute : l'enfant qu'elle portait était le sien.

* * *

Au dîner ce soir-là, Bel constata que rien n'avait vraiment changé pendant son absence. Luiza, toujours froide et condescendante, lui témoigna peu de compassion. Maurício, bien que plus chaleureux, passa la soirée à parler avec Gustavo des complexités financières de Wall Street et de quelque chose qui s'appelait l'indice Dow Jones, ainsi que de la vente massive des actions survenue le jeudi précédent.

— Dieu merci, j'ai vendu mes actions le mois dernier. J'espère que votre père a fait de même, déclara Maurício. Heureusement que je n'en détenais pas beaucoup… Je n'ai jamais fait confiance à ces Yankees. Ils essaient de consolider le marché en attendant qu'il se stabilise ce week-end, mais à mon avis, les valeurs vont encore baisser. À long terme, si les cours s'effondrent, les conséquences pour l'industrie du café, ici, seront désastreuses. Nous exportons la majorité de notre récolte vers l'Amérique qui devra sérieusement réduire sa demande. Et la surproduction brésilienne de ces dernières années n'arrange pas les choses, ajouta-t-il d'un air sombre.

— C'est une chance que notre famille se soit retirée des marchés américains au bon moment, commenta Luiza en jetant un coup d'œil appuyé à Bel. J'ai toujours pensé que la gourmandise était un vilain défaut. On ne récolte que ce que l'on sème.

Bel interrogea son mari du regard, et il lui rendit un sourire anormalement bienveillant.

— Il est vrai que nous avons perdu notre fortune, souligna sobrement son beau-père, mais au moins, nous ne risquons pas de tomber dans la précarité.

Plus tard, alors qu'ils montaient se coucher, Bel demanda à Gustavo :

— La situation en Amérique est-elle vraiment grave ? Je m'inquiète pour mon père. Comme il était absent de Rio la semaine dernière, il se pourrait qu'il ne soit pas au courant…

— Tu sais bien que je ne me préoccupais guère des marchés jusqu'à maintenant, avoua Gustavo en ouvrant la porte de leur chambre. Mais d'après mon père, et d'après ce que je commence tout juste à comprendre, la conjoncture est très inquiétante, oui.

Bel s'enferma dans la salle de bains. La tête lui tournait, tant elle avait l'esprit empli de tout ce qu'elle venait d'entendre. En se déshabillant, elle ne put s'empêcher, une fois de plus, d'examiner son ventre gonflé. Elle espérait encore s'être trompée. Que devrait-elle faire ? Une chose était sûre, elle ne supporterait pas que son mari la touche ce soir. Elle prolongea sa toilette, espérant que Gustavo s'endorme, mais quand elle sortit enfin, il était bien réveillé et l'attendait dans le lit.

— Tu m'as manqué, Izabela. Viens.

Elle se glissa craintivement à ses côtés. De toutes les excuses qui se présentaient à elle, aucune n'était envisageable face à un mari qui n'avait pas vu sa femme depuis deux mois.

— Izabela, tu sembles terrorisée. As-tu donc si peur de moi ?

— Non… non.

— *Querida*, je comprends ton chagrin, et je sais bien qu'il va te falloir du temps avant de te détendre. Laisse-moi juste te tenir dans mes bras.

Les paroles de Gustavo la prirent complètement au dépourvu. Après la découverte de sa grossesse, la douleur d'avoir perdu sa mère et les nouvelles financières désastreuses qu'elle avait apprises durant le repas, la gentillesse de Gustavo fut la goutte qui fit déborder le vase et ses yeux s'emplirent de larmes.

— Je t'en prie, Izabela, ne sois pas inquiète. Tout ce que je désire, c'est t'apporter un peu de réconfort ce soir, ajouta-t-il en éteignant la lumière.

Elle s'abandonna à son étreinte, la tête sur son épaule, les yeux grands ouverts dans l'obscurité. Gustavo lui caressa les cheveux, et à la pensée du minuscule petit cœur qui battait dans son ventre, elle fut envahie par une immense culpabilité.

— J'ai beaucoup réfléchi pendant ton absence, murmura Gustavo. Je me suis souvenu de nos premiers rendez-vous, quand nous discutions d'art et de culture et que nous partagions des moments agréables ensemble… Mais depuis notre mariage, nous nous sommes éloignés l'un de l'autre et je reconnais que j'en porte la responsabilité. Je passe beaucoup trop de temps au club. Pour être honnête, cela me permet de sortir de cette maison. Nous savons tous les deux que l'ambiance y est plutôt… austère.

Dans l'obscurité, Bel l'écouta sans l'interrompre.

— Là aussi, je n'ai pas été à la hauteur. J'aurais dû montrer plus de fermeté avec ma mère quand nous nous sommes mariés, lui déclarer que tu étais dorénavant la maîtresse de maison et qu'elle devait te céder gracieusement la place. Pardonne-moi, Izabela, j'ai été faible. Je n'ai pas pris ta défense et je me suis laissé mener.

— Gustavo, tu n'y es pour rien si Luiza ne m'aime pas.

— Ce n'est pas *toi* qu'elle n'aime pas, répondit-il amèrement. Elle se comporterait ainsi avec n'importe quelle personne qui menacerait sa position dans cette maison. Et comme nous n'avons toujours pas produit d'héritier, elle est même allée jusqu'à me suggérer de demander à l'évêque d'annuler notre mariage. Au motif qu'il n'a pas été consommé, évidemment.

Bel étouffa un cri d'horreur à la pensée du secret que son corps abritait à présent. La croyant blessée par la terrible cruauté de sa belle-mère, Gustavo la serra tendrement contre lui.

— J'étais furieux, bien sûr, et je lui ai dit que si elle proférait encore une fois de telles insultes, ce serait elle qui se retrouverait à la rue, non pas ma femme. Ensuite, continua Gustavo, j'ai décidé que je devais agir. J'ai demandé à mon père de transférer cette maison en mon nom, ce qui aurait dû être fait dès que nous nous sommes mariés, puisque c'est l'usage. Il y a consenti, et je prendrai en main la gestion des finances de la famille sitôt que j'aurai acquis les compétences nécessaires. C'est pourquoi, au cours des semaines à venir, je passerai une grande partie de mon temps avec mon père à apprendre quelque chose d'utile au lieu de gâcher mes journées au club. Quand je serai prêt, je te confierai la responsabilité de tenir la maison. Ma mère devra accepter, elle n'aura pas le choix.

— Je vois.

Malgré la détermination nouvelle qu'elle entendait dans la voix de Gustavo, Bel songea qu'elle ne trouvait guère de consolation entre les bras de son mari, encore moins maintenant qu'auparavant.

— Avec un peu de retard, et je le regrette, poursuivit Gustavo, toi et moi serons enfin les maîtres chez nous. Par ailleurs, je me suis rendu compte que je buvais beaucoup trop depuis quelque temps. Je te donne ma parole, Izabela, que depuis déjà plusieurs semaines je ne bois qu'un verre au repas, pas plus. Peux-tu pardonner à ton époux de ne pas s'être imposé plus tôt ? Ces derniers mois ont été difficiles pour toi, je le sais. Mais tu m'as entendu, je suis résolu à prendre un nouveau départ. J'espère que toi aussi, tu pourras tourner la page. Je t'aime tant.

— Oui… bien sûr que je te pardonne, balbutia-t-elle, confondue devant tant de sincérité.

— Et désormais, je ne t'obligerai plus à subir… – Gustavo chercha ses mots – nos ébats nocturnes. Si tu ne le désires pas, je respecterai ta volonté. Mais j'espère que, plus tard, quand j'aurai regagné ta confiance, tu auras envie de revenir vers moi. Voilà, c'est tout ce que je voulais te dire. À présent, *querida*, après la douloureuse épreuve que tu as traversée, j'aimerais seulement te tenir dans mes bras jusqu'à ce que tu t'endormes.

Quelques minutes plus tard, Gustavo ronflait paisiblement. Bel se dégagea et roula sur le côté. L'estomac noué, le cœur battant, elle réfléchit à sa situation. Y avait-il la moindre chance que son mari ait engendré ce bébé ? Elle tenta désespérément de se rappeler la dernière fois que Gustavo avait réussi à lui faire l'amour, et dut admettre qu'il ne pouvait pas être le père.

Les heures passèrent lentement. Bel se tourna et se retourna toute la nuit, sachant qu'elle devait prendre une décision rapidement. Après tout, Laurent serait peut-être horrifié d'apprendre qu'elle attendait son enfant. Ni l'un ni l'autre n'avait envisagé ce scénario, et Laurent avait toujours soigneusement veillé à ce que cela n'arrive pas. La mise en garde de Margarida lui revint à l'esprit : les hommes comme Laurent ne voulaient pas d'attaches.

Alors que le jour s'annonçait à travers les fentes des volets, tous les anciens doutes de Bel l'assaillirent à nouveau. Il n'y avait qu'une seule chose qu'elle puisse faire : voir Laurent le plus vite possible.

42

— Qu'as-tu prévu de faire aujourd'hui, meu amor ? demanda Gustavo en souriant à sa femme, tandis qu'il se resservait du café.

— Je vais chez Madame Duchaine pour un dernier essayage avant le début de la saison, répondit Bel, lui renvoyant son sourire. J'espère que mes tenues seront prêtes à la fin de la semaine.

— Bien, très bien.

— Et si tu n'y vois pas d'inconvénient, je serai absente pour le déjeuner. Je voudrais passer voir mon père. J'ai téléphoné tout à l'heure, et Gabriela m'a dit qu'il n'était toujours pas habillé et qu'il ne comptait pas se rendre au bureau. Je suis très inquiète pour lui.

— Mais bien sûr. Moi-même, j'accompagne mon père à la Chambre des députés. Le président Washington Luís a appelé à une réunion d'urgence de tous les grands producteurs de café afin de discuter de la crise en Amérique.

— Je croyais que ton père s'était retiré du marché…

— Il ne lui reste que quelques placements, mais c'est l'un des plus anciens membres de la communauté, ici, à Rio, et le président a sollicité sa présence.

— Mon père ne devrait-il pas y assister aussi ?

— Si, certainement. La situation s'aggrave de jour en jour. Dis-lui bien que je serai heureux de lui rapporter en détail ce qui aura été décidé. À ce soir, *querida.*

Gustavo posa délicatement un baiser sur la joue de Bel en se levant de table.

Une fois Gustavo parti, sachant que Luiza serait occupée à planifier les menus de la semaine avec la cuisinière, Bel se précipita à l'étage pour prendre son carnet d'adresses. Elle redescendit ensuite en courant dans le hall, où, les mains tremblantes, elle décrocha le téléphone et demanda à l'opératrice de composer le numéro que Laurent lui avait donné.

— S'il te plaît, réponds ! chuchota-t-elle en entendant la sonnerie à l'autre bout du fil.

— Laurent Brouilly à l'appareil.

Le son de sa voix lui noua l'estomac.

— Izabela Aires Cabral, dit-elle, Luiza pouvant surgir de la cuisine à l'improviste. Seriez-vous disponible pour un essayage cet après-midi, à deux heures ?

Il y eut un silence, puis Laurent répondit :

— Pour vous, Madame, je peux certainement m'arranger. Viendrez-vous ici ?

— Oui.

— Alors, je vous attendrai avec impatience.

Elle devinait son sourire malicieux tandis qu'il se prêtait au jeu.

— À tout à l'heure, dit-elle.

— Oui, ma chérie, murmura-t-il juste avant que Bel ne repose brusquement le combiné.

Elle hésita, la main prête à décrocher à nouveau pour prendre rendez-vous avec Madame Duchaine, ce qui lui fournirait un alibi. Mais les yeux perspicaces de la couturière ne manqueraient pas de remarquer son ventre rond et il était trop tôt pour courir le risque que la nouvelle se répande. Elle l'appela donc pour convenir d'une séance deux jours plus tard. Ensuite, après avoir attrapé son chapeau et lancé à Luiza qu'elle se rendait chez son père, puis chez sa couturière, elle se glissa sur le siège arrière de la voiture et Jorge la conduisit à la *Mansão da Princesa.*

Gabriela apparut sur le seuil avant même qu'elle n'ait gravi le perron.

— Comment va-t-il ? demanda Bel.

— Il n'est toujours pas levé, il dit qu'il n'en a pas la force.

Bel frappa à la porte de la chambre de son père et entra sans avoir obtenu de réponse. Les volets étaient fermés, bloquant la brillante lumière de midi. Dans l'obscurité, elle distingua une forme recroquevillée sous les couvertures.

— Pai, c'est moi, Izabela. Tu es malade ?

Pour toute réponse, un grognement s'éleva du lit.

— Il fait bien trop sombre dans cette pièce, dit-elle en allant ouvrir les volets – puis, voyant que son père feignait le sommeil, elle s'approcha et s'assit sur le lit. Pai, je t'en prie. Dis-moi ce qui ne va pas.

— Je ne peux pas continuer sans elle, gémit Antonio. À quoi bon tout cela, si elle n'est pas à mes côtés ?

— Pai, tu as promis à Mãe sur son lit de mort que tu tiendrais le coup. Elle est sans doute en train de te regarder depuis là-haut, en ce moment même, et elle te crie de te lever !

— Je ne crois pas au paradis, ni en Dieu, grommela-t-il sombrement. Comment un Dieu d'amour pourrait-il m'enlever ma Carla, elle qui n'a jamais commis une seule mauvaise action de toute sa vie ?

— Eh bien, *elle*, elle y croyait, et moi aussi, répondit Bel avec conviction. Et nous savons tous les deux qu'il n'y a jamais aucune raison pour expliquer ce genre de choses. N'es-tu pas reconnaissant pour les vingt-deux années merveilleuses que vous avez passées ensemble ? Ne veux-tu pas honorer la promesse que tu lui as faite, et continuer à vivre en sa mémoire ?

Comme son père ne réagissait pas, Bel changea d'approche.

— Pai, tu dois bien savoir ce qui se passe en Amérique ? Maurício a annoncé hier soir qu'une autre crise à Wall Street risquait d'éclater d'une minute à l'autre. Une réunion d'urgence se tient en ce moment même, à la Chambre des députés, pour débattre des conséquences qui menacent le Brésil. Tous les grands producteurs sont présents. Ne devrais-tu pas y assister aussi ?

— Non, Bel, il est trop tard, soupira Antonio. Je n'ai pas vendu mes actions quand j'aurais dû, parce que je refusais de céder à la panique. Hier, après ton départ, mon agent de change m'a appelé pour m'informer que le marché avait plongé, et qu'un grand nombre de mes actions n'avaient plus aucune valeur. D'après lui, la situation va encore se détériorer aujourd'hui. Izabela, c'est à Wall Street que le plus gros de notre fortune était investi. J'ai tout perdu.

— Pai, ce n'est pas possible ! Même si tes placements sont réduits à néant, tu es propriétaire de plusieurs plantations qui doivent valoir beaucoup d'argent. Si la production du café ne s'avère plus rentable, il te reste les biens immobiliers, n'est-ce pas ?

— Izabela, répondit Antonio avec lassitude, n'essaie pas de comprendre le monde des affaires. J'ai emprunté pour financer l'achat de ces plantations. C'était facile, tant que les bénéfices et le prix du café demeuraient élevés. Mais quand les prix ont chuté, je n'ai pas pu continuer à rembourser mes crédits. Les banques ont exigé d'autres garanties, et il m'a fallu hypothéquer la maison. Izabela, ils vont maintenant tout saisir pour couvrir mes dettes. Si mes actions en Amérique s'effondrent aussi, je n'ai plus rien, pas même un toit sur ma tête.

Atterrée, Bel s'en voulut de son ignorance en matière financière. Si elle avait été plus instruite de toutes ces questions, peut-être aurait-elle pu rassurer son père.

— Mais, dans ce cas, Pai, ne devrais-tu pas justement assister à la réunion des députés aujourd'hui ? Tu n'es pas le seul dans cette situation, et tu m'as toujours dit que l'économie du Brésil reposait sur la production du café. Le gouvernement va sûrement prendre des mesures !

— *Querida*, c'est très simple : si personne n'a les moyens d'acheter notre production, aucun gouvernement, *quel qu'il soit*, ne peut intervenir. Crois-moi, les Américains se préoccuperont d'abord de survivre, avant de s'autoriser le luxe de boire un café. Les sénateurs font semblant de débattre du problème, mais ils savent qu'il est déjà trop tard. Aussi, je te remercie de m'avoir rappelé la réunion, mais je t'assure qu'elle n'aboutira à rien.

— Je demanderai à Maurício de te rapporter ce qui a été dit, conclut Bel sans se démonter. De toute façon, même si tu as raison et que tu te retrouves sans ressources, rappelle-toi que je suis propriétaire de la *fazenda*. Tu ne seras jamais à la rue, Pai. Par ailleurs, tu as fait preuve d'une telle générosité envers Gustavo quand il m'a épousée que je ne doute pas qu'il sera prêt à t'aider.

— Et que ferai-je donc à la *fazenda*, seul, sans travail et sans la compagnie de ma femme bien-aimée ? demanda Antonio avec amertume.

— Assez, Pai ! Tu reconnais toi-même que beaucoup de gens seront touchés par la situation, et peut-être totalement ruinés. Mais toi, tu devrais t'estimer heureux. Tu n'as que quarante-huit ans, tu peux encore reconstruire ta vie.

— Izabela, j'ai perdu ma réputation. Quand bien même je voudrais me relancer dans les affaires, aucune banque brésilienne ne m'avancerait les fonds. Pour moi, c'est terminé.

Il ferma les yeux. Bel se revoyait, à peine quelques mois auparavant, arrivant à l'église au bras d'Antonio. Comme il était fier alors. Bien qu'elle n'ait jamais apprécié l'ostentation avec laquelle son père étalait sa fortune de nouveau riche, en cet instant présent, elle souhaita désespérément pouvoir la lui restituer. Sa vie entière, l'estime qu'il avait de lui-même, reposaient sur sa réussite financière. Et maintenant qu'il pleurait aussi la mort de sa femme tant aimée, comment n'aurait-il pas le sentiment qu'il ne lui restait plus rien ?

— Pai, je suis là, moi, dit-elle doucement. J'ai besoin de toi. Que tu sois riche ou pauvre, tu seras toujours mon père et je ne cesserai jamais de t'aimer et de te respecter.

Antonio ouvrit les yeux et, pour la première fois, Bel y lut l'ébauche d'un sourire.

— Oui, *princesa.* C'est vrai, tu es là. Toi, la seule chose dans ma vie dont je suis réellement fier.

— Alors, écoute-moi ! Mãe aussi, comme moi, te dirait que tu ne dois pas perdre espoir. Pai, je t'en supplie, secoue-toi. Nous allons examiner la situation ensemble et je ferai mon possible pour t'aider. Je pourrais vendre mes bijoux et ceux que Mãe m'a laissés. Tu aurais alors de quoi te remettre en selle, n'est-ce pas ?

— Encore faudrait-il trouver quelqu'un qui ait les moyens d'acheter quoi que ce soit après cette hécatombe financière, répliqua Antonio. Izabela... Je te remercie de ta visite. Je regrette que tu m'aies vu dans cet état et je te promets de me lever dès que tu seras partie, mais pour l'instant, j'aimerais rester seul. J'ai besoin de réfléchir.

— Tu me le promets, Pai ? Je te préviens, je téléphonerai à Gabriela pour m'assurer que tu as tenu parole. Et je reviendrai demain.

Bel se pencha pour l'embrasser.

— Merci, *princesa,* dit-il avec un sourire. À demain.

Bel se fit ensuite déposer devant le salon de Madame Duchaine à Ipanema. Après avoir prié Jorge de revenir la chercher à dix-huit heures, comme d'habitude, elle attendit que la voiture eût tourné le coin de la rue et fila aussitôt chez Laurent.

— Ma chérie ! s'écria Laurent en l'attirant à l'intérieur pour la prendre dans ses bras et la couvrir de baisers. Tu ne peux pas t'imaginer à quel point tu m'as manqué.

Bel s'abandonna à son étreinte. Elle ne résista pas quand il la souleva et la porta dans la chambre. Dans les bras de Laurent, le temps d'une extatique parenthèse durant laquelle leurs deux corps ne faisaient plus qu'un, elle oublia toutes les affreuses pensées qui tournaient dans sa tête.

Plus tard, alors qu'ils reposaient côte à côte dans l'enchevêtrement des draps, Bel répondit aux questions de son amant qui l'interrogeait avec une tendre sollicitude sur ce qu'elle avait vécu pendant ces dernières semaines.

— Et toi, Laurent ? demanda-t-elle à son tour. Tu as bien travaillé ?

— Malheureusement, je n'ai pas eu d'autre commande après Alessandra Silveira. La situation économique est très inquiétante, et les gens ne dépensent plus leur argent dans des frivolités telles que l'art et la sculpture. Depuis un mois, je n'ai rien d'autre à faire que de manger, boire et aller me baigner à la plage. Izabela, continua Laurent, le visage grave, je crois que je suis arrivé à la fin de mon séjour ici. La France me manque, ma carrière est au point mort… Ma chérie, pardonne-moi, mais je dois rentrer… La question qui se pose est la suivante : viendras-tu avec moi ?

Incapable de répondre, Bel resta silencieuse entre ses bras, les yeux fermés. Il lui semblait que tout ce qui constituait sa vie avait abouti à cette minute présente, au terme d'un insoutenable crescendo.

— Le senhor da Silva Costa m'a réservé une cabine sur un paquebot qui part vendredi et je suis obligé de la prendre, continua Laurent d'une voix pressante. La plupart des compagnies maritimes appartiennent aux Américains… Si la situation s'aggrave, il est possible que plus aucun bateau ne quitte le port de Rio pendant des mois.

Bel, effarée, réalisait enfin la gravité de cette crise économique.

— Tu embarques vendredi ? Dans trois jours ? murmura-t-elle.

— Oui. Et je t'en supplie, mon amour, pars avec moi. Cette fois, c'est à *toi* de me suivre. J'ai beau t'aimer éperdument, il n'y a rien ici pour moi : aucune vie possible, et certainement pas une vie que nous pourrions partager. Je m'en veux de te forcer à prendre une décision, si peu de temps après le décès de ta mère. Mais j'espère que tu comprends ma position, ajouta-t-il en scrutant son visage pour y lire la réponse.

— Oui, tu m'as attendue suffisamment longtemps.

Bel se redressa et tira le drap pour couvrir sa poitrine nue.

— Laurent, j'ai quelque chose te dire…

* * *

Gustavo fut soulagé de s'échapper du Sénat qui grouillait de monde. À l'intérieur, la chaleur et la tension étaient devenues insupportables, tandis que les producteurs, désespérés, réclamaient à grands cris le secours du gouvernement. Des rixes avaient même éclaté – entre des hommes d'ordinaire courtois, poussés à la violence par la crainte de voir leur fortune disparaître du jour au lendemain.

Gustavo avait assisté aux débats aussi longtemps que possible, désireux de montrer son soutien, mais conscient de ne pouvoir offrir aucun conseil. Il n'avait qu'une envie à présent : boire un verre. Mais alors qu'il prenait le chemin de son club, il se ressaisit.

Non. S'il succombait, il tomberait à nouveau dans la déchéance et il avait promis à Izabela, la veille à peine, qu'il s'était amendé.

Il se rappela alors qu'elle lui avait annoncé au petit déjeuner qu'elle se rendait aujourd'hui chez sa couturière. L'atelier ne se trouvant qu'à une dizaine de minutes à pied, il pensa soudain qu'elle serait contente s'il lui faisait la surprise de la rejoindre. Ils pourraient peut-être se promener sur le bord de mer, s'installer à l'un des cafés le long de la plage et prendre le temps de bavarder tranquillement – n'était-ce pas le genre de distraction que les couples amoureux aimaient partager ?

Il partit dans la direction d'Ipanema.

Un quart d'heure plus tard, Gustavo ressortait du salon de Madame Duchaine, déconcerté. S'était-il trompé ? Il aurait pourtant juré qu'Izabela avait parlé d'un essayage après sa visite à son père. Mais elle n'avait pas pris rendez-vous pour cet après-midi, avait dit la couturière… Il haussa les épaules, descendit la rue et héla un taxi pour rentrer chez lui.

* * *

Laurent était abasourdi.

— Et tu es sûre que ce bébé est de moi ?

— J'ai repensé à toutes les occasions possibles, avec Gustavo. Mais comme tu l'as dit toi-même, sans… *pénétration*, il est impossible de concevoir un enfant, bredouilla Bel en rougissant, gênée de mentionner cet aspect intime de sa vie conjugale. Il n'y en a eu aucune pendant les deux mois qui ont précédé mon départ à la *fazenda* avec ma mère. Gustavo ne s'en rendait même pas compte, d'ailleurs, ajouta-t-elle.

— Tu crois être enceinte de trois mois ?

— Peut-être plus, je ne suis pas sûre. Je pouvais difficilement consulter le médecin de famille avant de t'en avoir parlé.

— Tu me permets de regarder ? demanda-t-il.

— Oui, mais ça ne se voit pas encore beaucoup…

Laurent tira le drap et posa délicatement la main sur le ventre de Bel.

— Tu me jures que cet enfant est bien de moi ?

Bel le fixa droit dans les yeux.

— Laurent, je n'ai aucun doute. Sinon je ne serais pas ici.

Laurent soupira.

— Dans ce cas, nous devons absolument partir ensemble à Paris.

— Tu acceptes cet enfant ? Tu le veux ?

— Je te veux, *toi*, Izabela. Et si ce bébé, dit-il en montrant son ventre du doigt, nous l'avons fait tous les deux – même si ce n'était pas prévu –, alors oui, évidemment, je l'accepte.

Les yeux de Bel s'emplirent de larmes.

— Je m'attendais à ce que tu le rejettes.

— J'avoue que s'il a une tête de furet à la naissance, je changerai peut-être d'avis… Mais bien sûr que je te crois, Izabela ! Pourquoi me mentirais-tu ? Je n'ai rien à offrir à cet enfant, comparé à la vie qu'il aurait avec ton mari. Je ne te le cache pas, en revanche, je ne vois absolument pas comment nous nous en sortirons, reprit-il en prenant une longue inspiration. Il est impensable d'habiter dans ma mansarde à Montparnasse avec un bébé. Ni même avec toi.

— Je pourrais vendre mes bijoux, proposa Bel pour la deuxième fois de la journée. Et j'ai aussi un peu d'argent. Cela nous permettrait de nous installer.

Laurent la regarda, stupéfait.

— Mon Dieu ! Tu as déjà réfléchi à tout ça.

— Je n'ai pensé à rien d'autre depuis que j'ai découvert que j'étais enceinte, avoua-t-elle. Mais…

— Il y a toujours un « mais », fit Laurent en levant les yeux au ciel.

— J'ai vu mon père avant de venir ici. Il est atrocement déprimé et ne voulait pas bouger de son lit. Il m'a dit qu'il avait tout perdu sur le marché américain. Et en plus d'être un homme ruiné, la mort de ma mère lui a brisé le cœur.

— Donc, maintenant, tu ne culpabilises pas seulement de quitter ton mari, mais aussi ton père.

— Naturellement ! répondit Bel, agacée de voir qu'il ne comprenait pas l'énormité de son dilemme. Si je pars avec toi, Pai aura vraiment tout perdu.

— Et si tu ne pars pas, notre enfant aura perdu son père. Toi et moi, nous nous perdrons l'un l'autre, répliqua Laurent. Ma chérie, c'est ta décision. Je suis venu te rejoindre à l'autre bout du monde, et depuis neuf mois, je suis coincé dans cet appartement, je ne vis que pour les moments que nous partageons.

Je comprendrais que tu choisisses de rester, bien sûr, mais il me semble que tu trouves toujours une bonne raison pour sacrifier ton bonheur.

— J'aimais énormément ma mère, et je suis très attachée à mon père. Rappelle-toi que je ne suis pas rentrée à Rio pour Gustavo, dit Bel, des larmes plein les yeux. Je ne voulais pas briser le cœur de mes parents.

— Izabela, je crois que tu as besoin d'un peu de temps pour réfléchir. (Laurent lui souleva délicatement le menton et posa un baiser sur ses lèvres.) Une fois que tu auras pris ta décision, il n'y aura pas de retour en arrière. Ni pour toi ni pour moi.

— Je ne sais pas…

— Dans ces affaires-là, hélas, je ne crois pas qu'il s'agisse vraiment de « savoir »… Retrouvons-nous ici dans deux jours. Tu me donneras ta réponse, et nous pourrons alors aller de l'avant.

Bel s'était levée et était déjà en train de s'habiller. Elle acquiesça en coiffant son chapeau.

— Quoi qu'il arrive, *querida*, je t'attendrai ici à deux heures, jeudi.

* * *

En arrivant à la *Casa das Orquídeas*, Bel téléphona à Gabriela pour prendre des nouvelles de son père. Il s'était levé, comme promis, et avait annoncé qu'il serait à son bureau tout l'après-midi. Soulagée, Bel décida de profiter de la douceur du soleil couchant sur la terrasse et demanda à Loen de lui apporter un jus de mangue.

— Avez-vous besoin d'autre chose, senhora Bel ?

Bel fut tentée de lui confier son terrible dilemme. Pourtant, même si Loen était son amie la plus proche, elle ne pouvait pas l'accabler d'un tel fardeau.

— Non, merci, Loen. Peux-tu me faire couler un bain ? Je monte dans dix minutes.

Bel suivit des yeux Loen qui disparaissait sur le côté de la maison pour entrer dans la cuisine. À présent que sa mère n'était plus là, elle devait prendre sa décision seule. Tout en buvant son jus de fruits, elle essaya d'analyser la situation. L'attitude de Gustavo, certes, s'était considérablement améliorée depuis la veille, mais pouvait-elle s'y fier ? En dépit de ses promesses, elle doutait que son mari possède la force de caractère nécessaire pour tenir tête à Luiza.

Surtout, elle savait qu'elle n'éprouvait plus aucun sentiment pour lui, pas même un brin de culpabilité. Si elle le quittait, Luiza s'empresserait de faire annuler le mariage pour que Gustavo se trouve libre d'épouser une femme qui lui conviendrait mieux. Et que sa mère choisirait, cette fois.

En ce qui concernait son père, les choses n'étaient pas aussi simples. Sa mère ne lui aurait jamais pardonné d'abandonner Antonio au moment où il avait besoin d'elle. Elle se souvint également de la mise en garde de Carla avant sa mort : suivre son cœur et Laurent la conduirait à la catastrophe.

De plus, elle devait maintenant songer à ce bébé qui grandissait en elle. En restant avec Gustavo, elle lui offrirait un nom, la sécurité financière et l'assurance d'une vie confortable. Elle imagina aussi la réaction de Pai lorsqu'il apprendrait qu'il allait être grand-père. De quoi lui redonner goût à la vie, sans aucun doute.

D'un autre côté, avait-elle envie que son enfant soit élevé dans l'univers froid et austère des Aires Cabral ? Avec une mère qui passerait le restant de sa vie à regretter sa décision et à rêver en secret d'un autre monde ? Avec un homme qui n'était son père que par le nom ?

Au désespoir, Bel poussa un long soupir. Elle avait beau tourner ses arguments dans tous les sens, aucune décision ne surgissait.

Gustavo apparut au coin de la terrasse.

— Bonsoir, Izabela. Que fais-tu ici ?

— Je profite de la fraîcheur du soir, répondit-elle en rougissant malgré elle des pensées qui lui occupaient l'esprit.

— Tu as bien raison, dit-il en s'asseyant. Il a fait très chaud au Sénat aussi, cet après-midi. Il paraît qu'à Wall Street, cette journée a été baptisée « le mardi noir ». L'indice Dow Jones a encore perdu trente points depuis hier, et la famille Rockefeller a acheté une grande quantité d'actions pour soutenir les cours. Nous ne saurons que demain l'étendue exacte des pertes. En tout cas, il semble que mon père ait pris les bonnes décisions. Beaucoup de gens n'ont pas eu cette prudence. Ou cette chance… Comment va ton père ?

— Pas bien du tout. Il fait partie de ceux dont tu parles, qui ont tout perdu.

— Il ne doit pas en avoir honte. Nombreux sont les infortunés à se retrouver dans le même bateau… Personne ne pouvait deviner ce qui est arrivé.

Bel lui était reconnaissante de ses sages paroles.

— Tu pourrais peut-être passer le voir. Lui répéter ce que tu viens de me dire.

— Je n'y manquerai pas.

— Il est presque sept heures. Mon bain va être froid, dit-elle en se levant. Merci, Gustavo.

— Pourquoi me remercies-tu ?

— Parce que tu es très compréhensif.

Bel s'apprêtait à tourner l'angle de la terrasse pour rentrer dans la maison.

— Au fait, comment s'est passé ton essayage chez la couturière ? s'enquit Gustavo.

Elle s'immobilisa, ne lui présentant que son dos.

— Très bien. Merci.

Puis, après s'être gracieusement retournée pour lui sourire, elle disparut.

43

Après une autre nuit agitée, Bel, qui avait fini par s'endormir à l'aube, s'éveilla épuisée et l'esprit embrumé. Gustavo n'était plus dans le lit à ses côtés. D'ordinaire, il ne se levait jamais avant elle. Peut-être était-il réellement en train de tourner une page, songea-t-elle en passant dans la salle de bains. Lorsqu'elle descendit, elle trouva Luiza seule à la table du petit déjeuner.

— Mon mari et le tien lisent les journaux du matin dans le bureau, annonça Luiza. Gustavo t'a sûrement appris hier que la Bourse de Wall Street s'est à nouveau effondrée. Ils vont bientôt retourner au Sénat pour tenter de sauver les producteurs de café menacés par ce désastre… Comptes-tu te rendre à la *Igreja da Glória* aujourd'hui ?

À en juger par la façon dont elle avait changé de sujet, la faillite de la moitié du monde ne la concernait visiblement pas.

— Non, je dois aller voir mon père. Comme vous pouvez l'imaginer, il est un peu… inquiet en ce moment, répliqua Bel, imitant la calme indifférence de sa belle-mère.

— Bien sûr. Encore une fois, je le répète, on récolte ce que l'on sème. En ton absence, je te remplacerai donc à l'église pour accomplir le devoir de notre famille.

Stupéfaite, Bel regarda ce monstre d'insensibilité et d'arrogance quitter la pièce. Pareille attitude était d'autant plus insupportable que Luiza devait sa stabilité financière – y compris sa maison entièrement rénovée – au travail d'Antonio.

De rage, Bel attrapa une orange dans le saladier et la jeta contre le mur, au moment même où Gustavo entrait dans la pièce.

Levant un sourcil étonné, il suivit des yeux l'orange qui rebondissait vers la table.

— Bonjour, Izabela, dit-il en se penchant pour ramasser le fruit. Tu t'entraînes au tennis ?

— Pardonne-moi, Gustavo. Ta mère m'a fait une remarque particulièrement désobligeante.

— Ah oui. Elle est sans doute irritable parce que mon père l'a informée ce matin, avant le petit déjeuner, que tu t'occuperais dorénavant des comptes de la maison. Tu vas devoir supporter quelques accès d'humeur, je le crains.

— J'essaierai de faire le dos rond, répondit Bel. Retournes-tu au Sénat ce matin ?

— Oui. Les nouvelles de New York ne sont pas bonnes. Il paraît que les gens se jetaient par les fenêtres à Wall Street. Les pertes se montent à trente milliards de dollars et les cours du café n'ont jamais été aussi bas.

— Mon père avait donc raison de penser que tout est fini pour lui ?

— C'est un immense désastre pour tous les producteurs, et pour l'économie du Brésil en général, expliqua Gustavo. Puis-je te suggérer d'inviter ton père à dîner ce soir ? Je trouverai peut-être un moyen de l'aider… Au moins, mon père et moi pourrons lui rapporter les conclusions du gouvernement s'il n'a pas la force de s'enquérir des nouvelles.

— C'est très aimable à toi, Gustavo. Je vais le voir tout à l'heure et je lui ferai part de ton invitation, répondit Bel avec gratitude.

— Parfait. Et puis-je te dire aussi… que tu es très belle ce matin ? (Gustavo l'embrassa doucement sur le front.) Je serai de retour pour le déjeuner.

Bel téléphona à Gabriela, qui lui apprit qu'Antonio était parti à son bureau. Elle la chargea de transmettre l'invitation de Gustavo à son père. Puis elle monta dans sa chambre et, à la fenêtre, vit Jorge revenir après avoir déposé Maurício et Gustavo au Sénat. Vingt minutes plus tard, la voiture emmenait Luiza.

Bel redescendit, heureuse d'être seule à la maison. Dans le vestibule, sur un plateau en argent, elle aperçut une lettre qui lui était adressée. Elle la prit et sortit sur la terrasse pour la lire.

Appartement 4
48, avenue de Marigny
Paris, France

5 octobre 1929
Ma très chère Bel,
J'ai du mal à croire qu'un an s'est déjà écoulé depuis ton départ. Je t'écris pour t'annoncer que nous allons rentrer à Rio. Pai a terminé son travail ici et souhaite être présent sur le chantier pour superviser l'étape finale de la construction du Cristo. *Quand tu liras cette lettre, nous serons déjà au milieu de l'océan. Sache que je pourrai maintenant converser avec toi en français, car je maîtrise bien mieux la langue grâce à mes leçons et à mon activité à l'hôpital. Je suis heureuse et triste à la fois de quitter Paris. Tu te rappelles qu'à notre arrivée, j'avais presque peur de cette ville ; mais aujourd'hui, j'avoue franchement qu'elle me manquera – avec toute sa diversité –, et je redoute de me sentir à l'étroit à Rio en comparaison. Mais il y a aussi tant de choses et de gens que je suis impatiente de retrouver, à commencer par toi, ma très chère amie.*

Comment se porte ta mère ? Tu étais inquiète à son sujet dans ta dernière lettre, et j'espère qu'elle s'est complètement rétablie. Figure-toi que j'ai écrit à l'hôpital Santa Casa de Misericórdia *pour me lancer dans des études d'infirmière dès mon retour. Malheureusement, je n'ai pas rencontré un marquis français et suis toujours sans prétendant, aussi ai-je décidé, du moins pour l'instant, d'épouser ma carrière.*

Comment va Gustavo ? Entendrons-nous bientôt des petits pieds courir dans la maison ? Tu dois avoir hâte d'être mère. Moi aussi, c'est une des raisons qui me donnent envie de me marier.

Notre paquebot doit accoster à la mi-novembre. Je t'appellerai dès mon arrivée et nous aurons tout le temps de bavarder.

Au fait, Margarida t'envoie ses meilleurs sentiments. Elle est toujours à Paris et s'emploie à cultiver ses talents artistiques. Elle m'a dit que le professeur Landowski avait demandé de tes nouvelles. J'ai appris que monsieur Brouilly se trouvait à Rio en ce moment, pour suivre les travaux du Cristo. L'as-tu vu ?

Bien amicalement,
Maria Elisa

Une immense tristesse étreignit Bel au souvenir de l'existence relativement simple qui était la sienne avant son départ pour Paris, dix-huit mois auparavant. Deux parents en bonne santé, son avenir tout tracé – même si elle ne s'en réjouissait guère. À présent, elle était l'épouse d'un homme, la maîtresse d'un autre, sa mère était morte, son père ruiné, et dans son ventre grandissait un enfant qu'elle devait protéger à tout prix. La vie apportait tour à tour plaisir ou souffrance. Rien n'était jamais acquis, et d'un jour à l'autre, tout pouvait basculer.

Elle pensa aux milliers – peut-être des millions – de gens qui, en sécurité hier, s'éveillaient ce matin pour découvrir qu'ils avaient tout perdu.

Et elle, ici, assise dans sa splendide maison… Son mari n'était pas le beau prince qu'elle se représentait quand elle était plus jeune, mais il lui offrait tout ce dont elle avait besoin. De quel droit se plaignait-elle ? Comment pouvait-elle même *concevoir* de quitter son pauvre père, alors qu'il avait travaillé si dur pour lui garantir cette vie confortable ?

Quant à son bébé… À la pensée qu'elle ait envisagé de s'enfuir à Paris, où l'attendait un avenir incertain et, sans doute, la pauvreté pour cet enfant alors qu'ici il ne manquerait de rien, elle réalisa combien son amour pour Laurent l'avait rendue égoïste.

Le cœur broyé, Bel s'obligea à contempler la décision qui prenait forme dans son esprit. Même si elle était certaine que Gustavo n'était pas le père du bébé, tout porterait à le croire. Elle imagina le visage de son mari quand elle lui annoncerait qu'elle était enceinte. Pour lui qui essayait de prendre un nouveau départ, cette nouvelle serait un formidable encouragement, et Luiza n'aurait plus qu'à s'incliner.

Bel laissa son regard errer dans le vague. Bien sûr, cela voulait dire renoncer à la personne qu'elle aimait le plus au monde… et au bonheur dont ils avaient rêvé ensemble. Mais la vie se réduisait-elle à une recherche de bonheur personnel ? Du reste, serait-elle *vraiment* heureuse, sachant qu'elle avait abandonné son père, veuf et démuni ? Non, Bel savait qu'elle ne pourrait jamais se le pardonner.

* * *

Antonio vint dîner le soir. Gustavo l'accueillit chaleureusement et les trois hommes s'enfermèrent dans le bureau de Maurício pendant une heure. Quand Antonio en ressortit, suivi de son gendre, il semblait un peu apaisé.

— Ton mari sera peut-être en mesure de me secourir. En tout cas, il a une idée. C'est un début, Izabela, et je vous suis très reconnaissant, senhor, ajouta-t-il en s'inclinant devant Gustavo.

— Il n'y a pas de quoi, Antonio. Vous faites partie de la famille, après tout.

Bel prit une profonde inspiration. Elle devait parler, sans attendre, sinon elle risquait de perdre courage et de changer d'avis.

— Gustavo, puis-je avoir quelques mots avec toi en privé avant le dîner ?

— Bien sûr, ma chérie.

Pendant que Maurício et Antonio passaient dans la salle à manger, Bel entraîna Gustavo au salon et ferma la porte.

— Qu'y a-t-il ? demanda Gustavo, le front soucieux.

— Rien de grave, ne te tracasse pas, répondit vivement Bel. J'espère même que c'est une nouvelle qui te plaira. Je voulais t'en faire part tout de suite, pour que nous puissions l'annoncer ensemble au dîner, si tu le souhaites. Gustavo, j'attends un enfant.

Sur le visage de son mari, l'inquiétude céda aussitôt place à la joie.

— Tu veux dire… Izabela, tu es enceinte ?

— Oui.

— *Meu Deus !* J'arrive à peine à y croire ! Quelle merveilleuse nouvelle ! s'exclama-t-il en l'enlaçant avec enthousiasme. Voilà qui réduira ma mère au silence.

— Et réjouira son fils, j'espère.

Un large sourire s'épanouit sur les lèvres de Gustavo.

— Oh oui, *querida.* Quel bonheur ! Cet événement ne pouvait pas mieux tomber pour notre famille en ce moment. Et pour toi, Izabela, juste après ton deuil. Et bien sûr, pour ton père aussi. Mon père et moi allons pouvoir l'aider. J'ai insisté, ajouta-t-il. Ce n'est que justice, compte tenu de la générosité dont il a fait preuve. Es-tu absolument sûre que tu es enceinte, Izabela ?

— Oui. Le médecin me l'a confirmé. Je suis allée le consulter hier et il m'a téléphoné aujourd'hui.

— Voilà qui explique tout ! s'exclama Gustavo, l'air visiblement soulagé. Hier après-midi, je suis passé te chercher chez ta couturière après la réunion au Sénat. Madame Duchaine m'a dit que tu n'avais pas pris rendez-vous et qu'elle ne t'avait pas vue. Tu étais chez le médecin, c'est ça ?

— Oui, mentit Bel, saisie d'une brusque angoisse.

— Sais-tu que l'espace d'un instant, je t'ai soupçonnée ? L'idée m'est venue que tu pouvais avoir un amant. (Gustavo laissa échapper un petit rire et l'embrassa sur le front.) Comme je suis content de m'être trompé ! Quand le bébé doit-il naître ?

— Dans six mois.

— Alors, le danger est maintenant écarté. Oui, bien sûr, nous devons l'annoncer, déclara-t-il en l'entraînant vers la porte, sautillant de joie comme un enfant. Oh, Izabela, tu es merveilleuse, et tu fais de moi l'homme le plus heureux du monde. Je te le jure, je serai le père que notre enfant mérite. Va vite retrouver les autres dans la salle à manger, je descends à la cave pour chercher une bouteille de notre meilleur champagne !

Il s'éloigna après lui avoir envoyé un baiser du bout des doigts. Bel demeura un instant immobile. Les dés étaient jetés, à présent. Quoi qu'il arrive, elle devrait vivre avec son mensonge jusqu'au jour de sa mort.

* * *

La bonne nouvelle fut fêtée le soir au dîner, et en voyant le visage rayonnant de son père, Bel fut convaincue d'avoir pris la bonne décision. Le sourire glacé de Luiza aussi lui fit éprouver une certaine satisfaction, quoique d'une autre nature.

Après le repas, Gustavo se tourna vers sa femme.

— Il est plus de dix heures, ma chérie, tu dois être épuisée. Viens, dit-il en l'aidant galamment à se lever de table, je t'accompagne à l'étage.

— Je me sens très bien, vraiment, murmura Bel, gênée.

— Tout de même… Le bébé et toi, vous avez passé des semaines éprouvantes, et nous devons tous veiller sur votre bien-être maintenant, déclara-t-il en regardant sa mère droit dans les yeux.

Sans se soucier des convenances, Bel fit le tour de la table pour serrer tendrement son père dans ses bras.

— Bonne nuit, Pai.

— Dors bien, Izabela. Je te promets que ton petit trésor sera fier de son grand-père, chuchota-t-il en montrant son ventre du doigt. Ne tarde pas trop à venir me voir.

Dans la chambre, Gustavo hésita.

— Izabela, maintenant que tu es… enfin… dans ton état, il faut que tu me dises si tu préfères dormir seule jusqu'à la naissance de l'enfant. Je crois que c'est l'usage chez les couples mariés en pareille circonstance.

— Si cela te paraît plus approprié, alors, oui, je veux bien, répondit-elle.

— Dorénavant, tu dois te reposer le plus souvent possible. Éviter toute fatigue.

— Gustavo, je ne suis pas malade. Juste enceinte. Et je souhaite continuer à mener une vie normale. J'ai rendez-vous demain après-midi chez Madame Duchaine pour qu'elle ajuste ma garde-robe…

Il l'embrassa sur la joue et lui sourit.

— Je comprends. Eh bien… Je te souhaite une bonne nuit.

— Bonne nuit, Gustavo.

Une fois Gustavo sorti, Bel s'assit sur le lit, le cœur assailli par un tumulte d'émotions contradictoires, imaginant Laurent qui l'attendrait chez lui le lendemain après-midi. Elle se leva et s'approcha de la fenêtre. À la vue du ciel étoilé, elle se rappela les belles nuits à l'atelier de Landowski, et plus particulièrement le soir où elle avait trouvé le jeune garçon sous les buissons du jardin. La souffrance d'un enfant avait été le catalyseur de sa liaison avec Laurent.

— Je t'aimerai toujours, murmura-t-elle aux étoiles.

Elle se prépara à se coucher, puis alla s'asseoir à son secrétaire près de la fenêtre. Gustavo l'ayant suivi la veille chez Madame Duchaine, même s'il souhaitait seulement lui faire une innocente surprise, elle ne pouvait risquer de retrouver Laurent à son appartement. Elle se rendrait chez la couturière et enverrait Loen lui porter la lettre qu'elle allait écrire maintenant…

Sortant une feuille de papier et une plume du tiroir, dans la chambre baignée par la lumière des étoiles, Bel demanda au Ciel de l'inspirer pour rédiger son message d'adieu à Laurent. Deux heures plus tard, elle relut sa lettre une dernière fois.

Mon chéri,

Quand tu recevras cette enveloppe des mains de Loen, tu auras deviné que je ne peux pas te suivre à Paris. Même si mon cœur se brise en écrivant ces mots, je sais ce que mon devoir me commande et, malgré tout l'amour que je te porte, il m'est impossible de m'y soustraire. J'espère seulement que tu comprendras ce qui fonde ma décision, alors que mon désir me crie de te rejoindre. J'aurais tant aimé être avec toi, comme cela nous aurait été permis si nous nous étions rencontrés sous d'autres étoiles.

Mais ce n'était pas notre destin. Et j'espère que tu l'accepteras, comme moi, je dois l'accepter. Sois assuré que chaque jour de ma vie, je m'éveillerai en pensant à toi, en priant pour toi, et en t'aimant de tout mon cœur.

Ma plus grande crainte est que ton amour pour moi ne se transforme en haine, parce que je l'ai trahi. Laurent, je te supplie de ne pas me haïr, mais de conserver en toi ce qu'il nous a été donné de vivre et d'avancer vers un avenir que je te souhaite heureux.

Au revoir, mon amour

Ta Bel

Bel plia la lettre et l'inséra dans une enveloppe qu'elle cacheta sans mentionner son destinataire, craignant qu'on ne la découvre. Elle la dissimula ensuite tout au fond du tiroir.

Son regard tomba alors sur le carreau de stéatite dont elle s'était servi pour poser son encrier. Elle le prit, le caressa longuement entre ses doigts. Puis, obéissant à une brusque impulsion, elle le retourna et trempa à nouveau sa plume dans l'encre.

30 octobre 1929

Izabela Aires Cabral

Laurent Brouilly

Enfin, sous leurs deux noms, elle inscrivit ses vers préférés, extraits d'un poème de Gilbert Parker.

Une fois l'encre sèche, elle cacha le carreau avec la lettre dans le tiroir. Quand Loen viendrait l'habiller le lendemain matin, elle lui communiquerait ses instructions. Si le carreau ne pouvait être déposé à l'intérieur du *Cristo*, au moins Laurent l'emporterait-il en souvenir de leurs moments ensemble.

Lentement, Bel se leva et se glissa dans son lit, roulée en boule à l'image du fœtus qu'elle portait en elle, les bras serrés sur sa poitrine comme pour retenir les morceaux de son cœur brisé.

44

— Izabela ne descend pas ce matin ? s'enquit Luiza.

— Non, j'ai demandé à Loen de lui monter un plateau, répondit Gustavo.

— Elle est souffrante ?

— Non, Mãe, mais elle s'est occupée de sa pauvre mère nuit et jour pendant deux mois. Il est normal qu'elle accuse un peu la fatigue.

— J'espère qu'elle ne se montrera pas trop difficile pendant sa grossesse, dit Luiza. Moi, j'ai très bien supporté la mienne.

— Ah oui ? J'en parlais justement avec Père hier soir. Il m'a raconté que vous étiez atrocement malade, au point que vous quittiez à peine votre lit. Du reste, c'est la nouvelle que vous attendiez avec tant d'impatience, n'est-ce pas ? Vous êtes sûrement folle de joie.

— Oui, mais…

D'un geste, Luiza ordonna à la domestique de sortir.

Gustavo poussa un soupir de lassitude.

— Qu'y a-t-il encore, Mãe ?

— Ce matin, j'ai longuement prié dans la chapelle. J'ai demandé conseil pour savoir si je devais ou non te répéter ce que j'ai appris.

— Vu que vous avez renvoyé la bonne, je présume que vous avez reçu une réponse. Et je suppose qu'il s'agit encore de quelque manquement aux convenances que vous reprochez à ma femme. Est-ce que je me trompe ?

Une expression douloureuse, volontairement exagérée, se peignit sur le visage de Luiza.

— Hélas, je crains que non.

— Alors, parlez. Et vite. J'ai beaucoup à faire aujourd'hui.

— J'ai des raisons de croire que ta femme… ne t'a pas été fidèle depuis ton mariage.

— Quoi ? s'écria Gustavo, furieux. Mãe, je pense sérieusement que vous perdez la tête ! Quelle preuve avez-vous pour avancer une telle accusation ?

— Gustavo, je comprends ta stupeur et ta colère, mais je peux t'assurer que j'ai toute ma tête. Et oui, je détiens la preuve.

— Vraiment ? Laquelle donc ?

— Notre chauffeur, Jorge, a vu Izabela entrer dans l'immeuble d'un certain… jeune monsieur.

— Vous voulez dire qu'il l'a emmenée quelque part en ville, pour rendre visite à une amie peut-être, et vous en tirez aussitôt une conclusion ridicule ! lança Gustavo en se levant de table. Je refuse de prêter l'oreille à vos sordides insinuations. Quel résultat espérez-vous donc obtenir ?

— Je t'en prie, Gustavo, assieds-toi et écoute. Ta femme n'a pas demandé à Jorge de la déposer à cette adresse. Il la conduit régulièrement chez Madame Duchaine. Et un après-midi, alors qu'il était retenu par la circulation, il a vu Izabela ressortir du salon de la couturière quelques minutes plus tard et partir à pied dans les rues d'Ipanema.

Gustavo se rassit à contrecœur.

— Vous avez chargé Jorge de l'espionner ?

— Si tu tiens à t'exprimer en ces termes, oui. Mais j'essayais seulement de te protéger, mon cher fils, et tu dois reconnaître que j'obéis à de louables intentions. Il y a quelque chose qui me tracasse depuis le début de votre mariage.

— Qu'est-ce donc ?

— Je… Eh bien, pour m'acquitter de mon rôle de mère, j'ai voulu m'assurer que ta nuit de noces s'était déroulée comme il convient… J'ai donc demandé confirmation à la femme de chambre du Copacabana Palace.

— *Pardon ?*

Gustavo était debout et se dirigeait vers sa mère, les yeux fous.

— Je t'en prie, Gustavo ! s'écria Luiza en levant les bras pour se protéger. Ta femme venait de passer plusieurs mois à Paris.

J'ai pensé qu'il était de mon devoir de vérifier qu'elle était toujours… pure. La femme de chambre m'a appris qu'il n'y avait aucune trace de sang sur les draps ni sur la courtepointe.

Gustavo secoua la tête avec un effort visible pour contenir sa colère, mais le souvenir de cette première nuit, malgré lui, revint le troubler.

— Assez, Mãe, vous en avez déjà trop dit. Et je suis sûr que vous mourez d'envie de me révéler l'identité de la personne qu'Izabela rencontre en secret.

— Crois bien que je ne tire aucun plaisir de cette situation, dit Luiza, dont les yeux démentaient les paroles. Cette « personne » est quelqu'un que nous connaissons tous.

— Qui est-ce ?

— Un jeune monsieur que nous avons accueilli ici, sous notre propre toit. En fait, tu lui as remis une grosse somme d'argent pour offrir un cadeau de mariage à ta femme. Izabela se rend régulièrement chez monsieur Laurent Brouilly, le sculpteur.

Gustavo ouvrit la bouche pour parler, mais aucun son ne sortit.

— Je comprends que c'est un choc terrible pour toi, Gustavo. Comme il se trouve par ailleurs que ta femme est enceinte, alors qu'elle semblait jusque-là incapable de concevoir, j'ai jugé nécessaire de t'avertir.

— Assez ! s'écria Gustavo. Oui, il est possible qu'Izabela soit allée voir cet homme, parce qu'ils étaient amis à Paris. Vous-même, vous lui avez envoyé Alessandra Silveira. Mais personne, et certainement pas vous, Mãe, ne s'est trouvé dans la chambre avec eux. Vous osez insinuer que l'enfant que porte ma femme est illégitime, ce que je trouve parfaitement scandaleux !

— Je comprends ta réaction, répliqua Luiza sans se démonter. Si je dis vrai, c'est en effet scandaleux.

Gustavo faisait les cent pas, luttant pour ne pas perdre son calme.

— Alors expliquez-moi *pourquoi* vous avez pris cet homme sous votre protection, puisque vous le soupçonniez manifestement d'être l'amant de ma femme ? C'est *vous* qui l'avez introduit en société, qui lui avez procuré des commandes. Si mes souvenirs sont exacts, vous lui avez même fourni un bloc de stéatite provenant des mines de notre famille pour lui permettre de travailler ! C'est grâce à *vous* qu'il a pu prolonger son séjour ici à Rio. Pourquoi le traiter ainsi si vous pressentiez qu'il avait une liaison avec Izabela ?

Gustavo foudroya sa mère du regard avant de continuer, criant presque à présent :

— Parce que, Mãe, vous cherchez à discréditer ma femme. Elle vous a déplu dès le début. Chaque jour, depuis son arrivée à la *Casa*, vous vous employez à la rabaisser et à lui témoigner votre agacement. Je ne serais pas étonné que vous ayez souhaité l'échec de notre mariage avant même qu'il ne soit célébré ! Je ne veux plus entendre parler de cette affaire ! Sachez aussi que j'ai la ferme l'intention de confier à Izabela le rôle qui lui revient de droit dans cette maison, et le plus tôt possible. Si vous essayez encore de vous immiscer dans notre vie privée, je vous chasserai ! Est-ce clair ?

— Très clair, répondit Luiza, imperturbable. De toute façon, tu n'as plus à te soucier de monsieur Brouilly. Il part demain pour Paris.

— Vous continuez à l'espionner ? lâcha Gustavo, haletant de rage.

— Pas du tout. J'ai interrompu mon mécénat dès que ta femme est partie pour la *fazenda* avec sa mère. Sans plus aucune commande, et avec Izabela absente de Rio, je savais qu'il ne tarderait pas à plier bagages. Il m'a écrit il y a deux jours pour m'annoncer son départ et me remercier de mon soutien. Tiens, dit Luiza en lui tendant une lettre, lis toi-même. Son adresse à Ipanema figure sur l'enveloppe.

Gustavo lança à sa mère un regard chargé de haine et lui arracha l'enveloppe des mains. Il tremblait tellement qu'il eut du mal à la glisser dans la poche de son pantalon.

— Vous prétendez que vous avez fait cela par amour pour moi, mais je n'en crois rien. Et je ne veux plus entendre un seul mot sur le sujet. Vous m'avez bien compris ?

Luiza esquissa un mince sourire en regardant son fils quitter la pièce.

* * *

Gustavo réussit à maintenir une calme contenance quand Izabela partit avec sa femme de chambre chez Madame Duchaine. En regardant la voiture descendre l'allée, il songea un instant à interroger le chauffeur pour vérifier les propos de sa mère, mais il chassa aussitôt cette idée. Comment pourrait-il se fier à Jorge, qui travaillait pour Luiza depuis plus de trente ans ? Lorsqu'il revint dans le salon, il lutta contre une folle envie d'attraper la bouteille de whisky. Il savait qu'un verre ne lui suffirait pas, et il voulait garder les idées claires.

Comment la joie qu'il éprouvait ce matin avait-elle pu s'évanouir, à peine deux heures plus tard, pour céder place à tant de colère et de confusion ? Tandis qu'il arpentait la pièce, il se rejoua la conversation avec sa mère et essaya de mobiliser sa raison. Même si l'on accordait une once de crédit à cette histoire, il fallait un esprit dérangé pour accuser Izabela de lui faire endosser cette paternité à la place d'un autre ! Après tout, de nombreuses femmes mariées avaient des admirateurs, et il n'était pas stupide au point de penser qu'il pût en aller différemment avec sa jolie femme. Peut-être ce Brouilly s'était-il pris d'amitié pour elle à Paris. Ou bien, il lui avait demandé de poser à nouveau pour lui, ici à Rio… Gustavo voulait bien tout envisager. Tout, plutôt que croire qu'elle s'était donnée à lui.

Cependant, une parole de sa mère en particulier le troublait : l'absence de sang le soir de leur nuit de noces. Gustavo n'était pas médecin, et peut-être Izabela disait-elle vrai ce soir-là, mais…

Il s'effondra dans un fauteuil, au désespoir.

Si elle avait menti, l'ampleur de cette trahison était tout simplement insupportable. Lui qui l'avait encouragée à partir à Paris, par pur altruisme, parce qu'il l'aimait sincèrement et lui accordait toute confiance !

Au milieu de son désarroi, l'idée lui vint que le mieux serait d'oublier cette sordide affaire. Dans la lettre adressée à sa mère, Brouilly déclarait en effet qu'il prenait le bateau pour Paris le lendemain. Quoi qu'il se fût passé entre sa femme et lui, tout était évidemment terminé maintenant.

Oui, décida Gustavo en attrapant les journaux, il n'y penserait plus. Mais il eut beau tenter de se concentrer sur la débâcle financière, autant au Brésil qu'en Amérique, il entendait encore la voix de sa mère, semant dans son esprit des graines qu'il était désormais impossible d'extraire, ainsi qu'elle l'avait prévu. Tant qu'il n'en aurait pas le cœur net, il ne trouverait jamais la paix. Voyant que Jorge était revenu après avoir déposé Izabela en ville, il attrapa son chapeau et monta avec lui en voiture pour se lancer sur ses traces.

* * *

Debout devant le miroir, Bel écoutait Madame Duchaine se répandre en félicitations et lui assurer qu'elle n'aurait aucune difficulté à reprendre ses robes durant les mois à venir, à mesure que son corps se transformerait.

— J'ai toujours pensé que les formes d'une femme enceinte avaient quelque chose de fascinant, continua Madame Duchaine.

À cet instant, Bel croisa le regard de Loen et lui fit un signe de tête imperceptible.

Loen se leva et s'approcha de sa maîtresse.

— Senhora, je vais aller vous chercher le fortifiant que le médecin a recommandé. La pharmacie est à deux pas, je n'en ai pas pour longtemps.

Bel réprima un douloureux sourire en entendant sa femme de chambre répéter la phrase convenue. Et elle lut aussi l'inquiétude dans les yeux de Loen lorsque celle-ci partit. C'était beaucoup demander à sa femme de chambre, mais quel autre choix avait-elle ?

Fais vite, pensa-t-elle, puis, prenant une grande inspiration, elle se retourna vers le miroir.

* * *

Gustavo s'était fait conduire à son club, qui ne se trouvait qu'à quelques minutes à pied du salon de Madame Duchaine. Puisqu'il était parti vingt minutes après sa femme, il décida de se rendre directement chez la couturière et prit place à un coin de la terrasse d'un café non loin. Il se sentait un peu ridicule, abrité derrière le journal qu'il feignait de lire tout en surveillant la rue.

Vingt minutes plus tard, sa femme n'était toujours pas ressortie pour filer chez son prétendu amant. Gustavo n'avait plus qu'une envie : partir, oublier toute l'affaire. Pourtant, à la pensée que Bel avait peut-être prévu un bref essayage pour se donner un alibi, il serra les dents et s'obligea à attendre.

Bientôt, une silhouette familière apparut à la porte du salon et s'éloigna d'un pas pressé. C'était Loen. Il se leva brusquement, renversant le café qu'il n'avait pas bu, jeta quelques pièces de monnaie sur la table et la suivit. Elle prenait la direction de l'adresse de Bouilly.

Mon Dieu, faites que ce soit une coïncidence, pria-t-il en la dépassant, sur le trottoir opposé. Parvenu en face de l'immeuble de Brouilly, il traversa la rue et se dissimula sous la porte cochère du bâtiment voisin. Là, il vit la femme de chambre hésiter, comme si elle cherchait son chemin, puis s'approcher de l'entrée de l'immeuble. Émergeant alors de sa cachette, il se dressa devant elle.

— Bonjour, Loen, lança-t-il d'une voix qui se voulait aimable. Que fais-tu donc ici ?

La terreur qui se peignit sur le visage de la domestique apportait à elle seule la preuve criante de la culpabilité d'Izabela. Il croisa les bras, attendant la réponse.

— Je...

Il remarqua alors qu'elle gardait la main sur la poche de son tablier, d'où dépassait le coin d'une enveloppe.

— Ta maîtresse t'aurait-elle chargée de livrer quelque chose ?

— Senhor, je cherchais la pharmacie. Je... Je me suis trompée d'adresse. Pardonnez-moi...

— Vraiment ? Tu as une ordonnance à déposer pour ma femme ?

— Oui. Ce doit être plus loin, dit-elle.

En voyant le soulagement dans les yeux de Loen, il comprit qu'il venait de lui fournir une excuse.

— Je sais parfaitement où se trouve l'officine. Donne-moi donc l'ordonnance, je l'apporterai moi-même.

— Senhor… La senhora Bel m'a fait jurer de la remettre au pharmacien en mains propres.

— Elle ne te reprochera pas de l'avoir confiée à son *mari*, n'est-ce pas ?

— Non…, souffla Loen, résignée, en baissant les yeux.

Gustavo tendit la main. Loen lui donna l'enveloppe, les traits tordus par l'angoisse.

— Merci, dit-il en empochant le pli. Je te promets qu'elle parviendra à son destinataire. Allez, va vite retrouver ta maîtresse. Elle doit se demander où tu es passée.

— Senhor, s'il vous plaît…

Gustavo la fit taire d'un geste.

— À moins que tu ne veuilles être renvoyée sur-le-champ, je te suggère de ne pas parler de notre rencontre à la senhora Bel. Elle compte sur ta loyauté, certes, mais c'est moi qui décide de garder ou non un employé chez moi. Tu me comprends ?

— Oui, senhor, répondit la jeune domestique, la voix tremblante et les yeux pleins de larmes.

— Retourne donc chez Madame Duchaine. Au passage, tu prendras le médicament à la pharmacie, puisque c'était ton alibi. L'officine se trouve tout près du salon.

— Oui, senhor.

Après une révérence craintive, Loen se détourna et repartit.

Gustavo héla aussitôt un taxi, et, sachant qu'il lui faudrait avaler une bonne dose de whisky avant d'oser affronter le contenu de l'enveloppe, il se fit conduire à son club.

* * *

Loen s'était cachée au coin de la rue, tremblant tellement que ses jambes ne la soutenaient plus. Accroupie dans le renfoncement d'une porte, elle vit passer Gustavo assis à l'arrière d'un taxi.

Elle laissa tomber sa tête entre ses genoux, essayant de calmer sa respiration et de se remettre de son choc. Même sans l'avoir lu, elle se doutait bien du message que contenait l'enveloppe et n'avait pas la moindre idée de ce qu'elle devait faire à présent. Si seulement Bruno était là pour la conseiller, pensa-t-elle avec désespoir.

Elle aussi se débattait avec des soucis personnels – bien qu'elle n'eût pas encore trouvé le courage de parler à sa maîtresse, qui était déjà affligée par la mort de sa mère et venait en plus de se découvrir enceinte.

À la vérité, la senhora Bel n'était pas la seule femme de la maison à attendre une naissance. Loen avait connaissance de son propre état depuis trois semaines, et lorsqu'elle l'avait annoncé à Bruno, juste avant de quitter la *fazenda*, il lui avait fait promettre de demander à Bel de l'envoyer vivre à la plantation afin qu'ils puissent se marier et élever leur enfant.

Loen ignorait à qui appartenait la *fazenda*, mais elle croyait savoir qu'un homme, en se mariant, héritait des biens de sa femme. Et si tel était le cas, Bruno et elle risquaient de perdre leur place. Gustavo détenait le pouvoir d'anéantir tous leurs projets d'avenir. Noirs, pauvres, à la rue, ils n'auraient d'autre choix que de se réfugier dans une *favela* et où ils mèneraient une existence misérable comme tant de leurs semblables.

La respiration un peu apaisée, l'esprit plus clair, Loen effleura du bout des doigts son ventre porteur d'une vie nouvelle. Comme Bel, elle aussi devait prendre une décision. Et vite. Le maître lui avait ordonné de garder le silence – ce qui signifiait trahir la confiance de sa maîtresse. En d'autres circonstances, elle ne lui aurait pas obéi, quel que soit le prix à payer. Elle serait vite retournée chez Madame Duchaine et aurait tout raconté à la senhora Bel. Après tout, elle était à son service depuis son enfance. Elle devait tout – et déjà sa mère avant elle – à la famille Bonifacio.

Mais, à présent, Loen devait penser à elle-même. De son ventre, ses doigts glissèrent dans l'autre poche de son tablier et palpèrent la petite pierre. Peut-être lui serait-il plus facile de mentir si, au moins, elle avait accompli la moitié de sa mission.

Brusquement, Loen se leva et partit en courant vers l'immeuble de Laurent Brouilly.

Quelques minutes plus tard, hors d'haleine, elle frappait à sa porte.

Le battant s'ouvrit aussitôt et des bras se tendirent vers elle.

— Ma chérie, je commençais à être inquiet…

La joie de Laurent fit place à une expression horrifiée.

— C'est elle qui t'envoie ? demanda-t-il en vacillant, une main sur la poignée pour se retenir.

— Oui.

— Alors, elle ne viendra pas ?

— Non, senhor, je suis désolée. Elle m'a chargée de vous apporter quelque chose.

Loen lui tendit le carreau de stéatite.

— Je crois qu'il y a un message au dos, souffla-t-elle.

Après avoir lu l'inscription, Laurent leva vers la jeune servante des yeux pleins de larmes.

— Merci… Je veux dire, *obrigado.*

Et il referma la porte.

* * *

Gustavo prit place dans un coin tranquille de la bibliothèque, presque déserte comme tous les jours depuis la crise de Wall Street. Il commanda le whisky dont il avait tant besoin et contempla l'enveloppe posée sur la table devant lui. Après avoir bu ce premier verre d'un trait, il s'en fit aussitôt apporter un autre, inspira profondément et ouvrit la lettre.

Quelques minutes plus tard, il commanda un troisième whisky et resta assis sans bouger, le regard hébété.

Cette lettre, qu'elle prouvât ou non ce que sa mère insinuait, lui révélait sans le moindre doute que sa femme avait été passionnément amoureuse d'un autre homme. Au point qu'elle avait même envisagé de s'enfuir avec lui à Paris.

Mais Gustavo lisait aussi un autre message entre les lignes : si Izabela avait sérieusement envisagé de partir avec Brouilly, alors ce dernier devait avoir connaissance de son état. Et par conséquent, l'enfant que portait sa femme était certainement celui de son amant...

Gustavo relut la lettre. D'un autre côté, n'était-ce pas une manière de se débarrasser de Brouilly définitivement ?

Gustavo soupira, conscient de chercher désespérément quelque chose à quoi se raccrocher. Il se représenta Brouilly, ses traits fins et virils, l'aura d'artiste qui ajoutait encore au charme de sa personne. Indubitablement, un homme que les femmes trouvaient séduisant. Bel avait posé pour lui pendant des heures à Paris... Dieu sait ce qu'il s'était passé entre eux.

Et lui, il l'avait laissée partir, comme un agneau innocent que l'on envoie au massacre, ainsi que l'avait prédit sa mère.

Durant la demi-heure qui suivit, avalant un whisky après l'autre, Gustavo fut ballotté par une série de puissantes émotions : chagrin, désespoir, colère noire à l'idée que sa femme avait fait de lui un risible cocu. Il savait qu'il était parfaitement en droit de rentrer chez lui, de montrer la lettre à Izabela et de la jeter à la rue sur-le-champ, alors même qu'il venait d'offrir à son père une belle somme d'argent ! Avec une telle lettre pour preuve, il pouvait détruire la réputation de sa femme et de son beau-père à jamais, et divorcer en invoquant l'adultère.

Oui, oui, il pouvait faire tout cela, pensa Gustavo en rassemblant son courage – il n'était pas le petit garçon timoré et faible dont sa mère dressait le portrait.

Mais la jubilation qui se peindrait sur le visage de Luiza, s'il reconnaissait qu'elle avait eu raison à propos d'Izabela... Non, cette vision lui était tout simplement insupportable.

Il pouvait aussi se rendre chez Brouilly. Lui reprocherait-on de tirer sur cet homme à bout portant ? En tout cas, il exigerait la vérité, et il savait qu'il l'obtiendrait. Brouilly n'avait plus rien à perdre maintenant en avouant. Parce qu'Izabela restait avec son mari.

Elle reste avec moi...

Cette pensée l'apaisa. Malgré l'immense amour qu'elle déclarait à Brouilly, sa femme avait décidé de ne pas le suivre à Paris. Alors, *peut-être* ignorait-il qu'Izabela était enceinte. Car, après tout, si elle le croyait *vraiment* le père de son enfant, ne l'aurait-elle pas suivi sans se préoccuper des conséquences ?

Gustavo en était là de ses réflexions lorsqu'il quitta le club une heure plus tard : quoi qu'il se fût passé entre sa femme et le sculpteur, c'était *lui*, son mari, qu'elle avait choisi. Brouilly s'embarquait le lendemain et disparaîtrait de leur vie pour de bon.

Tandis qu'il descendait d'un pas mal assuré les marches du club et se dirigeait vers la plage pour dessoûler, il sut que sa décision était prise.

Peu importait ce que sa femme avait fait ou n'avait pas fait. Il ne gagnerait rien à la chasser. Elle irait alors rejoindre Brouilly à Paris et c'en serait terminé de leur mariage.

Il allait donc rentrer chez lui et annoncer à sa mère qu'après avoir mené son enquête, il n'avait pas trouvé la moindre preuve. Au bout du compte, il en retirerait une satisfaction infiniment plus grande que s'il présentait la lettre à Izabela en la sommant de s'expliquer.

Gustavo contempla longuement les vagues qui roulaient sans répit sur le sable au grain si fin, si fragile. Il poussa un soupir résigné.

Quoi qu'elle ait fait, il l'aimait toujours.

S'approchant de la grève, il sortit la lettre de sa poche et la déchira, lançant dans le vent les menus morceaux que les eaux engloutirent.

45

Paris, décembre 1929

— Ah, Brouilly ! Vous voilà revenu. Je commençais à croire que vous aviez rejoint une tribu amazonienne et épousé la fille du chef.

Landowski jeta un regard de biais à Laurent qui entrait dans l'atelier.

— Oui, je suis de retour… Y a-t-il encore une place pour moi ici ?

Landowski détacha son attention de l'énorme tête de Sun Yat-Sen et considéra son ancien assistant. Puis il se tourna vers le jeune garçon, qui avait grandi et grossi depuis la dernière fois que Laurent l'avait vu.

— Qu'en penses-tu ? Est-ce que nous avons du travail pour lui ?

Après avoir posé les yeux sur Laurent, le garçon sourit à Landowski en hochant la tête.

— Ah, reprit Landowski. Il dit que oui. À ce que je vois, vous avez besoin de vous remplumer, vous aussi. Était-ce la dysenterie, ou l'amour ?

Laurent ne put que hausser les épaules d'un air pathétique.

— Je crois que votre tablier est toujours suspendu là où vous l'avez laissé. Allez donc l'enfiler, et venez m'aider avec cet œil auquel vous avez travaillé si dur avant de nous quitter pour la jungle. Et, Brouilly… ? ajouta-t-il tandis que Laurent se dirigeait vers les patères à côté de la porte.

— Oui, professeur ?

— Je suis sûr que vous réussirez à vous servir de vos récentes expériences – les bonnes et les mauvaises – dans votre art. Vous aviez déjà la compétence technique. Maintenant, vous pouvez devenir un maître. Il faut toujours souffrir pour atteindre l'excellence. Vous me comprenez ? demanda Landowski avec douceur.

— Oui, professeur, répondit Laurent, la voix brisée. Très bien.

* * *

Plus tard ce soir-là, Laurent s'essuya les mains sur son tablier en soupirant. Landowski était parti depuis longtemps retrouver sa femme et ses enfants. Tandis qu'il se lavait les mains dans la cuisine à la lueur d'une bougie, il s'immobilisa soudain. Dehors, tout près, s'élevaient les notes douloureuses d'un violon. Le musicien jouait les premières mesures de *La Mort du Cygne*.

Les mains figées sous l'eau du robinet, Laurent sentit les larmes qu'il n'avait toujours pas versées lui monter aux yeux. Et là, dans le minuscule espace où il avait vu Izabela prodiguer des soins si tendres à un enfant qui souffrait, et où il avait su qu'il l'aimait, il pleura. Pour lui, pour elle, pour tout ce qui aurait pu être, mais qui ne serait jamais.

Après le poignant finale, il s'essuya les yeux avec un chiffon et sortit à la recherche du musicien qui lui avait permis de libérer enfin ce chagrin qu'il contenait depuis que Loen lui avait apporté le carreau de stéatite de la part d'Izabela.

Le violon entonnait à présent la mélodie envoûtante de *Au matin*, de Grieg, qui lui avait toujours évoqué le lever d'une aube nouvelle, un recommencement. Un peu rasséréné, il se laissa guider par son oreille et, levant haut sa bougie, s'avança dans le jardin.

Le jeune garçon était assis sur un banc à quelques mètres de l'atelier. Du vieil instrument qu'il avait calé sous son menton, il tirait un son d'une extraordinaire pureté.

— Où as-tu appris à jouer ainsi ? questionna Laurent, ébahi, quand le morceau s'acheva.

Comme d'habitude, seul un regard appuyé lui répondit.

— Qui t'a donné ce violon ? Landowski ?

Il obtint cette fois un acquiescement muet.

Se rappelant les paroles de Landowski, Laurent examina attentivement le garçon.

— Je vois que tu parles par ton art, dit-il doucement. Tu es vraiment doué. Surtout, n'abandonne jamais la musique.

Le jeune garçon hocha la tête et lui fit un sourire plein de gratitude. Laurent posa une main sur son épaule, puis, après un petit signe d'adieu, partit noyer sa détresse dans les bars de Montparnasse.

Maia

Juillet 2007

Dernier quartier de lune

16 ; 54 ; 44

46

Yara s'est tue. J'ai levé les yeux vers le portrait d'Izabela accroché au-dessus de la cheminée, songeant à la terrible décision que mon arrière-grand-mère avait été contrainte de prendre. Qu'aurais-je fait, moi, en pareilles circonstances ? Je n'en avais tout simplement aucune idée. Bien sûr, l'époque avait changé et nous vivions dans des cultures différentes, mais certains dilemmes demeurent, en particulier pour les femmes…

— Alors, Gustavo n'a pas parlé à Bel de sa découverte ? ai-je demandé à Yara.

— Non, jamais. Mais même s'il ne l'a pas exprimée en mots, ma mère a toujours dit qu'elle lisait la douleur dans ses yeux. Surtout quand il regardait sa fille.

— La senhora Carvalho ? Son prénom, c'est Beatriz, n'est-ce pas ?

— Oui. Moi-même, je me rappelle avoir vu le senhor Gustavo entrer dans le salon où nous jouions toutes les deux. Nous devions avoir dix ou onze ans. Il a dévisagé sa fille, longuement, presque comme si elle était une étrangère. À l'époque, je n'y ai pas prêté attention, mais je pense maintenant qu'il se demandait sans doute si elle était issue de son propre sang. La senhora Beatriz a les yeux verts, voyez-vous, et ma mère a dit un jour qu'elle les tenait du senhor Laurent.

— Votre mère soupçonnait donc que Laurent était le père naturel de Beatriz ?

— Quand elle m'a raconté cette histoire avant de mourir, elle a dit qu'elle n'avait jamais eu aucun doute. D'après elle, la senhora Beatriz ressemblait beaucoup au senhor Brouilly, et elle avait aussi des talents artistiques. Elle était à peine adolescente quand elle a peint ce portrait d'Izabela, a expliqué Yara en indiquant le tableau. Je me souviens qu'elle voulait le faire en mémoire de sa pauvre mère défunte.

— Izabela était déjà morte ?

— Oui. Elle a succombé à une épidémie de fièvre jaune quand nous avions toutes les deux dix-huit mois. C'était juste au moment de l'inauguration du *Cristo* sur le Corcovado, en 1931. La senhora Beatriz et moi sommes restés enfermées dans la maison, mais bien sûr, la senhora Izabela a tenu à assister à la cérémonie. Trois jours plus tard, elle a attrapé le mal et ne s'est jamais remise. Elle n'avait que vingt et un ans.

Mon cœur s'est serré à cette pensée. Bien que Floriano m'eût montré les dates officielles des naissances et des décès, ce calcul m'avait échappé.

— Après tant de souffrances, tant de déchirements, mourir si jeune…, ai-je observé d'une voix remplie d'émotion.

— Oui. Mais… Pardonnez-moi, Seigneur pour ce que je vais dire… (Yara s'est signée.) Heureusement, la fièvre a aussi emporté la senhora Luiza quelques jours plus tard. Elles ont été enterrées ensemble dans le mausolée familial.

— Mon Dieu, pauvre Bel. Reposer à côté de cette femme pour l'éternité…

— Et sa petite fille qui se retrouvait sans mère, dans une maison d'hommes, a poursuivi Yara. Avec ce que je vous ai raconté, vous pouvez imaginer la détresse du senhor Gustavo après le décès de sa femme. Il l'aimait encore, voyez-vous, malgré tout. Vous devinerez aussi qu'il a cherché le réconfort dans la boisson ; il s'est enfoncé de plus en plus dans la solitude et le chagrin. Le senhor Maurício a fait de son mieux pour élever l'enfant… C'était un homme plein de bonté, au fond, et il a engagé une répétitrice qui donnait des leçons à la senhora Beatriz.

— Vous viviez à la *Casa* à l'époque ?

— Oui. Quand ma mère a appris à la senhora Izabela qu'elle était enceinte aussi et qu'elle lui a demandé de partir à la *fazenda* pour rejoindre mon père, Izabela n'a pas supporté l'idée de se séparer d'elle. Elle a fait venir Bruno, mon père, et il a travaillé comme factotum et chauffeur quand Jorge a pris sa retraite.

C'est ici que j'ai passé mon enfance, moi aussi, a déclaré Yara d'un air songeur. Et je crois que j'y ai connu des souvenirs bien plus heureux que ma maîtresse.

— Je m'étonne que Gustavo ait accepté qu'Izabela garde Loen ici. Après tout, elle était la seule, hormis lui, à connaître la vérité.

— Peut-être se sentait-il *obligé* de la garder. Le secret qu'ils partageaient leur donnait à chacun un pouvoir l'un sur l'autre.

— Donc vous avez grandi avec Beatriz.

— Oui. Enfin, il serait plus exact de dire qu'elle a grandi avec nous. Elle passait plus de temps dans notre petite maison – que la senhora Izabela avait tenu à faire construire pour mes parents en bas du jardin, ici – qu'à la *Casa*. Nous étions sa famille. C'était une petite fille tellement gentille, douce et affectionnée. Mais tellement seule aussi, ajouta tristement Yara. Son père était la plupart du temps ivre et ne se préoccupait pas d'elle, ou peut-être qu'il l'ignorait parce qu'elle lui rappelait ses doutes au sujet de sa femme. Sa mort a été un soulagement. La senhora Beatriz avait dix-sept ans, et elle a hérité de la maison et du portefeuille d'actions de la famille. Jusque-là, le senhor Gustavo avait refusé qu'elle suive sa passion artistique, mais lorsqu'il est décédé, plus rien ne pouvait l'en empêcher.

— Je comprends qu'il n'ait pas voulu la soutenir, cela devait réouvrir sa blessure… En fait, Yara, j'éprouve malgré moi une certaine compassion pour lui.

— Ce n'était pas un mauvais homme, senhorita Maia. Seulement faible. Quand Beatriz a eu dix-huit ans, elle a annoncé à son grand-père qu'elle partait à Paris pour faire les Beaux-Arts, comme sa mère avant elle. Elle y est restée plus de cinq ans, et n'est revenue à Rio qu'à la mort de Maurício. Je crois qu'elle a eu beaucoup d'aventures, a ajouté Yara avec un sourire mélancolique. Et je me réjouissais pour elle.

L'image que me peignait Yara de la femme que j'avais rencontrée dans le jardin cinq jours auparavant était totalement différente de ce que j'avais imaginé. Je m'étais figuré qu'elle ressemblait à Luiza. Peut-être simplement à cause de son grand âge, et parce qu'elle s'était montrée déterminée à me rejeter.

— Qu'est devenu Antonio ? ai-je demandé.

— Oh, il s'en est remis, comme ma mère l'avait toujours prédit, a répondu Yara en souriant. Il est allé vivre à la *fazenda* Santa Tereza, et avec l'argent que lui avait donné Gustavo, il a acheté une plantation de tomates. Grâce à son sens des affaires, il avait acquis un véritable empire quand il est mort. Il possédait presque toutes les fermes autour de la *fazenda*. Je me souviens que, comme la senhora Izabela, la senhora Beatriz était toujours ravie quand son grand-père venait la voir. Il l'adorait. Il lui a appris à monter à cheval et à nager. Elle a hérité de ses terres et c'est ce qui lui permet de subsister depuis la mort de son mari. Les revenus ne sont pas très élevés maintenant, mais cela suffit à payer les factures.

— Qui était le mari de Beatriz, mon grand-père ?

— Evandro Carvalho. C'était un pianiste de talent. Un homme bon, aussi, senhorita Maia, et ces deux-là s'aimaient vraiment. Après l'enfance difficile de la senhora Beatriz, nous avons été très heureux de son bonheur. Et la *Casa* est enfin revenue à la vie. Beatriz et Evandro recevaient souvent les membres de la société artistique de Rio. Ils organisaient aussi des soirées de charité pour collecter des fonds destinés aux *favelas*. Croyez-moi, senhorita Maia, même si l'âge et la douleur ont tout emporté à présent qu'elle approche de la fin, elle était vraiment très belle quand elle était plus jeune. Tout le monde la respectait et l'aimait.

— C'est dommage, je ne connaîtrai jamais cet aspect de sa personnalité…

— Non. Mais la mort est notre destin à tous.

Yara a poussé un gros soupir. Je me suis armée de courage pour poser la question qui me brûlait les lèvres.

— Et… Beatriz et Evandro ont eu un enfant, n'est-ce pas ?

Yara a détourné les yeux, troublée.

— Oui.

— Un seul ?

— Il y en a eu un autre, un garçon, mais il est mort à quelques semaines. Donc, oui, un seul.

— Une fille ? Cristina ?

— Oui, senhorita Maia. Je me suis beaucoup occupée d'elle.

Brusquement, je me trouvais à court de questions. Yara avait parlé sans discontinuer depuis une heure, mais elle paraissait soudain incapable de poursuivre.

— Senhorita, a-t-elle repris au bout d'un moment. Je ne crois pas avoir fait de mal en vous parlant du passé, mais… Je ne pense pas devoir en dire davantage. Le reste, ce n'est pas moi qui dois le raconter.

— Alors, qui ? ai-je demandé d'une voix suppliante.

— La senhora Beatriz.

J'avais terriblement envie d'insister, mais j'ai vu qu'elle jetait un coup d'œil inquiet à l'horloge.

— J'ai quelque chose pour vous, a-t-elle dit en glissant la main dans une de ses vastes poches d'où elle a sorti quatre enveloppes. Ce sont les lettres que Laurent Brouilly a envoyées à la senhora Izabela, par l'intermédiaire de ma mère, quand elle séjournait à la *fazenda* juste avant la mort de la senhora Carla. Elles vous décriront, mieux que je ne pourrais le faire, le sentiment qui existait entre eux. Maintenant, je dois retourner auprès de la senhora Beatriz.

Yara s'est levée, et j'ai réprimé une envie de l'embrasser tant je lui étais reconnaissante de m'avoir rendu, au moins en partie, ce passé tragique qui avait précédé ma venue au monde.

Je me suis levée aussi, raide d'être restée assise dans une tension extrême pour ne pas manquer une seule de ses paroles.

— Nous pourrions vous ramener au couvent, ai-je proposé en lui emboîtant le pas dans le couloir. Quelqu'un m'attend dehors en voiture.

— Merci, mais j'ai encore à faire ici.

À la porte, elle s'est tournée vers moi et m'a vue hésiter.

— Je vous remercie pour tout ce que vous m'avez raconté…, ai-je dit. Puis-je vous poser une dernière question ?

Les yeux de Yara, à présent, m'ordonnaient de franchir le seuil et de partir.

— Est-ce que ma mère vit toujours ?

— Je ne sais pas, senhorita Maia, a-t-elle soupiré. Et je vous jure que c'est la vérité.

Je savais que notre entretien était terminé et qu'elle ne dirait rien d'autre. À contrecœur, j'ai descendu les marches du perron.

— Au revoir, Yara. Transmettez mes meilleurs sentiments à la senhora Beatriz.

Elle n'a pas répondu. Je me suis éloignée, et j'avais déjà atteint la fontaine quand elle m'a lancé :

— Je lui parlerai, senhorita. Au revoir.

J'ai entendu la porte se refermer, les verrous que l'on tirait. Quand j'ai ouvert le portail, j'ai senti la chaleur du métal sous mes doigts, et, levant les yeux vers le ciel chargé de nuages, j'ai vu qu'un orage se préparait.

— Alors ? a demandé Floriano, qui s'était assis à l'ombre dans l'herbe du bas-côté.

— J'ai appris beaucoup de choses…

Il s'est levé et nous sommes remontés en voiture.

Il ne m'a pas questionnée sur le trajet de retour à Ipanema, sentant peut-être qu'il me fallait un peu de temps pour revenir au présent. Je gardais le silence, repassant dans mon esprit l'histoire que j'avais entendue.

— Vous devez être épuisée, a déclaré Floriano quand nous sommes arrivés devant mon hôtel, et vous apprécierez sûrement un moment de tranquillité. Vous savez où me trouver si vous avez envie de compagnie et d'un bon repas plus tard. Et je vous promets, c'est moi qui me mettrai aux fourneaux ce soir, pas ma fille, a-t-il ajouté avec un clin d'œil.

— Merci, ai-je répondu en descendant de voiture. Pour tout.

Il m'a fait un signe de tête avant d'enclencher la marche arrière. En entrant dans l'hôtel, je ne comprenais pas pourquoi mes jambes me semblaient si lourdes, au point qu'il m'a fallu fournir un effort énorme pour atteindre l'ascenseur, lentement, comme vacillant sous le coup de l'ivresse. De retour dans ma suite, je me suis abattue de tout mon poids sur le lit et me suis endormie.

* * *

Je me suis réveillée trois heures plus tard, au moment où l'orage a éclaté. De brillants éclairs zébraient le ciel au-dessus de la mer démontée et des coups de tonnerre – comme jamais je n'en avais entendu – m'emplissaient les oreilles.

Il était presque sept heures. Je suis allée m'asseoir près de la fenêtre pour contempler cette impressionnante tempête. La pluie tombait maintenant si fort qu'elle rebondissait à angle droit sur les trottoirs et la chaussée, où dévalaient des torrents d'eau. Entrouvrant la vitre, j'ai sorti la tête et senti une vive fraîcheur sur mes cheveux et mes épaules aussitôt trempées.

Soudain, je me suis mise à rire, presque euphorique devant cette manifestation de la puissance de la nature. Je me percevais moi-même comme une partie de cet intense tourbillon, intrinsèquement reliée aux cieux et à la terre, et, bien qu'incapable de comprendre le miracle de la Création, exultant tout simplement de compter parmi ses éléments.

Voyant que la pluie inondait la moquette à mes pieds, j'ai refermé la fenêtre et j'ai filé prendre une douche dont je suis ressortie revigorée, aussi légère que l'air purifié par l'orage. Puis je me suis installée sur le lit pour regarder les lettres de Yara, mais mes pensées revenaient sans cesse à Floriano, à la patience qu'il avait montrée en m'attendant tout l'après-midi, à sa délicatesse ensuite. Et j'ai réalisé que, quel que soit le contenu de ces enveloppes, j'avais envie – *vraiment* envie – de le partager avec lui. Je l'ai donc appelé aussitôt.

— Maia, comment allez-vous ?

— Quel orage ! Je n'ai jamais rien vu de pareil.

— Oui, nous sommes très forts pour ça, ici. Tous les *cariocas* le reconnaissent... Alors, vous venez manger avec nous ? Ce sera un dîner très simple, je le crains, mais vous êtes la bienvenue.

— Si la pluie cesse, oui, j'aimerais bien.

— À mon avis, il y en a encore pour neuf minutes, si j'en crois le ciel. Donc vous êtes là dans vingt minutes, d'accord ?

Neuf minutes plus tard très exactement, je me suis aventurée dehors, et j'étais à peine sortie de l'hôtel que je pataugeais jusqu'aux chevilles, glissant dans l'eau qui ruisselait encore le long des trottoirs. L'air était imprégné d'une délicieuse fraîcheur tandis que, de toutes parts, les habitants surgissaient à nouveau dans les rues.

Floriano m'a accueillie avec un doigt sur les lèvres.

— Je viens de coucher Valentina. Elle se relèvera immédiatement si elle vous entend, chuchota-t-il.

Hochant la tête en silence, je l'ai suivi sur la terrasse, miraculeusement sèche et abritée sous la pente du toit. Il avait déjà allumé des bougies sur la table et un air de jazz émanait en sourdine des enceintes discrètement installées dans les coins. L'atmosphère était calme et paisible, ce qui était surprenant en plein milieu d'une ville si vivante.

— Enchiladas garnies, annonça-t-il. Je suis allé au Mexique il y a quelques années et je suis tombé amoureux de la cuisine.

Il a disposé sur la table diverses coupes remplies de guacamole, de crème fraîche et de sauce pimentée. J'ai mangé avec appétit, impressionnée par ses talents culinaires. Jamais je n'aurais été capable de servir un repas, si simple soit-il, avec autant d'aisance. En fait, ai-je pensé tristement, je n'avais pas organisé un seul dîner en treize ans depuis que j'avais emménagé dans le Pavillon.

— Alors ? a demandé Floriano après avoir terminé son assiette et allumé une cigarette. Vous avez découvert tout ce que vous vouliez savoir ?

— J'ai beaucoup appris, mais hélas, pas ce que je suis venue chercher au Brésil.

— Vous parlez de votre mère, je présume ?

— Oui. Yara m'a dit que ce n'était pas à elle de me raconter l'histoire.

— En effet. Surtout si votre mère est toujours en vie.

— Yara n'en sait rien. Et je la crois.

Floriano me regardait d'un air attentif.

— Bon… Alors, qu'allez-vous faire maintenant ?

— Je ne suis pas sûre… Je me rappelle que vous n'avez trouvé aucune mention du décès de Cristina à l'état civil.

— Non, mais il se peut qu'elle ait quitté le Brésil et vive à l'étranger. Maia… Est-ce que ce serait trop pénible pour vous de me raconter ce que vous avez appris de Yara aujourd'hui ? Je vous avoue qu'après avoir fait tout ce chemin avec vous, je suis curieux.

— Du moment que vous ne vous en servez pas dans un de vos romans, ai-je répondu, ne plaisantant qu'à moitié.

— J'écris de la fiction, Maia. Ça, c'est de la réalité, et vous avez ma parole.

J'ai donc restitué à Floriano, aussi fidèlement que possible, le récit de Yara. Puis j'ai sorti de mon sac les enveloppes qu'elle m'avait données.

— Je ne les ai pas encore ouvertes. Peut-être ai-je peur, comme Gustavo avec la lettre qu'il a prise à Loen, ai-je avoué en les lui tendant. Yara dit qu'elles ont été envoyées par Laurent à Izabela pendant qu'elle était au chevet de sa mère malade à la *fazenda*. Je voudrais que vous en lisiez une d'abord.

— Avec plaisir.

Ainsi que je l'avais imaginé, il était enchanté de découvrir un autre morceau du puzzle.

Il a extirpé une feuille de papier jauni de la première enveloppe et s'est mis à lire. Au bout d'un moment, il a levé les yeux vers moi, visiblement ému.

— Laurent Brouilly n'était pas seulement un grand sculpteur, il avait aussi une très belle plume. Pourquoi ce qui est écrit en français nous paraît-il toujours plus poétique ? Tenez, lisez celle-ci, a-t-il dit en ouvrant une autre enveloppe.

Quelques minutes plus tard, en écho à mes propres pensées, il a lâché :

— *Meu Deus*, ces lettres arracheraient des larmes à un vieux cynique.

— Oui. Yara m'a parlé de l'amour de Bel et de Laurent, mais il semble si réel à travers ces lettres, ai-je murmuré. D'une certaine manière, même si son histoire s'est terminée tragiquement, j'envie Bel, ai-je reconnu en me resservant un verre de vin.

— Vous avez déjà été amoureuse ? a demandé Floriano, très direct selon son habitude.

— Oui, une fois... Je vous en ai parlé. Ça n'a pas marché, ai-je répondu froidement pour couper court à d'autres questions.

— Ah oui, et apparemment, cette expérience vous a laissé une cicatrice pour la vie.

— C'est un peu plus compliqué que ça, ai-je répliqué, sur la défensive.

— Comme toujours. Regardez Bel et Laurent. En lisant ces lettres, on imagine deux jeunes gens amoureux, tout simplement. Alors, cet amoureux qui vous a brisé le cœur… vous voulez me raconter ce qui s'est passé ?

La situation me laissait pantoise : après quatorze ans de silence total, des années littéralement consacrées à éviter d'aborder le sujet, voilà que je me retrouvais sur la terrasse d'un toit de Rio, avec un homme que je connaissais à peine, et à qui je me sentais sur le point de tout avouer.

— Enfin, Maia, vous n'êtes pas obligée, a repris Floriano en voyant la peur dans mes yeux.

Mais au fond de moi, je savais que j'étais venue chez lui précisément pour cette raison. L'histoire que j'avais découverte – juste après la mort de Pa Salt – ouvrait la porte de ma forteresse, libérant toute la douleur et toute la culpabilité que j'éprouvais encore. Et puis, bien sûr, il y avait Floriano, dont la vie me renvoyait l'image de la mienne, triste et solitaire.

Avant d'avoir le temps de me rétracter, j'ai débité d'une traite :

— Quand j'étais à l'université, j'ai rencontré quelqu'un. Il avait deux ans de plus que moi et je l'ai connu pendant le dernier semestre de ma deuxième année. Lui était en dernière année, il allait bientôt partir. Je suis tombée amoureuse de lui… et j'ai été stupide, complètement insouciante. En rentrant à la maison pour les vacances d'été, je me suis aperçue que j'étais enceinte. Mais il était trop tard pour faire quoi que ce soit…

J'ai soupiré, consciente que je devais me dépêcher d'arriver au bout de mon histoire, sinon j'allais me mettre à pleurer.

— Marina, la femme dont je vous ai parlé, celle qui nous a élevées toutes les six, m'a aidée à trouver un lieu d'accueil jusqu'à l'accouchement. Et… Et quand le bébé est né, je l'ai confié à l'adoption.

J'ai avalé une grande gorgée de vin et pressé mes poings sur mes yeux pour endiguer le torrent de larmes qui menaçait de s'en échapper.

— Allez-y, Maia. Vous pouvez pleurer… Je comprends, a dit Floriano doucement.

Je sentais mon cœur cogner dans ma poitrine.

— C'est juste que… Je… Je n'en ai jamais parlé à personne. Et j'ai tellement honte… tellement honte…

Les larmes ont jailli, malgré mes efforts pour les contenir. Floriano est venu s'asseoir à côté de moi sur le canapé et m'a prise dans ses bras. Il m'a caressé les cheveux tandis que je balbutiais des paroles incohérentes, gémissant que j'aurais dû être plus forte et garder le bébé, quelles que soient les circonstances… Et qu'il ne s'était pas passé un seul jour depuis sans que je ne revive ce moment terrible où on me l'avait enlevé, quelques minutes après la naissance.

— Ils ne m'ont même pas laissé voir son visage… Ils ont dit que c'était mieux.

Floriano est resté silencieux, m'épargnant toute platitude ou expression d'une pitié convenue, jusqu'à ce que, ayant expulsé mon désespoir jusqu'à la dernière miette, je m'abatte contre son épaule comme un ballon de baudruche vidé de son air. Je suis demeurée ainsi, épuisée, en me demandant ce qui avait bien pu me pousser à lui révéler mon terrible secret.

Floriano ne disait toujours rien. Au bout d'un moment, j'ai osé lui demander :

— Vous êtes choqué ?

— Non, bien sûr que non. Pourquoi le serais-je ?

— Pourquoi ne le *seriez-vous pas* ?

Il a soupiré tristement.

— Parce que… Vous avez fait ce que vous pensiez être le mieux à ce moment-là, compte tenu de ce que vous deviez affronter. Il n'y a aucun crime à cela.

— Les meurtriers aussi croient peut-être qu'ils agissent pour le mieux, ai-je répondu sombrement.

— Maia, vous étiez jeune, et vous aviez peur. Et je présume que le père n'était pas là pour proposer une autre option. Ni même pour vous soutenir ?

J'ai frissonné en me rappelant ma dernière conversation avec Zed juste avant l'été.

— Non… Pour lui, ce n'était qu'une aventure. Il quittait l'université et son avenir l'attendait ailleurs. Il m'a expliqué que les relations entretenues à distance ne marchaient jamais et que nous avions pris du bon temps, mais qu'il valait mieux en rester là. Et que nous pouvions être amis, ai-je ajouté avec un rire amer.

— Et vous ne lui avez pas dit que vous étiez enceinte ?

— Je ne m'en suis pas aperçue avant mon retour à la maison. Marina, elle, l'a vu du premier coup d'œil et m'a envoyée chez le médecin. Mais la grossesse était déjà trop avancée... J'étais naïve, stupide... Et tellement amoureuse. J'aurais fait n'importe quoi pour lui.

— Comme beaucoup de jeunes filles sans expérience, Maia. Surtout lorsqu'elles sont emportées dans le tourbillon d'un premier amour... Vous en avez parlé à votre père ? Il semble que vous étiez assez proches tous les deux.

— Nous étions proches, oui, mais *pas* pour affronter une situation pareille. Comment vous expliquer... ? J'étais sa petite fille, son premier enfant. Il plaçait de grands espoirs en moi. J'étais étudiante à la Sorbonne, en voie de décrocher un diplôme de haut niveau. Pour être honnête, j'aurais préféré mourir plutôt que lui avouer ma stupidité.

— Et Marina ? Elle n'a pas essayé de vous convaincre de lui parler ?

— Si, mais je ne voulais pas. Je savais que cela lui aurait brisé le cœur.

— Alors, vous avez préféré briser le vôtre.

— C'est le choix qui s'imposait, à l'époque.

— Je comprends.

Nous sommes restés assis en silence sur le canapé. Je contemplais la flamme de la bougie qui dansait dans l'obscurité, revivant la douleur de mon ancienne décision.

— Vous avez bien dû penser, à un moment, que votre père avait lui-même adopté six enfants, a dit brusquement Floriano. Et que peut-être, mieux que personne, il comprendrait votre terrible situation ?

— À l'époque, non, cela ne m'est pas venu à l'esprit. Mais, depuis qu'il est mort, je ne cesse d'y penser. Même maintenant, avec le recul, je n'arrive pas à expliquer ce qu'il était pour moi. Je l'idolâtrais, je recherchais son approbation à tout prix.

— Plus que son aide, a précisé Floriano.

— Ce n'était pas sa faute, mais la mienne, ai-je répliqué, formulant délibérément cette vérité brutale. C'est moi qui ne lui faisais pas confiance, qui doutais de son amour. Je suis sûre maintenant que si je lui avais dit, il aurait été là pour moi, il aurait…

Ma voix se brisa et les larmes me montèrent de nouveau aux yeux.

— Et puis, quand je vous regarde, vous et Valentina… Je vois ce que ma vie aurait pu être si j'avais été plus forte, et je me dis que j'ai vraiment tout gâché.

— Nous faisons tous des choses que nous regrettons, Maia, a déclaré Floriano. Je me reproche tous les jours de ne pas avoir montré plus de fermeté avec les médecins de l'hôpital, lorsqu'ils m'ont dit de ramener ma femme à la maison, alors que je savais au fond de moi qu'elle était terriblement malade. Peut-être que si j'avais agi différemment, ma fille aurait encore une mère, et moi une épouse. Mais à quoi nous mènent ces regrets ? a-t-il soupiré. À rien.

— Mais abandonner mon enfant, pour des raisons purement égoïstes, autres que la guerre ou la pauvreté… C'est le pire des crimes.

— Nos erreurs nous paraissent plus terribles que celles des autres, parce que nous ne nous *pardonnons pas* de les avoir commises. C'est ainsi que la culpabilité nous poursuit. Surtout si, comme vous, nous choisissons de ne pas en parler, de garder nos secrets bien enfouis. J'éprouve de la tristesse pour vous, mais en aucun cas je ne vous condamne. Et je crois vraiment que n'importe qui ressentirait la même chose en entendant votre histoire. Vous êtes la seule à vous accabler de reproches. Ne le voyez-vous pas ?

— Oui, sans doute. Mais comment puis-je changer les choses ?

— En vous pardonnant. C'est aussi simple que cela, vraiment. Tant que vous ne l'aurez pas fait, vous ne pourrez pas avancer. Je le sais. Je suis passé par là.

— Tous les jours, je me demande où peut être mon fils, s'il est heureux, aimé par ceux qui sont devenus ses parents. Je rêve parfois qu'il m'appelle en pleurant, mais je ne le trouve pas…

— Je comprends. Mais rappelez-vous que vous aussi avez été adoptée, *querida.* Est-ce que vous en avez souffert ?

— Non, parce que je n'ai jamais connu d'autre vie.

— Exactement. Vous répondez vous-même à votre question. Vous m'avez dit une fois qu'à votre avis, peu importe par qui est élevé un enfant du moment qu'il est aimé. C'est sûrement ce qui est arrivé à votre fils, où qu'il soit. Je suis prêt à parier que la seule à souffrir de la situation, c'est vous.

Il s'est levé et éloigné sur la terrasse pour fumer une cigarette, debout face à la nuit. Je me sentais seule et angoissée sans lui, et suis allée le rejoindre.

— Vous avez conscience, n'est-ce pas, que cette plongée dans votre histoire, ici, ravive la blessure ? a-t-il demandé au bout d'un moment.

— Oui. Et en voyant que Pa Salt nous a donné à toutes la possibilité de connaître nos origines, je me dis que mon fils, lui aussi, a le droit de découvrir les siennes.

— Ou du moins le droit de *choisir* s'il veut les connaître ou non, a corrigé Floriano. Vous-même, vous n'aviez pas envie de savoir. De plus, on vous a dit dès le début que vous étiez adoptée. Ce n'est peut-être pas le cas de votre fils.

— Je voudrais juste pouvoir le voir une fois, être sûre qu'il va bien… qu'il est heureux.

— C'est normal. Mais peut-être devriez-vous penser d'abord à lui, et accepter que ce ne serait pas forcément dans son intérêt, a conclu Floriano avec douceur.

Après un bref silence, il a repris :

— Savez-vous qu'il est plus d'une heure du matin ? Je dois me lever à l'aube pour la petite senhorita.

— Oh, oui, bien sûr…

Je me suis aussitôt détournée pour prendre mon sac sous la table.

— En fait, Maia, j'allais vous proposer de rester ici. Je ne crois pas que vous devriez être seule ce soir.

— Non, non, ça va aller, ai-je protesté en m'élançant vers la porte, prise de panique.

Floriano m'a rattrapée avec un petit rire.

— Attendez. Je ne voulais pas dire rester avec *moi.* Mais vous pourriez dormir dans la chambre de Petra. Elle est partie voir sa famille au Salvador pendant une semaine. Vraiment, je vous en prie, restez. Sinon je me ferai du souci pour vous.

Trop épuisée pour discuter, j'ai accepté.

Floriano a soufflé les bougies et nous sommes descendus tous les deux. En bas, il m'a indiqué la porte de la chambre de Petra.

— Sachez que j'ai changé les draps et passé l'aspirateur après son départ. C'est beaucoup plus présentable ! La salle de bains se trouve un peu plus loin à droite. Aux dames l'honneur... Bonne nuit, Maia.

Il s'est approché pour m'embrasser gentiment sur le front.

Dans la chambre de Petra, il y avait des livres de biologie entassés sur une étagère au-dessus d'un bureau, une coiffeuse encombrée de produits cosmétiques, un jean abandonné sur une chaise. Après m'être déshabillée et couchée en T-shirt dans l'étroit lit à une place, je me suis souvenue que, moi aussi, j'avais été autrefois une étudiante insouciante avec toute la vie devant moi – comme une toile vierge dont j'étais le peintre désigné –, jusqu'à ce que je découvre que j'étais enceinte.

Et, cette image à l'esprit, je me suis endormie.

47

J'ai été réveillée par le bruit d'une porte et par le sentiment de ne plus être seule dans la pièce. En ouvrant les yeux, j'ai découvert Valentina qui me regardait fixement, debout au pied du lit.

— Il est déjà dix heures. Papai et moi, on a fait un quatre-quarts pour le petit déjeuner. Tu viens nous aider à le manger ?

J'avais dormi d'un sommeil profond dont il me fallait un peu de temps pour m'extirper. Valentina a hoché la tête d'un air satisfait, puis est ressortie. Je me suis alors levée et habillée rapidement. Dans le couloir, une délicieuse odeur de pâtisserie m'a emplie les narines, me rappelant la cuisine de Claudia à Atlantis. Guidée par la voix claire de Valentina, je suis montée sur la terrasse où j'ai trouvé le père et la fille, déjà assis, en train d'engouffrer de grosses parts d'un gâteau rond posé au milieu de la table.

— Bonjour, Maia. Vous avez bien dormi ? a demandé Floriano en tirant une chaise pour moi.

— Oui, très bien !

— Du café ?

— Oui, s'il vous plaît, ai-je répondu en mordant dans le gâteau qui était encore tout chaud. C'est ce que tu manges le matin au petit déjeuner, Valentina ? Chez moi, c'était toujours pain-beurre-confiture. Beaucoup moins drôle…

— Non, a soupiré la fillette. Seulement aujourd'hui. Je crois que Papai frime parce que tu es là…

Floriano a froncé les sourcils, feignant d'être accablé par l'impertinence de sa fille, mais j'ai cru voir une légère rougeur lui venir aux joues.

— Valentina et moi étions en train de discuter… Nous pensons tous les deux que vous avez besoin de vous amuser.

— Oui, Maia, a déclaré Valentina. Si mon papai était monté au ciel, je serais très triste et je voudrais qu'on me fasse rire.

— Nous avons trouvé une idée, a continué Floriano.

— Non, Papai, c'est *toi* qui as trouvé, l'a coupé Valentina avant de se tourner vers moi : moi, je voulais aller au parc d'attractions, et puis après, voir un film de Disney, mais Papai a dit non, et à la place, il te propose des choses pas marrantes…

— On pourrait peut-être faire un peu des deux…, ai-je suggéré, conciliante. Moi aussi, j'adore les films de Disney.

— En fait, je ne viendrai même pas avec vous, parce que Papai part à Paris demain pour son livre et il a du travail avant. Alors, moi je vais chez avô et vovó.

— Vous partez à Paris ?

Je me suis tournée vers Floriano, prise soudain d'une peur irraisonnée.

— Oui. Vous vous rappelez le mail que je vous ai envoyé il y a quelques semaines ? Vous êtes invitée aussi, n'oubliez pas, a-t-il répondu en me souriant.

— C'est vrai…

— Moi, je n'y vais pas, a dit Valentina, boudeuse. Papai pense que je dérangerai.

— Non, *querida,* je pense que tu t'ennuieras énormément. Tu te souviens que tu détestes venir à mes lectures et à mes signatures, ici ?

— Mais ici, ce n'est pas *Paris.* J'adorerais aller à Paris.

— Un jour, a répondu Floriano en se penchant pour l'embrasser sur ses cheveux d'un noir de jais, je te promets que je t'emmènerai. Allez… Tes grands-parents seront là d'une minute à l'autre. Tu as fait ta valise ? Maia, pendant que je débarrasse le petit déjeuner, ça vous ennuierait d'aller avec Valentina pour vérifier qu'elle a pris assez de vêtements pour deux semaines, et une brosse à dents ? Elle est parfois un peu… désinvolte quand elle prépare ses affaires.

— Oui, bien sûr.

Je suis descendue avec Valentina dans sa minuscule chambre. Tout était rose : murs, couette, jusqu'aux peluches alignées au pied du lit. J'ai souri en me rappelant que cette couleur était aussi ma préférée quand j'avais son âge. Valentina m'a fait signe de m'asseoir sur le lit et y a posé sa valise pour que j'en inspecte le contenu.

Dix minutes plus tard, j'ai entendu la sonnette et les pas de Floriano qui descendait de la terrasse.

— Les voilà. Tu es prête, Valentina ? a-t-il lancé dans le couloir.

Levant les yeux des dessins qu'elle était en train de me montrer, la petite fille a chuchoté :

— J'ai pas envie d'y aller.

Instinctivement, j'ai passé un bras autour de ses épaules.

— Tu vas bien t'amuser, j'en suis sûre. Je parie que tes grands-parents te gâtent beaucoup.

— Oui, mais Papai me manquera.

— C'est normal. Moi aussi, je détestais quand mon père partait. Et il s'absentait très souvent.

— Mais tu avais plein de sœurs pour jouer avec toi. Moi, je n'ai personne. Tu seras encore là quand je reviendrai, Maia ? a-t-elle demandé d'une voix plaintive tandis que je roulais sa valise jusqu'à la porte. Tu es beaucoup plus gentille que Petra.

— Je l'espère, *querida*, ai-je répondu en l'embrassant. Allez, va vite. Et ne sois pas triste, d'accord ?

— J'essaierai, a-t-elle encore soupiré. Papai t'aime vraiment beaucoup, tu sais, m'a-t-elle confié au moment d'ouvrir la porte de la chambre.

Ne voulant pas gêner les adieux du père et de la fille, ni embarrasser Floriano devant les parents de sa femme décédée, je suis retournée m'asseoir sur le lit de Valentina. Je pensais à sa vie avec son père, et j'admirais la manière dont ils avaient affronté leurs difficultés tous les deux. J'étais contente, en fait, parce que Valentina m'avait dit que son père m'aimait bien. Et je devais bien m'avouer que je l'appréciais énormément moi aussi.

Quelques minutes plus tard, Floriano a frappé à la porte et a passé la tête à l'intérieur de la pièce.

— Tout va bien, vous pouvez sortir. Je pensais vous présenter Giovane et Lívia, mais vous ne vous êtes pas montrée… Allez, je crois que vous avez besoin de vous amuser un peu. Prendre du bon temps, se divertir, vous vous rappelez ce que c'est ?

— Évidemment, ai-je répondu, sur la défensive.

— Maia, détendez-vous ! Je vous taquine. Même moi, qui ai une forte propension à me regarder le nombril, je sais que je ne dois pas me prendre trop au sérieux. Vous êtes seule depuis trop longtemps, c'est aussi simple que ça. Moi, au moins, j'ai ma fille qui me bouscule sans cesse et m'oblige à sortir de moi-même. Juste pour aujourd'hui, j'aimerais que vous mettiez vos chagrins de côté pour être *dans la vie*. D'accord ?

J'ai baissé la tête, gênée. Il avait raison. Depuis des années, je ne laissais personne m'approcher d'assez près pour rire avec moi de mes défauts.

— Je veux seulement vous montrer mon Rio *à moi*. Soyez tranquille, j'ai besoin de m'amuser aussi, tout autant que vous, a ajouté Floriano en ouvrant la porte de l'appartement et en s'effaçant galamment.

Au moment de sortir de l'immeuble, il m'a offert son bras. Puis il m'a entraînée dans les rues d'Ipanema, jusqu'à un café déjà très animé où des Brésiliens buvaient de la bière.

Après avoir salué le barman, qui manifestement le connaissait, il nous a commandé à chacun un *caipirinha*.

— Mais il n'est que onze heures du matin ! ai-je protesté, ahurie.

— Je sais. Aujourd'hui, c'est la fête. On se lâche ! Cul sec !

À peine nos verres vides, Floriano a payé et m'a délogée de mon tabouret.

Une fois dans la rue, il a hélé un taxi.

— Où allons-nous ?

— Je vous emmène faire la connaissance d'un ami, a-t-il répondu d'un air mystérieux. Il y a quelque chose que vous devriez voir avant de quitter Rio.

Le taxi est sorti de la ville. Vingt minutes plus tard, quand il nous a déposés, j'ai compris que nous nous trouvions à l'entrée d'une *favela*. Floriano a passé un bras autour de mes épaules et nous avons entrepris de grimper les marches qui menaient aux habitations. J'entendais déjà le roulement lointain des surdos.

Nous nous sommes bientôt enfoncés dans des ruelles si étroites qu'en écartant les bras je pouvais toucher les murs de brique de chaque côté. Il faisait sombre, brusquement, et j'ai compris pourquoi en levant les yeux : au-dessus d'un premier niveau de cahutes s'entassaient toutes sortes de constructions hétéroclites.

— Le prix de la lumière..., a expliqué Floriano en surprenant mon regard. Ici, les habitants du rez-de-chaussée louent leurs toits pour que d'autres familles puissent s'installer.

Nous avons poursuivi notre ascension dans l'air suffocant de ce labyrinthe. Alors que je me targuais d'ordinaire de bien résister à la chaleur, je transpirais abondamment et la tête a commencé à me tourner. Floriano s'en est aperçu aussitôt. Il a disparu dans une masure, où, l'ayant suivi, j'ai découvert une sorte de boutique dotée d'un sol en ciment, de quelques étagères offrant un maigre assortiment de boîtes de conserve, et d'un réfrigérateur dans un coin. Il a acheté une bouteille d'eau, que j'ai bue avec gratitude, et nous avons repris notre marche pour arriver finalement devant une porte d'un bleu éclatant. Quand Floriano a frappé, un homme au teint basané a ouvert immédiatement. Ils se sont salués avec force accolades et claques dans le dos, puis nous sommes entrés. Je me suis étonnée de voir un ordinateur qui clignotait dans un coin de l'étroite pièce, ainsi qu'un grand écran de télévision. L'endroit était pauvrement meublé, mais d'une propreté impeccable.

— Maia, je vous présente Ramon. Il habite dans la *favela* depuis qu'il est né, mais maintenant il travaille pour le gouvernement en tant que... pacificateur.

L'homme a montré ses dents blanches en riant, la tête rejetée en arrière.

— Mon ami, tu es assurément un romancier, a-t-il dit d'une belle voix grave, puis il m'a tendu la main. Senhorita, c'est un plaisir de faire votre connaissance.

Durant les deux heures qui ont suivi, nous nous sommes promenés tous les trois et j'ai appris une foule des choses sur la vie des *favelas*. À mi-chemin, nous avons mangé et bu une bière dans un café qu'un habitant entreprenant avait aménagé dans sa minuscule cahute.

— Bien sûr, la pauvreté et la criminalité sont toujours très présentes dans les *favelas* de Rio, a expliqué Ramon. Il y a des endroits où même moi je n'oserais pas m'aventurer, surtout la nuit. Mais je veux croire que la situation s'améliore, même si les progrès sont lents, hélas. Tout le monde a accès à l'éducation maintenant, et j'espère que mes petits-enfants connaîtront une enfance meilleure que la mienne.

— Comment vous êtes-vous rencontrés tous les deux ? ai-je demandé, assise dans la chaleur étouffante.

— À l'université, a expliqué Floriano. Ramon avait obtenu une bourse et il étudiait les sciences sociales, mais il fréquentait aussi les cours d'Histoire. De nous deux, c'était le plus intelligent. Je ne cesse de lui répéter qu'il devrait écrire l'histoire de sa vie.

— Tu sais aussi bien que moi que personne ne publierait ça ici, au Brésil, a répondu Ramon, soudain grave. Mais je m'y mettrai peut-être un jour, quand je serai vieux et que le contexte politique aura changé. Bon, maintenant, je vais vous emmener voir mon projet favori.

Pendant que nous suivions Ramon dans le dédale des ruelles, Floriano m'a raconté à voix basse que la mère de Ramon avait été obligée de se prostituer, contrainte par son père, un baron de la drogue plus tard emprisonné pour double meurtre.

— Ramon a élevé ses six petits frères et sœurs quand sa mère est morte d'une overdose d'héroïne. C'est un homme extraordinaire. De ceux qui vous donnent confiance en la nature humaine. Il se bat pour que soit mis en place un système de santé ici, des structures d'accueil pour les enfants… Il a consacré sa vie aux *favelas*.

Floriano m'a pris le bras au sommet d'un escalier en pierres inégales. J'entendais les tambours, de plus en plus fort, marteler un rythme qui battait aussi dans mes veines. À mesure que nous descendions, les gens saluaient Ramon avec respect et affection sur le pas de leur porte, et lorsque nous sommes arrivés en bas et qu'il nous a conduits à une porte en bois aménagée entre de hauts murs, je me sentais moi aussi pleine d'admiration pour cet homme qui, dans des circonstances très difficiles, avait été capable de prendre sa vie en main en se vouant tout entier au bien d'autrui.

Nous avons pénétré dans une cour où une vingtaine d'enfants – certains plus jeunes même que Valentina – dansaient au son des tambours. Discrètement, Ramon nous a entraînés à l'ombre du bâtiment.

— Ils se préparent pour le Carnaval, a-t-il chuchoté. Savez-vous que c'est dans les *favelas* que tout a commencé ?

Il a approché une vieille chaise en plastique pour que je puisse m'asseoir. Les petits corps des enfants semblaient se mouvoir instinctivement au rythme des tambours et j'ai observé leurs visages transportés, leurs yeux pour la plupart fermés, tandis qu'ils s'abandonnaient à la musique.

— Ils apprennent une danse qu'on appelle *samba no pé.* C'est ce qui m'a sauvé quand j'étais enfant, m'a confié Ramon à l'oreille. Ils dansent pour leur vie.

Plus tard, j'ai regretté de ne pas avoir pris de photos, mais peut-être n'aurais-je pas réussi à saisir les expressions extatiques sur ces visages d'enfants. Je savais en tout cas que le spectacle dont j'avais été témoin resterait à jamais gravé dans ma mémoire.

Au bout d'un moment, Ramon a indiqué qu'il était temps de partir. Je me suis levée à contrecœur, et, après avoir salué les enfants d'un geste, nous avons repassé la porte en bois.

— Ça va ? m'a demandé Floriano, posant à nouveau une main protectrice sur mon épaule.

Je pouvais à peine parler, tant ma voix tremblait d'émotion.

— Oui. Je n'ai jamais rien vu d'aussi beau.

* * *

En quittant la *favela*, nous avons pris un taxi pour retourner en ville. J'avais le cœur encore rempli des images de ces enfants qui dansaient avec tant de joie et d'abandon.

— Vous avez aimé la samba, Maia ? m'a demandé Floriano.

— J'ai adoré.

— Tant mieux, parce que c'est dans une boîte de samba que nous allons ce soir.

Je l'ai regardé d'un air horrifié.

— Floriano, je ne sais pas danser !

— Bien sûr que si, Maia. Tout le monde est capable de danser, surtout les *cariocas*. Vous avez ça dans le sang. Mais d'abord… On va vous trouver une tenue convenable. Ah oui, et des chaussures de samba.

Il a fait arrêter le taxi sur la place du marché d'Ipanema. Je l'ai suivi comme un agneau tandis qu'il déambulait entre des portants chargés de vêtements et me proposait plusieurs articles.

— Je crois que la couleur pêche irait particulièrement à votre teint, a-t-il déclaré en me tendant une robe moulante en soie légère.

J'ai froncé les sourcils. C'était exactement le genre de tissu et de coupe que je n'aurai jamais choisi moi-même, bien trop près du corps…

— Allez, Maia. Vous m'avez promis de vivre un peu aujourd'hui ! Pour commencer, cessez de vous habiller comme ma mère ! a-t-il dit, taquin.

— Merci, ai-je répondu d'une voix maussade, pendant qu'il insistait pour payer la robe au vendeur.

— Bon… Les chaussures maintenant.

À nouveau, il m'a tirée par la main, et nous sommes bientôt arrivés devant une minuscule boutique qui ressemblait à l'échoppe d'un cordonnier.

Dix minutes plus tard, j'en ressortais équipée de sandales à talons qu'une lanière maintenait autour de la cheville.

Floriano, qui avait refusé une fois de plus de me laisser payer, m'a entraînée jusqu'à l'étal d'un vendeur de glaces aux innombrables parfums.

— Qu'est-ce que vous prenez ? Ce sont les meilleures de tout Rio, vous pouvez me croire.

— Comme vous.

Nous avons savouré les glaces, délicieuses en effet, tout en gagnant lentement le bord de mer où nous nous sommes assis sur un banc.

— Bon, a déclaré ensuite Floriano, il est plus de six heures. Je pense que vous devriez rentrer à l'hôtel et vous préparer pour votre grand bal de ce soir. Quant à moi, je dois écrire quelques mails et faire ma valise. Je viendrai vous chercher à huit heures et demie.

— D'accord, et merci pour cette formidable journée.

Floriano s'éloignait déjà, et je m'apprêtais à traverser la rue pour regagner mon hôtel quand il m'a lancé en riant :

— Ce n'est pas fini, Maia !

À la réception, l'employé à qui je demandais ma clé m'a accueilli avec un visage inquiet.

— Senhorita d'Aplièse, nous nous sommes fait du souci. Vous n'êtes pas rentrée hier soir.

— Non, j'ai dormi chez un ami.

— Ah bon… Il y a eu un appel pour vous. Comme le standard n'arrivait pas à vous joindre, la correspondante a dicté un message. Elle a dit que c'était urgent.

Le réceptionniste m'a tendu une enveloppe et a ajouté :

— Pourriez-vous nous prévenir, si possible, la prochaine fois que vous décidez de ne pas passer la nuit à l'hôtel ? Rio est une ville dangereuse pour les étrangers, voyez-vous. Nous étions sur le point d'alerter la *polícia.*

— Oui, bien sûr.

En me dirigeant vers l'ascenseur, j'ai songé que Rio était peut-être un endroit dangereux pour les étrangers, mais moi, qui y étais née, je m'y sentais parfaitement en sécurité.

Dans ma chambre, j'ai déchiré l'enveloppe en me demandant qui pouvait bien me laisser un message urgent et j'ai lu le texte dactylographié.

Chère senhorita Maia,

La senhora Beatriz accepte de vous voir. Elle est chaque jour de plus en plus faible et vous devez venir le plus vite possible. Demain matin à dix heures serait le mieux.

Yara Canterino

Grâce aux heures précieuses que je vivais aujourd'hui, j'avais complètement oublié mon passé inconnu, *et aussi* mon avenir incertain. En entrant sous la douche, j'ai décidé que non, je ne voulais pas y penser maintenant. Je m'inquiéterais plus tard de ce que demain me réservait. Mais pas ce soir.

J'ai enfilé la robe que Floriano m'avait achetée, convaincue qu'elle m'irait atrocement mal, mais après avoir attaché les sandales, quand je me suis tenue devant le miroir, j'ai été soufflée de découvrir le résultat. Le corsage croisé mettait en valeur ma poitrine ronde et ma taille mince, et la jupe en soie, épousant mes hanches, s'évasait autour de mes jambes que les talons faisaient paraître plus longues encore.

Le soleil de Rio avait donné un léger hâle à ma peau et, tout en me séchant les cheveux et en les relevant en chignon, puis en appliquant un trait d'eye-liner, du mascara et un rouge à lèvres d'un rouge profond, je me suis mise à rire à l'idée que mes sœurs ne me reconnaîtraient pas. Les taquineries de Floriano à propos de mon style vestimentaire m'avaient un peu froissée, mais je devais admettre qu'elles touchaient juste. Tout ce que je portais était neutre, banal, destiné à me permettre de me fondre dans la foule. Ici, à Rio, les femmes célébraient la sensualité de leur corps, alors que j'avais passé des années à cacher la mienne.

Voyant qu'il me restait encore une demi-heure avant de retrouver Floriano, j'ai envoyé une salve de mails à mes sœurs en leur racontant que j'allais beaucoup mieux et que je prenais plaisir à ce voyage. J'ai sorti une bouteille de vin du minibar, et tout en sirotant mon verre, je me suis étonnée de voir que ce que je leur écrivais était sincère. J'avais l'impression qu'un poids énorme avait été ôté de mes épaules, et ce soir, je me sentais légère comme l'air. La raison tenait peut-être tout simplement aux aveux que j'avais faits à Floriano, mais une voix intérieure me chuchotait que ce n'était pas tout.

C'était lui, aussi.

Son énergie, son optimisme, la simplicité avec laquelle il abordait le monde, sans parler de la belle relation qu'il avait réussi à instaurer avec sa fille, tout cela m'apportait une leçon de vie dont j'avais bien besoin. Par comparaison, ma propre vie me paraissait grise et terne, et j'avais conscience que Floriano – même si certains de ses commentaires m'avaient blessée –, m'aidait à comprendre que je me contentais de *survivre*, plutôt que de vivre.

À eux deux, cette ville et cet homme avaient percé la coquille invisible derrière laquelle je me dissimulais. J'ai lâché un petit rire en me voyant ainsi, tel un poussin en train d'éclore.

Et *oui*, je reconnaissais que j'étais probablement un peu amoureuse de lui.

En me dirigeant vers l'ascenseur, j'ai décidé que, même si je ne devais jamais le revoir, Floriano m'avait rendue à la vie et que ce soir, j'allais célébrer ma renaissance sans craindre le lendemain.

* * *

— Ça alors ! Vous êtes sublime !

Floriano m'a regardée sans cacher son admiration.

Au lieu de rougir et de repousser son compliment, je lui ai souri avec chaleur.

— Merci pour la robe. Vous aviez raison, elle me va bien.

— Maia, vous êtes absolument ravissante. Et croyez-moi, je n'ai fait que révéler au grand jour ce que vous paraissiez déterminée à maintenir dans l'ombre. Prête ? a-t-il dit en m'offrant son bras pour sortir de l'hôtel.

— Oui.

Nous avons pris un taxi et Floriano a demandé au chauffeur de nous emmener à Lapa, un vieux quartier de la ville autrefois fréquenté par les artistes.

— Il n'est pas recommandé de s'y promener seule, notez bien, a-t-il précisé quand nous sommes descendus de voiture et avons emprunté une rue pavée bordée de bâtiments vétustes en briques. Mais ce soir, je suis là pour vous protéger.

Je me raccrochais à lui, hésitante sur mes talons qui risquaient de me trahir sur le sol inégal. Partout, les gens mangeaient et buvaient aux tables que les cafés dressaient sur les trottoirs, mais nous avons quitté la rue principale pour nous enfoncer au cœur du quartier.

Enfin, Floriano s'est arrêté devant un escalier conduisant à un sous-sol.

— C'est le plus vieux club de samba de Rio. Ici, il n'y a pas de touristes ; seulement des vrais *cariocas* qui veulent danser la meilleure samba de la ville.

Une serveuse lui a souri, l'a embrassé sur les deux joues, puis nous a conduits à une table dans le coin de la salle. Tandis qu'elle nous tendait les menus, il a commandé deux bières en annonçant que le vin était imbuvable.

— S'il vous plaît, Floriano, laissez-moi vous inviter ce soir, ai-je dit en me tournant ensuite vers la piste où les musiciens s'installaient déjà avec leurs instruments.

Il a accepté gracieusement, et sur son conseil, nous avons commandé la spécialité de la maison, une sorte de ragoût aux haricots, puis nos bières sont arrivées et il a heurté sa bouteille contre la mienne.

— Maia, j'ai été ravi de ce temps passé avec vous. Et je suis sincèrement désolé de devoir partir à Paris demain.

— Moi aussi, je voudrais vous remercier. Vous avez été un soutien formidable pour moi, Floriano, vraiment.

— Alors, vous acceptez de traduire mon prochain livre ? a-t-il demandé malicieusement.

— Je serais vexée si vous preniez quelqu'un d'autre. Au fait, ai-je annoncé en m'efforçant de paraître désinvolte, Yara a laissé un message à mon hôtel. Apparemment, la senhora Beatriz souhaite me voir demain matin.

— Ah bon ? Et quel effet cela vous fait ?

— Vous m'avez dit de ne penser qu'à m'amuser aujourd'hui, lui ai-je rappelé avec un sourire espiègle. Donc je ne me suis pas posé la question.

— Très bien. Je regrette de ne pas pouvoir vous accompagner. Ou du moins, de vous servir de chauffeur. Ces derniers jours ont été un superbe voyage, et j'ai beaucoup aimé être votre passager. Vous me promettez que vous me raconterez ce qu'elle vous dira ?

— Oui, bien sûr. Je vous écrirai un mail.

Un silence tendu est tombé entre nous, que nous avons comblé en terminant le succulent contenu de nos assiettes. Floriano a commandé une autre bière, mais j'ai préféré me rabattre sur un verre du vin « imbuvable ». Bientôt, l'orchestre a entamé un air sensuel, et tandis que la musique des collines envahissait le club, deux couples se sont avancés sur la piste. Je les ai observés un moment, percevant dans leurs mouvements un reflet de la délicieuse tension qui s'était glissée entre mon compagnon et moi.

Bientôt, d'autres couples se sont ajoutés aux deux premiers.

— Alors, vous m'apprenez à danser la samba ? ai-je dit en tendant la main à Floriano, et sans plus parler, nous nous sommes levés pour gagner la piste.

Un bras passé autour de ma taille, son autre main enveloppant mes doigts, il m'a murmuré à l'oreille :

— Abandonnez-vous à la musique, Maia, c'est tout ce que vous avez à faire.

J'ai obéi, et le rythme peu à peu a pris possession de mes sens. Mes hanches se balançaient avec les siennes, nos pieds glissaient ensemble, les miens avec maladresse d'abord, mais bientôt, comme mue par un instinct, je me suis détendue et j'ai laissé mon corps suivre le sien tout naturellement.

Je ne sais pas combien de temps nous avons dansé ce soir-là. Sur la piste pleine à craquer, il me semblait que, tous ensemble, nous ne formions plus qu'un seul corps, des êtres humains célébrant simplement la joie d'être vivants. Pour la première fois de ma vie, je me moquais de ce que pouvaient penser les autres. Floriano me guidait, me faisait virevolter puis me rattrapait, me serrait contre lui, et je riais tout haut, happée par l'euphorie du moment.

Nous transpirions tous deux abondamment. Enfin, il m'a ramenée à notre table, et, attrapant la bouteille d'eau, m'a entraînée dehors pour respirer un peu d'air frais.

— *Meu Deus,* Maia ! Pour une débutante, je n'en reviens pas ! Vous êtes une vraie *carioca.*

— Ce soir, oui, c'est l'impression que j'ai. Grâce à vous.

— Si vous saviez comme vous êtes belle, là, en cet instant précis, a-t-il murmuré. Bien plus belle que votre arrière-grand-mère. Ce soir, il y a une lumière qui brûle en vous.

— C'est à vous que je la dois, Floriano.

— Maia, je n'ai rien fait. C'est *vous* qui avez décidé de revivre.

Brusquement, il m'a attirée dans ses bras et m'a embrassée. Et je lui ai rendu son baiser avec la même ardeur.

— Je vous en prie, a-t-il chuchoté quand nous avons repris notre souffle. Venez chez moi ce soir.

* * *

À peine avions-nous franchi la porte de son appartement qu'il a relevé ma robe avec fougue dans l'étroit couloir. La musique des collines résonnait toujours à mes oreilles. Puis nous avons refait l'amour dans son lit, plus lentement, mais avec autant de passion.

Un peu plus tard, appuyé sur un coude, il m'a contemplée de son regard attentif et pénétrant.

— Comme tu as changé, a-t-il dit. Quand je t'ai rencontrée, j'ai bien vu que tu étais très belle, comme n'importe quel homme le remarquerait, mais tu étais tellement fermée, tellement tendue. Tandis que maintenant… Tu es… délicieuse. Et moi qui depuis des mois ne rêve que d'aller à Paris, ce soir, je n'ai qu'une envie : rester ici, avec toi. Maia, je t'adore.

Il a roulé brusquement à plat ventre sur moi, plantant ses yeux dans les miens.

— Viens à Paris avec moi.

— Floriano, nous sommes ensemble, maintenant, ai-je murmuré. C'est toi qui m'as appris à vivre le moment présent. En plus, tu sais bien que je ne peux pas.

— Non, pas demain, mais s'il te plaît, quand tu auras parlé à la senhora Carvalho, saute dans un avion et rejoins-moi. Quelques jours à Paris tous les deux, ce serait formidable…

Je n'ai pas répondu. Je ne voulais pas penser au lendemain. Un peu plus tard, il s'est endormi contre moi et je l'ai regardé à la lumière du clair de lune qui entrait par la fenêtre. J'ai effleuré sa joue du bout des doigts, doucement.

— Merci, ai-je murmuré. Merci.

48

Curieusement, alors que je n'avais pas dormi dans un lit avec quelqu'un depuis plus de quatorze ans, j'ai sombré dans un profond sommeil dont je ne suis sortie qu'au matin, en sentant une main qui me pressait gentiment l'épaule. Floriano, déjà habillé, me regardait.

— Je t'ai apporté du café, a-t-il dit en montrant la tasse posée sur la table de chevet à côté de moi.

— Merci, ai-je répondu, encore tout ensommeillée. Quelle heure est-il ?

— Huit heures et demie. Maia, il faut que je parte pour l'aéroport. Mon avion décolle dans trois heures.

Je me suis levée brusquement.

— Et moi je dois rentrer me changer à l'hôtel ! J'ai rendez-vous au couvent à dix heures.

Floriano m'a arrêtée en me prenant par le bras.

— Écoute… Je ne sais pas ce que tu as prévu de faire une fois que tu auras vu Beatriz, mais je te répète ce que je t'ai dit hier soir. Rejoins-moi à Paris, *querida.* J'aimerais tant que tu sois avec moi. Tu me promets que tu vas y réfléchir ?

— Oui.

Floriano a eu un sourire amusé.

— Je ne peux pas m'empêcher d'établir un rapprochement entre notre conversation, aujourd'hui, et celle de Bel et Laurent. J'espère que notre histoire connaîtra une fin plus heureuse que la leur.

Il a écarté quelques mèches rebelles de mon front, puis s'est penché pour m'embrasser.

— À bientôt, et bonne chance ce matin. Il faut vraiment que j'y aille…

— Bon voyage.

— Merci. Tire juste la porte derrière toi quand tu partiras. Petra revient dans deux jours. Au revoir, *querida*.

Dès que j'ai entendu la porte de l'appartement se refermer, je me suis levée d'un bond et j'ai regagné mon hôtel en marchant d'un pas pressé dans les rues d'Ipanema. J'ai demandé ma clé au réceptionniste, sans me soucier du regard qu'il posait sur ma robe froissée et mes cheveux en bataille, et j'ai réservé le taxi de Pietro pour vingt minutes plus tard.

Dans ma suite, j'ai pris une douche rapide, effaçant à regret l'odeur de Floriano sur mon corps, et, après avoir enfilé une tenue plus appropriée, je suis aussitôt redescendue à l'accueil. Pietro m'attendait dehors.

— Senhorita d'Aplièse, comment allez-vous ? Je ne vous ai pas vue depuis quelques jours. On monte au couvent, c'est ça ?

— Oui.

J'ai profité du trajet pour me préparer mentalement à ma rencontre avec Beatriz. Quand nous sommes arrivés, Yara m'attendait, l'air anxieux.

— Bonjour, senhorita Maia. Merci d'être venue.

— Merci à vous de m'avoir obtenu ce rendez-vous.

— Je n'y suis pour rien, en fait. La senhora Beatriz m'a demandé elle-même de vous contacter. Elle sait qu'elle n'a plus très longtemps à vivre. Vous êtes prête ?

J'ai acquiescé d'un hochement de tête, lisant le soutien dans les yeux de Yara. Celle-ci m'a alors entraînée au long de grands couloirs sombres jusqu'à l'unité de soins. J'ai reconnu l'odeur aseptisée, indéfinissable, que l'on respire dans tous les hôpitaux. La dernière fois que je l'avais sentie, c'était quand j'avais accouché de mon petit garçon.

Yara a poussé une porte et m'a fait signe d'approcher.

— Elle est très alerte ce matin. Elle a dit à l'infirmière qu'elle ne voulait pas prendre ses médicaments avant de vous parler pour garder l'esprit clair. Vous disposez d'une heure à peu près. Ensuite, la douleur sera trop insupportable.

Je suis entrée avec Yara dans une pièce lumineuse, d'où l'on avait une vue magnifique sur les montagnes et la mer au-dessous.

Beatriz, assise dans un fauteuil près de la fenêtre, m'a accueillie avec une amabilité surprenante.

— Bonjour, Maia. Merci d'être venue me voir. Je vous en prie, asseyez-vous.

Elle m'a désigné une chaise en face d'elle.

— Yara, tu peux nous laisser maintenant.

— Oui, senhora. Sonnez, si vous avez besoin de quoi que ce soit.

J'avais profité de ce court échange entre la maîtresse et sa domestique pour observer Beatriz. Après ce que Yara m'avait raconté, j'ai essayé de la voir sous un jour nouveau. Elle ne ressemblait pas du tout à Izabela, sa mère, mais tenait sans nul doute son teint pâle de son père. J'ai aussi remarqué, pour la première fois, ses yeux d'un vert encore très vif, immenses dans son visage émacié.

— Tout d'abord, Maia, je voudrais vous présenter mes excuses. Quand je vous ai vue entrer dans le jardin, j'ai eu un choc. Vous êtes l'image vivante de ma mère. Et, bien sûr, ce pendentif à votre cou… Comme Yara, je l'ai reconnu immédiatement. Il m'a été légué par ma mère, Izabela, et à mon tour je l'ai donné à ma fille le jour de son dix-huitième anniversaire.

Une ombre est passée dans les yeux de Beatriz – douleur ou émotion, je n'aurais su me prononcer.

— Pardonnez-moi, Maia, mais il m'a fallu un peu de temps pour réfléchir. Je ne savais pas comment réagir à votre arrivée soudaine, si proche de ma propre… sortie.

— Senhora Carvalho, je vous répète que je ne viens pas pour réclamer de l'argent ou un héritage…

Beatriz m'a fait taire en levant une main tremblante.

— Premièrement, je vous en prie, appelez-moi Beatriz. Je crois hélas qu'il est un peu tard pour « grand-mère », n'est-ce pas ? Deuxièmement, même si l'on pourrait vous soupçonner de choisir un moment opportun pour révéler votre existence, ce n'est pas ce qui m'a inquiétée. Il est aujourd'hui possible de recourir à la science pour prouver un lien génétique. De plus, votre visage l'atteste de manière criante. Non, a-t-elle soupiré, c'est autre chose qui m'a fait hésiter.

— Quoi donc ?

— Maia, tout enfant adopté ou orphelin d'un parent à un très jeune âge a tendance à placer son géniteur sur un piédestal. C'est ce que j'ai fait avec ma propre mère. Dans mon imagination, Izabela est devenue une madone, une femme parfaite. En réalité, je suis sûre qu'elle avait beaucoup de défauts, comme nous tous.

Elle a marqué une pause en me considérant d'un air songeur.

— Quand j'ai vu votre besoin désespéré de découvrir qui était votre mère et pourquoi elle vous avait confiée à l'adoption, j'ai su que je ne pourrais pas vous mentir, et que si je vous disais la vérité, je détruirais cette image que vous aviez construite.

— Je comprends. Mais, vous savez, jusqu'à la mort de mon père adoptif, je ne me suis presque jamais interrogée sur ma mère, ni sur mon père, biologiques. J'ai eu une enfance très heureuse. J'adorais mon père, et Marina, la femme qui nous a élevées mes sœurs et moi, était douce et aimante. Elle l'est toujours, ai-je précisé.

— Tant mieux, a dit Beatriz. Car, je crains de devoir l'avouer, l'histoire qui a conduit à votre adoption n'est pas très belle. C'est affreux pour une mère d'admettre qu'il lui a été difficile d'aimer son propre enfant, mais c'est hélas le sentiment que j'en suis venue à éprouver pour Cristina, votre mère. Pardonnez-moi, Maia, je ne voudrais surtout pas vous causer de peine. Mais vous êtes visiblement une femme intelligente, et ce serait mal de ma part de vous servir des platitudes et des mensonges. N'oubliez pas cependant que, tout comme les parents ne choisissent pas leurs enfants, les enfants non plus ne choisissent pas leurs parents.

Comprenant ce que Beatriz essayait de me dire, j'ai eu un moment d'hésitation. Après tout, peut-être était-ce préférable de ne pas savoir ? Mais j'avais déjà fait tout ce chemin, et peut-être aussi que Beatriz serait soulagée de raconter son histoire. J'ai inspiré profondément.

— Parlez-moi de Cristina, ai-je dit doucement.

— Très bien. Yara vous a déjà raconté ma vie, donc vous savez que mon mari – votre grand-père – et moi étions très heureux ensemble. Et notre plus grand bonheur fut d'apprendre que j'étais enceinte. Hélas, notre fils est mort quelques semaines après la naissance... Aussi vous comprendrez que lorsque j'ai enfin accouché de Cristina, plusieurs années après, elle m'était encore plus précieuse.

L'espace d'un instant, mes pensées sont allées vers mon fils perdu, mais j'ai réussi à calmer ma respiration.

— Compte tenu de ce que j'avais vécu durant ma propre enfance, a continué Beatriz, j'étais déterminée à donner à mon bébé tout l'amour dont un père et une mère sont capables. Mais je ne vous cacherai pas, Maia, que Cristina a été une enfant difficile dès le premier jour. Bébé, elle ne faisait pas ses nuits, et une fois qu'elle a commencé à marcher, elle entrait dans des colères effroyables, des crises qui pouvaient durer des heures. Plus tard, à l'école, elle s'attirait constamment des ennuis. Les professeurs nous écrivaient qu'elle harcelait tel ou tel enfant jusqu'aux larmes. C'est une chose terrible à admettre – la voix de Beatriz tremblait maintenant au souvenir d'épisodes manifestement douloureux –, mais Cristina semblait prendre plaisir à faire souffrir les gens, et elle n'éprouvait jamais aucun remords.

La vieille dame a levé vers moi des yeux assombris par le chagrin.

— Maia, je vous en prie, dites-moi si vous souhaitez que je m'arrête.

— Non, continuez, ai-je murmuré, un peu sonnée.

— Bien sûr, l'adolescence a été un désastre. Son père et moi étions désespérés devant son manque total de respect envers toute autorité, que ce soit celle de ses parents ou celle de quelqu'un d'autre. Le plus tragique dans tout cela, c'est qu'elle était extrêmement intelligente, comme ses professeurs n'ont eu de cesse de nous le rappeler. Plus jeune, elle avait passé des tests de QI et obtenu un score bien au-dessus de la moyenne. J'ai lu récemment des articles sur le syndrome d'Asperger... Vous en avez entendu parler ?

— Oui.

— Il semblerait que les personnes souffrant de ce trouble sont douées d'une intelligence supérieure, et qu'elles montrent peu de sensibilité ou d'empathie envers les autres. C'est ainsi que je décrirais votre mère. Même si Loen, la mère de Yara, m'a toujours dit que Cristina lui rappelait ma grand-mère, Luiza, dont je me souviens à peine. Elle est morte quand j'avais deux ans, en même temps que ma mère.

— Oui, Yara me l'a raconté.

— Qu'il s'agisse d'un trait génétique, ou de ce qu'on appelle aujourd'hui un syndrome – ou peut-être un mélange des deux –, nous n'arrivions à rien avec Cristina. Et aucun des nombreux spécialistes que nous avons consultés n'a pu offrir de solution. À seize ans, elle s'est mise à sortir la nuit et à fréquenter des individus louches qu'elle rencontrait dans des bars. Vous pouvez imaginer combien c'était dangereux à Rio – surtout il y a trente-cinq ans. Plus d'une fois, elle a été ramenée à la maison par la *polícia*, ivre et dans un état pitoyable. La justice a menacé de la condamner pour consommation d'alcool interdite aux mineurs, et elle s'est un peu calmée pendant un moment. Mais nous avons découvert ensuite qu'elle n'allait plus au lycée. Elle traînait toute la journée avec ses amis dans les *favelas*.

Beatriz s'est tue et a laissé errer son regard par la fenêtre un moment, contemplant les montagnes au loin, avant de poursuivre son récit.

— Finalement, l'établissement a été obligé de la renvoyer. Son père et moi avons engagé un précepteur afin qu'elle puisse passer ses examens. Nous devions la surveiller vingt-quatre heures sur vingt-quatre, parfois même l'enfermer dans sa chambre pour la nuit, mais elle entrait alors dans des rages terrifiantes, et de toute façon, elle trouvait toujours un moyen de s'échapper. Elle était impossible à contrôler… S'il vous plaît, pourriez-vous me passer l'eau sur ma table de chevet ? J'ai la bouche sèche à force de tant parler.

Je me suis levée pour aller chercher le gobelet et la paille près de son lit. Ses mains tremblaient tellement que j'ai dû l'aider et maintenir la paille dans sa bouche pendant qu'elle buvait.

— Merci, a-t-elle murmuré en levant vers moi ses yeux verts pleins de détresse. Vous êtes sûre que vous voulez en entendre davantage, Maia ?

J'ai acquiescé et elle a repris :

— Un jour, j'ai découvert que les émeraudes de ma mère – le collier et les boucles d'oreilles que ses parents lui avaient offerts pour son dix-huitième anniversaire et qui valaient une fortune – ne se trouvaient plus dans ma boîte à bijoux. Comme il ne manquait rien d'autre, il était peu probable qu'un cambrioleur se soit introduit dans la *Casa*. À l'époque, Cristina passait tout son temps à la *favela* – son père et moi en avions déduit qu'elle avait une relation avec un homme – et j'ai commencé à remarquer qu'elle avait le regard vague et les pupilles dilatées. Un de mes amis médecin dont j'ai pris le conseil a soupçonné qu'elle se droguait... Bien sûr, cela expliquait la disparition des émeraudes. Nous avons pensé qu'elle les avait vendues pour se payer sa consommation. Son père et moi étions alors au bord du divorce. Evandro n'en pouvait plus, il fallait trouver une issue. Cristina venait d'avoir dix-huit ans... Je revois encore sa moue déçue quand je lui ai offert la pierre de lune de ma mère, parce que c'était un bijou sans grande valeur... C'est peut-être ce qui m'a fait le plus souffrir. La pierre de lune était ce que j'avais de plus précieux, parce que je savais que mon père l'avait donnée à ma mère, puis gardée pour moi après sa mort. À mon tour, je la transmettais à ma fille, et elle ne pensait qu'à la monnayer contre une dose de drogue. Excusez-moi..., a chuchoté Beatriz en s'arrêtant, les yeux pleins de larmes.

— Je vous en prie, Beatriz, ne vous excusez pas. Je comprends combien ce doit être douloureux pour vous de me raconter cette histoire. Mais, vous savez, pour moi, c'est une étrangère. Quoi qu'elle ait fait, en bien ou en mal, je n'éprouve aucun amour pour elle, parce que je ne l'ai jamais connue.

— Mon mari et moi avons finalement décidé de poser un ultimatum à Cristina. Si elle ne cessait pas de se droguer et de nous voler, nous serions obligés de la mettre dehors. En même temps, nous lui proposions toute l'aide et le soutien qui lui étaient nécessaires. Il fallait seulement qu'elle accepte de se soigner. Mais elle était devenue dépendante et elle menait sa vie ailleurs, avec ses amis de la *favela*. Alors nous lui avons demandé de partir.

— Cela a dû être une épreuve terrible pour vous, ai-je soufflé en lui prenant les mains spontanément pour exprimer ma compassion.

Beatriz a lâché un profond soupir.

— Oui… Nous lui avons répété que si elle voulait revenir et se désintoxiquer, nous l'accueillerions toujours les bras ouverts. Je me souviens quand elle est descendue avec sa valise. J'étais debout à la porte… Elle est sortie sans me regarder, puis elle s'est retournée, à peine une seconde. La haine que j'ai lue dans ses yeux me hante encore aujourd'hui. Et depuis ce jour-là… Je n'ai plus jamais revu ma fille.

Beatriz pleurait maintenant. Nous sommes restées silencieuses un moment, perdues dans nos pensées. J'avais beau assurer à Beatriz que son récit ne me causait aucune souffrance, je ne pouvais pourtant pas rester indifférente. Quelque part dans mes veines coulait le sang de Cristina. Portais-je aussi en moi ce qui avait tant fait souffrir ?

— Maia, je sais à quoi vous pensez, a déclaré soudain Beatriz en s'essuyant les yeux pour me regarder. Mais d'après ce que je vois de vous et ce que Yara m'a raconté, il n'y a rien dans votre personne qui me rappelle votre mère. On dit que les traits génétiques sautent des générations, et vous êtes vraiment l'image vivante de ma mère, Izabela. Si j'en crois ce que tout le monde m'a dit d'elle, il semble que vous ayez aussi hérité de son caractère.

Je savais que Beatriz essayait de me rassurer. De fait, depuis que j'avais constaté ma ressemblance physique avec mon arrière-grand-mère et découvert son histoire, j'éprouvais une empathie naturelle envers elle. Mais cela ne changeait rien à ce qu'avait été ma mère biologique.

— Si vous n'avez jamais revu Cristina, comment savez-vous qu'elle m'a eue ? ai-je demandé, espérant malgré moi une erreur, de sorte que, finalement, je ne serais pas du tout apparentée à cette famille.

— Je ne l'aurais jamais su sans une amie à moi qui travaillait comme bénévole dans l'un des nombreux orphelinats de Rio à l'époque. La plupart des bébés venaient des *favelas*, et mon amie se trouvait là par hasard quand Cristina vous a déposée. Elle n'a pas donné son nom, elle a juste confié l'enfant et est repartie. Mon amie ne l'a pas reconnue sur le coup – apparemment, elle était très maigre et avait perdu des dents. Mais ensuite, quand elle m'a contactée et a décrit le pendentif avec la pierre de lune que vous portiez autour du cou, je suis immédiatement allée à l'orphelinat avec Evandro pour vous réclamer et vous ramener à la maison. Votre grand-père et moi, nous vous aurions élevée comme notre propre enfant. Hélas, quand nous nous sommes présentés, vous aviez déjà disparu. Mon amie était très étonnée, parce que beaucoup de nouveau-nés restaient un certain temps avant d'être adoptés – pour ceux qui avaient cette chance. C'est sans doute parce que vous étiez un très joli nourrisson, a dit Beatriz en me souriant.

J'ai hésité, mais je savais néanmoins que je devais poser la question qui me brûlait les lèvres.

— Votre amie a donc vu mon père adoptif ?

— Oui, a répondu Beatriz, avec la femme qui l'accompagnait. Elle m'a assuré qu'ils avaient l'air très gentils. Bien sûr, Evandro et moi nous l'avons supplié de nous dire où vous aviez été emmenée, mais elle ne détenait pas cette information.

— Je vois.

— En revanche, elle a pu nous fournir une chose, Maia. Vous trouverez une enveloppe, dans ce tiroir, là. L'orphelinat prenait une photo de chaque bébé à son arrivée, pour garder une trace dans les archives. Comme vous étiez partie et que le dossier était clos, mon amie a demandé à la directrice l'autorisation de me la donner, en souvenir. Regardez…

Ouvrant le tiroir qu'elle m'indiquait, j'ai sorti de l'enveloppe une vieille photo en noir et blanc d'un bébé avec des cheveux noirs et d'immenses yeux étonnés. J'avais vu une foule de photos de moi, minuscule dans les bras de Marina ou de Pa Salt, et je me suis instantanément reconnue.

— Alors, vous n'avez jamais su qui m'avait adoptée ? ai-je demandé à Beatriz.

— Non. Pourtant, ce n'est pas faute d'avoir essayé. Nous avons expliqué à la directrice que nous étions vos grands-parents et que nous comptions vous adopter et vous élever. Elle nous a demandé de le prouver. Hélas, c'était impossible, la mère biologique n'ayant pas laissé son identité. Même lorsque je lui ai montré une photo de moi avec la pierre de lune, elle a répondu que cela ne constituait pas une preuve aux yeux de la loi. Je l'ai suppliée de nous permettre au moins de contacter la famille d'adoption, mais elle a refusé catégoriquement, alléguant que ce n'était pas souhaitable et contraire à la politique de l'orphelinat.

— Merci d'avoir essayé, ai-je murmuré.

— Maia, vous devez me croire. Si votre père adoptif n'était pas arrivé si vite, nos vies à toutes les deux auraient été très différentes.

J'ai remis la photo dans l'enveloppe pour me donner une contenance. Puis je me suis levée avec l'intention de la ranger dans le tiroir.

— Non, gardez-la, je vous en prie. Je n'en ai plus besoin. J'ai ma vraie petite-fille devant moi maintenant, vivante, en chair et en os.

Voyant alors une grimace de douleur tordre le visage de Beatriz, j'ai compris que le temps pressait.

— Vous n'avez jamais su qui était mon père biologique ? ai-je demandé.

— Non.

— Et Cristina ? Vous savez ce qu'elle est devenue ?

— Hélas non, je vous le répète, je n'ai jamais eu aucune nouvelle. Je ne peux même pas vous dire si elle est encore en vie. Après vous avoir déposée à l'orphelinat, elle s'est tout simplement volatilisée. Comme beaucoup de gens à Rio à l'époque, a soupiré Beatriz. Si vous souhaitez faire des recherches, vous aurez peut-être plus de chance maintenant. Les autorités prêtent davantage leur concours dans le cas de disparitions, même anciennes… Mon instinct maternel, si telle chose existe vraiment, me dit que Cristina est morte. Ceux qui s'emploient à se détruire réussissent, en général. Mais j'ai toujours le cœur brisé quand je pense à elle.

— Oui, c'est normal, ai-je dit doucement, ne comprenant que trop bien ce qu'elle ressentait. Au moins, vous devriez trouver un peu de consolation dans le fait qu'elle ait emporté la pierre de lune avec elle en quittant la *Casa*. Et qu'elle me l'ait ensuite transmise. Ce lien qui la rattachait à vous avait sûrement beaucoup d'importance pour elle, malgré tout ce qui s'était passé. C'était la preuve, inaltérable, qu'elle vous aimait.

Beatriz a hoché lentement la tête, un sourire épuisé sur ses lèvres sèches.

— Peut-être. À présent, chère Maia, puis-je vous demander de sonner pour appeler l'infirmière ? Il va me falloir avaler un de ces horribles cachets qui mettent mon cerveau hors service, mais sans lesquels la douleur est insoutenable.

— Bien sûr…

Pendant que j'appuyais sur la sonnette, Beatriz m'a tendu faiblement la main.

— Maia, je vous en prie, dites-moi que vous ne laisserez pas cette histoire gâcher votre vie à venir. Votre mère et votre père vous ont abandonnée, mais sachez que votre grand-père et moi-même n'avons jamais cessé de penser à vous et de vous aimer. Grâce à votre réapparition, je peux enfin mourir en paix.

Je me suis approchée d'elle et l'ai prise dans mes bras. Pour la première fois, j'éprouvais un contact physique avec un parent du même sang que moi. Et je regrettais qu'il ne nous reste pas plus de temps à passer ensemble.

— Merci d'avoir accepté de me voir. Je n'ai pas trouvé ma mère, mais je vous ai trouvée, vous. Et c'est suffisant, ai-je dit gentiment.

L'infirmière est entrée dans la chambre.

— Maia, serez-vous encore à Rio demain ? m'a soudain demandé Beatriz.

— Je peux rester, oui.

— Alors revenez me rendre visite. Je vous ai raconté la triste histoire, mais si vous n'êtes pas trop occupée, nous pourrions essayer de nous connaître un peu mieux. Vous n'imaginez pas combien cela m'a manqué.

Beatriz a ouvert la bouche docilement pour prendre le cachet que l'infirmière lui tendait.

— D'accord, à demain, même heure, ai-je répondu.

Elle a agité faiblement la main pour me dire au revoir, et je suis sortie de la chambre.

49

De retour à mon hôtel, je me suis roulée en boule sur le lit et j'ai aussitôt plongé dans le sommeil. À mon réveil, j'ai repensé à Beatriz et à ce qu'elle m'avait raconté. Je sondais prudemment mes émotions, et à ma grande surprise, j'y ai trouvé peu de souffrance.

J'ai songé aussi à mon saisissement de la veille devant les enfants de la *favela*, qui « dansaient pour leur vie », comme avait dit Ramon, et j'ai compris que j'avais peut-être ressenti un lien profond avec eux. J'étais presque sûre maintenant que, moi aussi, j'étais née dans une *favela*. Le geste de ma mère – quelles qu'aient été ses motivations à l'époque – m'avait sans nul doute sauvée d'un avenir terriblement incertain.

Je me suis demandé un instant si j'allais essayer de la chercher. Et j'ai décidé que non. D'après le récit de Beatriz, il était évident que je n'avais été qu'un accident purement biologique dans sa vie, une enfant non désirée. Mais le fil de mes pensées m'a inévitablement conduite au fait que, *moi aussi*, j'avais agi de manière identique avec mon propre enfant. Comment pouvais-je la juger durement, ou décréter qu'elle ne m'avait jamais aimée, alors que j'ignorais les circonstances exactes de son choix ?

L'idée s'est imposée à moi, comme jamais auparavant, qu'il me fallait absolument laisser quelque chose à mon fils afin de lui expliquer ma décision. Lui n'avait pas de pierre de lune ni de grands-parents qui auraient désespérément voulu l'adopter. Aucun indice pour lui permettre de retrouver ses origines. Comme l'avait souligné Floriano, il était fort possible que ses parents adoptifs ne lui aient pas raconté l'histoire de sa naissance. Mais dans le cas contraire, si jamais un jour il souhaitait savoir d'où il venait, je voulais qu'il ait une piste à suivre.

Comme celle que Pa Salt avait laissée pour chacune de ses six filles.

Je comprenais maintenant pourquoi les coordonnées géographiques de Pa Salt indiquaient la *Casa das Orquídeas*, plutôt qu'un orphelinat. Même si je n'étais pas née dans cette maison, peut-être savait-il que j'y rencontrerais Beatriz et qu'elle aussi m'avait cherchée.

Certaines questions m'assaillaient à nouveau. Pourquoi Pa Salt s'était-il trouvé à Rio au moment de ma naissance ? Et pourquoi, de tous les bébés qu'il était possible d'adopter, m'avait-il choisie, moi ? Beatriz n'avait pas non plus parlé d'un carreau de stéatite. Comment, alors, celui-ci était-il tombé entre les mains de Pa Salt ?

C'était là encore une énigme à laquelle je n'obtiendrais jamais de réponse. J'ai décidé que je devais cesser de demander « pourquoi », et simplement accepter la chance d'avoir eu ce père aimant, ce guide merveilleux qui avait toujours été à mes côtés quand j'avais besoin de lui. Et qu'il était temps pour moi d'apprendre à faire confiance à la bonté d'autrui. Ce qui, naturellement, m'a ramenée à Floriano.

Instinctivement, j'ai regardé le ciel par la fenêtre. Il survolait en ce moment l'océan Atlantique… Comme c'était étrange, ai-je pensé, après quatorze ans passés dans un vide affectif, de me retrouver soudain en proie à tant d'émotions. Mes sentiments pour Floriano avaient surgi d'un coup – comme le bouton d'une rose qui éclôt pendant la nuit et offre au matin la magie de ses couleurs –, avec une puissance qui me prenait complètement au dépourvu mais me semblait aussi totalement naturelle.

Il me manquait, non pas comme une passion passagère dont on se sent l'esclave, mais tout simplement parce qu'il faisait partie de moi-même, je devais le reconnaître. Et je savais qu'il éprouvait envers moi un attachement similaire. Loin de toute folie ou désespoir, je sentais que j'acceptais calmement cette graine qui avait commencé à grandir entre nous, et qui demandait à être nourrie pour ne pas se faner et mourir.

Je lui ai envoyé un mail en résumant aussi succinctement que possible ma conversation avec Beatriz et, au lieu d'hésiter, comme toujours à la fin de mes messages, j'ai écouté mon instinct et appuyé sur « envoi » sans même me relire. Puis je suis allée me baigner dans les vagues qui roulaient leur écume le long de la plage d'Ipanema.

* * *

Le lendemain matin, Yara m'attendait à nouveau dans le vestibule du couvent. Mais à la différence de la veille, elle m'a accueillie avec un sourire radieux et m'a pris spontanément les mains.

— Merci, senhorita.

— Pourquoi ? ai-je demandé.

— Parce que vous avez ramené la lumière dans les yeux de la senhora Beatriz. Même si elle n'en a plus pour très longtemps. Et vous, comment vous sentez-vous après ce qu'elle vous a raconté ?

— Pour être honnête, Yara, je ne m'attendais pas à ça, mais tout va bien.

— Elle ne méritait pas cet enfant-là, et vous non plus, vous ne méritiez pas une mère pareille… La senhorita Beatriz est couchée, mais elle tient absolument à vous voir.

Beatriz avait l'air terriblement frêle dans son lit, mais un sourire s'est épanoui sur son visage quand je me suis approchée. D'un geste, elle a demandé à Yara d'apporter une chaise près de son lit.

— Maia, venez vous asseoir. Comment allez-vous aujourd'hui ? Je me suis fait du souci pour vous cette nuit. Ce que je vous ai raconté a dû être un choc terrible.

— Je vais bien, Beatriz, ai-je répondu en lui tapotant doucement la main.

— Tant mieux. Je pense que vous êtes quelqu'un de fort, et je vous admire. À présent… Laissons tomber le passé. Je voudrais tout savoir de votre vie. Dites-moi, Maia, où habitez-vous ? Êtes-vous mariée ? Avez-vous des enfants ? Un métier ?

En une demi-heure, j'ai raconté une foule de choses à ma grand-mère. J'ai parlé de Pa Salt, de mes sœurs et notre belle maison sur les rives du lac de Genève. J'ai décrit mon métier de traductrice, et j'ai même été tentée, un moment, de lui avouer Zed, ma grossesse et l'adoption de mon bébé. Mais je me suis abstenue, comprenant que tout ce qu'elle voulait entendre, c'était que j'étais heureuse.

— Et votre avenir ? Parlez-moi de cet homme séduisant qui vous accompagnait à la *Casa.* Il est célèbre ici à Rio. Il m'a semblé qu'il était plus qu'un ami…

Elle m'a jeté un coup d'œil malicieux.

— Oui, je l'aime bien, ai-je reconnu.

— Qu'allez-vous faire maintenant, Maia ? Retourner à Genève ou rester à Rio avec votre bel ami ?

— En fait, il est parti à Paris hier matin…

— Ah, Paris ! J'ai vécu des années extraordinaires là-bas. Comme vous le savez, votre arrière-grand-mère y a séjourné quand elle était jeune. Vous avez vu la sculpture dans le jardin ? Mon père l'a fait venir de Paris pour la lui offrir en cadeau de mariage.

— Oui, je l'ai remarquée, ai-je répondu, me demandant où cette conversation nous mènerait.

— Quand j'étais à Paris, étudiante aux Beaux-Arts, le sculpteur qui en est l'auteur était un de mes professeurs. Je me suis présentée à lui un jour après le cours et je lui ai dit que j'étais la fille d'Izabela. J'étais étonnée qu'il se souvienne si bien d'elle. Et quand je lui ai appris qu'elle était morte, il a vraiment eu l'air affecté. Après cela, il m'a prise sous son aile, en tout cas il a semblé s'intéresser particulièrement à moi. Il m'a invitée dans sa belle maison à Montparnasse et m'a emmenée déjeuner à La Closerie des Lilas. Il m'a raconté qu'il y avait autrefois passé un moment délicieux avec ma mère. Il m'a même fait visiter l'atelier du professeur Paul Landowski où j'ai rencontré le grand homme en personne. Landowski était déjà vieux, il ne sculptait plus guère, mais il m'a montré des photos de la préparation des moules du *Cristo* dans l'atelier. Apparemment, ma mère était présente pendant que Landowski et le professeur Brouilly y travaillaient. Il a aussi sorti un moulage d'un placard et expliqué qu'il avait pensé utiliser les mains de ma mère comme prototype pour le *Cristo.*

Beatriz a souri, replongeant dans la douceur de ses souvenirs.

— Le professeur Brouilly était tellement généreux de son temps et de son affection avec moi, a-t-elle repris. Par la suite, nous avons correspondu pendant des années, jusqu'à sa mort, en 1965. Il y a parfois tellement de bonté, chez des gens qui nous sont des étrangers…, a conclu Beatriz d'un air pensif. Eh bien, Maia. Allez-vous marcher sur les traces de votre arrière-grand-mère et quitter Rio pour Paris ? C'est un voyage bien plus facile de nos jours. Ma mère et moi avons mis presque six semaines, alors que vous, demain à la même heure, vous pourriez être assise à La Closerie des Lilas devant un verre d'absinthe ! Maia ? Vous m'entendez ?

J'étais trop choquée pour parler, comprenant maintenant pourquoi Yara avait montré tant de résistance à évoquer le passé. Il était évident que cette femme ignorait tout du père à qui elle devait la vie.

— Oui, j'irai peut-être, ai-je dit en essayant de mc ressaisir.

— Bien. À présent, Maia, je dois aborder des sujets plus sérieux. Un *notário* vient me voir cet après-midi. J'ai l'intention de modifier mon testament et de vous léguer tout ce que je possède, à vous, ma petite-fille. Ce n'est pas grand-chose, hélas. Une maison en ruine dont la rénovation coûterait des milliers de *reais*… Vous n'avez pas cet argent, j'en suis certaine, alors peut-être voudrez-vous la vendre, et je veux que vous sachiez que cela ne me dérange aucunement. Mais je pose une seule condition : que vous laissiez Yara y habiter jusqu'à sa mort. Elle a terriblement peur de l'avenir et je tiens à ce qu'elle se sente en sécurité. La *Casa* est autant sa maison que la mienne. Une somme d'argent lui reviendra afin d'assurer sa subsistance, mais si cela ne suffisait pas, je compte sur vous pour veiller sur elle. C'est mon amie la plus proche, voyez-vous. Nous avons grandi comme des sœurs.

— Oui, bien sûr, je m'occuperai d'elle, ai-je dit en retenant mes larmes.

— Il y a quelques bijoux aussi, les miens et ceux que je tiens de votre arrière-grand-mère. Et la *fazenda* Santa Tereza, la maison d'enfance de ma mère. Je l'ai convertie en un lieu d'hébergement pour les femmes des *favelas.* Si vous pouviez poursuivre cette œuvre de charité, je serais très heureuse.

J'avais la gorge serrée.

— Oui, oui… Beatriz… Je ne mérite vraiment pas tout cela. Vous avez sûrement des amis, de la famille…

— Maia ! Comment pouvez-vous dire que vous ne le méritez pas ! s'est exclamée Beatriz avec fougue. Votre mère vous a abandonnée à la naissance, elle vous a privée de votre ascendance, laquelle, oserais-je ajouter, s'accompagne toujours d'un certain renom ici, à Rio. Vous êtes la continuation de la lignée des Aires Cabral, et même si l'argent ne rattrapera jamais la perte que vous avez subie, c'est le moins que je puisse faire. Rien d'autre que mon devoir.

— Merci, Beatriz.

Voyant qu'elle commençait à s'agiter, je ne voulais pas la perturber davantage. J'ai vu sur ses traits la douloureuse contraction que je savais maintenant interpréter.

— Dois-je appeler l'infirmière ?

— Bientôt, oui. Mais d'abord, Maia, sachez que je ne veux plus que vous reveniez me voir. Je sais ce qui m'attend et je ne souhaite pas que vous soyez témoin de mes derniers moments, surtout que vous êtes déjà en deuil de votre père adoptif. Yara sera auprès de moi, je n'ai besoin de personne d'autre.

— Mais Beatriz…

— Pas de *mais,* Maia. La douleur est devenue tellement atroce… Je vais demander de la morphine à l'infirmière cet après-midi. Et ensuite, la fin viendra vite… (Beatriz s'est forcée à sourire.) Je suis heureuse d'avoir eu la chance de vivre mes derniers instants de lucidité avec ma magnifique petite-fille. Oui, vous êtes vraiment *magnifique,* Maia. Je vous souhaite tout ce qu'il y a de meilleur. Mais, surtout, je souhaite que vous trouviez l'amour. C'est la seule chose qui rend la vie supportable. Je vous en prie, rappelez-vous cela. Maintenant, s'il vous plaît, vous pouvez appeler l'infirmière.

Quelques instants plus tard, j'ai serré Beatriz dans mes bras et nous nous sommes dit adieu définitivement. Ses paupières déjà se faisaient lourdes quand je suis sortie de la pièce. Elle a agité faiblement les doigts vers moi. Dans le couloir, je me suis assise sur le banc, j'ai pris ma tête entre mes mains et j'ai pleuré sans bruit. J'ai alors senti un bras autour de mes épaules et, levant les yeux, j'ai vu que Yara s'était assise près de moi.

— Elle n'a jamais su que Laurent Brouilly était son père, n'est-ce pas ?

— Non, senhorita Maia, jamais.

Yara et moi sommes restées là, côte à côte, accablées par ce tragique secret.

J'ai écrit mon adresse, mon numéro de téléphone et mon mail sur une feuille de papier que Yara m'a tendue, puis elle m'a raccompagnée jusqu'au taxi qui m'attendait dehors.

— Au revoir, senhorita. Je suis contente que tout ait été éclairci avec la senhora Beatriz avant qu'il ne soit trop tard.

— C'est grâce à vous, Yara. Beatriz a beaucoup de chance de vous avoir eue comme compagne.

— Et moi aussi.

— Promettez-moi de me prévenir quand… – je n'ai pu me résoudre à terminer ma phrase.

— Bien sûr. Partez maintenant, senhorita, et allez vivre votre vie. Comme vous l'avez peut-être appris en découvrant l'histoire de votre famille, chaque moment est précieux.

* * *

Prenant Yara au mot, j'ai regardé mes mails sans attendre dès mon retour à l'hôtel. Floriano m'avait répondu. Paris était fantastique, me disait-il, mais il avait besoin d'un interprète tant son français était mauvais.

J'ai aussi découvert quelque chose que tu dois absolument voir, Maia. Dis-moi quand tu arrives.

J'ai ri intérieurement en remarquant qu'il ne demandait pas *si* j'arrivais, mais *quand*. Aussitôt après, j'ai appelé la réception pour réserver une place sur le prochain vol Rio-Paris. L'employé m'a annoncé qu'il ne restait plus que des premières classes. J'ai eu un coup au cœur quand il m'a indiqué le prix, mais j'ai décidé de foncer. Et je sentais que Pa Salt, Beatriz et Bel m'applaudissaient.

J'ai ensuite quitté l'hôtel et me suis engagée dans les rues d'Ipanema, jusqu'à la place du marché où j'ai acheté plusieurs robes moulantes aux couleurs chatoyantes qui auraient horrifié l'ancienne Maia. Mais la nouvelle Maia, elle, se disait qu'elle était peut-être aimée par un homme, et elle avait envie de lui plaire.

Arrête de te cacher, me répétais-je. Je me suis aussi trouvée deux paires de chaussures à talons, un parfum et un nouveau rouge à lèvres.

Ce soir-là, je suis montée sur la terrasse de l'hôtel pour jeter un dernier regard au *Cristo* dans la lumière du soleil couchant. Tout en buvant un verre de vin blanc frais, je l'ai remercié, Lui et le Ciel, pour m'avoir rendue à moi-même.

Et quand je l'ai revu, tôt le lendemain matin, en quittant Rio dans la voiture de Pietro, j'ai eu l'étrange certitude que je serais bientôt de retour sous Sa protection, entre Ses bras qui veillaient sur moi depuis le sommet du Corcovado.

50

— Allô ? a dit une voix familière au bout du fil.

— Ma, c'est moi, Maia.

— Maia ! Comment vas-tu, chérie ? Je n'ai pas eu de nouvelles de toi depuis des siècles, a ajouté Marina avec un soupçon de reproche.

— Oui, je suis désolée, Ma. Ce n'était pas très gentil de ma part. J'ai été… très occupée, ai-je dit en me retenant de rire tandis qu'une main caressait mon ventre nu. Je voulais juste te prévenir que je serai à la maison demain vers l'heure du thé. Et… J'amène quelqu'un avec moi.

— Veux-tu loger ton amie dans la maison ou chez toi au Pavillon ?

— Mon ami dormira avec moi au Pavillon, ai-je répondu en souriant à Floriano.

— Parfait. Je vous prépare à dîner ?

— Non, surtout ne t'embête pas. Je t'appellerai demain pour te dire à quelle heure exactement envoyer Christian nous chercher.

— Très bien, ma chérie. À demain.

Après avoir posé le combiné sur la table de chevet, je me suis allongée de nouveau entre les bras de Floriano. Je me demandais ce qu'il penserait en voyant la maison où j'avais grandi.

— Ne sois pas choqué, d'accord ? Et ne t'imagine pas que j'ai été élevée comme une princesse. Nous menions une existence assez simple, dans ce décor grandiose.

— *Querida,* a-t-il dit en me serrant contre lui, j'ai hâte de tout découvrir de ta vie. Mais n'oublie pas que je sais d'où tu viens. Et maintenant… Pour notre dernier jour à Paris, je vais t'emmener voir quelque chose qui vaut vraiment le coup d'œil.

— On est vraiment obligés d'y aller ? ai-je demandé en m'étirant langoureusement contre lui.

— Oui, je crois que ce serait une bonne idée, a répondu Floriano. Mais pas tout de suite…

* * *

Deux heures plus tard, nous avons quitté l'hôtel et Floriano a hélé un taxi. Il a même réussi à donner l'adresse au chauffeur en français.

— Derrière les Champs-Élysées, c'est ça ? ai-je répété, pour m'assurer aussi que le chauffeur avait bien compris.

— Oui. Je vois que tu doutes des progrès foudroyants que j'ai accomplis dans ma nouvelle langue préférée.

— Non, pas du tout… Mais tu veux vraiment me montrer un jardin public ?

Il a posé un doigt sur mes lèvres.

— Chut… Aie confiance, Maia.

Nous sommes descendus devant la grille d'un petit square, avenue de Marigny. Floriano a réglé la course, puis m'a pris la main et m'a entraînée jusqu'au centre du jardin. Il y avait là une jolie fontaine, avec la statue en bronze d'une femme nue représentée dans une pose sensuelle. Je me suis tournée vers Floriano d'un air interrogateur.

— Regarde bien, Maia, et dis-moi qui c'est.

J'ai observé la statue et, soudain, la lumière s'est faite. Izabela, mon arrière-grand-mère, saisie dans un instant de pur plaisir, la tête rejetée en arrière et les mains offertes, paumes tournées vers le ciel…

— Cette sculpture a été réalisée par le professeur Laurent Brouilly, ton arrière-grand-père. C'est un hommage secret à son amour pour ton arrière-grand-mère. Et ses mains… Bien qu'elles soient plus petites ici, évidemment, je les ai comparées avec celles du *Cristo*, et je suis convaincue que ce sont les mêmes. Je te montrerai plus tard les photos qui le prouvent, mais pour moi, il n'y a aucun doute. Surtout que, d'après les lettres d'Izabela à Loen, c'est ici qu'elle a rencontré Laurent pour la dernière fois à Paris.

Je me suis demandé ce qu'Izabela aurait pensé en voyant qu'elle avait été une fois de plus immortalisée ; non pas comme la vierge innocente de la première sculpture, mais sous les traits d'une femme épanouie et sensuelle, l'œuvre d'un homme qui l'avait profondément aimée. Et d'un père qui, par les hasards de la fortune, avait pu aussi connaître et aimer la fille qu'ils avaient conçue ensemble.

Floriano a glissé un bras sur mes épaules et s'est penché vers moi pour me chuchoter à l'oreille :

— Un jour, *moi aussi* j'écrirai un livre magnifique pour te rendre hommage.

* * *

J'ai observé le visage de Floriano pendant que la vedette nous emmenait chez moi. J'avais été absente à peine trois semaines, mais il me semblait être partie depuis bien plus longtemps. Les voiles de minuscules bateaux sillonnaient le lac comme des ailes d'anges. Bien qu'il fût plus de six heures du soir, il faisait encore très chaud et le soleil brillait dans un ciel sans nuage. À la vue des arbres qui signalaient la maison, j'ai eu le sentiment d'avoir vécu toute une vie depuis que j'avais quitté Atlantis.

Après avoir amarré le bateau le long de la jetée, Christian nous a aidés à descendre. Il s'est interposé quand Floriano a voulu prendre nos bagages.

— Laissez, monsieur, je vous les apporterai tout à l'heure.

— *Meu Deus !* s'est exclamé Floriano tandis que nous remontions vers la maison. On dirait vraiment une princesse de retour dans son château !

J'ai présenté Floriano à Marina, qui s'est efforcée de dissimuler sa surprise en s'apercevant que mon amie était en réalité *un* ami. Puis je lui ai fait visiter la maison et les jardins, redécouvrant à travers ses yeux la beauté de l'endroit où je vivais.

Alors que le soleil commençait à descendre derrière les montagnes de l'autre côté du lac, je lui ai montré le jardin secret de

Pa Salt au bord de l'eau. Partout s'épanouissaient les couleurs de juillet, à l'apogée de leur splendeur. Nous nous sommes assis sous la tonnelle de roses qui sentaient délicieusement bon – là où j'avais si souvent trouvé mon père assis, plongé dans une contemplation silencieuse.

— Qu'est-ce que c'est, ça ?

— Une sphère armillaire. Je t'ai raconté comment mes sœurs et moi l'avons découverte après la mort de Pa Salt. Elle porte notre nom à chacune gravé sur un anneau avec des coordonnées géographiques. Ainsi qu'une inscription en grec.

Floriano s'est levé pour aller l'inspecter de plus près.

— Te voilà… Que dit ton inscription ?

— *Ne laisse jamais ta peur décider de ton destin*, ai-je répondu avec un petit sourire ironique.

— Je crois que ton père te connaissait bien… Et là ? Pourquoi n'y a-t-il rien sur cet anneau ?

— Pa nous a donné les noms des étoiles de la constellation des Sept Sœurs. Nous attendions la septième, mais elle n'est jamais arrivée… Elle ne viendra plus, maintenant, ai-je conclu tristement.

— C'est un très beau cadeau d'adieu qu'il a offert à ses filles. Ton père devait être un homme intéressant.

— Oui. Même si, à sa mort, j'ai réalisé que nous ne savions rien de lui. C'était une énigme… Je continue à me demander ce qu'il faisait au Brésil au moment de ma naissance. Et pourquoi il m'a choisie, *moi*.

— Tu pourrais poser d'autres questions dans le même genre : pourquoi une âme choisit tel ou tel corps, ou pourquoi c'est à toi qu'on a confié la traduction de mon livre, grâce auquel tout a commencé pour nous. La vie obéit au hasard, Maia. C'est une loterie.

— Peut-être… Est-ce que tu crois au destin ?

— Il y a un mois, j'aurais sûrement répondu que non. Mais je vais t'avouer un petit secret, a-t-il dit en me prenant la main. Juste avant que nous nous soyons rencontrés, c'était l'anniversaire de la mort de ma femme, et je me sentais très abattu. Moi aussi, comme toi, j'étais seul depuis trop longtemps. Je me rappelle que je regardais le *Cristo* couronné d'étoiles, debout sur la terrasse, et j'ai demandé à Andrea de m'envoyer quelqu'un qui me donnerait une raison de continuer. Le lendemain, mon éditeur m'a transmis ton mail en me suggérant de te prendre en charge pendant ton séjour à Rio. Alors, oui, Maia, je crois que tu m'as été *envoyée*. Et moi aussi, à toi.

Il m'a serré la main, puis a retrouvé sa légèreté, comme toujours après un moment de trop grand sérieux.

— Sauf que, maintenant que j'ai vu où tu habitais, je doute que tu reviennes de sitôt dans mon minuscule appartement.

Nous sommes partis vers le Pavillon, mais Marina, que j'avais pourtant priée ne pas se soucier de notre dîner, nous a interceptés en chemin.

— Claudia a préparé une bouillabaisse qui est encore chaude sur la gazinière, si vous avez faim.

— Avec plaisir, a répondu Floriano, enthousiaste. Merci, Marina. Vous nous accompagnez ?

— Non, merci, Floriano. J'ai déjà mangé.

Pendant que nous dégustions la délicieuse bouillabaisse dans la cuisine, nous avons soudain pris conscience que c'était notre dernier repas ensemble. Floriano, qui avait déjà prolongé son séjour en Europe, devait absolument rentrer. Et moi… eh bien, je ne savais pas.

Après le dîner, je l'ai emmené dans le bureau de Pa pour lui montrer une photo – la meilleure, selon moi – de mon père avec nous, ses six filles. Et j'ai nommé chacune de mes sœurs.

— Vous êtes toutes tellement différentes, a fait observer Floriano. Et ton père était beau aussi…

Au moment où il replaçait la photo sur l'étagère, son attention a été attirée par quelque chose qu'il a fixé intensément.

— Maia, tu as vu ça ?

Au milieu des divers trésors personnels de Pa Salt, il y avait une statuette miniature du *Cristo*.

— Oui, souvent. Ce n'est qu'une reproduction.

— Je n'en suis pas si sûr… Je peux la prendre ?

— Évidemment, ai-je répondu, ne comprenant pas pourquoi il s'intéressait tant à un objet que l'on vendait par milliers, pour une poignée de *reais*, dans les boutiques à touristes de Rio.

— Regarde la finesse de l'exécution, a-t-il dit en passant un doigt sur les plis de la robe du *Cristo.* Et là…

Un nom était gravé au bas de la statuette.

Landowski

— Maia, il ne s'agit pas d'une reproduction. Elle est signée par le sculpteur lui-même ! Tu te souviens que dans ses lettres à Loen, Bel parlait des versions miniatures que Heitor da Silva Costa avait commandées à Landowski, avant d'adopter la version définitive ? Tiens…

Il m'a tendu la statuette, dont le poids m'a surprise. En effleurant moi aussi les traits délicats du *Cristo*, j'ai su que Floriano avait raison : je tenais entre les mains l'œuvre d'un maître artisan.

— Mais comment Pa se la serait-il procurée ? Il l'a peut-être achetée à une vente aux enchères ? Ou alors c'est un cadeau offert par un de ses amis ? Ou bien… vraiment, je ne sais pas.

— Tout cela est possible. En tout cas, hormis celles que possède la famille Landowski, il n'existe aujourd'hui que deux autres statuettes répertoriées, et elles appartiennent à des parents de Heitor da Silva Costa. Il faudrait l'authentifier, bien sûr, mais quelle découverte !

Devant l'excitation de Floriano, j'ai deviné qu'il posait sur la statuette un regard d'historien, alors que moi, j'essayais simplement de comprendre comment elle avait pu arriver entre les mains de mon père.

— Excuse-moi, Maia, je m'emballe, a repris Floriano. Tu voudras la garder, bien évidemment. Pourrions-nous l'emporter au Pavillon, juste pour ce soir ? J'aimerais l'admirer encore un peu.

— Bien sûr, ai-je répondu. Tout ce qui se trouve dans cette maison appartient maintenant à mes sœurs et à moi, et je suis convaincue qu'elles n'y verraient aucun inconvénient.

— Viens, allons nous coucher, a-t-il murmuré en me caressant tendrement la joue.

* * *

J'ai à peine fermé l'œil cette nuit-là, rongée par la pensée que Floriano partait le lendemain. Même si je m'étais constamment exhortée à vivre notre relation au jour le jour, je sentais l'angoisse me gagner à mesure que le matin approchait. J'ai regardé Floriano qui dormait paisiblement à côté de moi. Dès qu'il aurait quitté Atlantis, ma vie redeviendrait exactement celle qu'elle avait été avant mon escapade à Rio.

Floriano et moi avions très peu parlé d'avenir, et certainement pas en termes concrets. Je savais qu'il éprouvait *vraiment* quelque chose pour moi, comme il me l'avait si souvent répété pendant qu'il me faisait l'amour. Mais, puisque nous habitions chacun d'un côté du monde, je devais accepter la possibilité que notre histoire ne soit bientôt plus qu'un agréable souvenir.

J'ai remercié le Ciel quand le réveil a sonné, mettant fin à cette nuit douloureuse, et j'ai foncé sous la douche pendant que Floriano s'attardait au lit. Je redoutais d'entendre une parole convenue dans sa bouche, un mot habilement tourné pour adoucir la réalité de notre séparation imminente. Après m'être habillée en toute hâte, je lui ai annoncé que j'allais préparer le petit déjeuner. Christian devait arriver avec la vedette vingt minutes plus tard… Puis, quand Floriano est apparu sur le seuil de la cuisine, je suis sortie précipitamment en prétextant quelque urgence dans la maison et lui ai donné rendez-vous à la jetée.

Il a essayé de me parler, mais je ne me suis pas arrêtée. Une fois à la maison, incapable d'affronter Marina ou Claudia, je me suis enfermée dans le cellier, souhaitant désespérément que le temps s'accélère pour que nos adieux soient déjà terminés. Enfin, quelques minutes avant l'heure prévue pour le départ de la vedette, je suis sortie sur la terrasse. Floriano était là, en compagnie de Marina.

— Où étais-tu passée, chérie ? Ton ami doit partir tout de suite, sinon il va rater son avion, s'est exclamée Marina en me lançant un regard perplexe, avant de se retourner vers Floriano. J'ai été ravie de faire votre connaissance, et j'espère que nous aurons bientôt le plaisir de vous revoir à Atlantis. Bon, je vous laisse vous dire au revoir.

À peine avait-elle tourné les talons que Floriano m'a interrogée.

— Maia ? Qu'y a-t-il ? Qu'est-ce qui ne va pas ?

— Rien, rien… Allez, Christian t'attend. Dépêchons-nous…

Il a ouvert la bouche pour parler, mais j'ai filé vers la jetée sans lui laisser d'autre choix que de me suivre. Christian lui a tendu la main pour l'aider à grimper dans la vedette et a démarré.

— *Adeus*, Maia, a dit Floriano, les yeux emplis de tristesse – et le bateau s'est écarté du quai et a accéléré. Je t'écrirai ! a-t-il lancé au moment où Christian mettait le cap sur Genève.

Il a crié autre chose, mais ses paroles se sont noyées dans le bruit du moteur de la vedette qui s'éloignait d'Atlantis. Et de moi.

J'ai remonté la pelouse, accablée et furieuse contre moi-même. Quelle adulte pitoyable étais-je donc, pour être à ce point incapable de gérer une séparation ? D'autant que je la savais inévitable depuis le début. Je rageais de m'apercevoir que le traumatisme de ma relation avec Zed – après tant d'années – contrôlait encore ma vie.

Marina m'attendait devant le Pavillon, bras croisés, sourcils froncés.

— Que s'est-il passé, Maia ? Vous vous êtes disputés ? Floriano a l'air tellement gentil… Tu lui as à peine dit au revoir, et ni lui ni moi ne savions où tu étais.

J'ai haussé les épaules, me sentant comme une adolescente mal élevée que l'on gronde.

— J'étais… occupée. Désolée. Au fait, je vais aller à Genève pour voir Georg Hoffman. Tu as besoin de quelque chose ? ai-je demandé, changeant délibérément de sujet.

Le regard de Marina s'est assombri.

— Non, merci, ma chérie.

Là-dessus, elle m'a laissée, et je me suis sentie parfaitement ridicule.

* * *

Le cabinet de Georg Hoffman était situé dans le quartier des affaires de Genève. Son bureau, moderne et élégant, comportait d'immenses baies vitrées d'où l'on avait une vue magnifique sur le port.

— Quelle bonne surprise, Maia, a-t-il dit en se levant pour m'accueillir. J'ai appris que vous étiez partie en voyage.

— Oui. Qui vous l'a dit ?

— Marina, bien sûr. Que puis-je pour vous ?

Je me suis éclairci la gorge.

— Je viens pour deux raisons, en fait.

— Je vous écoute.

— Savez-vous ce qui a amené Pa Salt à me choisir, moi, lorsqu'il a voulu adopter un premier enfant ?

Georg a paru surpris.

— Mon Dieu, Maia. J'étais l'avocat de votre père, pas son confident.

— Je pensais que vous étiez amis…

— C'est exact. De mon point de vue, en tout cas, nous l'étions. Mais comme vous le savez, votre père était un homme très secret. Et même si j'aime à croire qu'il m'accordait sa confiance, je restais néanmoins un employé qui ne doit pas poser de questions. J'ai appris votre existence quand il m'a demandé de m'occuper des formalités concernant votre adoption auprès des autorités suisses.

— Vous ignorez donc quel lien il aurait pu avoir avec le Brésil ? ai-je insisté.

— Au niveau personnel, je n'en ai pas la moindre idée. Il y faisait des affaires, évidemment. Mais comme partout dans le monde, a précisé Georg. Non, je crains de ne pas pouvoir vous éclairer sur ce point.

Déçue, bien que je me sois attendue à cette réponse, j'ai tout de même poursuivi :

— Quand j'étais au Brésil, grâce aux indices que Pa m'a laissés, j'ai rencontré ma grand-mère. Hélas, elle est morte il y a seulement quelques jours. Elle m'a raconté que lorsque mon père était venu m'adopter, il était en compagnie d'une femme. L'orphelinat a présumé qu'il s'agissait de son épouse. Était-il marié ?

— Non. Il ne l'a jamais été, à ma connaissance.

— Cette femme était-elle sa petite amie à l'époque ?

— Maia, pardonnez-moi, mais j'ignore vraiment tout de la vie privée de votre père. Je suis désolé, je ne peux pas vous aider. Vous disiez être venue pour deux raisons… Voulez-vous m'exposer la seconde ?

Il était manifeste que je n'obtiendrais rien de plus. Je devais donc me rendre à l'évidence : jamais je ne connaîtrais *toutes* les circonstances de mon adoption. J'ai pris une grande inspiration pour aborder l'autre sujet qui m'importait :

— Comme je vous l'ai dit, ma grand-mère maternelle est décédée récemment. Elle m'a légué deux propriétés au Brésil et une petite somme d'argent.

— Je vois. Et vous voudriez que j'agisse en votre nom pour le règlement de la succession ?

— Oui. Mais, surtout, j'aimerais faire un testament moi aussi. Et donner ces biens à… un parent.

— Parfait. Cela ne pose aucun problème. C'est d'ailleurs un geste que je conseille à tous mes clients, quel que soit leur âge. Il vous suffit de me remettre la liste de vos bénéficiaires, en incluant les legs mineurs à des amis, connaissances, etc. Je m'occupe du reste.

J'ai hésité un moment, ne sachant comment formuler ma requête suivante.

— Je voulais aussi vous demander… Quand des parents ont confié un bébé à l'adoption, est-ce difficile de retrouver la trace de l'enfant ?

Georg m'a considérée avec attention, mais il ne semblait pas du tout étonné par ma question.

— Extrêmement difficile. Vous imaginez bien qu'il faut garantir la sécurité et la stabilité affective de l'enfant adopté, surtout lorsqu'il est encore jeune. Aucun organisme d'adoption ne peut prendre le risque de voir des parents naturels regretter ensuite leur décision et se présenter à l'enfant. Ce serait un choc terrible. Pour les parents adoptifs aussi. En revanche, si, sur votre modèle, l'enfant adopté souhaite rechercher ses parents biologiques lorsque la loi l'y autorise, c'est une autre affaire.

— Donc si un enfant adopté, ici en Suisse, voulait rechercher sa mère ou son père biologique, où s'adresserait-il ?

— À l'autorité centrale fédérale. Il devra pour cela attendre encore quelques années… Dix-huit ans, c'est l'âge requis pour tout enfant adopté qui souhaite connaître l'identité de ses parents biologiques.

Une légère rougeur a envahi ses joues pâles. Et à cet instant, j'ai compris qu'il savait.

— Et si un parent biologique, ai-je continué bravement, désirait léguer quelque chose par testament à un enfant qu'il ou elle a confié à l'adoption, quelle serait la procédure ?

J'ai vu que Georg prenait le temps de répondre, choisissant soigneusement ses mots.

— L'avocat de ce parent devrait aussi soumettre la situation aux autorités compétentes, lesquelles contacteraient l'enfant – à condition qu'il ait seize ans révolus.

— Et s'il avait moins de seize ans ?

— Alors les autorités se mettraient en relation avec les parents adoptifs, qui ont le droit de décider s'il est dans l'intérêt de l'enfant d'être informé de ce legs.

Curieusement, je me sentais de plus en plus assurée.

— Et si les autorités ne parvenaient pas à localiser l'enfant en question, serait-il facile de le retrouver, pour un avocat qui aurait recours à… des moyens *moins conventionnels* ?

Georg m'a dévisagée longuement. Pendant ce silence, ses yeux m'ont répondu, mieux que les mots ne pouvaient le faire.

— Pour un avocat compétent, Maia, ce serait *très* facile.

* * *

J'ai dit à Georg que j'allais suivre ses conseils et rédiger un testament, mais aussi lui adresser une lettre qu'il conserverait pour le cas où il serait un jour contacté par un organisme d'adoption, ou par un garçon né à la date que je lui communiquerais. Puis je suis partie.

Comme je n'avais pas du tout envie de rentrer chez moi avant d'avoir digéré tout ce que je venais d'apprendre, je me suis installée à la terrasse d'un café au bord du lac et j'ai commandé une bière. En temps normal, je détestais la bière, mais cette fois, quand j'ai bu au goulot après avoir refusé le verre apporté par la serveuse, le goût m'a réconfortée en me rappelant Rio.

Si Georg connaissait l'existence de mon fils, alors Pa Salt aussi était au courant. Je me suis souvenue des mots qui m'avaient tant bouleversée dans sa lettre d'adieu :

Je t'en prie, crois-moi quand je te dis que la famille est ce qu'il y a de plus important au monde. Et qu'il n'existe pas de force plus puissante que l'amour d'un parent pour un enfant.

J'ai réfléchi, tout en sirotant ma bière au soleil. J'avais maintenant la certitude que je pouvais retourner voir Georg et l'interroger sans détours. Lui demander qui exactement avait adopté mon fils, et où il se trouvait. Mais je repensais aussi aux sages paroles de Floriano. Expliquer à mon fils pourquoi je l'avais confié serait une sorte de rédemption *pour moi*, mais c'était un désir purement égoïste.

Brusquement, j'ai été prise d'une colère terrible. Pa Salt, invisible mais toujours présent, continuait à contrôler ma vie par-delà la tombe. Et peut-être aussi, me suis-je dit, celle de mon fils. De quel droit savait-il des choses sur moi, que *même moi* j'ignorais ?

Pourtant, comme ceux qui prient devant un autel et s'en remettent à une force mystérieuse, moi aussi je me sentais rassurée par l'omnipuissance de Pa Salt. Si mon père *savait* – et le regard coupable de Georg me l'avait confirmé –, alors je pouvais être sûre que mon petit garçon, quelque part sur cette planète, était aimé et choyé.

Ce n'était pas mon père qui avait manqué de confiance dans notre relation. C'était moi. Je voyais clairement maintenant qu'il avait compris, et accepté, mes raisons de ne pas me confier à lui. Il m'avait laissée faire mon propre choix, et celui-ci ne s'expliquait pas seulement par la peur que j'avais de sa réaction de père. C'était *ma* décision. À dix-neuf ans, goûtant à la liberté pour la première fois, avec la certitude d'un brillant avenir devant moi, je ne voulais surtout pas assumer un enfant seule. Qui sait si je ne serais pas parvenue à la même conclusion si je m'étais tournée vers Pa et que je lui avais tout raconté ?

J'ai pensé alors à ma propre mère, confrontée elle aussi à un dilemme alors qu'elle avait plus ou moins le même âge.

— Je te pardonne, ai-je dit soudain, et aussitôt, j'ai ajouté : Merci, car si j'ignorais ses raisons, je savais qu'elle avait pris la bonne décision pour *moi*, sa fille.

Revenant à Pa Salt, je me suis mise à rire en imaginant que peut-être, il avait fait subir un interrogatoire au couple qui souhaitait adopter mon fils. Il en était bien capable !

Quoi qu'il en soit, assise au soleil avec ma bière, je me suis sentie en paix pour la première fois depuis la naissance de mon bébé, treize ans auparavant.

Et maintenant… Finalement, Pa Salt ne m'avait pas seulement permis de découvrir mon passé, il m'avait aussi offert un avenir. Et j'ai frémi au souvenir de mon comportement avec Floriano le matin même.

Maia, qu'as-tu fait ?

Après avoir appelé Christian pour lui donner rendez-vous au ponton, je suis partie à pied dans les rues de Genève. La tension qui y régnait m'a fait regretter l'atmosphère détendue de Rio. Là-bas, les gens aussi travaillaient et s'amusaient, mais ils respectaient ce qu'ils ne pouvaient pas changer ni comprendre. À moi d'agir de même, et si j'avais gâché mon avenir en laissant d'anciennes peurs me gouverner, je me devais d'en accepter la responsabilité.

Certes, ma vie avait été façonnée par des événements qui échappaient à mon contrôle, ai-je pensé en montant dans la vedette, mais c'était moi et moi seule qui avais décidé de les vivre comme je les avais vécus.

* * *

Une silhouette familière, quoique inattendue, m'attendait sur la jetée à Atlantis.

— Surprise ! a-t-elle lancé en m'ouvrant les bras.

— Ally ! Qu'est-ce que tu fais ici ?

— Eh bien, tu vois, il se trouve que c'est chez moi aussi, a-t-elle répondu avec un sourire, tandis que nous remontions bras dessus, bras dessous vers la maison.

— Je sais bien, mais tu n'as pas prévenu !

— Comme il me restait quelques jours de congé, j'ai eu envie de venir voir comment allait Ma pendant ton absence. Ce n'est pas facile pour elle non plus, j'imagine, depuis la mort de Pa.

Je me suis immédiatement reproché mon égoïsme. Dire que je n'avais pas parlé à Ma une seule fois pendant mon séjour à Rio, et fait guère plus que la saluer depuis mon retour.

— Tu as une mine superbe, Maia ! Il paraît que tu as été très occupée… a repris Ally en me gratifiant d'une affectueuse bourrade. Ma m'a dit que tu avais eu un invité hier soir. Qui est-ce ?

— Oh, juste quelqu'un que j'ai rencontré à Rio…

— Viens, on va boire un verre tranquillement et tu me raconteras tout.

Nous nous sommes assises au soleil sur la terrasse. J'éprouvais toujours des sentiments ambivalents à l'égard de ma sœur « parfaite », du moins au début, mais elle était si naturelle, si gentille, que je me suis vite détendue et lui ai résumé ce qu'il s'était passé au Brésil.

— Ça alors…, a-t-elle soufflé quand je me suis interrompue. Quelle aventure ! C'est tellement courageux de ta part d'être allée là-bas, toute seule, à la recherche de ton passé. Je ne sais pas comment je réagirais, moi, en apprenant les circonstances de mon adoption. Même si j'ai eu une chance incroyable avec Pa Salt et toutes mes sœurs… Ça ne t'a pas fait mal quand ta grand-mère t'a raconté l'histoire de ta mère ?

— Si, bien sûr, mais je comprends. Et, Ally… Il y a quelque chose d'autre que je voudrais te dire. J'aurais peut-être dû le faire il y a longtemps…

Je lui ai alors révélé la terrible décision que j'avais prise de confier mon fils à l'adoption. Ally a eu l'air sincèrement bouleversé et les larmes lui sont montées aux yeux.

— Maia, tu as vécu ça toute seule. C'est affreux. Pourquoi ne m'en as-tu pas parlé ? Je croyais que nous étions proches. Je t'aurais soutenue !

— Je sais, Ally, mais tu n'avais que seize ans à l'époque. En plus, j'avais honte.

— Quelle épreuve cela a dû être pour toi, a-t-elle soupiré. Au fait, tu ne voudras peut-être pas me répondre, mais… Qui était le père ?

— Oh, tu ne le connais pas. C'est quelqu'un que j'avais rencontré à l'université. Zed…

— Zed Eszu ?

— Tu as dû entendre son nom aux informations… Son père est le riche homme d'affaires qui s'est suicidé.

— Mais oui ! J'ai vu son bateau près du yacht de Pa le jour où j'ai appris sa mort, tu te rappelles ? a dit Ally en réprimant un frisson.

J'avais complètement oublié ce détail, happée dans le tourbillon des trois semaines qui venaient de s'écouler.

— Par une curieuse ironie du sort, c'est Zed qui, sans le savoir, m'a forcée à sauter dans un avion pour Rio alors que j'hésitais encore à partir. Après quatorze années de silence, il m'a laissé un message disant qu'il devait venir en Suisse… Il proposait qu'on se voie.

— Sans blague ?

— Oui. Il avait appris la mort de Pa, et il proposait qu'on pleure dans les bras l'un de l'autre. Tu penses bien que je me suis empressée de prendre la fuite !

— Zed sait qu'il est le père de ton enfant ?

— Non. Et s'il le savait, je crois qu'il s'en ficherait complètement.

— Mieux vaut que tu ne croises plus jamais son chemin, a déclaré Ally d'un air sombre.

— Pourquoi ? Tu le connais ?

— Non, pas personnellement. Mais j'ai entendu parler de lui par… un ami. En tout cas, tu as eu bien raison de partir… Et ce beau Brésilien, alors ? Ma est tombée sous le charme. Elle ne tarissait pas d'éloges quand je suis arrivée. Un écrivain, c'est ça ?

— Oui. J'ai traduit son premier roman, qui est sorti la semaine dernière à Paris et a reçu d'excellentes critiques.

— Tu étais là-bas avec lui ?

— Oui.

— Et… ?

— Je… je l'aime beaucoup.

— D'après Marina, tu lui plais aussi. *Énormément*, insista Ally. Qu'est-ce qui va se passer maintenant ?

— Je ne sais pas. Nous n'avons pas vraiment fait de projets d'avenir. Il a une fille de six ans, et il vit à Rio, et moi ici… Et toi, Ally, comment ça va ? ai-je enchaîné, ne souhaitant pas discuter plus longtemps de Floriano.

— Bien. On m'a demandé de concourir dans la Fastnet Race le mois prochain. Et l'entraîneur de l'équipe nationale suisse veut me présenter à la sélection de l'automne. Si je suis retenue, je participerai aux jeux olympiques de Pékin l'année prochaine.

— Ally ! C'est formidable !

J'allais lui poser d'autres questions quand Marina est sortie sur la terrasse.

— Maia, chérie, je ne savais pas que tu étais rentrée, Claudia vient de me l'apprendre. Christian m'a donné ceci pour toi tout à l'heure…

Elle m'a tendu une enveloppe, et j'ai aussitôt reconnu l'écriture de Floriano.

— Vous voudrez dîner, toutes les deux ? a-t-elle repris.

Ally s'est tournée vers moi.

— On mange ensemble, Maia ? Pour une fois qu'on peut prendre le temps de se parler tranquillement…

— Oui, bien sûr, ai-je répondu en me levant. Mais si ça ne t'ennuie pas, il faut que je repasse un peu au Pavillon.

Marina et Ally ont regardé la lettre que je tenais dans les mains et m'ont souri d'un air entendu.

Dans le Pavillon, les mains tremblantes, j'ai ouvert l'enveloppe et en ai sorti une feuille de papier quadrillé qui semblait arrachée à un bloc-notes.

Sur le bateau, lac de Genève

13 juillet 2007

Maia mon amour,

Je t'écris dans mon mauvais français, et bien que ma langue ne soit pas aussi poétique que celle de Laurent Brouilly lorsqu'il s'adressait à

Izabela, les sentiments derrière les mots sont tout aussi sincères. (Tu excuseras par ailleurs la vilaine graphie, due aux mouvements de la vedette sur l'eau.) Chérie, j'ai compris ta détresse ce matin, et je voulais te rassurer, mais peut-être est-ce encore difficile pour toi de me faire confiance. Alors, c'est par écrit que je te dirai que je t'aime et que je crois en notre histoire même si elle ne fait que commencer. Si tu étais restée avec moi ce matin, je t'aurais dit aussi que je souhaite plus que tout que tu viennes vivre avec moi à Rio. Pour que nous puissions manger du ragoût de haricots brûlé, boire du vin imbuvable et danser la samba ensemble tous les soirs de notre vie. C'est beaucoup te demander, je sais, de quitter ta vie à Genève. Mais, tout comme Izabela, moi aussi je dois penser à mon enfant. Valentina a besoin de moi et de sa famille auprès d'elle. En tout cas, pour l'instant.

Je te laisse réfléchir tranquillement, car c'est une grande décision. S'il te plaît, ne me laisse pas trop longtemps dans les affres de l'attente. Jusqu'à ce soir, c'est déjà trop long, mais compte tenu des circonstances, j'essaierai de tenir le coup.

Tu trouveras aussi dans le fond de l'enveloppe le carreau de céramique. Mon ami au musée a réussi à déchiffrer le message qu'Izabela a gravé pour Laurent :

L'amour ne connaît pas la distance
Il n'a pas de continent ;
Ses yeux sont des étoiles.

J'attends ta réponse, mon amour.

Floriano

Ally

Juillet 2007

Nouvelle lune

12 ; 04 ; 53

Marina et moi avons agité la main et envoyé des baisers à Maia qui quittait Atlantis à bord de la vedette. Ses deux valises pleines à craquer contenaient, entre autres, trois cents sachets de thé English Breakfast, introuvables à Rio, disait-elle. Maia nous avait assuré qu'elle reviendrait bientôt, mais nous savions bien à quoi nous attendre, et j'avais la gorge serrée en regardant ma grande sœur disparaître au loin, en route pour sa nouvelle vie.

— Je suis tellement heureuse pour elle, a dit Marina en s'essuyant discrètement les yeux quand nous sommes revenues vers la maison. Floriano est un homme charmant, et d'après Maia, sa petite fille est adorable.

— On dirait qu'elle s'est trouvé une famille en même temps qu'un amoureux. Cela compensera peut-être ce qu'elle a perdu.

Marina m'a jeté un regard de biais.

— Elle t'a raconté ?

— Oui, hier. Je dois avouer que j'étais bouleversée. Pas tant par ce qui s'est passé, mais de découvrir qu'elle avait gardé ce secret pendant toutes ces années. Très égoïstement, je me suis sentie blessée qu'elle ne me l'ait pas confié. Donc, toi, tu savais ? ai-je demandé en suivant Ma dans la cuisine.

— Oui, chérie, c'est moi qui l'ai aidée. Mais ce qui est fait est fait. Et Maia, enfin, prend un nouveau départ. J'avoue que je commençais à désespérer de la voir un jour sortir de son cocon, a reconnu Marina en branchant la bouilloire.

— Comme nous toutes. Je me souviens qu'elle était si gaie, si optimiste quand elle était plus jeune, et puis elle a changé du jour au lendemain. Je suis allée la voir à Paris, une fois, pendant sa troisième année à la Sorbonne. Elle ne parlait pas, ne riait jamais… Je me suis beaucoup ennuyée ce week-end-là, parce que Maia ne voulait aller nulle part et, moi, j'avais seize ans et je venais à Paris pour la première fois. Maintenant, je comprends. Je l'idolâtrais quand nous étions petites, tu sais, et la distance qu'elle mettait entre nous m'a beaucoup attristée.

— Elle s'est fermée à tout le monde, a dit Marina pour me rassurer. Mais si quelqu'un peut la ramener à la vie et lui réapprendre à faire confiance, c'est bien cet homme formidable qu'elle s'est déniché. Un thé ? Ou une boisson fraîche, plutôt ?

— De l'eau seulement, merci. Sans blague, Ma, je crois que tu as un béguin pour Floriano ! ai-je dit pour la taquiner.

— C'est vrai qu'il est très séduisant, a déclaré Marina avec une franchise dénuée d'arrière-pensée.

— J'ai hâte de faire sa connaissance… Mais toi ? Maintenant que Maia est partie, que vas-tu faire ici ?

— Oh, ne t'inquiète pas. Je ne manque pas d'occupations. Surtout que mes six petits oiseaux ne cessent de revenir au nid… Sans prévenir, en général, a-t-elle ajouté en souriant. Star était là la semaine dernière, au fait.

— Ah bon ? Sans CeCe ?

— Oui.

Avec son tact habituel, Marina s'est abstenue de tout commentaire.

— Je suis très contente de vous avoir à la maison, évidemment.

— C'est différent, maintenant que Pa n'est plus là, ai-je lâché soudain.

— Bien sûr… Mais tu imagines comme il serait fier s'il voyait ce que tu vas faire demain ? Lui qui aimait tant la voile.

— Oui, ai-je dit avec un sourire triste. Je passe du coq à l'âne, excuse-moi, mais… Tu sais sûrement que le père du bébé de Maia était le fils de Kreeg Eszu, Zed ?

— Je sais, oui.

À son tour, Marina a détourné la conversation :

— Je vais demander à Claudia de servir le dîner à sept heures. Tu dois partir tôt demain.

— Il faut que je regarde mes mails avant. Je peux m'installer dans le bureau de Pa ?

— Bien sûr. Tu es chez toi ici, maintenant, m'a gentiment rappelé Marina.

Dans le bureau de Pa, pour la première fois de ma vie, je me suis assise dans son fauteuil. Pendant que l'ordinateur se mettait en marche, j'ai laissé mon regard errer sur les étagères où s'entassaient les divers trésors et bibelots de Pa Salt.

Je me suis levée pour m'approcher du lecteur CD de Pa. Nous l'avions toutes poussé à s'équiper d'un iPod, mais, alors même que son bureau disposait d'une foule d'appareils électroniques hautement sophistiqués, il prétendait qu'il était trop vieux pour changer, et qu'il préférait *voir* physiquement la musique avant de l'insérer dans la fente. J'ai allumé le lecteur, curieuse de savoir ce que Pa Salt avait écouté juste avant sa mort, et le magnifique premier mouvement de la Suite n° 1 de Peer Gynt, *Au matin,* s'est élevé dans la pièce.

Je suis restée pétrifiée, recevant de plein fouet une vague de souvenirs. C'était le morceau préféré de Pa. Il me demandait souvent de lui jouer les premières mesures à la flûte. Bouleversée par cette mélodie qui avait bercé mon enfance, j'ai revu tous les radieux levers de soleil auxquels nous avions assisté, lui et moi, quand il m'emmenait tôt le matin sur le lac pour m'apprendre à naviguer.

Il me manquait tellement.

Et une autre personne aussi me manquait.

Tandis que la musique m'emplissait de ses amples envolées, j'ai décroché le téléphone.

En approchant le combiné de mon oreille avant de composer le numéro, je me suis aperçue que quelqu'un dans la maison était déjà en ligne. La voix familière, les chaudes intonations qui réveillaient aussitôt la petite fille en moi… J'ai reçu un tel choc que j'ai interrompu la conversation.

— Allô ? ai-je dit en éteignant le lecteur de CD pour être absolument sûre que c'était lui.

Mais la voix au bout du fil n'était plus qu'un bip monotone, et j'ai su que je l'avais perdu.

Note de l'autrice

Les Sept Sœurs s'inspire de la mythologie grecque et des sept sœurs des Pléiades, constellation légendaire située à proximité de la célèbre ceinture d'Orion. Depuis les Mayas jusqu'aux Grecs en passant par les Aborigènes, les étoiles des Sept Sœurs apparaissent dans divers textes et inscriptions. Les marins se guident à leur lumière depuis des milliers d'années, et une marque de voiture japonaise, « Subaru », en porte le nom…

Certains noms propres du roman sont des anagrammes de personnages qui peuplent les légendes, assortis de citations allégoriques, mais il n'est pas nécessaire de les connaître pour apprécier la lecture. Cependant, si vous souhaitez en apprendre davantage sur Pa Salt, Maia et ses sœurs, rendez-vous sur mon site web, www.lucindariley.com, où ces mythes et légendes sont révélés.

Bibliographie

Les Sept Sœurs est une fiction nourrie d'éléments historiques et mythologiques. J'ai puisé mes sources dans les ouvrages suivants :

Munya Andrews, *The Seven Sisters of the Pleiades* (Spinifex Press, 2004)

Dan Franck, *Bohemian Paris* (Grove Press, 2001)

Robert Graves, *The Greek Myths* (Penguin, 2011)

Robert Graves, *The White Goddess, a Historical Grammar of Poetic Myth* (Faber and Faber, 1975)

Michèle Lefrançois, *Paul Landowski : L'œuvre sculpté* (éditions Créaphis, 2009)

Jeffrey D. Needell, *A Tropical Belle Époque* (Cambridge, 2009)

Maria Izabel Noronha, *De Braços Abertos* (documentaire, 2008)

Maria Izabel Noronha, *Redentor : De Braços Abertos* (Reptil Editora, 2011)

Peter Robb, *A Death in Brazil* (Bloomsbury, 2005)

Nigel Spivey, *Song of Bronze* (Faber and Faber, 2005)

Remerciements

Tout d'abord, j'aimerais remercier Milla et Fernando Baracchini et leur fils Gui, car c'est lors d'un dîner chez eux à Ribeirão Preto que m'est venue pour la première fois l'idée d'écrire une histoire avec le Brésil pour toile de fond. Et la merveilleuse Maria Izabel Seabra de Noronha, l'arrière-petite-fille de Heitor da Silva Costa, l'ingénieur et architecte du *Christ Rédempteur*, qui a si généreusement offert son temps, son savoir, et son documentaire *De Braços Abertos* (*Les Bras grands ouverts*). Elle a ensuite minutieusement relu le manuscrit pour vérifier l'exactitude des détails. Cependant, malgré la présence de personnages historiques réels, ce livre est un ouvrage de fiction, et mon portrait de Paul Landowski et de la famille Da Silva Costa est essentiellement le produit de mon imagination. Valeria et Luiz Augusto Ribeiro, pour m'avoir permis d'écrire dans leur *fazenda* près de Rio – je ne voulais plus en partir –, et surtout Vania et Ivonne Silva, pour le quatre-quarts et bien d'autres choses. Suzanna Perl, ma patiente guide qui m'a fait découvrir Rio et son histoire, Pietro et Eduardo, nos adorables chauffeurs, Carla Ortelli, pour son talent d'organisatrice – rien n'était jamais trop compliqué pour elle –, et Andrea Ferreira, qui me répondait au téléphone chaque fois que j'avais besoin de ses services de traductrice.

J'aimerais aussi remercier mes éditeurs du monde entier pour leur soutien quand j'ai annoncé que j'allais écrire une série de sept livres fondée sur les Sept Sœurs des Pléiades. Particulièrement Jez Trevathan et Catherine Richards, Georg Reuchlein et Claudia Negele, Peter Borland et Judith Curr, Knut Cørvell, Jorid Mathiassen et Pip Hallén.

Valérie Brochand, ma voisine dans le Sud de la France, qui a eu la gentillesse de se rendre au musée Landowski à Boulogne-Billancourt et a pris des centaines de photos, et Adriana Hunter, qui a traduit l'énorme biographie de Landowski et rassemblé les faits importants. David Harber et son équipe, qui m'ont aidé à comprendre le fonctionnement de la sphère armillaire.

Ma mère, Janet, toujours prodigue d'encouragements, ma sœur, Georgia, et son fils Rafe, qui, à neuf ans, a choisi *La Rose de minuit* comme ouvrage à lire pour l'école ! Rita Kalagate, qui m'a prédit que *j'irais* au Brésil la veille du jour où j'ai reçu une offre de mon éditeur, et Izabel Latter, qui me cajole et m'écoute me plaindre dans le Norfolk, tout en manipulant doucement un corps douloureux d'avoir parcouru des milliers de kilomètres en avion ou de rester penché sur un manuscrit.

Susan Moss, ma meilleure amie à jamais, et maintenant complice du crime, impliquée dans les secrets du manuscrit. Jacquelyn Heslop, ma « sœur » dans une autre vie, et Olivia Riley, mon assistante personnelle, qui réussit miraculeusement à déchiffrer mes gribouillis et m'a présenté le concept de la sphère armillaire.

C'est par une nuit étoilée, au début du mois de janvier 2013, que l'idée m'est venue pour la première fois d'écrire un roman allégorique à propos de mes sept sœurs mythiques. J'ai convoqué les membres de la famille autour de la cheminée et, au comble de l'excitation, j'ai essayé de leur expliquer mon projet. À leur crédit, ils ne m'ont pas jugée folle – même si j'en avais sûrement l'apparence à ce moment-là. C'est donc à eux que je dois le plus grand remerciement pour ce qui est arrivé depuis. Mon cher époux et agent, Stephen – nous avons fait un voyage extraordinaire l'année dernière au cours duquel nous avons beaucoup appris ensemble. Et mes fantastiques enfants : Harry, qui réalise tous mes merveilleux films ; Leonora, qui a trouvé le premier anagramme – « Pa Salt » ; Kit, ma cadette, qui me fait toujours rire ; et bien sûr, Isabella Rose, mon incroyable « bébé survolté » de dix-huit ans, à qui ce livre est dédié.

VOUS AVEZ AIMÉ CE LIVRE ?

Découvrez tout de suite le premier chapitre du tome 2, l'histoire d'Ally !

Ally, la deuxième sœur au tempérament tempétueux, est navigatrice et musicienne. Les indices que lui a laissés son père en guise d'héritage vont la mener au cœur de la Norvège et de ses fjords sublimes. Entourée par la beauté de son pays natal, Ally découvre l'histoire intense d'une lignée de virtuoses célébrés pour leur talent, un siècle plus tôt. Une famille aux lourds secrets…

1

La mer Égée

Je me souviendrai toujours de l'endroit où je me trouvais et de ce que je faisais quand j'ai appris que mon père venait de mourir. J'étais allongée, nue au soleil, sur le pont du *Neptune*, la main protectrice de Theo posée sur mon ventre. La courbe désertée de plage dorée, sur l'île en face de nous, brillait de mille feux. L'eau turquoise et limpide venait paresseusement frapper le sable, ne parvenant qu'à former une écume élégante comme la mousse d'un cappuccino.

Apaisée, avais-je pensé, *comme moi.*

La veille, au coucher du soleil, nous avions jeté l'ancre dans la petite baie de Macheres, une île grecque minuscule. Nous avions alors traversé à gué jusqu'à la crique, chacun chargé d'une glacière. L'une contenait un mulet et des sardines qu'avait pêchés Theo quelques heures plus tôt, l'autre du vin et de l'eau. J'avais déposé la mienne sur le sable, à bout de souffle, et Theo m'avait tendrement embrassé le bout du nez.

— Nous sommes deux naufragés sur notre île déserte, s'était-il réjoui, étendant les bras pour désigner le cadre idyllique. Bon, je vais chercher du bois pour cuire notre poisson.

Je l'avais regardé s'éloigner vers les rochers qui formaient un croissant autour de l'anse, puis se diriger vers les buissons de bois sec qui poussaient, épars, dans les fissures. Sa carrure mince était surprenante étant donné sa qualité de marin d'envergure internationale. Comparé à mes autres coéquipiers masculins de compétition de voile, qui n'étaient que muscles et arboraient un torse digne de Tarzan, Theo semblait vraiment fluet. L'une des premières choses que j'avais remarquées chez lui était sa démarche asymétrique. Il m'avait depuis raconté comment il s'était cassé la cheville en tombant d'un arbre dans son enfance, et comment celle-ci ne s'était jamais complètement rétablie.

— J'imagine que c'est une autre raison qui m'a toujours destiné à une vie de marin. Lorsque je suis sur un bateau, personne ne devine mon allure ridicule sur la terre ferme, avait-il gloussé.

Nous avions cuit et dégusté notre poisson avant de faire l'amour sous les étoiles. Le matin suivant était notre dernier ensemble à bord. Et juste avant de décider qu'il me fallait absolument reprendre contact avec le monde extérieur en rallumant mon portable, juste avant de découvrir que ma vie avait volé en éclats, j'étais allongée à côté de Theo, parfaitement en paix. Et, comme dans un rêve, mon esprit avait rejoué le miracle de notre amour, comment nous nous étions retrouvés dans cet endroit merveilleux…

J'avais posé les yeux sur lui pour la première fois un an auparavant, lors de la Heineken Regatta de Saint-Martin, dans les Caraïbes. L'équipe célébrait sa réussite au dîner de clôture et je fus intriguée de découvrir que leur skipper n'était autre que Theo Falys-Kings. Il était connu dans le milieu de la voile pour avoir, cinq années d'affilée, mené à la victoire plus d'équipages que n'importe quel autre capitaine.

— Il ne ressemble pas du tout à l'image que je me faisais de lui, murmurai-je à Rob Bellamy, un vieux coéquipier avec qui j'avais vogué pour l'équipe nationale suisse. On dirait un intello avec ces lunettes en corne, et puis il a une démarche hyper bizarre, ajoutai-je tandis que je le regardais se lever pour aller rejoindre une autre table.

— C'est vrai qu'il n'a rien du marin musclé classique. Mais Al, ce type est un génie. Il possède un sixième sens pour tout ce qui se rapporte à l'eau et c'est de loin le skipper à qui je ferais le plus confiance sur une mer agitée.

Plus tard ce soir-là, Rob me présenta brièvement à Theo et je remarquai la gentillesse dans ses yeux verts tachetés de noisette quand il me serra la main.

— Alors, comme ça, c'est toi la fameuse Al d'Aplièse.

Derrière son accent britannique, sa voix était chaleureuse et assurée.

— Oui, pour ce qui est de la fin de cette affirmation, répondis-je, gênée par ce compliment, mais je crois que c'est plutôt *toi* qui es célèbre.

M'efforçant de ne pas ciller tandis qu'il m'examinait, je vis ses traits s'adoucir et il émit un petit rire.

— Qu'y a-t-il de si drôle ?

— Pour être honnête, je ne m'attendais pas à *toi.*

— Comment ça, à *moi* ?

L'attention de Theo fut alors détournée par un photographe qui souhaitait prendre une photo de l'équipage, et je ne sus jamais ce qu'il entendait par là.

À partir de là, je commençai à le remarquer à plusieurs événements organisés autour des régates auxquelles nous participions. Malgré son attitude en apparence réservée, il dégageait une sorte d'éclat qui, couplé à son rire doux et facile, semblait attirer les gens auprès de lui. Si l'occasion était chic, il était en général vêtu d'un pantalon chino et d'une veste en lin froissée, en signe de respect du protocole et des sponsors, mais ses vieilles chaussures de voile et ses cheveux bruns indisciplinés lui donnaient toujours l'air de débarquer d'un bateau.

Lors de ces quelques rencontres, il semblait que nous dansions l'un autour de l'autre. Nos regards se croisaient souvent, mais Theo n'essayait jamais de poursuivre notre première conversation. Ce n'est que lorsque mon équipage remporta la course à Antigua, il y a six semaines, et que nous nous retrouvâmes, le soir, au bal de Lord Nelson, qu'il me tapa sur l'épaule.

— Félicitations, Al.

— Merci, répondis-je, ravie que, pour une fois, mon équipage ait battu le sien.

— J'entends beaucoup de choses positives sur toi cette saison, Al. Ça te dirait de rejoindre mon équipe pour la régate des Cyclades en juin ?

On m'avait déjà proposé une place sur un autre voilier, mais je n'avais pas encore donné ma réponse. Theo perçut mon hésitation.

— Tu es déjà prise ?

— Provisoirement, oui.

— Bon, voici ma carte. Réfléchis et dis-moi d'ici à la fin de la semaine. J'aurais vraiment besoin de quelqu'un comme toi à bord.

— Merci.

Je repoussai mes doutes. Qui était assez stupide pour laisser filer une occasion de faire équipe avec l'homme qu'on appelait alors « le Roi des mers » ?

— Au fait, le rappelai-je alors qu'il s'éloignait déjà, la dernière fois que nous avons parlé, pourquoi as-tu dit que tu ne t'attendais pas à moi ?

Il s'arrêta, me jaugeant des pieds à la tête.

— Je ne t'avais encore jamais rencontrée ; j'avais seulement entendu des fragments de conversations sur tes talents pour la voile, c'est tout. Et comme je l'ai dit l'autre fois, tu n'es pas ce à quoi je m'attendais. Bonne nuit, Al.

Je ressassai notre conversation sur le chemin qui me ramenait à ma chambre dans une petite auberge près du port de St. John, me laissant submerger par l'air nocturne et me demandant pourquoi Theo me fascinait tant. Les réverbères baignaient les joyeuses façades multicolores des maisons d'une lueur chaleureuse, et le ronronnement paresseux des clients des bars et des cafés au loin dérivait jusqu'à moi. Je n'y prêtais guère attention, toute heureuse que j'étais de notre victoire – et de la proposition de Theo Falys-Kings.

Dès que j'eus regagné ma chambre, je me précipitai vers mon ordinateur pour accepter son offre. Mais avant d'envoyer mon e-mail, je pris une douche, puis m'assis pour le relire, rougissant face à l'excitation qui transparaissait dans mes mots. Je décidai de l'enregistrer dans mes brouillons et d'attendre un ou deux jours, puis je m'allongeai sur mon lit, étirant mes bras pour soulager les tensions et les douleurs de la course.

— Eh bien, Al, me marmonnai-je à moi-même en souriant, voilà une régate qui promet.

J'envoyai mon e-mail comme prévu et Theo me contacta immédiatement, me disant à quel point il était content que je puisse rejoindre son équipage. Puis, il y a deux semaines, je me surpris à être étrangement nerveuse au moment de monter sur le voilier Hanse, gréé dans le port de Naxos, prêt à s'entraîner pour la régate des Cyclades.

La course n'était pas particulièrement exigeante, accueillant aussi bien les marins aguerris que les marins du week-end, tous motivés par la perspective de huit jours de voile fabuleux au milieu de certaines des plus belles îles du monde. Nous étions l'un des équipages les plus expérimentés en lice, et je savais que nous partions largement favoris.

Il était notoire que Theo s'entourait toujours de jeunes. À trente ans, mon ami Rob Bellamy et moi étions les « seniors » de l'équipage, en vertu de notre âge mais aussi de notre expérience. J'avais ouï dire que Theo préférait recruter les talents au tout début de leur carrière de marin afin de leur éviter de développer de mauvaises habitudes. Les autres membres de notre équipe de six avaient entre vingt et vingt-quatre ans : Guy, un Anglais baraqué ; Tim, un Australien décontracté ; et Mick, un marin moitié allemand, moitié grec, qui connaissait les eaux de la mer Égée comme sa poche.

Bien que réjouie de travailler avec Theo, je ne m'étais pas lancée aveuglément dans cette aventure ; j'avais rassemblé un maximum d'informations sur l'énigme qu'était « le Roi des mers », en me renseignant sur Internet et auprès de ceux qu'il avait déjà dirigés.

J'avais entendu dire qu'il était britannique et avait étudié à Oxford, ce qui expliquerait son accent saccadé, toutefois, sur Internet, son profil disait qu'il était citoyen américain et avait maintes fois conduit à la victoire l'équipe de voile de l'université de Yale. Un de mes amis disait qu'il venait d'une famille riche, un autre qu'il vivait sur un bateau.

« Perfectionniste », « Autoritaire », « Difficile à satisfaire », « Bourreau de travail », « Misogyne »... Voilà d'autres commentaires que j'avais recueillis, le dernier provenant d'une homologue qui prétendait avoir été mise à l'écart et maltraitée sur son voilier, ce qui m'avait fait réfléchir. Cependant, le sentiment dominant était simple :

« Sans la moindre hésitation, le meilleur skipper pour qui j'aie travaillé. »

Au cours de ce premier jour à bord, je commençai à comprendre pourquoi Theo bénéficiait d'un tel respect de ses pairs. J'avais l'habitude des skippers bruyants qui hurlaient sans arrêt instructions et injures, à l'instar des chefs grognons dans leur cuisine. L'approche discrète de Theo était une révélation. Il parlait peu, se contentant de surveiller chacun de loin. À la fin de la journée, il nous réunit et pointa nos forces et nos faiblesses de sa voix calme et posée. Je me rendis compte que rien ne lui avait échappé et, du fait de son autorité naturelle, nous étions pendus à ses lèvres.

— Au fait, Guy, plus de cigarette en douce pendant un entraînement dans des conditions de compétition, ajouta-t-il dans un demi-sourire alors qu'il finissait son débriefing.

Guy rougit jusqu'aux racines de ses cheveux blonds.

— Ce type doit avoir des yeux dans le dos, c'est incroyable, me murmura-t-il tandis que nous descendions du bateau pour aller nous doucher et nous changer avant le dîner.

Ce premier soir, je sortis de notre petit hôtel avec les autres membres de l'équipage, heureuse d'avoir pris la décision de me joindre à eux pour cette course. Nous longeâmes le port de Naxos d'où nous pouvions apercevoir le vieux château éclairé qui surplombait le village, ainsi qu'un méli-mélo de ruelles qui dégringolaient entre les maisons blanchies à la chaux. Les restaurants du port fourmillaient de touristes et de matelots qui se rassasiaient de fruits de mer tout frais et levaient leurs verres d'ouzo sans discontinuer. Nous trouvâmes un petit établissement familial dans une rue avoisinante, aux chaises en bois bancales et à la vaisselle dépareillée. La cuisine simple que servait ce restaurant était exactement ce dont nous avions besoin après une longue journée de bateau, affamés que nous étions par l'air marin.

Ma faim évidente suscita l'étonnement des hommes tandis que je dévorais mon assiette débordante de riz et de moussaka.

— C'est quoi, le problème ? Vous n'avez jamais vu une femme manger ? dis-je avec sarcasme, tout en tendant la main pour attraper un autre pain pita.

Theo contribua au badinage par quelques remarques ironiques mais partit tout de suite après le dîner, choisissant de ne pas participer à la tournée des bars. Je suivis son exemple peu après. Mes années d'expérience m'avaient appris que les bouffonneries masculines, une fois la nuit tombée, n'étaient pas un spectacle auquel je souhaitais assister.

Les deux jours suivants, sous le regard prévenant de Theo, nous commençâmes à bien coopérer et devînmes bientôt une équipe efficace, sans heurt, et mon admiration pour ses méthodes en fut encore accrue. Notre troisième soir à Naxos, je me sentais particulièrement fatiguée après une journée éreintante sous un soleil de plomb, et je fus la première à me lever de table.

— Bon les gars, je vous laisse.

— Moi aussi. Bonne nuit, messieurs. Pas de gueule de bois demain à bord, s'il vous plaît, dit Theo en sortant du restaurant derrière moi. Puis-je me joindre à toi ? me demanda-t-il en me rattrapant dans la rue.

— Oui, bien sûr, répondis-je, un peu tendue de me retrouver seule avec lui pour la première fois.

Nous rentrâmes à notre hôtel par les ruelles pavées, sous la lune qui illuminait les petites maisons blanches aux portes et aux volets bleus. Je m'efforçais de faire la conversation, mais Theo ne disait que « oui » ou « non », et ses réponses taciturnes commencèrent à m'irriter.

Alors que nous pénétrions dans l'hôtel, il se tourna soudain vers moi.

— Tu as vraiment un talent inné pour la voile, Al. Tu bats la majorité de tes coéquipiers à plate couture. Qui t'a appris ?

— Mon père, répondis-je, surprise par ce compliment. Il m'a emmenée faire de la voile sur le lac Léman dès mon plus jeune âge.

— Ah, Genève. Cela explique l'accent français.

Je me préparais au commentaire typique du genre « dis quelque chose de sexy en français » auquel j'avais en général droit de la part des hommes à ce stade, mais il ne vint pas.

— Eh bien, ton père doit être un sacré marin – il a fait un excellent travail avec toi.

— Merci, dis-je, désarmée.

— Qu'est-ce que ça fait d'être la seule femme à bord ? Même si je suis sûr que ce n'est pas la première fois que ça t'arrive, s'empressa-t-il d'ajouter.

— Je n'y pense pas, pour être honnête.

Il me scruta à travers ses lunettes en corne.

— Vraiment ? Écoute, je suis désolé de te dire ça, mais je crois que si. J'ai parfois l'impression que tu essaies de surcompenser et c'est dans ces moments-là que tu commets des erreurs. Je te suggère de te détendre davantage et d'être toi-même, tout simplement. Enfin, bonne nuit.

Il m'adressa un bref sourire avant de monter dans sa chambre.

Cette nuit-là, allongée dans mon lit étroit, les draps amidonnés me grattaient la peau et les critiques de Theo me brûlaient les joues. Était-ce de *ma* faute si les femmes demeuraient relativement rares – ou, comme certains de mes coéquipiers masculins le diraient sans doute, une nouveauté – à bord des bateaux de course professionnels ? Et pour qui se prenait Theo Falys-Kings ?! Une sorte de psychologue ?

J'avais toujours cru que je gérais bien mon caractère minoritaire dans un milieu fortement dominé par les hommes, et je prenais à la légère les sarcasmes et autres plaisanteries sur ma condition de femme. J'avais construit un mur d'inviolabilité dans ma carrière, et deux personnages distincts : « Ally » à la maison et « Al » au travail. Oui, c'était souvent difficile et j'avais appris à tenir ma langue, surtout lorsque les remarques étaient ostensiblement sexistes et faisaient allusion à mon comportement de « blonde ». J'avais toujours mis un point d'honneur à parer ce type de piques en maintenant mes boucles rousses emprisonnées dans une queue-de-cheval et en m'abstenant de mettre ne serait-ce qu'un soupçon de maquillage pour accentuer mon regard ou couvrir mes taches de rousseur. Et je travaillais tout aussi dur que n'importe quel homme sur le bateau – peut-être même plus dur, fulminais-je intérieurement.

Puis, ne réussissant toujours pas à dormir, je me souvins de mon père me disant que l'énervement que ressentaient les gens face aux observations personnelles naissait en général parce qu'il y avait un fond de vérité. Et alors que les heures s'égrenaient, je dus concéder que Theo avait sans doute raison. Je n'étais pas « moi-même ».

Le lendemain soir, Theo se joignit de nouveau à moi sur le chemin du retour. Malgré sa stature gracile, je le trouvais extrêmement intimidant et me retrouvai à buter sur mes mots. Il m'écouta en silence pendant que j'essayais tant bien que mal de lui expliquer mon double personnage, puis me dit :

— Eh bien, mon père – dont je me méfie en général quand il exprime une opinion – a dit un jour que les femmes dirigeraient le monde si elles se contentaient de miser sur leurs points forts et arrêtaient d'essayer d'être des hommes. C'est peut-être ce que tu devrais tenter de faire.

— C'est facile pour un homme de dire une chose pareille, mais ton père a-t-il jamais travaillé dans un environnement complètement dominé par les femmes ? Et serait-il « lui-même » si c'était le cas ? répliquai-je, énervée d'être traitée de haut.

— Bonne remarque. Bon, cela aiderait peut-être un peu si je t'appelais « Ally ». Ça te va bien mieux que « Al ». Je peux ?

Avant que je puisse répondre, il s'arrêta brusquement sur le port. De petits bateaux de pêche se balançaient doucement entre yachts et grands voiliers, la coque léchée par la mer calme dans une musique apaisante. Je le regardai lever les yeux vers le ciel, ses narines se dilatant visiblement tandis qu'il humait l'air, cherchant à connaître le temps que l'aube apporterait. C'était une pratique à laquelle j'avais seulement vu s'adonner les marins d'un certain âge, et je pouffai soudain face à cette image de Theo en vieux loup de mer.

Il se retourna vers moi, un sourire étonné sur les lèvres.

— Qu'y a-t-il de si drôle ?

— Rien. Et si ça te fait plaisir, je t'autorise à m'appeler « Ally ».

— Merci. Bon, il est temps de rentrer se coucher. Je nous ai prévu une rude journée pour demain.

De nouveau, cette nuit-là, l'insomnie me frappa alors que je rejouais notre discussion dans ma tête. Moi qui dormais en général comme un loir, surtout en période d'entraînement ou de compétition…

Loin d'être aidée par le conseil de Theo, je commis de nombreuses erreurs stupides les deux jours qui suivirent, me donnant l'impression d'être un bleu malgré toute mon expérience. Je me blâmais sévèrement ; mais, ironiquement, bien que mes coéquipiers me taquinent gentiment, Theo ne m'adressa pas une seule critique.

Le cinquième soir, horriblement gênée et désorientée par mes mauvaises performances, je ne me joignis même pas aux autres pour le dîner. Au lieu de cela, je m'installai sur la petite terrasse de l'hôtel pour manger du pain, de la feta et des olives gentiment fournis par la propriétaire. Je noyai mon chagrin dans le vin rouge râpeux qu'elle me servit et, après d'innombrables verres, je commençai à avoir la nausée et à me sentir pitoyable. J'étais en train de me lever de table en vacillant, décidée à aller me coucher, lorsque Theo arriva sur la terrasse.

— Est-ce que ça va ? me demanda-t-il en remontant ses lunettes sur son nez.

Je louchai vers lui, mais ses traits étaient devenus étrangement flous.

— Oui, répondis-je d'une voix sourde, me rasseyant à la hâte tandis que tout, autour de moi, se mettait à danser.

— Tout le monde s'est inquiété en ne te voyant pas ce soir. Tu n'es pas malade, si ?

— Non. Ça va.

Je sentais la bile brûlante remonter dans ma gorge.

— Tu sais, reprit-il, tu peux me le dire si tu ne te sens pas bien et je te jure que je ne t'en tiendrai pas rigueur. Je peux m'asseoir ?

Je ne répondis pas. En fait, je n'y arrivais pas, je luttais pour contrôler ma nausée. Il s'assit tout de même sur la chaise en plastique en face de moi.

— Dans ce cas, quel est le problème ?

— Aucun, parvins-je à prononcer.

— Ally, tu as vraiment mauvaise mine. Tu es sûre que tu n'es pas malade ?

— Je... Excuse-moi.

Sur ce, je me levai en titubant et m'agrippai de justesse à la balustrade de la terrasse pour vomir par-dessus, sur le trottoir en contrebas.

— Ma pauvre, entendis-je en sentant deux mains fermes m'attraper par la taille. Ça ne va pas du tout, en fait. Je vais t'aider à regagner ta chambre. C'est quel numéro ?

— Je... vais très bien, marmonnai-je stupidement, horrifiée de ce qu'il venait de se produire – et tout ça devant Theo Falys-Kings que, pour une raison que j'ignorais, je souhaitais impressionner à tout prix.

La situation n'aurait pas pu être pire.

— Allez, viens.

Il hissa mon bras mou sur son épaule et me porta à moitié devant l'expression dégoûtée des autres clients de l'hôtel.

Une fois dans ma chambre, je vomis encore à quelques reprises, mais au moins ce fut dans la cuvette des toilettes. Chaque fois que je sortais de la salle de bains, Theo m'attendait, prêt à m'aider à me remettre au lit.

— Je t'assure que j'irai très bien demain matin, gémis-je, c'est promis.

— Tu dis ça depuis deux heures, chaque fois que tu vides ton estomac, dit-il, pragmatique, en essuyant mon front collant de transpiration à l'aide d'une serviette fraîche et humide.

— Va te coucher, dis-je d'une voix faible. Je t'assure que ça va maintenant. J'ai juste besoin de sommeil.

— Bientôt, bientôt.

— Merci de t'être occupé de moi, murmurai-je tandis que mes yeux commençaient à se fermer.

— Je t'en prie, Ally.

Puis, alors que je passais du monde terrestre au pays des rêves, je souris.

— Je crois que je t'aime, m'entendis-je dire avant d'être emmenée par Morphée.

Le lendemain matin, quand je me réveillai, je me sentais mieux, bien que mes jambes soient encore un peu flageolantes. En descendant de mon lit, je butai sur Theo qui était recroquevillé par terre, profondément endormi. Ayant fermé la porte de la salle de bains, je m'effondrai sur le bord de la baignoire et me souvins des mots que j'avais pensés, ou – mon Dieu ! – que j'avais même peut-être prononcés la veille.

Je crois que je t'aime.

Qu'est-ce qui m'avait donc pris ? Ou bien avais-je rêvé ? Après tout, je n'étais pas du tout dans mon assiette et avais très bien pu avoir des hallucinations.

— J'espère bien…, gémis-je en silence, la tête dans les mains.

Mais… si je n'avais pas prononcé ces mots, pourquoi me les rappelais-je si clairement ? C'était faux, bien sûr, mais à présent, Theo risquait de penser que j'étais amoureuse de lui. Ce qui n'était pas le cas, n'est-ce pas ?

Je finis par émerger de la salle de bains, honteuse, et vis que Theo s'apprêtait à partir. J'évitai de croiser son regard quand il m'informa qu'il regagnait sa chambre pour prendre une douche et reviendrait me chercher dix minutes plus tard pour le petit déjeuner.

— Descends tout seul, Theo, ça vaut mieux. Je préfère ne pas prendre de risque.

— Ally, il faut que tu manges quelque chose. Si tu n'arrives pas à garder ton petit déjeuner dans ton estomac, j'ai peur de devoir t'exclure du voilier jusqu'à nouvel ordre. Tu connais les règles.

— D'accord, acceptai-je d'un air pitoyable.

Après son départ, j'aurais voulu disparaître sous terre. Jamais de ma vie je n'avais souhaité me trouver ailleurs que là où j'étais vraiment.

Un quart d'heure plus tard, nous arrivâmes ensemble sur la terrasse. Nos coéquipiers nous regardèrent avec des petits sourires en coin. J'avais envie de leur en mettre une.

— Ally a un peu mal au cœur, annonça Theo alors que nous prenions place. Mais d'après ce que je vois, Rob, tu n'as pas beaucoup dormi non plus.

Les membres de l'équipage gloussèrent et Rob haussa les épaules, gêné, tandis que Theo enchaînait sur l'explication de l'entraînement qu'il avait prévu.

Je gardais le silence, reconnaissante qu'il ait changé de sujet, mais je savais ce que tous les autres pensaient. Et l'ironie, c'est qu'ils se trompaient sur toute la ligne. Je m'étais juré de ne jamais coucher avec un coéquipier, sachant à quelle vitesse les femmes pouvaient se faire une réputation dans le milieu restreint de la voile. Et à présent il semblait que je m'en sois fait une malgré moi.

Au moins, je parvins à garder mon petit déjeuner et eus la permission de monter à bord. Dès lors, je mis un point d'honneur à montrer clairement – à lui en particulier – que je n'étais pas le moins du monde intéressée par Theo Falys-Kings. Pendant les entraînements, je maintenais autant de distance que possible entre lui et moi et lui répondais par monosyllabes. Et le soir, après le dîner, je serrais les dents et restais avec l'équipage tandis que lui se levait pour retourner à l'hôtel.

Parce que, me disais-je, je n'étais pas amoureuse de lui. Et je refusais que quiconque puisse s'imaginer l'inverse. Toutefois, tandis que je m'efforçais de convaincre tout le monde autour de moi, je me rendis compte que je n'étais moi-même pas entièrement convaincue. Je me surprenais à l'observer quand je pensais qu'il ne me voyait pas. J'admirais sa façon calme et mesurée de gérer l'équipage, ainsi que ses remarques perspicaces qui nous rapprochaient les uns des autres et nous aidaient à mieux travailler en équipe. Et puis je remarquais que, malgré son gabarit, frêle pour un marin, son corps était ferme et musclé sous ses vêtements. Je le regardais et voyais qu'il était décidément le plus fort et le plus compétent d'entre nous.

Chaque fois que mon esprit traître s'égarait dans cette direction-là, je faisais de mon mieux pour le remettre sur le droit chemin. Mais j'avais soudain pris conscience du temps que Theo passait torse nu. D'accord, il faisait extrêmement chaud pendant la journée, mais était-il vraiment obligé d'enlever sa chemise pour étudier l'itinéraire de la course… ?

— Tu as besoin de quelque chose, Ally ? me demanda-t-il un jour, me surprenant à le regarder.

Je ne me rappelle même plus ce que j'ai marmonné en me détournant, rouge de honte.

J'étais toutefois soulagée qu'il n'ait jamais évoqué ce que je craignais de lui avoir dit le soir où j'étais malade, et je commençai à me convaincre que oui, je l'avais bien rêvé. Quoi qu'il en soit, je savais qu'il m'était arrivé quelque chose d'irrévocable. Quelque chose que, pour la première fois de ma vie, il m'était impossible de contrôler. Tout comme mon sommeil qui avait déserté, ma bonne fourchette s'était envolée. Quand, enfin, je parvenais à m'assoupir, je rêvais de lui – le genre de rêves qui me faisaient rougir au réveil et rendaient mon attitude envers lui encore moins naturelle. Adolescente, j'avais lu quelques histoires d'amour mais les avais vite délaissées, préférant les thrillers croustillants. Cependant, en dressant la liste de mes symptômes, je me rendis compte avec effroi qu'ils correspondaient aux histoires à l'eau de rose : je m'étais follement entichée de Theo Falys-Kings.

Le soir de la dernière journée d'entraînement, Theo se leva de table après le dîner et nous annonça que nous avions tous été formidables et qu'il nourrissait de grands espoirs de remporter la régate. Nous trinquâmes, après quoi je m'apprêtais à regagner l'hôtel lorsque Theo posa son regard sur moi.

— Ally, il y a quelque chose dont je voulais te parler. La réglementation veut qu'un membre de l'équipage soit officiellement chargé des premiers secours. Ça n'implique pas grand-chose, il s'agit juste d'une formalité administrative et il faut signer quelques formulaires. Ça t'embêterait de t'en charger ?

Il me montra un dossier, puis fit un signe de tête en direction d'une table vide.

— Je ne m'y connais pas du tout en premiers secours. Et c'est pas parce que je suis une femme que je ferais une meilleure infirmière qu'un homme, ajoutai-je sur un ton de défi au moment où nous nous asseyions. Demande donc à Tim ou à l'un des autres de le faire !

— Ally, tais-toi. C'était juste un prétexte. Regarde. (Theo me montra les deux feuilles vierges qu'il venait d'extraire de son dossier.) Bon, reprit-il en me tendant un stylo, pour la forme, nous allons maintenant discuter de tes responsabilités en tant que membre de l'équipage chargé des premiers secours. Et en même temps, nous parlerons du fait que, le soir où tu étais malade, tu m'as dit que tu croyais m'aimer. Et, Ally, il se trouve que je ressens peut-être la même chose pour toi.

Il marqua une pause et, dans l'incrédulité la plus complète, je le regardai pour voir s'il me taquinait, mais il était occupé à faire semblant de vérifier les documents.

— Ce que j'aimerais proposer c'est que nous découvrions ce que cela signifie pour nous deux, poursuivit-il. Demain, je vais prendre le *Neptune* et disparaître pour un long week-end. J'aimerais que tu viennes avec moi. (Il releva enfin les yeux.) Qu'en dis-tu ?

Ma bouche s'ouvrait et se refermait, imitant sans doute à merveille un poisson rouge, mais je ne savais tout simplement pas quoi lui répondre.

— Bon sang, Ally, dis oui. Excuse ma piètre analogie, mais nous sommes dans le même bateau. Nous savons tous les deux qu'il y a quelque chose entre nous, et ce depuis que nous nous sommes rencontrés il y a un an. Pour être honnête, d'après ce que j'avais entendu sur toi, je m'attendais à une femme musclée et plutôt masculine. Et puis tu es arrivée, avec tes grands yeux bleus et tes magnifiques cheveux blond vénitien. Tu m'as complètement désarmé.

— Oh, fis-je, ne sachant absolument pas quoi dire.

Theo s'éclaircit la voix et je pris conscience qu'il était tout aussi nerveux que moi.

— Bon, partons faire ce que nous aimons tous les deux le plus, paresser tranquillement sur l'eau, et donnons à cette « chose », quelle qu'elle soit, la possibilité de se développer. Dans tous les cas, le bateau te plaira. Il est très confortable. Et rapide aussi.

— Y aura-t-il… quelqu'un d'autre à bord ? lui demandai-je, retrouvant enfin ma voix.

— Non.

— Alors, tu seras le skipper et je serai ton seul équipage ?

— En effet, mais je te promets de ne pas te faire escalader le gréement ni de te forcer à passer la nuit dans le nid-de-pie.

Il me sourit alors, posant sur moi son regard vert chaleureux.

— Ally, dis-moi que tu veux bien m'accompagner.

— D'accord.

— Parfait. Maintenant, tu peux peut-être signer sur les pointillés pour… euh, sceller le contrat, me dit-il en m'indiquant du doigt un coin de la feuille blanche.

Je jetai un coup d'œil vers lui et vis qu'il me souriait toujours. Et je finis par lui rendre son sourire. Je signai et lui repassai la feuille de papier. Il l'étudia avec attention, avant de la replacer dans la pochette plastique.

— Bon, voilà qui est réglé, fit-il, élevant la voix pour être entendu par nos coéquipiers qui tendaient sans aucun doute l'oreille. Je te retrouverai au port à midi pour te briefer.

Il me fit un clin d'œil et nous rejoignîmes tranquillement les autres, mon allure calme en contradiction totale avec la merveilleuse bulle d'excitation que je sentais grandir en moi.

À propos de l'autrice

© Boris Breuer

Lucinda Riley est née en 1965 en Irlande, et après une carrière d'actrice au théâtre, au cinéma et à la télévision, elle écrit son premier roman à 24 ans. Ses livres ont depuis été traduits dans 37 langues, ont été vendus à plus de 40 millions d'exemplaires, et continuent de toucher et d'émouvoir dans le monde entier.

Sa série *Les Sept Sœurs*, qui suit le destin de sœurs adoptées et s'inspire de la mythologie qui entoure la célèbre constellation des Pléiades, est devenue un phénomène mondial, créant un genre littéraire à part entière.

Après avoir élevé ses quatre enfants principalement dans le comté de Norfolk, en Angleterre, elle a réalisé son rêve en 2015 et acheté une ferme isolée en Irlande, où elle a écrit ses cinq derniers romans. Atteinte d'un cancer depuis 2017, Lucinda s'est éteinte le 11 juin 2021, entourée de sa famille.

Pour découvrir les sources d'inspiration de l'autrice pour la série (de la mythologie grecque à la constellation des Pléiades et aux sphères armillaires), rendez-vous sur le site de Lucinda Riley, traduit en français !

http://fr.lucindariley.co.uk/

Vous y trouverez également des renseignements sur les histoires vraies, les lieux et les personnages qui figurent dans ce livre : la conception et la construction de la célèbre statue du Christ Rédempteur, ainsi que Paul Landowski, le sculpteur qui en est à l'origine.

Cet ouvrage est composé de matériaux issus de forêts gérées durablement certifiées PEFC™.
Le Programme de reconnaissance des certifications forestières (PEFC™) est le plus grand organisme mondial indépendant de contrôle pour une gestion durable des forêts.
Pour en savoir plus, consultez le site www.pefc-france.org

PEFC
PEFC/18-31-280
Certifié PEFC
Ce produit est issu de forêts gérées durablement et de sources contrôlées
www.pefc-france.org

Achevé d'imprimer en juillet 2022
par LEGO S.P.A
Lavis (38015)
Dépôt légal : octobre 2022
Imprimé en Italie